BESTSELLER

Biblioteca

ROBIN COOK

Crisis

Traducción de
Bettina Blanch Tyroller

DEBOLS!LLO

Penguin
Random House
Grupo Editorial

Título original: *Crisis*

Primera edición en Debolsillo: febrero de 2014
Segunda reimpresión: febrero de 2021

Printed in Spain – Impreso en España

ISBN: 978-84-8346-645-2
Depósito legal: B-14.931-2008

Compuesto en Lozano Faisano, S. L..
Impreso en BookPrint Digital, S. A.

P 8 6 6 4 5 B

*Este libro está dedicado a la profesionalidad
médica actual tal como la promulga el doctor Charter,
con la esperanza de que eche raíces y florezca...
¡Deja paso, Hipócrates!*

Las leyes de la consciencia, que consideramos nacidas de la naturaleza, son en verdad nacidas de la costumbre.

MONTAIGNE

Agradecimientos

Como siempre que escribo mis novelas basadas en hechos reales, tengo que recurrir a amigos y conocidos para hallar respuesta a mis innumerables preguntas malintencionadas. Ello revistió especial importancia en el caso de *Crisis*, puesto que la historia tiende un puente entre la medicina y el derecho. Si bien doy las gracias a todos los que se han mostrado más que dispuestos a ayudarme, las personas a las que más me gustaría citar aquí son, por orden alfabético, las siguientes:

John W. Bresnahan, investigador, División de Licensure Professional, Commonwealth de Massachusetts

Jean R. Cook, psicóloga

Joe Cox, J. D., Ll. M., abogado especializado en derecho fiscal y propiedad

Rose Doherty, académica

Mark Flomenbaum, doctor en medicina, Ph. D., forense en jefe, Commonwealth de Massachusetts

Peter C. Knight, J. D., abogado especializado en negligencia profesional

Angelo MacDonald, J. D., abogado especializado en derecho penal, antiguo fiscal

Gerald D. McLellan, J. D., abogado especializado en derecho de familia, antiguo magistrado

Charles Wetli, doctor en medicina, forense en jefe, condado de Suffolk, Nueva York

Prólogo

8 de septiembre de 2005.

El otoño es una estación gloriosa, pese que a menudo se emplea como metáfora de la muerte y la agonía inminentes. En ningún lugar se hace más patente su atmósfera vigorosa y sus exuberantes colores que en el nordeste de Estados Unidos. Ya a principios de septiembre, los días tórridos, brumosos y húmedos del verano de Nueva Inglaterra empiezan a dar paso a días cristalinos de aire fresco, claro y seco bajo un cielo intensamente azul. El 8 de septiembre de 2005 fue uno de aquellos días. Ni una sola nube manchaba el cielo diáfano desde Maine hasta New Jersey, y tanto en el laberinto de macadán del centro de Boston como en la parrilla de hormigón de la ciudad de Nueva York, la temperatura se situaba en unos agradables veinticinco grados.

Cuando el día ya tocaba a su fin, dos médicos sacaron al mismo tiempo y con idéntica desgana el teléfono móvil que llevaban prendido a la cinturilla en sus respectivas ciudades. A ninguno de los dos les hacía ninguna gracia la intromisión, pues ambos temían que el timbrazo melódico del aparato anunciara una crisis que requeriría su atención y presencia profesionales. Una interrupción inoportuna, pues ambos tenían planeadas sendas actividades personales muy interesantes para aquella noche.

Por desgracia, la intuición no les falló, pues ambas llamadas hacían justicia a la reputación metafórica del otoño. La llamada de Boston hacía referencia a una persona a punto de morir, aquejada de un intenso dolor en el pecho, debilidad profunda y dificultades respiratorias, mientras que la de Nueva York se refería a una persona reciente pero inequívocamente muerta. Ambas situaciones constituían urgencias para los dos médicos y requerían que aplazaran sus planes personales. Lo que los dos ignoraban era que una de las llamadas desencadenaría una secuencia de acontecimientos que tendría graves repercusiones sobre ambos, los pondría en peligro y los convertiría en enemigos encarnizados, mientras que la segunda llamada daría un giro distinto a la primera.

Boston, 19.10 horas.

El doctor Craig Bowman dejó caer los brazos unos instantes para aliviar el dolor de los antebrazos. Estaba frente al espejo instalado en la cara interior de la puerta del vestidor, pugnando por anudarse una elegante pajarita negra. Había llevado esmoquin a lo sumo media docena de veces en su vida, la primera vez en el baile de graduación del instituto y la última el día de su boda, y en todas las ocasiones se había conformado con un modelo de pajarita ya anudada que se incluía en los esmóquines alquilados. Pero ahora, en la era de su reencarnación, quería una de verdad. Se había comprado un esmoquin nuevo y no tenía intención de conformarse con una pajarita falsa. El problema residía en que no sabía anudársela y le había dado demasiada vergüenza pedir ayuda al dependiente de la tienda. En aquel momento no se había preocupado, porque imaginaba que se parecería bastante a atarse los zapatos.

Por desgracia, no tenía nada que ver, y llevaba diez minutos intentando anudarse el maldito artilugio. Por fortuna, Leona, su nueva y explosiva secretaria y administrativa, además de novia reciente, se estaba maquillando en el baño. En el peor de los casos tendría que preguntarle si sabía anudar pajaritas. Lo cierto es que no le apetecía recurrir a ella. No llevaban demasiado tiempo saliendo juntos, y Craig prefería que Leona conservara su aparente fe en la sofisticación de su novio, porque temía que de lo contrario no dejaría de darle la vara. Leona tenía lo que su madura recepcionista y su enfermera denominaban una «boca de cuidado». El tacto no era uno de sus puntos fuertes.

Craig desvió la mirada hacia Leona. La puerta del baño estaba entornada, y la joven se estaba maquillando los ojos, pero lo único que veía era la silueta lateral de su sinuoso trasero de veintitrés años enfundado en reluciente crepé rosa. Estaba de puntillas, inclinada sobre el lavabo para poder acercarse más al espejo. Una breve sonrisa de satisfacción curvó los labios de Craig al imaginarse a sí mismo aquella noche recorriendo el pasillo de la Sinfónica, motivo por el cual se estaban acicalando tanto. En compensación por su «boca de cuidado», Leona era un «auténtico bombón», sobre todo en aquel vestido de generoso escote que habían comprado hacía poco en Neiman Marcus. Craig estaba convencido de que muchos se volverían para mirarla y de que recibiría miradas envidiosas de otros hombres de cuarenta y cinco años. Comprendía que aquellos pensamientos eran bastante infantiles, por expresarlo de forma delicada, pero no los había experimentado desde la última vez que se pusiera un esmoquin y tenía la sana intención de disfrutarlos al máximo.

La sonrisa de Craig se desvaneció cuando acudió a su mente la posibilidad de toparse con algún amigo suyo y de su mujer entre el público. Desde luego, no albergaba el propósito de humillar a nadie ni herir los sentimientos de nadie. Sin embargo, no creía que fuera a encontrarse con ningún conocido, ya que él y su mujer nunca habían ido a la Sinfónica, ni tampoco ninguno de sus pocos amigos, en su mayoría otros médicos sobrecargados de trabajo como él. Aprovechar la oferta cultural de la ciudad no había formado parte de su estilo de vida suburbano, por causa de la gran cantidad de horas de dedicación que exigía el ejercicio de la medicina.

Craig llevaba seis meses separado de Alexis, de modo que no era ningún escándalo salir acompañado. No creía que fuera cuestión de la edad. Siempre y cuando saliera con una mujer adulta de edad razonable, postuniversitaria, no pasa nada. A fin de cuentas, tarde o temprano lo verían por ahí acompañado por alguna mujer, sobre todo teniendo en cuenta la actividad que desplegaba en los últimos tiempos. Además de asistir con regularidad a conciertos, se había convertido en asiduo a un nuevo gimnasio, así como al teatro, el ballet y toda una serie de otras actividades y reuniones sociales en las que participaba cualquier persona culta normal en una ciudad cosmopolita. Puesto que Alexis se había negado sistemáticamente a formar parte de su transformación desde el principio, ahora Craig se consideraba con el derecho a acompañar a quien le viniera en gana. Nada lo impediría convertirse en la persona que aspiraba a ser. Incluso se había hecho miembro del Museo de Bellas Artes y esperaba con impaciencia las inauguraciones de las exposiciones, pese a que nunca había asistido a ninguna. Se había visto obligado a sacrificar el disfrute de toda actividad cultural durante los arduos y solitarios años de estudio y trabajo para convertirse en médico, en el mejor médico posible, lo cual significaba que durante diez años de su vida adulta, solo se había ausentado del hospital para dormir. Y en cuanto terminó la especialidad en medicina interna y puso por fin su placa, aún le quedó menos tiempo para dedicarse a cualquier actividad personal, incluyendo por desgracia la vida familiar. Se había convertido en el adicto al trabajo arquetípico e intelectualmente provinciano que solo tenía tiempo para sus pacientes. Pero todo aquello estaba cambiando, y tanto los lamentos como los sentimientos de culpabilidad, sobre todo en lo tocante a los asuntos familiares, debían quedar relegados a segundo término. El nuevo doctor Craig Bowman había dejado atrás la vida anodina, monótona, ajetreada, insatisfactoria y vacía de cultura. Sabía que algunas personas calificaban su situación de crisis de la mediana edad, pero él la consideraba más bien un renacimiento o, mejor dicho, un despertar.

A lo largo del año pasado, Craig se había propuesto, incluso obsesionado por transformarse en una persona más interesante, feliz, completa y mejor, y como consecuencia de todo ello, en un médico mejor. Sobre la mesa de su piso en la ciudad se apilaba un montón de catálogos de distintas universidades de la zona, entre ellas Harvard. Tenía intención de asistir a clases de humanidades; tal vez uno o dos cursos por semestre para recuperar el tiempo perdido. Y lo mejor de todo era que gracias a su transformación había podido volver a su amada investigación, que había quedado del todo olvidada al empezar a ejercer. Lo que había comenzado en la facultad como un trabajo remunerado, encargándose de las tareas de machaca para un profesor que estudiaba los canales de sodio en miocitos y neuronas, se convirtió en una pasión cuando lo ascendieron a la categoría de investigador asociado. Craig incluso había sido coautor de varios artículos científicos de gran repercusión durante su época de estudiante y residente. Y ahora estaba de nuevo en la brecha, con la posibilidad de pasar dos tardes a la semana en el laboratorio, lo cual le encantaba. Leona lo llamaba hombre renacentista, y si bien sabía que era un calificativo prematuro, Craig creía que con un par de años de esfuerzo bien podría acercarse a esa figura.

El origen de la metamorfosis de Craig había sido bastante repentino y lo había cogido del todo desprevenido. Poco más de un año antes y de forma bastante casual, su vida profesional había dado un giro de ciento ochenta grados, lo cual le había reportado el doble beneficio de un considerable aumento de ingresos y también de satisfacción profesional. De pronto se le brindaba la posibilidad de practicar el tipo de medicina que había aprendido en la facultad, en la que las necesidades de los pacientes eclipsaban las enrevesadas reglas de su cobertura médica. Ahora Craig podía dedicar una hora entera a un paciente si su situación así lo requería, y había tomado la acertada decisión de hacerlo. De un solo plumazo se había visto libre de la doble lacra de los reembolsos cada vez más exiguos y el aumento de los costes, circunstancias que hasta entonces le habían obligado a dar cabida a un número cada vez mayor de pacientes en su consulta. Para cobrar ya no tenía que pelearse con los empleados de las aseguradoras, a menudo ignorantes en toda cuestión médica. Incluso había empezado a hacer visitas domiciliarias si ello era lo mejor para el paciente, algo que habría resultado impensable en su vida anterior.

El cambio había sido un sueño hecho realidad. Al recibir, de forma inesperada, la oferta por correo electrónico, Craig había respondido a su aspirante a benefactor y ahora socio que tenía que pensárselo. ¿Cómo había podido ser tan idiota como para no aceptar de inmediato? ¿Y si hubiera perdido la oportunidad? Todo empezó a ir mejor, salvo los problemas familiares, pero el origen de dichos problemas residía en lo absorto que había estado en su antigua situación profesional. En última instancia había sido culpa suya, lo cual no tenía reparo en reconocer. Había permitido que las exigencias del ejercicio moderno de la medicina gobernaran y limitaran su vida. Pero desde luego, ahora no se estaba ahogando, de modo que tal vez las dificultades familiares pudieran resolverse con el tiempo. Quizá lograra convencer a Alexis de que las vidas de todos ellos podían mejorar de forma drástica. Entretanto, tenía intención de disfrutar de su evolución personal. Por primera vez en su vida, Craig tenía tiempo libre y dinero en el banco.

Con un extremo de la pajarita en cada mano, Craig estaba a punto de intentar una vez más anudársela cuando sonó su teléfono móvil. Su rostro se ensombreció. Miró el reloj; las siete y diez. El concierto empezaba a las ocho y media. Echó un vistazo al nombre que indicaba la pantalla del teléfono. Stanhope.

—¡Maldita sea! —masculló.

Abrió la pestaña del teléfono, se lo llevó a la oreja y saludó.

—¿Doctor Bowman? —preguntó una voz refinada—. Le llamo por Patience. Ha empeorado. De hecho, creo que esta vez está realmente enferma.

—¿Qué le ocurre, Jordan? —inquirió Craig mientras volvía la mirada hacia el baño.

Leona había oído el teléfono y lo estaba mirando. Craig formó en silencio la palabra «Stanhope», y Leona asintió. Sabía lo que aquello significaba, y Craig adivinó en su expresión que albergaba el mismo temor que él, es decir, que la velada que habían planeado corriera peligro. Si llegaban tarde al concierto, tendrían que esperar al intermedio para ocupar sus butacas, lo cual significaba perderse la diversión y la emoción de la entrada, que ambos esperaban con ilusión.

—No lo sé —repuso Jordan—. Parece mucho más débil de lo normal. No parece capaz ni de incorporarse en la cama.

—¿Qué otros síntomas tiene aparte de la debilidad?

—Creo que deberíamos pedir una ambulancia e ir al hospital. Está muy alterada, y me tiene muy preocupado.

—Jordan, si usted está preocupado, yo también lo estoy —señaló Craig en tono tranquilizador—. ¿Qué síntomas tiene? Quiero decir que esta mañana he estado en su casa atendiendo sus molestias habituales. ¿Se trata de algo diferente?

Patience Stanhope era una del puñado de pacientes que Craig calificaba de «pacientes problemáticos», pero sin duda era la peor del grupo. Todos los médicos tenían algún paciente así en cualquier tipo de consulta, y los hallaban pesados en el mejor de los casos y enloquecedores en el peor. Eran los pacientes que perseveraban día tras día con una letanía de dolencias que en su mayoría eran completamente psicosomáticas o inexistentes, y que rara vez respondían a ningún tratamiento, ni siquiera a los de la medicina alternativa. Craig lo había probado todo con aquellos pacientes, pero en vano. Por lo general eran personas deprimidas, exigentes, exasperantes y absorbentes. Asimismo, a causa de internet, se habían vuelto muy creativos respecto a sus supuestos síntomas y su deseo de largas conversaciones y solicitud. En su consulta anterior, tras verificar su hipocondría más allá de toda duda razonable, Craig se las arreglaba para visitarlos con la menor frecuencia posible, lo cual conseguía derivándolos a la enfermera y, en contadas ocasiones, a otro especialista, sobre todo a un psiquiatra, si conseguía persuadir a los pacientes a que acudieran a uno. Pero en su nueva etapa profesional, su capacidad de recurrir a semejantes tretas era limitada, lo que significaba que los «pacientes problemáticos» eran la única pesadilla que sufría en su consulta. Según su contable, representaban tan solo el tres por ciento de su clientela y consumían más del quince por ciento de su tiempo. Patience era el ejemplo por excelencia. Craig llevaba ocho meses visitándola al menos una vez por semana, muy a menudo por la noche. Como comentaba con frecuencia a su personal, Patience ponía a prueba su paciencia, un chiste que siempre arrancaba carcajadas.

—Esto es muy distinto —aseguró Jordan—. Muy diferente de las molestias que tenía anoche y esta mañana.

—¿En qué sentido? —quiso saber Craig—. ¿Puede darme algún detalle?

Quería saber con la mayor exactitud posible qué le pasaba a Patience y se obligó a recordarse que los hipocondríacos a veces se ponían enfermos de verdad. El problema de tratar a aquella clase de pacientes era que bajaban en gran medida el umbral de suspicacia. Era como la alegoría del niño que anunció al lobo demasiadas veces.

—El dolor se sitúa en otra parte.

—De acuerdo, es un buen punto de partida —dijo Craig.

Se encogió de hombros en dirección a Leona y le indicó con un gesto que se diera prisa. Si el problema era el que imaginaba, quería llevar a la joven consigo a la visita domiciliaria.

—¿En qué sentido es diferente el dolor?

—Esta mañana tenía dolores en el recto y en el bajo vientre.

—Lo recuerdo —contestó Craig.

¿Cómo iba a olvidarlo? Hinchazón, gases y problemas de evacuación descritos en todos sus desagradables detalles eran las molestias más habituales.

—¿Dónde le duele ahora?

—Dice que en el pecho. Nunca se había quejado del dolor en el pecho.

—Eso no es del todo cierto, Jordan. El mes pasado tuvo varios episodios de dolor en el pecho. Por eso le hice la prueba de esfuerzo.

—Es verdad, lo había olvidado. Me resulta imposible estar al corriente de todos sus síntomas.

Y a mí, sintió deseos de corroborar Craig, pero se contuvo.

—Creo que debería ir al hospital —repitió Jordan—. Me parece que le cuesta respirar e incluso hablar. Hace un rato ha conseguido decirme que tenía dolor de cabeza y náuseas.

—Las náuseas son una de sus dolencias habituales —le recordó Craig—. Y el dolor de la cabeza también.

—Pero esta vez ha vomitado un poco. También ha dicho que tenía la sensación de estar flotando en el aire y que se sentía entumecida.

—Esos son síntomas nuevos.

—Ya le digo que esto es del todo diferente.

—¿Es un dolor visceral y como aplastante, o bien agudo e intermitente, como un calambre?

—No lo sé.

—¿Puede preguntárselo? Es posible que sea importante.

—De acuerdo, espere un momento.

Craig oyó a Jordan dejar el auricular. Leona salió del baño. Estaba lista. A los ojos de Craig merecía ocupar la portada de una revista. Se lo hizo saber levantando el pulgar en señal de aprobación. Leona sonrió y preguntó en silencio qué sucedía.

Craig se encogió de hombros sin apartarse el teléfono de la oreja, pero sí de la boca.

—Me parece que tendré que hacer una visita domiciliaria.

Leona asintió.

—¿Tienes problemas con la pajarita? —inquirió acto seguido.

Craig asintió a regañadientes.

—A ver qué puedo hacer —se ofreció la joven.

Craig alzó el mentón para dejarle más espacio, y en aquel momento Jordan volvió a ponerse al teléfono.

—Dice que tiene dolores terribles, con todos los adjetivos que ha mencionado usted.

Craig asintió. Parecía un episodio clásico de la Patience a la que conocía tan bien. Eso no le ayudaba en nada.

—¿El dolor irradia hacia otras partes del cuerpo, como el brazo, el cuello u otro lugar?

—Dios mío, no lo sé. ¿Quiere que se lo pregunte?

—Sí, por favor.

Con unos cuantos movimientos hábiles, Leona tiró de los extremos lazados de la pajarita y apretó el nudo que había hecho. Tras un pequeño ajuste retrocedió un paso.

—No está mal, modestia aparte —declaró.

Craig se miró al espejo y no pudo por menos de estar de acuerdo. Leona había conseguido que pareciera un juego de niños.

Jordan se puso una vez más al teléfono.

—Dice que solo le duele el pecho. ¿Cree que está sufriendo un ataque al corazón, doctor?

—Tendremos que descartarlo, Jordan —repuso Craig—. Recuerde que le dije que había observado ciertos cambios leves en la prueba de esfuerzo, razón por la que recomendé que se sometiera a más pruebas cardíacas, aunque ella no parecía muy dispuesta.

—Ahora que lo dice, sí que me acuerdo. Pero sea cual sea la dolencia actual, creo que se está agravando. Está bastante azul.

—De acuerdo, Jordan, ahora mismo voy. Una última pregunta. ¿Se ha tomado alguno de los antidepresivos que le he dejado esta mañana?

—¿Es importante?

—Podría serlo. Si bien no parece que esté sufriendo una reacción adversa a un fármaco, tenemos que tomarlo en consideración. Se trata de una medicación nueva para ella. Por eso le dije que no empezara a tomarla hasta esta noche, cuando se acostara, por si le provocaba mareos u otros síntomas.

—No sé si se los ha tomado o no. Tiene muchos medicamentos que le recetó el doctor Cohen.

Craig asintió de nuevo. Sabía muy bien que el botiquín de Patience parecía una farmacia en miniatura. El doctor Ethan Cohen tenía tendencia a recetar muchos más medicamentos que Craig y era el antiguo médico de Patience. Había sido el doctor Cohen quien había ofrecido la oportunidad a Craig de compartir su consulta, pero en la actualidad era su socio mucho más en teoría que en la práctica. El médico también tenía problemas de salud y había cogido una baja que bien podía tornarse permanente. Craig había heredado todos sus pacientes problemáticos de su socio ausente. Para su alivio, ninguno de los pacientes problemáticos de su consulta anterior había decidido pagar la cuota necesaria para cambiar a la nueva consulta.

—Escuche, Jordan —dijo Craig—. Salgo ahora mismo, pero entretanto intente localizar el pequeño frasco de muestra que le he dado a Patience esta mañana, para que podamos contar los comprimidos.

—Haré lo que pueda —prometió Jordan.

Craig cerró el teléfono y se volvió hacia Leona.

—En efecto, tengo que hacer una visita domiciliaria. ¿Te importaría acompañarme? Si resulta ser una falsa alarma, podemos ir directamente desde allí al concierto sin perdernos el principio. Su casa no está lejos de la Sinfónica.

—Estupendo —accedió Leona alegremente.

Mientras se ponía la chaqueta del esmoquin, Craig se dirigió con paso rápido al armario de la entrada. Del estante superior sacó el maletín negro y lo abrió. Su madre se lo había regalado cuando se licenció en la facultad de medicina. En aquel momento había significado mucho para Craig, porque imaginaba cuánto tiempo habría tenido que apartar su madre el dinero sin que su padre se enterara. Era un maletín de médico grande y anticuado, confeccionado de cuero negro con cierres de latón. En su consulta anterior nunca lo había utilizado porque no hacía visitas domiciliarias, pero en el último año lo había usado mucho.

Craig guardó en el maletín una serie de cosas que creía poder necesitar, entre ellas un aparato portátil de ensayo de infarto de miocardio o de biomarcadores de ataque al corazón. La ciencia había avanzado mucho desde su época de residente. Por entonces podía llevar varios días obtener los resultados del laboratorio, mientras que ahora se podía efectuar la prueba a la cabecera del paciente. No se trataba de un ensayo cuantitativo, pero no importaba. Lo esencial era obtener las pruebas para el diagnóstico. Del mismo estante bajó el electrocardiógrafo portátil, que entregó a Leona.

Al separarse formalmente de Alexis, Craig había encontrado un piso en Beacon Hill, en el centro de Boston. Era un dúplex en la cuarta planta de un edificio sin ascensor situado en Revere Street. Era muy soleado, tenía terraza y vistas al río Charles y Cambridge. Beacon Hill era el centro neurálgico de la ciudad y satisfacía a la perfección las necesidades de Craig, sobre todo porque podía llegar a pie a varios buenos restaurantes y al distrito de los teatros. El único inconveniente menor era el estacionamiento, por lo que se había visto obligado a alquilar una plaza en un aparcamiento de Charles Street, a cinco minutos a pie de su casa.

—¿Qué posibilidades tenemos de acabar a tiempo para llegar al concierto? —preguntó Leona mientras se dirigían hacia el oeste por Storrow Drive en el Porsche nuevo de Craig.

—Por lo visto Jordan cree que la cosa va en serio —repuso Craig, alzando la voz para hacerse oír por encima del rugido del motor—. Eso es lo que me asusta. El hecho de vivir con Patience lo convierte en la persona más cualificada para valorarlo.

—¿Cómo puede vivir con ella? Patience es una lata, y en cambio él parece un hombre muy refinado.

Leona había observado a los Stanhope en la consulta en un par de ocasiones.

—Imagino que debe de tener alguna ventaja. Me da la impresión de que ella es quien tiene el dinero, pero quién sabe. La vida privada de la gente nunca es lo que parece, incluyendo la mía hasta hace bien poco —comentó mientras oprimía el muslo de Leona.

—No sé cómo puedes tener tanta paciencia con personas como ella —se maravilló Leona—. Y no pretendía hacer un juego de palabras.

—No es fácil, y entre tú y yo, no los soporto. Por suerte son una minoría. Me formaron para atender a enfermos. Para mí, los hipocondríacos se encuentran en la misma categoría que los que fingen estar enfermos. Si hubiera querido hacerme psiquiatra, habría estudiado psiquiatría.

—¿Quieres que te espere en el coche cuando lleguemos allí?

—Como quieras —contestó Craig—. No sé cuánto tardaré. A veces me acorrala durante una hora entera. Creo que deberías entrar conmigo. Te aburrirás sola en el coche.

—Será interesante ver cómo viven.

—No son una pareja estándar precisamente.

Los Stanhope vivían en una enorme casa de ladrillo de tres pisos estilo georgiano, situada en medio de una espaciosa parcela arbolada cerca del club de campo Chestnut Hill, en una zona elegante de Brighton, Massachusetts. Craig entró en el sendero circular y detuvo el coche delante del edificio. Conocía muy bien el camino. Jordan abrió la puerta mientras subían los tres escalones que conducían a ella. Craig llevaba el maletín negro, y Leona, el electrocardiógrafo.

—Está arriba, en su dormitorio —anunció Jordan de inmediato.

Era un hombre alto y de aspecto pulcro, ataviado con un batín de terciopelo verde oscuro. No manifestó sorpresa alguna al ver el atuendo formal de Craig y Leona. Se limitó a alargar a Craig un pequeño frasco de plástico, que dejó caer en la palma de su mano antes de girar sobre sus talones.

Era el frasco de muestra de Zoloft que Craig había dado a Patience aquella mañana. Al instante comprobó que faltaba uno de los seis comprimidos. A todas luces, la mujer había empezado a tomar la medicación antes de lo que Craig le había recomendado. Se guardó el frasco en el bolsillo y echó a andar en pos de Jordan.

—¿Le importa que nos acompañe mi secretaria? —le preguntó—. Tal vez pueda echarme una mano.

En la consulta, Leona había mostrado en varias ocasiones su disposición a ayudar. A Craig le había impresionado su iniciativa y su compromiso desde el principio, mucho antes de pensar en invitarla a salir. También le impresionaba el hecho de que asistiera a clases nocturnas en la Escuela de Bunker Hill, en Charleston, con la intención de obtener algún tipo de título sanitario de auxiliar o incluso de enfermera. En su opinión, ello acentuaba su atractivo.

—En absoluto —repuso Jordan por encima del hombro al tiempo que les indicaba por señas que lo siguieran.

Estaba subiendo la escalera principal, que rodeaba la ventana de paladiana situada sobre la puerta de entrada.

—Dormitorios separados —susurró Leona a Craig mientras se apresuraban a seguir a Jordan—. Qué absurdo, ¿no? Creía que estas cosas solo se veían en las películas antiguas.

Craig no respondió. Recorrieron a toda prisa un largo pasillo enmoquetado y entraron en la femenina suite principal, tapizada con lo que parecían ser varios kilómetros de seda azul. Patience estaba tendida en una cama de grandes dimensiones, recostada sobre varios almohadones muy mullidos. Una criada ataviada con un discreto uniforme de doncella francesa, que le había estado humedeciendo la frente con un paño húmedo, se incorporó al verlos.

Tras echar un breve vistazo a Patience y sin decir una palabra, Craig se acercó a toda prisa a la mujer, dejó caer el maletín sobre la cama junto a ella y le buscó el pulso. Acto seguido abrió el maletín, sacó el medidor de la tensión arterial y el estetoscopio.

—¡Pida una ambulancia! —gritó a Jordan mientras rodeaba el brazo derecho de Patience con la banda.

Sin apenas enarcar siquiera las cejas para indicar que lo había oído, Jordan se dirigió al teléfono que había sobre la mesilla de noche y marcó el número de emergencias al tiempo que despachaba a la doncella con un gesto.

—¡Dios mío! —musitó Craig al retirar la banda.

Retiró los almohadones que incorporaban a Patience, y el torso de la mujer se desplomó sobre la cama como una muñeca de trapo. Bajó la ropa de cama, le abrió el camisón y la auscultó unos instantes antes de pedir a Leona que le pasara el electrocardiógrafo. Jordan estaba hablando con la operadora de emergencias. Craig forcejeó un poco para desenrollar los cables del electrocardiógrafo y aplicó las ventosas a toda prisa con un poco de gel conductor.

—¿Se pondrá bien? —le preguntó Leona en un susurro.

—No tengo ni idea —replicó Craig—. Está cianótica, por el amor de Dios.

—¿Qué quiere decir cianótica?

—Que no tiene suficiente oxígeno en la sangre. No sé si es porque su corazón no bombea bien o porque no está respirando lo suficiente. Puede ser una de las dos cosas o ambas.

Craig se concentró en el electrocardiógrafo, que empezó a escupir la lectura. Los picos eran pequeños y muy espaciados.

Craig arrancó la tira de papel y la estudió con más detenimiento antes de guardársela en el bolsillo de la chaqueta. Luego retiró las ventosas de las extremidades de Patience.

Jordan colgó el teléfono.

—La ambulancia viene de camino.

Craig se limitó a asentir mientras revolvía el contenido del maletín en busca de una bolsa de respiración asistida. Colocó la mascarilla sobre la nariz y la boca de Patience y comprimió la bolsa. El pecho de la mujer se elevó con facilidad, lo cual sugería que ventilaba bien.

—¿Podrías encargarte tú de esto? —pidió Craig a Leona sin dejar de ventilar a Patience.

—Supongo que sí —repuso Leona, vacilante.

Se situó entre Craig y el cabezal de la cama para ocuparse de la respiración asistida.

Craig le enseñó a mantener la mascarilla sellada y la cabeza de Patience echada hacia atrás. Acto seguido examinó las pupilas de la paciente; estaban muy dilatadas y no reactivas. Mala señal. Comprobó la respiración de Patience con el estetoscopio. Seguía ventilando bien.

Craig sacó del maletín el aparato de ensayo para detectar los biomarcadores asociados al ataque de corazón. Abrió la caja de un tirón y sacó uno de los dispositivos de plástico. Con una jeringuilla pequeña y heparinizada extrajo sangre de una vena principal, la agitó y dejó caer seis gotas en la zona de muestras antes de sostener el dispositivo a la luz.

—Positivo —anunció al cabo de un instante.

Volvió a guardarlo todo de cualquier manera en el maletín.

—¿Qué es positivo? —preguntó Jordan.

—Resultado positivo de mioglobina y troponina en sangre —explicó Craig—. En términos sencillos, significa que ha sufrido un ataque al corazón.

Una vez más, Craig se cercioró con el estetoscopio de que Leona estaba ventilando correctamente a Patience.

—De modo que su impresión inicial era acertada —observó Jordan.

—Nada de eso —objetó Craig—. Me temo que está muy mal.

—Es lo que intentaba decirle por teléfono —espetó Jordan con sequedad—. Pero en aquel momento me refería al infarto.

—Está peor de lo que me dio a entender —insistió Craig mientras sacaba adrenalina y atropina, junto con un pequeño frasco de solución intravenosa.

—Perdone, pero le dije claramente que estaba empeorando.

—Me dijo que le costaba un poco respirar, y lo cierto es que apenas respiraba cuando hemos llegado. Podría habérmelo hecho saber. También me dijo que la veía bastante azul, y resulta que está completamente cianótica.

Craig inició la infusión intravenosa con movimientos eficaces. Fijó la aguja con esparadrapo y le administró adrenalina y atropina antes de colgar el frasco de solución intravenosa de la pantalla de la lámpara con ayuda de un pequeño gancho en forma de S que había confeccionado para aquellos casos.

—He intentado explicarme lo mejor posible, doctor.

—Y se lo agradezco —aseguró Craig, alzando la mano en ademán conciliador—. Lo siento, no pretendía mostrarme crítico, pero es que estoy preocupado por su mujer. Lo que tenemos que hacer ahora es llevarla al hospital lo antes posible. Necesita oxígeno y un marcapasos. Además, estoy seguro de que está acidótica y necesita tratamiento para eso.

A lo lejos se oía el ulular de la sirena de la ambulancia. Jordan salió de la habitación para bajar, abrir la puerta a los enfermeros y conducirlos hasta la habitación de Patience.

—¿Saldrá de esta? —inquirió Leona sin dejar de comprimir la bolsa de respiración asistida—. Ya no parece tan azul.

—Lo estás haciendo muy bien —contestó Craig—, pero no soy muy optimista, porque las pupilas siguen muy dilatadas y está muy flácida. Pero lo averiguaremos en cuanto la llevemos al hospital Newton Memorial, le hagan análisis de sangre, le pongan respiración asistida y un marcapasos. ¿Te importaría conducir mi coche? Quiero ir en la ambulancia por si entra en parada. Si necesita reanimación cardiopulmonar, quiero encargarme del masaje torácico.

Los enfermeros formaban un equipo muy eficiente. Eran un hombre y una mujer que a todas luces llevaban algún tiempo trabajando juntos, ya que se adelantaban a las necesidades del otro. En un abrir y cerrar de ojos pasaron a Patience a una camilla, la bajaron y la metieron en la ambulancia. Pocos minutos después de su llegada a la residencia de los Stanhope, estaban de nuevo en marcha. Conscientes de que se hallaban ante una auténtica emergencia, pusieron la sirena a todo volumen, y la mujer conducía en consecuencia. Por el camino, el enfermero llamó al hospital para ponerlos en antecedentes.

Cuando llegaron al hospital, el corazón de Patience aún latía, pero a duras penas. Habían avisado a una cardióloga a la que Craig conocía bien, y los recibió en la entrada de ambulancias. Entraron a Patience a toda velocidad, y el equipo entero se puso a trabajar con ella. Craig contó a la cardióloga cuanto sabía, incluyendo los resultados del ensayo de biomarcadores, que habían confirmado el diagnóstico de infarto de miocardio o ataque al corazón.

Tal como Craig había augurado, conectaron a Patience al aparato de respiración asistida con oxígeno al cien por cien antes de colocarle un marcapasos externo. Por desgracia, no tardaron en constatar que tenía actividad eléctrica sin pulso, lo cual significaba que el marcapasos creaba una imagen en el electrocardiograma, pero el corazón no reaccionaba con latido. Uno de los residentes se encaramó a la camilla para iniciar el masaje cardíaco. Llegaron los resultados del hemograma, y los índices de gases en sangre no eran malos, pero el nivel de acidosis era casi el más alto que la cardióloga había visto en su vida.

Craig y la cardióloga cambiaron una mirada. Ambos sabían por experiencia que la actividad eléctrica sin pulso tenía un pronóstico nefasto en los pacientes hospitalarios, aun cuando se detectara de forma precoz. La situación de Patience era mucho peor puesto que había llegado en ambulancia.

Tras varias horas realizando todos los esfuerzos posibles para que el corazón reaccionara, la cardióloga llevó a Craig aparte. Craig seguía ataviado con la camisa de vestir y la pajarita perfectamente anudada. Varias salpicaduras de sangre le adornaban la parte superior del brazo derecho, y la chaqueta del esmoquin estaba colgada de un poste de infusión intravenosa junto a la pared.

—Debe de haber sufrido una lesión masiva en el músculo cardíaco —señaló la cardióloga—. Es la única forma de explicar las anomalías de conducción y la actividad eléctrica sin pulso. Quizá las cosas habrían sido distintas si hubiéramos podido atenderla un poco antes. Por tu descripción de la secuencia de acontecimientos, imagino que el tamaño del infarto inicial aumentó de forma significativa.

Craig asintió. Se volvió para mirar al equipo, que seguía ocupado en la reanimación cardiopulmonar sobre el delgado cuerpo de Patience. Paradójicamente, había recuperado un color de piel casi normal gracias al oxígeno y al masaje cardíaco, pero por desgracia, se les estaban acabando las ideas.

—¿Tenía antecedentes de enfermedad cardiovascular?

—Hace unos meses obtuvimos un resultado equívoco en una prueba de esfuerzo —explicó Craig—. Sugería un problema menor, pero la paciente se negó a toda prueba de seguimiento.

—Mal hecho —observó la cardióloga—. Por desgracia, sus pupilas no se han reducido en ningún momento, lo que indica lesión cerebral anóxica. Teniendo en cuenta eso, ¿qué quieres hacer? Tú decides.

Craig respiró hondo y exhaló el aire ruidosamente en señal de desaliento.

—Creo que deberíamos dejarlo.

—Estoy de acuerdo —convino la cardióloga.

Le oprimió el hombro con ademán tranquilizador y regresó a la camilla para anunciar al equipo que todo había terminado.

Craig cogió la chaqueta del esmoquin y se dirigió a la recepción de urgencias a fin de firmar los papeles conforme la paciente había fallecido a causa de una parada cardíaca consecuencia de un infarto de miocardio. Luego salió a la sala de espera. Leona estaba sentada entre enfermos, heridos y familiares, hojeando una revista antigua. Tal como iba vestida, le pareció una pepita de oro entre un montón de grava anodina. La joven alzó la vista cuando se acercó a ella. Craig advirtió que comprendía la situación.

—¿No ha habido suerte? —dijo Leona.

Craig negó con la cabeza y paseó la mirada por la sala de espera.

—¿Dónde está Jordan Stanhope?

—Se fue hace más de una hora.

—¿En serio? ¿Por qué? ¿Qué ha dicho?

—Que prefería estar en casa y esperar tu llamada. Comentó que los hospitales lo deprimen.

Craig lanzó una breve carcajada.

—Muy coherente. Siempre me ha parecido un tipo raro y frío que se limitaba a cuidar de su mujer de forma mecánica.

Leona dejó la revista y siguió a Craig afuera. Craig consideró la posibilidad de decirle algo filosófico sobre la vida, pero cambió de idea. No creía que Leona lo entendiera y le preocupaba no saber explicárselo. Ninguno de los dos habló hasta que llegaron al coche.

—¿Quieres que conduzca? —se ofreció Leona.

Craig sacudió la cabeza, le abrió la portezuela del acompañante, rodeó el coche y se sentó al volante sin arrancar el motor.

—Es evidente que nos hemos perdido el concierto —constató con la mirada fija al frente.

—De lejos —corroboró Leona—. Son más de las diez. ¿Qué quieres hacer?

Craig no tenía ni idea. Solo sabía que debía llamar a Jordan Stanhope y que la perspectiva no le hacía ninguna gracia.

—Perder a un paciente debe de ser lo peor de ser médico —comentó Leona.

—A veces es peor enfrentarse a los supervivientes —replicó Craig sin saber cuán proféticas resultarían ser sus palabras.

Nueva York, 19.10 horas.

El doctor Jack Stapleton llevaba sentado en su exiguo despacho en la quinta planta de la oficina del forense más horas de las que estaba dispuesto a admitir. Su compañero de despacho, el doctor Chet McGovern, lo había abandonado poco después de las cuatro para ir a su gimnasio pijo del centro. Como hacía a menudo, había intentado convencer a Jack para que lo acompañara con jugosas descripciones del nuevo lote de jovencitas que asistían a su clase de *body sculpting* con sus modelitos ajustados que nada dejaban a la imaginación. Sin embargo, Jack había declinado la invitación con la respuesta habitual de que, en cuestión de deportes, prefería ser participante a espectador. Le resultaba increíble que a Chet todavía le hiciera gracia lo que se había convertido en una réplica tan trillada.

A las cinco en punto, la doctora Laurie Montgomery, compañera y amiga del alma de Jack, asomó la cabeza al despacho para anunciar que se iba a casa a ducharse y cambiarse para la cita romántica que Jack había organizado para los dos en su restaurante predilecto de Nueva York, Elio's, donde habían celebrado muchas cenas memorables a lo largo de los años. Le sugirió que la acompañara para refrescarse, pero de nuevo Jack declinó el ofrecimiento, alegando que estaba ahogado de trabajo y que se reuniría con ella en el restaurante a las ocho. A diferencia de Chet, Laurie no intentó hacerle cambiar de opinión. Desde su punto de vista, era tan infrecuente que Jack se mostrara tan disponible una noche entre semana que lo que más deseaba era hacer lo imposible por alentar aquel comportamiento. Por regla general, los planes de Jack después del trabajo incluían el regreso a casa en bicicleta a una velocidad temeraria, un agotador partido en la cancha de baloncesto del barrio con sus colegas de la zona, una ensalada rápida en uno de los restaurantes de Columbus Avenue alrededor de las nueve y poco después una caída en picado sobre la cama.

Pese a lo que había dicho, Jack no tenía mucho trabajo y llevaba un buen rato, sobre todo la última hora, remoloneando para mantenerse ocupado. De hecho, ya antes de sentarse a su mesa tenía bastante al día todas sus autopsias pendientes. La razón por la que se estaba obligando a trabajar aquella tarde en concreto residía en que quería mantener la mente ocupada en un intento vano de dominar el nerviosismo que le ocasionaba el plan secreto que había urdido para aquella velada. Sumergirse en el trabajo o bien en actividades deportivas intensas había sido su bálsamo y su salvación durante los últimos catorce años, de modo que no estaba dispuesto a prescindir ahora de esa treta. Por desgracia, el escaso trabajo que se había impuesto a sí mismo no le interesaba en absoluto, sobre todo porque se le estaba acabando. Su mente empezó a desviarse hacia regiones prohibidas, amenazando con atormentarlo lo suficiente para que se retractara del plan. Fue en aquel momento cuando sonó su móvil. Miro el reloj. Faltaba menos de una hora para el momento crucial. Sintió que se le aceleraba el pulso. Una llamada en aquel momento no auguraba nada bueno. Puesto que la probabilidad de que se tratara de Laurie era nula, la probabilidad de que se tratara de alguien capaz de tirar por la borda sus planes era inmensa.

Retiró el teléfono de la pinza de la cintura y echó un vistazo a la pantalla. Tal como había temido, era Allen Eisenberg. Allen era uno de los residentes de patología en nómina de la oficina del forense para cubrir situaciones rutinarias fuera del horario normal, problemas que en opinión del investigador forense requerían la presencia de un médico. Si el problema escapaba a los conocimientos del residente de patología, se hacía necesario avisar al forense de guardia, que aquella noche era Jack.

—Siento tener que llamarle, doctor Stapleton —se disculpó Allen con voz áspera y quejumbrosa.

—¿Qué ocurre?

—Un suicidio, señor.

—¿Y bien? ¿No pueden ocuparse ustedes?

Jack no conocía demasiado bien a Allen, pero sí a Steve Marriott, el investigador forense del turno de noche, un profesional con mucha experiencia.

—Se trata de un caso sonado, señor. La difunta es la esposa o novia de un diplomático iraní. Lleva un buen rato gritándole a todo el mundo y amenazando con llamar al embajador iraní. El señor Marriott me ha llamado para pedirme ayuda, pero creo que la situación me sobrepasa.

Jack no respondió. No tendría más remedio que acudir. Aquellos casos notorios siempre acababan teniendo implicaciones políticas, la parte del trabajo que Jack más detestaba. No sabía si podía acudir al lugar de la muerte y llegar a tiempo al restaurante, lo cual no hizo más que acentuar su ansiedad.

—¿Sigue ahí, doctor Stapleton?

—Que yo sepa sí —replicó Jack.

—Creía que se había cortado —comentó Allen—. En fin, el lugar es el apartamento cincuenta y cuatro J de las Torres de Naciones Unidas, en la calle Cuarenta y siete.

—¿Alguien ha movido o tocado el cadáver? —inquirió Jack mientras se ponía la americana de pana marrón y palmeaba sin darse cuenta el objeto que llevaba en el bolsillo derecho.

—El investigador forense y yo no.

—¿Qué me dice de la policía? —preguntó Jack al tiempo que recorría el pasillo desierto en dirección a los ascensores.

—No lo creo, pero todavía no lo he preguntado.

—¿Y el marido o novio?

—Tendrá que preguntárselo a la policía. Tengo a mi lado al detective encargado del caso, y quiere hablar con usted.

—Pásemelo.

—¡Eh, colega! —bramó una voz, obligando a Jack a apartarse el auricular de la oreja—. ¡Haz el favor de mover el culo y venir ya mismo!

Jack reconoció la voz de inmediato; pertenecía al teniente Lou Soldano, de la división de Homicidios de la Policía de Nueva York y amigo suyo desde hacía diez años. Jack lo conocía desde hacía casi tanto tiempo como a Laurie. De hecho, había sido ella quien los presentara.

—¡Tendría que haberme imaginado que andarías metido en esto! —se lamentó Jack—. Espero que recuerdes que tenemos que estar en Elio's a las ocho.

—Eh, que yo no decido los horarios de estas porquerías. Pasan cuando pasan.

—¿Qué estás haciendo en un suicidio? ¿Creéis que igual es otra cosa?

—¡Qué va! Es un suicidio, está clarísimo, con un disparo de contacto en la sien derecha. Mi presencia se debe a una petición especial de mi querido capitán por deferencia a las partes implicadas, capaces de armar la gorda si se lo proponen. ¿Vienes o qué?

—Ahora mismo salgo. ¿Alguien ha movido o tocado el cadáver?

—Nosotros no.

—¿Quién está gritando?

—El diplomático, el novio o marido, todavía no sabemos cuál de las dos cosas. Es un enano, pero muy guerrero, y me hace añorar a los afligidos calladitos. No ha parado de gritarnos desde que hemos llegado, intentado darnos órdenes como si fuera Napoleón.

—¿Qué le pasa? —quiso saber Jack.

—Quiere que tapemos a su mujer o novia y está cabreadísimo porque hemos insistido en no tocar nada hasta que vosotros acabéis de examinarlo todo.

—¡Un momento! —exclamó Jack—. ¿Me estás diciendo que la mujer está desnuda?

—En pelota picada. Por no llevar, no lleva ni vello púbico. Va afeitada como una bola de billar, lo cual...

—¡Lou! —lo interrumpió Jack—. ¡No se ha suicidado!

—¿Cómo dices? —preguntó Lou, incrédulo—. ¿Pretendes decirme que sabes que es un homicidio sin ni siquiera haber visto el escenario de la muerte?

—Lo examinaré, por supuesto, pero ya te digo ahora que no ha sido un suicidio. ¿Hay alguna nota?

—Se supone que sí, pero está en farsi, así que no sé qué dice. El diplomático dice que es una nota de suicidio.

—No ha sido un suicidio, Lou —insistió Jack.

En aquel momento llegó el ascensor. Jack entró, pero mantuvo las puertas abiertas para no perder la cobertura.

—Te apuesto cinco dólares. Nunca he sabido de ninguna mujer que se suicidara desnuda. Esas cosas no pasan y punto.

—¡Estarás de guasa!

—No. Lo que pasa es que las mujeres suicidas no quieren que las encuentren desnudas. Será mejor que actúes en consecuencia y avises a los de la policía científica. Y ya sabes que el diplomático guerrero, marido, novio o lo que sea, tiene que ser tu principal sospechoso. No permitas que desaparezca en la embajada iraní, porque podrías no volver a verlo.

Las puertas del ascensor se cerraron en el momento en que Jack cerraba la pestaña del teléfono. Esperaba que aquella interrupción de sus planes no encerrara un significado más profundo. La verdadera bestia negra de Jack era el miedo a que la muerte acechara a sus seres queridos, convirtiéndolo en cómplice cuando morían. Miró el reloj. Eran las siete y veinte.

—Maldita sea. —Masculló y golpeó unas cuantas veces la puerta del ascensor con la palma de la mano en señal de frustración.

Tal vez le conviniera replantearse la idea.

Con la rapidez nacida de la costumbre, Jack sacó la bicicleta de montaña de la zona del depósito de cadáveres donde se almacenaban los ataúdes de Potter's Field, se puso el casco y la llevó hasta el portón de carga de la calle Treinta. Montó entre los furgones del depósito y salió a la calle. Al llegar a la esquina giró a la derecha por la Primera Avenida.

Una vez sobre la bicicleta, la angustia de Jack se disipó. Se puso de pie para pedalear con más fuerza, y la bicicleta cobró velocidad en un abrir y cerrar de ojos. El tráfico de la hora punta se había despejado un tanto, de modo que los coches, taxis, autobuses y camiones circulaban a buen ritmo. Jack no podía conducir a aquella velocidad, pero casi. Una vez alcanzó su velocidad de crucero, se sentó de nuevo en el sillín y cambió a un desarrollo mayor. Gracias al ejercicio diario con la bicicleta y el baloncesto, estaba en una forma física espectacular.

Era un atardecer glorioso, con un fulgor dorado que difuminaba las siluetas de los edificios. Algunos rascacielos se recortaban prístinos contra el cielo azul, que se oscurecía a cada minuto que pasaba. Jack dejó el Centro Médico de la Universidad de Nueva York a su derecha y un poco más al norte, el complejo de la Asamblea General de la ONU. En cuanto pudo, se desplazó hacia la izquierda para poder torcer por la calle Cuarenta y siete, que era de una sola dirección y lo conduciría hacia el este.

Las Torres de la ONU se hallaban a poca distancia de la Primera Avenida. La impresionante estructura de vidrio y mármol se elevaba sesenta y tantas plantas hacia el cielo crepuscular. Justo enfrente de la marquesina que se extendía desde la entrada hasta la calle había estacionados varios coches patrulla de la policía de Nueva York con las luces del techo encendidas. Numerosos neoyorquinos curtidos por la ciudad pasaban por delante sin mirar siquiera. También vio un destartalado Chevrolet Malibú aparcado en doble fila junto a uno de los coches patrulla. Era el de Lou. Delante del Malibú había un coche fúnebre de los Servicios Sanitarios y Humanos.

Mientras aseguraba la bicicleta a una señal de prohibido aparcar, la angustia volvió a apoderarse de él. El trayecto había sido demasiado corto para surtir un efecto duradero. Eran las siete y media. Mostró su identificación de forense al portero uniformado, quien le indicó que subiera al piso treinta y cuatro.

En el apartamento 54 J, la situación se había calmado bastante. Cuando Jack entró, Lou Soldano, Allen Eisenberg, Steve Marriott y varios agentes uniformados estaban sentados en el salón como si de la sala de espera de un médico se tratara.

—¿Qué hay? —preguntó Jack.

En el salón reinaba un silencio absoluto.

—Te estábamos esperando a ti y a los de la policía científica —repuso Lou al tiempo que se levantaba.

Los demás siguieron su ejemplo. En lugar de su proverbial atuendo arrugado y algo desaliñado, Lou llevaba una camisa pulcramente planchada y abrochada hasta el cuello, una corbata nueva muy discreta y una elegante americana a cuadros que por desgracia no le quedaba demasiado bien, pues resultaba algo pequeña para su corpulenta figura. Lou era un detective curtido que había pasado seis años en la unidad de crimen organizado antes de pasar a homicidios, donde llevaba más de una década, y su aspecto era acorde a su trayectoria.

—Vaya, vaya, estás muy elegante —comentó Jack.

Incluso el cabello muy corto de Lou parecía recién cepillado, y no había rastro de su famosa barba incipiente.

—Todo lo elegante que puedo estar —replicó Lou al tiempo que alzaba los brazos como si quisiera mostrar los bíceps—. En honor de tu cena, me he escabullido a casa para cambiarme. ¿Qué celebramos, por cierto?

—¿Dónde está el diplomático? —inquirió a su vez Jack, haciendo caso omiso de la pregunta de Lou.

Echó un vistazo a la cocina y a una estancia que se utilizaba como comedor. A excepción del salón, el piso parecía desierto.

—Se ha largado —repuso Lou—. Salió hecho una furia después de que hablara contigo, amenazándonos a todos con consecuencias terribles.

—No deberías haberlo dejado marchar —objetó Jack.

—¿Y qué querías que hiciera? —se quejó Lou—. No tenía una orden de detención.

—¿No podrías haberlo retenido para interrogarlo hasta que llegara yo?

—Mira, el capitán me ha encargado el caso para no complicar las cosas. Retener a ese tipo en este momento las habría complicado pero que mucho.

—Vale —accedió Jack—. De todas formas, es problema tuyo, no mío. Veamos el cadáver.

Lou señaló la puerta abierta del dormitorio.

—¿Habéis identificado ya a la mujer? —preguntó Jack.

—Todavía no. El supervisor del edificio dice que llevaba aquí menos de un mes y que hablaba poco inglés.

Jack miró en derredor antes de acercarse al cadáver. La habitación despedía un leve olor a carnicería. La decoración era de diseño, con paredes y moqueta negras, el techo de espejo y las cortinas, los objetos de adorno, los muebles y la ropa de cama, blancos. Tal como Lou le había explicado, el cadáver estaba completamente desnudo, cruzado en posición supina sobre la cama con los pies colgando por el borde izquierdo. Sin duda había sido de tez muy morena en vida, pero ahora su piel aparecía cenicienta sobre la sábana, a excepción de unos cuantos cardenales en el rostro y un ojo morado. Tenía los brazos extendidos a los lados con las palmas vueltas hacia arriba. En la mano derecha sostenía una pistola automática, con el dedo índice junto al gatillo. Su cabeza se ladeaba ligeramente hacia la derecha, y tenía los ojos abiertos. En la parte superior de la sien derecha se apreciaba con claridad un balazo de entrada. Detrás de la cabeza, una gran mancha de sangre teñía la sábana blanca. De la víctima partían hacia la izquierda algunas salpicaduras de sangre, así como fragmentos de tejidos.

—Algunos de estos tipos de Oriente Próximo pueden llegar a ser muy brutos con sus mujeres —comentó Jack.

—Eso he oído —convino Lou—. ¿Los cardenales y el ojo morado se deben a la herida de bala?

—Lo dudo —repuso Jack antes de volverse hacia Steve y Allen—. ¿Han sacado fotografías del cadáver?

—Sí —asintió Steve Marriott desde cerca de la puerta.

Jack se puso unos guantes de látex y retiró con cuidado el cabello oscuro, casi negro de la mujer para descubrir la herida de entrada. La lesión mostraba una distintiva forma estrellada, lo cual indicaba que el cañón del arma había estado en contacto con la víctima en el momento del disparo.

Con suma delicadeza, Jack giró la cabeza de la mujer para examinar la herida de salida. Se encontraba debajo de la oreja izquierda.

—Bueno, aquí tenemos más pruebas —comentó mientras se incorporaba.

—¿Pruebas de qué? —inquirió Lou.

—De que no es un suicidio —explicó Jack—. La bala entró desde arriba en un ángulo descendente. La gente no se dispara así.

Jack formó una pistola con la mano derecha y se oprimió el dedo índice contra la sien como si del cañón se tratara. El plano del dedo quedaba paralelo al suelo.

—Cuando una persona se pega un tiro, la trayectoria de la bala suele ser casi horizontal o quizá un poco ascendente, pero nunca descendente. Esto es un homicidio escenificado para que parezca un suicidio.

—Vaya, muchas gracias —refunfuñó Lou—. Tenía la esperanza de que tu deducción sobre su desnudez fuera equivocada.

—Lo siento —se disculpó Jack.

—¿Tienes idea de cuánto tiempo lleva muerta?

—Todavía no, pero a bote pronto diría que no mucho. ¿Alguien ha oído el disparo? Eso nos daría información más precisa.

—Por desgracia no —repuso Lou.

—¡Teniente! —lo llamó uno de los agentes uniformados desde el umbral—. Ha llegado la policía científica.

—Dígales que vengan ya mismo —respondió Lou por encima del hombro antes de volverse de nuevo hacia Jack—. ¿Has terminado o qué?

—Sí. Tendremos más datos para vosotros mañana por la mañana. Yo mismo me encargaré de la autopsia.

—En tal caso, haré lo posible por estar ahí.

A lo largo de los años, Lou había aprendido a valorar la gran cantidad de información que podía obtenerse de las víctimas de homicidio durante la autopsia.

—Estupendo —dijo Jack mientras se quitaba los guantes—. Me largo.

Miró el reloj. Aún no eran las ocho, pero llegaría tarde; eran las siete y cincuenta y dos. Le llevaría más de ocho minutos llegar al restaurante. Miró a Lou, que se había agachado para examinar un pequeño desgarrón en la sábana a cierta distancia del cadáver, cerca del cabezal.

—¿Qué has encontrado?

—¿Qué te parece esto? ¿Crees que puede ser el punto donde la bala penetró en el colchón?

Jack se inclinó para examinar el desgarrón lineal de un centímetro de longitud y asintió.

—Diría que sí. Hay un poco de sangre en los bordes.

Lou se irguió cuando los técnicos de la policía científica entraron con su equipo. Lou les pidió que sacaran la bala, y los técnicos le prometieron que harían cuanto estuviera en su mano.

—¿Crees que podrías escaparte de aquí a una hora razonable? —preguntó Jack.

—No veo por qué no puedo irme contigo —respondió Lou con un encogimiento de hombros—. Sin el diplomático, no hay motivo para que me quede. Te llevo.

—He venido en bicicleta —señaló Jack.

—¿Y qué? La cargamos en mi coche, así llegarás antes. Además, irás más seguro que en tu bici. Me parece increíble que Laurie aún te deje montar en ese trasto por la ciudad, sobre todo cuando veis a tantos mensajeros atropellados.

—Voy con mucho cuidado —aseguró Jack.

—Y una mierda —espetó Lou—. Te he visto ir como un loco más de una vez.

Jack intentó decidir qué hacer. Quería ir en bici por su efecto balsámico y también porque no soportaba el hedor de los ochocientos millones de cigarrillos que se habían fumado en el Chevrolet de Lou, pero tenía que reconocer que, tal como conducía Lou, sería un medio de transporte más rápido, e iba mal de tiempo.

—De acuerdo —accedió a regañadientes.

—Madre mía, un arranque de madurez —exclamó Lou al tiempo que sacaba las llaves y se las lanzaba—. Mientras te ocupas de cargar la bicicleta, hablaré con mis chicos para asegurarme de que lo tienen todo claro.

Al cabo de diez minutos, Lou conducía hacia el norte por Park Avenue, según él el trayecto más rápido hacia la parte alta de la ciudad. La bicicleta de Jack estaba en el asiento posterior con las dos ruedas desmontadas. Jack había insistido en bajar las cuatro ventanillas, de modo que entraba mucho aire, pero al menos se podía respirar pese al cenicero rebosante de colillas.

—Pareces un poco tenso —comentó Lou mientras rodeaban la estación central por el paso elevado.

—No me gusta llegar tarde.

—Como mucho llegaremos un cuarto de hora tarde, lo cual en mi opinión no es llegar tarde.

Jack miró por la ventanilla derecha. Lou tenía razón. Un cuarto de hora no era ninguna barbaridad, pero saberlo no mitigaba en modo alguno su ansiedad.

—Bueno, ¿qué celebramos? Al final no me lo has dicho.

—¿Hay que celebrar algo? —replicó Jack.

—Vale, vale —murmuró Lou, mirándolo de reojo.

Su amigo se estaba comportando de un modo extraño, pero decidió no insistir. Algo pasaba, pero lo dejaría correr.

Aparcaron en una zona prohibida a pocos pasos de la entrada del restaurante. Lou arrojó la tarjeta de coche policial sobre el salpicadero.

—¿Crees que es prudente? —preguntó Jack—. No me gustaría que la grúa se llevara mi bici con tu coche.

—¡La grúa no se va a llevar mi coche! —aseguró Lou con convicción.

Los dos hombres entraron en Elio's y se dispusieron al combate. El establecimiento estaba abarrotado, sobre todo en la zona del bar cerca de la puerta principal.

—Todo el mundo ha vuelto de los Hamptons —comentó Lou a voz en cuello para hacerse oír por encima del estruendo de voces y risas.

Jack asintió y se disculpó ante los que estaban delante de él para adentrarse en el restaurante. La gente apartó sus copas para dejarlo pasar. Buscaba a la encargada, a la que recordaba como una mujer esbelta de hablar suave y sonrisa afable. Antes de que la encontrara, alguien le palmeó el hombro con insistencia. Al volverse se encontró frente a los ojos verdiazules de Laurie. Observó que se había tomado muy en serio lo de arreglarse. La exuberante cabellera color caoba le caía sobre los hombros en lugar de estar atrapada en la discreta trenza que llevaba a diario. Vestía uno de los conjuntos predilectos de Jack, una blusa blanca fruncida de estilo victoriano y cuello alto y bajo una americana de terciopelo color miel. A la luz mortecina del restaurante, su piel relucía como iluminada desde el interior.

A los ojos de Jack estaba espléndida, pero había un problema. En lugar de la expresión cálida y emocionada que esperaba, en el rostro de Laurie se pintaba una expresión gélida, pétrea. Rara vez se molestaba en disimular sus emociones, y Jack supo que algo andaba mal.

Se disculpó por llegar tarde y le explicó que lo habían llamado para examinar un caso, en el que se había topado con Lou. Extendió la mano a su espalda para incluir a Lou en la conversación. Lou y Laurie se besaron varias veces en las mejillas. A su vez, Laurie tendió la mano hacia su espalda para tirar de Warren Wilson y su novia de siempre, Natalie Adams. Warren era un afroamericano musculoso de estatura formidable con quien Jack jugaba a baloncesto casi cada noche. Como consecuencia de ello, se habían hecho grandes amigos.

Tras intercambiar saludos, Jack gritó que iría en busca de la encargada para saber si su mesa estaba lista. Mientras empezaba a abrirse paso hacia la mujer, percibió que Laurie lo seguía de cerca.

Jack se detuvo ante el atril de la encargada. Tras él se alzaba una divisoria que separaba el comedor de los clientes del bar. Jack divisó a la encargada acomodando a un grupo en una mesa. Se volvió hacia Laurie para averiguar si su expresión había cambiado gracias a su disculpa de antes.

—No has llegado tarde —constató Laurie como si le hubiera leído el pensamiento; pese a que se trataba de un comentario de perdón, el tono lo desmentía—. Hemos llegado justo antes que tú y Lou, así que no pasa nada.

Jack escudriñó el rostro de Laurie. A juzgar por la posición de su mandíbula y los labios apretados, seguía enfadada, pero no sabía por qué.

—Pareces alterada. ¿Hay algo que debería saber?

—Esperaba una cena romántica —replicó Laurie en tono ahora más afligido que molesto—. No me dijiste que invitarías a un montón de gente.

—Warren, Natalie y Lou no son precisamente un montón de gente —objetó Jack—. Son nuestros mejores amigos.

—Bueno, pues podrías y deberías haberme avisado —insistió Laurie, de nuevo con actitud molesta—. Es evidente que he sobreinterpretado el significado de esta cena.

Jack apartó la vista un instante para dominar sus propias emociones. Después de la ansiedad y los sentimientos encontrados que le había costado la planificación de la velada, no estaba preparado para una reacción negativa, aun cuando fuera comprensible. A todas luces, había herido sin proponérselo los sentimientos de Laurie al obsesionarse tanto con los suyos. Ni siquiera se le había pasado por la cabeza que ella esperara una cena a solas con él.

—¡Haz el favor de no poner esa cara! —espetó Laurie—. Podrías haberme explicado mejor en qué consistía la cena. Sabes perfectamente que nunca me opongo a que salgamos con Warren y Lou.

Jack miró a ambos lados y se mordió la lengua para no replicar. Por fortuna, sabía que si lo hacía, la velada bien podía tornarse insalvable. Respiró hondo, decidió reconocer su error y de nuevo miró a Laurie.

—Lo siento —dijo con toda la sinceridad que fue capaz de reunir dadas las circunstancias—. No se me ocurrió la posibilidad de que te molestara que montara una cena con amigos. Debería haber sido más claro. Para serte sincero, he invitado a los demás para que me ayuden.

Laurie frunció el ceño con evidente desconcierto.

—¿Para que te ayuden a qué? No lo entiendo.

—Ahora mismo es difícil de explicar —aseguró Jack—. ¿Podrías darme media hora?

—Bueno... —accedió Laurie, aún perpleja—. Pero no puedo imaginar a qué clase de ayuda te refieres. Sin embargo, gracias por disculparte.

—De nada —repuso Jack y exhaló el aire con fuerza antes de volverse de nuevo hacia las profundidades del restaurante—. Bueno, ¿dónde está la encargada y dónde está nuestra mesa?

Tardaron otros veinte minutos en sentarse a una mesa hacia el fondo de la sala. Para entonces, Laurie parecía haber olvidado la tensión momentánea y se comportaba como si lo estuviera pasando en grande, riendo a menudo y conversando animadamente. No obstante, Jack tenía la sensación de que rehuía su mirada. Estaba sentada a su derecha, de modo que lo único que veía era su perfil bien definido.

Para deleite de Jack y Laurie, acudió a su mesa el mismo camarero de largos bigotes que los había atendido en sus anteriores cenas en Elio's. Casi todas aquellas cenas habían sido magníficas, otras no tanto, pero aun así inolvidables. La última de ellas, un año antes, se hallaba en la segunda categoría y había marcado el nadir de su relación, durante una pausa de un mes en su convivencia. En aquella ocasión, Laurie había anunciado a Jack que estaba embarazada, y este había tenido la desfachatez de preguntarle con descaro quién era el padre. Aunque más tarde habían recompuesto su relación, el embarazo tuvo que interrumpirse de forma precipitada; se trataba de un embarazo ectópico que requirió cirugía urgente para salvar la vida de Laurie.

En apariencia por iniciativa propia, aunque en realidad siguiendo instrucciones previas de Jack, el camarero procedió a distribuir esbeltas copas de champán y a abrir una botella. El grupo lo vitoreó al oír el chasquido del corcho. El camarero llenó rápidamente todas las copas.

—Eh, tío —exclamó Warren mientras levantaba la suya—, por la amistad.

Todo el mundo siguió su ejemplo salvo Jack, que alzó una mano vacía.

—Si no os importa, me gustaría decir algo. Todos os habréis preguntado por qué os he invitado aquí esta noche, sobre todo Laurie. La verdad es que necesitaba vuestra ayuda para hacer algo que llevo tiempo queriendo hacer, pero hasta ahora no he conseguido reunir el valor suficiente. Dicho esto, me gustaría proponer un brindis bastante egoísta.

Jack deslizó la mano en el bolsillo lateral de su americana. Tras un leve forcejeo logró sacar una cajita cuadrada envuelto en papel color azul turquesa claro y adornado con un lazo plateado. Lo dejó sobre la mesa delante de Laurie y alzó su copa.

—Me gustaría brindar por Laurie y por mí.

—¡Genial! —exclamó Lou, encantado—. Por vosotros.

Alzó la copa y todos los demás lo imitaron, salvo Laurie.

—Por vosotros —repitió Warren.

—¡Eso, eso! —corroboró Natalie.

Todos bebieron menos Laurie, que estaba fascinada por el estuche colocado ante ella. Creía saber qué estaba sucediendo, pero no daba crédito. Luchó por dominar su lado emocional, que amenazaba con aflorar a la superficie.

—¿No vas a participar en el brindis? —le preguntó Jack.

Su inmovilidad le suscitó una desagradable duda respecto a la reacción que había esperado de ella. De repente se preguntó qué diría y haría si lo rechazaba.

Con cierta dificultad, Laurie apartó la vista de la cajita cuidadosamente envuelta para mirar a Jack. Creía saber qué contenía el paquete, pero la asustaba reconocerlo; se había equivocado demasiadas veces en el pasado. Amaba a Jack, pero sabía que estaba sometido a una gran carga psicológica. No cabía duda de que había quedado traumatizado por una tragedia antes de que se conocieran, y Laurie se había acostumbrado a la posibilidad de que tal vez jamás llegara a superarla.

—¡Venga! —instó Lou—. ¿Qué narices es? Ábrelo.

—Sí, vamos, Laurie —se sumó Warren.

—¿Tengo que abrirlo ahora? —preguntó Laurie sin apartar la mirada de Jack.

—Era lo que tenía en mente —repuso Jack—. Claro que si lo prefieres puedes esperar un par de años más. Lo último que quiero es presionarte.

Laurie esbozó una sonrisa. En ocasiones, el sarcasmo de Jack le hacía gracia. Con dedos temblorosos retiró el lazo y luego el envoltorio. Todos se inclinaron hacia delante menos Jack. El estuche que contenía el paquete estaba forrado de terciopelo negro arrugado. Nerviosa por la posibilidad de que Jack le estuviera gastando una broma intrincada y de mal gusto, Laurie abrió el estuche. Un solitario de Tiffany refulgió ante sus ojos, iluminado por lo que se antojaba una luz interior.

Dio la vuelta al estuche para que los demás vieran la joya mientras ella cerraba los ojos y pugnaba por contener las lágrimas. La tendencia a sucumbir a las emociones era un rasgo propio de ella que detestaba, si bien dadas las circunstancias, incluso ella era capaz de comprenderlo. Jack y ella llevaban casi una década de relación y habían vivido juntos a temporadas. Ella siempre había querido casarse con él y estaba convencida de que él sentía lo mismo.

Lou, Warren y Natalie lanzaron sendas exclamaciones de admiración.

—¿Y bien? —preguntó Jack a Laurie.

Laurie intentó recobrar el control. Se enjugó una lágrima en cada ojo con el nudillo, alzó la mirada hacia Jack y tomó la decisión de darle la vuelta a la tortilla y fingir que no entendía a qué se refería. Bien se lo podría haber dicho con claridad. Después de todos aquellos años, quería oírlo decir qué significaba aquel anillo de compromiso.

—¿Y bien qué? —replicó.

—¡Es un anillo de compromiso! —exclamó Jack con una carcajada breve y algo avergonzada.

—Ya lo sé —dijo Laurie—, pero ¿qué significa?

Estaba encantada; presionar a Jack le reportaba el beneficio de poder dominar sus propias emociones. Incluso se permitió esbozar una leve sonrisa mientras lo veía removerse inquieto en su silla.

—¡Al grano, burro! —le espetó Lou—. ¡Pídeselo!

Jack se dio cuenta de lo que había hecho Laurie y también sonrió.

—¡Vale, vale! —exclamó para acallar a Lou—. Laurie, amor mío, a pesar del peligro que corrieron en el pasado mis seres queridos y el temor a que dicho peligro te afecte también a ti, ¿quieres casarte conmigo?

—¡Eso ya está mejor! —elogió Lou al tiempo que volvía a alzar la copa—. Propongo un brindis por la declaración de Jack.

Esta vez, todos bebieron.

—¿Y bien? —repitió Jack, concentrándose de nuevo en Laurie.

Laurie meditó unos instantes antes de responder.

—Conozco tus temores y entiendo su origen, pero no los comparto. Sea como fuere, acepto el riesgo, sea real o imaginario. Si me pasa algo malo, será solo culpa mía. Dicho esto…, sí, me encantaría casarme contigo.

Todos lanzaron vítores mientras Jack y Laurie se besaban y

abrazaban con cierta timidez. Acto seguido, Laurie sacó el anillo del estuche, se lo puso y extendió la mano para comprobar el efecto.

—Me va perfecto. ¡Y es precioso!

—Tomé prestado uno de tus anillos por un día para asegurarme —reconoció Jack.

—No es precisamente el pedrusco más grande que he visto en mi vida —refunfuñó Lou—. ¿Viene con una lupa?

Jack le arrojó la servilleta, que Lou cazó al vuelo antes de que se le estrellara contra el rostro.

—Tus mejores amigos siempre son sinceros —rió Lou al tiempo que le devolvía la servilleta.

—Tiene el tamaño perfecto —aseguró Laurie—. No me gustan las joyas llamativas.

—Pues entonces perfecto —constató Lou—, porque llamativo no es, desde luego.

—¿Cuándo será el gran día? —quiso saber Natalie.

Jack miró a Laurie.

—Evidentemente, no hemos hablado de ello, pero creo que dejaré que Laurie tome la decisión.

—¿En serio? —preguntó Laurie.

—En serio —asintió Jack.

—En tal caso me gustaría hablar con mi madre acerca de la fecha. Me ha dicho muchas veces que le gustaría celebrar mi boda en la iglesia de Riverside. Sé que es allí donde le habría gustado casarse, pero no pudo ser. Si te parece bien, me gustaría que ella pudiera opinar en lo relativo al día y el lugar.

—Me parece estupendo —aseguró Jack—. Bueno, ¿dónde está el camarero? Necesito más champán.

Boston, 9 de octubre de 2005, 16.45 horas.
Un mes después.

Había sido una sesión de gimnasio magnífica. Craig Bowman había pasado media hora en la sala de pesas para hacer estiramientos y tonificar los músculos. A continuación había participado en una serie de partidos de baloncesto tres contra tres muy competitivos. Por pura suerte había conseguido formar equipo con dos jugadores excelentes. Durante más de una hora, él y sus compañeros no habían perdido un solo partido y solo habían abandonado finalmente la cancha por agotamiento. Después del baloncesto, Craig se había dado el gusto de un masaje, seguido de un baño de vapor y una ducha.

En aquel momento, Craig estaba de pie ante el espejo de la sección VIP del vestuario masculino del Sports Club/LA, examinando su reflejo con ojo crítico. Tenía que reconocer que hacía años que no estaba tan en forma. Había perdido diez kilos y dos centímetros y medio de cintura desde que se apuntara al gimnasio seis meses atrás. Más manifiesta todavía era la desaparición de la redondez y la tez cetrina en su rostro, que había dado paso a una piel de aspecto sonrosado y saludable. En un intento de modernizar su imagen, se había dejado crecer un poco el cabello pajizo y se lo había arreglado en una peluquería, de modo que ahora se lo peinaba hacia atrás por los lados en lugar de dividírselo en el lado izquierdo de la cabeza, como había hecho toda la vida. Desde su punto de vista, el cambio era tan notable que un año antes ni siquiera él mismo se habría reconocido. Desde luego, ya no era aquel médico anodino y aburrido.

En la actualidad, Craig acudía al gimnasio tres veces por semana, los lunes, miércoles y viernes. De los tres días, el viernes era el mejor, porque el club estaba menos concurrido y además se añadía el estímulo psicológico de tener todo el fin de semana por delante, lleno de promesas. Había decidido cerrar la consulta el viernes a mediodía y atender las llamadas por el móvil. De ese modo, Leona podía ir al gimnasio con él. Como regalo para ella y para sí mismo, le pagaba la cuota del club.

Algunas semanas antes, Leona se había mudado a su piso de Beacon Hill. Había decidido por iniciativa propia que no tenía sentido pagar el alquiler de un piso en Somerville si de todas formas pasaba todas las noches con él. En un principio, Craig se había sentido un poco molesto, porque Leona no se lo había consultado, sino presentado como un hecho consumado. Se le antojaba una especie de coacción en un momento en que tanto empezaba a disfrutar de su libertad. Pero al cabo de unos días se había acostumbrado. Había olvidado el poder del erotismo y además se dijo que podía cambiar la situación en cualquier momento si surgía la necesidad.

Como toque final, Craig se puso la americana nueva de Brioni. Después de subir los hombros un par de veces para colocársela bien, volvió a mirarse al espejo. Mientras giraba la cabeza de un lado a otro para contemplarse desde ángulos ligeramente distintos, contempló por un instante la posibilidad de estudiar interpretación en lugar de arte. Sabía que la idea era propia de una imaginación desbocada, pero al mismo tiempo no era del todo ridícula. Tal como le iban las cosas, no podía evitar la sensación de que se iba a comer el mundo.

Una vez completamente vestido, comprobó si tenía mensajes en el móvil. No había ninguno. Tenía planeado regresar al piso, relajarse con una copa de vino y el nuevo número del *New England Journal of Medicine* durante una hora, luego dirigirse al Museo de Bellas Artes para echar un vistazo a la exposición en curso y por fin cenar en un restaurante nuevo en Back Bay que estaba muy de moda.

Silbando para sí, Craig salió del vestuario al vestíbulo principal del club. A su izquierda quedaba la recepción, mientras que a la derecha, al final de un pasillo que pasaba ante los ascensores, se encontraban el bar y el restaurante, de donde procedía una suave música. Si bien la zona deportiva no estaba muy concurrida los viernes por la tarde, la *happy hour* era harina de otro costal, y el bar empezaba a animarse.

Craig miró el reloj. Lo había sincronizado todo a la perfección. Eran las cinco menos cuarto, la hora a la que había quedado con Leona. Si bien llegaban y se marchaban del club juntos, dentro cada uno iba a lo suyo. En los últimos tiempos, Leona estaba obsesionada con la cinta de caminar, el Pilates y el yoga, actividades que no atraían lo más mínimo a Craig.

Con un breve vistazo a la sala confirmó que Leona aún no

había salido del vestuario femenino. A Craig no le sorprendía. Junto con una falta relativa de reserva, la puntualidad no era precisamente uno de los puntos fuertes de Leona. Se sentó en un sillón, encantado de disponer de unos instantes para observar el desfile de personas atractivas que iban y venían. Seis meses antes se habría sentido fuera de lugar en circunstancias similares, pero ahora se encontraba por completo a sus anchas. Sin embargo, apenas se había acomodado cuando Leona apareció por la puerta del vestuario femenino.

Al igual que se había examinado con ojo crítico unos minutos antes, repasó a Leona de arriba abajo. El ejercicio físico también le estaba sentando bien a ella, si bien gracias a su juventud ya era una mujer de cuerpo esbelto y firme antes de inscribirse en el gimnasio. Mientras se acercaba, Craig se dijo que era una joven muy atractiva además de fogosa y testaruda. En opinión de Craig, su principal limitación eran el acento y la sintaxis de Revere, Massachusetts, con que hablaba. Lo más molesto era su tendencia a pronunciar todas las palabras acabadas en «er» como si terminaran en una «a» corta y brusca. Creyendo que actuaba por su bien, Craig había intentado llamar su atención sobre el asunto con la esperanza de que hiciera algo al respecto, pero Leona había reaccionado con furia, acusándolo de ser un elitista y un esnob. Así pues, Craig había tenido la sensatez de desistir. Con el tiempo, su oído se había acostumbrado hasta cierto punto, y en el calor de la noche, lo cierto era que su acento daba igual.

—¿Qué tal el gimnasio? —le preguntó Craig mientras se levantaba.

—Genial —repuso Leona—. Mejor que de costumbre.

Craig hizo una mueca al oírla pronunciar la palabra costumbre como «costumbe». Cuando se dirigían al ascensor, resistió la tentación de hacer comentario alguno y se limitó a dejar de escucharla. Mientras ella charlaba sobre su sesión de ejercicio y las razones por las que Craig debía probar tanto el Pilates como el yoga, él se dedicó a pensar encantado en la velada que los esperaba y lo agradable que había sido el día hasta ese momento. Aquella mañana había visitado a doce pacientes en la consulta, ni demasiados ni demasiado pocos. No había tenido que correr como un poseso de sala en sala, lo cual era moneda corriente en su antigua consulta.

Con el paso de los meses, él y Marlene, su madura secretaria y recepcionista, habían desarrollado un sistema de visitas según las necesidades de cada paciente, sobre la base del diagnóstico y la personalidad de cada uno de ellos. Las visitas más cortas duraban un cuarto de hora y eran las de los pacientes dóciles y entendidos que acudían para seguimiento, mientras que las más largas duraban una hora y media. Las visitas de más de una hora solían reservarse a pacientes con problemas médicos bien conocidos y graves. A los pacientes nuevos sanos se les asignaba entre tres cuartos de hora y una hora, según la edad y la gravedad de sus trastornos. Si durante el día surgía un problema inesperado, como por ejemplo que Craig se viera obligado a visitar a un paciente sin hora concertada o tuviera que acudir al hospital, lo cual no había sucedido ese día, Marlene se encargaba de llamar a los pacientes previstos para darles otra cita si era posible y apropiado.

Como consecuencia de ello, los pacientes rara vez tenían que esperar, y él rara vez experimentaba la angustia de ir atrasado e intentar ganar tiempo. Era un modo muy civilizado de ejercer la medicina y beneficiaba a todo el mundo. A Craig le gustaba ir a la consulta. Era la clase de medicina que había imaginado ejercer cuando soñaba con convertirse en médico. El único leve inconveniente de aquella situación por lo demás casi perfecta era que no había sido posible mantener en secreto todos los aspectos de su relación con Leona. Las sospechas se propagaban como un reguero de pólvora y se acentuaban por causa de la juventud y la testarudez de Leona. En consecuencia, Craig se veía obligado a capear la desaprobación de Marlene y de su enfermera, Darlene, así como observar su comportamiento hostil y pasivo-agresivo hacia Leona.

—¡No me estás escuchando! —se quejó la joven, molesta.

Se inclinó hacia delante para lanzarle una mirada furiosa. Los dos estaban situados de cara a la puerta del ascensor que descendía hasta el aparcamiento.

—Claro que te escucho —mintió Craig con una sonrisa que no logró aplacar el enfado de Leona.

Las puertas del ascensor se abrieron en la planta del aparcamiento asistido, y Leona salió de él para unirse a la media docena de personas que esperaban sus vehículos. Craig la siguió a unos pasos de distancia. Los cambios relativamente bruscos de estado de ánimo eran un rasgo de Leona que a Craig no le gustaba demasiado, pero por lo general la tormenta amainaba deprisa si se limitaba a hacer caso omiso de ella. Si unos minutos antes, en el vestíbulo del gimnasio, se le hubiera ocurrido volver a hablarle de su acento, la cosa habría sido distinta. La primera y única vez que se había atrevido a hacer algún comentario le había costado dos días enteros de mal humor.

Craig entregó su ficha a uno de los empleados.

—Tendrá el Porsche rojo en un santiamén, doctor Bowman —prometió el empleado mientras se llevaba el dedo índice a la visera de la gorra a modo de saludo antes de salir corriendo.

Craig sonrió para sus adentros. Estaba orgulloso de poseer el que consideraba el vehículo más sexy del aparcamiento, la antítesis del Volvo familiar que conducía en su vida anterior. Craig imaginaba que las personas que lo rodeaban se sentirían adecuadamente impresionadas. A todas luces, los empleados del aparcamiento sí estaban impresionados, como demostraba el hecho de que siempre aparcaran su coche cerca del punto de control.

—Si te parezco un poco distraído —murmuró Craig a Leona—, es porque estoy pensando en esta noche…, en toda ella —añadió con un guiño seductor.

Leona se lo quedó mirando con una ceja arqueada para indicar que aquella justificación solo la aplacaba en parte. Lo cierto era que exigía el cien por cien de atención el cien por cien del tiempo.

En el instante en que Craig oía el conocido rugido del motor de su coche al arrancar cerca de donde se encontraba, también oyó que alguien pronunciaba su nombre a su espalda. Lo que le llamó la atención fue que la persona en cuestión incluyera la inicial de su segundo nombre de pila, la M. Pocos conocían aquella inicial y aún menos sabían que correspondía a Mason, el apellido de soltera de su madre. Craig se volvió, esperando ver a un paciente, tal vez a un colega o a un antiguo compañero de universidad. Sin embargo, lo que vio fue a un desconocido que se acercaba a él, un afroamericano apuesto, de movimientos rápidos, aspecto inteligente y edad próxima a la de Craig. Por un instante, este creyó que se trataba de uno de sus compañeros de equipo de la maratón de baloncesto tres contra tres, deseoso de recrearse de nuevo con sus victorias.

—¿Doctor Craig M. Bowman? —repitió el hombre, deteniéndose frente a él.

—¿Sí? —preguntó Craig con ademán inquisitivo.

Seguía intentado situar al hombre. No era uno de los jugadores de baloncesto, tampoco un paciente ni un compañero de universidad. Intentó asociarlo con el hospital, pero no lo consiguió.

El hombre reaccionó dejando un gran sobre sellado en manos de Craig. Este se lo quedó mirando. Su nombre, incluyendo la inicial, aparecía impreso en el anverso. Antes de que pudiera reaccionar, el hombre giró sobre sus talones y logró entrar en el ascensor en el que había bajado sin que las puertas llegaran a cerrarse. Desapareció sin más. La transacción había durado apenas unos segundos.

—¿Qué es? —inquirió Leona.

—No tengo ni la menor idea —aseguró Craig.

Volvió a bajar la mirada hacia el sobre y experimentó la primera punzada de temor. En la esquina superior se veía escrito: Tribunal Superior, condado de Suffolk, Massachusetts.

—¿Y bien? —instó Leona—. ¿No piensas abrirlo?

—No sé si quiero —masculló Craig.

Sin embargo, sabía que tarde o temprano tendría que hacerlo. Paseó la mirada por las personas que los rodeaban a la espera de sus coches. Varias de ellas lo miraban con expresión curiosa tras haber presenciado el encuentro.

Cuando el empleado llegó con el Porsche de Craig al punto de control y se apeó, dejando la portezuela del conductor entreabierta, Craig deslizó el pulgar bajo la pestaña del sobre y lo abrió.

Sintió que el pulso se le aceleraba mientras sacaba el contenido. Al cabo de un instante tenía en la mano un fajo grapado de papeles con las puntas dobladas.

—¿Y bien? —repitió Leona, preocupada al ver que la tez de Craig, sonrosada gracias al ejercicio, palidecía en extremo.

Craig levantó la vista para mirarla. En sus ojos se reflejaba una intensidad que Leona no había visto nunca en él. No sabía si se debía al desconcierto o a la incredulidad, pero sin duda acababa de sufrir un golpe tremendo. Por un instante pareció paralizado y dejó de respirar.

—Eh —intentó despabilarlo Leona—. ¿Hay alguien en casa?

Agitó la mano ante el rostro pétreo de Craig. Una mirada furtiva le reveló que se habían convertido en el centro de atención del aparcamiento.

Como si acabara de despertar de una crisis epiléptica de ausencia, las pupilas de Craig se estrecharon y su rostro recobró a toda prisa el color. De inmediato, sus manos empezaron a arrugar los papeles que sujetaban en un acto reflejo antes de que la racionalidad interviniera.

—Es una citación —siseó Craig—. ¡El muy hijo de puta me ha demandado!

Alisó los papeles y los ojeó a toda velocidad.

—¿Quién?

—¡Stanhope! ¡Jordan Stanhope!

—¿Por qué?

—Negligencia médica con resultado de muerte. ¡Es indignante!

—¿En relación con Patience Stanhope?

—¿Quién si no? —espetó Craig entre dientes con furia.

—Eh, que yo no soy el enemigo —se defendió Leona con las manos levantadas.

—¡No me lo puedo creer! ¡Esto es una afrenta!

Craig volvió a ojear los papeles como si cupiera la posibilidad de que los había malinterpretado.

Leona desvió la mirada hacia los empleados. Uno de ellos había abierto la portezuela del acompañante para ella, mientras que el primero seguía manteniendo abierta la del conductor. Leona se volvió de nuevo hacia Craig.

—¿Qué quieres hacer, Craig? —le susurró con insistencia—. No podemos quedarnos aquí para siempre.

Para «siempre».

—¡Cierra el pico! —espetó Craig, enervado por su acento.

Leona lanzó una carcajada ahogada y burlonamente ofendida.

—¡A mí no me hables así!

Como si despertara por segunda vez y se diera cuenta de que todas las miradas estaban fijas en ellos, Craig se disculpó en voz baja.

—Necesito una copa —añadió.

—Vale —accedió Leona, aún molesta—. ¿Dónde? ¿Aquí o en casa?

—¡Aquí! —exclamó Craig antes de dar media vuelta para regresar a los ascensores.

Con una sonrisa y un encogimiento de hombros de disculpa para los empleados, Leona siguió a Craig. Cuando llegó junto a él lo encontró golpeando una y otra vez con el nudillo el botón de llamada del ascensor.

—Tienes que calmarte —le dijo.

Miró por encima del hombro al grupo del aparcamiento. Todos apartaron la mirada para fingir que no los habían estado observando.

—Eso es fácil de decir —replicó Craig—. No es a ti a quien han demandado. Y que te entreguen una citación en público es humillante, maldita sea.

Leona no intentó volver a entablar conversación hasta que estuvieron sentados a una mesa pequeña pero alta lo más alejada posible de los clientes de la *happy hour*. En lugar de sillas había taburetes de respaldo bajo, lo cual explicaba la altura de las mesas. Craig pidió un whisky doble, lo cual era impropio de él. En general bebía muy poco por temor a que lo llamaran para atender a un paciente a cualquier hora. Leona pidió una copa de vino blanco. Por el temblor de las manos de Craig, la joven advirtió que su estado de ánimo había cambiado una vez más. Había pasado de la incredulidad inicial a la furia y luego a la ansiedad, todo ello en el cuarto de hora transcurrido desde que le entregaran la citación.

—Nunca te había visto tan trastornado —comentó Leona.

Aunque no sabía qué decir, se sentía en la obligación de decir algo. Nunca se le había dado bien guardar silencio a menos que fuera para expresar enfado con un buen mohín.

—Pues claro que estoy trastornado —espetó Craig.

Cuando levantó el vaso, la mano le temblaba tanto que el hielo tintineó varias veces contra el cristal, y al llevárselo a los labios incluso derramó un poco.

—Mierda —masculló mientras dejaba el vaso sobre la mesa y sacudía la mano para secarse el whisky antes de enjugarse los labios y el mentón con la servilleta de papel—. No puedo creer que ese cabrón de Jordan Stanhope me haga esto, sobre todo después de todo el tiempo y esfuerzo que he dedicado a la hipocondríaca y desgraciada de su mujer. Cómo la odiaba...

Craig vaciló un instante antes de añadir:

—Supongo que no debería contarte esto. Es la clase de cosas de las que los médicos no hablan.

—Pues yo creo que deberías hablar de ello, teniendo en cuenta cómo estás.

—La verdad es que Patience Stanhope me ponía de los nervios con sus repugnantes descripciones de cada maldita defecación, por no hablar de los gráficos relatos de la viscosa flema verde amarillenta que expectoraba cada día e incluso guardaba para enseñármela. Era penoso. Volvía locos a todos, incluyendo a Jordan y a sí misma, por el amor de Dios.

Leona asintió. Si bien la psicología no era su fuerte, intuía que para Craig era importante seguir hablando.

—No te imaginas cuántas veces en el último año tuve que ir después del trabajo o incluso en plena noche a esa casa enorme para cogerla de la mano y escuchar su verborrea. ¿Y para qué? Casi nunca seguía mis recomendaciones; ni siquiera dejó de fumar. Fumaba como un carretero pese a todas mis advertencias.

—¿En serio? —lo interrumpió Leona sin poder contenerse—. ¿Siguió fumando a pesar de la flema?

—¿No te acuerdas cómo apestaba a tabaco su habitación?

—La verdad es que no —reconoció Leona, meneando la cabeza—. Estaba demasiado impresionada por la situación para oler nada.

—Fumaba como si se acabara el mundo, un cigarrillo detrás de otro, varios paquetes al día. Y eso no es todo. Te digo que era la personificación del paciente que no hace ni caso de nada, sobre todo en lo relativo a la medicación. Me pedía recetas y luego se tomaba los medicamentos o no, según le diera.

—¿Sabías por qué no seguía tus instrucciones?

—Probablemente porque le gustaba estar enferma. La mantenía ocupada, ese es el quid de la cuestión. Era una pérdida de tiempo para mí, para su marido e incluso para sí misma. Su muerte fue una bendición para todo el mundo. No tenía vida.

Craig se serenó lo suficiente para beber un sorbo de whisky sin derramar nada.

—Recuerdo las pocas veces que la vi en la consulta... Parecía de armas tomar —comentó Leona en tono tranquilizador.

—Por expresarlo de forma muy delicada —refunfuñó Craig—. Era una zorra autoritaria con dinero heredado, lo cual significa que esperaba que la cogiera de la mano y escuchara sus problemas hasta la náusea. Pasé cuatro años luchando en la universidad, más otros cuatro años en la facultad de medicina, la residencia, la especialización, la publicación de un puñado de artículos científicos..., lo único que quería ella era que la cogiera de la mano. Nada más, y si se la cogía durante un cuarto de hora, ella quería media, y si le dedicaba media hora, quería tres cuartos, y si me negaba, se ponía huraña y hostil.

—Puede que se sintiera sola —aventuró Leona.

—¿De parte de quién estás? —espetó Craig, furioso, al tiempo que dejaba el vaso sobre la mesa con tal fuerza que los cubitos de hielo tintinearon—. Era un coñazo de mujer.

—¡Vale, vale, cálmate de una vez! —exclamó Leona.

Miró a su alrededor con temor y experimentó un gran alivio al comprobar que nadie les prestaba la más mínima atención.

—Bueno, pero no hagas de abogado del diablo —exigió Craig—. No estoy de humor.

—Solo intento tranquilizarte.

—¿Cómo quieres que me tranquilice? Esto es una catástrofe. Me he pasado la vida entera intentando convertirme en el mejor médico; de hecho, aún estoy en ello. ¡Y ahora esto! —gritó, propinando un manotazo a los papeles.

—Pero ¿no es por eso que pagas ese seguro de negligencia médica del que siempre te quejas?

Craig le lanzó una mirada exasperada.

—Me parece que no lo entiendes. Ese cabrón de Stanhope me difama públicamente al exigir su…, y cito…, día en los tribunales. El problema es el proceso. Es una porquería sea cual sea el resultado. Tengo las manos atadas, soy una víctima. Y cuando vas a juicio, nunca sabes cómo va a salir la cosa. No existen garantías, ni siquiera en mi situación, ni siquiera para mí, que siempre me he desvivido por mis pacientes, sobre todo por Patience Stanhope, visitándola en casa cientos de veces, por el amor de Dios. ¿Y eso del juicio por parte de mis iguales? Menuda chorrada. Las administrativas, los fontaneros y los maestros jubilados no tienen ni idea de lo que significa ser un médico como yo, que se levanta en plena noche para coger de la mano a una hipocondríaca. ¡Maldita sea!

—¿No puedes decírselo? ¿Incluirlo en tu declaración?

Craig bufó exasperado. En ocasiones, Leona lo sacaba de quicio. Era el inconveniente de estar con una persona tan joven y falta de experiencia.

—¿Por qué cree que hubo negligencia? —prosiguió Leona.

Craig desvió la mirada hacia las personas completamente normales y guapas que llenaban el bar, a todas luces disfrutando de la velada. La yuxtaposición hizo que se sintiera aún peor. Quizá no había sido buena idea ir al bar. Se le ocurrió que tal vez intentar convertirse en uno de ellos a través de sus esfuerzos culturales estaba fuera de su alcance. La medicina y sus problemas actuales, entre ellos el tema de la negligencia, lo tenían atado de pies y manos.

—¿Qué tipo de negligencia se supone que cometiste? —reformuló Leona.

Craig levantó las manos.

—¡Mira, pequeña! El documento no lo especifica, solo dice que no dediqué los conocimientos y el cuidado necesarios para efectuar un diagnóstico y administrar un tratamiento como habría hecho un médico competente y razonable bajo las mismas circunstancias, bla, bla, bla. Chorradas, en definitiva. La cuestión es que el desenlace fue malo, es decir, que Patience Stanhope murió. Un abogado especializado en daños físicos y negligencia partirá de esa base y se limitará a ser creativo. Esos tipos siempre encuentran a algún médico-«puta de tribunal» que diga que las cosas tendrían que haberse hecho de otra forma.

—¡Pequeña! —espetó Leona—. ¡No te pongas condescendiente conmigo!

—Vale, lo siento —se disculpó Craig antes de respirar hondo—. Es evidente que estoy muy alterado.

—¿Qué es un médico-puta de tribunal?

—Un médico que se vende como… entre comillas experto… para decir exactamente lo que le indique el abogado del demandante. Antes costaba encontrar a médicos dispuestos a testificar contra otros médicos, pero ya no. Algunos desgraciados se ganan la vida así.

—Es horrible.

—Eso es lo de menos —aseguró Craig, sacudiendo la cabeza con aire desanimado—. Me parece tremendamente cínico que ese cabrón de Jordan Stanhope me demande cuando ni siquiera se quedó en el hospital mientras yo intentaba reanimar a la desgraciada de su mujer. Joder, si varias veces me confesó que su mujer era una hipocondríaca sin remedio y que ni siquiera conseguía estar al corriente de todos sus síntomas. Incluso se disculpaba cuando ella lo obligaba a llamarme e insistía en que fuera a su casa a las tres de la madrugada porque creía que se estaba muriendo. Eso pasó más de una vez. Por lo general iba a verla a casa a última hora de la tarde, lo cual me obligaba a dejar lo que estuviera haciendo. Pero Jordan siempre me daba las gracias, así que sabía el esfuerzo que me suponía ir allí sin motivo alguno. Aquella mujer era un desastre. Creo que todo el mundo está mejor sin ella, incluido Jordan Stanhope, pero el tío va, me demanda y pide una indemnización de cinco millones por abandono de la vida conyugal. Parece una broma pesada —suspiró, sacudiendo de nuevo la cabeza con desazón.

—¿Qué es eso?

—Lo que se supone que tiene que darte tu cónyuge, o sea compañía, afecto, apoyo y sexo.

—No creo que tuvieran demasiada vida sexual. ¡Pero si dormían en habitaciones separadas!

—Probablemente tienes razón. No me imagino que tuviera ganas ni pudiera hacer el amor con esa bruja desgraciada.

—¿Crees que la razón por la que te demanda tiene algo que ver con que lo criticaras aquella noche? Dio la impresión de que se ofendía.

Craig asintió unas cuantas veces. Leona no iba desencaminada. Vaso en mano, se bajó del taburete y se dirigió a la barra para pedir otra copa. Mientras esperaba entre los bulliciosos clientes, reflexionó sobre la idea de Leona y se preguntó si tendría razón. Recordaba haber lamentado lo que le había dicho a Jordan al entrar en el dormitorio de Patience y ver lo mal que estaba. El comentario se le había escapado por culpa de la tensión y la sorpresa que se había llevado. En aquel momento le había parecido que su apresurada disculpa bastaba, pero quizá no era así. En tal caso, acabaría lamentando el incidente aún más.

Con el segundo whisky doble en la mano, Craig se abrió paso hasta la mesa y se encaramó de nuevo al taburete. Se movía con lentitud, como si cada pierna le pesara cincuenta kilos. A los ojos de Leona, su estado de ánimo había sufrido otra transformación. Ahora parecía deprimido, con las comisuras de los labios curvadas hacia abajo y los párpados pesados.

—Esto es un desastre —alcanzó a articular con un suspiro mientras clavaba la mirada en el whisky y cruzaba los brazos sobre la mesa—. Podría ser el final de todo, ahora que las cosas me iban tan bien.

—¿Cómo va a ser el final de todo? —intentó animarlo Leona—. Ahora que te han citado a comparecer, ¿qué tienes que hacer?

Craig no respondió ni se movió. Leona ni siquiera lo veía respirar.

—¿No deberías buscar un abogado? —insistió Leona, inclinándose hacia delante en un intento de mirarlo a la cara.

—La aseguradora tendría que ocuparse de mi defensa —repuso Craig con voz apagada.

—Bueno, pues eso. ¿Por qué no los llamas?

Craig alzó la cabeza, miró a Leona y asintió varias veces mientras consideraba su sugerencia. Eran casi las cinco y media de un viernes, pero cabía la posibilidad de que la aseguradora tuviera a alguien de guardia. Merecía la pena intentarlo. Le vendría bien tener la sensación de que estaba haciendo algo. Gran parte de su angustia se debía a la impotencia que sentía ante aquella amenaza incorpórea y abrumadora.

Con energía renovada, Craig se sacó el móvil del soporte que llevaba prendido al cinturón. Con dedos torpes revisó la agenda, y como un faro en una noche tenebrosa apareció el nombre y el número de móvil de su agente de seguros. Craig marcó el número.

Tuvo que hacer varias llamadas, llegando incluso a dejar su nombre y su número de teléfono en un buzón de voz para urgencias, pero al cabo de un cuarto de hora pudo contar su historia a una persona de carne y hueso, dotada de una voz firme y una actitud competente. Se llamaba Arthur Marshall, un nombre que a Craig se le antojó reconfortante.

—Puesto que se trata de su primer encontronazo con un asunto de estas características —señaló Arthur—, y puesto que sabemos por experiencia el trastorno que causa, creo que es importante que entienda que para nosotros es el pan de cada día. En otras palabras, estamos muy acostumbrados a los litigios por negligencia y prestaremos a su caso toda la atención que merece. Entretanto, permítame que subraye que no debe tomárselo como algo personal.

—¿Cómo voy a tomármelo si no? —se quejó Craig—. Esto

pone en entredicho toda mi carrera profesional. Lo está poniendo todo en peligro.

—Es una sensación muy habitual en personas como usted y del todo comprensible. Pero le aseguro que no es cierto. Con frecuencia no son más que intentos que la gente hace con la esperanza de obtener un beneficio económico pese a que la defensa del demandante afirme lo contrario. Cualquier persona familiarizada con la medicina sabe que los desenlaces imperfectos, incluidos los derivados de errores inocentes, no constituyen negligencia, y el juez así se lo indicará al jurado si el caso llega a juicio. Pero no olvide que la inmensa mayoría de estos casos no llegan a juicio, y si llegan, la defensa los gana casi todos. Aquí en Massachusetts, la ley estipula que la demanda tiene que presentarse ante un tribunal, y con los datos que me ha facilitado, lo más probable es que la cosa quede en eso.

El pulso de Craig casi se había normalizado.

—Ha sido muy sensato al ponerse en contacto con nosotros tan pronto, doctor Bowman. En breve asignaremos al caso a un abogado con mucha experiencia, y para ello necesitaremos la citación y la demanda lo antes posible. Tiene que responder en el espacio de treinta días después de recibirla.

—Puedo enviarle los documentos por mensajero el lunes.

—Perfecto. Entretanto, le sugiero que intente recordar lo más posible acerca del caso, sobre todo sobre la base de sus archivos. Hay que hacerlo y además le dará la sensación de estar haciendo algo constructivo para protegerse. Sabemos por experiencia que eso es importante.

Craig asintió con la cabeza.

—En cuanto a sus archivos, doctor Bowman, debo advertirle que no los modifique en modo alguno. Ello significa no corregir ni siquiera una palabra mal escrita, un error gramatical evidente ni un concepto que le parezca mal expresado. Tampoco cambie ninguna fecha. En resumidas cuentas, no cambie nada, ¿entendido?

—Por supuesto.

—¡Estupendo! De los casos de negligencia que gana la acusación, buena parte se debe a algún cambio realizado en los archivos, aun cambios insignificantes. Cualquier alteración es la mejor receta para el fracaso, pues pone en entredicho la integridad y la sinceridad del demandado. Espero haberme expresado con claridad.

—Meridiana. Gracias, señor Marshall. Ya me siento un poco mejor.

—Y así debe ser, doctor. Le aseguro que prestaremos toda nuestra atención a su caso, ya que todos deseamos zanjarlo con éxito lo antes posible a fin de que usted pueda volver a dedicarse a lo que mejor hace, es decir, a atender a sus pacientes.

—Es lo que más deseo.

—Estamos a su servicio, doctor Bowman. Un último detalle que sin duda ya conoce. No…, repito, no hable de este asunto con nadie salvo su esposa y el abogado que le asignemos. Eso se aplica a todos sus colegas, conocidos e incluso amigos cercanos. Es muy importante.

Craig lanzó una mirada de culpabilidad de Leona, consciente de que se había ido de la lengua con ella.

—¿Amigos cercanos? —preguntó Craig—. Eso puede llegar a significar renunciar al apoyo emocional.

—Lo sabemos, pero la alternativa es peor.

—¿Y cuál es exactamente la alternativa?

No sabía si Leona alcanzaba a oír la voz de su interlocutor; la joven tenía la mirada fija en él.

—Los amigos y los colegas de profesión pueden ser testigos de cargo. Si creen que es en interés propio, los abogados de los demandantes pueden llegar y llegan a obligar a amigos, incluso a los más cercanos, y a compañeros de profesión a testificar en un juicio, a menudo con resultados demoledores.

—Lo tendré en cuenta —prometió Craig—. Muchas gracias por la advertencia, señor Marshall.

El pulso de Craig se había acelerado de nuevo. Para ser sincero, debía reconocer que de Leona no conocía más que su comprensible egocentrismo juvenil. Haber hablado tanto acentuaba su nerviosismo.

—Gracias a usted, doctor Bowman. Nos pondremos en contacto con usted en cuanto recibamos la citación y la demanda. Intente tranquilizarse y hacer vida normal.

—Lo intentaré —repuso Craig sin demasiada convicción.

Sabía que viviría bajo un nubarrón oscuro hasta que aquel asunto quedara zanjado. Lo que ignoraba era cuán oscuro llegaría a ser. En aquel momento se juró no volver a mencionar el acento de Leona. Era lo bastante inteligente para saber que lo que le había contado sobre sus sentimientos hacia Patience Stanhope no quedaría nada bien ante un tribunal.

Nueva York,
9 de octubre de 2005, 16.45 horas.

Jack Stapleton volvió su atención hacia el corazón y los pulmones. Sobre la mesa de autopsias que tenía ante él aparecían tendidos los restos desnudos y desentrañados de una mujer blanca de cincuenta y siete años. La cabeza de la víctima estaba recostada sobre un bloque de madera, y sus ojos muertos miraban sin ver los fluorescentes del techo. Hasta aquel momento de la autopsia, el único indicio patológico que había encontrado Jack era un fibroide uterino de grandes dimensiones y en apariencia asintomático. No había hallado nada que pudiera explicar la muerte de una mujer por lo visto sana que se había desplomado sin más en Bloomingdale's. Miguel Sánchez, el técnico del turno de tarde que había llegado a las tres, lo asistía en el procedimiento. Mientras Jack se disponía a examinar el corazón y los pulmones, Miguel lavaba los intestinos en la pica.

Al palpar la superficie de los pulmones, los dedos expertos de Jack percibieron una resistencia anómala. El tejido era más firme de lo normal, lo cual encajaba con el hecho de que el órgano pesara más de lo habitual. Con un cuchillo que parecía de carnicero, Jack practicó múltiples cortes en el pulmón. De nuevo advirtió más resistencia de la que esperaba. Levantó el órgano y examinó las superficies seccionadas, que revelaban su consistencia. El pulmón parecía más denso de lo normal, y Jack estaba convencido de que el examen microscópico evidenciaría fibrosis. La cuestión era por qué estaban fibróticos los pulmones.

Se volvió hacia el corazón, cogió un fórceps dentado y unas tijeritas de punta redonda. Cuando se disponía a examinar el músculo, se abrió la puerta que daba al pasillo. Jack vaciló mientras una figura se acercaba a él. Apenas tardó un instante en reconocer a Laurie pese a que la luz se reflejaba en su mascarilla.

—Llevo rato preguntándome dónde estabas —comentó Laurie con un deje de exasperación.

Iba ataviada de la cabeza a los pies con un traje protector desechable, al igual que Jack y Miguel. Por orden del doctor Calvin Washington, subdirector de la oficina del forense, todos los médicos debían llevar aquellos trajes para protegerse de posibles agentes infecciosos en la sala de autopsias. Nunca se sabía qué clase de microbios podían traer los cadáveres, sobre todo en un depósito tan concurrido como el de Nueva York.

—Que te lo preguntaras implica que me estabas buscando.

—Brillante deducción —alabó Laurie mientras bajaba la mirada hacia el pálido cadáver tendido sobre la mesa—. Este es el último lugar donde se me ha ocurrido buscarte. ¿Cómo es que sigues aquí tan tarde?

—Ya me conoces —replicó Jack—. No puedo resistir la tentación cuando llama a mi puerta.

—¿Algo interesante? —preguntó Laurie, inmune al sarcasmo de Jack.

Alargó la mano y rozó la superficie del pulmón cortado con el índice enguantado.

—Todavía no, pero creo que estamos a punto de dar con algo. Ya ves que el pulmón está fibrótico... Creo que el corazón nos dirá por qué.

—Cuéntame algo del caso.

—A la víctima se le paró el corazón cuando le dijeron el precio de unos zapatos en la tienda de Jimmy Choo de Bloomingdale's.

—Muy gracioso.

—No, en serio, se desplomó en Bloomingdale's. Por supuesto,

no sé lo que estaba haciendo. Por lo visto, los empleados de la tienda y un médico del hospital Good Samaritan que estaba allí por casualidad la atendieron de inmediato. Se le practicó la reanimación cardiopulmonar allí mismo y también en la ambulancia hasta llegar al Hospital General de Manhattan. Cuando el cadáver llegó al depósito, el jefe de urgencias me llamó para contarme la historia. Dijo que lo habían intentado todo, pero sin obtener un solo latido, ni siquiera con el marcapasos. Estaban muy molestos con ella por negarse a revivir, pero en fin, esperaban que nosotros pudiéramos arrojar alguna luz sobre el caso para averiguar si podrían haber hecho algo más. Me impresionó su interés y su iniciativa, y puesto que esa es la clase de conducta profesional que debemos promover, le prometí que me pondría con el caso enseguida y lo llamaría en cuanto supiera algo.

—Muy loable y diligente por tu parte —alabó Laurie—. Claro que al hacer una autopsia a estas horas consigues que todos los demás quedemos como unos vagos.

—Aquí hay una colilla, aquí se ha fumado.

—Muy bien, listillo, no pienso intentar competir con tu oratoria. Veamos lo que tienes. Ya has captado mi interés, así que venga.

Jack se inclinó hacia delante, buscó con rapidez y cuidado las arterias coronarias principales y procedió a abrirlas. De repente se irguió.

—Vaya, vaya, mira esto.

Sostuvo en alto el corazón para que Laurie viera mejor y señaló algo con la punta del fórceps.

—Madre mía —exclamó Laurie—. Creo que es el estrechamiento del tronco principal de la arteria descendente posterior más espectacular que he visto en mi vida. Y parece evolutivo, no ateromatoso.

—Estoy de acuerdo, y probablemente explica la falta de respuesta del corazón. Un bloqueo repentino aun transitorio habría causado un gran infarto, afectando parte del sistema de conducción. Pero por espectacular que sea, no explica las alteraciones pulmonares.

—¿Por qué no abres el corazón?

—A eso iba.

Tras cambiar las tijeras y el fórceps por el cuchillo de carnicero, Jack practicó una serie de incisiones en las cámaras cardíacas.

—¡Viola! —exclamó al tiempo que se apartaba para que Laurie pudiera observar el órgano abierto.

—Ahí tienes la explicación, una válvula mitral dañada e incompetente.

—Una válvula mitral muy incompetente. Esta mujer era una bomba de relojería. Me parece asombroso que no fuera al médico por síntomas a causa del estrechamiento coronario o la válvula. Y es una lástima, porque ambos problemas tienen solución quirúrgica.

—Es muy triste, pero a menudo el miedo vuelve estoica a la gente.

—Tienes mucha razón —convino Jack mientras tomaba muestras para el examen microscópico y las guardaba en frascos debidamente etiquetados—. Todavía no me has dicho por qué me buscabas.

—Hace una hora he sabido que ya tenemos fecha para la boda. Quería comentarlo contigo porque tengo que darles una respuesta lo antes posible.

Jack dejó lo que estaba haciendo. Incluso Miguel dejó de lavar los intestinos en la pica.

—Un entorno bastante peculiar para semejante anuncio —observó Jack.

—Es aquí donde te he encontrado —replicó Laurie con un encogimiento de hombros—. Quería llamar esta misma tarde para no dejar pasar el fin de semana.

Jack miró de soslayo a Miguel.

—¿Qué día es?

—El nueve de junio, a la una y media. ¿Qué te parece?

Jack lanzó una risita ahogada.

—¿Qué quieres que me parezca? Pues que queda muy lejos ahora que por fin hemos decidido dar el paso. Yo más bien pensaba en que nos casáramos este jueves, por ejemplo.

Laurie se echó a reír. El sonido de su carcajada quedó amortiguado por la mascarilla de plástico, que se empañó por un instante.

—Qué cosas tan bonitas me dices. Pero la verdad es que a mi madre siempre le ha hecho ilusión celebrar la boda en junio, y a mí también me parece un buen mes, porque debería hacer buen tiempo, no solo para la ceremonia, sino también para la luna de miel.

—Me parece estupendo —aseguró Jack, mirando de nuevo a Miguel.

Le molestaba que el asistente estuviera ahí parado, a todas luces escuchando la conversación.

—Solo hay un problema. Junio es un mes tan buscado para las bodas que la iglesia de Riverside tiene todos los sábados ocupados. ¿Te lo imaginas, a ocho meses vista? Cuestión, que el nueve es un viernes. ¿Te importa?

—Viernes, sábado... Me da igual, la verdad.

—Genial. La verdad es que yo preferiría un sábado porque es más tradicional y más práctico para los invitados, pero es lo que hay.

—¡Eh, Miguel! —exclamó de pronto Jack—. ¿Qué tal si acabas ya con esos intestinos? A este paso estaremos aquí hasta mañana.

—Ya he terminado, doctor Stapleton. Estaba esperando a que viniera a echar un vistazo.

—¡Ah! —se limitó a farfullar Jack, algo avergonzado por haber supuesto que el técnico estaba escuchando su conversación—. Lo siento —dijo, volviéndose de nuevo hacia Laurie—, pero tengo que seguir con esto.

—No pasa nada —repuso ella, siguiéndolo hasta la pica.

Miguel le alargó los intestinos, abiertos en sentido longitudinal y lavados con meticulosidad para exponer la superficie mucosa.

—Y me he enterado de otra cosa hoy —añadió Laurie—. Algo que quería comentarte.

—Dime —repuso Jack mientras procedía a examinar metódicamente el sistema digestivo, empezando por el esófago en dirección descendente.

—¿Sabes? Nunca me he sentido demasiado a gusto en tu piso, sobre todo porque el edificio es una pocilga.

Jack vivía en una cuarta planta sin ascensor de un ruinoso edificio de la calle Ciento seis, justo enfrente del parque infantil cuya reforma integral había sufragado. Convencido de que no merecía vivir con comodidades, Jack vivía por debajo de sus posibilidades, pero la presencia de Laurie había alterado la ecuación.

—No es mi intención herir tus sentimientos —prosiguió Laurie—, pero con la boda tenemos que replantearnos la situación de la vivienda, así que me he tomado la libertad de localizar al propietario, cuyo nombre por cierto he tenido que arrancar a la empresa administradora a la que envías los cheques del alquiler. La cuestión es que he averiguado quiénes son los propietarios y me he puesto en contacto con ellos para ver si estarían interesados en vender. Considero que eso plantea una serie de posibilidades muy interesantes. ¿Qué te parece?

Jack había dejado de examinar los intestinos mientras Laurie hablaba, y en aquel momento se volvió hacia ella.

—Planes de boda junto a la mesa de autopsias y ahora cuestiones domésticas ante la pica de los intestinos. ¿No crees que no es el lugar más adecuado para hablar de esto?

—Lo he sabido hace unos minutos y tenía ganas de contártelo para que pudieras empezar a pensártelo.

—Genial —masculló Jack, conteniendo un impulso casi irresistible de mostrarse aún más sarcástico—. Pues misión cumplida. Pero ¿qué te parece si seguimos hablando de la compra... e imagino que de la reforma de una vivienda delante de una botella de vino y una ensalada de rúcula en un entorno algo más apropiado?

—Una idea magnífica —elogió Laurie, encantada—. Nos vemos en el piso.

Dicho aquello, Laurie giró sobre sus talones y salió.

Jack permaneció con la mirada clavada en la puerta varios segundos después de que esta se cerrara.

—Me parece estupendo que se casen —comentó Miguel para romper el silencio.

—Gracias. No es un secreto, pero tampoco lo sabe todo el mundo... Espero que lo tenga en cuenta.

—No hay problema, doctor Stapleton. Pero tengo que decirle por experiencia que el matrimonio lo cambia todo.

—Cuánta razón tiene —corroboró Jack, que también lo sabía por experiencia.

1

Boston, Massachusetts,
lunes, 5 de junio de 2006, 9.35 horas.
Ocho meses más tarde.

—Todos en pie —ordenó el alguacil uniformado al salir del despacho del juez con un bastón blanco en la mano.

Detrás del alguacil apareció el magistrado, envuelto en una amplia toga negra. Era un afroamericano corpulento de carrillos flácidos, cabellera rizada y canosa, y bigote. Sus ojos oscuros y penetrantes echaron un breve vistazo a su feudo mientras subía los dos escalones del estrado a paso firme y deliberado. Al llegar a su silla se volvió hacia la sala, flanqueado por la bandera estadounidense a su derecha y la del estado de Massachusetts a su izquierda, ambas coronadas por sendas águilas. Con su reputación de juez justo y excelente conocedor de la ley, pero también proclive a montar en cólera, era la personificación de la autoridad inamovible. Una banda concentrada de sol matutino se filtraba por el borde de las persianas bajadas sobre las ventanas con parteluz y le iluminaba la cabeza y los hombros, confiriendo a su silueta el fulgor dorado de un dios pagano en una pintura clásica y acentuando su aspecto formidable.

—Atiendan —prosiguió el alguacil con su voz de barítono y fuerte acento de Boston—. Todas las personas con derecho a comparecer ante los honorables jueces del Tribunal Superior ahora con sede en Boston y en el condado de Suffolk, acérquense, presten atención y serán escuchados. Dios bendiga al estado de Massachusetts. ¡Tomen asiento!

Con reminiscencias del efecto que surtía el final del himno nacional en un acontecimiento deportivo, la orden del alguacil provocó un murmullo de voces mientras los presentes en la sala 314 tomaban asiento. Mientras el juez ordenaba los papeles y la jarra de agua que tenía ante él, el funcionario sentado a una mesa justo debajo del estrado anunció:

—Los herederos de Patience Stanhope y otros contra el doctor Craig Bowman. Preside el honorable juez Marvin Davidson.

Con un movimiento bien estudiado, el magistrado abrió un estuche y se apoyó las gafas de lectura sin montura sobre la parte inferior del puente de la nariz. Por encima de ellas miró hacia la mesa de la acusación.

—Que se identifiquen los letrados —ordenó.

A diferencia del alguacil, no tenía acento, y su voz no era de barítono, sino de bajo.

—Anthony Fasano, Señoría —se presentó el abogado de la acusación con un acento similar al del alguacil mientras se levantaba a medias de la silla como si acarreara un enorme peso sobre los hombros—. Pero casi todo el mundo me llamaba Tony. —Señaló a su derecha—. Comparezco aquí en nombre del demandante, el señor Jordan Stanhope —anunció antes de señalar a su izquierda—. Junto a mí se encuentra mi competente colega, la señora Renee Relf.

Dicho aquello volvió a sentarse a toda prisa, como si fuera demasiado tímido para ser el centro de atención.

El juez Davidson desvió la mirada hacia la mesa de la defensa.

—Randolph Bingham, Señoría —se presentó el abogado defensor, que a diferencia del abogado de la acusación, hablaba despacio, acentuando cada sílaba con voz meliflua—. Represento al doctor Craig Bowman, y me acompaña el señor Mark Cavendish.

—¿Están listos para empezar? —preguntó el juez Davidson.

Tony se limitó a asentir, y Randolph volvió a levantarse.

—Hemos presentado algunas cuestiones de procedimiento al tribunal —observó.

El juez le lanzó una mirada penetrante para recordarle que no le gustaba ni le hacía falta que le recordaran la existencia de mociones preliminares. Luego bajó la mirada y se humedeció el dedo índice con la lengua antes de hojear los papeles que sostenía en las manos. Sus ademanes mostraban que estaba ofendido, como si el comentario de Randolph hubiera reavivado el desdén que le inspiraban los abogados en general. Al poco carraspeó.

—Moción de desestimación denegada. Asimismo, este tribunal considera que ninguno de los testigos propuestos ni las pruebas presentadas es demasiado gráfico o complejo para que el jurado lo considere, por lo que también se deniegan todas las mociones anteriores al juicio. —Alzó la mirada y lanzó otra mirada enojada a Randolph como para decirle «chúpate esa» antes de volverse hacia el alguacil—. Que entre el jurado. Tenemos trabajo.

El juez Davidson también era conocido como un hombre al que le gustaba ir al grano.

Como si hubieran esperado aquel pie, un murmullo se alzó entre los espectadores sentados en la sala. Pero no tuvieron mucho tiempo para conversar. El secretario del tribunal sacó dieciséis nombres de la tolva, y el alguacil fue a buscar a los candidatos preseleccionados para formar parte del jurado. En cuestión de minutos, los dieciséis entraron en la sala y prestaron juramento para que pudiera dar comienzo la selección. Se trataba de un grupo visiblemente dispar, dividido casi a partes iguales entre hombres y mujeres. Si bien casi todos eran blancos, también estaban representadas algunas minorías étnicas. Tres cuartas pares iban vestidos de forma apropiada y respetuosa, y de estos, la mitad eran hombres o mujeres de negocios. Los demás iban ataviados con camisetas, sudaderas, vaqueros, sandalias y prendas de rapero, algunas de las cuales tenían que subirse constantemente para evitar que cayeran al suelo. Algunos de los más veteranos en aquellas lides llevaban material de lectura, en su mayoría periódicos y revistas, si bien una mujer ya entrada en años había traído un libro de tapa dura. Varios de ellos se mostraban intimidados por el entorno, mientras que otros adoptaron una actitud ostentosamente despectiva mientras el grupo desfilaba y tomaba asiento.

El juez Davidson pronunció un breve discurso de introducción, en el que dio las gracias a los futuros miembros del jurado por el servicio que prestarían y les recordaba la importancia que revestía convertirse en buscadores de la verdad. Describió en pocas palabras el proceso de selección pese a saber que ya habían recibido instrucciones en la sala del jurado. A continuación comenzó a formular una serie de preguntas para determinar la adecuación de los candidatos, con la esperanza de descartar a las personas con sesgos que pudieran decantarlos en contra del demandado o el demandante. Según dijo, el objetivo consistía en hacer justicia.

—¡Justicia, y una mierda! —masculló Craig para sus adentros.

Respiró hondo y se removió en su asiento, reparando en lo tenso que había estado hasta entonces. Levantó las manos, que había cerrado en sendos puños sobre el regazo, y las apoyó sobre la mesa al tiempo que se inclinaba hacia delante. Extendió los dedos y percibió más que oyó el chasquido de sus articulaciones entumecidas. Llevaba uno de sus trajes grises más conservadores, camisa blanca y corbata, todo ello por orden específica de su abogado, Randolph Bingham, sentado a su derecha.

También por orden específica de su letrado, Craig mantenía una expresión neutral, lo cual le resultaba muy difícil bajo tan humillantes circunstancias. El letrado le había dado instrucciones de que adoptara una actitud digna, respetuosa (significara lo que significase) y humilde. Debía evitar mostrarse arrogante y enfadado. No mostrarse enfadado era lo más duro, pues Craig estaba furioso. También tenía instrucciones claras de prestar atención a los miembros del jurado, mirarlos a los ojos, considerarlos como conocidos y amigos. Craig rió para sus adentros mientras paseaba la mirada entre los potenciales miembros del jurado. La idea de que eran sus iguales le parecía una broma pesada. Su mirada se fijó en una mujer con aspecto de huérfana y lacio cabello rubio que le ocultaba casi todo el rostro pálido de duendecillo. Llevaba una enorme sudadera de los Patriots, cuyas mangas eran tan largas que solo se le veían las yemas de los dedos mientras se apartaba constantemente el cabello de la cara para poder ver algo.

Craig lanzó un suspiro. Los últimos ocho meses habían sido un auténtico infierno. El otoño anterior, al recibir la citación, había imaginado que el asunto se pondría feo, pero de hecho fue mucho peor de lo que había imaginado. Primero había tenido que someterse a interrogatorios sobre todos y cada uno de los resquicios de su vida. Los interrogatorios eran horribles, pero prestar declaración aún lo era más.

Craig se inclinó hacia delante un poco más para ver la mesa de la acusación y mirar a Tony Fasano. Craig había aborrecido a algunas personas en su vida, pero nunca había odiado a nadie tanto como había llegado a odiar a Tony Fasano. Incluso su aspecto y su forma de vestir, con sus modernos trajes grises, camisas negras, corbatas negras y llamativas joyas de oro le provocaba náuseas. A los ojos de Craig, Tony Fasano, con su aspecto de mafioso de pacotilla, era la personificación hortera del actual abogaducho especializado en daños y perjuicios, cuya única ambición residía en ganarse la vida a costa de la desgracia ajena y a base de sacarle millones a las aseguradoras forradas de pasta y reacias a pagar. Para repugnancia de Craig, Tony incluso tenía una página web en que se jactaba de ello, y el hecho de que podía arruinar la vida de un médico en el ejercicio de su profesión no le importaba a nadie.

Craig desvió la mirada hacia el aristocrático perfil de Randolph, concentrado en la selección. Randolph tenía la nariz algo aguileña y de puente alto, bastante parecida a la de Tony, de hecho, aunque en su rostro surtía un efecto del todo distinto. Mientras que Tony te miraba desde debajo de un par de cejas oscuras y pobladas, la nariz vuelta hacia abajo y cubriendo en parte la sonrisa cruel que curvaba sus labios, Randolph mantenía su propia nariz al frente, en ocasiones un poco elevada, y miraba a quienes le rodeaban con lo que algunos podrían considerar un leve desdén. En contraste con los labios carnosos de Tony, que este se humedecía a menudo con la lengua mientras hablaba, la boca de Randolph formaba una línea delgada y precisa, casi desprovista de labios, y al hablar casi nunca mostraba la lengua. En resumidas cuentas, Randolph era el epítome del aristócrata bostoniano curtido y contenido, mientras que Tony encarnaba al juvenil y exuberante guasón y gamberro de patio. A Craig le había gustado el contraste al principio, pero ahora, al observar a los posibles miembros del jurado, no pudo evitar preguntarse si la personalidad de Tony ejercería más influencia sobre ellos, una preocupación que acentuó aún más la inquietud que sentía.

Y desde luego, tenía razones sobradas para experimentar inquietud. Pese a las palabras tranquilizadoras de Randolph, el caso no iba bien. En concreto, el tribunal de casación de Massachusetts ya había emitido veredicto favorable al demandante al declarar, tras escuchar los distintos testimonios, que existían suficientes pruebas contundentes de una posible negligencia para permitir que el caso fuera a juicio. Como corolario, el demandante, Jordan Stanhope, no tenía obligación de depositar una fianza.

El día en que Craig se enteró de aquello fue el más lúgubre de todo el período previo al juicio, y sin que nadie lo supiera, por primera vez en su vida había contemplado la posibilidad de suicidarse. Por supuesto, Randolph le había soltado el mismo discurso que le habían soltado al principio, a saber, que no debía tomarse aquella derrota menor a título personal. Pero ¿cómo podía no tomarse a título personal que un juez, un abogado y un colega tomaran aquella decisión? Ellos no eran productos del fracaso escolar ni obreros atontados, sino profesionales, y el hecho de que lo consideraran culpable de negligencia profesional, es decir, que había atendido a su paciente por debajo de sus posibilidades, constituía un golpe mortífero a su honor y a su integridad personal. Había consagrado literalmente toda su vida a convertirse en el mejor médico posible y lo había conseguido, tal como atestiguaban las excelentes calificaciones obtenidas en la facultad, las brillantes evaluaciones conseguidas durante su residencia en una de las instituciones más prestigiosas del país y el hecho de que un colega de gran renombre le hubiera ofrecido formar parte de su consulta. No obstante, aquellos profesionales lo tachaban de delincuente. En un sentido más que tangible, su amor propio y su autoestima habían quedado minados y corrían serio peligro.

Otros sucesos aparte del dictamen judicial habían ensombrecido en gran medida el horizonte. Al principio del proceso, aun antes de que los interrogatorios tocaran a su fin, Randolph había recomendado encarecidamente a Craig que hiciera cuanto estuviera en su mano para reconciliarse con su esposa, Alexis, que dejara su piso de soltero en el centro (palabras textuales de Randolph) y regresara a la residencia familiar en Newton. El abogado estaba convencido de que el estilo de vida relativamente nuevo y autocomplaciente (también palabras textuales) de Craig no gustaría al jurado. Dispuesto a seguir el consejo de un experto, aunque molesto por la dependencia que ello conllevaba, Craig había obedecido al pie de la letra. Se sintió complacido y agradecido por el hecho de que Alexis le permitiera volver, aunque fuera para dormir en la habitación de invitados. Asimismo, su mujer se había mostrado muy dispuesta a apoyarle, tal como demostraba el hecho de que en aquel momento estuviera sentada entre los espectadores. Por puro acto reflejo, Craig se volvió para mirarla. Alexis iba vestida en el habitual estilo entre profesional e informal que empleaba para su trabajo como psicóloga en el hospital Memorial de Boston, blusa blanca bajo una rebeca azul. Craig consiguió dedicarle una sonrisa torva que ella le devolvió.

Craig se concentró de nuevo en la selección. El juez estaba atosigando a un desaliñado contable deseoso de escabullirse aduciendo obligaciones insoslayables. El hombre afirmaba que los clientes no podrían arreglárselas sin él durante una semana, tiempo que en opinión del juez duraría el proceso teniendo en cuenta la lista de testigos, presentados en su mayoría por la acusación. El juez Davidson se mostró implacable al señalar al caballero lo que pensaba de su sentido del civismo, pero luego lo descartó. Después de que su sustituto prestara juramento, el procedimiento continuó.

Gracias a la generosidad personal de Alexis, que Craig atribuía sobre todo a su madurez y en segundo lugar a su formación como psicóloga, las cosas en casa habían ido bastante bien durante los últimos ocho meses. Craig sabía que la situación habría sido insoportable si Alexis hubiera decidido comportarse como seguramente lo habría hecho él en las circunstancias inversas. Desde su actual punto de observación privilegiado, Craig era capaz de entender que su presunto «despertar» había sido un intento infantil de convertirse en alguien que no era. Había nacido para ser médico, una vocación arrolladora, y no para ser una mariposa social. De hecho, su devota madre le había regalado el primer juego de médico a los cuatro años, y recordaba atenderlos a ella y a su hermano mayor con una seriedad precoz que ya por entonces presagiaba su talento. Si bien durante sus estudios de grado e incluso en sus primeros años en la facultad de medicina había considerado que su vocación era la investigación básica, más tarde comprendió que poseía un don innato para el diagnóstico clínico, lo cual impresionaba a sus superiores y también lo complacía a él. Cuando terminó la facultad, sabía que se convertiría en un clínico interesado por la investigación, no a la inversa.

Mientras que Alexis y sus dos hijas menores, Meghan, de once años, y Christina, de diez, se habían mostrado en apariencia comprensivas y dispuestas a perdonar, Tracy era harina de otro costal. Su hija mayor, de quince años y en plena efervescencia adolescente, parecía abierta y persistentemente incapaz de perdonar a Craig por abandonar a su familia durante seis meses. A ello se añadían tal vez ciertos episodios desafortunados de rebeldía, entre ellos algún escarceo preocupante con las drogas, incumplimientos de horarios e incluso alguna que otra fuga nocturna. Alexis estaba inquieta, pero puesto que se comunicaba bien con la chica, estaba bastante segura de que Tracy saldría adelante. Alexis pidió a Craig que no interfiriera dadas las circunstancias. Craig obedeció encantado, ya que no habría sabido afrontar la situación en el mejor de los casos y ahora, por añadidura, estaba demasiado absorto en su propia catástrofe.

El juez Davidson desestimó a dos candidatos. Uno de ellos manifestaba una clara hostilidad hacia las compañías aseguradoras y consideraba que estafaban a todo el país, de modo que adiós muy buenas. El otro tenía un primo que había acudido a la antigua consulta de Craig y había oído decir que era un médico maravilloso. Otros candidatos quedaron descartados cuando los abogados empezaron a emplear algunas de sus estratagemas, entre ellos una mujer de negocios muy bien vestida a la que eliminó Tony, y un joven afroamericano con sofisticado atuendo de rapero al que eliminó Randolph. Otros cuatro candidatos acudieron al estrado para prestar juramento. Las preguntas continuaron.

Verse obligado a afrontar el resentimiento de Tracy dolía a Craig, pero eso no era nada en comparación con los problemas que tenía con Leona. En su papel de amante despechada, se volvió vengativa, sobre todo al tener que buscar otro piso. Su pésima actitud perturbaba la consulta, y Craig se encontraba entre la espada y la pared. No podía despedirla por temor a enfrentarse a una demanda por discriminación sexual además del juicio por negligencia, de modo que tenía que arreglárselas con ella lo mejor posible. No entendía por qué no se marchaba por iniciativa propia, ya que vivía en guerra abierta con Marlene y Darlene. Cada día estallaba una nueva crisis, y ambas amenazaban a menudo con despedirse, pero Craig no podía permitírselo, porque las necesitaba más que nunca. El litigio lo trastornaba tanto emocional y físicamente que ejercer la medicina le resultaba casi imposible. No lograba concentrarse, y cada paciente se le antojaba un potencial demandante. Casi desde el día en que recibiera la citación sufría frecuentes ataques de ansiedad, que afectaban su hipersensible sistema digestivo, causándole acidez y diarrea. Para colmo, el insomnio lo obligaba a tomar somníferos, por culpa de los cuales despertaba aturdido en lugar de descansado. En resumidas cuentas, estaba hecho un asco. Lo único positivo era que no había recuperado el peso perdido en el gimnasio, porque apenas comía. Por otro lado, sí había recuperado el rostro cetrino y fláccido, ahora a acentuado por los ojos hundidos y las profundas ojeras.

El perjudicial comportamiento de Leona en la consulta complicaba mucho la existencia de Craig, pero mucho peor era el efecto que surtía en el juicio por negligencia. La primera señal de peligro había surgido al aparecer su nombre en la lista de testigos de Tony Fasano. La gravedad del peligro se había puesto de manifiesto durante su declaración, un episodio muy doloroso para

Craig, porque se vio obligado a presenciar la profundidad de su resentimiento, culminado en la desdeñosa descripción que Leona hizo de su falta de virilidad.

Antes de la declaración de Leona, Craig había confesado a Randolph los detalles de su relación con Leona para que el abogado supiera a qué atenerse y qué preguntas formular. También le había confiado lo irresponsablemente charlatán que había sido respecto a sus sentimientos hacia la difunta la tarde en que recibiera la citación, pero podría haberse ahorrado el esfuerzo. Fuera a causa del despecho o tan solo de su buena memoria, Leona recordaba todo lo que Craig le había contado de Patience Stanhope, inclusive que la odiaba, que la consideraba una zorra hipocondríaca y su afirmación en el sentido de que su muerte era una bendición para todo el mundo. Después de semejantes revelaciones, incluso el inamovible optimismo de Randolph acerca del desenlace del juicio sufrió un duro golpe. Cuando él y Craig salieron del bufete de Fasano, situado en la primera planta de un edificio de Hannover Street, Randolph se mostró más taciturno y reservado de lo habitual.

—Va a ser perjudicial, ¿verdad? —preguntó Craig con la vana esperanza de que sus temores fueran infundados.

—Espero que esta sea la única sorpresa que me reserva, Craig —replicó Randolph—. Su imprudencia ha logrado convertir esto en una ascensión digna de Sísifo. Por favor, dígame que no se ha ido de la lengua con nadie más.

—No.

—¡Gracias a Dios!

Mientras subían al coche de Randolph, que los esperaba, Craig se había confesado a sí mismo que detestaba los aires de superioridad de Randolph, si bien más tarde llegó a comprender que lo que aborrecía era su propia dependencia del abogado. Craig siempre había sido un hombre autónomo, un luchador que siempre había afrontado los obstáculos en solitario… hasta ahora. Ahora no podía hacerlo solo. Necesitaba a Randolph, y como consecuencia de ello, sus sentimientos hacia él fluctuaron en gran medida durante los meses anteriores al juicio en consonancia con el estado de los acontecimientos.

Craig percibió que Randolph emitía un leve bufido de desagrado cuando Tony utilizó su último descarte para desestimar a una gerente de geriátrico elegantemente vestida. El esbelto dedo de Randolph golpeteó el bloc amarillo en señal de disgusto, y como represalia aparente, el abogado defensor eliminó a la huerfanita de la sudadera inmensa. Otros dos candidatos entraron y prestaron juramento. Las preguntas continuaron.

Craig se inclinó hacia su abogado y le preguntó en un susurro qué debía hacer para ir al baño. Su colon hipersensible estaba reaccionando a la angustia que lo embargaba. Randolph le aseguró que no había problema y que no tenía más que indicarlo al tribunal. Craig asintió y retiró la silla. Resultaba humillante sentir todas las miradas clavadas en él mientras cruzaba la baranda del estrado. La única persona a la que miró fue Alexis.

El lavabo de caballeros era anticuado y apestaba a orina rancia. Craig entró a toda prisa en uno de los cubículos para evitar cualquier contacto con los tipos sin afeitar y de aspecto sospechoso que haraganeaban junto a las picas y conversaban en voz baja. Con sus paredes llenas de grafitis, el desastrado suelo de mosaico de mármol y el hedor que despedía, aquellos servicios parecían simbolizar la actual vida de Craig, y a la vista del estado de su sistema digestivo, temía que visitaría aquel desagradable lugar con mucha frecuencia durante el juicio.

Limpió el asiento con un trozo de papel higiénico, se sentó y pensó de nuevo en la declaración de Leona. Si bien quizá había sido la peor en cuanto a sus posibles repercusiones sobre el desenlace del caso, no había sido la más dura desde el punto de vista emocional. Aquel dudoso honor recaía tanto en la suya como en las de los expertos citados por Tony Fasano. Para horror de Craig, a Tony no le había costado ni pizca encontrar a expertos de la zona dispuestos a testificar, y el elenco era impresionante. Todos eran personas a las que Craig conocía y admiraba, y que además lo conocían a él. La primera en declarar fue la cardióloga que le había ayudado en el intento de reanimación; era la doctora Madeline Mardy. El segundo fue el doctor William Tardoff, jefe de cardiología del hospital Newton Memorial, y el tercero y más perturbador para Craig, el doctor Herman Brown, jefe de cardiología del hospital Memorial de Boston y catedrático de cardiología de la Facultad de Medicina de Harvard. Los tres testificaron que los primeros minutos después de un infarto eran cruciales en términos de supervivencia. También convinieron en que era bien sabido que era del todo clave trasladar al paciente a un hospital lo antes posible y que cualquier demora era excesiva. Si bien ninguno de los tres daba crédito a la idea de realizar una visita domiciliaria en caso de sospecha de infarto de miocardio, Randolph los instó a reconocer que creían que Craig no conocía a ciencia cierta el diagnóstico antes de llegar junto a la paciente. Randolph también consiguió que dos de ellos declararan oficialmente que los impresionaba la disposición de Craig a efectuar visitas domiciliarias fuera cual fuese el diagnóstico.

Randolph no se alteró tanto como Craig por los testimonios de los expertos y se los tomó con ecuanimidad. La razón por la que trastornaron tanto a Craig residía en que los tres eran colegas respetados. Craig tomaba su disposición a testificar para la acusación como una crítica abierta a su reputación como médico. Ello se aplicaba sobre todo al doctor Herman Brown, que había sido profesor de Craig en la facultad y su adjunto durante la residencia. Fueron la crítica y la desaprobación del doctor Brown las que más afectaron a Craig, sobre todo porque había recibido muchos elogios del mismo médico cuando estudiaba la carrera. Para empeorar aún más las cosas, Craig no había encontrado a ningún compañero de la ciudad dispuesto a testificar en su favor.

Por inquietantes que le resultaran las declaraciones de los expertos, la suya le pareció mucho peor. De hecho, se le antojaba la experiencia más fastidiosa y angustiosa que había vivido hasta la fecha, sobre todo porque Tony Fasano había prolongado la tortura durante dos espantosos días como si de una turbia maniobra política se tratara. Hasta cierto punto, Randolph había presagiado las dificultades a las que se enfrentaría Craig e intentado prepararlo. Le aconsejó vacilar antes de contestar a una pregunta si se terciaba una objeción, reflexionar un instante acerca de las ramificaciones de las preguntas antes de responder, tomarse su tiempo, evitar revelar lo que no le preguntaran y, por encima de todo, no mostrarse arrogante ni enzarzarse en discusiones. Le confesó que no podía ser más concreto, pues nunca se había enfrentado a Tony Fasano, sobre todo porque, a todas luces, aquella era la primera incursión de Tony en el terreno de la negligencia, distinto de su especialidad como abogado en casos de daños y perjuicios.

La declaración tuvo lugar en el elegante bufete de Randolph, situado en el número 50 de State Street y con impresionantes vistas al puerto de Boston. Al principio, Tony se había mostrado razonable, no exactamente afable, pero tampoco hostil, desde luego. Representaba el papel de guasón del patio. Incluso había insistido en contar un par de chistes que solo el estenógrafo le había reído. Pero el guasón no tardó en dar paso al camorrista. Cuando empezó a hostigar y acusar, metiéndose de forma humillante en todos los aspectos de la vida profesional y personal de Craig, las ya escasas defensas de este empezaron a desmoronarse. Randolph protestaba cuanto podía e incluso sugirió un receso en varias ocasiones, pero Craig había llegado al punto de no querer saber nada de recesos. Pese a que su abogado le había advertido que no se enfadara, se enfadó, se enfureció y procedió a desoír todos los consejos y recomendaciones de Randolph. El peor episodio acaeció la tarde del segundo día. Pese a que Randolph le había vuelto a advertir durante la comida que no perdiera el control, y Craig se lo había prometido, no tardó en caer en la misma trampa bajo el ataque de las indignantes alegaciones de Tony.

—¡Un momento! —espetó en un momento dado—. Voy a decirle una cosa.

—Adelante —repuso Tony—, soy todo oídos.

—He cometido algunos errores en mi vida profesional, como todos los médicos, pero Patience Stanhope no es uno de ellos. ¡No lo es!

—¿En serio? —preguntó Tony con expresión altanera—. ¿Qué quiere decir con «errores»?

—Creo que es momento de tomarnos un descanso —intentó intervenir Randolph.

—No necesito ningún descanso, maldita sea —gritó Craig—. Quiero que este cabrón entienda por un momento lo que significa ser médico, ser el que siempre está en las trincheras con enfermos e hipocondríacos.

—Pero nuestro objetivo no es aleccionar al señor Fasano —insistió Randolph—. No importa lo que él crea.

—Un error es cuando cometes una estupidez —prosiguió Craig sin hacer caso a Randolph e inclinándose hacia delante para acercar más el rostro al de Tony—, como cuando haces una chapuza cuando estás agotado y te quedan diez pacientes por visitar, o cuando olvidas pedir una prueba pese a saber que es necesaria porque de pronto te sale una urgencia.

—¿O como hacer una estúpida visita domiciliaria en lugar de acudir junto a una paciente gravemente enferma y que apenas podía respirar en el hospital porque quería llegar a tiempo al concierto?

Los sonidos procedentes del exterior del lavabo de caballeros devolvieron a Craig al presente. Con la esperanza de que su intestino inferior estuviera quietecito el resto de la mañana, terminó, se puso la americana y salió para lavarse las manos. Mientras lo hacía se miró al espejo e hizo una mueca. Tenía un aspecto manifiestamente peor que antes de apuntarse al gimnasio y pocas posibilidades de mejorarlo en un futuro cercano, teniendo en cuenta que el juicio acababa de comenzar. Sería una semana larga y estresante, sobre todo considerando su desastrosa declaración. Después del fracaso, no había necesitado que Randolph le dijera lo mal que lo había hecho, si bien el abogado había sido lo bastante magnánimo para limitarse a sugerir que debían ensayar antes de su testimonio en el juicio. Aquel día, antes de salir del bufete de Randolph, Craig llevó al abogado aparte y lo miró de hito en hito.

—Quiero que sepa una cosa —masculló en tono insistente—. He cometido errores, tal como le he dicho a Fasano, aunque siempre he intentado ser un buen médico. Pero no cometí ningún error con Patience Stanhope. No hubo negligencia.

—Lo sé —repuso Randolph—. Comprendo su frustración y su dolor, se lo aseguro, y le prometo que, pase lo que pase, haré cuanto esté en mi mano para convencer de ello al jurado.

De regreso en la sala, Craig volvió a su asiento. La selección había tocado a su fin, y el jurado estaba constituido. El juez Davidson estaba dando a sus integrantes algunas instrucciones preliminares, entre ellas la de que apagaran los teléfonos móviles, y describiéndoles el procedimiento civil que estaban a punto de presenciar. Les dijo que ellos y solo ellos serían los jueces reales del caso, lo cual significaba que serían ellos quienes tomarían las decisiones sobre los hechos. También les recordó que al final del juicio les proporcionaría la orientación legal necesaria, lo cual era su ámbito de especialidad. Les dio de nuevo las gracias por el servicio que prestaban antes de mirar a Tony Fasano por encima del borde de las gafas.

—¿La acusación está preparada? —inquirió.

Ya había indicado al jurado que el juicio empezaría con el alegato inicial del letrado del demandante.

—Un momento, Señoría —pidió Tony.

Se inclinó para hablar en susurros con la señora Relf, su ayudante, quien al poco asintió y le alargó un fajo de fichas.

En aquel breve intermedio, Craig intentó captar la atención de los miembros del jurado, tal como le había recomendado Randolph. Los miró uno por uno con la esperanza de que le devolvieran la mirada y de que no adivinaran sus pensamientos. Para él, la idea de que aquel grupo dispar de legos representara a sus iguales resultaba absurda cuando menos. Había un bombero de aspecto indolente, ataviado con una inmaculada camiseta blanca que resaltaba su voluminosa musculatura. Varias amas de casa que parecían fascinadas por la experiencia. Una maestra jubilada de cabello violáceo que era la personificación de la abuela ideal. Un fontanero obeso vestido con vaqueros y una camiseta sucia que tenía un pie apoyado en la barandilla. Junto a él, en claro contraste, un joven bien vestido con un pañuelo rojo asomando por el bolsillo de la pechera de una americana de hilo marrón. A su lado, una remilgada enfermera de ascendencia asiática con las manos entrelazadas sobre el regazo. Más allá, dos hombres de negocios de poca monta con trajes de poliéster, aspecto aburrido y aire exasperado por haber sido obligados a cumplir su deber cívico. En la segunda fila, justo detrás de ellos, un corredor de bolsa mucho más acomodado.

Craig sintió que lo embargaba una desesperación creciente mientras paseaba la mirada entre los miembros del jurado. A excepción de la enfermera asiática, ninguno de ellos se mostró dispuesto a mirarlo a los ojos ni siquiera un instante. No pudo evitar decirse que, con toda probabilidad, ninguno de ellos, salvo la enfermera, podría imaginarse lo que significaba ser médico. Y al combinar aquella sensación con la declaración que había prestado, el testimonio de Leona y el de los expertos de la parte demandante, concluía que el juicio tenía, en el mejor de los casos, pocas probabilidades de acabar bien. Era muy deprimente, pero al mismo tiempo una culminación muy acorde a los espantosos ocho meses de angustia, dolor, aislamiento e insomnio provocados por su constante reconstrucción mental de los hechos. Craig era consciente de que aquella experiencia lo había afectado en lo más hondo, le había arrebatado la seguridad en sí mismo, el sentido de la justicia, la autoestima e incluso su pasión por la medicina. Ahí sentado, paseando la mirada entre los miembros del jurado, se preguntó si, a despecho del desenlace del juicio, volvería a ser capaz alguna vez de ser el médico que había sido.

2

Boston, Massachusetts,
lunes, 5 de junio de 2006, 10.55 horas.

Tony Fasano asió los bordes del estrado como si de los controles de un videojuego sobredimensionado se tratara. Su cabello aplastado hacia atrás con brillantina relucía de un modo impresionante. El sol arrancaba destellos al enorme diamante engastado en su anillo de oro. Sus gemelos de oro estaban a la vista de todo el mundo. Pese a su estatura relativamente baja, su constitución robusta le confería un aspecto formidable, y su tez morena le daba una apariencia saludable pese a las paredes color sebo de la sala.

Tras apoyar el pie calzado en un mocasín con borlas sobre la barandilla de latón, Fasano inició su discurso.

—Señoras y señores del jurado, en primer lugar quiero expresarles mi gratitud por el servicio que prestan al permitir que mi cliente, Jordan Stanhope, pueda comparecer ante este tribunal.

Tony se detuvo para mirar a Jordan, que permanecía inmóvil e impasible como un maniquí. Iba vestido de un modo impecable, con traje oscuro, a cuyo bolsillo asomaba un pañuelo blanco con dibujos en zigzag. Tenía las cuidadas manos entrelazadas ante él y el rostro paralizado en una expresión neutra.

Tony se volvió de nuevo hacia el jurado y adoptó una expresión desolada.

—El señor Stanhope sufre una gran aflicción y apenas es capaz de funcionar con normalidad desde el lamentable e inesperado fallecimiento de su encantadora y abnegada esposa y compañera, Patience Stanhope, hace nueve meses. Es una tragedia que no debería haber ocurrido, y no habría ocurrido de no ser por la terrible negligencia cometida por el defendido, el doctor Craig M. Bowman.

Craig se puso rígido sin siquiera darse cuenta. De inmediato, Randolph le asió el antebrazo y se inclinó hacia él.

—¡Domínese! —le ordenó en un susurro.

—¿Cómo puede decir eso este cabrón? —replicó Craig en el mismo tono—. Creía que este juicio iba precisamente de eso.

—Y así es. Tiene permiso para manifestar la alegación. Reconozco que se está mostrando muy provocador, pero por desgracia, es famoso por ello.

—Ahora —prosiguió Tony al tiempo que señalaba el techo con el dedo índice—, antes de presentarles una hoja de ruta para mostrarles cómo demostraré lo que acabo de decir, querría confesarles algo acerca de mí mismo. Yo no fui a Harvard como mi apreciado colega de la defensa. No soy más que un tipo de la zona norte de la ciudad y a veces no me expreso demasiado bien.

El fontanero lanzó una carcajada, y los dos hombres enfundados en poliéster esbozaron sendas sonrisas pese a su aparente irritación.

—Pero lo intento —añadió Tony—. Y si están un poco nerviosos por el hecho de encontrarse aquí, les pido que entiendan que yo también lo estoy.

Las tres amas de casa y la maestra jubilada sonrieron ante aquella admisión inesperada.

—Intentaré ser franco con ustedes, amigos —continuó Tony—, como lo he sido con mi cliente. No he llevado muchos casos de negligencia profesional. De hecho, este es el primero.

El bombero musculoso sonrió e hizo un gesto de aprobación ante la sinceridad de Tony.

—Así que tal vez se pregunten por qué este atontado ha aceptado el caso. Les diré por qué… Para protegerlos a ustedes, a mí mismo y a mis hijos de los tipos como el doctor Bowman.

En los rostros de casi todos los miembros del jurado se pintó una expresión de leve sorpresa cuando Randolph se irguió en toda su estatura patricia.

—Protesto, Señoría. El letrado se está mostrando insultante.

El juez Davidson miró a Tony por encima de las gafas con una expresión a caballo entre la irritación y la sorpresa.

—Sus comentarios rozan el límite del decoro, letrado. La sala del tribunal es lugar para el enfrentamiento verbal, pero hay que seguir las normas establecidas, sobre todo en mi sala. ¿Me he expresado con claridad?

Tony alzó las gruesas manos por encima de la cabeza a modo de súplica.

—Por supuesto, Señoría, y pido disculpas al tribunal. El problema es que en ocasiones me pueden las emociones, y esta es una de ellas.

—Señoría... —se quejó Randolph.

El juez lo interrumpió con un gesto al tiempo que ordenaba a Tony que procediera con la propiedad debida.

—Esto se está convirtiendo en un circo a marchas forzadas —murmuró Randolph mientras se sentaba—. Tony Fasano es un payaso, pero un payaso diabólicamente astuto.

Craig observó al abogado. Era la primera vez que veía una grieta en el aplomo glacial que caracterizaba a Randolph. Y su comentario resultaba de lo más perturbador porque lo había hecho en tono admirativo aun a su pesar.

Tras echar un breve vistazo a las fichas que tenía amontonadas en un rincón del atril, Tony volvió a concentrarse en el alegato.

—Algunos de ustedes quizá se preguntarán por qué estos casos no los resuelven los jueces y en consecuencia se plantean por qué se han visto obligados a interrumpir su vida cotidiana. Les diré por qué..., porque ustedes tienen más sentido común que los jueces.

Señaló uno por uno a los integrantes del jurado, que estaban pendientes de cada una de sus palabras.

—Es cierto. Con todos los respetos, Señoría —se disculpó

Tony ante el juez—, sus bases de datos están atestadas de leyes, decretos y toda clase de jerga legal, mientras que estas personas —señaló al tiempo que se volvía de nuevo hacia el jurado— son capaces de ver los hechos. Y en mi opinión, eso es del todo esencial. Si alguna vez me meto en líos, quiero un jurado. ¿Por qué? Porque ustedes, con su sentido común y su intuición, consiguen ver más allá de la bruma legal y averiguar dónde está la verdad.

Varios de los miembros del jurado asintieron. Por su parte, Craig sintió que el pulso se le aceleraba y un calambre le atenazaba el intestino inferior. Su temor a que Tony conectara con el jurado parecía hacerse realidad y era símbolo de todo aquel desgraciado asunto. Justo cuando creía que las cosas no podían ponerse más feas…

—Lo que voy a hacer —continuó Tony, gesticulando con la mano derecha— es demostrarles cuatro puntos fundamentales. Primero: gracias a los empleados del doctor Bowman, mostraré que el doctor tenía una deuda con la fallecida. Segundo: con el testimonio de tres prestigiosos expertos procedentes de tres de nuestros mejores centros médicos, les mostraré lo que haría un médico razonable en la situación en que se encontraba la fallecida la noche del 8 de septiembre de 2005. Tercero: gracias al testimonio del demandante, de una de las empleadas del doctor Bowman y de uno de los expertos que intervino en el caso, les mostraré que el doctor Bowman cometió negligencia al no proceder como habría procedido un médico razonable. Y cuarto: les mostraré que la conducta del doctor Bowman fue la causa inmediata de la triste muerte de la paciente. He aquí un resumen del caso.

La frente de Craig se perló de sudor, y de repente sintió la garganta reseca; necesitaba ir al baño, pero no se atrevía. Con mano embarazosamente temblorosa, se sirvió un poco de agua de la jarra que tenía delante y bebió.

—Ya volvemos a estar en tierra firme —murmuró Randolph.

A todas luces, no estaba tan trastornado como Craig, lo cual constituía un alivio; sin embargo, sabía que había algo más.

—Lo que acabo de exponerles —prosiguió Tony— es la esencia de un típico caso de negligencia médica. Es lo que a los abogados refinados y caros como mi oponente les gusta llamar un caso de *prima facie*, evidente a primera vista. Yo lo llamo la esencia o las entrañas. Muchos abogados, al igual que muchos médicos tienden a utilizar palabras que nadie entiende, sobre todo latinajos. Sin embargo, este no es un caso típico, sino algo mucho peor, y por eso me conmueve tanto. La defensa intentará hacerles creer con ayuda de algunos testigos que el doctor Bowman es un médico magnífico, compasivo, caritativo y con una familia ejemplar, pero la realidad es bien distinta.

—¡Protesto! —exclamó Randolph—. La vida privada del doctor Bowman no ha lugar. El letrado intenta desacreditar a mi cliente.

El juez Davidson se quitó las gafas y clavó la mirada en Tony.

—Está divagando, hijo. ¿El rumbo que está tomando tiene alguna relación con el alegato específico de negligencia médica?

—Desde luego, Señoría, es clave.

—Usted y su cliente se van a meter en un buen lío si no es así. Protesta denegada. Proceda.

—Gracias, Señoría —repuso Tony antes de volverse de nuevo hacia el jurado—. La noche del 8 de septiembre de 2005, cuando Patience Stanhope halló su intempestiva muerte, el doctor Craig Bowman no estaba en su elegante y acogedora residencia de Newton con su amada familia. ¡Ni mucho menos! Una testigo que era su empleada y su novia les dirá que estaba con ella en su nidito de amor del centro de la ciudad.

—¡Protesto! —exclamó Randolph con una vehemencia impropia de él—. Insultante y especulativo. No puedo permitir esta clase de lenguaje.

Craig percibió que se ruborizaba hasta la raíz del cabello. Ardía en deseos de volverse para mirar a Alexis, pero no se atrevió a hacerlo a causa de la humillación que sentía.

—¡Admitida! Letrado, cíñase a los hechos sin adornarlos con provocaciones hasta que la testigo testifique.

—Por supuesto, Señoría; lo que ocurre es que me cuesta contener las emociones.

—Lo acusaré de desacato si no lo hace.

—Entendido —repuso Tony antes de mirar una vez más a los miembros del jurado—. Lo que descubrirán es que el estilo de vida del doctor Bowman había cambiado de forma drástica.

—Protesto —repitió Randolph—. La vida privada, el estilo de vida... Todo ello carece de relevancia en este caso. Estamos en un juicio por negligencia médica.

—¡Por el amor de Dios! —espetó el juez Davidson, exasperado—. ¡Letrados, acérquense al estrado!

Tanto Randolph como Tony se dirigieron obedientes hacia el lateral del estrado, donde no podían oírlos los asistentes ni, sobre todo, la taquígrafa ni el jurado.

—A este paso, el juicio durará un año, por el amor de Dios —refunfuñó el juez Davidson—. Todo mi calendario del mes se irá al garete.

—No puedo permitir que continúe esta farsa —protestó Randolph—. Es perjudicial para mi cliente.

—Y yo pierdo el hilo con tantas interrupciones —gruñó Tony.

—¡Basta! No quiero oír ni una queja más de ninguno de los dos. Señor Fasano, justifique esta digresión de los hechos médicos pertinentes.

—El doctor Bowman tomó la decisión de visitar a la fallecida en su domicilio en lugar de atender a la petición del demandante de llevar a su mujer al hospital de inmediato, a pesar de que, tal como el propio doctor atestiguará, sospechaba que se trataba de un infarto.

—¿Y qué? —espetó el juez Davidson—. Imagino que el doctor acudió a la llamada de urgencia sin ninguna demora indebida.

—Estamos dispuestos a convenir en eso, pero el doctor Bowman no hacía visitas domiciliarias antes de su crisis de la madurez, o su «despertar», como él mismo lo llama, y antes de mudarse al centro con su amante. Todos mis expertos testificarán que el retraso causado por la visita domiciliaria desempeñó un papel crucial en la muerte de Patience Stanhope.

El juez Davidson meditó sus palabras mientras deslizaba el

labio inferior hacia el interior de la boca, de forma que el bigote le llegó hasta medio mentón.

—El estilo de vida y la mentalidad del facultativo no son revelantes en los casos de negligencia médica —afirmó Randolph—. Legalmente, la cuestión reside únicamente en si existió desviación de la atención habitual con consecuencia de daño susceptible de indemnización.

—En términos generales tiene usted razón, pero creo que el señor Fasano ha presentado un argumento válido, siempre y cuando los testigos lo respalden. ¿Puede afirmar de forma inequívoca que es así?

—Sin lugar a dudas —aseguró Tony con firmeza.

—En tal caso, será el jurado quien decida. Protesta denegada. Puede proceder, señor Fasano, pero le recomiendo que no vuelva a emplear un lenguaje insultante.

—Gracias, Señoría.

Randolph regresó a su asiento visiblemente molesto.

—Tendremos que capear el temporal —señaló—. El juez está concediendo a Fasano una discreción inusual. El lado bueno es que añadirá leña a la apelación si al final el veredicto favorece al demandante.

Craig asintió, pero el hecho de que Randolph expresara por primera vez la posibilidad de un desenlace desfavorable acentuó aún más su creciente desaliento y pesimismo.

—Bueno, ¿por dónde demonios iba? —exclamó Tony al llegar de nuevo al atril.

Consultó por un instante sus fichas, se ajustó las mangas del traje de seda para que los puños de la camisa asomaran un poco y dejaran al descubierto el voluminoso reloj de oro, y por fin alzó la mirada.

—En tercero me di cuenta de que se me daba fatal hablar en público, y lo cierto es que no he mejorado mucho, así que les pido un poco de compasión.

Varios miembros del jurado sonrieron y asintieron con aire comprensivo.

—Presentaremos pruebas de que la vida profesional del doctor

Bowman cambió de forma drástica hace casi dos años. Antes de ello dirigía una clásica consulta privada, pero en un momento dado ingresó y en la práctica dirige una próspera consulta de medicina *concierge* o a la carta.

—¡Protesto! —exclamó Randolph—. Este juicio no versa en torno a los tipos de consulta médica.

El juez Davidson lanzó un suspiro exasperado.

—Señor Fasano, ¿el modo en que el doctor Bowman ejerce la medicina es relevante para lo que hemos comentado en el estrado hace un momento?

—Por supuesto, Señoría.

—En tal caso, protesta denegada. Proceda.

—Bueno —prosiguió Tony, mirando al jurado de hito en hito—, veo varios rostros desconcertados por el término «medicina a la carta». ¿Saben por qué? Porque muchas personas no saben lo que es; tampoco yo lo sabía antes de encargarme de este caso. También recibe el nombre de medicina de pago anticipado, lo cual significa que los pacientes que desean acudir a ese tipo de consulta tienen que soltar un montón de pasta de entrada y luego pagar una cuota. Y en el caso de algunas de esas consultas estamos hablando de mucho dinero, hasta unos veinte mil dólares por cabeza y año. El doctor Bowman y el doctor Ethan Cohen, casi jubilado, no cobran tanto, pero aun así, es mucho. Como podrán imaginar, este tipo de consulta solo puede existir en zonas ricas y sofisticadas, como algunas de nuestras principales ciudades, así como lugares selectos como Palm Beach, Naples, Florida, o Aspen, Colorado.

—¡Protesto! —reiteró Randolph—. Señoría, aquí no se está juzgando la medicina a la carta.

—Discrepo, Señoría —replicó Tony, alzando la mirada hacia el juez—. En cierto modo, sí se está juzgando la medicina a la carta.

—En tal caso, relaciónela con el caso, letrado —espetó el juez Davidson, irritado—. Protesta denegada.

Tony se volvió otra vez hacia el jurado.

—En fin, ¿qué obtienen los pacientes en una consulta de medicina a la carta a cambio de toda la pasta que sueltan, aparte de una patada si no pagan? Escucharán testimonios acerca de lo que supuestamente obtienen. Incluye acceso a su médico las veinticuatro horas del día y los siete días de la semana, el teléfono móvil y la dirección de correo electrónico del facultativo a su disposición, garantía de tiempo de espera cero en sus visitas, lo cual en mi opinión debería garantizarse a todo el mundo, sin tener que pagar por ello un montón de dinero. Pero, lo más importante en relación con el caso que nos ocupa, los pacientes reciben visitas domiciliarias en caso necesario.

Tony se detuvo un instante para permitir que los miembros del jurado asimilaran sus palabras.

—Durante el juicio escucharán testimonios claros de que la noche del 8 de septiembre de 2005, el doctor Bowman tenía entradas para la Sinfónica, a la que planeaba ir acompañado de su novia mientras su esposa y sus queridas hijas languidecían en casa. Ahora que vuelve a residir en el hogar familiar, me encantaría poder contar con su esposa como testigo, pero no puedo a causa de la confidencialidad conyugal. Debe de ser una santa.

—¡Protesto! —interrumpió Randolph—. Por la misma razón ya citada.

—Se admite.

—También escucharán —continuó Tony sin apenas tomar aliento— que la práctica habitual en caso de sospecha de infarto consiste en trasladar de inmediato al paciente al hospital a fin de iniciar el tratamiento. Y cuando digo de inmediato no exagero, porque unos minutos, tal vez incluso unos segundos pueden marcar la diferencia entre la vida y la muerte. Escucharán que pese a la petición de mi cliente de llevar a su esposa enferma al hospital para que pudiera recibir tratamiento y reunirse allí con el doctor Bowman, el doctor insistió en visitarla en su casa. ¿Y por qué la visitó en su casa? Escucharán un testimonio según el cual ello revestía importancia, porque si Patience Stanhope no sufría un infarto, aunque según su propio testimonio sabrán que lo sospechaba, el doctor Bowman podría llegar a tiempo a la Sinfónica en su flamante Porsche rojo, entrar en el auditorio y ser admirado por su cultura y la atractiva joven que lo acompañaba.

Y ahí, amigos míos, reside… o radica…, nunca sé cuál de las dos palabras es la correcta, la negligencia médica. Porque movido por su vanidad, el doctor Bowman quebrantó el protocolo de atención según el cual es imperativo trasladar a las víctimas de infarto lo antes posible a un hospital. Mi oponente, más versado en estos temas, les expondrá una interpretación distinta de estos hechos. Pero estoy convencido de que verán la verdad tal como creo que el tribunal de Massachusetts la vio al analizar este caso y recomendar que fuera a juicio.

—¡Protesto! —exclamó Randolph, poniéndose en pie de un salto—. Y solicito que se elimine del acta y se amoneste al letrado. El fallo del tribunal no es admisible. Beeler contra Downey, Tribunal Superior de Massachusetts.

—¡Se admite! —espetó el juez Davidson—. El letrado de la defensa tiene razón, señor Fasano.

—Lo lamento, Señoría —se disculpó Tony antes de acercarse a la mesa del demandante y coger un papel que le alargaba la señora Relf—. Tengo aquí una copia del Código de Massachusetts, capítulo 231, sección 60 B, según la cual las recomendaciones del tribunal y los testimonios ante el tribunal son admisibles.

—Quedó sin efecto en el caso citado —señaló el juez Davidson antes de bajar la mirada hacia la taquígrafa—. Elimine la referencia al tribunal.

—Sí, señor —asintió la mujer.

El juez Davidson se volvió hacia el jurado.

—El jurado debe desestimar el comentario del señor Fasano acerca del tribunal de Massachusetts; les recuerdo que no desempeñará papel alguno en su responsabilidad. ¿Lo han entendido?

Todos los integrantes del jurado asintieron con docilidad.

Acto seguido, el juez se encaró con Tony.

—La inexperiencia no es excusa para desconocer la ley. Espero que no haya más deslices de esta índole, ya que de lo contrario me veré obligado a declarar el juicio nulo.

—Haré cuanto esté en mi mano —prometió Tony.

Regresó al atril, se tomó unos instantes para ordenar sus pensamientos y por fin miró al jurado.

—Como iba diciendo, estoy convencido de que verán la verdad y concluirán que la negligencia del doctor Bowman causó la muerte de la encantadora esposa de mi cliente. A continuación se les pedirá que establezcan la indemnización por la atención, la guía, el apoyo, el consejo y la compañía que Patience Stanhope estaría prestando hoy a mi cliente de seguir con vida. Gracias por su atención, y les pido disculpas, tal como se las he pedido al juez, por mi inexperiencia en este ámbito del derecho. Volveré a dirigirme a ustedes al término del juicio. Gracias.

Recogió las fichas del atril, se retiró a la mesa del demandante y de inmediato entabló una intensa conversación en voz baja con su asistente al tiempo que blandía el papel que ella le había entregado.

Con un suspiro de alivio porque Tony había acabado, el juez Davidson miró el reloj antes de volverse hacia Randolph.

—¿El letrado de la defensa desea hacer su alegato inicial en este momento del juicio o después de la intervención principal del demandante?

—Ahora, Señoría —repuso Randolph.

—De acuerdo, pero primero haremos un descanso para comer —anunció antes de hacer sonar la maza con firmeza—. Se levanta la sesión hasta la una y media. Los miembros del jurado no hablarán del caso ni entre ellos ni con terceras partes.

—Todos en pie —ordenó el alguacil con voz de pregonero cuando el juez se levantó.

3

Boston, Massachusetts,
lunes, 5 de junio de 2006, 12.05 horas.

Mientras que casi todos los presentes empezaban a salir de la sala, Alexis Stapleton Bowman permaneció inmóvil en su asiento. Estaba observando a su marido, que se había reclinado en su silla como un globo desinflado en cuanto la puerta de paneles de madera que daba al despacho del juez se cerró. Inclinado hacia él, Randolph le hablaba en voz baja con una mano apoyada en su hombro. El ayudante de Randolph, Mark Cavendish, estaba de pie al otro lado de Craig, recogiendo papeles, un ordenador portátil y otros objetos que fue guardando en un maletín abierto. Alexis tenía la impresión de que Randolph intentaba convencer a Craig para que hiciera algo y se preguntó si debía intervenir o esperar. Decidió esperar de momento y observar al demandante, Jordan Stanhope, cruzar la baranda del estrado. En su rostro altivo se pintaba una expresión neutra, y su traje era conservador y caro. Alexis lo siguió con la mirada hasta que se reunió con una joven cuyo aspecto y actitud encajaban a la perfección con los de él.

Como psicóloga que trabajaba en un hospital, Alexis había intervenido en numerosos juicios y testificado en distintas calidades, aunque sobre todo como experta. Por experiencia sabía que eran asuntos angustiosos para todo el mundo, sobre todo para los médicos a los que demandaban por negligencia y muy especialmente para su marido, pues le constaba que se hallaba en un estado muy vulnerable. El juicio contra Craig era la culminación de dos años particularmente difíciles, y muchas cosas dependían del desenlace. Gracias a su formación y a su capacidad de ser objetiva, incluso en cuestiones personales, Alexis conocía tanto las debilidades como los puntos fuertes de Craig. Por desgracia, en la actual crisis le constaba que la vulnerabilidad superaba la fortaleza con tal contundencia que si no salía airoso de aquel cuestionamiento público de sus habilidades profesionales, Alexis no creía que fuera capaz de recomponer su vida, que había empezado a resquebrajarse antes de la demanda por culpa de una crisis de madurez bastante clásica. Craig era en primera instancia médico. Sus pacientes eran lo primero. Alexis lo sabía desde los albores de su relación; lo aceptaba e incluso lo admiraba, pues en su opinión cualificada como profesional que ejercía en un hospital importante, ser médico, sobre todo un buen médico, era uno de los trabajos más duros, exigentes y despiadados del mundo.

El problema residía en que había muchas probabilidades, al menos en la primera ronda, como Randolph le había confesado, de que perdiera el caso pese a no haber cometido negligencia alguna. En el fondo de su corazón, Alexis se convenció de que era inocente tras escuchar la historia y porque sabía que Craig siempre anteponía a sus pacientes, aun cuando ello representara algún inconveniente o fueran las tres de la madrugada. En aquel caso, la combinación de la demanda por negligencia y la crisis de madurez complicaban aún más la situación. El hecho de que se hubieran producido de forma casi simultánea no sorprendía a Alexis. No había tenido muchos pacientes médicos, porque pedir ayuda, sobre todo psicológica, no formaba parte de su naturaleza. Ellos atendían a los demás, no se dejaban atender. Craig era el mejor ejemplo de ello. Alexis le había recomendado encarecidamente que se sometiera a terapia, sobre todo al presenciar su reacción a la declaración de Leona y las de los expertos de la acusación, y sin duda podría haberle concertado cita sin ningún problema, pero Craig se había negado. Incluso había reaccionado con furia cuando Alexis se lo propuso una semana más tarde, al observar que se sumía en una depresión cada vez más profunda.

Mientras seguía considerando si debía o no acercarse a Craig y Randolph, Alexis reparó en otra persona que se había quedado en la sala tras el éxodo masivo. Lo que le llamó la atención fue su atuendo, casi idéntico al del abogado del demandante en estilo, color y corte. La similitud de la ropa, de su constitución fornida y del color del cabello les confería a primera vista aspecto de gemelos, pero no sería así cuando estuvieran uno junto al otro, pues aquel hombre era al menos una vez y media más corpulento que Tony Fasano. Asimismo, tenía la tez más clara y, a diferencia del cutis inmaculado de Tony, en su rostro se observaban las lamentables secuelas de un virulento acné juvenil.

En aquel momento, Tony Fasano interrumpió la conversación con su ayudante, cogió su maletín y cruzó la baranda y la sala en dirección a la salida. A todas luces estaba mortificado por el error relacionado con el fallo del tribunal. Alexis se preguntó por qué reaccionaba con tanta intensidad, sobre todo teniendo en cuenta que, desde su punto de vista, el alegato inicial de Fasano había sido devastadoramente efectivo, sin duda la razón por la que Craig aparecía tan malhumorado. La ayudante de Tony siguió a su jefe con aire compungido. Sin tan siquiera desviar la mirada ni aflojar una pizca el paso, Tony exclamó «Franco» mientras señalaba al hombre vestido como él que lo siguiera. Franco obedeció. Al cabo de un instante, los tres desaparecieron por la puerta de doble hoja que daba al pasillo y que se cerró con un estruendo.

Alexis se volvió de nuevo hacia su marido. No se había movido, pero Randolph se había girado hacia ella. Cuando sus miradas se encontraron, el abogado agitó la mano para que se acercara. Una vez recibida aquella invitación explícita, Alexis la aceptó de buen grado. Al llegar junto a los dos hombres comprobó que el rostro de Craig parecía tan desalentado como había adivinado por su postura.

—¡Tiene que hablar con él! —le ordenó Randolph con un deje de exasperación impropio de su estudiado refinamiento contenido—. No puede seguir comportándose de este modo tan derrotista. Sé por experiencia que los jurados tienen unas antenas especiales; estoy convencido de que perciben el estado de ánimo de los litigantes y fallan en consecuencia.

—¿Me está diciendo que el jurado podría fallar contra Craig porque está deprimido?

—Exacto. Tiene que decirle que se anime. Si no abandona esta actitud tan negativa, corremos el riesgo de que el jurado concluya que es culpable de la supuesta negligencia. No pretendo insinuar que no vayan a escuchar los testimonios de los testigos o considerar las pruebas, pero solo lo harán con miras a intentar desmentir su impresión inicial. El comportamiento de Craig convierte a un jurado neutral en un jurado desfavorable, y desplaza la carga probatoria del demandante, donde debe estar, a nosotros, la defensa.

Alexis miró a Craig, que se masajeaba las sienes con el rostro sepultado entre las manos y los codos apoyados sobre la mesa. Tenía los ojos cerrados y respiraba con la boca semiabierta. Intentar animarlo era mucho peor. Había pasado casi todos los ocho meses previos al juicio entrando y saliendo de la depresión. La única razón por la que se había mostrado un poco más animado aquella mañana y en los días anteriores al juicio era la perspectiva de que pronto acabaría todo. Ahora que el juicio había empezado, era evidente que se daba cuenta de la posibilidad real de que el desenlace no le fuera favorable. La depresión no era en modo alguno una reacción exagerada a la situación.

—¿Por qué no vamos todos a comer y lo comentamos? —sugirió Alexis.

—Señor Cavendish, tendremos que saltarnos la comida —replicó Randolph—. Tengo que acabar de perfilar mi alegato inicial.

—¿No lo tiene preparado? —inquirió Alexis con sorpresa evidente.

—Por supuesto que sí —espetó Randolph—. Pero con el margen de maniobra que el juez Davidson ha otorgado al señor Fasano en su alegato inicial, tengo que alterar el mío.

—Me ha sorprendido la presentación del demandante —reconoció Alexis.

—No me extraña. No ha sido más que un intento de echar por tierra la reputación de su marido o achacarle culpabilidad por asociación, porque a todas luces no tienen pruebas de que cometiera negligencia médica. Lo único bueno es que el juez Davidson ya nos está proporcionando fundamentos para una apelación en caso necesario, sobre todo gracias al truco barato del señor Fasano de intentar utilizar el fallo del tribunal.

—¿No cree que se tratara de un error?

—No —refunfuñó Randolph—. He mandado investigar algunos de sus casos. Es un abogado de la peor calaña. Carece de conciencia, claro que eso es lo esperable entre los de su ralea.

Alexis no estaba tan segura de ello. Tras observar cómo el abogado regañaba a su asistente, si se trataba de una farsa, desde luego merecía un Oscar.

—¿Pretende que me anima y ya empieza a hablar de apelación? —suspiró Craig, interviniendo por primera vez desde que Alexis se acercara.

—Hay que estar preparado para cualquier eventualidad —explicó Randolph.

—¿Por qué no va a preparar su discurso? —propuso Alexis a Randolph—. El doctor Bowman y yo hablaremos de este asunto.

—¡Excelente! —exclamó Randolph con sequedad, aliviado al verse libre de aquella carga, e indicó con un gesto a su ayudante que debían marcharse—. Nos vemos aquí dentro de un rato. Y no se retrasen; el juez Davidson tiene muchas cualidades poco deseables, pero al menos es puntual y espera que los demás sigan su ejemplo.

Alexis siguió a Randolph y Mark con la mirada mientras cruzaban la sala y desaparecían por el pasillo. Luego se volvió hacia Craig, que la miraba con expresión lúgubre. Alexis ocupó el asiento del abogado.

—¿Qué te parece si vamos a comer? —sugirió.

—Lo último que me apetece en el mundo es comer.

—Pues vamos afuera al menos, lejos de este ambiente tan judicial.

Craig no respondió, pero se puso en pie y siguió a Alexis por la sala hasta el pasillo en dirección al vestíbulo de los ascensores. Por el camino vieron a varios grupitos, algunos de ellos absortos en conversaciones confidenciales. Cada rincón del juzgado emanaba un aire de controversia. Craig y Alexis bajaron con el ascensor y salieron al soleado día en silencio. La primavera había llegado por fin a Boston. En agudo contraste con el interior opresivo y destartalado del juzgado, el aire exudaba esperanza y optimismo.

Tras atravesar un pequeño patio enladrillado, que separaba el juzgado de uno de los edificios en forma de media luna del ayuntamiento de Boston, Craig y Alexis bajaron una escalera de pocos peldaños. Cruzar los cuatro carriles atestados de Cambridge Street no resultó fácil, pero no tardaron en llegar a la amplia explanada que se abría ante el edificio principal del ayuntamiento. La plaza estaba abarrotada de gente que huía de sus opresivos despachos para tomar el aire y el sol. Los tenderetes de fruta estaban haciendo su agosto.

Paseando sin rumbo fijo, el matrimonio llegó cerca de la entrada del Boston T. Ambos se sentaron sobre un parapeto de granito, algo inclinados el uno hacia el otro.

—No puedo pedirte que te animes —empezó Alexis—, porque solo te animarás si quieres animarte.

—Como si no lo supiera.

—Pero puedo escuchar. Quizá deberías contarme cómo te sientes.

—¡Oh, vaya! La terapeuta siempre dispuesta a ayudar a los enfermos mentales. ¡Cuéntame cómo te sientes! —la remedó Craig—. ¡Qué amable!

—No te pongas hostil, Craig. Creo en ti y estoy de tu parte en este asunto.

Craig desvió la mirada un instante para observar a dos niños que se lanzaban un frisbee. Luego se volvió de nuevo hacia Alexis con un suspiro.

—Lo siento. Sé que estás de mi parte… El hecho de dejarme volver a casa con el rabo entre las piernas y sin apenas hacerme preguntas… Te lo agradezco mucho, de verdad.

—Eres el mejor médico que conozco, y conozco a muchos.

También me hago cargo de lo que estás pasando, lo cual, paradójicamente, guarda relación con el hecho de ser un médico magnífico y te hace aún más vulnerable. Pero dejando de lado esto, tú y yo tenemos asuntos pendientes que resolver. Es evidente, y ya habrá tiempo para las preguntas, pero no ahora. Ya llegará el momento de afrontar nuestras relación, pero capeemos primero este temporal.

—Gracias —repuso Craig con sencillez y sinceridad.

En aquel momento empezó a temblarle el mentón. En un intento de contener las lágrimas, se restregó los ojos con las yemas de los dedos. Le llevó unos instantes, pero cuando se creyó de nuevo bajo control, volvió a mirar a Alexis con ojos húmedos y enrojecidos.

—El problema es que el temporal se está poniendo cada vez más feo —señaló mientras se mesaba el cabello con ademán nervioso—. Me temo que voy a perder el caso. Dios, cuando pienso en mi conducta social cuando ocurrió todo esto, me muero de vergüenza. Y saber que todo va a salir a la luz es una vergüenza para los dos y una deshonra para ti.

—¿La perspectiva de que se airee tu conducta social es lo que más te deprime?

—En parte, pero no exclusivamente. La peor humillación llegará cuando el jurado le diga al mundo que no ejerzo la medicina como Dios manda. Si eso pasa, no sé si podré seguir ejerciendo. Ya lo estoy pasando mal ahora. Me enfrento a cada paciente como a un posible demandante y a cada caso como a otro posible juicio por negligencia. Es una pesadilla.

—A mí me parece comprensible.

—Si no.puedo ejercer la medicina, ¿qué otra cosa puedo hacer? No sé hacer nada más. Lo único que he querido siempre es convertirme en médico.

—Podrías dedicarte a la investigación a tiempo completo. Siempre te has debatido entre la investigación y la clínica.

—Es una idea…, pero tengo miedo de perder la pasión por la medicina en general.

—En tal caso, es evidente que tienes que hacer cuanto esté en tu mano para ganar. Randolph dice que tienes que dominarte.

—¡Oh, Randolph! —se quejó Craig, desviando de nuevo la mirada—. No sé qué pensar de él. Después de haber visto al señor Fasano en acción esta mañana, no creo que Randolph sea el abogado más indicado. No será capaz de conectar con el jurado, mientras que Fasano ya los tiene a sus pies.

—Si crees eso, ¿puedes solicitar otro abogado a la aseguradora?

—No lo sé; supongo que sí.

—Pero la cuestión es si sería sensato a estas alturas.

—¿Quién sabe? —replicó Craig con aire afligido—. Quién sabe...

—Bueno, concentrémonos en lo que tenemos. Veamos cómo se las apaña Randolph en el alegato inicial. Entretanto, debemos pensar en la manera de mejorar tu aspecto.

—Muy fácil de decir. ¿Se te ocurre alguna idea?

—Decirte que te animes no funcionará, pero ¿qué tal si te concentras en tu inocencia? Piénsalo un momento. Te encontraste con Patience Stanhope en estado grave e hiciste todo lo humanamente posible para salvarle la vida. Incluso la acompañaste en la ambulancia por si entraba en parada. ¡Por el amor de Dios, Craig! Concéntrate en eso y en tu dedicación a la medicina en general. Proyéctaselo al jurado. ¡Llena toda la maldita sala con tu inocencia! ¡Métete en la cabeza que obraste bien! ¿Qué me dices?

Craig lanzó una risita dubitativa ante el repentino entusiasmo de Alexis.

—A ver si te he entendido bien. ¿Quieres que me concentre en mi inocencia y se la transmita al jurado?

—Ya has oído a Randolph. Tiene mucha experiencia con jurados y está convencido de que poseen antenas especiales para captar el estado de ánimo de los demandados. Lo que te pido es que conectes con ellos. Daño no va a hacerte.

Craig exhaló el aire con fuerza. No las tenía todas consigo, pero carecía de la energía necesaria para oponerse a Alexis.

—De acuerdo, lo intentaré —prometió.

—Estupendo. Y otra cosa. Intenta recurrir a tu capacidad como médico para compartimentar las cosas. Te lo he visto hacer mil veces en tu trabajo. Mientras piensas en lo buen médico que eres y en que actuaste del modo más profesional posible en el caso de Patience Stanhope, no pienses en nada más. Concéntrate en eso.

Craig se limitó a asentir y desvió la mirada de Alexis.

—No estás nada convencido, ¿verdad?

Craig denegó con la cabeza y alzó la mirada hacia el cuadrado y posmoderno edificio del ayuntamiento de Boston, que dominaba la gran plaza como un castillo de la época de las cruzadas. Su volumen formidable y lúgubre se le antojaba una metáfora del laberinto burocrático que lo envolvía. Le costó un esfuerzo apartar la mirada de él y volverse de nuevo hacia su esposa.

—Lo peor de este desastre es que me siento impotente. Dependo totalmente del abogado que me ha asignado la aseguradora. Todos los obstáculos que me he encontrado a lo largo de la vida requerían un esfuerzo por mi parte, y siempre ha sido ese esfuerzo lo que me ha permitido salvar la situación. Pero ahora parece que cuanto más me esfuerzo, más me hundo.

—Concentrarte en tu inocencia como te propongo requiere un esfuerzo, al igual que compartimentar.

A Alexis le parecía una ironía que Craig expresara al pie de la letra los sentimientos que la gente solía albergar acerca de la enfermedad y la dependencia de los médicos.

Craig asintió con la cabeza.

—No me importa hacer un esfuerzo. Ya te he dicho que intentaré conectar con el jurado, pero es que me gustaría poder hacer algo más tangible.

—Bueno, se me ha ocurrido otra idea.

—¿Ah, sí? ¿De qué se trata?

—He pensado en llamar a mi hermano Jack y preguntarle si puede venir de Nueva York para echarnos una mano.

—Oh, sí, eso sería de gran ayuda —se mofó Craig con sarcasmo—. No vendrá; hace años que tenéis muy poca relación, y además nunca le he caído bien.

—Como es comprensible, a Jack le cuesta afrontar que nosotros tengamos tres hijas maravillosas cuando él perdió tan trágicamente a las suyas propias. Le resulta doloroso.

—Es posible, pero eso no explica por qué le caigo mal.

—¿Por qué dices eso? ¿Alguna vez ha dicho que le caigas mal?

Craig se la quedó mirando un instante. Se había acorralado a sí mismo y no sabía cómo escapar. Jack Stapleton nunca había expresado nada concreto; no era más que una sensación que Craig tenía respecto a él.

—Lamento que creas que no le caes bien. Lo cierto es que te admira; me lo dijo una vez.

—¿En serio? —exclamó Craig, sorprendido y convencido de que Jack pensaba lo contrario de él.

—Sí, me dijo que en la facultad eras la clase de alumno al que rehuía, de los que siempre leían todo lo que se les recomendaba, que conocía todos los detalles habidos y por haber, y era capaz de citar artículos enteros del *New England Journal of Medicine*. Reconoció que la admiración engendraba cierto resentimiento, pero que en realidad era un resentimiento dirigido hacia sí mismo, porque deseaba haberse entregado tanto como tú.

—Eso es muy halagador, de verdad. ¡No tenía ni idea! Pero no sé si pensará igual después de mi crisis de madurez. Y aun cuando viniera, ¿cómo podría ayudarnos? De hecho, llorar en su hombro podría hacerme sentir aun peor si cabe.

—En su segunda trayectoria profesional, Jack ha acumulado mucha experiencia judicial. Viaja mucho como testigo experto en nombre de la Oficina del Forense de Nueva York, y me ha dicho que le encanta. Me parece una persona muy imaginativa, aunque en el terreno negativo debo decir que es un temerario inveterado. Con lo pesimista que estás en estos momentos, es posible que su inventiva y su espontaneidad te resulten útiles.

—No veo cómo, la verdad.

—Yo tampoco, y supongo que por eso no lo había sugerido antes.

—Bueno, es tu hermano. Dejaré la decisión en tus manos.

—Lo pensaré —prometió Alexis antes de mirar el reloj—. No nos queda mucho tiempo. ¿Estás seguro de que no quieres comer nada?

—¿Sabes? Salir del juzgado me ha abierto el apetito. Me vendría bien un bocadillo.

Cuando se levantaron, Craig estrechó a su mujer entre sus brazos durante un largo instante. Agradecía sinceramente su respaldo y se avergonzaba sobremanera de su conducta anterior al litigio. Alexis estaba en lo cierto respecto a su capacidad de compartimentar. Había separado por completo su vida profesional de su vida familiar, haciendo demasiado hincapié en la primera. Esperaba llegar a tener la oportunidad de equilibrarlas ambas.

4

Boston, Massachusetts,
lunes, 5 de junio de 2006, 13.30 horas.

—¡Todos en pie! —ordenó el alguacil.

El juez Davidson salió de su despacho envuelto en una nube de tela negra en el instante preciso en que el segundero del enorme reloj de pared pasaba por el doce.

El sol había avanzado en su trayectoria diurna, y algunas de las persianas que protegían las altas ventanas situadas sobre los paneles de nogal de metro ochenta estaban levantadas. A través de los cristales se divisaba parte del paisaje urbano, así como una minúscula porción de cielo azul.

—Tomen asiento —indicó el alguacil en cuanto el juez se acomodó.

—Espero que hayan repuesto fuerzas —dijo el juez al jurado.

Casi todos los integrantes del jurado asintieron.

—Y que siguiendo mis instrucciones, no hayan hablado del caso con nadie.

Todos los miembros del jurado denegaron con la cabeza.

—Muy bien. Ahora escucharán el alegato inicial de la defensa. Señor Bingham.

Randolph se tomó su tiempo para levantarse, caminar hasta el atril y disponer sus notas sobre la superficie inclinada. Acto seguido se ajustó la americana azul marino y los puños de la camisa blanca. Permanecía muy erguido, aprovechando al máximo su más de metro ochenta de estatura mientras con las manos asía suavemente los laterales del atril. Hasta el último de sus cabellos plateados conocía el lugar que le correspondía y aparecía cortado con precisión milimétrica. Llevaba la corbata salpicada de escudos de Harvard anudada a la perfección. Era la personificación de la elegancia innata y refinada, y en aquella sala ajada resaltaba como un príncipe en un burdel.

Craig quedó impresionado y por unos instantes volvió a creer que el contraste respecto a Tony Fasano podía resultar favorable. Randolph representaba la figura paterna, el presidente, el diplomático. ¿Quién no querría confiar en él? Pero entonces desvió la mirada hacia el jurado, fijándose en el musculoso bombero y los dos hombres de negocios aburridos. Todos los rostros mostraban un tedio reflejo opuesto a la reacción que había suscitado Tony Fasano, y aun antes de que Randolph abriera la boca, la breve punzada de optimismo que había sentido Craig se desvaneció como una gota de agua en una sartén caliente.

Sin embargo, aquel golpe repentino no surtió un efecto del todo negativo, porque validaba el consejo de Alexis respecto a su actitud, de modo que Craig cerró los ojos y evocó la imagen de Patience Stanhope tendida en la cama cuando él y Leona irrumpieron en su dormitorio. Recordó el susto que se había llevado al observar su cianosis, la rapidez con que había reaccionado y todo lo que había hecho desde entonces y hasta el momento en que se había puesto de manifiesto la imposibilidad de reanimarla. A lo largo de los últimos ocho meses había repasado la secuencia en numerosas ocasiones, y mientras que respecto a algunos casos que había tratado durante su carrera podía albergar dudas e incluso creer que debería haber hecho algo ligeramente diferente, en el caso de Patience Stanhope había hecho cuanto estaba en su mano. Estaba seguro que, de enfrentarse a la misma situación en la actualidad, obraría exactamente igual. No había cometido negligencia, de eso estaba convencido.

—Señoras y señores del jurado —empezó Randolph con voz lenta y precisa—. Han escuchado un alegato único de boca de alguien que reconoce carecer de experiencia en casos de negligencia médica. Ha sido una demostración de fuerza salpicada de una astuta humildad que los ha hecho sonreír. Yo no he sonreído porque he leído entre líneas, y no pienso insultarlos con semejantes trucos dialécticos. Me limitaré a decir la verdad, que sin duda comprenderán en cuanto escuchen los testimonios que aportará la defensa. A diferencia del abogado del demandante, tengo más de treinta años de experiencia defendiendo a nuestros valiosos médicos y hospitales, y en ninguno de los juicios en los que he participado había escuchado un alegato inicial como el del señor Fasano, que en muchos aspectos ha sido un intento injusto de destruir la reputación de mi cliente, el doctor Craig Bowman.

—¡Protesto! —exclamó Tony, poniéndose en pie de un salto—. Polemizador e insultante.

—Señoría —replicó Randolph al tiempo que dedicaba un gesto molesto a Tony, como si se sacudiera una babosa—. ¿Puedo acercarme al estrado?

—Por supuesto —espetó el juez Davidson, indicando a ambos abogados que subieran.

Randolph se dirigió hacia el lateral del estrado, con Tony pisándole los talones.

—Señoría, el señor Fasano ha gozado de mucho margen de maniobra durante su alegato inicial. Espero la misma cortesía.

—Me he limitado a describir lo que pretendo fundamentar con los testigos, que es lo que debe contener un alegato inicial. Y usted, señor Bingham, se ha dedicado a interrumpirme cada diez segundos e interrumpir el hilo de mi discurso.

—¡Por el amor de Dios! —se quejó el juez Davidson—. Esto no es un juicio por asesinato en primer grado, sino por negligencia médica. Ni siquiera hemos pasado de los alegatos iniciales y ustedes ya andan a la greña. A este paso, esto durará meses. —Se detuvo un instante para que los abogados asimilaran sus palabras—. Les haré una advertencia a ambos. Quiero agilizar las cosas, ¿me han entendido? Los dos tienen la suficiente experiencia para saber lo que es apropiado y lo que el otro tolerará, así que domínense y cíñanse a los hechos. En cuanto a las protestas…

Señor Bingham, o todos moros o todos cristianos. Usted ha protestado porque el señor Fasano se mostraba insultante, de modo que él tiene todo el derecho a protestar si hace usted lo mismo. Señor Fasano, es cierto que le he concedido mucho margen durante su alegato, y que Dios los ayude a usted y a su cliente si sus testimonios no respaldan sus alegaciones. El señor Bingham gozará del mismo derecho. ¿Me he expresado con claridad?

Ambos letrados asintieron obedientes.

—Muy bien. Prosigamos.

Randolph regresó al atril, y Fasano se sentó de nuevo a la mesa del demandante.

—Se admite la protesta —anunció el juez Davidson para que el taquígrafo tomara nota—. Prosigamos.

—Señoras y señores del jurado —continuó Randolph—, la motivación no suele intervenir en los juicios por negligencia médica. Lo que suele importar es si se ha prestado la atención médica adecuada, en el sentido de que el médico posee y ha empleado con el paciente la formación y los conocimientos que un médico razonablemente competente poseería y emplearía en las mismas circunstancias. Observarán que en su alegato inicial, el señor Fasano no ha mencionado en ningún momento que sus expertos consideren que el doctor Bowman no utilizó su formación y sus conocimientos de forma adecuada. Por el contrario, el señor Fasano se ve obligado a incorporar el concepto de la motivación para sostener su alegato de negligencia. Y tal como testificarán nuestros expertos, la razón de ello es que, desde el momento en que conoció la gravedad del estado de Patience Stanhope, el doctor Bowman actuó con rapidez y destreza encomiables, haciendo cuanto estaba en su mano para salvar la vida de la paciente.

Alexis se encontró asintiendo aprobadora mientras escuchaba a Randolph. Le gustaba lo que oía y consideraba que estaba haciendo un buen trabajo. Desplazó la mirada hacia Craig; al menos se había sentado erguido. Deseó poder verle el rostro, pero resultaba imposible desde donde se hallaba. Acto seguido miró al jurado, y su evaluación de la habilidad de Randolph comenzó a erosionarse. En la postura de los miembros del jurado había algo distinto respecto al alegato inicial de Tony Fasano. Parecían demasiado relajados, como si Randolph no lograra acaparar su atención. Y entonces, como si quisiera confirmar sus temores, el fontanero lanzó un prolongado bostezo que no tardó en contagiar a casi todos los demás.

—La carga probatoria recae en el demandante —continuó Randolph—. Es tarea de la defensa rebatir las alegaciones del demandante y el testimonio de los testigos del demandante. Puesto que el señor Fasano ha indicado que la motivación es su estratagema clave, nosotros, la defensa, debemos adaptarnos en consecuencia y demostrar a través de nuestros testigos el compromiso y el espíritu de sacrificio que el doctor Bowman ha mostrado toda su vida, desde que a los cuatro años le regalaron un juego de médicos, para llegar a convertirse en el mejor médico posible y ejercer la medicina del mejor modo posible.

—Protesto —intervino Tony—. El compromiso y el espíritu de sacrificio del doctor Bowman durante su formación no son pertinentes en el caso que nos ocupa.

—Señor Bingham —dijo el juez Davidson—, ¿el testimonio de sus testigos guardará relación con el compromiso y el espíritu de sacrificio del doctor Bowman en el caso de Patience Stanhope?

—Por supuesto, Señoría.

—Protesta denegada —anunció el juez Davidson—. Proceda.

—Pero antes de describir las líneas de nuestro caso, me gustaría hablar un poco de la consulta del doctor Bowman. El señor Fasano la ha descrito como medicina *concierge* o a la carta e insinuado que tiene connotaciones peyorativas.

Alexis volvió a mirar al jurado. La inquietaba la sintaxis de Randolph y se preguntaba cuántos miembros del jurado conocerían las palabras connotaciones y peyorativo, y de entre estos, cuántos las considerarían pretenciosas. Lo que vio le pareció desalentador, pues los miembros del jurado parecían figuras de cera.

—Sin embargo —prosiguió Randolph al tiempo que levantaba uno de sus largos y cuidados dedos como si estuviera dando clase a un grupo de niños díscolos—, en su origen la palabra *concierge* significa ayuda o servicio, y carece de connotaciones negativas. Y esta es la razón por la que se asocia este término con la medicina de pago anticipado, que requiere el desembolso de una pequeña cuota inicial. Varios médicos testificarán que el propósito de este tipo de consulta reside en poder pasar más tiempo con el paciente durante las visitas y las derivaciones, de modo que el paciente pueda gozar de la clase de medicina a la que todos los profanos querríamos tener acceso. Escucharán a testigos afirmar que la clase de medicina que se ejerce en una consulta de medicina a la carta es la que todos los médicos aprenden en la facultad. También sabrán que sus orígenes se remontan a las restricciones existentes en las consultas tradicionales, que obligan a los médicos a visitar a un número cada vez mayor de pacientes por hora para cubrir gastos. Les pondré algunos ejemplos.

Más por puro reflejo que por voluntad, Alexis se levantó de un salto en respuesta a la incursión de Randolph en el tedioso mundo de la economía médica. Murmurando una disculpa se desplazó lateralmente por el banco semejante al de una iglesia en dirección al pasillo central. Por un instante, su mirada se cruzó con la del hombre vestido igual que Tony Fasano. Estaba sentado junto al pasillo, justo frente a ella, cuando Alexis salió de la fila. Su expresión y su mirada impasible la pusieron nerviosa, pero su consciente apartó el pensamiento de inmediato. Se dirigió hacia la puerta del pasillo y la abrió con el mayor sigilo posible. Por desgracia, la pesada puerta emitió un chasquido que recorrió toda la sala. Avergonzada, Alexis salió al pasillo y caminó hacia el amplio vestíbulo de los ascensores. Una vez allí se sentó en un banco tapizado de cuero, revolvió el contenido de su bolso, sacó el móvil y lo encendió.

Al comprobar que tenía poca cobertura, tomó el ascensor hasta la planta baja y salió de nuevo a la luz del sol. Después de pasar un rato dentro, se vio obligada a entrecerrar los ojos para protegerse de la luz. A fin de evitar el humo de cigarrillo de los adictos a la nicotina arremolinados en torno a la entrada del juzgado, se alejó unos metros hasta estar a solas. Se apoyó contra una barandilla con el bolso al hombro y bien aferrado bajo el brazo, y repasó la agenda del teléfono hasta dar con los datos de su hermano mayor. Puesto que eran las dos de la tarde, lo llamó a la Oficina del Forense de Nueva York.

Mientras esperaba respuesta, Alexis intentó recordar cuándo había llamado por última vez para hablar con Jack. No lo recordaba con exactitud, pero debían de haber pasado varios meses, tal vez incluso un año entero, durante el cual se había visto inmersa en su propio tumulto familiar. Sin embargo, incluso antes de aquello el contacto había sido tan solo intermitente y errático, lo cual era una lástima porque ella y Jack habían estado muy unidos de pequeños. La vida no había sido fácil para Jack, sobre todo quince años antes, cuando su esposa y sus dos hijas, de diez y once años respectivamente, habían muerto en un accidente de avión. Volvían a su hogar, situado en Champaign, Illinois, desde Chicago, donde Jack se estaba formando como patólogo forense. Diez años antes, cuando Jack se había trasladado a Nueva York, Alexis había esperado que a partir de entonces se vieran mucho más. Pero no había sucedido a causa de lo que había contado a Craig un rato antes. Jack aún intentaba superar la tragedia, y las hijas de Alexis constituían un recordatorio doloroso. La hija mayor de Alexis, Tracy, había nacido un mes después del accidente.

—Más vale que sea algo importante, Soldano —espetó Jack sin preámbulos al coger el teléfono—. Estoy liadísimo.

—Jack, soy Alexis.

—¡Alexis! Perdona, creía que era mi amigo el detective de la policía de Nueva York. Me acaba de llamar varias veces desde el coche, pero no para de cortarse.

—¿Es una llamada urgente? Puedo llamarte más tarde si quieres.

—No, ya hablaré con él más tarde. Sé lo que quiere y todavía no lo tengo. Lo tenemos bien enseñado, de modo que está enamorado de la medicina forense, pero quiere resultados inmediatos. ¿Qué tal? Me alegro de que hayas llamado. Nunca habría imaginado que fueras tú a esta hora.

—Siento llamarte al trabajo. ¿Es un buen momento para hablar, aparte de que tu amigo el detective intenta localizarte?

—Para serte sincero, tengo la sala de espera llena de pacientes, pero supongo que pueden esperar hasta estar todos muertos.

Alexis lanzó una risita. La nueva personalidad sarcástica de Jack, que su hermana había experimentado en pocas ocasiones, se diferenciaba en gran medida de su talante anterior. Siempre había tenido sentido del humor, pero antes era más sutil y bastante seco.

—¿Todo bien por Boston? No es propio de ti llamar durante el día. ¿Dónde estás, trabajando en el hospital?

—La verdad es que no. ¿Sabes? Me da vergüenza reconocer que no recuerdo la última vez que hablamos.

—Hace unos ocho meses. Me llamaste para contarme que Craig había vuelto a casa. Si no recuerdo mal, no me mostré demasiado optimista respecto a la reconciliación. Craig nunca me ha parecido una persona demasiado pendiente de la familia. Recuerdo haberte dicho que era un gran médico, pero no tan gran marido ni padre. Lo siento si te ofendí.

—Tus comentarios me sorprendieron, pero no me ofendiste.

—Al ver que no volvías a llamarme, creí que sí.

«Podrías haberme llamado tú si creías eso», pensó Alexis, pero no lo expresó en voz alta.

—Bueno, ya que lo preguntas, las cosas no van demasiado bien aquí en Boston —explicó en cambio.

—Lo siento. Espero que no se haya cumplido mi profecía.

—No, Craig sigue en casa, pero creo que la última vez que hablamos no te mencioné que lo habían demandado por negligencia.

—No, no lo mencionaste. ¿Fue después o antes de que volviera?

—Ha sido una época muy difícil para todos —comentó Alexis, haciendo caso omiso de la pregunta de Jack.

—Me lo imagino. Lo que me cuesta imaginar es que lo hayan demandado con lo que se vuelca en sus pacientes. Aunque por otro lado, tal como está hoy en día el tema de la negligencia médica, todo el mundo está en peligro.

—El juicio ha empezado hoy.

—Bueno, pues deséale buena suerte de mi parte. Conociendo su necesidad de ser siempre el mejor de la clase, supongo que esta especie de censura pública le debe de haber sentado fatal.

—Por expresarlo con delicadeza. Las demandas por negligencia son duras para cualquier médico, pero para Craig está siendo un golpe mortífero a su autoestima. Siempre lo apuesta todo a un solo número; los últimos ocho meses han sido un infierno para él.

—¿Y cómo lo lleváis tú y las chicas?

—No ha sido fácil, pero nos las apañamos, salvo quizá Tracy. Los quince pueden ser una edad difícil, y toda esta tensión ha empeorado las cosas. No es capaz de perdonar a Craig por abandonarnos cuando nos abandonó y liarse con una de sus secretarias. Su opinión de los hombres se ha resentido mucho. Meghan y Christina se lo toman con más ecuanimidad. Como sabes, Craig nunca ha tenido tiempo para interesarse mucho por sus vidas.

—¿Y cómo van las cosas entre tú y Craig? ¿Habéis vuelto a la normalidad?

—Nuestra relación está en modo de espera. Él dormirá en la habitación de invitados hasta que acabe el juicio. Soy lo bastante realista para saber que ahora mismo ya tiene bastantes quebraderos de cabeza. De hecho, muchos, y por eso te llamo.

Se produjo un silencio, y Alexis respiró hondo.

—Si necesitas dinero, no hay problema —se ofreció Jack.

—No, no se trata de dinero. El problema es que Craig tiene bastantes probabilidades de perder el juicio. Y a causa de la censura pública, como tú la has llamado, creo que tiene bastantes probabilidades de desmoronarse si eso pasa, o sea de sufrir un ataque de nervios, hablando en plata. Y en ese caso, no creo que podamos llegar a reconciliarnos, y eso sería una tragedia para Craig, para mí y para las niñas.

—¿Aún le quieres?

—Es una pregunta complicada. Digámoslo así: es el padre de mis hijas. Sé que no ha sido el mejor padre del mundo ni el mejor marido según el manual, pero siempre se ha ocupado y se ha preocupado por nosotras. De verdad creo que nos quiere tanto como puede. Es un médico de los pies a la cabeza; la medicina es su amante. En un sentido muy real, Craig se ha convertido en víctima de un sistema que desde el momento en que decidió hacerse médico lo empujó a destacar y a competir. Siempre ha habido un examen más, un desafío más. Es una persona insaciable en términos de aprobación profesional, y los éxitos sociales no revisten la misma importancia para él. Ya lo sabía cuando lo conocí y cuando me casé con él.

—¿Creíste que cambiaría?

—La verdad es que no. Debo reconocer que lo admiraba por su dedicación y su capacidad de sacrificio, y aún lo admiro por ello. Puede que eso diga mucho de mí, pero esa no es la cuestión en estos momentos.

—No voy a discutir contigo. Siempre he pensado más o menos lo mismo que tú de la personalidad de Craig, sobre todo después de haber pasado por el mismo sistema y experimentado las mismas presiones que él, pero no lo habría sabido expresar tan bien como tú. Aunque imagino que eso se debe a tu formación como psicóloga.

—Sí, los trastornos de personalidad son el pan de cada día para mí. Antes de casarme con Craig ya sabía que tenía muchos rasgos narcisistas. Ahora es posible que esos rasgos se hayan convertido en un trastorno, porque varios aspectos de su vida se han vuelto disfuncionales. El problema es que no he conseguido convencerlo para que busque ayuda profesional, lo cual por otro lado no me sorprende porque los narcisistas no suelen reconocer sus carencias.

—Ni les gusta pedir ayuda, porque consideran cualquier tipo de dependencia como un signo de debilidad —añadió Jack—. Yo también he pasado por eso. La mayoría de los médicos tienen algo de narcisistas.

—Bueno, en el caso de Craig es más que «algo», y por eso lo abruma tanto esta situación.

—Lo siento mucho, Alexis, pero mis pacientes muertos empiezan a ponerse nerviosos. No quiero que se escabullan sin ser vistos. ¿Puedo llamarte esta noche?

—Sé que estoy hablando mucho —repuso Alexis a toda prisa—, pero tengo que pedirte un favor..., un gran favor, de hecho.

—Ah...

—¿Podrías venir para intentar echar una mano?

Jack lanzó una carcajada.

—¿Echar una mano? ¿Cómo?

—En varias ocasiones me has dicho que a menudo testificas en juicios. Con tu experiencia en los tribunales, seguro que podrías ayudarnos. El abogado que la aseguradora le ha asignado a Craig tiene experiencia y parece competente, pero no conecta con el jurado. Craig y yo hemos hablado de la posibilidad de pedir otro abogado, pero no sabemos si sería una decisión sensata. La cuestión es que estamos desesperados y muy pesimistas.

—Casi todas mis comparecencias han sido en casos penales, no civiles.

—No creo que eso importe.

—En el único litigio por negligencia en el que testifiqué estaba de parte del demandante.

—No creo que eso importe tampoco. Tienes mucha inventiva, Jack, mucha capacidad de pensar fuera de los límites establecidos. Necesitamos un milagro, eso es lo que me dice el instinto.

—Alexis, no sé cómo podría ayudaros. No soy abogado. No se me da bien tratar con los abogados. Ni siquiera me caen bien los abogados.

—Jack, cuando éramos pequeños, siempre me ayudabas. Sigues siendo mi hermano mayor, y te necesito. Te digo que estoy desesperada. Aunque solo sea para darnos apoyo psicológico, te agradecería mucho que vinieras. No te he pedido que vinieras desde que te trasladaste a la costa Este. Sé que era difícil para ti. Sé que tiendes a evitar afrontar las cosas y que vernos a mis hijas y a mí te recordaba la tragedia.

—¿Tanto se me notaba?

—Es la única explicación. Y también observé indicios de ese tipo de conducta cuando éramos pequeños. Siempre te resultaba más fácil eludir una situación emocional que afrontarla. Toda la vida lo he respetado, pero ahora te pido que lo dejes de lado y vengas, por mí, por mis hijas y por Craig.

—¿Cuánto durará el juicio?

—Dicen que casi toda la semana.

—La última vez que hablamos había pasado algo en mi vida que no te conté. Voy a casarme.

—¡Jack, qué buena noticia! ¿Por qué no me lo contaste?

—No me pareció correcto después de escuchar tus problemas matrimoniales.

—No me habría importado en absoluto. ¿La conozco?

—La viste la primera y última vez que me visitaste en el trabajo. Es Laurie Montgomery. Trabajamos juntos; también es forense.

Alexis sintió un estremecimiento de repulsión. Nunca había estado en un depósito de cadáveres antes de visitar el lugar de trabajo de Jack. Pese a que había subrayado que el edificio albergaba la oficina del forense y que el depósito no era más que una parte ínfima de un gran todo, Alexis no había quedado convencida por la distinción. A sus ojos era un lugar de muerte, ni más ni menos, y el edificio tenía aspecto y olía como tal.

—Me alegro por ti —aseguró mientras se preguntaba vagamente de qué hablarían su hermano y su futura esposa durante el desayuno—. Lo que me alegra especialmente es que hayas sido capaz de procesar tu dolor por Marilyn y tus hijas para seguir adelante. Me parece estupendo.

—No creo que pueda superarse nunca del todo semejante dolor, pero gracias.

—¿Cuándo es la boda?

—El viernes por la tarde.

—Dios mío. Siento pedirte un favor en un momento tan inoportuno.

—No es culpa tuya, eso está claro. Complica las cosas, pero no de forma irreversible. Yo no me ocupo de los preparativos de la boda. Era el encargado de la luna de miel y ya la tengo organizada.

—¿Eso significa que vendrás?

—Iré a menos que te llame en la próxima hora y te diga lo contrario. Pero en cualquier caso, será mejor que vaya lo antes posible para poder volver a tiempo. De lo contrario, Laurie empezará a pensar que intento escabullirme.

—Si quieres que hable con ella para explicarle la situación, lo haré encantada.

—No hace falta. Haremos una cosa. Llegaré en un vuelo a última hora de esta misma tarde o primera de la noche. Evidentemente, tengo que hablar con Laurie y el subdirector, así como resolver algunos asuntos en la oficina. Después de instalarme en un hotel te llamaré a casa. Lo que necesito es el expediente completo del caso. Todas las declaraciones, la descripción o copias de todas las pruebas y si es posible, los testimonios.

—¡No te alojarás en un hotel! —exclamó Alexis con firmeza—. De ninguna manera. Tienes que venir a casa. Tenemos mucho sitio y necesito hablar contigo en persona. Además, sería lo mejor para las niñas. Por favor, Jack.

Se produjo otro silencio.

—¿Sigues ahí? —preguntó Alexis al cabo de unos instantes.

—Sí, sigo aquí.

—Ya que haces el esfuerzo de venir, quiero que vengas a casa, de verdad. Será lo mejor para todos, aunque puede que eso sea una racionalización egoísta y que lo que de verdad significa es que será lo mejor para mí.

—De acuerdo —accedió por fin Jack con un matiz de reserva en la voz.

—Todavía no ha declarado ningún testigo. La defensa está presentando su alegato inicial ahora mismo. El juicio acaba de empezar.

—Cuanto más material puedas proporcionarme sobre el caso, más posibilidades habrá de que se me ocurra alguna sugerencia útil.

—Haré lo que pueda para conseguir el alegato inicial de la parte demandante.

—Bueno, entonces hasta luego.

—Gracias, Jack. Ahora que sé que vienes, empiezo a sentirme como en los viejos tiempos.

Alexis colgó y guardó el teléfono en el bolso. Aun cuando Jack no pudiera ayudarles, se alegraba de que hubiera accedido a venir, porque aportaría la clase de apoyo emocional que solo un familiar puede dar. Pasó de nuevo el control de seguridad y subió en ascensor a la tercera planta. Al entrar en la sala y cerrar la puerta tras de sí con el mayor sigilo posible, oyó que Randolph seguía describiendo los efectos negativos que la economía actual surtía en el ejercicio de la medicina. Decidió sentarse lo más cerca posible del jurado, desde donde comprobó por sus miradas vidriosas que no prestaban más atención al abogado que antes. Alexis se alegró aún más de poder contar con Jack. Al menos ahora tenía la sensación de estar haciendo algo.

5

Durante unos instantes después de hablar con su hermana, Jack permaneció sentado a su mesa, tamborileando con los dedos sobre la superficie metálica. No había sido del todo sincero con ella. Su análisis de la razón por la que había evitado visitarla había dado en el clavo, lo cual él no había reconocido. Peor aún, no había reconocido que aún le sucedía. De hecho, quizá fuera peor todavía, puesto que Meghan y Christina, las dos hijas menores de Alexis, tenían más o menos la misma edad que las suyas, Tamara y Lydia, en el momento de su muerte. Sin embargo, se veía atrapado en un atolladero emocional al pensar en lo unidos que Alexis y ella estaban cuando vivían en Indiana. Era cinco años mayor que ella, la diferencia de edad justa para conferirle cierto papel paterno, pero al mismo tiempo la solidez de un hermano mayor. Aquella circunstancia, unida al sentimiento de culpabilidad por haber rehuido a Alexis durante los diez años que llevaba en Nueva York, hacían imposible no atender su súplica en aquel momento de necesidad. Por desgracia, no sería nada fácil.

Se levantó e intentó decidir con quién debía hablar primero. En el primer momento se decantó por Laurie pese a que no le hacía ni pizca de gracia la perspectiva, porque estaba muy nerviosa por los preparativos de la boda; su madre la estaba volviendo loca, y ella lo estaba volviendo loco a él. Por ello se dijo que tal vez tenía más sentido hablar antes con Calvin Washington, el subdirector. Calvin era quien debía conceder permiso a Jack para ausentarse de la oficina. Por un momento fugaz deseó que Calvin se lo denegara, alegando que Jack y Laurie se tomarían dos semanas de vacaciones a partir del viernes. Si le denegaban la autorización para irse a Boston, sin duda podría dejar de sentirse culpable por Alexis, sus propias reservas ante la perspectiva de ver a las hijas de su hermana y la necesidad de comentar el asunto con Laurie. No obstante, sabía que eso no sucedería; Calvin no le diría que no, porque las urgencias familiares siempre tenían prioridad.

Pero aun antes de que apagara el ordenador, la sensatez se impuso. Por instinto sabía que debía al menos intentar hablar primero con Laurie, porque si no lo hacía y ella se enteraba de que no lo había intentado siquiera, pagaría un precio muy alto, teniendo en cuenta la inminente boda. Con aquella idea en mente, recorrió el pasillo en dirección al despacho de Laurie.

Existía otra razón por la que a Jack no le emocionaba la perspectiva de viajar a Boston, y era que Craig Bowman no era precisamente santo de su devoción. Jack siempre lo había tolerado por Alexis, pero nunca le había resultado fácil. Desde el día en que lo conoció supo de qué pie cojeaba. Jack se había relacionado con personajes parecidos en la facultad, todos ellos entre los mejores de la clase. Eran la clase de tipos que se esforzaban por abrumar a todo el mundo con una avalancha de citas de artículos médicos para confirmar su punto de vista cada vez que se enzarzaban en un debate científico. Si ese hubiera sido el único problema, Jack lo habría aguantado perfectamente pero, por desgracia, el dogmatismo de Craig iba acompañado de un desagradable toque de arrogancia, engreimiento y prepotencia. Pero incluso eso habría sido soportable si de vez en cuando hubiera sido posible desviar las conversaciones con Craig a otros terrenos al margen de la medicina. Pero no había forma. A Craig solo le interesaban la medicina, la ciencia y sus pacientes; le importaban bien poco la política, la cultura e incluso los deportes. No tenía tiempo para eso.

Al acercarse a la puerta de Laurie, Jack lanzó un bufido audible al recordar el comentario de Alexis respecto a su tendencia a eludir la confrontación. ¡Qué cara! Meditó unos instantes y por fin sonrió ante su propia reacción. En un arranque de clarividencia, reconoció que Alexis tenía razón y que sin duda Laurie estaría más que de acuerdo. En muchos sentidos, semejante reacción era prueba de narcisismo, algo que sí había reconocido a Alexis.

Jack asomó la cabeza al despacho de Laurie, pero su silla estaba vacía. Riva Mehta, la compañera de Laurie, de tez morena y voz sedosa, estaba sentada a su mesa, hablando por teléfono. Miró a Jack con sus ojos de ónice.

Jack señaló la mesa de Laurie y enarcó las cejas con ademán inquisitivo. Riva respondió señalando hacia abajo y vocalizando en silencio las palabras «en el agujero» sin apartarse el teléfono de la oreja.

Jack asintió con la cabeza, entendiendo que Laurie estaba en la sala de autopsias, sin duda realizando una, giró sobre sus talones y se dirigió hacia los ascensores. Si Laurie descubría que había ido a ver a Calvin primero, tendría una explicación.

Como de costumbre, halló al doctor Calvin Washington en su despacho, contiguo al del jefe. A diferencia del despacho del director, el de Calvin era minúsculo y estaba atestado de archivadores metálicos, una mesa y un par de sillas de respaldo recto. Apenas quedaba espacio para que los ciento veinte kilos de Calvin se embutieran tras la mesa para sentarse a ella. El trabajo de Calvin consistía en gestionar el trabajo diario de la oficina del forense, tarea nada fácil si se tenía en cuenta que allí había más de una docena de forenses y más de veinte mil casos al año, con casi diez mil autopsias. Cada día se producían como promedio dos homicidios y dos muertes por sobredosis. La oficina del forense era un hervidero de actividad, y Calvin supervisaba hasta el último detalle.

—¿Qué pasa ahora? —refunfuñó el subdirector con su profunda voz de barítono.

Al principio se había sentido algo intimidado por aquel grandullón musculoso y su fuerte temperamento, pero con los años habían llegado a respetarse, aunque con cierta cautela. Jack sabía que Calvin era perro muy ladrador y poco mordedor.

No entró en detalles, sino que se limitó a explicar que tenía un problema familiar en Boston que requería su presencia.

Calvin observó a Jack a través de sus gafas progresivas de montura metálica.

—No sabía que tenías familia en Boston. Creía que eras del Medio Oeste.

—Es una hermana —contestó Jack.

—¿Volverás a tiempo para tus vacaciones? —inquirió Calvin.

Jack esbozó una sonrisa. Conocía a Calvin lo suficiente para saber que aquello era un alarde de sentido del humor.

—Haré cuanto esté en mi mano.

—¿Cuántos días estarás fuera?

—No lo sé con seguridad, pero espero que solo uno.

—Bueno, mantenme al corriente —pidió Calvin—. ¿Lo sabe ya Laurie?

Con los años, Jack había comprendido que Calvin había formado un vínculo casi paterno con Laurie.

—Todavía no, pero ocupa el primer lugar de mi lista; el único, de hecho.

—Muy bien. Y ahora lárgate, que estoy ocupado.

Después de dar las gracias al subdirector, que respondió agitando la mano, Jack salió de la zona administrativa y bajó por la escalera hasta la planta de autopsias. Saludó con un gesto al técnico que estaba en la oficina del depósito y al jefe de seguridad, apostado en su despacho. Por el portón de carga que daba a la calle Treinta entraba lo que los habitantes de Nueva York denominaban aire fresco. Jack dobló a la derecha y recorrió el pasillo de paredes manchadas y suelo de hormigón que pasaba ante el enorme refrigerador y los compartimentos refrigerados individuales. Al llegar a la puerta de la sala de autopsias miró a través de la ventana protegida con tela metálica y vio a dos figuras enfundadas en ropa protectora en plena limpieza. Sobre la mesa más próxima se veía un único cadáver con una incisión suturada. A todas luces, la autopsia había terminado.

Jack entreabrió la puerta y preguntó si alguien sabía el paradero de la doctora Montgomery. Uno de los ocupantes de la sala respondió que se había marchado cinco minutos antes. Mascullando entre dientes, Jack volvió sobre sus pasos y tomó el ascensor hasta la quinta planta. Por el camino se preguntó si existiría un modo de presentar la situación que le resultara más digerible a Laurie. La intuición le decía que no le haría ninguna gracia el imprevisto, sobre todo porque su madre la estaba presionando sobremanera con los pormenores del viernes.

La encontró en su despacho, ordenando su mesa; a todas luces, acababa de llegar. Riva seguía hablando por teléfono e hizo caso omiso de ambos.

—¡Qué sorpresa tan agradable! —lo saludó Laurie con entusiasmo.

—Eso espero —replicó Jack.

Apoyó el trasero contra el canto de la mesa de Laurie y bajó la mirada hacia ella. No había ninguna otra silla en el despacho. Los forenses no solo tenían que compartir oficina en las obsoletas instalaciones, sino que además los despachos eran tan pequeños que se llenaban con dos mesas y dos archivadores.

Laurie lo miró sin pestañear con sus brillantes ojos verdiazules. Llevaba el cabello recogido en lo alto de la cabeza con un pasador de carey de imitación, y algunos rizos sueltos le caían sobre el rostro.

—¿Qué significa «eso espero»? ¿Qué has venido a decirme? —quiso saber con aire suspicaz.

—Acaba de llamarme Alexis, mi hermana.

—Vaya, estupendo. ¿Está bien? No entiendo por qué no tenéis más contacto, sobre todo desde que tiene problemas con su marido. ¿Siguen juntos?

—Alexis está bien y sí, siguen juntos. Me ha llamado por él. Craig lo está pasando mal; lo han demandado por negligencia médica.

—Qué lástima, sobre todo porque siempre has dicho que es un médico excelente. Me indignan estas cosas con lo que los forenses sabemos acerca de médicos a los que sí habría que demandar.

—Los malos médicos se cubren mucho más las espaldas para compensar su falta de conocimientos.

—¿Qué pasa, Jack? Sé que no has venido para hablar de la situación actual de la negligencia médica. Estoy segura.

—Por lo visto, el juicio contra mi cuñado no va bien, al menos según Alexis, y puesto que Craig tiene todo su ego invertido en ser médico, mi hermana teme que se desmorone si pierde. Además, cree que si pasa eso, el matrimonio y la familia se irán al garete. Si Alexis no fuera doctora en psicología, no le habría hecho tanto caso, pero puesto que lo es, no me queda más remedio que suponer que tiene razón.

Laurie ladeó la cabeza para mirar a Jack desde un ángulo algo distinto.

—Es evidente que tramas algo, y tengo la sensación de que no me va a gustar.

—Alexis me ha suplicado que vaya a Boston para intentar echar una mano.

—¿Qué diantre puedes hacer tú?

—Probablemente solo consolarla. Soy tan escéptico como tú y se lo he dicho, pero me lo ha suplicado casi de rodillas. Para serte sincero, incluso ha intentado hacerme sentir culpable.

—Oh, Jack —gimió Laurie antes de respirar hondo—. ¿Cuánto tiempo estarás fuera?

—Espero que solo un día; eso es lo que le he dicho a Calvin —explicó antes de apresurarse a añadir—: Primero he venido aquí para hablar contigo y luego he pasado por su despacho de camino al agujero al averiguar que estabas ahí.

Laurie asintió, bajó la mirada hacia su mesa y jugó con un clip de oficina. Era evidente que se debatía entre las necesidades de la hermana de Jack y las suyas.

—No hace falta que te recuerde que estamos a lunes por la tarde y que la boda es el viernes a la una y media.

—Lo sé, pero tú y tu madre os estáis ocupando de todo. Mi responsabilidad era la luna de miel, y ya está organizada.

—¿Y Warren?

—Bien, que yo sepa, pero lo comprobaré.

A Jack le había costado decidirse entre Warren y Lou como padrinos. Al final había resuelto echarlo a suertes, y había ganado Warren. Aparte de ellos, Jack solo había invitado a su compañero de despacho, el doctor Chet McGovern, y un grupo de compañeros de baloncesto del barrio, evitando adrede incluir a la familia por muchas razones.

—¿Y tú?

—Estoy preparado.

—¿Debo preocuparme por el hecho de que vayas a Boston y veas a las hijas de tu hermana? Más de una vez me has dicho que eso te suponía un problema. ¿Cuántos años tienen ahora?

—Quince, once y diez.

—¿No tenían tus hijas once y diez años también?

—Sí.

—Por lo que me has contado a lo largo de los años acerca del funcionamiento de tu mente, me preocupa que verlas represente un golpe para ti. ¿Dónde te alojarás?

—En su casa. Alexis ha insistido mucho.

—Me da igual cuánto haya insistido. ¿Te resulta cómodo ir allí? Si no es así, hazte caso a ti mismo y ve a un hotel. No quiero que esto te afecte y puedas llegar a decidir no celebrar la boda. Es posible que ir allí reabra viejas heridas.

—Me conoces demasiado bien. He pensado en todo lo que acabas de decir y he llegado a la conclusión de que reflexionar sobre el riesgo en lugar de hacer caso omiso de él es buena señal. Alexis me ha acusado de rehuir las confrontaciones.

—Como si no lo supiera, teniendo en cuenta lo que te ha costado decidir casarte conmigo.

—No nos pongamos desagradables —pidió Jack con una sonrisa.

Esperó hasta cerciorarse de que Laurie sabía que hablaba en broma, porque lo que había dicho era cierto. Durante muchos años, el dolor y el sentimiento de culpabilidad habían conseguido que le pareciera inapropiado ser feliz. Incluso había pensado que era él quien debería haber muerto, no Marilyn y las niñas.

—Sería mezquino por mi parte intentar disuadirte —prosiguió

Laurie con seriedad—, pero no sería sincera si no te dijera que no me hace gracia, ni desde la perspectiva egoísta ni por lo que podría significar para ti. El viernes nos casamos. No me llames desde Boston para sugerir que aplacemos la boda, porque si lo haces, no la aplazaremos, sino que la cancelaremos. Espero que no te lo tomes como una amenaza exagerada. Después de tanto tiempo, así es como me siento. Dicho esto, haz lo que tengas que hacer.

—Gracias. Entiendo cómo te sientes y tienes razones para ello. El camino hasta la normalidad ha sido muy lento para mí en muchos aspectos.

—¿Cuándo te vas?

Jack miró el reloj; eran casi las cuatro.

—Ahora mismo. Volveré al piso en bicicleta, cogeré algunas cosas y me iré al aeropuerto.

Laurie y ella vivían en la planta baja del antiguo edificio de Jack en la calle Ciento seis. Se habían trasladado allí desde el tercero porque lo estaban reformando todo. Jack y Laurie lo habían comprado siete meses atrás y cometido el error de intentar vivir allí durante las obras.

—¿Me llamarás esta noche en cuanto estés instalado?

—Claro que sí.

Laurie se levantó y lo abrazó.

Jack no perdió el tiempo. Después de ordenar un poco su mesa bajó al sótano y sacó la bicicleta de montaña. Se puso el casco, los guantes y una pinza para sujetar la pernera derecha del pantalón antes de salir a la calle Treinta y dirigirse hacia el norte por la Primera Avenida.

Como de costumbre, una vez montado en la bicicleta, sus problemas se desvanecieron. El ejercicio y la euforia que engendraba lo transportaban a otro mundo, sobre todo durante el trayecto en diagonal por Central Park. Como una joya verde engastada en el centro de la ciudad de hormigón, el parque permitía vivir una experiencia trascendental. Cuando salió de Central Park West a la altura de la Ciento seis, la tensión causada por la conversación con Laurie había desaparecido, eliminada de su organismo por la belleza sobrenatural del parque repleto de flores.

Al llegar frente a su edificio, Jack se detuvo junto al parque infantil. Warren y Flash estaban en la cancha de baloncesto, calentando motores para uno de los clásicos partidos rápidos, furiosos y altamente competitivos que jugaban por las noches. Jack abrió la verja metálica y empujó la bicicleta al interior de la cancha.

—Eh, tío —lo llamó Warren—. Llegas temprano. ¿Juegas esta noche o qué? Si es así, haz el favor de mover el culo, porque esta noche será una fiesta.

El cuerpo juvenil e impresionantemente musculoso de Warren quedaba por completo oculto bajo el holgado atuendo de rapero. Flash era mayor, con una tupida barba prematuramente canosa. Su mejor cualidad aparte de los mates era su labia. Era capaz de discutir cualquier punto y conseguir que casi todo el mundo acabara dándole la razón. Juntos formaban un equipo casi invencible.

Tras los abrazos y apretones de manos de rigor, Jack explicó a Warren que no podía jugar porque tenía que irse a Boston un par de días.

—¡Boston! —exclamó Warren—. Ahí vive un tipo muy legal que también juega. Podría darle un toque para decirle que estarás por ahí.

—Sería genial —repuso Jack.

No había pensado en llevar la ropa de deporte, pero un poco de ejercicio podía ser lo más indicado si las cosas se ponían difíciles desde el punto de vista emocional.

—Le daré tu móvil y te dejaré el suyo en el buzón de voz.

—Perfecto. Por cierto, ¿todo bien con tu esmoquin para el viernes?

—Sí, lo recogeremos el jueves.

—Estupendo. Puede que nos veamos el miércoles por la noche. Me vendrían bien un par de partidos antes del gran día.

—Aquí estaremos, doctor —aseguró Warren antes de arrebatar el balón al sorprendido Flash y meter una canasta de tres puntos.

6

Boston, Massachusetts,
lunes, 5 de junio de 2006, 19.35 horas.

Jack bajó del puente aéreo de las seis y media de Delta y se dejó llevar por el río de pasajeros, suponiendo que sabían adónde se dirigían. Al poco se encontró delante de la terminal de Delta y cinco minutos más tarde llegó el autocar de Hertz. Jack subió.

Hacía tiempo que no iba a Boston, y a causa de las interminables obras en el aeropuerto, no reconoció nada de nada. Mientras el autocar serpenteaba entre las distintas terminales, se preguntó qué clase de recibimiento lo esperaba en casa de los Bowman. La única persona con cuya hospitalidad podía contar era Alexis. En cuanto a los demás, no sabía qué esperar, sobre todo de Craig. Y llevaba más de un año sin ver a Alexis, lo cual sin duda haría que los primeros instantes resultaran incómodos. La última vez que la viera fue en Nueva York, adonde su hermana viajó sola para asistir a un congreso de psicología.

Jack lanzó un suspiro. No quería estar en Boston, sobre todo porque sabía que tenía escasas probabilidades de hacer algo útil, aparte de compadecer a su hermana y consolarla, y también porque sabía que su partida había molestado a Laurie. Confiaba en que a Laurie se le pasara, pero llevaba semanas muy tensa a causa de su madre. Lo irónico del asunto era que en teoría tendía que haber disfrutado de los preparativos de la boda tanto como de la ceremonia en sí, pero lo cierto era que el tema se había convertido en una carga. En varias ocasiones, Jack había tenido que contener la lengua para no decirle que era de esperar. De haber sido por él, habrían organizado una ceremonia íntima con un puñado de amigos. Desde su punto de vista cínico, la realidad de los grandes acontecimientos sociales nunca estaba a la altura de las expectativas románticas depositadas en ellos.

Al cabo de un rato, Jack y los demás pasajeros se apearon en las oficinas de Hertz, y enseguida se encontró al volante de un Hyundai Accent color crema que le recordó las antiguas latas de zumo Minute Maid. Armado con un mapa bastante precario y unas cuantas indicaciones vagas, se puso en marcha con valentía y de inmediato se perdió. Boston no era una ciudad amable para los visitantes, como tampoco lo eran los conductores bostonianos. Jack se sintió como si participara en un rally mientras buscaba el suburbio residencial donde vivía Alexis. En sus escasas visitas anteriores, siempre se habían encontrado en la ciudad.

Abatido, pero no en extremo, Jack llegó a casa de los Bowman a las nueve menos cuarto. Todavía no era noche cerrada porque se acercaba el solsticio de verano, pero las luces interiores estaban encendidas, confiriendo a la casa lo que Jack suponía era el aspecto falsamente acogedor de un hogar feliz. Era una edificación impresionante, al igual que muchas otras en Newton, una estructura de dos alturas y media, de ladrillo pintado de blanco y con una serie de ventanas abuhardilladas dispuestas sobre el tejado. También al igual que las demás casas, disponía de una amplia extensión de césped, numerosos arbustos, grandes árboles y espaciosos parterres de flores. Bajo cada una de las ventanas de la planta baja se veía una jardinera repleta de flores. Junto al Hyundai de Jack había un Lexus, y dentro del garaje, según sabía Jack por Alexis, estaba aparcado el coche familiar de rigor.

Nadie salió de la casa agitando una pancarta de bienvenida. Jack apagó el motor y por un instante contempló la posibilidad de dar media vuelta y marcharse. Pero no podía hacerlo, de modo que alargó la mano hacia el asiento trasero para coger su bolsa de viaje y se apeó. El sonido de los grillos y otras criaturas llenaba el aire. Aparte de aquellos sonidos, el vecindario parecía desprovisto de vida.

Al llegar a la puerta principal, Jack miró a través de los vidrios laterales. Vio un pequeño vestíbulo con un paragüero, un pasillo y una escalera que conducía a la planta superior. No había rastro de personas ni se oía un solo ruido. Jack llamó al timbre, que en realidad era un carillón que se distinguía con claridad a través de la puerta. Casi de inmediato, una figura pequeña y andrógina bajó la escalera a la carrera. Llevaba pantalones cortos y una camiseta sencilla, e iba descalza. Era una niña rubia de tez muy blanca y límpida, con brazos y piernas de aspecto delicado. Abrió la puerta con ímpetu; a todas luces poseía un temperamento testarudo.

—Tú debes de ser el tío Jack.

—Sí, ¿y tú? —preguntó Jack al tiempo que sentía que el pulso se le aceleraba, pues ya le parecía ver ante sí a Tamara, su difunta hija.

—Christina —se presentó la niña—. ¡Mamá, ha llegado el tío Jack! —gritó sin apartar los ojos verdosos de él.

Alexis apareció al final del pasillo, la personificación de todo lo hogareño, ataviada con un delantal y enjugándose las manos con un paño a cuadros.

—Pues dile que entre, Christina.

Aunque por supuesto mayor, Alexis seguía siendo la bonita criatura que Jack recordaba de su infancia en South Bend, Indiana. No cabía duda de que eran hermanos. El mismo cabello color pajizo, los mismos ojos ámbar, los mismos rasgos definidos, la misma tez, que daba la impresión de que habían tomado el sol aunque no fuera así. Ninguno de los dos estaba nunca del todo pálido, ni siquiera en pleno invierno.

Con una cálida sonrisa, Alexis se acercó a Jack y le dio un largo abrazo.

—Gracias por venir —le susurró al oído.

Todavía entre sus brazos, Jack vio a las otras dos niñas aparecer en lo alto de la escalera. No resultaba difícil distinguirlas, ya que a los quince años, Tracy le llevaba más de treinta centímetros a Meghan, de once. Como si no supieran qué hacer, empezaron a bajar la escalera muy despacio, titubeando a cada paso. Cuando se acercaron, Jack advirtió que sus personalidades eran tan dispares como sus estaturas. Los ojos azul celeste de Tracy mostraban un intenso fulgor descarado, mientras que los ojos avellana de Meghan rehuían la mirada de Jack. Este tragó saliva. El movimiento de los ojos de Meghan sugería que era tímida e introvertida como lo había sido su hija Lydia.

—Bajad y saludad a vuestro tío —las instó Alexis en tono amable.

Cuando las chicas llegaron abajo, Jack se sorprendió ante la estatura de Tracy; era casi tan alta como él y le llevaba al menos diez centímetros a su madre. El siguiente detalle que advirtió fue que llevaba dos piercings visibles, uno junto a la fosa nasal, rematado con un pequeño diamante, y otro en el ombligo descubierto, un aro de plata. Su atuendo consistía en un top de algodón de mangas recortadas que se tensaba sobre sus pechos ya impresionantes, y unos pantalones de tiro bajo y aire morisco. Aquella ropa le confería una sensualidad provocativa que casaba a la perfección con la expresión descarada de sus ojos.

—Este es vuestro tío, niñas —lo presentó Alexis.

—¿Cómo es que nunca nos habías visitado? —preguntó Tracy sin preámbulo alguno, las manos embutidas en los bolsillos de los pantalones con aire desafiante.

—¿De verdad tus hijas murieron en un accidente de avión? —quiso saber Christina casi al mismo tiempo.

—¡Niñas! —espetó Alexis, arrastrando la palabra como si tuviera seis sílabas en lugar de dos—. Lo siento, Jack. Ya sabes cómo son los niños. Nunca sabes lo que te van a soltar.

—No pasa nada. Por desgracia, las dos preguntas son más que razonables. —Jack miró a Tracy de hito en hito—. Si quieres podemos hablar de ello mientras esté aquí; intentaré explicarte por qué nunca había venido. —Luego se volvió hacia Christina y añadió—: En respuesta a tu pregunta, sí, perdí a mis dos preciosas hijas en un accidente de avión.

—Bueno, Christina —intervino Alexis—. Puesto que eres la

única que ha acabado los deberes, ¿por qué no acompañas al tío Jack al dormitorio del sótano? Tracy y Meghan, volved arriba y acabad los deberes. Jack, supongo que no has cenado.

Jack negó con la cabeza. Había engullido un bocadillo en el aeropuerto de La Guardia, pero la comida había desaparecido en las profundidades de su conducto digestivo hacía horas. Aunque no lo había esperado, estaba hambriento.

—¿Te apetece un poco de pasta? He mantenido caliente la salsa marinada, y puedo preparar una ensalada en un santiamén.

—Estupendo.

El dormitorio del sótano era tal como esperaba. Contaba con dos ventanas altas que daban a sendos patios de luces enladrillados, y el aire despedía un olor húmedo y fresco, como las despensas de verduras. En el saldo positivo, estaba decorado con mucho gusto en varios tonos de verde. El mobiliario consistía en una cama enorme, una mesa, un sillón, una lámpara de lectura y un televisor de pantalla plana. Asimismo, disponía de un baño completo.

Mientras Jack sacaba la ropa de la bolsa de viaje y colgaba lo que podía en el armario, Christina se dejó caer en el sillón. Con los brazos extendidos a lo largo de los brazos del sillón y los pies estirados en el aire, observaba a Jack con expresión crítica.

—Estás más flaco que mi padre.

—¿Eso es bueno o malo? —preguntó Jack.

Dejó las zapatillas de baloncesto en el suelo del armario y llevó los utensilios de afeitado al baño. Le gustó comprobar que disponía de una ducha amplia en lugar de la consabida bañera.

—¿Cuántos años tenían tus hijas cuando murieron en el accidente?

Si bien debería haber esperado que Christina volviera sobre aquel delicado asunto después de su torpe respuesta, la pregunta directa y personal lo devolvió hasta la perturbadora escena en la que se había despedido de su mujer y sus hijas en el aeropuerto de Chicago. Hacía casi exactamente quince años que había llevado a su familia al aeropuerto, donde tomarían un puente aéreo de regreso a Champaign mientras un frente de tormentas y tornados se avecinaba por las vastas llanuras del Medio Oeste. Por aquel entonces, Jack estaba en Chicago, reciclándose como patólogo forense después de que un gigante sanitario engullera su consulta oftalmológica durante el apogeo de la expansión del *managed care*, o gestión de la salud. Jack había intentado convencer a Marilyn para que se trasladara a Chicago, pero con toda la razón del mundo, ella se había negado por el bien de las niñas.

El paso del tiempo no había mitigado en absoluto el recuerdo de aquel último adiós. Como si hubiera sucedido el día anterior, se vio a sí mismo mirándolas a través de la divisoria de vidrio. Marilyn, Tamara y Lydia bajando por la rampa más allá de la puerta de embarque. Al llegar a la puerta del avión, solo Marilyn se volvió para saludarlo con la mano. Inmersas en su entusiasmo juvenil, Tamara y Lydia desaparecieron sin más.

Como sabría aquella noche, solo quince o veinte minutos después del despegue, el pequeño avión de hélices se precipitó a toda velocidad sobre la fértil tierra negra de la pradera tras ser alcanzado por un rayo y atrapado en una profunda bolsa de aire. Todos los ocupantes habían muerto en el acto.

—¿Estás bien, tío Jack? —preguntó Christina.

Jack había permanecido inmóvil durante varios segundos, absorto en el pasado.

—Sí —asintió con alivio palpable.

Acababa de revivir el momento de su vida que llevaba muchos años rehuyendo, pero lo cierto era que el episodio terminó sin las habituales secuelas viscerales. No se sentía como si el estómago se le hubiera vuelto del revés, como si se le hubiera parado el corazón o como si un manto de plomo se hubiera cernido sobre él. Era una historia triste, pero la vivía con el suficiente distanciamiento para poder llegar a imaginar que era la historia de otro. Tal vez Alexis estuviera en lo cierto. Como le había dicho por teléfono, quizá había superado el dolor y seguido adelante.

—¿Cuántos años tenían?

—Como tú y Meghan.

—Qué horror.

—Sí —convino él.

De regreso en la cocina-comedor, Alexis lo hizo sentar a la mesa familiar mientras terminaba de preparar la pasta. Las niñas habían subido a acostarse, pues al día siguiente tenían que ir a la escuela. Jack paseó la mirada por la estancia. Era una habitación espaciosa pero acogedora que casaba a la perfección con el aspecto exterior de la casa. Las paredes estaban pintadas de un amarillo claro, aunque intenso. El sofá mullido y cómodo, tapizado en una alegre tela verde con estampado de flores y cubierto de cojines, estaba encarado a una chimenea coronada por el televisor de pantalla plana más grande que Jack había visto en su vida. Las cortinas eran del mismo estampado que el sofá y flanqueaban una ventana mirador que daba a una terraza. Más allá de la terraza se veía la piscina, tras la cual se abría una extensión de césped sobre el que se adivinaba una glorieta en la penumbra.

—La casa es preciosa —comentó.

En su opinión, era más que preciosa. En comparación con el modo en que había vivido durante los últimos diez años, era el epítome del lujo.

—Craig siempre ha sido muy generoso, como te he dicho por teléfono —repuso Alexis mientras vertía la pasta en un colador.

—¿Dónde está? —inquirió Jack.

Hasta aquel momento, nadie había mencionado su nombre. Jack suponía que había salido, tal vez para atender una urgencia médica o para hablar con su abogado.

—Durmiendo en la habitación de invitados de arriba —explicó Alexis—. Como también te decía por teléfono, no dormimos juntos desde que se fue a vivir a la ciudad.

—Pensaba que habría salido a atender alguna urgencia.

—No, esta semana no trabaja. Ha contratado a alguien para que se encargue de la consulta durante el juicio, tal como le recomendó su abogado. Me parece buena idea. Por muy buen médico que sea, ahora mismo no me gustaría que me atendiera; está demasiado distraído.

—Me sorprende que esté dormido. Yo en su lugar estaría dando vueltas por la casa sin parar.

—Duerme con ayuda —reconoció Alexis mientras llevaba la

pasta y la ensalada a la mesa, y colocaba ambas cosas ante Jack—. Ha sido un día muy duro por el comienzo del juicio, y como es natural está desmoralizado. Se ha estado recetando a sí mismo somníferos para combatir el insomnio. También está bebiendo…, whisky, concretamente, aunque no lo bastante para preocuparme, al menos de momento.

Jack asintió sin decir nada.

—¿Qué te apetece beber? Yo voy a tomar un poco de vino.

—Estupendo, yo también.

Jack sabía más de lo que quería acerca de la depresión. Después del accidente de avión, se había pasado años luchando contra ella.

Alexis trajo una botella abierta de vino blanco y dos copas.

—¿Sabe Craig que estoy aquí? —preguntó Jack.

Era una pregunta que debería haber formulado antes de acceder a venir.

—Claro que sí —asintió Alexis mientras servía el vino—. De hecho, comentamos la idea antes de que te llamara.

—¿Y no le importa?

—No tenía muy clara la utilidad de tu visita, pero me dijo que dejaba la decisión en mis manos. Para serte sincera, no se entusiasmó precisamente cuando comentamos el asunto y dijo algo que me sorprendió. Me dijo que creía que no le caías bien. Nunca has dicho eso, ¿verdad?

—Por supuesto que no —aseguró Jack.

Mientras empezaba a comer, se preguntó cuán lejos debía llevar la conversación. Lo cierto era que cuando Alexis y Craig se prometieron, a él le pareció que Craig no era el hombre adecuado para su hermana. Sin embargo, nunca manifestó sus temores, sobre todo porque estaba convencido, aun sin saber por qué, que los médicos en general no podían ser buenos cónyuges. Hacía relativamente poco que el tortuoso camino de Jack hacia la recuperación le había permitido explicar con cierta claridad aquella reacción instintiva; ahora sabía que la profesión médica seleccionaba seres narcisistas, los creaba o bien ambas cosas. En opinión de Jack, Craig era el mejor ejemplo de ello. Su dedicación exclusiva a la medicina era garantía casi segura de que sus relaciones personales serían superficiales, una suerte de ecuación psicológica llena de ceros.

—Le dije que no era verdad —prosiguió Alexis—. De hecho, le dije que lo admiras porque una vez me lo confesaste. ¿Estoy en lo cierto?

—Te dije que lo admiraba como médico —respondió Jack, consciente de que se estaba mostrando evasivo.

—También añadí que lo envidiabas por sus logros. Dijiste algo así, ¿verdad?

—Sin duda alguna. Siempre me ha impresionado su capacidad de realizar investigación de verdad, digna de ser publicada, al tiempo que dirigía una concurrida y próspera consulta clínica. Es el objetivo romántico de muchos médicos que nunca consiguen ni acercarse. Yo lo intenté cuando era oftalmólogo, pero en retrospectiva entiendo que mis investigaciones eran una farsa en comparación.

—Conociéndote, no me lo creo.

—Volviendo al tema que nos ocupa, ¿qué le parece a Craig que haya venido? No me has contestado.

Alexis bebió un sorbo de vino. A todas luces, estaba considerando la respuesta, y cuanto más se demoraba esta, más se inquietaba Jack. A fin de cuentas, era un invitado en casa de su cuñado.

—Supongo que no te he contestado adrede —reconoció por fin Alexis—. Le da vergüenza pedir ayuda, como bien has comentado por teléfono. Sin duda considera que la dependencia es una debilidad, y todo este asunto lo hace sentir muy dependiente.

—Pero tengo la sensación de que no es él quien ha pedido ayuda —señaló Jack al tiempo que terminaba la pasta y atacaba la ensalada.

Alexis dejó la copa sobre la mesa.

—Tienes razón —admitió a regañadientes—. Soy yo quien te ha pedido ayuda en su nombre. No le entusiasma que hayas venido porque le da vergüenza, pero en cambio yo estoy encantada. —Alexis alargó la mano sobre la mesa, tomó la de Jack y la oprimió con fuerza inesperada—. Gracias, Jack. Te he echado de menos. Sé que es mal momento para dejar Boston, y eso hace que aún te lo agradezca más. Gracias, gracias, gracias.

Una repentina oleada de emoción embargó a Jack, y sintió que se ruborizaba hasta la raíz del cabello. Al mismo tiempo, los rasgos evasivos de su personalidad se activaron y acudieron en su ayuda. Se zafó de la mano de Alexis, bebió un trago de vino y cambió de tema.

—Bueno, háblame del primer día de juicio.

La leve sonrisa de Alexis se acentuó.

—¡Sigues tan listo como siempre! Menuda forma de cambiar de tema para evitar el terreno de las emociones… ¿Creías que no me daría cuenta?

—A veces me olvido de que eres psicóloga —rió Jack—. Ha sido una reacción instintiva de protección.

—Al menos reconoces tu lado emocional. En fin, respecto al juicio, lo único que hemos tenido hasta ahora son los alegatos iniciales de las dos partes y el testimonio del primer testigo.

—¿Quién ha sido el primer testigo? —inquirió Jack.

Terminó la ensalada y cogió de nuevo la copa de vino.

—El contable de Craig. Tal como Randolph Bingham explicó después, la razón por la que se le incluyó en la lista residía en determinar que Craig tenía un deber para con la fallecida, lo que es evidente, pues la fallecida había pagado la cuota y Craig la visitaba con regularidad.

—¿A qué te refieres con eso de «cuota»? —preguntó Jack, sorprendido.

—Hace casi dos años, Craig dejó la medicina de pago tradicional para dedicarse a la medicina a la carta.

—¿En serio? —exclamó Jack, que no lo sabía—. ¿Por qué? Creía que la consulta de Craig iba viento en popa, y que estaba encantado.

—Te contaré la razón principal aunque él no lo haga —anunció Alexis, acercándose más a la mesa como si estuviera a punto de revelar un secreto—. A lo largo de los últimos años, Craig tenía la sensación de perder el control sobre las decisiones relativas a los pacientes. Estoy segura de que ya lo sabes, pero con la creciente intervención de las aseguradoras y diversas mutuas en la contención de costes, cada vez hay más intromisión en la relación entre médico y paciente, y cada vez se les dicta más a los médicos qué pueden y qué no pueden hacer. Para una persona como Craig, eso se ha ido convirtiendo en una pesadilla.

—Si le preguntara por qué cambió, ¿qué motivo aduciría? —quiso saber Jack.

Estaba fascinado. Había oído hablar de la medicina a la carta, pero creía que se trataba de una minoría ínfima o de una mera moda pasajera dentro del sistema. Nunca había hablado con un médico que ejerciera en aquel formato.

—Nunca reconocería haber supeditado la decisión acerca de un paciente a causa de influencias externas, pero se engaña a sí mismo. Para mantener la solvencia de su consulta, se veía obligado a visitar a cada vez más pacientes al día. El motivo que alegaría para el salto a la medicina a la carta es que le brinda la oportunidad de ejercer la medicina tal como le enseñaron en la facultad, pudiendo dedicar todo el tiempo necesario a cada paciente.

—Bueno, es lo mismo.

—No, existe una diferencia sutil, aunque lo cierto es que en parte es un intento de racionalización por parte de Craig. La diferencia estriba entre la motivación negativa y la positiva. La justificación de Craig se centra en el paciente.

—¿Su estilo de consulta desempeña algún papel en el juicio?

—Sí, al menos según el abogado del demandante, que por cierto se las está apañando mucho mejor de lo que esperaba.

—¿Qué quieres decir?

—Al verlo, y te darás cuenta si entras en la sala, no te parecería eficaz a primera vista. Cómo expresarlo... Es el prototipo de abogado hortera y cutre especializado en daños y perjuicios o en la defensa de mafiosos, y el abogado de Craig le dobla la edad. Sin embargo, conecta con el jurado de un modo asombroso.

—¿Y en qué sentido puede tener relación el tipo de consulta de Craig con el caso? ¿Lo ha explicado el abogado del demandante en el alegato inicial?

—Sí, y de una manera muy efectiva, la verdad. El concepto de la medicina *concierge* o a la carta se basa en su capacidad de satisfacer las necesidades de los pacientes, como hacen los conserjes en los hoteles con sus clientes.

—Entiendo.

—Para ello, todos los pacientes tienen acceso a su médico por el móvil o el correo electrónico, de modo que pueden ponerse en contacto con él a cualquier hora y recibir su visita en caso necesario.

—Parece una invitación al abuso por parte del paciente.

—Supongo que es así en el caso de algunos pacientes. Pero a Craig no le importaba. De hecho, creo que le gustaba, porque empezó a hacer visitas domiciliarias a horas intempestivas. Me parece que lo consideraba retro, romántico.

—¿Visitas domiciliarias? —repitió Jack—. Eso suele ser una pérdida de tiempo. La medicina actual limita muchísimo lo que puedes hacer en una visita domiciliaria.

—Pero a algunos pacientes, incluida la fallecida, les encanta. Craig la visitaba a menudo fuera de horas de consulta. De hecho, la visitó en su casa la mañana del día en que supuestamente cometió la negligencia. Aquella noche, su estado empeoró, y Craig fue a visitarla de nuevo.

—Me parece difícil concluir que actuó de forma incorrecta.

—Tendría que serlo, pero según el abogado del demandante, fue el hecho de que Craig visitara a la fallecida en su casa en lugar de enviarla al hospital lo que provocó la negligencia, porque demoró el diagnóstico y el tratamiento inmediato que requiere un infarto.

—Parece absurdo —se indignó Jack.

—No te lo parecería si hubieras oído el alegato inicial del abogado del demandante. Existen otras circunstancias importantes relacionadas con el incidente. Sucedió cuando Craig y yo estábamos oficialmente separados. En aquella época vivía en un piso en Boston con una de sus empleadas, una secretaria jovencita llamada Leona.

—¡Dios mío! —exclamó Jack—. No sé cuántas veces he oído

hablar de médicos casados liándose con sus empleadas. No sé qué pasa con los médicos varones. En la actualidad, casi todos los hombres que se dedican a otras profesiones saben que no conviene liarse con sus empleadas; es buscarse problemas legales.

—Me parece que estás siendo demasiado generoso con los hombres de mediana edad casados que se encuentran atrapados en una realidad distinta de sus expectativas románticas. Creo que Craig pertenece a esa categoría, pero el cuerpo de veintitrés años de Leona no fue el cebo inicial. Paradójicamente, fue el camino a la medicina a la carta, que le proporcionó algo que nunca había tenido, tiempo libre. El tiempo libre puede ser peligroso en manos de una persona que se ha pasado media vida obsesionada por el trabajo, como es el caso de Craig. Fue como si despertara, se mirara al espejo y no le gustara lo que veía. De repente empezó a mostrar un interés obsesivo por la cultura. Quería recuperar el tiempo perdido y transformarse de la noche a la mañana en la persona completa que imaginaba. Pero no le bastaba hacerlo solo, como afición. Al igual que en el caso de la medicina, quería entregarse a ello al cien por cien, e insistió en que yo le siguiera la corriente. Pero evidentemente, no podía a causa de mi trabajo y de las niñas. Eso fue lo que lo ahuyentó, al menos que yo sepa. Leona apareció más tarde, cuando se dio cuenta de que se sentía solo.

—Si intentas que me compadezca de él, te advierto que no lo conseguirás.

—Solo quiero que sepas a qué te enfrentas. El abogado del demandante sabe que Craig y Leona tenían entradas para la Sinfónica la noche en que murió la mujer del demandante. Dice que los testigos demostrarán que Craig la visitó en su casa pese a sospechar que la paciente había sufrido un infarto, alegando que cabía la remota posibilidad de que no hubiera sido así. En tal caso, habría llegado al concierto a tiempo. El auditorio está más cerca de casa del demandante que el hospital Newton Memorial.

—A ver si lo adivino... La tal Leona va a testificar.

—¡Por supuesto! Ahora se ha convertido en la amante despechada. Para colmo de los males, sigue trabajando en la consulta de Craig, y no puede despedirla por miedo de enfrentarse a otro litigio.

—Así que el abogado del demandante alega que Craig puso en peligro a la paciente al especular que quizá no se trataba de un infarto.

—Exacto. Dice que no es el proceder correcto para efectuar un diagnóstico a tiempo, lo cual es crucial en caso de infarto, tal como han demostrado los acontecimientos. Ni siquiera tienen que demostrar que la mujer habría sobrevivido en caso de que la hubieran trasladado al hospital de inmediato, solo que podría haber sobrevivido. Por supuesto, la ironía más cruel reside en que la acusación se opone diametralmente al tipo de medicina que practica Craig. Como ya sabemos, siempre ha antepuesto a sus pacientes, incluso por encima de su familia.

Jack se mesó los cabellos con gesto exasperado.

—Esto es más complicado de lo que imaginaba. Creía que se trataba de una cuestión médica específica. Este tipo de caso significa que aún tengo menos probabilidades de seros útil.

—¿Quién sabe? —replicó Alexis en tono fatalista.

Apartó la silla de la mesa, se levantó, fue a la mesa auxiliar y cogió un gran sobre de papel manila atestado de papeles que llevó a la mesa y dejó caer sobre ella con un golpe sordo.

—Aquí tienes una copia del caso. Está casi todo, interrogatorios, declaraciones y expedientes clínicos. Lo único que no incluye es la transcripción de la sesión de hoy, pero te dará una idea aproximada de lo que se ha dicho. Incluso hay un par de artículos recientes de Craig que me sugirió agregar, no sé por qué; puede que para guardar las apariencias, imaginando que quedarías impresionado.

—Probablemente, si consigo entenderlos. En fin, parece que tengo trabajo.

—No sé dónde quieres trabajar. Tienes muchos sitios para elegir. ¿Me dejas que te enseñe las alternativas a tu dormitorio de abajo?

Alexis mostró a Jack toda la primera planta de la casa. El salón era inmenso, pero desagradablemente impecable, como si nadie hubiera pisado jamás la mullida moqueta. Jack lo descartó. Junto al salón había una biblioteca con paredes de paneles de caoba y mueble bar, una estancia oscura, lúgubre y mal iluminada. No, gracias. En el pasillo se abría una sala de entretenimiento que contaba con un proyector instalado en el techo y varias filas de sillones. Inadecuada y peor iluminada aún que la biblioteca. Al final del pasillo había un estudio espacioso con dos mesas colocadas contra paredes opuestas. La de Craig aparecía inmaculada, con todos los lápices del lapicero afilados como agujas. La de Alexis, situada en la pared de enfrente, estaba llena de precarios montones de libros, revistas y papeles. Había varias butacas de lectura y almohadones. Una ventana mirador parecida a la del comedor daba a un parterre de flores ornado con una pequeña fuente. Frente a la ventana se alzaba una librería hasta el techo que flanqueaba la puerta. Entre una selección de libros de medicina y psicología se encontraba el anticuado maletín de cuero de Craig, así como un electrocardiógrafo portátil. Como lugar de trabajo, lo mejor de la estancia era la iluminación, con focos encastados en el techo, lámparas de mesa individuales y lámparas de pie junto a cada butaca.

—Esta habitación es ideal —comentó—. Pero ¿estás segura de que no te importa que trabaje en tu estudio?

Encendió una de las lámparas de pie, que emitía una luz diáfana y cálida al mismo tiempo.

—En absoluto.

—¿Y Craig? También es su estudio.

—No le importará. Una cosa que te puedo asegurar de él es que no es puntilloso con su espacio personal.

—De acuerdo, entonces trabajaré aquí. Tengo la sensación de que me llevará unas cuantas horas.

Dejó el grueso sobre de papel manila sobre la mesa situada entre dos butacas.

—Como suele decirse, a machacarse. Me voy a la cama. Aquí se madruga mucho para poder llevar a las niñas a la escuela a tiempo. Hay bebidas de toda clase en la nevera de la cocina y también en el mueble bar, así que sírvete lo que quieras.

—Estupendo.

Alexis paseó la mirada por el cuerpo de su hermano antes de volver a alzarla hacia su rostro.

—Tengo que decirte que tienes un aspecto estupendo, hermano. Cuando te visitaba en Illinois, cuando tenías la consulta de oftalmología, parecías una persona diferente.

—Era una persona diferente.

—Tenía miedo de que engordaras mucho.

—Estaba gordo.

—Ahora pareces robusto, hambriento y de mejillas hundidas como los actores en las películas del Oeste italianas.

Jack lanzó una carcajada.

—Una descripción muy creativa. ¿Cómo se te ha ocurrido?

—Las niñas y yo hemos visto algunas películas de Sergio Leone últimamente. Tracy tenía que hacer un trabajo para la optativa de cine. En serio, pareces estar en buena forma. ¿Cuál es tu secreto?

—Baloncesto callejero y bicicleta. Me lo tomo como una segunda carrera profesional.

—Debería probarlo —comentó Alexis con una sonrisa algo torva antes de añadir—: Buenas noches, hermano, hasta mañana. Como puedes imaginarte, esto es un caos por las mañanas con las tres niñas.

Craig la siguió con la mirada mientras Alexis recorría el pasillo y se volvía para saludarlo otra vez antes de desaparecer escaleras arriba. Luego se volvió y echó otro vistazo a la habitación. Un silencio repentino se cernía sobre la casa. Aquel lugar era tan distinto y olía de un modo tan diferente de su entorno habitual que se sentía como si estuviera en otro planeta.

Algo incómodo por el hecho de hallarse en un espacio ajeno, Jack se sentó en el sillón iluminado por la lámpara de pie. Lo primero que hizo fue sacar el móvil y encenderlo. Tenía un mensaje de Warren con el nombre y el número de teléfono de su amigo de Boston. El hombre se llamaba David Thomas, y Jack lo llamó de inmediato, considerando que tal vez necesitara algo de ejercicio si el día siguiente resultaba tan estresante como temía. Las evasivas de Alexis respecto a la reacción de Craig ante la visita de Jack bastaban para no sentirse bienvenido precisamente.

Warren debía de haber puesto a Jack por las nubes al hablar con David, porque este se mostró entusiasmado ante la posibilidad de que Jack fuera a jugar con ellos.

—En esta época del año jugamos cada tarde hacia las cinco, tío —explicó—. Así que mueve el culo y ven para que averiguamos lo que sabes hacer.

Le explicó cómo llegar a la cancha, situada en Memorial Drive, cerca de Harvard. Jack prometió que intentaría llegar a última hora de la tarde.

A continuación llamó a Laurie para contarle que estaba instalado lo mejor posible dadas las circunstancias.

—¿Qué quieres decir con eso? —preguntó Laurie con recelo.

—Todavía no he visto a Craig Bowman. Por lo visto no le alegra demasiado que haya venido.

—Pues me parece muy poco considerado teniendo en cuenta la situación y el momento.

Jack le contó lo que consideraba una buena noticia respecto a su reacción ante las hijas de Alexis. Le dijo que una de ellas incluso había sacado a colación el accidente de avión, pero que, para su sorpresa, él se lo había tomado con ecuanimidad.

—Estoy impresionada y encantada —aseguró Laurie—. Me parece genial, y es un alivio.

Luego le comentó que la única mala noticia era que la negligencia no se refería a una cuestión médica técnica, sino a algo mucho más complicado, por lo que existían aún menos probabilidades de que él pudiera resultar útil.

—Espero que eso signifique que volverás enseguida —repuso Laurie.

—Estoy a punto de empezar a leer el material —explicó Jack—. Supongo que luego sabré más cosas.

—Buena suerte.

—Gracias, voy a necesitarla.

Jack colgó y guardó el teléfono. Por un instante aguzó el oído para captar algún sonido en la gran casa, pero estaba sumida en un silencio sepulcral. Al poco cogió el sobre de papel manila y vertió el contenido sobre la mesa auxiliar. Lo primero que eligió fue un artículo científico que Craig había escrito en colaboración con un renombrado biólogo celular de Harvard y publicado en la prestigiosa *New England Journal of Medicine*. Versaba sobre la función de los canales de sodio en las membranas celulares responsables del potencial de acción nervioso y muscular. Incluso incluía algunos diagramas e imágenes de microscopia electrónica de estructuras moleculares subcelulares. Jack echó un vistazo a la sección de materiales y métodos. Lo asombraba que alguien concibiera conceptos tan arcanos, por no hablar de estudiarlos. Al comprobar que el artículo escapaba a su comprensión, lo dejó a un lado y cogió una de las declaraciones. Era la declaración de Leona Rattner.

7

Boston, Massachusetts,
martes, 6 de junio de 2006, 6.48 horas.

Lo primero que oyó Jack fue una lejana discusión seguida de la onda expansiva de un portazo contundente. Por un breve instante intentó incorporar los sonidos a su sueño, pero carecían de sentido. Al abrir los ojos comprobó que no tenía ni idea de dónde estaba, pero al ver la fuente bañada en radiante luz diurna al otro lado de la ventana mirador, así como el interior del estudio, lo recordó todo de golpe. En la mano sostenía la declaración de una enfermera llamada Georgina O'Keefe, del hospital Newton Memorial, que Jack estaba releyendo cuando el sueño lo venció.

Recogió todos los papeles del caso Stanhope contra Bowman y los guardó en el sobre de papel manila. Le costó cierto esfuerzo embutirlos todos. Luego se levantó y de inmediato sintió un mareo que lo hizo tambalearse.

No sabía a qué hora se había quedado dormido. Había leído todos los documentos y empezaba a repasar los que le parecían más interesantes cuando los ojos se le cerraron sin querer. Para su sorpresa, el material lo había fascinado desde el principio. Si el asunto no hubiera implicado directamente a su hermana, lo habría considerado el guión de una entretenida comedia televisiva llena de personajes pintorescos. El médico brillante y profesional en extremo, pero también arrogante y adúltero; la jovencísima amante despechada y furiosa; la esposa abandonada de talante preciso y más bien lacónico; los expertos excelentes, pero conflictivos; los demás testigos; y por último, la víctima en apariencia hipocondríaca. Era una comedia en torno a las debilidades humanas salvo por el desenlace fatal y el hecho de que hubiera desembocado en un litigio por negligencia. En cuanto al resultado probable del juicio, después de leer el material, Jack había concluido que la preocupación y el pesimismo de Alexis estaban más que fundados. Con su pedantería y arrogancia, que se manifestaba en las últimas partes de su declaración, Craig no resultaba de ayuda precisamente. El abogado del demandante había conseguido presentar a Craig como si este considerara indignante que se pusiera en tela de juicio su competencia clínica. Eso no sentaba bien a ningún jurado. Y por añadidura, Craig había insinuado que su mujer tenía la culpa de que se hubiera liado con su secretaria.

Cuando Jack se veía obligado a describir los objetivos de su trabajo como forense, por regla general, aunque variaba según la ocasión y quien formulara la pregunta, respondía que «hablaba en nombre de los muertos». Al leer el material relativo al caso Stanhope contra Bowman, se encontró pensando sobre todo en la víctima y en la circunstancia desafortunada pero evidente de que no estaba ahí para prestar declaración ni testificar. Como una suerte de juego mental, imaginó qué influencia habría ejercido sobre el caso de poder participar en él, y ello lo indujo a concluir que Patience Stanhope era la clave para un desenlace favorable del juicio. En su opinión, si el jurado llegaba a la conclusión de que era una hipocondríaca, tal como afirmaba Craig, sin duda fallarían a favor de la defensa pese a sus últimos síntomas y a la personalidad narcisista de Craig. Pensar en aquellos términos acentuaba la triste realidad de que no se le había practicado la autopsia y, por tanto, en la lista de los testigos de la defensa no figuraba ningún forense que pudiera hablar en nombre de la fallecida.

Con el sobre de papel manila bajo el brazo, Jack recorrió con sigilo el pasillo hasta la escalera del sótano, situada bajo la escalera principal. Mientras bajaba oyó más gritos de una de las chicas y otro portazo.

Una vez en sus aposentos, Jack se afeitó, se duchó y se vistió lo más deprisa posible. Cuando regresó arriba, todo el clan Bowman estaba reunido en el comedor en un ambiente tenso. Las tres chicas estaban sentadas a la mesa detrás de varias cajas de cereales. Craig se encontraba en el sofá, oculto tras el *New York Times* y con un tazón de café en la mesilla frente a él. Alexis estaba de pie en la cocina, preparando los bocadillos para el almuerzo de sus hijas. El televisor instalado sobre la chimenea daba las noticias, pero con el volumen al mínimo. El sol, casi cegador, entraba a raudales por las ventanas mirador.

—Buenos días, Jack —lo saludó Alexis en tono alegre al reparar en su presencia junto a la puerta—. Espero que hayas dormido bien abajo.

—Es una habitación muy cómoda —aseguró Jack.

—Dad los buenos días a vuestro tío —ordenó Alexis a las niñas, pero solo Christina obedeció.

—No sé por qué no puedo llevar el top rojo —gimoteó Meghan.

—Porque es de Christina, y ella prefiere que no lo lleves —repuso Alexis.

—¿El avión se quemó con tus hijas dentro? —preguntó Christina.

—¡Ya basta, Christina! —espetó Alexis antes de mirar a Jack con aire exasperado—. Hay zumo de naranja en la nevera y café recién hecho en la cafetera. ¿Qué sueles desayunar?

—Solo fruta y cereales.

—Tenemos ambas cosas. Sírvete tú mismo.

Jack se acercó a la cafetera. Mientras buscaba con la mirada una taza, Alexis le deslizó una por el mostrador de granito. Jack la llenó de café, añadió una cucharada de azúcar y un poco de leche. Mientras lo removía echó otro vistazo a la habitación. Christina y Alexis habían entablado una conversación sobre los planes al salir de la escuela. Las otras dos chicas permanecían silenciosas y hurañas. Craig seguía escondido tras el diario, lo que a Jack se le antojaba un claro desaire.

Negándose a dejarse intimidar y convencido de que la mejor

defensa era un buen ataque, Jack se acercó a la chimenea y se encaró con el diario de Craig, que este sostenía completamente abierto a modo de barrera.

—¿Algo interesante en las noticias? —preguntó Jack antes de tomar un sorbo de café humeante.

El borde superior del periódico descendió un poco hasta revelar de forma gradual el rostro hinchado y flácido de Craig. Sus ojos inyectados en sangre aparecían rodeados de oscuros círculos, confiriéndole el aspecto de un hombre que había pasado la noche en vela, de juerga. En contraste con su rostro fatigado, llevaba una camisa blanca recién planchada, una corbata clásica y el cabello pajizo bien peinado y reluciente, lo que indicaba que le había aplicado algún tipo de gel fijador.

—No estoy de humor para charlas —masculló.

—Yo tampoco —convino Jack—. Al menos estamos de acuerdo en eso. Hablemos claro, Craig. Estoy aquí a petición de mi hermana. No he venido a ayudarte a ti, sino a ella, y si de paso te ayudo a ti, será un efecto secundario. Pero te diré una cosa. Creo que es una vergüenza que te hayan demandado por negligencia. Por lo que sé de ti en el plano profesional, eres el último médico del mundo al que podrían acusar de negligencia. Por otro lado, no eres santo de mi devoción en otros aspectos, pero eso es harina de otro costal. En cuanto al caso, he leído la documentación y tengo algunas ideas. Tú decides si quieres escucharlas o no. Por lo que se refiere a quedarme en tu casa, también es decisión tuya. Siempre exijo unanimidad en la pareja cuando me invitan a una casa. Puedo alojarme sin problema en un hotel.

En la estancia reinaba un silencio tan solo quebrado por el murmullo de las noticias y el trino de algunos pájaros en el exterior. Nadie se movió hasta que Craig bajó el periódico ruidosamente, lo dobló con torpeza y lo dejó a un lado. Al cabo de un instante se reanudó el tintineo de los cubiertos contra los cuencos de cereales, y en el fregadero se abrió el grifo, señalizando el retorno de la acción.

—No me importa ser franco —replicó Craig con voz ahora más triste y cansada que huraña—. Cuando me enteré de que venías, me molesté. Con todo lo que está pasando, no me parecía el momento indicado para tener compañía, sobre todo porque nunca te has molestado en venir a visitarnos. Francamente, me molestaba la posibilidad de que te hubieras hecho la falsa ilusión de ser un caballero andante que acudía en el último momento para salvar la situación. El hecho de que me hayas dicho de entrada que no es así me alivia. No me importa en absoluto que te quedes, pero lo siento si no me comporto como el anfitrión ideal. En cuanto a tus ideas sobre el caso, me gustaría escucharlas.

—No espero que te comportes como un anfitrión en absoluto, teniendo en cuenta lo que estás pasando —aseguró Jack.

Se sentó en la esquina de la mesita, en diagonal respecto a Craig. La conversación estaba transcurriendo mucho mejor de lo esperado. Decidió redondearla con un cumplido.

—Además de la documentación relativa al caso he encontrado un par de tus artículos científicos más recientes. Me han impresionado..., claro que me habrían impresionado todavía más si los hubiera entendido.

—Mi abogado quiere incluirlos como prueba de mi dedicación a la medicina. Según su alegato inicial, el abogado del demandante pretende demostrar exactamente lo contrario.

—Me parece buena idea. No me imagino cómo se las arreglará para presentarlos, pero no soy abogado. Si lo hace..., tengo que reconocer, Craig, que eres increíble. Casi todos los médicos que conozco querrían combinar la clínica con la investigación. Es el máximo ideal que nos inculcan en la facultad, pero tú eres uno de los pocos que lo hace. Lo que más sorprende es que es investigación de verdad, no artículos del tipo «informe sobre un caso interesante» que muchas veces se intentan colar como investigación científica.

—Sin duda alguna es investigación de verdad —convino Craig, animándose un poco gracias a su pasión por el tema—. Estamos aprendiendo cada vez más acerca de los canales de sodio dependientes de voltaje en las neuronas y los miocitos, y los resultados tienen una aplicación clínica inmediata.

—En el último artículo que publicaste en el *New England*

Journal of Medicine, hablabas de dos canales de sodio distintos, uno para el músculo cardíaco y otro para los nervios. ¿En qué se diferencian?

—Su estructura es distinta, lo cual estamos determinando ahora en el nivel molecular. Observamos que eran distintos a causa de la notable diferencia en su reacción a la tetrodotoxina. La diferencia es de uno a mil, lo cual resulta extraordinario.

—¿Tetrodotoxina? —repitió Jack—. Esa es la toxina que mata a los japoneses que comen el sushi que no deben.

Craig rió a su pesar.

—Tienes razón, sushi preparado por un cocinero inexperto en peces globo en un momento determinado de su ciclo reproductivo.

—Interesante —comentó Jack.

Una vez alcanzado el objetivo de animar a Craig, estaba deseoso de ir al grano. Aunque interesante, la investigación de Craig era demasiado esotérica para su gusto. Cambiando de tema sin transición, expuso a su cuñado su idea acerca de que la víctima, Patience Stanhope, era la clave del caso.

—Si tu abogado consigue inculcar al jurado de forma incuestionable que esa mujer era la hipocondríaca que era, el jurado no tendrá más remedio que emitir un veredicto contra el demandante.

Craig se quedó mirando a Jack durante algunos segundos, como si el cambio de tema hubiera sido tan rápido que su cerebro tuviera que reiniciarse.

—Bueno, es interesante que digas esto, porque yo ya se lo comenté a Randolph Bingham.

—Pues eso. Pensamos lo mismo, lo cual da más credibilidad a la idea. ¿Qué dijo tu abogado al respecto?

—No gran cosa, que yo recuerde.

—Creo que tendrías que volver a sacar el tema —señaló Jack—. Y ya que hablamos de la fallecida, no he visto ningún informe de autopsia, así que imagino que no se le practicó. ¿Es así?

—No, por desgracia —repuso Craig—. El diagnóstico fue confirmado mediante un ensayo de biomarcadores. —Se encogió de hombros—. Nadie esperaba un litigio por negligencia. Estoy seguro de que si lo hubieran esperado, los forenses habrían optado por la autopsia y yo también la habría pedido.

—Había un detalle en la documentación que me llamó la atención —observó Jack—. Una enfermera de urgencias llamada Georgina O'Keefe, encargada de admisiones aquella noche en el hospital Newton Memorial. Escribió en sus notas que la paciente mostraba cianosis central. Me llamó la atención porque no lo menciona en su declaración, lo he comprobado. Por supuesto, me fijé porque en tu declaración dijiste que te quedaste de piedra al comprobar el grado de cianosis cuando llegaste a casa de la paciente. De hecho, es un punto en el que tú y el señor Stanhope discrepáis.

—Cierto —convino Craig, a la defensiva, recobrando parte de su anterior expresión huraña—. El señor Stanhope me había dicho por teléfono, y cito, «está bastante azul», mientras que cuando llegué me la encontré del todo cianótica.

—¿Dirías que sufría cianosis central, como dijo la señora O'Keefe?

—Central o periférica…, ¿qué más da en este tipo de caso? El corazón no bombeaba la sangre lo bastante deprisa a través de los pulmones. Había mucha sangre desoxigenada en su organismo, lo cual suele causar cianosis.

—La cuestión es qué grado de cianosis. Estoy de acuerdo en que la cianosis profunda indica que por sus pulmones no pasaba suficiente sangre o que en ellos no entraba bastante aire. De ser cianosis periférica, es decir, una acumulación de sangre en las extremidades, no habría sido tan notoria.

—¿Qué insinúas? —preguntó Craig con agresividad.

—Para serte sincero, no lo sé. Como forense intenté ser siempre abierto de miras. Una pregunta: ¿qué tipo de relación tenía la fallecida con su marido?

—Un poco rara, me parece. Desde luego, no se mostraban afectuosos en público. No creo que estuvieran demasiado unidos, porque él siempre se me quejaba de que era una hipocondríaca.

—Por naturaleza y por experiencia, los forenses somos escépticos. Si estuviera practicando una autopsia y estudiando la cianosis, buscaría señales de asfixia o estrangulación a fin de descartar el homicidio.

—Eso es absurdo —espetó Craig—. No fue un homicidio, por el amor de Dios.

—No lo insinuaba, solo pensaba en ello como posibilidad. Otra posibilidad es que la mujer tuviera una obstrucción sanguínea derecha izquierda sin diagnosticar.

Craig se mesó los cabellos con ademán impaciente, lo cual transformó su apariencia cansada, pero pulcra, en una apariencia cansada y algo desaliñada.

—¡No tenía un cortocircuito derecho izquierdo!

—¿Cómo lo sabes? No te permitió hacerle un diagnóstico cardíaco no invasivo por la imagen, tal como pretendías después de los resultados dudosos de la prueba de esfuerzo, que por cierto no he encontrado.

—Todavía no hemos localizado pruebas en la consulta, pero tenemos los resultados. Tienes razón; se negó a someterse a pruebas cardíacas.

—Así que podría haber tenido una obstrucción congénita derecha izquierda sin diagnosticar.

—¿Y qué si es así?

—Tal vez sufría un problema estructural grave en el corazón o los vasos, lo cual apuntaría a una negligencia por su parte, pues se negó a someterse a pruebas de seguimiento después de la prueba de esfuerzo. Más importante aún, si hubiera sufrido un defecto estructural grave, podría argumentarse que el desenlace habría sido el mismo aunque la hubieran trasladado al hospital de inmediato. En tal caso, el jurado tendría que fallar a tu favor, y saldrías airoso.

—Son argumentos interesantes, pero por desgracia para mí, puramente teóricos. No se le hizo la autopsia, de modo que nunca sabremos si sufría una anomalía estructural.

—Eso no es necesariamente cierto —objetó Jack—. La autopsia no se hizo en su momento, pero eso no significa que no pueda hacerse ahora.

—¿Te refieres a exhumar el cadáver? —preguntó Alexis desde la cocina, a todas luces pendiente de la conversación.

—Si es que no fue incinerada —añadió Jack.

—No, no fue incinerada —aseguró Craig—, sino enterrada en el cementerio Park Meadow. Lo sé porque Jordan Stanhope me invitó al funeral.

—Supongo que eso fue antes de que te demandara por negligencia.

—Por supuesto; fue otra razón por la que me quedé de piedra cuando me entregaron la citación. ¿Por qué invitarme al funeral y luego demandarme? Como todo lo demás, no tiene sentido.

—¿Fuiste?

—Sí, me sentía obligado. Me trastornaba no haberla podido reanimar.

—¿Es difícil practicar una autopsia a una persona que lleva enterrada casi un año? —inquirió Alexis, que se había acercado y sentado en el sofá—. Suena espeluznante.

—Nunca se sabe —repuso Jack—. Hay dos factores importantes. El primero es si embalsamaron bien el cadáver, y el segundo si la tumba está bien seca o si el ataúd sigue bien sellado. Lo cierto es que no lo sabes hasta que no abres la tumba. Pero en cualquier caso, se puede recabar mucha información.

—¿De qué habláis? —gritó Christina desde la mesa.

Las otras dos habían desaparecido escaleras arriba.

—De nada, cariño —repuso Alexis—. Sube a coger tus cosas; el autobús llegará en cualquier momento.

—Esta podría ser mi aportación al caso —explicó Jack—. Podría averiguar cuál es el procedimiento en Massachusetts para exhumar un cadáver y practicar una autopsia. Aparte de prestar apoyo moral, probablemente es mi única posibilidad de ayudaros. Pero la decisión es vuestra.

Alexis miró a Craig.

—¿Qué te parece? —le preguntó.

Craig meneó la cabeza.

—Para serte sincero, no sé qué pensar. A ver, si la autopsia pudiera demostrar que Patience sufría un problema cardiovascular grave por el cual la demora de su traslado al hospital perdiera toda importancia, accedería sin dudarlo. Pero ¿qué posibilidades tenemos? Yo diría que bastante pocas. Por el contrario, si la autopsia demostrara que su infarto de miocardio fue aún más grave de lo esperado, quizá las cosas empeorarían aún más. Menudo dilema.

—Haremos una cosa —propuso Jack—. Investigaré un poco, averiguaré todos los detalles y luego hablamos. Mientras, podéis pensároslo. ¿Qué os parece?

—Me parece bien —convino Alexis antes de mirar de nuevo a Craig.

—¿Por qué no? —accedió este con un encogimiento de hombros—. Siempre he dicho que cuanta más información tengas, mejor.

8

Boston, Massachusetts,
martes, 6 de junio de 2006, 9.28 horas.

—¡Todos en pie! —ordenó el alguacil cuando el juez Marvin Davidson salió de su despacho y subió la escalinata del estrado; la toga le ocultaba los pies, de modo que parecía flotar como un fantasma—. Tomen asiento —ordenó el alguacil en cuanto el juez se acomodó.

Jack miró tras de sí para sentarse en el banco sin volcar su vaso de café de Starbucks. En aquel instante reparó en que nadie más había traído comida ni bebida a la sala, por lo que dejó el vaso sobre el banco con aire culpable.

Estaba sentado junto a Alexis en la sección del público. Le había preguntado por qué había tantos espectadores, pero Alexis no tenía ni idea. La sección aparecía abarrotada.

La mañana en casa de los Bowman había transcurrido mejor de lo que Jack había imaginado. Si bien Craig había vuelto a sumirse hasta cierto punto en su anterior actitud taciturna, al menos habían hablado con sinceridad, y Jack se sentía infinitamente más cómodo con la idea de alojarse en su casa. Después de que las niñas se fueran a la escuela, la conversación había continuado, pero sobre todo entre Alexis y Jack, porque Craig se mostraba de nuevo silencioso y distraído.

Se habían enzarzado en una larga discusión acerca del transporte a y de la ciudad, pero al final Jack había impuesto su deseo de ir en su coche. Quería ir al juzgado para familiarizarse con todos los detalles, sobre todo con los abogados, pero a media mañana quería ir a la oficina del forense de Boston, donde haría indagaciones sobre la normativa de Massachusetts en materia de exhumaciones. No sabía qué haría a continuación. Tal vez regresara al juzgado, pero en caso contrario, se reuniría con ellos en su casa a última hora de la tarde.

Mientras el tribunal se tomaba su tiempo preparando la tramitación de las habituales cuestiones de procedimiento, Jack estudió a los protagonistas del drama. El juez afroamericano parecía un ex jugador de fútbol americano ya cascado, pero la autoridad que irradiaba mediante los gestos con que disponía los papeles sobre su mesa y el modo en que conversaba en voz baja con el alguacil, infundió a Jack la tranquilidad de que sabía lo que se hacía. Los dos abogados eran tal como los había descrito Alexis. Randolph Bingham era la personificación del abogado elegante y refinado de un gran bufete en su modo de vestir, moverse y hablar. En marcado contraste, Tony Fasano era el abogado joven, llamativo y descarado que hacía ostentación de su ropa moderna y sus voluminosos accesorios de oro. Sin embargo, Jack reparó de inmediato en un rasgo que Alexis no había mencionado, y era que Tony parecía estar pasándolo en grande. Mientras que el demandante permanecía sentado en actitud rígida, Tony y su ayudante sostenían una conversación animada, salpicada de sonrisas y risitas ahogadas, que contrastaba sobremanera con la mesa de la defensa, cuyos integrantes permanecían inmóviles o bien mostraban una actitud entre desesperada y desafiante.

Jack paseó la mirada entre los miembros del jurado, que en aquel momento avanzaban en fila hacia sus asientos. A todas luces se trataba de un grupo muy diverso, lo cual le parecía favorable. Se le ocurrió que si en aquel instante se escabullía de la sala y salía a la calle, las primeras doce personas con que se cruzaría formarían un grupo equivalente.

Mientras Jack observaba a los miembros del jurado, Tony

Fasano llamó al primer testigo del día. Era Marlene Richardt, la madura secretaria y recepcionista de Craig, que prestó juramento antes de sentarse en el estrado.

Jack se concentró en ella. A sus ojos tenía aspecto de alemana obstinada, tal como sugería su nombre. Era corpulenta y de constitución robusta, bastante parecida a Tony. Tenía el cabello recogido en un moño muy apretado, la boca apretada como un bulldog y una expresión retadora en los ojos relucientes. No resultaba difícil concluir que era una testigo reacia, y de hecho Tony solicitó al juez que se la declarara testigo hostil.

Desde el atril, Tony se lo tomó con calma, intentando bromear con la testigo, aunque en vano. Al menos eso fue lo que creyó Jack hasta que desvió la atención hacia el jurado. A diferencia de la testigo, casi todos sus miembros sonreían ante los intentos humorísticos de Tony. De repente, Jack comprendió a qué se refería Alexis, en el sentido de que a Tony se le daba de maravilla conectar con el jurado.

Jack había leído la declaración de Marlene, que apenas guardaba relación con el caso, pues el día de la muerte de Patience Stanhope no había estado en contacto con ella, ya que no había acudido a la consulta. Craig la había visitado dos veces en su casa. Por ello, Jack se sorprendió de que Tony la interrogara durante tanto rato, reconstruyendo con todo lujo de detalles su relación con Craig y su atribulada vida privada. Como Craig y ella llevaban quince años trabajando juntos, había mucho de que hablar.

Tony continuó en tono jocoso. Al principio, Marlene hizo caso omiso de él, pero al cabo de una hora de lo que empezaba a apestar a maniobra obstruccionista por parte del abogado, la mujer empezó a enfadarse y a reaccionar de forma emocional. Fue entonces cuando Jack entendió que el estilo jocoso era una estratagema de Tony. El abogado quería sacarla de quicio, enfurecerla. Como si sospechara que se avecinaba algo inesperado, Randolph intentó objetar que aquel testimonio era eterno e irrelevante. El juez parecía estar de acuerdo, pero tras una breve discusión en el estrado, que Jack no alcanzó a oír, las preguntas continuaron y no tardaron en arrojar los frutos deseados.

—¿Puedo acercarme a la testigo, Señoría? —pidió Tony, que en aquel momento sostenía una carpeta en la mano.

—Sí —concedió el juez Davidson.

Tony se aproximó a la testigo y le alargó la carpeta.

—¿Podría explicar al jurado qué tiene en la mano?

—El historial de un paciente de la consulta.

—¿De qué paciente?

—Patience Stanhope.

—El historial está identificado con un número.

—¡Por supuesto! —espetó Marlene—. ¿Cómo si no vamos a localizarlos?

—¿Le importaría leerlo en voz alta para el jurado? —pidió Tony, haciendo caso omiso del miniarrebato de Marlene.

—PP ocho.

—Gracias —repuso Tony antes de recuperar el historial y volver a su sitio.

Varios miembros del jurado se inclinaron hacia delante en actitud expectante.

—Señora Richardt, ¿podría explicar al jurado qué representan las iniciales PP?

Como un gato acorralado, Marlene miró a su alrededor antes de fijarse en Craig.

—Señora Richardt —repitió Tony—. Hola, ¿hay alguien en casa?

—Son letras —masculló Marlene.

—Ah, muchas gracias —comentó Tony con sarcasmo—. Creo que casi todos los miembros del jurado saben que son letras. Lo que le pregunto es qué representan. Y permítame que le recuerde que está usted bajo juramento y que prestar falso testimonio es perjurio, un delito castigado con severidad.

El rostro de Marlene, que había ido enrojeciendo a lo largo de su testimonio, se tornó casi lívido, y sus mejillas se hincharon como si estuviera realizando un enorme esfuerzo.

—Por si le refresca la memoria, le diré que más adelante otro testigo explicará que usted y el doctor Craig Bowman inventaron esta nomenclatura, que no es habitual en su consulta. De hecho, tengo aquí otros dos historiales procedentes de allí. —Tony sostuvo en alto otros dos historiales—. El primero es de Peter Sager, y la denominación es PS veintiuno. Elegimos este historial en particular porque las iniciales coinciden con las de la fallecida, pero las letras del expediente de esta son PP, no PS. El tercer historial corresponde a Katherine Baxter, KB doscientos treinta y tres. Había otros, y en cada uno de ellos, las letras representaban las iniciales del paciente. Hemos constatado que hay algunos historiales más identificados como PP, aunque pocos. De modo que se lo vuelvo a preguntar… ¿Qué representan las iniciales PP si no las iniciales del paciente?

—PP significa «paciente problemático» —replicó Marlene, desafiante.

El rostro de Tony se contrajo en una sonrisa sardónica dedicada al jurado.

—¡Paciente problemático! —repitió despacio, pero en voz muy alta—. ¿Qué demonios significa eso? ¿Se comportan mal en la consulta?

—Sí, se comportan mal en la consulta —espetó Marlene—. Son hipocondríacos, se inventan un montón de dolencias estúpidas y roban al médico el tiempo que podría dedicar a personas realmente enfermas.

—Y el doctor Bowman estaba de acuerdo en que etiquetara usted a esos pacientes de este modo.

—Por supuesto, y me indicaba cuáles eran.

—Para que no haya malentendidos… El historial de Patience Stanhope era un historial PP, lo cual significa que era una paciente problemática. ¿Es así?

—¡Sí!

—No hay más preguntas.

Jack se inclinó hacia Alexis.

—Esto es una pesadilla de las relaciones públicas —le susurró—. ¿En qué estaba pensando Craig?

—No tengo ni la menor idea, pero desde luego, esto no ayuda. En realidad, la situación parece cada vez más desesperada.

Jack asintió, pero no añadió nada más. No podía creer que

Craig hubiera hecho semejante tontería. Todos los médicos tenían pacientes a los que consideraban «pacientes problemáticos», pero nunca lo indicaban en sus historiales. Toda consulta tenía pacientes aborrecidos u odiados, pacientes de los que los médicos intentaban librarse, a menudo sin éxito. Jack recordaba de sus tiempos como oftalmólogo a dos o tres pacientes tan desagradables que cuando veían sus nombres en la agenda, su estado de ánimo se veía afectado durante todo el día. Sabía que aquella reacción formaba parte de la naturaleza humana, y ser médico no eximía de tales sentimientos. Era un tema que no se trataba durante la formación, salvo en psiquiatría.

Randolph consideró interrogar a los testigos de la parte contraria para reparar los daños ocasionados, pero era evidente que el asunto lo había pillado desprevenido. Dado el proceso ritualizado del descubrimiento, aquellas sorpresas eran poco frecuentes. Tony exhibía una sonrisita satisfecha.

—Calificar a un paciente de «problemático» no es necesariamente señal de menosprecio, ¿verdad, señora Richardt?

—Supongo que no.

—De hecho, el motivo por el que se marca a estos pacientes es para prestarles más atención, no menos.

—Les programamos visitas más largas.

—A eso iba. ¿Es correcto decir que en cuanto usted veía el nombre de un PP, automáticamente le programaba una visita más larga?

—Sí.

—De modo que la designación PP beneficiaba al paciente.

—Sí.

—No hay más preguntas.

Jack volvió a inclinarse hacia Alexis.

—Me voy a la oficina del forense. Todo esto me ha dado un poco más de motivación.

—Gracias —repuso Alexis en un susurro.

Jack experimentó un profundo alivio al salir del juzgado. Verse enzarzado en el sistema jurídico siempre había sido una de sus fobias, y el hecho de que le hubiera sucedido a su cuñado le afectaba mucho. La idea de que la justicia se impondría milagrosamente sin duda era poco realista, como empezaba a mostrar el caso de Craig. Jack no confiaba en el sistema, si bien no se le ocurría ninguno mejor.

Sacó el Hyundai alquilado del aparcamiento subterráneo situado bajo el Parque de Boston. Lo había dejado allí aquella mañana después de buscar en vano aparcamiento en la calle en el distrito gubernamental de Boston. No sabía dónde habían aparcado Craig y Alexis. En un principio habían acordado que los seguiría hasta la ciudad, pero cada vez que dejaba un hueco mínimo entre su coche y el Lexus de los Bowman, otro vehículo se colaba de inmediato. Aquello sucedió sobre todo una vez alcanzaron la autopista, y poco dispuesto a conducir con la agresividad que habría requerido permanecer detrás de Craig y Alexis, los perdió en el denso tráfico de la hora punta. Desde su punto de vista, la forma de conducir de los bostonianos, ya difícil la noche anterior, había empeorado muchísimo más.

Con ayuda del mapa de Hertz consiguió llegar al centro de Boston sin problemas, y el trayecto desde el aparcamiento hasta el juzgado era un paseo corto y agradable.

Una vez fuera del penumbroso garaje, Jack paró el coche junto al bordillo y consultó el mapa. Le llevó un rato localizar Albany Street, pero en cuanto la encontró pudo orientarse con ayuda del parque, que quedaba a su derecha, y los Jardines Públicos de Boston, a su izquierda. Los jardines eran un estallido de flores primaverales. Jack había olvidado cuán encantadora y atractiva era la ciudad de Boston una vez te adentrabas en ella.

Mientras conducía, actividad que requería casi toda su atención, intentó hallar algún otro modo de contribuir al caso de Craig. Le parecía una ironía que Craig fuera declarado culpable de negligencia porque había sido lo bastante generoso para efectuar una visita domiciliaria.

No le costó demasiado encontrar Albany Street ni la oficina del forense. El aparcamiento de varios pisos situado justo al lado le facilitó aún más las cosas. Al cabo de un cuarto de hora, Jack estaba hablando a través de un vidrio protector con una joven y atractiva recepcionista. En contraste con las anticuadas instalaciones de la oficina del forense en Nueva York, aquel edificio parecía recién estrenado. Jack no pudo evitar sentir admiración y cierta envidia.

—¿En qué puedo ayudarlo? —preguntó la joven en tono alegre.

—Veamos —repuso Jack.

Le explicó quién era y que quería hablar con alguno de los forenses, indicando que no tenía preferencias y se conformaría con cualquiera de ellos.

—Creo que están todos en la sala de autopsias, doctor —advirtió la mujer—, pero voy a comprobarlo.

Mientras la recepcionista hacía varias llamadas, Jack echó un vistazo a su alrededor. El edificio estaba decorado en un estilo funcional y olía a pintura fresca. Había un despacho para el enlace con la policía, y a través de una puerta abierta, Jack vio a un agente uniformado. Había otras estancias, pero Jack no alcanzó a adivinar su propósito.

—La doctora Latasha Wylie está libre y bajará ahora mismo —anunció la recepcionista casi a gritos para hacerse oír a través del vidrio.

Jack le dio las gracias y se preguntó dónde estaría el cementerio de Park Meadow. Si Craig y Alexis querían que practicara la autopsia, tendría que moverse a toda prisa, porque ya estaban en el segundo día de lo que se suponía debía ser un juicio de cinco. La autopsia en sí no constituiría ningún desafío; el problema sería la burocracia, y en una ciudad tan antigua como Boston, Massachusetts, Jack temía que fuera formidable.

—¿Doctor Stapleton? —lo llamó una voz.

Jack dio un respingo. Estaba husmeando subrepticiamente en otro de los despachos situados junto al vestíbulo en un intento de averiguar para qué servía. Sintiéndose culpable, se volvió y se halló frente a una mujer afroamericana de aspecto sorprendentemente joven, de ondulantes rizos negros y una belleza excepcional. El sentimiento de culpabilidad de Jack dio paso al asombro momentáneo. Se topaba tantas veces con doctoras jóvenes que parecían universitarias que empezaba a sentirse muy viejo.

Después de presentarse y mostrarle su identificación de forense para demostrar que no era un chiflado cualquiera, Jack le resumió lo que quería, es decir, información sobre el procedimiento de exhumación en Massachusetts. Latasha lo invitó a subir a su despacho, que acentuó aún más la envidia de Jack al compararlo con el suyo. No era una estancia enorme ni suntuosa, pero disponía de un escritorio y de una zona de trabajo, de modo que permitía separar el inevitable papeleo de los análisis microscópicos sin tener que apartar uno para hacer los otros. También tenía ventanas, que pese a dar tan solo al aparcamiento adyacente, permitían la entrada de bastante luz solar, algo que Jack nunca veía en su oficina.

Una vez en el despacho, Jack expuso al detalle el juicio por negligencia. Adornó la realidad afirmando que Craig era uno de los internistas más importantes de la ciudad pese a ejercer en los suburbios y señalando que sería hallado responsable de la muerte de la paciente a menos que el cadáver de esta fuera exhumado y examinado. Para sus adentros argumentó que dicho embellecimiento se justificaba por la posibilidad de que, si hallaba motivos suficientes, la oficina del forense de Boston tal vez pudiera minimizar los problemas burocráticos. En Nueva York habría sucedido, pero por desgracia, Latasha no tardó en echar por tierra sus esperanzas.

—Los forenses de Massachusetts no podemos ordenar una exhumación a menos que se trate de un juicio penal —explicó—. Y aun entonces tiene que pasar por la oficina del fiscal, quien a su vez debe recurrir a un juez para obtener una orden judicial.

Jack resopló para sus adentros; la burocracia empezaba a mostrar su peor cara.

—Es un proceso largo —prosiguió Latasha—. En esencia se trata de que esta oficina convenza al fiscal del distrito de que existe una sospecha muy fundada de delito. Por otro lado, si no hay delito, existe un procedimiento *pro forma* en Massachusetts.

Jack se animó un tanto.

—¿En serio? ¿En qué consiste?

—Lo único que hace falta es una autorización.

Jack sintió que se le aceleraba el pulso.

—¿Y cómo se obtiene?

—En el ayuntamiento de la población donde se encuentra el cementerio o en la Junta de Sanidad si es aquí en Boston. Lo más sencillo sería que se pusiera en contacto con el director de la funeraria que se encargó del entierro. Si la funeraria está en la misma población que el cementerio, lo cual suele ser el caso, conocerá en persona al funcionario del ayuntamiento o al personal de la Junta de Sanidad. Podría obtenerlo en una hora con los contactos adecuados.

—Es una buena noticia —comentó Jack.

—Si acaba practicando la autopsia, podríamos echarle una mano. No podría hacerla aquí, por supuesto, porque es un centro público y no creo que el jefe lo autorizara, pero podríamos ayudarle facilitándole frascos para piezas anatómicas y fijativos celulares, así como asistiéndole en el análisis de las muestras y en la toxicología si se tercia.

—¿En el certificado de defunción figura el nombre de la funeraria?

—Por supuesto, tiene que quedar todo registrado. ¿Cómo dice que se llama la fallecida?

—Patience Stanhope. Murió hace unos nueve meses.

Latasha buscó el certificado de defunción en el ordenador.

—Aquí está. El 8 de septiembre de 2005, para ser exactos.

—¿En serio? —exclamó Jack.

Se levantó y leyó la fecha por encima del hombro de Latasha. Qué coincidencia. El 8 de septiembre de 2005 también había sido una fecha importante en su vida, el día de la cena en Elio's, cuando se comprometió con Laurie.

—Fue la funeraria Langley-Peerson la que se encargó del cadáver. ¿Quiere que le apunte la dirección y el teléfono?

—Sí, por favor —asintió Jack.

Seguía sorprendido por la coincidencia de fechas mientras volvía a sentarse. No era supersticioso, pero el asunto lo intrigaba.

—¿Cuándo tenía pensado hacer la autopsia? —inquirió Latasha.

—Para serle sincero, todavía no se ha tomado la decisión definitiva de hacerla —reconoció Jack—. Está en manos del médico y su esposa. En mi opinión, sería de gran ayuda, y por esa razón lo he sugerido y quería averiguar cuál es el procedimiento a seguir.

—Había olvidado mencionar algo acerca de la autorización —señaló Latasha de repente.

—Oh —masculló Jack, conteniendo su entusiasmo.

—Necesitará el beneplácito y la firma de su familiar más próximo.

Los hombros de Jack se hundieron a ojos vistas. Se recriminó a sí mismo por no haber recordado algo que ahora le parecía tan evidente. Por supuesto que necesitaría el beneplácito del familiar más próximo. Había permitido que su afán por ayudar a su hermano le nublara el juicio. Le resultaba muy difícil imaginar que el demandante consintiera en exhumar a su esposa para ayudar a la defensa. Pero a renglón seguido se recordó que cosas más raras habían pasado, y puesto que la autopsia tal vez fuera el único medio para ayudar a Alexis, decidió no rendirse sin luchar. Por otro lado, estaba Laurie. Hacer la autopsia significaría quedarse en Boston, lo cual la enfurecería. Como tantas cosas en la vida, la situación era mucho más complicada de lo que le gustaba.

Al cabo de un cuarto de hora, Jack estaba de nuevo al volante del Hyundai Accent, tamborileando con los dedos sobre la cubierta del airbag del conductor. Se preguntaba qué hacer a continuación. Miró el reloj; eran las doce y veinticinco. Volver al juzgado quedaba descartado, porque sin duda habrían interrumpido la sesión para comer. Podría haber llamado a Alexis al móvil, pero en su lugar decidió ir a la funeraria, de modo que desplegó al mapa de Hertz y trazó la ruta.

Salir de Boston no era más fácil que entrar, pero una vez localizado el río Charles, logró orientarse. Veinte minutos más tarde llegaba a la calle que buscaba en el suburbio residencial de Brighton, y al cabo de otros cinco minutos encontró la funeraria. Se hallaba en una espaciosa casa blanca de madera, en el pasado una vivienda unifamiliar de estilo victoriano, con su correspondiente torreón y detalles italianizantes. En la parte posterior se veía un anexo moderno de hormigón y estilo indeterminado. Lo más importante desde el punto de vista de Jack era que disponía de un amplio aparcamiento.

Después de cerrar el coche, Jack rodeó la casa hasta la fachada delantera y subió la escalinata del porche que daba la vuelta a todo el edificio. No se veían muebles de jardín, y la puerta no estaba cerrada con llave, de modo que entró en el vestíbulo.

Su primera impresión fue que el interior emanaba una serenidad propia de una biblioteca medieval desierta, y los cantos gregorianos que surgían a poco volumen de los altavoces acentuaban aquella sensación. Le habría gustado decir que el lugar era tan solemne como una funeraria, pero puesto que era una funeraria, tendría que dar con otro símil. A su izquierda había una exposición de ataúdes, todos ellos abiertos para mostrar sus interiores de terciopelo o satén. Todos ellos tenían nombres reconfortantes tales como Dicha Eterna, pero ninguno llevaba precio. A su derecha se abría un velatorio, en aquellos momentos vacío. Vio varias hileras de sillas plegables encaradas a una tarima con un catafalco vacío. El aire olía a incienso como si aquel lugar fuera una tienda de recuerdos tibetanos.

Al principio no supo dónde buscar a un ser humano vivo, pero antes de que pudiera alejarse del vestíbulo apareció uno como por arte de magia. Jack no había oído abrirse ninguna puerta ni acercarse pisadas.

—¿En qué puedo servirle? —preguntó un hombre con voz casi inaudible.

Era un personaje delgado y de aspecto austero, ataviado con traje negro, camisa blanca y corbata negra. El rostro cadavérico y cerúleo le confería aspecto de candidato a los servicios del establecimiento. Llevaba el cabello corto, ralo y llamativamente teñido muy pegado a la irregular cúpula del cráneo. Jack tuvo que contener una sonrisa. Aquel hombre era la personificación del estereotipo común pero falso del empleado de funeraria. Daba la impresión de que lo habían seleccionado en un casting para aparecer en una película de terror. Jack sabía que la realidad no casaba con la imagen hollywoodiana. En su calidad de forense, Jack trataba a muchos empleados de funeraria, y ninguno de ellos se parecía al hombre que tenía delante.

—¿En qué puedo servirle? —repitió el hombre en voz un poco más alta, pero aun así apenas un susurro pese a que no había nadie a quien molestar, ni siquiera a los muertos.

Se mantenía en una postura muy rígida, con las manos mojigatamente entrelazadas sobre el abdomen y los codos pegados al cuerpo. Lo único que se movía eran sus labios muy finos. Ni siquiera parecía pestañear.

—Estoy buscando al director.

—Para servirle. Me llamo Harold Langley. Esta es una empresa familiar.

—Soy forense —explicó Jack.

Le mostró la identificación con rapidez suficiente para que Harold no tuviera tiempo de advertir que no era de Massachusetts. El director se puso visiblemente rígido, como si Jack fuera de Inspección de Trabajo. Suspicaz por naturaleza, Jack consideró extraña aquella reacción, pero siguió con lo suyo.

—Ustedes se encargaron de Patience Stanhope, que falleció el pasado septiembre.

—Sí, lo recuerdo bien. También nos encargamos de todos los preparativos para el funeral del señor Stanhope, un caballero de gran relevancia en la comunidad. Y de su único hijo, por desgracia.

—¡Oh! —masculló Jack en respuesta a aquella información que no buscaba; se apresuró a almacenarla en su mente y se concentró de nuevo en el asunto principal—. La muerte de la señora Stanhope ha suscitado algunas dudas, y se está considerando la posibilidad de exhumar el cadáver y practicarle la autopsia. ¿Tiene su funeraria alguna experiencia en estos casos?

—Alguna, pero no mucha —repuso Harold, recobrando su actitud contenida y ceremoniosa al comprobar que Jack ya no entrañaba ninguna amenaza potencial—. ¿Está usted en posesión de la documentación necesaria?

—No; de hecho, esperaba que usted pudiera ayudarme.

—Por supuesto. Lo que necesita es una autorización de exhumación, un permiso de transporte, otro de nuevo entierro y, lo más importante, que todos ellos lleven la firma del actual señor Stanhope como familiar más próximo. Es el familiar más próximo quien debe dar el consentimiento.

—Eso tengo entendido. ¿Tiene usted aquí los impresos necesarios?

—Creo que sí. Si es tan amable de seguirme, se los daré.

Harold condujo a Jack bajo una arcada hacia la escalera principal, pero antes de llegar a ella giró a la izquierda y se adentró en un pasillo penumbroso de gruesa moqueta. Jack entendía ahora cómo Harold había logrado acercársele con tanto sigilo.

—Ha mencionado que el primer señor Stanhope era un miembro de gran relevancia en la comunidad. ¿En qué sentido?

—Fundó la Aseguradora Stanhope de Boston, que alcanzó un gran éxito en su apogeo. El señor Stanhope era un hombre rico y un filántropo, algo inusual en Brighton, que es una comunidad de clase trabajadora.

—O sea que el actual señor Stanhope también es un hombre rico.

—Sin duda alguna —aseguró Harold mientras hacía entrar a Jack en un despacho tan austero como él—. La historia del actual señor Stanhope es digna de un relato de Horatio Alger. Su verdadero nombre es Stanislaw Jordan Jaruzelski, creció en el seno de una familia humilde de inmigrantes y empezó a trabajar en la aseguradora al terminar sus estudios en el instituto de Brighton. Era un genio pese a que no fue a la universidad, y fue ascendiendo hasta los puestos más altos de la empresa. Cuando el viejo murió, se casó con su viuda, lo cual suscitó toda clase de habladurías maliciosas. Incluso adoptó su apellido.

Pese a ser un radiante día de junio, el interior del despacho de Harold era lo bastante oscuro para requerir la luz de la lámpara del escritorio y la de pie. Las ventanas aparecían cubiertas por pesados cortinajes de terciopelo verde oscuro. Después de narrar la historia del actual señor Stanhope, Harold se acercó a un archivador de cuatro cajones revestido de caoba. Del cajón superior sacó un expediente, y de este cogió tres papeles, uno de los cuales alargó a Jack, mientras que dejó los otros dos sobre la mesa. Señaló una de las sillas tapizadas en terciopelo colocadas ante la mesa antes de tomar asiento en su butacón de respaldo alto tras ella.

—Es el formulario de permiso de exhumación —explicó—. Hay un espacio para la firma del señor Stanhope.

Jack echó un vistazo al impreso mientras se sentaba. A todas luces, obtener la firma sería lo más difícil, pero por el momento no se preocuparía por ello.

—¿Quién cumplimentará el resto una vez haya firmado el señor Stanhope?

—Yo. ¿Cuándo pensaba practicar la autopsia?

—Si finalmente se hace, habrá que hacerla de inmediato.

—En tal caso, será mejor que me lo comunique cuanto antes. Tendré que encargar el furgón de la empresa de transportes y una excavadora.

—¿La autopsia podría practicarse aquí?

—Sí, en la sala de embalsamamiento, a alguna hora conveniente para nosotros. El único problema es que tal vez no tengamos todos los utensilios que necesitará. No tenemos sierra craneal, por ejemplo.

—Yo me ocuparé de traerlo todo —aseguró Jack.

Estaba impresionado; Harold tenía un aspecto raro, pero estaba bien informado y era eficiente.

—Debería mencionar que todo esto saldrá bastante caro.

—¿Como cuánto?

—Está la tarifa de la empresa de transporte, la excavadora, los honorarios del cementerio…, así como nuestros propios honorarios por obtener los permisos necesarios, la supervisión y el uso de la sala de embalsamamiento.

—¿Puede darme una idea aproximada?

—Varios miles de dólares.

Jack lanzó un silbido suave como si le pareciera muy caro, aunque en realidad le parecía barato teniendo en cuenta lo que estaba en juego.

—¿Tiene algún teléfono al que pueda llamarle fuera de horas de oficina? —preguntó al tiempo que se levantaba.

—Le daré mi número de móvil.

—Estupendo. Otra cosa. ¿Sabe la dirección de la residencia del señor Stanhope?

—Por supuesto. Todo el mundo conoce su casa. Es un lugar destacado en Brighton.

Al cabo de unos minutos, Jack estaba de nuevo al volante del coche de alquiler, tamborileando con los dedos sobre el volante mientras meditaba qué hacer a continuación. Eran más de las dos. Volver al juzgado no le apetecía demasiado; siempre había sido más un hombre de acción que un espectador. En lugar de emprender el regreso a Boston, sacó de nuevo el mapa de Hertz. Le llevó algunos minutos localizar el hospital Newton Memorial, pero por fin se orientó y llegó a su destino.

El hospital Newton Memorial se parecía a todos los hospitales suburbanos en los que había estado Jack, una edificación compuesta de múltiples alas y anexos agregados a lo largo de los años. La parte más antigua mostraba detalles ornamentales que recordaban a la decoración de un pastel, en su mayoría neoclásicos, pero las estructuras nuevas eran de arquitectura mucho más sencilla. El anexo más reciente era de ladrillo y vidrio tintado de bronce, sin adorno alguno.

Jack aparcó en la zona de visitantes, que limitaba con una especie de marisma en la que se veía un estanque. Una bandada de gansos canadienses flotaba inmóvil en la superficie como adornos de madera. Jack recurrió al expediente del caso para recordar los nombres de las personas con las que quería hablar. El médico de urgencias, Matt Gilbert, la enfermera de urgencias, Georgina O'Keefe, y la cardióloga de guardia, Noelle Everette. Los tres figuraban en la lista de testigos del demandante, y la defensa les había tomado declaración. Lo que preocupaba a Jack era el asunto de la cianosis.

En lugar de dirigirse a la entrada principal del hospital, Jack fue a urgencias. El muelle de ambulancias aparecía desierto. Junto a él había una puerta automática de vidrio. Jack entró y fue derecho al mostrador de admisiones.

Parecía un momento propicio para visitas. En la sala de espera solo vio a tres personas, y ninguna de ellas parecía enferma ni herida. La enfermera tras el mostrador alzó la vista al reparar en la presencia de Jack. Iba ataviada con una bata quirúrgica y llevaba el sempiterno estetoscopio colgado del cuello mientras leía el *Boston Globe*.

—La calma antes de la tormenta —bromeó Jack.

—Algo así. ¿En qué puedo servirle?

Jack dio las explicaciones de rigor y le mostró la identificación de forense. Preguntó por Matt y Georgina, empleando adrede sus nombres de pila para sugerir que los conocía bien.

—Todavía no han llegado —dijo la enfermera de guardia—. Tienen el turno de tarde.

—¿Y cuándo empieza?

—A las tres.

Jack miró el reloj y comprobó que faltaban pocos minutos.

—O sea que están al caer.

—Más les vale —espetó la enfermera de guardia con severidad, si bien sonrió para mostrar que bromeaba.

—¿Y la doctora Noelle Everette?

—Debe de estar por aquí. ¿Quiere que la avise por megafonía?

—Sería estupendo.

Jack fue a la sala de espera con las otras tres personas que estaban allí. Intentó cambiar miradas con ellos, pero ninguno de los tres se mostró dispuesto. Vio un número antiguo del *National Geographic*, pero no lo cogió, sino que empezó a pensar en la notable transformación de Stanislaw Jordan Jaruzelski en Jordan Stanhope, así como en la cuestión de cómo conseguir que le firmara el permiso de exhumación. Parecía algo imposible, como escalar el Everest sin oxígeno y desnudo. Por un instante sonrió al imaginarse a un par de escaladores triunfantes en la cima con el culo al aire. «Nada es imposible», se recordó a sí mismo. En aquel momento oyó el nombre de la doctora Noelle Everette por el anticuado sistema de megafonía, que se antojaba anacrónico en la era de la información, en que hasta los niños de primaria se pasaban el día enviándose SMS.

Al cabo de cinco minutos, la enfermera de guardia de urgencias lo llamó para que se acercara al mostrador y le dijo que la doctora Everette se encontraba en radiología y que estaría encantada de hablar con él. Le explicó cómo llegar.

La cardióloga estaba leyendo y dictando cardioangiogramas, sentada en una pequeña sala de visionado, una de cuyas paredes aparecía llena de placas radiográficas prendidas a una cinta transportadora. La única iluminación procedía de detrás de las placas y bañaba a la doctora en una luz blanca azulada, similar a la de la luna, pero más intensa, confiriéndole una apariencia espectral que la bata blanca acentuaba. Jack suponía que él ofrecía el mismo aspecto desvaído. Decidió ir al grano, le explicó quién era y en qué consistía su relación con el caso.

—Soy testigo experta del demandante —replicó Noelle con igual franqueza—. Testificaré que cuando la paciente llegó a urgencias, no pudimos hacer nada para reanimarla. Me indigné al saber que aquel retraso podría haberse evitado. Algunos médicos anticuados que tratamos a todos los que acuden a nosotros y no solo a los de pago estamos furiosos con esos médicos a la carta. Estamos convencidos de que a menudo actúan por egoísmo, no en beneficio de los pacientes como afirman y como dicta la profesionalidad propia de un buen médico.

—¿De modo que va a testificar en contra del doctor Bowman porque se dedica a la medicina a la carta? —preguntó Jack, sorprendido por la vehemente reacción de Noelle.

—Por supuesto que no —replicó ella—. Voy a testificar porque la paciente llegó al hospital demasiado tarde. Todo el mundo sabe que después de un infarto de miocardio, es crucial iniciar el tratamiento fibrinolítico y la reperfusión lo antes posible. Si esa opinión expresa de paso algo acerca de lo que me parece la medicina a la carta, pues qué se le va a hacer.

—Mire, respeto su postura, doctora Everette, y no he venido para intentar convencerla de lo contrario, créame. He venido para preguntarle acerca del grado de cianosis que presentaba la paciente. ¿Lo recuerda?

Noelle se relajó hasta cierto punto.

—No con exactitud, porque la cianosis es un signo frecuente en las cardiopatías graves.

—La enfermera de urgencias escribió en sus notas que la paciente mostraba cianosis central. Quiero decir que escribió explícitamente «cianosis central».

—Mire, cuando la paciente llegó aquí, estaba casi muerta, con las pupilas dilatadas, el cuerpo completamente inerte y una braquicardia pronunciada con bloque auriculoventricular total. No le pudimos colocar un marcapasos externo. Estaba a las puertas de la muerte, y la cianosis no era más que una parte del cuadro.

—Bueno, gracias por atenderme —dijo Jack al tiempo que se levantaba de la silla.

—De nada —repuso Noelle.

Jack bajó a urgencias más pesimista aún que antes respecto al desenlace del juicio. La doctora Noelle Everette sería una testigo experta de peso para el demandante, no solo en su calidad de cardióloga, sino también porque se expresaba muy bien, era una médico muy consagrada a su trabajo y además había intervenido directamente en el caso.

—Cómo han cambiado los tiempos —murmuró Jack.

En el pasado habría sido casi imposible conseguir que un médico testificara contra otro. Le parecía que Noelle ardía en deseos de testificar, y pese a lo que había dicho, parte de su motivación era la antipatía que le inspiraba la medicina a la carta.

El cambio de turno ya se había producido cuando llegó a urgencias. Si bien la sala seguía bastante tranquila, tuvo que esperar para hablar con la enfermera y el médico, porque se estaban poniendo al corriente de los pacientes que esperaban resultados de pruebas o la llegada de sus médicos personales. Eran casi las tres y media cuando por fin pudo sentarse con ellos en una salita de médicos situada justo detrás del mostrador de admisiones. Ambos eran jóvenes, de poco más de treinta años, calculó Jack.

Les contó lo mismo que había contado a Noelle, pero la reacción de los profesionales de urgencia fue mucho menos emocional y crítica. De hecho, Georgina confesó con vivacidad que Craig la había impresionado.

—¿Cuántos médicos cree que llegan a urgencias en la ambulancia de sus pacientes? No muchos, se lo digo yo. Es una vergüenza que lo hayan demandado; el sistema tiene que estar pero que muy mal para que médicos como el doctor Bowman caigan víctima de emboscadas a manos de abogaduchos como el que lleva este caso, no recuerdo cómo se llama.

—Tony Fasano —dijo Jack.

Le gustaba escuchar a alguien que compartía su opinión, aunque se preguntó si Georgina sabría de la conducta social de Craig, sobre todo porque Leona lo había acompañado a urgencias aquella noche fatídica.

—Eso, Tony Fasano. Cuando vino la primera vez, pensé que era un extra de alguna película de mafiosos, de verdad. Me parecía imposible que fuera una persona real. ¿Seguro que estudió derecho?

Jack se encogió de hombros.

—En Harvard no, desde luego —prosiguió Georgina—. En fin, no entiendo por qué quiere que testifique. Le dije exactamente lo que pensaba del doctor Bowman. Considero que hizo un gran trabajo. Incluso llevaba un electrocardiógrafo portátil y ya hecha la prueba de los biomarcadores antes de llegar a urgencias.

Jack asintió mientras Georgina hablaba. Lo había leído todo en su declaración, en la que elogiaba efusivamente a Craig.

—Quería preguntarles por la cianosis —señaló cuando Georgina guardó silencio.

—¿Qué pasa con la cianosis? —replicó el doctor Matt Gilbert.

Era la primera que hablaba; su talante relajado quedaba eclipsado por la vivacidad de Georgina.

—No me digas que no te acuerdas de la cianosis, tonto —espetó Georgina, dándole un golpecito juguetón en el hombro antes de que Jack tuviera ocasión de responder—. Llegó más azul que la luna azul.

—No creo que esa expresión tenga nada que ver con el color —comentó Matt.

—¿Ah, no? —exclamó Georgina—. Pues debería.

—¿Se acuerda de la cianosis? —preguntó Jack a Matt.

—Vagamente, pero su estado general eclipsaba todo lo demás.

—Usted la describió como «cianosis central» en sus notas —recordó Jack a Georgina—. ¿Lo hizo por alguna razón en especial?

—¡Por supuesto! Estaba azul por todas partes, no solo en los dedos o las piernas. Tenía todo el cuerpo azul, hasta que le administraron oxígeno con el respirador y empezaron a practicarle el masaje cardíaco.

—¿Qué cree que pudo causarla? —inquirió Jack—. ¿Cree que pudo tratarse de un cortocircuito congénito izquierdo derecho o quizá un edema pulmonar grave?

—Lo del cortocircuito…, no sé —repuso Matt—, pero desde luego no había edema pulmonar. Tenía los pulmones despejados.

—Lo que sí recuerdo es que estaba completamente flácida —intervino Georgina de repente—. Cuando le puse otra vía, tenía el brazo como una muñeca de trapo.

—¿Y eso no suele pasar, que usted sepa? —preguntó Jack.

—No —repuso Georgina, mirando a Matt en busca de confirmación—. Por lo general encuentras cierta resistencia. Supongo que depende del grado de consciencia.

—¿Alguno de ustedes advirtió petequias en los ojos, marcas extrañas en el rostro o el cuello?

Georgina denegó con la cabeza.

—Yo no. —Se volvió hacia Matt.

—Yo estaba demasiado preocupado por el cuadro que presentaba para fijarme en tales detalles —añadió el médico.

—¿Por qué lo pregunta? —quiso saber Georgina.

—Soy forense —explicó Jack— y por tanto formado para el cinismo. En toda muerte con cianosis como mínimo hay que contemplar la posibilidad de asfixia o estrangulamiento.

—Vaya, esto sí que da una perspectiva nueva —masculló Georgina.

—La prueba de biomarcadores confirmó que había sufrido un infarto —señaló Matt.

—No cuestiono que hubiera un infarto —puntualizó Jack—,

pero me interesaría averiguar si lo provocó algo que no fuera un proceso natural. Les daré un ejemplo. Una vez tuve el caso de una mujer…, algunos años mayor que la señora Stanhope, eso sí, que sufrió un infarto justo después de que la atracaran a punta de pistola. Fue fácil establecer la relación temporal, y el atracador está en el corredor de la muerte.

—¡Dios mío! —exclamó Georgina.

Después de entregar a los dos sendas tarjetas de visita en las que anotó su número de móvil, Jack se encaminó hacia el coche. Para cuando abrió la puerta y subió, ya eran más de las cuatro. Permaneció sentado unos instantes, contemplando el estanque, repasando sus conversaciones con el personal del hospital y pensando que el caso de Craig se decidiría entre Noelle y Georgina, con la primera ávidamente en contra y la segunda ávidamente a favor del demandado. El problema residía en que Noelle testificaría sin lugar a dudas, mientras que Georgina, tal como ella misma esperaba, no comparecería porque no figuraba en la lista de la defensa. Por lo demás no había averiguado gran cosa, o si había averiguado algo, era demasiado estúpido para reconocerlo. Lo que sí sabía con certeza es que los tres le habían caído bien e impresionado, y que sí alguna vez tenía un accidente y lo llevaban a aquel hospital, sentiría que estaba en buenas manos.

Jack pensó en su siguiente movimiento. Le habría gustado regresar a casa de los Bowman, ponerse la ropa de baloncesto y jugar un partido con David Thomas, el amigo de Warren, en la cancha de Memorial Drive. Pero en términos realistas sabía que si quería contribuir de algún modo al caso practicando la autopsia a los restos mortales de Patience Stanhope, más le valía abordar a Jordan Stanhope e intentar convencerlo para que firmara el permiso de exhumación. El problema era que no sabía cómo hacerlo, aparte de encañonarlo con una pistola. No se le ocurría ni una sola estratagema razonable y por fin se resignó a la perspectiva de improvisar e intentar apelar al sentido de la justicia de Jordan.

Sacó la tarjeta que Harold le había dado con su número de móvil y la dirección de Jordan Stanhope. Sosteniéndola en equilibrio sobre el volante, sacó el ya familiar mapa de Hertz e intentó localizar la calle. Requirió un poco de paciencia, pero por fin la vio, junto a Chandler Pond y el club de campo Chestnut Hill. Suponiendo que la sesión se hubiera levantado entre las tres y media y las cuatro, era una buena hora para visitarlo. No sabía si lograría entrar en la casa, pero desde luego no se quedaría sin intentarlo.

Pasó media hora conduciendo por un enloquecedor laberinto de calles tortuosas antes de dar con la casa de Stanhope. De inmediato se hizo patente que Jordan Stanhope era un hombre rico. La casa era enorme, situada en una espaciosa e inmaculada parcela salpicada de árboles y arbustos podados a la perfección, así como jardines de flores. En el sendero de entrada circular vio aparcado un flamante Bentley cupé de dos puertas. Por entre los árboles que se alzaban a la derecha del edificio principal se atisbaba un garaje aislado de tres puertas con una vivienda en la planta superior.

Jack estacionó el Hyundai Accent junto a su compañero escandalosamente caro. La yuxtaposición era todo un poema de contrastes. Se apeó de su coche y se acercó al otro. Tenía que echar un vistazo al interior de la extravagante máquina y se dijo con sentido del humor que su interés inesperado sin duda se debía a un gen hasta entonces no expresado de su cromosoma Y. El vehículo tenía las ventanillas bajadas, de modo que la fragancia del lujoso cuero de la tapicería impregnaba el aire. A todas luces, el coche era novísimo. Después de cerciorarse de que nadie lo observaba, Jack asomó la cabeza por la ventanilla bajada del conductor. El salpicadero era un prodigio de elegancia sencilla y al tiempo lujosa. De inmediato reparó en otro detalle: las llaves estaban puestas. Jack se apartó del coche. Si bien le parecía ridículo en extremo gastarse en un coche la fortuna que sin duda costaba aquel, el hecho de que las llaves estuvieran puestas desencadenó una agradable fantasía de conducir por una hermosa carretera acompañado de Laurie. Aquella ensoñación le recordó un sueño que había tenido a menudo de joven, pero no tardó en disiparse y dar paso a cierta vergüenza por desear el coche de otro hombre, aunque solo fuera para dar un paseo imaginario en él.

Jack rodeó el Bentley y se dirigió a la puerta principal. Su reacción ante el coche lo había sorprendido a distintos niveles, sobre todo en la posibilidad de pasarlo bien sin condiciones. Durante muchos años después del accidente de avión, había sido incapaz de hacerlo, porque se sentía demasiado culpable por ser el único superviviente de su familia. El hecho de que ahora pudiera considerar la idea era una señal clarísima de que había avanzado mucho en su recuperación.

Jack llamó al timbre y se volvió de nuevo hacia el reluciente Bentley. Había pensado en lo que el coche significaba para él, pero ahora ponderó qué revelaba acerca de Jordan Stanhope, alias de Stanislaw Jordan Jaruzelski. Sugería que el hombre se estaba permitiendo toda suerte de caprichos gracias a su nueva riqueza.

Al oír abrirse la puerta salió de su ensimismamiento para concentrarse en el asunto que lo había llevado allí. En el bolsillo interior de la americana llevaba el permiso de exhumación sin firmar, que crujió cuando se llevó la mano al rostro para protegerse los ojos, porque el sol de la tarde se reflejaba en el llamador de latón bruñido y por un momento lo cegó.

—¿Sí? —preguntó Jordan con expresión inquisitiva.

Pese a la intensa luz, Jack advirtió que el hombre lo observaba con suspicacia. Jack llevaba su habitual atuendo compuesto de vaqueros, camisa de cambray azul, corbata de punto y americana de verano que llevaba sin lavar y planchar más tiempo del que Jack quería reconocer. En marcado contraste, Jordan llevaba un batín a cuadros y un fular. A su alrededor soplaba una suave brisa fresca y seca, lo cual indicaba que el aire acondicionado estaba puesto pese a la moderada temperatura exterior.

—Soy el doctor Stapleton —se presentó Jack.

En un impulso decidió conferir un carácter casi oficial a su visita y sacó la cartera para mostrarle la identificación de forense, que sostuvo en alto un instante.

—Soy médico forense y querría hablar un momento con usted.

—¡Déjeme ver! —pidió Jordan mientras Jack intentaba guardar a toda prisa la identificación y la cartera.

A Jack le sorprendió la reacción de Jordan, ya que por lo general la gente no examinaba con detenimiento sus credenciales.

—¿Nueva York? —preguntó Jordan al tiempo que volvía a alzar la mirada hacia Jack—. Está un poco lejos de casa, ¿no?

A los oídos de Jack, Jordan hablaba con una suerte de armonía burlona y un leve acento inglés que Jack asociaba con los internados más elitistas de Nueva Inglaterra. Para su sorpresa, Jordan le había agarrado la muñeca para estudiar la identificación, y el contacto de sus cuidados dedos era fresco.

—Me tomo muy en serio mi trabajo —replicó Jack, recurriendo al sarcasmo a modo de defensa.

—¿Y qué parte de trabajo lo trae desde Nueva York hasta nuestra humilde morada?

Jack no pudo contener una sonrisa. El comentario de Jordan indicaba que poseía un sentido del humor sarcástico parecido al de Jack, porque aquella morada era de todo menos humilde.

—¿Quién es, Jordie? —preguntó una voz cristalina desde las frescas profundidades de la mansión.

—Todavía no lo sé con certeza, querida —repuso Jordan en tono afectuoso por encima del hombro—. Es un médico de Nueva York.

—Me han pedido que eche una mano en el caso en el que está usted implicado —explicó Jack.

—¿En serio? —se sorprendió Jordan—. ¿Y cómo tiene intención de echar una mano, si me permite la pregunta?

Antes de que Jack pudiera contestar, una atractiva joven con grandes ojos de gacela a la que Jordan sin duda doblaba la edad apareció a espaldas de este y miró fijamente a Jack al tiempo que rodeaba el cuello de Jordan con una mano y su cintura con la otra. Le dedicó una sonrisa afable que dejó al descubierto dos hileras de dientes muy blancos y perfectos.

—¿Qué haces aquí parado? Haz pasar al doctor. Puede tomar el té con nosotros.

En atención a la sugerencia de la mujer, Jordan se hizo a un lado, indicó a Jack que entrara y lo precedió en el largo trayecto a través del vestíbulo principal y un enorme salón hasta llegar al invernadero situado en la fachada posterior de la casa. La estructura, con tres paredes y el techo de vidrio, produjo a Jack la sensación de hallarse de nuevo al aire libre, en el jardín. En un principio creyó que lo del té era un eufemismo para unas copas, pero se equivocaba.

Acomodaron a Jack en una gran butaca de mimbre blanco provista de almohadones de chintz en colores pastel, y una mujer ataviada con uniforme de doncella francesa le sirvió té, nata y galletas antes de desaparecer a toda prisa. Jordan y su novia, Charlene McKenna, se sentaron frente a él en un sofá de mimbre a juego. Entre Jack y sus anfitriones había una mesita baja de vidrio sobre la que se veía un servicio de plata con más dulces. Charlene no podía apartar las manos de Jordan, que se comportaba como si no advirtiera sus atenciones. La conversación desvarió un tanto hasta centrarse en los planes que la pareja tenía para el verano, entre ellos un crucero por la costa.

A Jack lo anonadó que la pareja estuviera dispuesta a llevar todo el peso de la conversación. Intuyó que estaban ávidos de recibir visitas, puesto que no tuvo que decir nada más allá de explicar de dónde era y que se alojaba en casa de su hermana, en Newton. Aparte de eso, se pudo limitar a mascullar algún que otro «ajá» para demostrar que estaba escuchando. Ello le dio la oportunidad de observar la situación, que le fascinó. Había oído que Jordan se dedicaba a pasarlo en grande, y por lo visto lo estaba pasando en grande prácticamente desde la muerte de Patience Stanhope. No había tenido mucho tiempo de llorar a su esposa, puesto que Charlene se había trasladado a la mansión pocas semanas después del funeral. El Bentley aparcado delante de la casa tan solo tenía un mes, y la pareja había pasado una parte del verano en Saint-Barthélemy.

Imbricando aquellos datos con su naturaleza proclive al cinismo, Jack empezó a considerar que el juego turbio en la muerte de Patience era más que una posibilidad remota, lo cual convertía la autopsia en un paso aún más pertinente y necesario. Contempló la idea de acudir a la oficina del forense de Boston y exponer sus sospechas, por circunstanciales que fueran, para ver si se mostraban dispuestos a abordar al fiscal y así obtener una orden judicial de exhumación, porque sin duda Jordan jamás se avendría si era de algún modo responsable de la muerte de su mujer. Pero cuanto más hablaba Jordan y más se ponía de manifiesto que representaba el papel de un caballero aristocrático y culto de imitación, menos seguro estaba Jack acerca de su reacción ante la idea de la autopsia. Sabía de casos criminales en los que los culpables se consideraban tan inteligentes que incluso ayudaban de forma activa a la policía para demostrar cuán brillantes eran. El impostor que parecía ser Jordan tal vez encajaba en aquella categoría, y el hecho de autorizar la autopsia podía tornar aquel juego mucho más emocionante para él.

Jack meneó la cabeza. De pronto, la sensatez hizo su aparición, y supo sin atisbo de duda que estaba dando rienda suelta a la imaginación.

—¿No está de acuerdo? —preguntó Jordan al ver el gesto de Jack.

—No, quiero decir…, sí —balbució Jack en un intento de disimular, aunque lo cierto era que no estaba siguiendo la conversación.

—Decía que la mejor época del año para ir a la costa de Dalmacia es el otoño, no el verano. ¿No está de acuerdo?

—Por supuesto —asintió Jack—. Sin ningún género de duda.

Satisfecho con la respuesta, Jordan se concentró de nuevo en la conversación. Charlene asentía a menudo.

Jack volvió a sus cavilaciones y reconoció que la posibilidad de que la muerte de Patience no se hubiera producido por causas naturales era más que remota. La causa principal era que Patience había sufrido un infarto y que habían intervenido en el caso demasiados médicos competentes, entre ellos Craig. Craig no era santo de su devoción, sobre todo como cuñado, pero sí uno de los médicos más expertos y brillantes que había conocido en su vida. Era imposible que Jordan hubiera logrado engañar a semejante elenco de profesionales y provocado el infarto de su esposa.

Aquella constatación lo devolvía a la casilla de salida. La oficina del forense no podría conseguirle una orden de exhumación y autopsia. Si quería obtenerla, tendría que hacerlo solo. En aquel sentido, el hecho de que Jordan intentara por todos los medios pasar por un miembro de la alta sociedad de Boston podía resultarle útil. Podía apelar a su caballerosidad, puesto que los auténticos caballeros tienen la obligación de dar ejemplo en lo tocante a observar una conducta ética que garantice la justicia. Era una posibilidad remota, pero no se le ocurría nada mejor.

Mientras Jordan y Charlene discutían sobre la mejor época del año para visitar Venecia, Jack dejó la taza y el platillo sobre la mesa y deslizó la mano en el bolsillo interior de la americana para sacar una tarjeta de visita. Aprovechando una interrupción en la conversación, se inclinó hacia delante y empujó la tarjeta sobre la mesa de vidrio con el pulgar.

—Vaya, ¿qué tenemos aquí? —exclamó Jordan, picando el anzuelo de inmediato.

Se inclinó hacia delante y miró la tarjeta antes de cogerla para examinarla con más detenimiento. Al poco, Charlene se la quitó para echarle un vistazo.

—¿Qué es un forense? —preguntó la joven.

—Lo mismo que un *coroner* —explicó Jordan.

—No exactamente —puntualizó Jack—. Históricamente, un *coroner* es un funcionario electo o designado para averiguar las causas de la muerte, que puede o no tener formación específica. En cambio, un forense es un médico con formación específica en patología forense.

—Gracias por corregirme —dijo Jordan—. Iba a contarme cómo tiene intención de ayudar en el caso, que por cierto me está resultando de lo más tedioso.

—¿Por qué?

—Creía que sería emocionante, como ver un combate de boxeo, pero es muy aburrido, como ver a dos personas discutiendo.

—Estoy seguro de que yo podría darle un poco de emoción —afirmó Jack, cazando al vuelo la ocasión que le brindaba la inesperada opinión de Jordan acerca del juicio.

—Explíquese, por favor.

—Me gusta la comparación del juicio con un combate de boxeo, pero el combate es aburrido porque los boxeadores tienen los ojos vendados.

—Qué imagen tan graciosa. Dos boxeadores que no pueden verse y se dedican a dar puñetazos en el aire.

—¡Exacto! Y no ven nada porque no disponen de toda la información necesaria.

—¿Qué información necesitan?

—Discuten por la atención que se prestó a Patience Stanhope sin que Patience pueda contar su versión de los hechos.

—¿Y qué versión contaría si pudiera?

—No lo sabremos a menos que se lo preguntemos.

—No entiendo nada —intervino Charlene, quejumbrosa—. Patience Stanhope está muerta y enterrada.

—Creo que se refiere a una autopsia.

—Exacto.

—¿Se refiere a desenterrarla? —exclamó Charlene, horrorizada—. ¡Qué asco!

—Es bastante habitual —aseguró Jack—. No ha transcurrido ni un año desde su muerte. Le garantizo que descubriremos algo si lo hacemos, y el combate de boxeo, como usted lo denomina, se hará mucho más emocionante.

—¿En qué sentido? —quiso saber Jordan, que había adoptado una actitud pensativa.

—Sabremos qué parte de su corazón sufrió el infarto, cómo evolucionó, si tenía alguna dolencia previa… Solo cuando sepamos todas esas cosas podremos hablar con propiedad de la atención que se le prestó.

Jordan se mordió el labio inferior mientras sopesaba las palabras de Jack.

Jack lo observó con cierta esperanza. Sabía que aquella tentativa seguía siendo como el tormento de Sísifo, pero Jordan no había descartado la propuesta de plano. Por supuesto, cabía la posibilidad de que ignorara que autorizar la autopsia estaba en sus manos.

—¿Por qué se ofrece a hacer esto? —preguntó Jordan—. ¿Quién le paga?

—Nadie. Puedo asegurarle con toda sinceridad que lo que quiero es que se haga justicia. Al mismo tiempo, tengo un conflicto de intereses, porque mi hermana está casada con el demandado, el doctor Craig Bowman.

Jack escudriñó el rostro de Jordan en busca de indicios de irritación o enfado, pero no halló ninguno. Había que reconocer que el hombre parecía meditar sobre los comentarios de Jack sin sucumbir a las emociones.

—Yo también estoy a favor de la justicia —aseguró Jordan por fin, ahora sin acento inglés alguno—. Pero tengo la impresión de que no podría usted ser del todo objetivo en este caso.

—Es una duda razonable —admitió Jack—, pero si hiciera la autopsia, guardaría todas las muestras para que las revisaran expertos externos. Incluso podría pedirle a otro forense independiente que me asistiera.

—¿Por qué no se le practicó la autopsia en su momento?

—No todas las muertes dan pie a autopsia. Si hubiera existido alguna duda respecto a la causa de la muerte, la oficina del forense habría ordenado la autopsia, pero en el caso de su esposa no fue así. Patience sufrió un infarto y fue atendida por su médico. Si alguien hubiera esperado un litigio, sin duda podría haberse hecho la autopsia.

—Yo no tenía pensado demandar, aunque pecaría de falta de sinceridad si no reconociera que su cuñado me enojó aquella noche. Se mostró arrogante y me acusó de no explicarle bien los síntomas de Patience mientras yo le rogaba que me dejara llevarla al hospital enseguida.

Jack asintió. Había leído aquel pormenor tanto en la declaración de Jordan como en la de Craig, y no tenía intención alguna de entretenerse en él. Sabía que muchos juicios por negligencia se debían a la falta de información por parte del médico o su personal.

—De hecho, no tenía pensado demandar hasta que el señor Anthony Fasano se puso en contacto conmigo.

Jack se irguió.

—¿Fue el abogado quien se puso en contacto con usted y no a la inversa?

—Por supuesto, como usted. Se presentó aquí y llamó a la puerta.

—Y le convenció para que presentara la demanda.

—Así es, y con el mismo argumento que emplea usted, la justicia. Dijo que era mi obligación procurar que el público estuviera a salvo de médicos como el doctor Bowman y lo que denominó «los desequilibrios y las desigualdades» de la medicina a la carta. Fue muy persistente y persuasivo.

Dios mío, pensó Jack. El hecho de que Jordan se hubiera tragado la palabrería de un abogaducho de daños y perjuicios socavaba el respeto que Jack había empezado a profesarle. Pero a renglón seguido se recordó que aquel hombre era un impostor…, rico, eso sí, pero un impostor a fin de cuentas, que había ascendido gracias a un matrimonio acertado. Una vez sentadas las bases del ataque, Jack decidió que había llegado el momento de ir a la yugular y largarse de allí por piernas. Metió la mano en el bolsillo, sacó el formulario de exhumación y lo dejó sobre la mesa frente a Jordan.

—A fin de poder practicar la autopsia, solo tiene que firmar esta autorización; yo me ocuparé del resto.

—¿Qué clase de papel es? —inquirió Jordan, recobrando el acento impostado al tiempo que se inclinaba hacia delante para echarle un vistazo—. No soy abogado.

—No es más que un formulario rutinario —aseguró Jack.

Se le ocurrían varios comentarios sarcásticos, pero decidió contenerse.

La reacción de Jordan pilló desprevenido a Jack. En lugar de hacerle más preguntas, se llevó la mano al bolsillo del batín, pero no para sacar un bolígrafo, por desgracia, sino un teléfono móvil. Marcó un número y se recostó en el sofá sin apartar la vista de Jack.

—Señor Fasano —dijo, desviando por fin la vista hacia el césped exuberante—. Un forense de Nueva York acaba de darme un impreso que podría tener repercusiones sobre el juicio. Se trata de dar mi consentimiento para exhumar a Patience para hacerle la autopsia. Quiero que le eche un vistazo antes de firmar.

Pese a hallarse a más de tres metros de distancia, Jack oyó la reacción de Tony Fasano. Aunque no alcanzó a entender las palabras, el tono era más que claro.

—¡De acuerdo, de acuerdo! —exclamó Jordan—. No firmaré nada hasta que lo haya visto usted. Tiene mi palabra. —Colgó y se volvió hacia Jack—. Ahora viene.

Lo último que quería Jack era implicar a los abogados. Tal como le había dicho a Alexis el día antes, no le caían bien los abogados, sobre todo los de daños y perjuicios, con sus falsas pretensiones de servir al ciudadano de a pie. Después del accidente aéreo, tipos de aquella calaña lo habían estado acosando para que demandara a la compañía.

—Tal vez será mejor que me vaya —comentó al tiempo que se levantaba.

No podía evitar la sensación de que la intervención de Tony Fasano minimizaba en gran medida las posibilidades de obtener la firma.

—En la tarjeta está mi número de móvil, por si quiere ponerse en contacto conmigo después de que su abogado revise el formulario.

—No, quiero ocuparme de este asunto ahora —objetó Jordan—. Si no, no lo haré, así que siéntese. El señor Fasano llegará en un abrir y cerrar de ojos. ¿Le apetece una copa? Ya son más de las cinco, de modo que es legal.

Sonrió ante su propia broma trillada y se frotó las manos con aire satisfecho.

Jack se dejó caer de nuevo en la butaca de mimbre y se resignó a arrostrar el desenlace de la visita, fuera cual fuese.

Sin duda Jordan debía de disponer de un timbre oculto, porque la mujer ataviada con uniforme de doncella francesa apareció de repente en el invernadero. Jordan le pidió una jarra de martini con vodka y un plato de olivas.

Como si no hubiera pasado nada, Jordan volvió a enzarzarse en la conversación acerca de los planes que él y Charlene tenían para las vacaciones. Jack declinó el martini; era lo que menos le apetecía en el mundo en aquellos momentos. Lo que sí le apetecía era hacer un poco de ejercicio en cuanto pudiera escabullirse.

Justo cuando la paciencia estaba a punto de agotársele, un tintineo de carillón anunció la llegada de alguien. Jordan no se movió. A lo lejos se oyó el sonido de la puerta principal al abrirse, seguido de un murmullo de voces. Al cabo de unos minutos, Tony Fasano entró en el invernadero, seguido a pocos pasos por otro hombre vestido igual que él, pero muchísimo más corpulento.

Jack se levantó en un ademán instintivo de respeto y advirtió que Jordan no seguía su ejemplo.

—¿Dónde está ese impreso? —espetó Tony, poco deseoso de mostrarse educado.

Jordan lo señaló con la mano libre; en la otra sostenía el martini. Charlene estaba acurrucada a su lado, jugueteando con los cabellos de su nuca.

Tony cogió el formulario de la mesita de cristal y lo examinó a toda prisa con sus ojos oscuros. Mientras lo hacía, Jack se dedicó a observarlo. En contraste con su actitud despreocupada en el tribunal, ahora estaba a todas luces furioso. Jack calculó que tendría treinta y tantos años. Poseía un rostro ancho de facciones redondeadas y dientes cuadrados, manos toscas y dedos cortos. Jack desvió la mirada hacia su enorme compañero, que vestía el mismo traje gris, camisa negra y corbata del mismo color. El grandullón permanecía en el umbral. A todas luces era el gorila de Tony. El hecho de que Tony considerara que necesitaba a semejante personaje dio que pensar a Jack.

—¿Se puede saber qué es esta tontería? —exclamó Tony, blandiendo el impreso en dirección a Jack.

—Yo no diría que un impreso oficial sea una tontería —replicó este—. Es un permiso de exhumación.

—¿Qué es usted, una especie de mercenario de la defensa?

—Por supuesto que no.

—Es el cuñado del doctor Bowman —explicó Jordan—. Ha venido a la ciudad y se aloja en casa de su hermana para asegurarse de que se hace justicia.

—¡Justicia! ¡Y una mierda! —masculló Tony—. Menuda desfachatez presentarse aquí para hablar con mi cliente.

—¡Se equivoca! —aseguró Jack en tono risueño—. Me han invitado a tomar el té.

—Y encima listillo —espetó Tony.

—Es cierto, lo invitamos a entrar —terció Jordan—. Y tomamos el té antes de pasar a los martinis.

—Solo intento allanar el camino para poder hacerle la autopsia a Patience —explicó Jack—. Cuanta más información tengamos, más probabilidades habrá de que se haga justicia. Alguien tiene que hablar en nombre de Patience Stanhope.

—No me puedo creer esta chorrada —resopló Tony, levantando las manos con ademán exasperado antes de indicar por señas a su secuaz que se acercara—. Franco, ven aquí y saca a este desgraciado de casa del señor Stanhope.

Franco se adentró en el invernadero como un perro obediente. Asió a Jack por el codo, levantándole el hombro. Jack consideró la posibilidad y las consecuencias de ofrecer resistencia mientras Franco lo sacaba de la estancia. Jack miró a su anfitrión, que no se había movido del sofá de mimbre. Jordan parecía sorprendido por la escena, pero no intervino. Tony se disculpó por lo sucedido y prometió encargarse del intruso.

Sin soltar el brazo de Jack, Franco atravesó el salón principal hasta llegar al vestíbulo central pavimentado de mármol, del que partía la suntuosa escalera.

—¿No podemos hablar de esto como caballeros? —propuso Jack.

Empezó a ofrecer una leve resistencia mientras seguía intentando decidir cómo manejar la situación. No le apetecía recurrir a la fuerza física pese a que lo habían provocado. Franco era la clase de grandullón que Jack asociaba con los jugadores de fútbol de la universidad. El hecho de estrellarse contra una masa de envergadura similar a la de Franco había constituido el fin de la breve carrera futbolística de Jack.

—¡Cierra el pico! —ordenó Franco sin tan siquiera mirarlo.

Franco se detuvo al llegar a la puerta principal, la abrió, empujó a Jack al exterior y le soltó el brazo.

Jack se ajustó la americana y bajó los dos escalones hasta el sendero de grava. Aparcado en diagonal tras el Bentley y el Hyundai había un gran Cadillac negro de edad indeterminada. Parecía un buque en comparación con los otros dos coches.

Echó a andar hacia el Hyundai con las llaves ya en la mano, pero de repente se detuvo y se dio la vuelta. El buen juicio le dictaba subir al coche y marcharse, pero la misma zona del cromosoma Y que había admirado el Bentley se indignó ante aquel desplante tan seco. Franco había salido de la casa y se había plantado ante la puerta con las piernas separadas, los brazos en jarras y una sonrisita provocadora pintada en su rostro picado de cicatrices de acné. Antes de que tuvieran ocasión de cambiar una sola, Tony salió de la casa y empujó a Franco a un lado. De estatura considerablemente menor que la de Franco, se veía obligado a balancear las caderas de un modo peculiar para avanzar con sus piernas cortas y gruesas. Se acercó a Jack y lo señaló con el dedo índice.

—Te voy a contar cómo está la cosa, colega —masculló—. Tengo al menos cien de los grandes metidos en este caso y espero sacar una buena tajada, ¿me sigues? No quiero que me lo jodas. Todo va bien, así que nada de autopsia, *capisce*?

—No sé por qué se altera tanto —replicó Jack—. Podría hacer que me asistiera un forense de su elección.

Sabía que el tema de la autopsia estaba zanjado, pero le producía cierta satisfacción meterse con Tony, ese tipo de ojos saltones que ahora se habían vuelto aún más saltones, mientras las venas de sus sienes sobresalían como gusanos oscuros.

—¿Cómo quiere que se lo diga? —insistió Tony retóricamente—. ¡No quiero ninguna autopsia! El caso va de perlas, y no quiero ni necesito sorpresas. Vamos a machacar a ese médico elitista y arrogante porque se lo merece.

—Parece que ha perdido la objetividad —comentó Jack.

No pudo evitar advertir que los carnosos labios de Tony se contraían en una mueca furiosa al pronunciar la palabra «elitista», y se preguntó si habría convertido aquel caso en una especie de cruzada personal. Sin duda, en su rostro se pintaba cierto fanatismo.

Tony se volvió hacia Franco en busca de apoyo.

—¿Te lo puedes creer? Es como si este tipo fuera de otro planeta.

—Pues a mí me da la impresión de que le tiene miedo a los hechos —observó Jack.

—¡Yo no le tengo miedo a los hechos! —gritó Tony—. Tengo hechos de sobra. Esa mujer murió de un infarto. Deberían haberla llevado al hospital una hora antes, y de ser así, no estaríamos aquí hablando de esto.

—¿Un ataaaaque al corazón? —se mofó Jack del acento de Tony.

—¡Se acabó! —escupió Tony al tiempo que chasqueaba los dedos para captar la atención de Franco—. Haz que este cabrón suba a su coche y se largue.

Franco bajó los dos escalones con tal rapidez que las monedas que llevaba en el bolsillo tintinearon. Rodeó a Tony e intentó empujar a Jack con las palmas de las manos, pero Jack no se arredró.

—¿Sabe? Hace rato que tengo ganas de preguntarles cómo se coordinan la ropa —comentó—. ¿Se ponen de acuerdo por la noche o a primera hora de la mañana? La verdad es que es como muy tierno.

Franco reaccionó con una celeridad que pilló por sorpresa a Jack. Con la mano abierta le propinó un bofetón lo bastante fuerte para que le pitaran los oídos. Jack retrocedió de inmediato y respondió con un golpe igual de efectivo.

Poco acostumbrado a que la gente no se intimidara ante su envergadura, Franco quedó más asombrado que Jack. Cuando se llevó la mano al rostro en un acto reflejo, Jack lo agarró por los hombros y le asestó un rodillazo en la entrepierna. Franco se dobló sobre sí mismo e intentó recobrar el aliento. Cuando volvió a incorporarse sostenía un arma en la mano.

—¡No! —gritó Tony antes de asirle el brazo y obligarle a bajarlo—. ¡Lárgate de aquí! —masculló a Jack, agarrando a Franco como si fuera un perro rabioso—. Si me jodes el caso, acabaré contigo. No habrá autopsia.

Jack retrocedió hasta chocar contra al Hyundai. No quería perder de vista a Franco, que seguía sin erguirse del todo pero aún sostenía el arma. Jack percibió que las piernas le temblaban a causa de la adrenalina.

Subió al coche y arrancó sin tardanza. Al volverse para mirar a Tony y su secuaz, divisó a Jordan y Charlene en el umbral.

—Volveremos a vernos —aseguró Franco por la ventanilla abierta del acompañante mientras Jack se alejaba.

Durante más de un cuarto de hora, Jack condujo en círculos por diversos barrios residenciales, girando aquí y allá, pero sin querer detenerse. No quería que nadie lo siguiera ni lo encontrara, sobre todo un gran Cadillac negro. Sabía que se había comportado como un idiota al final de la visita a la mansión de Stanhope. Había sido un breve resurgimiento de la personalidad desafiante y proclive al riesgo que había aparecido tras la depresión causada por el accidente aéreo y la pérdida de su familia. Cuando se le pasó el subidón de adrenalina, se sintió débil. Totalmente desorientado, pero cerca de varios indicadores, se detuvo a un lado de la calle, a la sombra de un gigantesco roble, para recobrar la tranquilidad.

Mientras conducía había contemplado la posibilidad de lavarse las manos de todo aquel asunto, ir al aeropuerto y volver a Nueva York. La sensación ardiente del bofetón era un argumento a favor, al igual que el hecho de que ya no quedara ninguna posibilidad de practicar la autopsia para ayudar a su hermana y su cuñado. El otro argumento contundente era que el día de su boda se acercaba a pasos agigantados.

Pero no podía hacerlo. Escabullirse sería una cobardía. Cogió el mapa e intentó adivinar qué carretera necesitaba y en qué dirección debía tomarla. No fue fácil, porque la calle en la que se encontraba no figuraba en el mapa. O era demasiado pequeña o estaba fuera de la zona que cubría. El problema es que no sabía cuál de las dos cosas se aplicaba.

Cuando ya estaba a punto de seguir conduciendo a ciegas para intentar encontrar una calle principal, le sonó el móvil. Metió la mano en el bolsillo y lo sacó. No reconoció el número, pero descolgó.

—Doctor Stapleton, soy Jordan Stanhope. ¿Se encuentra bien?

—No es precisamente el mejor día de mi vida, pero sí, estoy bien —repuso Jack, sorprendido por la llamada.

—Quería disculparme por el modo en que el señor Fasano y su asistente lo han tratado en mi casa.

—Gracias —dijo Jack, conteniendo otras réplicas mucho más ingeniosas.

—He visto que recibió un bofetón y me ha impresionado su reacción.

—Mal hecho. Ha sido una reacción estúpida, sobre todo teniendo en cuenta que el hombre iba armado.

—Se lo merecía.

—No creo que él comparta su opinión. Ha sido el peor momento de la visita.

—He llegado a la conclusión de que el señor Fasano es muy grosero. Me resulta embarazoso.

«No es demasiado tarde para cancelar la cacería», pensó Jack, aunque no lo expresó en voz alta.

—También empiezo a cuestionar sus tácticas y su despreocupación por hallar la verdad.

—Bienvenido a la abogacía —masculló Jack—. Por desgracia, en los litigios civiles, el objetivo es resolver una disputa, no hallar la verdad.

—Bueno, pues no pienso seguirle la corriente. Firmaré el permiso de exhumación.

9

Newton, Massachusetts,
martes, 6 de junio de 2006, 19.30 horas.

Para cuando Jack llegó a casa de los Bowman, era demasiado tarde para considerar ir a hacer ejercicio; también para cenar con las niñas, que se habían retirado a sus respectivas habitaciones a fin de estudiar para los inminentes exámenes finales. Por lo visto, su presencia ya se había convertido en algo habitual, porque ninguna de ellas bajó a saludarlo. Para compensar la ausencia de sus hijas, Alexis le había dispensado una efusiva bienvenida, pero de inmediato advirtió la contusión enrojecida e hinchada en el lado izquierdo de su rostro.

—Pero ¿qué diantres te ha pasado? —preguntó, preocupada.

Jack restó importancia al asunto, asegurando que no era nada, pero prometió explicárselo después de asearse. Cambió de tema y preguntó por Craig. Alexis se limitó a responder que estaba en el comedor.

Jack se metió en la ducha para deshacerse de los sucesos del día, y al salir desempañó un poco el espejo del baño para mirarse la cara. El agua caliente había puesto aún más en evidencia la rojez, y en aquel momento también advirtió una pequeña y reluciente hemorragia en el globo ocular. Se acercó más al espejo y vio algunas hemorragias diminutas sobre la parte exterior del pómulo. Sin duda alguna, Franco se había ensañado. No pudo evitar preguntarse qué aspecto tendría él, porque aún le dolía la palma de la mano a causa del impacto, lo cual indicaba que le había dado con igual fuerza.

Después de cambiarse de ropa arrojó las prendas usadas en la cesta de la colada del lavadero, tal como le había pedido Alexis.

—¿Te apetece cenar? —propuso Alexis, que estaba en la cocina.

—Pues sí —asintió Jack—. Estoy hambriento; no he tenido tiempo de comer.

—Nosotros hemos comido carne a la brasa, patatas asadas, espárragos al vapor y ensalada. ¿Te parece bien?

—Genial.

Craig no pronunció palabra durante aquella conversación. Estaba sentado a unos quince metros de distancia, en el sofá del comedor, exactamente en el mismo lugar que aquella mañana, pero sin el periódico. Llevaba la misma ropa que durante el día, aunque ahora su camisa aparecía arrugada, llevaba el botón superior desabrochado y la corbata aflojada. Estaba completamente inmóvil, como una estatua, y miraba con fijeza el televisor de pantalla plana. A Jack no le habría parecido peculiar de no ser porque el televisor estaba apagado. Sobre la mesita de centro vio una botella de whisky medio vacía y un vaso anticuado lleno hasta el borde del líquido ambarino.

—¿Qué hace? —preguntó Jack a Alexis en voz baja.

—¿A ti qué te parece? —replicó Alexis—. Vegeta. Está deprimido.

—¿Cómo ha ido el resto de la sesión?

—Pues diría que más o menos como la parte que has visto, por eso está deprimido. Ha testificado el primero de los tres testigos expertos del demandante. Era el doctor William Tardoff, jefe de cardiología del Newton Memorial.

—¿Y qué tal como testigo?

—Por desgracia, muy creíble, y no se mostró nada condescendiente con el jurado. Logró explicar a la perfección por qué la primera hora, incluso los primeros minutos, son tan importantes para la víctima de un infarto. Después de unos cuantos intentos de protesta por parte de Randolph, consiguió hacer constar que, en su opinión, las posibilidades de supervivencia de Patience Stanhope disminuyeron de forma significativa a causa del tiempo que Craig había tardado en confirmar el diagnóstico y trasladarla al centro sanitario, es decir, al hospital.

—Suena bastante irrecusable, sobre todo viniendo de un jefe de unidad del hospital de Craig.

—Craig tiene motivos para estar deprimido. A los médicos les cuesta aceptar cualquier crítica, porque se ponen a sí mismos en un pedestal, pero cuando procede de un colega respetado es infinitamente peor.

—¿Randolph ha podido mitigar el impacto de su testimonio en el interrogatorio cruzado?

—Estoy convencida de que sí, al menos hasta cierto punto, pero tengo la sensación de que siempre va un paso por detrás.

—Según las normas, el demandante siempre es el primero en defender su caso, y la defensa ya tendrá tiempo de presentar el suyo.

—No me parece un sistema justo, pero no tenemos alternativa.

—¿Han sido los dos únicos testigos del día? —inquirió Jack.

—No, ha habido tres en total. Antes del doctor Tardoff, ha subido al estrado Darlene, la enfermera de Craig, y Fasano la ha machacado tanto como a Marlene por lo de la designación «paciente problemático». Durante la comida, Randolph se puso furioso con Craig por no habérselo contado antes, y la verdad es que lo entiendo.

—Todavía me alucina que Craig permitiera algo así en su consulta.

—Me temo que es una cuestión de arrogancia.

—Pues yo no sería tan magnánimo. A mí me parece una estupidez pura y dura, y desde luego no le va a ayudar en nada.

—Me asombra que el tribunal haya permitido que se incluya. En mi opinión, es claramente perjudicial y no tiene nada que ver con la supuesta negligencia. Pero ¿sabes lo que más me molesta?

—¿Qué? —preguntó Jack, advirtiendo que Alexis había enrojecido.

—La defensa de Craig se resentirá, pero la designación de las secretarias para esos pacientes es acertada.

—¿En qué sentido?

Observó que el rubor de Alexis se intensificaba; a todas luces, aquel tema la sulfuraba.

—Porque eran pacientes problemáticos, todos y cada uno de ellos. De hecho, llamarlos pacientes problemáticos era un eufemismo; eran hipocondríacos de la peor calaña. Lo sé porque Craig me hablaba de ellos. Le hacían perder el tiempo; deberían haber ido al psiquiatra o al psicólogo, a alguien que pudiera ayudarlos a resolver sus problemas. Y Patience Stanhope era la peor. Durante más o menos un año sacaba a Craig de la cama una vez por semana y lo obligaba a visitarla en su casa. Aquello afectaba a toda la familia.

—¿Así que estabas enfadada con Patience Stanhope?

—Claro que sí. Poco después de aquel período tan difícil, Craig se marchó de casa.

Jack escudriñó el rostro de su hermana. Recordaba que cuando eran pequeños, Alexis era proclive al histrionismo, y su reacción a Patience Stanhope insinuaba que aquel rasgo no había desaparecido por completo. Estaba alteradísima.

—Y no lamentaste su muerte —constató más que preguntó Jack.

—¿Lamentarla? Me alegré. Le había pedido muchas veces a Craig que se la quitara de encima como paciente, que le buscara otro médico, preferiblemente un psiquiatra. Pero ya conoces a Craig, siempre se negó. No le importaba derivar a sus pacientes al especialista si lo consideraba necesario, pero la idea de arrojar la toalla con un paciente equivalía al fracaso en su opinión. Era incapaz de hacerlo.

—¿Cuánto ha bebido? —preguntó Jack para cambiar de tema al tiempo que señalaba con la cabeza la figura inmóvil de Craig.

—Demasiado, como cada noche.

Jack asintió. Sabía que las drogas y el alcohol eran una secuela frecuente en los médicos.

—Ya que hablamos del tema, ¿qué te apetece beber? —preguntó Alexis—. ¿Cerveza o vino? Tenemos ambas cosas en la nevera.

—Una cerveza sería genial —repuso Jack.

La sacó del frigorífico él mismo, y mientras Alexis le preparaba la cena, salió de la cocina y se acercó al sofá. Craig no se movió, pero sus ojos inyectados en sangre se encontraron con los de Jack.

—Siento que haya sido un mal día en el tribunal —empezó Jack en un intento de entablar conversación.

—¿Cuánto rato has estado allí? —inquirió Craig con voz monótona.

—Solo he escuchado el testimonio de tu recepcionista, Marlene, que ha sido descorazonador, la verdad.

Craig agitó la mano como si ahuyentara un insecto invisible, pero no dijo nada, sino que se volvió de nuevo hacia el televisor apagado.

A Jack le habría gustado preguntarle acerca de las siglas «PP» a fin de entender la mentalidad que podía haber inducido a Craig a ser tan políticamente incorrecto y necio, pero se contuvo. No serviría de nada aparte tal vez de satisfacer su curiosidad morbosa. Alexis tenía razón; se debía a la arrogancia. Craig era uno de esos médicos convencidos de que cuanto hacía era noble porque el centro de su vida, en términos de dedicación y sacrificio, era noble, aunque sin duda era una actitud desafortunada.

Dada la falta de disposición de Craig a mostrarse comunicativo, Jack regresó a la cocina y luego salió a la terraza, donde Alexis le estaba preparando la carne. Su hermana tenía ganas de hablar de temas más agradables que el litigio por negligencia. Quería saberlo todo acerca de Laurie y los preparativos de la boda. Jack le contó lo mínimo, pero no le hacía demasiada gracia la conversación, pues se sentía culpable por estar en Boston y dejar todos los últimos detalles en manos de Laurie. En muchos sentidos era una situación insostenible; estaba condenado a sentirse culpable hiciera lo que hiciese. Si volvía a Nueva York, se sentiría mal por dejar a Alexis en la estacada. En cualquier caso, defraudaría a alguien. En lugar de abundar en el dilema, decidió ir a buscar otra cerveza.

Al cabo de un cuarto de hora se sentó a la enorme mesa redonda mientras Alexis le colocaba delante un plato de comida celestial. Su hermana se había preparado una taza de té y se sentó frente a él. Craig se había animado lo suficiente para encender el televisor y estaba mirando las noticias locales.

—Me gustaría contarte lo que he hecho hoy —anunció Jack entre dos bocados—. Tenemos que tomar una decisión respecto al papel que debo desempeñar en esto y a lo que queréis que haga. La verdad es que ha sido una tarde bastante productiva.

—¡Craig! —llamó Alexis—. Me parece que deberías desconectarte del respirador y venir a escuchar a Jack. Al fin y al cabo, la decisión es tuya.

—No me gusta que se rían de mí —espetó Craig, aunque apagó el televisor.

Con ademán fatigado, se levantó, cogió la botella y el vaso, y se acercó a la mesa. Dejó el vaso sobre ella, lo llenó de whisky y se sentó.

—Voy a tener que frenarte —señaló Alexis al tiempo que alargaba la mano y dejaba la botella fuera del alcance de Craig.

Jack esperaba que Craig se pusiera furioso, pero no fue así, sino que se limitó a dedicar a Alexis una sonrisa sarcástica a modo de agradecimiento.

Mientras comía, Jack les refirió sus actividades por orden cronológico, intentado no omitir nada. Les habló de su visita a la oficina del forense, su conversación con la doctora Latasha Wylie y lo que esta le había dicho acerca del procedimiento de exhumación en Massachusetts, sobre todo la necesidad de obtener la autorización del familiar más próximo.

—Y ese es Jordan Stanhope, ¿no? —intervino Alexis.

—No lo permitirá —masculló Craig.

—Dejadme acabar —pidió Jack.

Les habló de su visita a la funeraria Langley-Peerson, la conversación con Harold Langley y los impresos de autorización, así como de lo que había averiguado allí acerca de Jordan Stanhope.

Tanto Alexis como Craig abrieron la boca de par en par al escuchar la breve biografía de Jordan.

Craig fue el primero en hablar.

—¿Crees que es cierto? —balbució.

—Harold Langley no tiene motivos para mentir. Debe de ser de dominio público en Brighton, de lo contrario no me lo habría contado. Los directores de funeraria suelen ser marcadamente discretos.

—Stanislaw Jordan Jaruzelski —repitió Alexis con incredulidad—. No me extraña que se cambiara el nombre.

—Sabía que Jordan era más joven que Patience —comentó Craig—, pero nunca habría imaginado algo así. Se comportaban como si llevaran más de veinte años casados. Me he quedado de piedra.

—En mi opinión, lo más interesante es que Patience era la que tenía el dinero.

—Pero ya no lo es —señaló Craig, meneando la cabeza con repugnancia—. Randolph debería haberlo descubierto. Este es otro ejemplo de su ineptitud. Debería haber pedido otro abogado.

—Por regla general no es la clase de información necesaria para una demanda por negligencia —replicó Jack, aunque le sorprendía que no hubiera aparecido en la declaración de Jordan—. No es relevante.

—Yo no estoy tan seguro —objetó Craig.

—Déjame acabar —lo interrumpió Jack—. Luego podemos hablar de la situación.

—De acuerdo —accedió Craig.

Dejó el vaso y se inclinó hacia delante con avidez. Ya no parecía un tipo patético y vencido.

Jack les describió su excursión al hospital Newton Memorial y las conversaciones con la doctora Noelle Everette, el doctor Matt Gilbert y la señora Georgina O'Keefe. Comentó su sensación de que el tema de la cianosis no había quedado resuelto y refirió que, según Georgina, la cianosis estaba distribuida por todo el cuerpo, no solo en las extremidades. Preguntó a Craig si también él había tenido la misma impresión.

—Supongo que sí —repuso Craig—, pero estaba tan pendiente de la gravedad de su estado general que realmente no la examiné con la cianosis en mente.

—Es lo mismo que dijo el doctor Gilbert —comentó Jack.

—¡Un momento! —exclamó Craig de repente, alzando la mano—. ¿Lo que averiguaste acerca de Jordan hace que la cuestión de la cianosis te parezca más importante? Quiero decir, con todo el asunto del dinero, un hombre joven que se casa con una viuda rica...

Craig dejó la frase sin terminar mientras por su mente surcaban la idea y sus implicaciones.

—Tengo que reconocer que sí —admitió Jack—, pero por poco rato. En muchos aspectos es demasiado descabellado, por expresarlo de algún modo. Además, los biomarcadores indicaron que Patience había sufrido un infarto, tal como el doctor Gilbert me ha recordado con razón esta tarde. Pero al mismo tiempo, creo que no debemos descartar del todo la peculiar biografía de Jordan.

Acto seguido les habló de la historia que había contado a Matt y Georgina acerca del caso de la anciana que había muerto de un infarto tras ser atracada a punta de pistola.

—Todo esto me parece muy importante —señaló Craig— y me hace cuestionar aún más la competencia de Randolph.

—¿Qué me dices del cardenal que tienes en la cara? —quiso saber Alexis, como si de repente recordara que Jack había prometido contárselo.

—¿Qué cardenal? —preguntó Craig.

Jack estaba sentado a su izquierda, por lo que no veía el lado izquierdo de su rostro.

—¿No te has dado cuenta? —exclamó Alexis, asombrada—. Échale un vistazo.

Craig se levantó y se inclinó sobre la mesa. Jack volvió la cabeza a regañadientes para mostrarle el lado izquierdo de su rostro.

—Madre mía —masculló Craig—. Tiene mala pinta.

Alargó la mano y rozó el pómulo de Jack con la yema del dedo índice para evaluar el edema.

—¿Te duele?

Jack retiró el rostro.

—Claro que me duele —replicó, irritado.

Detestaba aquella costumbre de los médicos de tocarte justo donde acababas de decirles que te duele. Los ortopedistas eran los peores, en su experiencia, que era dilatada gracias a todos los golpes y cardenales que se había hecho jugando al baloncesto.

—Lo siento —se disculpó Craig—. Tiene mala pinta. No te vendría mal aplicarte frío. ¿Quieres que vaya a buscarte hielo?

Jack declinó el ofrecimiento.

—¿Cómo te lo has hecho? —inquirió Alexis.

—Ahora llegaré a esa parte —anunció Jack antes de relatar su visita a casa de los Stanhope.

—¿Fuiste a la mansión de Stanhope? —preguntó Craig con evidente incredulidad.

—Sí —reconoció Jack.

—¿Y eso es legal?

—¿Cómo que si es legal? Claro que sí. No estoy acusando al jurado ni nada de eso. Tenía que intentar conseguir su firma.

Jack les habló del Bentley y de la inesperada presencia de Charlene.

Craig y Alexis cambiaron una mirada de sorpresa, seguida de una carcajada despectiva de Craig.

—Vaya con el luto —se indignó Alexis—. Ese hombre es un sinvergüenza, y su fachada de caballero refinado, una farsa.

—Esto empieza a recordarme otro caso notorio en Rhode Island, aunque allí se trataba de diabetes —comentó Craig.

—Ya sé a qué caso te refieres —repuso Jack—, pero absolvieron al heredero que se había vuelto rico de repente.

—¿Y qué te ha pasado en la cara? —insistió Alexis, impaciente—. El suspense va a acabar conmigo.

Jack les contó que había sacado a colación el tema de la exhumación, pero sin esperanza alguna de obtener la autorización de Jordan. Luego describió la llegada de Tony Fasano, acompañado de su secuaz vestido igual que él.

—Se llama Franco —explicó Alexis.

—¿Lo conoces? —preguntó Jack, sorprendido.

—No, solo de vista. Es difícil no verlo. Acompaña a Tony Fasano al juzgado. Sé cómo se llama porque ayer oí a Tony Fasano llamarlo cuando salían de la sala.

Jack relató la vehemente oposición de Tony a la idea de exhumar el cadáver de Patience y practicarle la autopsia. Les dijo que lo habían amenazado con acabar con él si lo hacía.

Alexis y Craig se lo quedaron mirando en silencio durante algunos instantes, anonadados por lo que acababan de oír.

—¡Qué extraño! —exclamó por fin Craig—. ¿Por qué se opone tanto a la autopsia?

Jack se encogió de hombros.

—Supongo que porque está muy seguro del caso y no quiere marear la perdiz. Ha invertido un montón de dinero en prepararlo y espera una recompensa brutal. Pero tengo que reconocer que su actitud me ha motivado mucho.

—¿Y qué hay de tu cara? —persistió Alexis—. No haces más que eludir la cuestión.

—Eso fue al final, después de que Franco me sacara de la casa por la fuerza. Me puse graciosillo y estúpido; les dije a los dos que me parecía una monada que se vistieran igual.

—¿Y él te pegó? —preguntó Alexis, consternada.

—Bueno, no fue una caricia precisamente —espetó Jack.

—Creo que deberías presentar cargos contra él —opinó Alexis con indignación.

—No estoy de acuerdo —objetó Jack—. Como un idiota, le devolví el bofetón, así que presentar cargos solo desembocaría en una disputa acerca de quién pegó primero a quién.

—¿Pegaste a esa bestia parda? —se asombró Alexis—. ¿Qué pasa, que ahora en la madurez te has vuelto autodestructivo?

—Hay quien me ha acusado de eso no hace demasiado. Yo prefiero pensar que soy impulsivo en ocasiones, con un toque de temeridad justiciera.

—Pues a mí no me parece nada gracioso —refunfuñó Alexis.

—Ni a mí —convino Jack—, pero el episodio, sobre todo el

hecho de recibir un bofetón, ha resultado muy útil para mi causa, que al principio daba por perdida.

Jack deslizó la mano en el bolsillo interior de la americana, sacó el permiso de exhumación, lo dejó sobre la mesa y lo alisó con la palma de la mano.

—Jordan ha firmado la autorización.

Alexis acercó el formulario hacia sí, miró la firma de Jordan y pestañeó varias veces como si esperara que fuera a desvanecerse en cualquier momento.

—Esto descarta cualquier sospecha de que esté involucrado —comentó Craig, mirando el papel por encima del hombro de Alexis.

—Quién sabe —replicó Jack—. Lo que sí hace es poner la idea de la autopsia sobre la mesa como opción legítima. Ya no se trata de una posibilidad teórica, aunque ahora nos enfrentamos a la escasez de tiempo. Suponiendo que eso no sea un problema, la cuestión es si queréis que lo haga, y tenéis que decidirlo esta noche.

—Sigo teniendo la misma opinión que esta mañana —repuso Craig—. No tenemos forma de saber si ayudaría o no, y se puede argumentar en ambos sentidos.

—Creo que hay alguna posibilidad más de que ayude que de lo contrario, precisamente por el tema de la cianosis —explicó Jack—. Debe de haber una explicación anatómica, alguna patología que contribuyera a ella. Pero tienes razón; no hay garantías. —Se encogió de hombros—. En fin, no quiero intentar convenceros de nada. No he venido a empeorar la situación. La decisión está en vuestras manos.

Craig sacudió la cabeza.

—Me cuesta tomar decisiones con lo confuso que estoy. Creo que estoy en contra por el miedo a lo desconocido, pero yo qué sé. No estoy en posición de ser objetivo.

—¿Y si se lo preguntamos a Randolph? —sugirió Alexis—. Si la autopsia arrojara algún resultado positivo, tendría que arreglárselas para conseguir que se admitiera como prueba. Y con las normas de procedimiento, eso no tiene por qué suceder necesariamente.

—Tienes razón —convino Jack—, hay que consultar a Randolph. Sería un ejercicio de futilidad si luego no pudieran incluirse los resultados.

—Aquí hay algo que falla —comentó Craig—. Yo me dedico a cuestionar la competencia de Randolph y a considerar la posibilidad de sustituirlo, y vosotras creéis que debemos dejar en sus manos la decisión acerca de la autopsia.

—Podemos contarle la historia de Jordan Stanhope al mismo tiempo —observó Alexis, haciendo caso omiso de Craig.

—¿Podemos llamarlo por teléfono esta misma noche? —quiso saber Jack—. La decisión acerca de la autopsia no puede esperar. Aun cuando obtengamos luz verde, no puedo decir a ciencia cierta si se hará. Hay demasiadas variables y muy poco tiempo.

—Podemos hacer algo mejor que llamarlo por teléfono —aseguró Alexis—. Vive a la vuelta de la esquina.

—De acuerdo —consintió Craig, alzando las manos; no tenía una opinión lo bastante clara para enfrentarse a ambos—. Pero yo no lo llamo.

—A mí no me importa llamar —aseguró Alexis antes de levantarse y acercarse al escritorio.

—Parece que te encuentras mejor —comentó Jack a Craig mientras Alexis hacía la llamada.

—Tengo muchos altibajos —reconoció Craig—. Estoy deprimido y de repente me entra la esperanza de que la verdad acabe imponiéndose. Estoy así desde que todo este lío empezó el pasado octubre. Pero creo que hoy ha sido uno de los peores días al oír a Bill Tardoff testificar contra mí. Siempre me he llevado bien con él; la verdad es que no lo entiendo.

—¿Es un buen médico?

Craig le lanzó una mirada llameante.

—Pregúntamelo dentro de un par de días. Ahora mismo te daría una respuesta irracional.

—Lo entiendo —aseguró Jack, y era cierto—. ¿Qué me dices de la doctora Noelle Everette? ¿Tiene buena reputación?

—¿En mi opinión o entre la comunidad hospitalaria?

—Ambas cosas.

—Como en el caso de Bill, mi opinión ha cambiado con el litigio. Antes la consideraba una médico decente, no brillante, pero decente, y de vez en cuando le derivaba pacientes. Con el juicio estoy tan furiosa con ella como con Bill. En cuanto a su reputación en general, es buena. Cae bien, aunque no le pone tanta dedicación a su profesión como la mayoría de los demás médicos.

—¿Por qué lo dices?

—Oficialmente, solo trabaja a tiempo parcial, aunque en realidad trabaja más bien tres cuartas partes del horario completo. Pone como pretexto a su familia, lo cual es una tontería, porque todos tenemos familia.

Jack asintió como si estuviera de acuerdo, pero no era así. Consideraba que Craig habría hecho bien en probar el método de Noelle, ya que con toda probabilidad habría sido un hombre más feliz además de mejor marido y padre.

—Te he preguntado por Noelle Everette porque hoy ha dicho algo interesante —prosiguió Jack tras una pausa—. Me ha dicho que algunos médicos anticuados, un grupo en el que se ha incluido, están enfadados con los médicos a la carta. ¿Te sorprende?

—La verdad es que no. Me parece que están celosos. No todo el mundo puede cambiar a una consulta de medicina a la carta. Depende mucho de su cartera de pacientes.

—Te refieres a que depende de si los pacientes son ricos o no.

—En gran parte —admitió Craig—. La medicina a la carta permite un estilo de vida envidiable en comparación con la deplorable situación en la que se encuentra la sanidad actual.

—¿Qué fue de los pacientes de tu antigua consulta que no podían sufragar la cuota de la nueva consulta?

—Los derivamos a otras consultas convencionales.

—De modo que en cierto modo fueron abandonados.

—En absoluto. Dedicamos mucho tiempo a darles nombres y números de teléfono de otros médicos.

A Jack se le antojaba un abandono de todas formas, pero no ahondó en el tema.

—O sea que, en tu opinión, el enojo de Noelle se debe a la envidia —señaló en cambio.

—No se me ocurre ningún otro motivo.

A Jack se le ocurrían unos cuantos, entre ellos el concepto de profesionalidad que había mencionado Noelle, pero no le interesaba enzarzarse en una discusión, porque lo que más le interesaba era el juicio.

—¿Patience Stanhope ya era paciente tuya en la otra consulta?

—No, era paciente del médico que abrió la consulta de medicina a la carta que ahora mismo dirijo prácticamente solo. Él está en Florida; no goza de buena salud.

—Así que en cierto modo la heredaste.

—En cierto modo.

Alexis regresó a la mesa.

—Randolph viene para aquí. Le interesa la idea de la autopsia, pero tiene ciertas reservas, entre ellas su admisibilidad como prueba, tal como me temía.

Jack asintió, pero en aquel momento le interesaba más su conversación con Craig, y llevaba un rato cavilando cómo formular la siguiente pregunta.

—Craig, ¿recuerdas que esta mañana te he comentado la idea del estrangulamiento o la asfixia en el caso de Patience Stanhope, aunque luego me he dado cuenta de que era una tontería, porque murió de un infarto?

—¿Cómo iba a olvidarlo?

—Es un ejemplo de la mentalidad de los forenses. Lo que quiero decir es que no pretendía hacer ninguna acusación. Estaba pensando en voz alta, intentando relacionar la cianosis central con el resto de los hechos. En retrospectiva, lo entiendes, ¿verdad? En su momento te molestó la insinuación.

—Lo entiendo, pero es que últimamente estoy fuera de mí por razones evidentes. Lo siento.

—No tienes por qué disculparte. Saco el tema porque quiero hacerte una pregunta que se me ocurrió cuando Noelle Everette comentó lo de que un grupo de médicos anticuados estaban enfadados con los médicos a la carta. Es una pregunta que te puede parecer descabellada y hacerte reaccionar como esta mañana con el asunto de la estrangulación y la asfixia.

—Me mata la curiosidad. Pregunta.

—¿Se te ocurre algún modo, por rocambolesco que sea, en que te pudieran haber tendido una trampa con la muerte de Patience Stanhope? Lo que sugiero es que alguien viera su muerte como una oportunidad para dejar en evidencia la medicina a la carta. ¿Tiene algún sentido lo que estoy diciendo o me he vuelto a pasar de la raya?

Los labios de Craig se curvaron en una leve sonrisa, que se ensanchó hasta convertirse en una sonora carcajada.

—Lo que te falta en racionalidad lo suples con creatividad —comentó, sacudiendo la cabeza.

—No olvides que es una pregunta retórica. No espero respuesta; almacénala en tu cerebro e intenta averiguar si guarda alguna relación con algún otro hecho que no hayas contado a nadie.

—¿Estás hablando de conspiración? —inquirió Alexis, tan asombrada como Craig.

—La conspiración requiere más de una persona —señaló Jack—. Como me pediste por teléfono, estoy pensando fuera de los límites establecidos.

—Pero mucho —terció Craig.

El timbre de la puerta interrumpió cualquier otra reflexión sobre posibles maquinaciones médicas malévolas, como las denominó Craig mientras Alexis iba a abrir. Cuando Alexis regresó seguida de Randolph Bingham, Jack y Craig estaban riendo a causa de los demás nombres que iba inventando Craig. Alexis se llevó una grata sorpresa al verlos así; Craig mostraba un comportamiento normal por primera vez en muchos meses, lo cual no dejaba de resultar peculiar teniendo en cuenta el mal día que había pasado en el tribunal.

Alexis volvió a presentar a Jack y Randolph. Se habían conocido delante del juzgado aquella mañana, antes del inicio de la sesión. En los pocos instantes de que disponían, Alexis se había limitado a explicar que Jack era su hermano, mientras que ahora incluyó una descripción de sus credenciales profesionales.

Randolph guardó silencio durante el monólogo de Alexis, si bien asintió varias veces en puntos clave.

—Encantado de volver a verlo —saludó en cuanto Alexis terminó.

—Igualmente —repuso Jack.

Percibía cierta incomodidad en la situación. Randolph se conducía con una solemnidad inquebrantable. Si bien ya no llevaba el traje impecable con que se había presentado al juicio, su idea de un atuendo informal consistía en una camisa blanca de manga larga recién planchada y muy almidonada, pantalones de lana fina con pliegue inmaculado y un jersey de cachemira ligera. Otra muestra de su pulcritud era que se había afeitado, a diferencia de Jack y Craig, en cuyos rostros se advertía la inevitable barba incipiente de la noche, y que su cabello plateado aparecía tan perfectamente peinado como en el juicio.

—¿Nos sentamos aquí o pasamos al salón? —preguntó Alexis en su papel de anfitriona.

—Donde quieran —repuso Randolph—, pero no puedo entretenerme mucho; todavía me quedan muchas cosas que preparar esta noche.

Acabaron sentados a la misma mesa que antes de la llegada de Randolph.

—Alexis me ha hablado de su propuesta de practicar la autopsia a la fallecida —empezó Randolph—. Me gustaría que me explicara de qué puede servirnos a estas alturas.

A oídos de Jack, Randolph hablaba con la musicalidad auténtica que Jack asociaba a las escuelas de élite de Nueva Inglaterra, y de repente se le ocurrió que el abogado era el arquetipo al que aspiraba Jordan. La razón por la que Jordan deseaba ser así era harina de otro costal, pues Jack consideraba a Randolph un hombre carente de pasión, prisionero de su formalidad reprimida.

Jack repasó la breve lista de factores a favor de la autopsia sin hacer referencia alguna al asunto de la conspiración ni a las teorías sobre posibles motivaciones delictivas individuales. A continuación soltó su perorata habitual sobre el deber de un forense de hablar en nombre de los muertos.

—En resumidas cuentas —terminó—, considero que la autopsia brindaría a Patience Stanhope la oportunidad de decir su última palabra en el tribunal. Tengo la esperanza de hallar suficiente patología para eximir a Craig o, en el peor de los casos, proporcionar argumentos suficientes de contribución a la negligencia por parte de Patience, ya que existen pruebas de que la difunta se negó a someterse a las pruebas cardíacas que le fueron recomendadas.

Jack escudriñó los fríos ojos azules de Randolph en busca de alguna reacción. No vio ninguna ni en ellos ni en su boca, una línea pequeña y casi desprovista de labios que se extendía a medio camino entre la nariz y el mentón.

—¿Alguna pregunta? —prosiguió con la esperanza de hacerlo reaccionar.

—Creo que no —repuso el abogado por fin—. Ha presentado sus argumentos de forma clara y sucinta. Se trata de una posibilidad fascinante que no se me había ocurrido porque los aspectos clínicos del caso no parecen entrañar duda alguna. Lo que más me preocupa es la admisibilidad de los resultados. Si hallara algo auténticamente pertinente y exculpatorio, tendría que solicitar un aplazamiento al tribunal a fin de efectuar las indagaciones necesarias. En otras palabras, la decisión quedaría en manos del juez.

—¿No podrían convocarme como testigo de refutación?

—Solo para refutar testimonios anteriores, no para dar un testimonio nuevo.

—Refutaría el testimonio de los expertos del demandante que afirman la existencia de negligencia.

—Es un poco traído de los pelos, pero sé a qué se refiere. En cualquier caso, la decisión recaería sobre el juez, que se enfrentaría a las objeciones más contundentes por parte del abogado del demandante. Sería una lucha complicada y proporcionaría al demandante fundamento para la apelación en caso de que el juez fallara a nuestro favor. Otra consideración que se añade a la dificultad de presentar nuevas pruebas es mi experiencia con el juez Davidson. Es conocido por su deseo de agilizar las cosas y ya está contrariado por la lentitud de este juicio. No cabe duda de que quiere zanjarlo lo antes posible. No miraría con buenos ojos la presentación de nuevas pruebas en el último momento.

Jack se encogió de hombros y enarcó las cejas con expresión inquisitiva.

—¿Quiere decir que está usted en contra?

—No necesariamente. Este es un caso único con desafíos únicos, y sería una estupidez no hacer cuanto estuviera en nuestra mano para obtener un desenlace favorable. Las nuevas pruebas exculpatorias podrían utilizarse como base para argumentar a favor de un nuevo juicio a través de la apelación. Por otro lado, considero que las probabilidades de hallar algo exculpatorio son realmente escasas. Dicho esto, estoy a favor de la autopsia en una proporción de sesenta a cuarenta.

Randolph se levantó, y los demás lo imitaron.

—Gracias por invitarme a venir y por informarme —dijo mientras estrechaba la mano a todos—. Nos veremos en el juzgado.

Mientras Alexis acompañaba a Randolph a la puerta, Jack y Craig volvieron a sentarse.

—Me ha engañado —comentó Jack—. Justo cuando empezaba a pensar que se oponía a la autopsia, va y me dice que está a favor.

—A mí me ha pasado lo mismo —convino Craig.

—Lo que me ha hecho ver esta pequeña reunión es que no deberías cambiar de abogado —opinó Jack—. Puede que Randolph sea un mojigato, pero me parece inteligente en extremo, y bajo esa capa de caballero refinado, es un luchador. Quiere ganar.

—Gracias por tu opinión —masculló Craig—. Ojalá pudiera compartirla sin reservas.

Alexis volvió con expresión algo contrariada.

—¿Por qué no le has hablado de tu encontronazo con Tony Fasano y sus amenazas?

—No quería mezclar las cosas —explicó Jack—, y por la misma razón no he sacado a colación mis descabelladas teorías de conspiración ni la sorprendente biografía de Jordan Stanhope, alias de Stanislaw Jaruzelski.

—En mi opinión, la amenaza es más importante —señaló Alexis—. ¿No te altera que te hayan amenazado así?

—La verdad es que no. Tony Fasano está preocupado por su inversión, porque es evidente que ha aceptado el caso a la fuerza. Además, la verdad es que me parece un bocazas.

—No sé —objetó Alexis—. A mí me preocupa el asunto.

—Bueno, chicos —dijo Jack—. Ha llegado el momento de la verdad. ¿Intento hacer la autopsia o no? Ah, se me olvidaba mencionaros una cosa. Según mi experiencia, los jurados deciden en base a reacciones instintivas de sentido común, pero también les gustan los hechos. Los resultados de una autopsia son hechos tangibles, a diferencia de los testimonios, que son efímeros y están sujetos a interpretación. Tenedlo en cuenta.

—Si me dices sinceramente que no estás preocupado por la amenaza de Tony Fasano, voto por la autopsia.

—¿Y tú, Craig? —preguntó Jack—. Tú eres quien lleva la batuta en esto. Tu voto supera en peso a los nuestros.

—No he cambiado de parecer —señaló Craig—. Sigo pensando que tenemos más probabilidades de descubrir cosas que no nos convienen que lo contrario, pero no votaré en contra de vosotros dos y de Randolph. —Se levantó—. Y ahora voy a subir y a ponerme en las cálidas manos de un potente somnífero. Mañana será un día duro con el resto de los expertos, Jordan Stanhope y posiblemente Leona Rattner.

Después de que Craig desapareciera escaleras arriba, Jack y Alexis permanecieron sentados a la mesa, cada uno absorto en sus propios pensamientos. Jack fue el primero en hablar después de alargar la mano y coger la botella de whisky.

—Mezclar esto con somníferos no es buena idea.

—Estoy de acuerdo.

—¿Te preocupa que Craig pueda hacerse daño?

—¿Te refieres a una sobredosis?

—Sí, intencionada o involuntaria.

Jack recordaba bien su lucha contra los pensamientos autodestructivos durante sus años de guerra contra la depresión.

—Por supuesto que se me ha ocurrido, pero un aspecto positivo del narcisismo es que sus adeptos no suelen hacerse daño. Además, la depresión no le ha impedido en modo alguno funcionar, y ha tenido períodos regulares de normalidad, como esta noche, por ejemplo. No creo que lo reconociera, pero me parece que tu presencia le ha levantado el ánimo. Significa que te preocupas por él, y él te respeta.

—Estupendo, pero ¿qué toma para dormir? ¿Lo sabes?

—Lo normal. Lo controlo mucho. Me da vergüenza reconocer que cuento las pastillas a sus espaldas.

—No debería darte vergüenza. Me parece muy prudente.

—En fin —dijo Alexis, levantándose—. Creo que me iré arriba a ver a las niñas y a acostarme. No me gusta dejarte aquí solo, pero si Leona Rattner testifica mañana, será un día duro para ti también.

—No pasa nada —aseguró Jack, poniéndose en pie—. Yo también estoy cansado, aunque quiero repasar algunas de las declaraciones. No dejo de pensar que estoy pasando por alto algo que debería tener muy en cuenta cuando haga la autopsia, si es que la hago.

—Desde luego, no te envidio el hecho de hacerle la autopsia a alguien que lleva enterrado casi un año. ¿Cómo soportas hacer esto a diario? ¿No te parece repulsivo?

—Sé que parece desagradable, incluso macabro, pero a decir verdad, es fascinante. Aprendo algo nuevo cada día y no tengo pacientes problemáticos.

—No me hables de pacientes problemáticos —exclamó Alexis—. Hablando de hacerse daño a sí mismo, este es el mejor ejemplo.

El silencio de la gran casa envolvió a Jack después de que Alexis le diera las buenas noches y subiera la escalera. Durante algunos minutos reflexionó sobre la vehemente reacción de Alexis ante el hecho de que Patience Stanhope fuera una paciente problemática, así como su disposición a reconocer que se alegraba de su muerte. Incluso había mencionado que, en su opinión, Patience Stanhope había tenido algo que ver con la marcha de Craig. Jack sacudió la cabeza. No sabía qué pensar, así que apuró la cerveza y bajó a su habitación para coger el expediente del caso y el móvil. Luego subió al estudio en el que había pasado la noche anterior sin proponérselo. La estancia ya le resultaba familiar y cómoda.

Después de acomodarse en la misma butaca de lectura que había usado la noche anterior, Jack abrió la pestaña del móvil. Albergaba sentimientos encontrados respecto a la llamada a Laurie. Por un lado deseaba escuchar su voz, pero por otro no le hacía demasiada gracia enfrentarse a su inevitable enfado cuando le hablara de la posible exhumación y autopsia. Ya era martes por la noche, lo que significaba que solo le quedaban dos días enteros antes del viernes. El otro problema era que Jack había llamado a Calvin para comunicarle que no estaría de vuelta el miércoles y que lo mantendría informado. Cabía la posibilidad de que Calvin hubiera hablado con Laurie, en cuyo caso estaría ofendida por no haber oído la noticia de sus labios.

Mientras esperaba respuesta de Laurie, Jack se revolvió un poco para ponerse lo más cómodo posible y paseó la mirada por la estantería que ocupaba toda la pared opuesta. Su mirada se detuvo en un maletín negro grande y anticuado, junto al que se veía un electrocardiógrafo portátil.

—Vaya, dichosos los oídos —exclamó Laurie con voz risueña—. Esperaba que fueras tú.

Jack se disculpó de inmediato por llamar tan tarde y explicó que había querido esperar hasta que se hubiera tomado la decisión.

—¿Qué decisión?

Jack respiró hondo antes de continuar.

—La decisión de practicar la autopsia cuya muerte ha provocado el litigio contra Craig.

—¿Una autopsia? —repitió Laurie, consternada—. Jack, estamos a martes por la noche, y la boda es el viernes a la una y media. No hace falta que te diga que queda muy poco tiempo.

—Ya lo sé y lo tengo en cuenta, no te preocupes.

—¿Harás la autopsia mañana por la mañana?

—No lo creo, pero supongo que es posible. El problema es que el cadáver aún está enterrado.

—¡Jack! —gimió Laurie con indignación—. ¿Por qué me haces esto?

Jack le expuso los detalles del caso, todo lo que había averiguado en la documentación y todo lo que había sucedido aquel día, omitiendo el episodio con Franco. Laurie escuchó sin interrumpir y acto seguido lo dejó de una pieza al preguntarle si quería que fuera a Boston para asistirlo en la autopsia.

—Gracias —repuso, deseando poder volar hasta ella en un segundo para darle un abrazo—, pero creo que no hace falta. No será un caso difícil a menos que el cadáver esté muy afectado por la humedad.

—Bueno, estoy segura de que entre los dos podríamos hacerlo en un santiamén.

Después de unas cuantas frases cariñosas y de prometer que la llamaría en cuanto supiera algo más, Jack cerró el teléfono. Estaba a punto de apoyarse el expediente sobre el regazo cuando su mirada recayó de nuevo sobre el maletín de médico. Se levantó y se acercó a la estantería. Tal como había comentado a Alexis, consideraba que las visitas domiciliarias eran una pérdida de tiempo para el médico, porque quedaban limitadas a lo que podía hacerse sin las herramientas diagnósticas existentes en una consulta bien equipada. Pero al recordar que el expediente mencionaba la existencia de un kit portátil de ensayo de biomarcadores para confirmar la presencia de un infarto, se le ocurrió la idea de que tal vez no estaba a la última. En realidad, ni siquiera había oído hablar de la existencia de dichos kits y sentía curiosidad. Así pues, bajó el maletín del estante y lo colocó sobre el escritorio de Craig. Encendió el flexo y abrió el maletín. Se abría en forma de acordeón y poseía toda una serie de pequeños compartimentos repletos de cosas, dispuestos en bandejas que se abrían hacia los lados. Bajo ellos se abría el espacio principal, en el que vio toda una serie de instrumentos, entre ellos un medidor de tensión arterial, un oftalmoscopio y un otoscopio. Jack sacó el oftalmoscopio, y el mero hecho de sostenerlo le trajo muchos recuerdos.

Lo guardó en su lugar y revisó la gran cantidad de objetos que contenía el maletín, entre ellos solución intravenosa, vías intravenosas, termómetro, medicación de urgencia, hemostatos, medios de cultivo y vendajes. Al fondo, en un rincón, halló el kit de biomarcadores. Lo sacó y leyó la inscripción exterior. Con la esperanza de encontrar algún folleto más explicativo en el interior, abrió la caja. El folleto estaba a la vista.

Después de leerlo, Jack comprendió que tendría que revisar su opinión acerca de las visitas domiciliarias. Con tales recursos, entre los que se incluían métodos nuevos y muy precisos para determinar el estado de una diabetes, un médico podía actuar con gran eficacia en el domicilio del paciente, sobre todo si contaba con el electrocardiógrafo portátil que Jack había visto junto al maletín.

Jack dejó el folleto en su lugar y guardó de nuevo el kit de biomarcadores. Al hacerlo reparó en algunos desechos, entre ellos un vial vacío de atropina y otro de adrenalina. Se preguntó si serían los que Craig habría utilizado aquella noche en casa de Patience Stanhope. Sabía por el expediente que se le habían administrado ambos fármacos. También halló un frasquito de muestra de Zoloft, un antidepresivo, etiquetado con el nombre de Patience Stanhope y la anotación n.º 6, un compromiso antes de acostarse. Jack abrió el frasco y contempló los cinco comprimidos azul celeste que contenía. Luego volvió a taparlo y lo guardó. Acto seguido cogió los viales de atropina y adrenalina, ambos vacíos.

De repente oyó lo que se le antojaron pisadas en la escalera principal y sintió una punzada de culpabilidad por husmear en propiedad ajena, aunque tan solo se tratara de un maletín de médico. Sin duda era una violación de la confianza que se había depositado en él como invitado. Presa del pánico, guardó a toda prisa los viales, cerró el maletín, lo dejó de nuevo en el estante, cruzó la habitación a la carrera, se dejó caer en el sillón y cogió el expediente del caso.

Justo a tiempo, porque al cabo de unos instantes, Craig entró en el estudio arrastrando los pies. Llevaba un albornoz y zapatillas sin talón. Se sentó en la otra butaca.

—Espero no molestarte —empezó.

—Claro que no —repuso Jack.

No pudo evitar advertir que la voz de Craig poseía una cualidad monótona que no tenía antes de subir a acostarse, y que al entrar en el estudio caminaba con los brazos caídos a los costados, como si los tuviera paralizados. A todas luces, su cuñado ya se había tomado el somnífero, y sin escatimar en la dosis.

—Solo quería darte las gracias por venir a Boston. Sé que no me he comportado como un anfitrión ni anoche ni esta mañana.

—No hay problema. La verdad es que me hago cargo de lo que estás pasando.

—También quería decirte que estoy totalmente a favor de la autopsia después de pensar un poco más en el asunto.

—Pues entonces, la decisión es unánime. En fin, ahora que he convencido a todo el mundo, espero conseguirlo.

—En cualquier caso, te agradezco el esfuerzo.

Craig se levantó con dificultad y se tambaleó un poco antes de recobrar el equilibrio.

—He echado un vistazo a tu maletín —confesó Jack para limpiar su conciencia—. Espero que no te importe.

—Claro que no. ¿Necesitas algo? Reuní una farmacia considerable cuando hacía tantas visitas a domicilio.

—No, solo sentía curiosidad por el kit de biomarcadores para infartos. Ni siquiera sabía que existiera semejante cosa.

—No es fácil estar al día de todas las novedades. Buenas noches.

—Buenas noches.

Desde donde estaba sentado pudo seguir con la mirada a Craig mientras este se dirigía hacia la escalera. Caminaba como un muerto viviente. Por primera vez, Jack empezó a compadecer a su cuñado.

10

Newton, Massachusetts,
miércoles, 7 de junio de 2006, 6.15 horas.

La mañana fue tan caótica como la anterior e incluyó otra disputa entre Meghan y Christina por un complemento. Jack no llegó a enterarse de qué complemento se trataba, pero aquel día la situación era a la inversa, porque era Meghan quien no quería prestárselo a Christina, que acabó volviendo a su habitación hecha un mar de lágrimas.

Alexis era la única que se comportaba con normalidad. Era como si fuera el pegamento que mantenía unido a la familia. Craig estaba soñoliento y apenas habló; por lo visto aún se encontraba bajo los efectos del somnífero y el whisky.

En cuanto las niñas se fueron a la escuela, Alexis se volvió hacia Jack.

—¿Quieres venir con nosotros en coche o prefieres conducir el tuyo?

—Tengo que llevarme el mío. Antes de nada quiero pasar por la funeraria Langley-Peerson para entregar los papeles firmados e iniciar el procedimiento de exhumación.

Lo que no añadió era que tenía intención de ir a jugar a baloncesto a última hora de la tarde.

—¿Nos vemos en el juzgado, entonces?

—Eso espero.

Sin embargo, albergaba la esperanza de que Harold Langley pudiera hacer un milagro y sacar a Patience Stanhope de su morada eterna aquella misma mañana. En tal caso, Jack podría hacer la autopsia, tener los resultados más importantes por la tarde, entregárselos a Craig y Alexis y volver a Nueva York. De ese modo dispondría de todo el jueves para resolver todos los asuntos pendientes en el despacho antes de irse de luna de miel el sábado. También tendría tiempo de ir a buscar los billetes de avión y los bonos de hotel.

Jack se marchó antes que Craig y Alexis. Subió al coche de alquiler y puso rumbo a la autopista de Massachusetts. Había supuesto que al ya haber estado en la funeraria de Langley-Peerson, le resultaría fácil volver a encontrarla, pero por desgracia se equivocaba. Le llevó casi cuarenta minutos de conducción estresante en extremo recorrer los ocho kilómetros que lo separaban en línea recta de la funeraria.

Mascullando juramentos entre dientes por culpa de la agobiante experiencia, alcanzó por fin el aparcamiento de la funeraria. Estaba más concurrido que el día anterior, por lo que se vio obligado a dejar el coche en el extremo más alejado. Cuando llegó a la parte delantera del edificio vio a varias personas en el porche. Fue entonces cuando se dijo que debía de haber un funeral. Sus sospechas quedaron confirmadas cuando entró en el vestíbulo. En el velatorio que quedaba a su derecha, varias personas disponían flores y abrían sillas plegables para acomodar a todos los deudos. Sobre el catafalco se veía un ataúd abierto cuyo ocupante yacía cómodamente. Llenaba el aire la misma música piadosa que el día anterior.

—¿Quiere firmar en el libro? —preguntó un hombre en voz baja y compasiva.

En muchos aspectos era una versión más corpulenta de Harold Langley.

—Estoy buscando al director.

—Yo soy el director. Locke Peerson, para servirle.

Jack explicó que buscaba al señor Langley, y el otro director le indicó que fuera al despacho que ya conocía. Encontró a Langley sentado a su mesa.

—El actual señor Stanhope ha firmado la autorización —anunció Jack sin preámbulo alguno al tiempo que le alargaba el impreso—. Es extremadamente urgente hacer traer el cadáver a su sala de embalsamamiento lo antes posible.

—Esta mañana tenemos un funeral —repuso Harold—. Me ocuparé del asunto en cuanto termine.

—¿Cree que podrá hacerse hoy mismo? Tenemos muy poco tiempo.

—Doctor Stapleton, ¿no recuerda que en este procedimiento intervienen el ayuntamiento, la empresa de excavación y el cementerio? Bajo circunstancias normales estaríamos hablando de al menos una semana.

—Imposible —objetó Jack con vehemencia—. Tiene que hacerse hoy mismo o mañana a lo sumo.

Jack se estremeció ante la posibilidad de tener que esperar hasta el jueves y se preguntó qué le diría a Laurie en ese caso.

—Eso sí es imposible.

—Tal vez se tercie añadir quinientos dólares a su tarifa habitual para compensarle por los inconvenientes que le pueda causar —comentó Jack.

Observó con detenimiento la expresión de Harold. Su cuerpo poseía una inmovilidad casi sobrenatural, y sus labios finísimos le recordaron los de Randolph.

—Lo único que puedo decirle es que haré todo cuanto esté en mi mano, pero no puedo prometerle nada.

—Con eso me conformo —aseguró Jack al tiempo que le alargaba una tarjeta de visita—. Por cierto, ¿tiene idea del estado en que se encuentra el cadáver?

—Por supuesto. Debería hallarse en perfecto estado. Fue embalsamado con nuestra habitual meticulosidad y sepultado en un ataúd de la gama más alta, un Reposo Perpetuo con revestimiento de cemento de primera calidad.

—¿Qué me dice de la tumba? ¿Está en un lugar muy húmedo?

—No, se encuentra en lo alto de la colina. El primer señor Stanhope eligió personalmente el lugar como morada eterna para su familia.

—Llámeme en cuanto sepa algo.

—Por supuesto.

Mientras Jack salía de la funeraria, las personas que había visto en el porche empezaban a desfilar con aire sombrío al interior. Subió al coche y consultó el nuevo mapa que le había proporcionado Alexis tras reírse al saber que había intentado desplazarse por la ciudad con el mapa de la empresa de alquiler. El siguiente destino de Jack era la oficina del forense. Gracias a la ahora escasa densidad del tráfico, tardó relativamente poco en llegar.

La recepcionista se acordaba de él, le dijo que la doctora Wylie estaba en la sala de autopsias y llamó por propia iniciativa para hablar con ella. Al poco, un técnico del depósito subió y acompañó a Jack hasta la antesala. Allí vio a dos hombres vestidos con traje; uno de ellos era afroamericano y el otro, blanco, un irlandés corpulento y de tez rubicunda. Todos los demás llevaban ropa protectora. Al cabo de unos instantes, Jack sabría que aquellos dos hombres eran detectives interesados en el caso que llevaba Latasha Wylie.

Jack obtuvo el atuendo necesario y tras vestirse entró en la sala. Al igual que el resto de las instalaciones, la sala de autopsias era moderna y hacía que la de Nueva York pareciera antediluviana en comparación. Latasha estaba en la última mesa y al verlo le indicó por señas que se acercara.

—Estoy a punto de acabar —anunció desde detrás de la mascarilla de plástico—. He pensado que quizá le gustaría echar un vistazo.

—¿Qué tiene? —preguntó Jack, siempre interesado.

—Mujer de cincuenta y nueve años hallada muerta en su dormitorio tras recibir la visita de un hombre al que había conocido por internet. El dormitorio estaba patas arriba, lo que sugería un forcejeo, con la mesita de noche volcada y la lámpara rota. Los dos detectives que esperan fuera creen que se trata de un homicidio. La mujer presentaba una herida en la frente, junto al nacimiento del cabello.

Latasha tiró del cuello cabelludo de la mujer, retirado para poder acceder al cerebro.

Jack se inclinó para examinar la herida. Era redonda y hundida, como si la hubiera ocasionado un martillo.

Latasha le explicó cómo había reconstruido lo que al final resultaba ser un accidente, no un homicidio. La mujer había resbalado con una estera colocada sobre el parquet, había chocado contra la mesita de noche y se había golpeado la cabeza contra el ornamento en forma de pomo de la lámpara con toda la fuerza de su peso corporal. El caso constituía un buen ejemplo de la importancia de conocer a fondo el escenario de la muerte. Por lo visto, el ornamento era bastante alargado y acababa en una suerte de disco plano que parecía una cabeza de martillo.

Jack estaba impresionado y así se lo dijo a Latasha.

—Nada del otro jueves —comentó ella—. ¿En qué puedo servirle?

—Quiero aceptar su ofrecimiento de prestarme utensilios para la autopsia. Parece que se va a practicar, siempre y cuando se den prisa en exhumar el cadáver. La haré en la funeraria Langley-Peerson.

—Si la hace fuera de mi horario laboral, estaré encantada de echarle una mano. Podría llevar una sierra para hueso.

—¿De verdad? —Jack no había esperado tanta generosidad—. Me encantaría contar con su ayuda.

—Parece un caso fascinante. Le presentaré a nuestro jefe, el doctor Kevin Carson.

El jefe, que estaba practicando una autopsia en la mesa uno, resultó ser un hombre alto, desgarbado y afable de acento sureño. Mencionó que conocía bien al jefe de Jack, el doctor Harold Bingham, y comentó que Latasha le había hablado de sus intenciones. Asimismo, respaldó el ofrecimiento de la doctora a procesar muestras y ayudar con la toxicología en caso necesario. Explicó que aún no disponían de laboratorio de toxicología propio, pero que tenían acceso a uno magnífico en la universidad que funcionaba las veinticuatro horas del día.

—Salude a Harold de mi parte —pidió Kevin antes de volver a concentrarse en su caso.

—Lo haré —repuso Jack, aunque el hombre ya estaba inclinado sobre el cadáver tumbado en la mesa—. Y gracias por su ayuda.

—Parece un jefe muy agradable —comentó Jack mientras él y Latasha salían a la antesala.

—Es muy afable —convino Latasha.

Al cabo de un cuarto de hora, Jack metía una caja llena de material para autopsias en el maletero del Accent, apartando la ropa de baloncesto para hacer sitio. Se guardó la tarjeta de Latasha, en la que también figuraba su número de móvil, en la cartera antes de sentarse al volante.

Alexis le había sugerido otro aparcamiento situado cerca de Faneuil Hall, pero Jack decidió dejar el coche de nuevo bajo el Parque de Boston, porque le resultaba más fácil de localizar y también porque le gustaba el paseo que rodeaba la sede del gobierno en Massachusetts.

Al entrar en la sala de vistas, Jack intentó cerrar la puerta con el mayor sigilo posible. En aquel momento, el alguacil tomaba juramento a un testigo. Jack alcanzó a oír el nombre; era el doctor Herman Brown.

De pie junto a la puerta, Jack paseó la mirada por la sala. Vio la parte posterior de las cabezas de Craig y Jordan junto a las de sus respectivos abogados y los asistentes de estos. Los miembros del jurado parecían tan aburridos como el día anterior, y en el rostro del juez se pintaba una expresión algo distraída mientras hojeaba papeles, los examinaba y los reorganizaba como si estuviera a solas en la sala.

Jack miró a los espectadores, y su mirada no tardó en encontrarse con la de Franco. Desde aquella distancia, las cuencas oculares del matón se antojaban agujeros negros bajo su frente de cavernícola.

Contraviniendo toda sensatez, Jack le dedicó una sonrisa y lo saludó con la mano. Sabía que era una estupidez, una provocación, pero no pudo contenerse. Era el resurgimiento de la mentalidad temeraria a la que se había aferrado durante años como mecanismo de defensa para contrarrestar el sentimiento de culpabilidad por sobrevivir a su familia. Le pareció que el hombre se ponía rígido, pero no estaba del todo seguro. Franco se lo quedó mirando con el ceño fruncido durante algunos instantes, pero al fin desvió la vista hacia su jefe, que en aquel momento retiró la silla de la mesa del demandante para dirigirse al atril.

Jack se reconvino por provocar a Franco y consideró la posibilidad de ir a una droguería y comprar un aerosol antivioladores. Si se producía otro enfrentamiento, no tenía intención de pegarse con él. La diferencia de tamaño convertía cualquier pelea física en una injusticia.

Siguió mirando a los espectadores y de nuevo se asombró al ver que eran muchos. Se preguntó cuántos de ellos serían los típicos adictos a los juicios, personas que experimentaban un placer morboso al ver que otros recibían su merecido, sobre todo los ricos y poderosos. En su calidad de médico de éxito, Craig era la presa perfecta.

Por fin dio con Alexis. Estaba sentada en la primera fila, cerca de la pared y de la zona del jurado. Junto a ella parecía haber uno de los pocos asientos desocupados de la sala. Jack recorrió el pasillo central y pidió disculpas a los ocupantes de la primera fila para pasar. Alexis lo vio llegar y apartó sus cosas para dejarle sitio. Jack le oprimió el hombro antes de sentarse.

—¿Ha habido suerte? —le preguntó su hermana en un susurro.

—Creo que he avanzado algo, pero ahora ya está fuera de mi alcance. ¿Qué tal por aquí?

—Más de lo mismo. El comienzo de la sesión ha sido lento, porque el juez ha tenido que ocuparse de unos detalles legales pesadísimos. La primera testigo ha sido la doctora Noelle Everette.

—Nada bueno, supongo.

—No. Ha dado la impresión de ser una profesional muy bien formada, juiciosa y sensible, con la ventaja añadida de que pertenece a la comunidad e intervino en el intento de reanimación. Lamento decir que Tony ha llevado muy bien su interrogatorio. Su forma de hacerle las preguntas y las respuestas de ella han conseguido mantener atento al jurado. Incluso he visto a las tres amas de casa asentir en un momento dado…, mala señal. Ha testificado más o menos lo mismo que el doctor William Tardoff, pero en mi opinión con mejores resultados. Se ha mostrado como la clase de médico que todo el mundo querría tener.

—¿Qué tal se las ha apañado Randolph con ella?

—No tan bien como con el doctor Tardoff, pero personalmente no veo cómo podría haberlo hecho mejor, teniendo en cuenta el impacto que ha tenido la doctora Everette. Me ha dado la sensación de que quería librarse de ella lo antes posible.

—Puede que sea la mejor estratagema —señaló Jack—. ¿Ha salido el tema de la medicina a la carta?

—Por supuesto. Randolph ha intentado protestar, pero el juez Davidson lo está permitiendo todo.

—¿Y la cuestión de la cianosis?

—No, ¿por qué lo preguntas?

—Porque me sigue intrigando. Será lo que más tenga en cuenta cuando practique la autopsia.

En aquel momento, un sexto sentido lo impulsó a volverse y mirar a Franco. El hombre lo estaba mirando de nuevo con una expresión a caballo entre mueca y sonrisa cruel. La buena noticia era que, desde donde se encontraba, Jack comprobó que el lado izquierdo del rostro de Franco aparecía tan enrojecido como el de Jack, de modo que de momento estaban empatados.

Se recostó contra el duro respaldo de roble y concentró su atención en la vista. Tony estaba ante el atril, y el doctor Herman Brown se había sentado en el estrado. Ante él, los dedos de la taquígrafa volaban sobre su maquinita para registrar todo el procedimiento de forma textual. Tony llevaba un cuarto de hora preguntando al testigo acerca de sus impresionantes credenciales académicas y clínicas. El doctor Brown era jefe de cardiología del hospital Memorial de Boston, así como catedrático del departamento de cardiología de la facultad de medicina de Harvard.

Randolph se levantó en varias ocasiones para ofrecerse a dar por buenas las credenciales del testigo como experto y así ahorrar tiempo, pero Tony se mostró inflexible. Intentaba impresionar al jurado y lo estaba consiguiendo. Cada vez se ponía más de manifiesto que sería difícil encontrar a un testigo más experto en cardiología o incluso igual de experto. El aspecto y el porte del médico contribuían todavía más a mejorar su imagen. Despedía un aura de clase alta bostoniana parecida a la de Randolph, pero sin su toque de desdén y condescendencia. En lugar de mostrarse frío y distante, se comportaba con gran afabilidad, como la clase de persona que haría lo imposible para devolver a un polluelo a su nido. Tenía el cabello muy blanco y bien arreglado, y se sentaba muy erguido. Vestía de un modo pulcro, pero no demasiado elegante, con ropa de aspecto cómodo y usado, y pajarita con estampado de cachemira. Incluso demostraba cierta modestia, pues a Tony le costó un tanto lograr que mencionara todos los premios y galardones que había recibido.

—¿Qué hace este fenómeno de la medicina testificando en un litigio por negligencia? —preguntó Jack a Alexis.

Sin embargo, se trataba de una pregunta retórica a la que no esperaba respuesta. Empezó a preguntarse si el motivo guardaría alguna relación con el comentario inesperado de Noelle Everette acerca de la medicina a la carta, en el sentido de que algunos médicos anticuados estaban furiosos con los médicos que ejercían aquel tipo de medicina. Quizá el doctor Brown pertenecía a aquel grupo porque el concepto de medicina a la carta contravenía por completo la nueva profesionalidad que promulgaba el mundo académico, y en aquel juicio, el doctor Brown representaba más que nadie el mundo académico.

—Doctor Brown —dijo Tony Fasano, asiendo los lados del atril con sus dedos cortos y gruesos—, antes de hablar de la desafortunada y evitable muerte de Patience Stanhope...

—¡Protesto! —exclamó Randolph con vehemencia—. No se ha demostrado que la muerte de la señora Stanhope pudiera haberse evitado.

—¡Se acepta! —decretó el juez Davidson—. Reformule la pregunta.

—Antes de hablar de la desafortunada muerte de Patience Stanhope, querría preguntarle si ya conocía usted de antes al demandado, el doctor Craig Bowman.

—Sí.

—¿Puede explicar al jurado la naturaleza de dicho contacto?

—Protesto, Señoría —intervino Randolph con exasperación—. No ha lugar. Y si ha lugar en algún sentido insondable, entonces protesto contra la comparecencia del doctor Brown como testigo experto por cuestión de sesgo.

—Que los letrados se acerquen al estrado —exigió el juez Davidson.

Obedientes, Tony y Randolph se reunieron a un lado del estrado.

—Me voy a enfurecer si esto se convierte en una repetición del lunes —advirtió el juez—. Ambos son abogados con mucha experiencia, así que compórtense como tales. Los dos conocen las reglas. En cuanto a sus preguntas, señor Fasano... ¿Cabe suponer que son pertinentes?

—Por supuesto, Señoría. El quid del caso del demandante gira en torno a la actitud del doctor Bowman hacia sus pacientes en general y hacia Patience Stanhope en particular. Llamo la atención del tribunal sobre la designación peyorativa «PP». El doctor Brown puede aportar datos importantes sobre el desarrollo de estos rasgos durante el tercer curso del doctor Bowman en la facultad, así como durante su período de residencia. Otros testimonios relacionarán estos rasgos directamente con el caso de Patience Stanhope.

—De acuerdo, le permitiré seguir por este camino —accedió el juez Davidson—, pero quiero que su pertinencia se determine cuanto antes, ¿entendido?

—Sí, Señoría —asintió Tony, incapaz de contener una sonrisita de satisfacción.

—No ponga esa cara de cordero degollado —espetó el juez Davidson a Randolph—. Su protesta se ha hecho constar. En mi opinión, siempre y cuando el señor Fasano haya dicho la verdad respecto a la relevancia, el valor probatorio superará el valor prejudicial. Reconozco que es una cuestión de juicio, pero para eso estoy aquí. A cambio concederé a la defensa un amplio margen cuando le llegue el turno. En cuanto al tema del sesgo, tuvo usted tiempo más que suficiente para determinarlo durante la investigación y no lo hizo. Sin embargo, puede volver a sacarlo a colación cuando le toque interrogar al testigo. Y quiero que la cosa se agilice —prosiguió—. Había asignado esta semana al juicio, y ya estamos a miércoles. Por el bien del jurado y de mi agenda, quiero que termine el viernes a menos que existan circunstancias extremas que lo alarguen.

Ambos abogados asintieron. Randolph regresó a su asiento tras la mesa de la defensa mientras Tony volvía al atril.

—Protesta denegada —exclamó el juez Davidson—. Proceda.

—Doctor Brown —reanudó Tony tras carraspear—, ¿podría explicar al jurado la naturaleza de su contacto con el doctor Craig Bowman?

—Lo conocí como tutor suyo en el hospital Memorial de Boston cuando el doctor Bowman realizaba su rotación de medicina interna en tercero de carrera.

—¿Podría explicarnos qué significa eso, puesto que ningún miembro de este maravilloso jurado ha estudiado medicina?

Tony señaló al jurado, varios de cuyos integrantes asintieron con ademán aprobador. Todos ellos estaban pendientes de sus palabras, salvo el fontanero, que se examinaba las uñas.

—La medicina interna es la rotación más importante y difícil de tercer curso, y quizá incluso de toda la carrera. Es la primera vez que los estudiantes entran en contacto prolongado con los pacientes, desde que estos ingresan hasta que reciben el alta. Participan en el diagnóstico y en el tratamiento bajo la observación y la supervisión estrictas de los médicos del hospital y del tutor.

—¿El grupo al que pertenecía el doctor Bowman era grande o pequeño?

—Pequeño, de seis estudiantes, para ser exactos. La docencia es muy intensa.

—De modo que, en su calidad de tutor, usted ve a los estudiantes de forma regular.

—A diario.

—Y tiene ocasión de observar de cerca su rendimiento global.

—Por supuesto. Se trata de un momento crucial en la vida del estudiante y marca el principio de su transformación de alumno a médico.

—Así que las actitudes que se observan o se desarrollan revisten gran importancia.

—Una importancia capital.

—¿Y cómo calificaría su responsabilidad como tutor en lo tocante a las actitudes?

—De muy importante también. Como tutores tenemos que equilibrar las actitudes explícitas hacia los pacientes que promulga la facultad de medicina con las actitudes implícitas que a menudo muestran los profesionales estresados y sobrecargados de trabajo.

—¿Existe alguna diferencia? —preguntó Tony con exagerada incredulidad—. ¿Podría explicárnosla?

—La cantidad de conocimientos que los estudiantes de medicina deben asimilar y recordar es inmensa y aumenta cada año. Sometidos como están a mucha presión, en ocasiones los residentes pierden de vista los aspectos humanos de su trabajo y que forman la base de la profesionalidad. También existen mecanismos de defensa poco saludables ante el sufrimiento, la agonía y la muerte.

Tony sacudió la cabeza con aire desconcertado.

—Vamos a ver si lo he entendido bien. En términos sencillos, puede darse por parte de los estudiantes de medicina cierta tendencia a devaluar a las personas, como si perdieran de vista los árboles por fijarse demasiado en el bosque.

—Más o menos —convino el doctor Brown—. Pero es importante no banalizar la cuestión.

—Todos lo intentamos —aseguró Tony con una risita que arrancó sonrisas a varios miembros del jurado—. Volvamos al demandado, el doctor Craig Bowman. ¿Cómo le fue la rotación de medicina interna de tercer curso?

—Muy bien en general. De los seis estudiantes del grupo, era con diferencia el mejor preparado. A menudo me asombraba su memoria. Recuerdo una ocasión en que pregunté por los valores de nitrógeno ureico en sangre de un paciente.

—¿Se trata de una prueba de laboratorio? —preguntó Tony.

—Sí. Era una pregunta más bien retórica para subrayar que conocer la función renal era de capital importancia en el tratamiento del paciente en cuestión. El doctor Bowman me los indicó con tanta seguridad que me pregunté si se los habría inventado, una táctica frecuente para disimular la ignorancia. Más tarde lo comprobé y descubrí que había acertado de pleno.

—De modo que el doctor Bowman obtuvo buenas calificaciones.

—Un excelente.

—No obstante, hace un momento ha dicho «muy bien en general».

—Así es.

—¿Puede decirnos por qué?

—Tenía una sensación que volvió a asaltarme cuando supervisaba al doctor Bowman durante su residencia en el hospital Memorial de Boston.

—¿Qué sensación?

—Tenía la impresión de que su personalidad...

—¡Protesto! —intervino Randolph—. El testigo no es ni psiquiatra ni psicoanalista.

—Denegada —repuso el juez Davidson—. En su calidad de médico, el testigo ha tenido experiencia en estos campos, lo cual podrá cuestionarse en el interrogatorio cruzado. El testigo puede proceder.

—Tenía la impresión de que el deseo del doctor Bowman de triunfar y la deferencia con que trataba el entonces jefe de residentes significaban que veía a los pacientes como un medio para competir. Buscaba adrede a los pacientes más complicados para que sus presentaciones fueran las más interesantes desde el punto de vista intelectual y las que mejores evaluaciones obtenían.

—En otras palabras, ¿tenía usted la impresión de que el doctor Bowman consideraba a los pacientes como medio para ascender en su carrera?

—Sí.

—¿Y tal actitud no encaja con el concepto actual de profesionalidad?

—Exacto.

—Gracias, doctor.

Tony se volvió hacia los miembros del jurado y los miró de uno en uno para cerciorarse de que el testimonio les quedaba bien grabado.

Jack se inclinó hacia Alexis.

—Ahora entiendo lo que decías de Tony Fasano —le susurró—. Es muy bueno. Ha conseguido llevar a juicio la medicina académica y su afán inherente de competir además de la medicina a la carta.

—Lo que me molesta es que está convirtiendo los éxitos de Craig en un saldo negativo, sabiendo que Randolph intentará hacer lo contrario.

Al reanudar el interrogatorio, Tony se ensañó con el episodio de Patience Stanhope. En pocos minutos consiguió que el doctor Brown defendiera la importancia de iniciar el tratamiento de una víctima de infarto lo antes posible, y que declarara que, tras revisar el historial, las posibilidades de supervivencia de Patience habían disminuido de forma considerable a causa del tiempo que Craig había tardado en confirmar el diagnóstico.

—Solo unas preguntas más, doctor Brown —anunció Tony—. ¿Conoce usted al doctor William Tardoff?

—Sí.

—¿Sabe que estudió en la Universidad de Boston?

—Sí.

—¿Y conoce también a la doctora Noelle Everette y sabe que se formó en Tufts?

—Sí.

—¿Le sorprende que tres expertos en cardiología formados en sendas facultades de medicina muy prestigiosas de la zona coincidan en que el doctor Craig Bowman no aplicó el procedimiento correcto en el caso de Patience Stanhope?

—No, no me sorprende. Sencillamente demuestra que existe unanimidad acerca de la necesidad de tratar lo antes posible a las víctimas de infarto.

—Gracias, doctor. No hay más preguntas.

Tony recogió sus papeles del atril y volvió a la mesa del demandante. Tanto su ayudante como Jordan manifestaron su aprobación con unas palmaditas en el brazo del abogado.

Randolph se levantó despacio hasta alcanzar toda su considerable estatura, se dirigió hacia el atril, se ajustó la americana y apoyó uno de sus elegantes y pesados zapatos de suela gruesa en la baranda.

—Doctor Brown —empezó—, estoy de acuerdo en que existe unanimidad respecto a la necesidad de tratar a las víctimas de infarto con la mayor celeridad posible en un centro sanitario bien equipado. Sin embargo, no es eso lo que se debate ante este tribunal. Aquí se trata de si el doctor Bowman procedió de forma apropiada o no.

. —El hecho de insistir en visitar a la paciente en su casa en lugar de reunirse con ella en el hospital provocó un retraso.

—Pero antes de la llegada del doctor Bowman a la residencia de los Stanhope, no existía un diagnóstico definitivo.

—Según la declaración del demandante, el doctor Bowman le dijo que su esposa estaba sufriendo un ataque al corazón.

—Ese es el testimonio del demandante —convino Randolph—, pero el demandado testificó haber dicho explícitamente que era necesario descartar el ataque al corazón. No afirmó categóricamente que Patience Stanhope estuviera sufriendo lo que los médicos denominan un infarto de miocardio o IM. De no haberse tratado de un ataque al corazón, no se habría producido ningún retraso, ¿no es cierto?

—Sí, pero el hecho es que sí se trataba de un ataque al corazón; está documentado. También está documentado que una prueba de esfuerzo previa había arrojado resultados dudosos.

—Pero lo que quiero decir es que el doctor Bowman no sabía a ciencia cierta si Patience había sufrido un infarto —insistió Randolph—. Y así lo testificará ante este tribunal. En fin, concentrémonos en su testimonio acerca de la facultad de medicina.

¿Obtuvo usted un excelente en su rotación de medicina interna de tercer año?

—Sí.

—¿Y todos sus compañeros de grupo obtuvieron la misma calificación?

—No.

—¿Todos ellos deseaban obtener un excelente?

—Supongo que sí.

—¿Cómo se ingresa en la facultad de medicina? ¿Es necesario presentar un expediente académico previo cargado de excelentes?

—Por supuesto.

—¿Y cómo se accede a las plazas de residencia más codiciadas, como las del hospital Memorial de Boston?

—Sacando excelentes.

—¿No es una hipocresía que los académicos deploren la competitividad como antihumanista y al mismo tiempo basen todo el sistema sobre ella?

—No tienen por qué ser conceptos mutuamente excluyentes.

—En un mundo ideal tal vez no, pero la realidad es bien distinta. La competencia no engendra compasión en ningún campo. Como ha testificado usted de forma muy elocuente, los estudiantes de medicina se ven obligados a asimilar una cantidad abrumadora de información, sobre cuya base se los evalúa. Y otra pregunta en este sentido... En su experiencia como estudiante y como tutor, ¿se da competencia para los, entre comillas, «pacientes más interesantes», por encima de las dolencias degenerativas habituales?

—Supongo que sí.

—Y ello se debe a que la presentación de tales casos obtiene las mejores evaluaciones.

—Supongo que sí.

—Lo cual sugiere que todos los estudiantes, pero sobre todo los mejores, utilizan hasta cierto punto a los pacientes para aprender y para ascender en su carrera.

—Tal vez.

—Gracias, doctor —dijo Randolph—. Volvamos ahora sobre

el tema de las visitas domiciliarias. ¿Qué opinión profesional le merecen?

—Poseen un valor limitado. El médico no tiene acceso a las herramientas necesarias para ejercer la medicina del siglo XXI.

—De modo que, en términos generales, los médicos no están a favor de las visitas domiciliarias. ¿Estaría de acuerdo con esta aseveración?

—Sí. Además de la falta de equipo, constituye un empleo inapropiado de los recursos, porque se pierde mucho tiempo en desplazamientos. En la misma cantidad de tiempo se podría visitar a muchos más pacientes.

—Por tanto es una práctica ineficiente.

—Podría decirse que sí.

—¿Qué opinan los pacientes de las visitas domiciliarias?

—¡Protesto! —terció Tony, levantándose a medias de la silla—. Conjetura.

El juez Davidson se quitó las gafas de lectura y lanzó a Tony una mirada entre furiosa e incrédula.

—¡Denegada! —espetó—. Como paciente, lo cual somos todos en algún momento dado, el doctor Brown puede hablar por propia experiencia. Proceda.

—¿Quiere que le repita la pregunta? —se ofreció Randolph.

—No —denegó el doctor Brown—. Por lo general, a los pacientes les gustan las visitas domiciliarias —añadió tras una vacilación.

—¿Qué cree que opinaba Patience Stanhope de las visitas domiciliarias?

—¡Protesto! —repitió Tony—. Suposiciones. Es imposible que el testigo sepa lo que la difunta opinaba de las visitas domiciliarias.

—Se acepta —suspiró el juez Davidson.

—Imagino que ha leído la documentación médica aportada por el demandante.

—Sí.

—Así pues, sabe que el doctor Bowman realizó numerosas visitas al domicilio de Patience Stanhope antes de la tarde en cuestión, con frecuencia en plena noche. Por lo que ha leído en el historial, ¿cuál era el diagnóstico habitual en tales visitas?

—Reacción de ansiedad que se manifestaba sobre todo en molestias gastrointestinales.

—¿Y el tratamiento?

—Sintomático y placebo.

—¿Sufría dolores?

—Sí.

—¿Dónde?

—Sobre todo en el bajo vientre, pero a veces eran dolores epigástricos.

—En ocasiones, el dolor en la zona epigástrica se manifiesta como dolor torácico, ¿no es así?

—Sí.

—Después de leer el historial, ¿diría usted que Patience Stanhope exhibía al menos algunos síntomas de hipocondriasis?

—¡Protesto! —exclamó Tony, aunque esta vez sin incorporarse—. No hay ninguna mención a la hipocondriasis en el historial.

—Denegada —replicó el juez Davidson—. El tribunal recuerda al letrado del demandante que el testigo es su experto médico.

—Después de leer el historial, creo que puede señalarse que existían ciertos elementos de hipocondriasis.

—¿El hecho de que el doctor Bowman visitara en su casa en numerosas ocasiones, lo cual según sus palabras la mayoría de los médicos no aprueba, a menudo en plena noche, a una mujer declaradamente hipocondríaca, le dice a usted algo acerca de la actitud y la compasión del doctor Bowman hacia sus pacientes?

—No.

Randolph se puso rígido por la sorpresa y enarcó las cejas.

—Su respuesta desafía toda racionalidad. ¿Podría explicarse?

—Según tengo entendido, las visitas domiciliarias constituyen uno de los privilegios que los pacientes esperan cuando pagan cuotas elevadas a sus médicos, cuotas de hasta veinte mil dólares anuales, para formar parte de sus consultas de medicina a la carta. Bajo tales circunstancias no puede decirse que las visitas domiciliarias del doctor Bowman reflejaran necesariamente una actitud magnánima ni altruista.

—Pero podría ser.

—Sí, podría.

—Dígame una cosa, doctor Brown, ¿está usted en contra de la medicina a la carta?

—Por supuesto que sí —masculló el doctor Brown.

Hasta ese instante se había comportado con cierta frialdad distante que recordaba en parte a la actitud de Randolph, pero a todas luces, las preguntas del abogado le habían tocado la fibra sensible.

—¿Puede explicar su vehemencia al tribunal?

El doctor Brown respiró hondo para serenarse.

—La medicina a la carta contraviene uno de los tres principios fundamentales de la profesionalidad médica.

—¿Le importaría explicarse?

—En absoluto —aseguró el doctor Brown, recobrando su habitual actitud profesional—. Además del bienestar del paciente y su autonomía, el principio de la justicia social es un pilar clave de la profesionalidad médica en el siglo XXI. La medicina a la carta es el polo opuesto del intento de acabar con la discriminación en la sanidad, punto básico de la justicia social.

—¿Cree que su contundente opinión acerca de este asunto puede poner en peligro su capacidad de mostrarse imparcial con el doctor Bowman?

—No.

—¿Podría explicarnos por qué no? A fin de cuentas, sus palabras «contravienen» toda racionalidad, para emplear sus propias palabras.

—Como internista bien informado, el doctor Bowman sabe que los síntomas que sufren las mujeres aquejadas de un infarto de miocardio son distintos de los que sufren los hombres. En cuanto un internista sospecha un infarto en una mujer, sobre todo en una mujer posmenopáusica, debe actuar como si se tratara de un ataque al corazón hasta que se demuestre lo contrario. Existe un paralelismo en pediatría: si un médico sospecha la presencia de una meningitis en un paciente pediátrico está obligado a proceder como si lo fuera y realizar una punción medular. Lo mismo se aplica a las mujeres con posible infarto. El doctor Bowman sospechaba que se trataba de un infarto y debería haber actuado en consecuencia.

—Doctor Brown —prosiguió Randolph—, a menudo se dice que la medicina es más un arte que una ciencia. ¿Puede explicarnos qué significa esta frase?

—Significa que los datos no bastan por sí solos. El médico debe recurrir también a su criterio, y puesto que la medicina no es un campo puramente objetivo, recibe la etiqueta de arte.

—De modo que los conocimientos científicos en medicina tienen un límite.

—Exacto. No existen dos seres humanos iguales, ni siquiera los gemelos idénticos.

—¿Diría usted que la situación a la que se enfrentó el doctor Bowman la noche del 8 de septiembre de 2005, cuando se le llamó para que visitara por segunda vez en un día a una mujer declaradamente hipocondríaca, requería una gran medida de criterio propio?

—Todas las situaciones médicas lo requieren.

—Le pregunto concretamente por aquella noche.

—Sí, considero que requería una gran medida de criterio propio.

—Gracias, doctor —dijo Randolph al tiempo que empezaba a recoger sus notas—. No hay más preguntas.

—El testigo puede retirarse —indicó el juez Davidson antes de volverse hacia el jurado—. Es casi mediodía y tengo la impresión de que necesitan reponer fuerzas. Yo también, desde luego. Recuerden que no deben hablar del caso ni entre ustedes ni con nadie. —Dio un mazazo—. Se levanta la sesión hasta la una y media.

—Todos en pie —ordenó el alguacil mientras el juez bajaba del estrado y desaparecía en las dependencias del tribunal.

11

Boston, Massachusetts,
miércoles, 7 de junio de 2006, 12.30 horas.

Alexis, Craig y Jack encontraron una pequeña y ruidosa cafetería con vistas a la amplia explanada del edificio de la administración. Habían invitado a Randolph, pero el abogado había declinado alegando que tenía cosas que preparar. Era un hermoso día de finales de primavera, y la explanada estaba abarrotada de gente que había escapado de sus agobiantes despachos para tomar el aire y el sol. Jack tenía la sensación de que los habitantes de Boston vivían mucho más al aire libre que los neoyorquinos.

Al principio, Craig se mostró taciturno, como de costumbre, pero al rato empezó a relajarse y a participar en la conversación.

—No has mencionado el tema de la autopsia —comentó de repente—. ¿Cómo está el asunto?

—De momento en manos del director de la funeraria —explicó Jack—. Tiene que llevar el papeleo al departamento de sanidad y disponer la apertura de la tumba y el transporte del ataúd.

—¿O sea que no queda descartada?

—Lo estamos intentando —aseguró Jack—. Creía que tal vez podría hacerse esta misma tarde, pero puesto que no tengo noticias, supongo que tendremos que esperar hasta mañana.

—El juez quiere dejar el caso zanjado el viernes —señaló Craig en tono desalentador—. Puede que mañana sea demasiado tarde. Detesto la idea de que hagas tantos esfuerzos por nada.

—Puede que no sirva de nada —convino Alexis, descorazonada—. Puede que todo sea en balde.

Jack paseó la mirada entre ambos.

—Vamos, chicos, a mí no me lo parece; al contrario, me da la sensación de estar haciendo algo útil. Además, cuanto más pienso en la cianosis, más ganas tengo de hacer la autopsia.

—¿Por qué? —quiso saber Alexis—. Vuelve a explicármelo.

—¡No le des cuerda! —exclamó Craig—. No quiero suscitar falsas esperanzas. Analicemos la sesión de esta mañana.

—Creía que no querías hablar de eso —replicó Alexis con cierta sorpresa.

—La verdad es que preferiría olvidarlo, pero por desgracia, no puedo permitirme ese lujo si vamos a introducir cambios.

Craig y Alexis se quedaron mirando a Jack con aire expectante.

—¿Qué es esto? —preguntó Jack con una sonrisa torva mientras los miraba alternativamente—. ¿Un interrogatorio? ¿Por qué yo?

—Porque eres el más objetivo de los tres —explicó Alexis—. Es evidente.

—¿Cómo crees que lo está haciendo Randolph ahora que lo has visto en acción? —inquirió Craig—. Estoy preocupado. No quiero perder el caso, y no solo porque no soy culpable de negligencia, sino también porque mi reputación se irá al garete. El último testigo había sido tutor mío en la facultad y mi adjunto durante la residencia, como ha explicado. Adoraba a ese tío, y aún lo adoro profesionalmente.

—Comprendo lo devastador y humillante que debe de ser para ti —aseguró Jack—. Dicho esto, creo que Randolph lo está haciendo bien. Ha conseguido neutralizar lo que Tony ha sacado del doctor Brown, de modo que diría que la sesión ha acabado en empate. El problema es que Tony resulta más entretenido, pero esa no es razón suficiente para cambiar de abogado a estas alturas.

—Lo que no ha conseguido neutralizar es la excelente analogía del doctor Brown sobre el paciente pediátrico y la meningitis. Tiene razón, porque así es como hay que reaccionar ante una paciente posmenopáusica cuando sospechas siquiera remotamente que puede estar sufriendo un ataque al corazón. Las mujeres presentan síntomas distintos de los de los hombres en un número sorprendentemente elevado de los casos. Puede que la fastidiara, porque lo cierto es que se me ocurrió la posibilidad de un infarto.

—Los médicos siempre tienden a dudar de sí mismos en los casos con desenlace adverso —recordó Jack a Craig—, sobre todo cuando hay una supuesta negligencia. Lo cierto es que te desvivías por aquella mujer, y ella se aprovechaba de ti. Sé que no es políticamente correcto decirlo, pero es verdad. Con todas las falsas alarmas y las llamadas para que fueras a verla en plena noche, no es de extrañar que no se te ocurriera sospechar que estaba realmente enferma.

—Gracias —musitó Craig con los hombros hundidos—. Significa mucho para mí oírte decir eso.

—El problema es que Randolph tiene que hacérselo entender al jurado, para simplificar el asunto. Y tened en cuenta que Randolph todavía no ha presentado la defensa. Vosotros también contáis con expertos dispuestos a testificar lo que acabo de exponer.

Craig respiró hondo y exhaló el aire con fuerza al tiempo que asentía unas cuantas veces.

—Tienes razón. No puedo tirar la toalla, pero mañana me toca testificar.

—Creía que lo esperabas con impaciencia —comentó Jack—. Tú eres quien mejor sabe qué ocurrió y cuándo.

—Lo sé —convino Craig—, pero el problema es que detesto a Tony Fasano de tal manera que me cuesta no perder los papeles. Ya leíste la declaración. Consiguió sacarme de quicio. Randolph me aconsejó no ponerme arrogante, y me puse arrogante. Randolph me aconsejó no enfadarme, y me enfadé. Randolph me aconsejó limitarme a responder las preguntas, y yo me fui por la tangente, intentando justificar los errores. Lo hice fatal y temo que me vuelva a pasar. No se me dan bien estas cosas.

—Considera tu declaración como un ensayo —recomendó

Jack—. Y recuerda que duró dos días. El juez no permitirá que tu testimonio dure tanto; es él quien quiere que el caso quede cerrado el viernes.

—Supongo que el quid de la cuestión es que no confío en mí mismo —reconoció Craig—. El único aspecto positivo de todo este desastre es que me ha obligado a mirarme al espejo. La razón por la que Tony Fasano consiguió que me pusiera arrogante es que soy arrogante. Sé que queda mal decirlo, pero soy el mejor médico que conozco. He tenido confirmación de ello en tantas ocasiones... Siempre fui uno de los mejores estudiantes, si no el mejor, durante toda la carrera, y me he vuelto adicto a los elogios. Necesito escucharlos, y por eso lo contrario, es decir, todo lo que estoy escuchando en este maldito juicio, me resulta tan humillante y devastador, maldita sea.

Craig enmudeció tras el arranque. Tanto Alexis como Jack se quedaron sin habla por unos instantes. El camarero acudió para llevarse los platos sucios. Alexis y Jack cambiaron una mirada y se volvieron de nuevo para observar a Craig con los ojos abiertos de par en par.

—¡Que alguien diga algo! —pidió Craig.

Alexis extendió las manos con las palmas hacia arriba y meneó la cabeza.

—No sé qué decir. No sé si reaccionar emocional o profesionalmente.

—Mejor profesionalmente. Creo que necesito un chute de realidad. Voy muy perdido, ¿y sabéis por qué? Os lo diré. En los primeros años de universidad, mientras trabajaba como un esclavo, aquello me parecía un asco, pero estaba convencido de que cuando entrara en la facultad de medicina, todo iría bien. Pues bien, la facultad de medicina también era un asco, de modo que esperaba con impaciencia la residencia. Ya os hacéis una idea. La residencia tampoco fue precisamente maravillosa, pero a la vuelta de la esquina me esperaba la oportunidad de abrir mi propia consulta. Y fue entonces cuando la realidad me dio alcance, gracias a las aseguradoras, la gestión médica y todas las demás chorradas que hay que aguantar.

Jack se quedó mirando a Alexis. Advirtió que su hermana intentaba decidir cómo responder a aquellas revelaciones repentinas, pero esperaba que se le ocurriera algo, porque él se sentía incapaz de articular palabra. El monólogo de Craig lo había dejado anonadado. La psicología no era su fuerte en modo alguno. Durante mucho tiempo apenas sí había podido aguantarse a sí mismo.

—Estoy impresionada con tu perspicacia —empezó Alexis.

—No te pongas condescendiente conmigo —espetó Craig.

—No, te lo digo en serio —insistió Alexis—. Estoy impresionada. Lo que intentas decir es que tu talante romántico ha sufrido decepciones constantes porque la realidad nunca ha estado a la altura de tus expectativas idealizadas. Cada vez que alcanzas un objetivo, no es lo que creías. Eso es trágico.

Craig puso los ojos en blanco.

—Me parece una chorrada.

—No lo es; piensa en ello —pidió Alexis.

Craig apretó los labios y frunció el ceño.

—Vale —reconoció por fin—. Tiene sentido, pero parece una forma muy rocambolesca de decir «Las cosas no han salido bien». Pero bueno, nunca me ha hecho demasiado gracia la jerga psicológica.

—Has tenido que afrontar varios conflictos —prosiguió Alexis—, y no ha sido fácil para ti.

—¿En serio? —exclamó Craig con cierta altanería.

—No te pongas a la defensiva —exigió Alexis—. Me has pedido mi opinión profesional.

—Tienes razón, lo siento. Háblame de esos conflictos.

—El más sencillo se da entre la medicina clínica y la investigación. Eso te ha causado cierta ansiedad porque necesitas dedicarte al cien por cien a todo lo que acometes, pero en este caso has logrado encontrar cierto equilibrio. Otro conflicto más problemático es el que se da entre dedicarte a tu trabajo o dedicarte a tu familia. Eso te ha causado mucha angustia.

Craig se la quedó mirando sin decir nada.

—Por motivos obvios, no puedo ser objetiva —continuó

Alexis—. Lo que me gustaría es que exploraras lo que acabas de contarnos con un profesional.

—No me gusta pedir ayuda —señaló Craig.

—Lo sé, pero incluso esta actitud indica algo que quizá merezca la pena explorar —persistió Alexis antes de volverse hacia Jack—. ¿Quieres decir algo?

Jack levantó las manos.

—No, estas cosas no son mi fuerte.

De hecho, estaba pensando en los conflictos a los que se había enfrentado él, es decir, a la posibilidad de formar una nueva familia con Laurie, como haría el viernes. Durante muchos años se había negado, había creído que no merecía ser feliz y que una nueva familia degradaría a la primera. Pero con el correr de los años, aquella sensación había dado paso al miedo a poner a Laurie en peligro. Jack había luchado contra el miedo claramente irracional de que amar a alguien entrañara un peligro para esa persona.

La conversación tomó derroteros menos serios, y Jack aprovechó la ocasión para levantarse de la mesa y hacer una llamada. Salió a la explanada adoquinada y marcó el número de la oficina del forense con la intención de dejar un mensaje a la secretaria de Calvin. Tenía la esperanza de que su jefe hubiera salido a comer, pero por desgracia, era la secretaria quien había salido, pues Calvin contestó en persona.

—¿Cuándo demonios vas a volver? —tronó al oír la voz de Jack.

—La cosa no pinta bien —reconoció Jack.

Se vio obligado a apartarse el teléfono de la oreja mientras Calvin mascullaba juramentos y regañaba a Jack por su irresponsabilidad. Cuando el jefe le preguntó qué demonios estaba haciendo, volvió a acercarse el auricular y le habló de la autopsia. También le contó que le habían presentado al jefe de la oficina del forense de Boston, el doctor Kevin Carson.

—¿Ah, sí? ¿Cómo está el sureño? —preguntó Calvin.

—Creo que bien. Estaba haciendo una autopsia cuando me lo presentaron, así que hablamos muy poco.

—¿Preguntó por mí?

—¡Sí! —mintió Jack—. Me dio saludos para ti.

—Bueno, pues salúdalo de mi parte si lo ves otra vez. Y luego vuelve aquí. No hace falta que te diga que Laurie va de bólido con los preparativos. No pretenderás presentarte en el último momento, ¿eh?

—Claro que no —aseguró Jack.

Sabía que Calvin era una de las personas del trabajo a las que Laurie había insistido en invitar. De haber dependido de él, Jack solo habría invitado a Chet, su compañero de despacho. En el trabajo todo el mundo ya sabía demasiado acerca de su vida privada.

Fue en busca de Craig y Alexis, y tras un breve paseo al sol, los tres regresaron al juzgado. Cuando llegaron a la sala, otros espectadores también entraban en ella. Era la una y cuarto. Siguieron a los demás al interior.

Craig traspasó la baranda con Randolph y su asistente. Jordan Stanhope ya estaba sentado a la mesa del demandante con Tony Fasano y Renee Relf. Jack supuso que Tony estaba dando los últimos consejos a su cliente antes de que este subiera al estrado. Si bien el sonido de su voz quedaba ahogado por el murmullo de la sala, sus labios se movían con rapidez, y gesticulaba con ambas manos.

—Tengo la sospecha que esta tarde va a ser un espectáculo —comentó a Alexis mientras se abrían paso hacia la misma fila donde se habían sentado por la mañana.

Alexis había indicado que le gustaba estar cerca del jurado para observar sus expresiones y gestos. Los miembros del jurado todavía no habían llegado.

—Creo que tienes razón —convino Alexis al tiempo que se sentaba y dejaba el bolso en el suelo a sus pies.

Jack tomó asiento y se removió un poco para ponerse lo más cómodo posible pese a la dureza del banco de roble. Paseó la mirada por la sala, fijándose en la estantería repleta de libros de derecho que se alzaba tras la butaca del juez. Dentro del espacio del tribunal había una pizarra con ruedas, además de las mesas del demandante y el demandado, todo ello colocado sobre una moqueta moteada. Cuando sus ojos se desviaron hacia la derecha para contemplar el puesto del alguacil, pasaron de largo, y de nuevo se encontró mirando de hito en hito a Franco. A diferencia de aquella mañana y a causa de la posición del sol, Jack alcanzó a distinguir los ojos del hombre en sus profundas cuencas. Eran como dos relucientes canicas negras. Sintió el impulso de saludarlo otra vez, pero se impuso la sensatez. Aquella mañana ya se había divertido; mostrarse demasiado provocador no tenía ningún sentido.

—¿Te ha sorprendido tanto como a mí lo que ha dicho Craig durante la comida? —le preguntó Alexis.

Contento de poder dejar de mirar a Franco, Jack se volvió hacia su hermana.

—Asombrado sería la palabra exacta. No pretendo ser cínico, pero no me parece propio de él. ¿Los narcisistas reconocen que lo son?

—Por lo general no, a menos que se sometan a terapia y estén muy motivados. Por supuesto, me refiero a la gente con un trastorno de personalidad real y grave, no a un simple rasgo, que es la categoría a la que pertenece la mayoría de los médicos.

Jack contuvo la lengua; no tenía intención de discutir con su hermana a qué grupo pertenecía Craig.

—¿Esta clase de comentarios son una reacción transitoria al estrés o pueden significar un verdadero cambio vital? —preguntó en cambio.

—El tiempo lo dirá —comentó Alexis—. Pero quiero tener esperanzas; sería algo muy positivo. La verdad es que en muchos sentidos, Craig es víctima de un sistema que lo ha empujado a competir y destacar, y la única forma de asegurarse de que destacaba era obtener los elogios de sus profesores, como el doctor Brown. Como él mismo ha reconocido, se volvió adicto a esa clase de aprobación, y cuando acabó los estudios, le quitaron la droga como a un toxicómano y al mismo tiempo chocó de frente con la realidad del tipo de medicina que se veía obligado a ejercer.

—Creo que eso les pasa a muchos médicos. Necesitan muchos elogios.

—A ti no te pasó. ¿Cómo es?

—Hasta cierto punto sí que me pasaba cuando era oftalmólogo. Randolph consiguió que el doctor Brown reconociera que se debe a la estructura competitiva de la formación médica. Pero en mis tiempos de estudiante, yo no era tan obsesivo como Craig. Tenía otros intereses aparte de la medicina. Solo saqué un notable alto en la rotación de medicina interna de tercero.

Jack dio un respingo cuando el móvil empezó a vibrar en su bolsillo; lo había puesto en modo de vibración silenciosa. Intentó sacarlo con ademanes frenéticos. Por motivos que no alcanzaba a comprender, el teléfono siempre le producía un sobresalto.

—¿Te pasa algo? —preguntó Alexis al observar sus contorsiones.

Jack adelantó la pelvis para poder acceder al bolsillo.

—El maldito móvil —masculló Jack.

Por fin logró sacarlo, miró la pantalla y comprobó que el prefijo era 617, es decir, Boston. De repente recordó el número; era el de la funeraria.

—Ahora vuelvo —dijo.

Se levantó y salió de la fila a toda prisa. Una vez más percibió la mirada de Franco, pero no se la devolvió, sino que salió de la sala para contestar a la llamada.

Por desgracia había muy poca cobertura, de modo que colgó, bajó en el ascensor hasta la planta baja, salió del juzgado y buscó el número en la lista de llamadas recibidas. Al cabo de un instante se puso Harold, y Jack se disculpó por la mala cobertura.

—No pasa nada —dijo Harold—. Tengo buenas noticias. El papeleo ya está tramitado, los permisos concedidos y todo dispuesto.

—Estupendo —exclamó Jack—. ¿Cuándo? ¿Esta misma tarde?

—No, eso habría sido un milagro. Lo harán mañana, a media mañana. Es lo máximo que he podido hacer. Tanto la excavadora como el furgón de transporte están ocupados esta tarde.

Decepcionado por la ausencia del milagro, Jack dio las gracias al director y colgó. Permaneció inmóvil unos instantes mientras intentaba decidir si llamar a Laurie para explicarle cuándo practicaría la autopsia. Si bien sabía que era lo correcto, no le apetecía en absoluto, porque sabía cuál sería su reacción. De repente se le ocurrió una idea cobarde. En lugar de llamarla al teléfono fijo del trabajo, donde con toda probabilidad la localizaría, se le ocurrió llamarla al móvil y dejarle un mensaje, ya que rara vez lo conectaba durante el día. De ese modo evitaría su reacción inmediata y le daría la oportunidad de procesar la información antes de que la llamara por la noche. Marcó su número y experimentó un gran alivio al oír el mensaje grabado del buzón de voz.

Una vez realizada aquella tarea ligeramente desagradable, Jack subió para sentarse de nuevo junto a Alexis. Jordan Stanhope estaba en el estrado, y Tony tras el atril, pero nadie hablaba. Tony estaba ocupado hojeando sus papeles.

—¿Me he perdido algo? —preguntó a Alexis en un susurro.

—No. Jordan acaba de prestar juramento y está a punto de empezar a testificar.

—La autopsia se hará mañana, después de que exhumen el cadáver.

—Genial —repuso Alexis, pero su reacción no era la que Jack había esperado.

—No pareces muy entusiasmada.

—¿Cómo quieres que lo esté? Como ha dicho Craig durante la comida, puede que mañana sea demasiado tarde.

Jack se encogió de hombros; estaba haciendo lo que podía.

—Sé que esto es difícil para usted —empezó Tony en voz alta y clara para que toda la sala lo oyera—. Intentaré que su testimonio sea lo más breve y lo menos doloroso posible, pero el jurado necesita escuchar sus palabras.

Jordan asintió en señal de gratitud. En lugar de la postura erguida que siempre mantenía en la mesa del demandante, ahora se sentaba con los hombros encorvados, y en vez de su anterior expresión neutra, las comisuras de sus labios se curvaban hacia abajo en una expresión de desazón y desesperación. Llevaba un traje de seda negra, camisa blanca y corbata negra. Al bolsillo de la pechera asomaba la punta de un pañuelo negro.

—Supongo que echa de menos a su esposa —prosiguió Tony—. Era una mujer maravillosa, apasionada y culta que adoraba vivir, ¿verdad?

—¡Por el amor de Dios! —gimió Jack en voz baja—. Después de haberlo visitado, esto me va a dar ganas de vomitar. Y me sorprende la actitud de Randolph. No soy abogado, pero sin duda es una pregunta tendenciosa. ¿Por qué no protesta?

—Me dijo que el testimonio de la viuda o el viudo siempre es el más problemático para la defensa. Dice que la mejor estrategia es lograr que bajen del estrado lo antes posible, lo cual significa dar bastante margen al abogado del demandante.

Jack asintió. El dolor de perder a un familiar era una emoción que todo el mundo consideraba una experiencia humana fundamental.

Jordan siguió contando un cuento empalagosamente sentimentaloide sobre Patience. Lo maravillosa que era, la idílica vida en común, lo mucho que la amaba. Tony iba guiándolo con preguntas cuando Jordan se quedaba en blanco.

En aquel punto del tedioso testimonio de Jordan, Jack volvió la cabeza para echar un vistazo a la sección del público. Vio a Franco, pero este observaba al testigo, lo cual le produjo cierto alivio. Jack esperaba que lo pasado, pasado fuera. Buscaba a otra persona y la encontró en la última fila. Era Charlene. La mujer ofrecía un aspecto impresionante con su atuendo de luto. Jack meneó la cabeza. En ocasiones no alcanzaba a comprender la degeneración de que eran capaces los seres humanos. Aun cuando solo fuera por las apariencias, Charlene debería haberse abstenido de acudir.

A medida que se alargaba la elegía a Patience, Jack empezó a ponerse nervioso. No tenía necesidad alguna de escuchar las tonterías que soltaba aquel impostor. Clavó la mirada en la nuca de Craig. Su cuñado estaba inmóvil, como en trance. Jack intentó imaginar cómo sería verse atrapado en semejante pesadilla. Luego miró de soslayo a su hermana. Alexis escuchaba el testimonio de

Jordan absorta y con los ojos entornados. Jack le deseaba lo mejor y lamentaba no poder hacer más para ayudarla.

Justo cuando estaba a punto de concluir que no podía escuchar una sola palabra más, Tony cambió de tercio.

—Hablemos ahora del 8 de septiembre de 2005 —indicó—. Me parece que su mujer no se encontraba bien aquel día. ¿Podría contarnos con sus propias palabras qué ocurrió?

Jordan carraspeó e irguió los hombros.

—A media mañana me di cuenta de que no se encontraba bien. Me llamó para que fuera a su dormitorio y allí la encontré muy alterada.

—¿De qué se quejaba?

—Dolor abdominal, gases, congestión... Me dijo que estaba tosiendo más de lo habitual, que no había pegado ojo en toda la noche y que ya no lo aguantaba más. Me pidió que llamara al doctor Bowman, que quería que viniera inmediatamente, porque no se veía capaz de ir a la consulta.

—¿Tenía algún otro síntoma?

—Me dijo que le dolía la cabeza y que estaba sofocada.

—Es decir, en cuanto a los síntomas... Dolor abdominal, gases, tos, dolor de cabeza y sofocos.

—Básicamente. Siempre tenía muchos síntomas, pero aquellos eran los principales.

—Pobre mujer —se lamentó Tony—. Y supongo que también era duro para usted.

—Nos las apañábamos lo mejor posible —repuso Jordan con cierta rigidez.

—Entonces llamó usted al médico, y él vino a su casa.

—Sí.

—¿Y qué pasó?

—El doctor Bowman la examinó y le recomendó que tomara la medicación que ya le había prescrito para el sistema digestivo. También le aconsejó que se levantara de la cama y fumara menos. Asimismo le dijo que consideraba que estaba más ansiosa de lo habitual y sugirió que tomara una dosis baja de antidepresivos antes de acostarse. Le dijo que en su opinión merecía la pena probar.

—¿Y Patience quedó satisfecha con aquellas recomendaciones?

—No. Quería un antibiótico, pero el doctor Bowman se negó a recetárselo. Le dijo que no lo necesitaba.

—¿Y su esposa siguió las recomendaciones del médico?

—No sé qué medicamentos tomó, pero lo que sí hizo fue levantarse al cabo de un rato. Me pareció que se encontraba bastante mejor. Hacia las cinco me dijo que quería volver a acostarse.

—¿En aquel momento se quejó de algún síntoma en especial?

—No. Ya le digo, siempre tenía bastantes molestias y por eso subió a acostarse.

—¿Qué pasó luego?

—Hacia las siete me llamó para que fuera a su habitación. Quería que volviera a llamar al médico porque se encontraba muy mal.

—¿Tenía las mismas molestias que por la mañana?

—No, eran completamente distintas.

—¿De qué se trataba? —preguntó Tony.

—Me dijo que le dolía el pecho desde hacía una hora.

—Un dolor diferente del dolor abdominal que había sufrido por la mañana...

—Completamente diferente.

—¿Qué más?

—Se sentía débil y me dijo que había vomitado un poco. Apenas podía incorporarse, me dijo que se sentía entumecida y que tenía la sensación de estar flotando. Y también me dijo que le costaba respirar. Estaba muy mal.

—Parece una situación grave. Debió de asustarse usted mucho.

—Estaba muy alterado y preocupado.

—Así que... —Tony hizo una pausa de efecto dramático antes de continuar—, llamó usted al médico. ¿Qué le dijo?

—Le dije que Patience estaba muy enferma y que debía ir al hospital.

—¿Y cómo reaccionó el doctor Bowman a su petición de ir al hospital enseguida?

—Quería que le describiera los síntomas.

—¿Y lo hizo usted? ¿Le contó lo que acaba de contarnos a nosotros?

—Casi con las mismas palabras.

—¿Y cuál fue la reacción del doctor Bowman? ¿Le dijo que pidiera una ambulancia y que se reunirían en el hospital?

—No. Siguió haciéndome preguntas que me obligaban a ir a ver a Patience para obtener respuesta.

—A ver si lo entiendo bien. Le dijo al doctor Bowman que su mujer estaba muy mal, y él lo obligó a ir a preguntarle detalles concretos... ¿Es eso lo que sucedió?

—Exacto.

—Durante este período de preguntas y respuestas, mientras transcurrían unos minutos valiosísimos, ¿volvió a mencionar usted su convicción de que Patience debía ir al hospital sin demora?

—Sí. Estaba aterrorizado.

—No me extraña, puesto que su esposa se estaba muriendo ante sus ojos.

—Protesto —intervino Randolph—. Argumentativa y prejudicial. Solicito que se elimine de las actas.

—Se acepta —convino el juez Davidson antes de volverse hacia el jurado—. Deberán descartar el último comentario del señor Fasano y no incluirlo en sus deliberaciones —ordenó—. Le advierto, letrado, que no consentiré más comentarios como este —avisó a Fasano.

—Pido disculpas al tribunal —dijo Tony—. Las emociones han podido conmigo; no volverá a suceder.

Alexis se inclinó hacia Jack.

—Tony Fasano me da miedo. Es muy bueno, sabe lo que se hace.

Jack asintió; era como ver a un gamberro callejero en una pelea de bar.

Tony Fasano se acercó a la mesa del demandante para beber un poco de agua. Jack lo sorprendió guiñándole el ojo a su asistente, Renee Relf, a espaldas del juez.

De nuevo en el atril, Tony prosiguió con el interrogatorio.

—Durante su conversación telefónica con el doctor Bowman, mientras su esposa yacía en la cama en estado grave, ¿el doctor pronunció las palabras «ataque al corazón»?

—Sí.

—¿Dijo que su esposa estaba sufriendo un ataque al corazón?

—Sí, dijo que eso le parecía.

Jack advirtió que Craig se inclinaba para susurrar algo al oído de Randolph, que asintió.

—Cuando el doctor Bowman llegó a su casa y vio a Patience, su actitud cambió respecto a la que había mostrado por teléfono, ¿no es así?

—Protesto —terció Randolph—. Tendenciosa.

—Se acepta —decretó el juez Davidson.

—Señor Stanhope, ¿podría decirnos qué sucedió cuando el doctor Bowman llegó a su casa la noche del 8 de septiembre del año pasado?

—Se quedó de una pieza al ver el estado de Patience y me dijo que pidiera una ambulancia enseguida.

—¿El estado de Patience había cambiado de forma significativa entre la conversación telefónica y la llegada del doctor Bowman?

—No.

—¿Le dijo el doctor Bowman en aquel momento algo que a usted le pareciera inapropiado?

—Sí, me culpó por no haber descrito bien los síntomas de Patience.

—¿Y eso le sorprendió?

—Por supuesto que sí. Le había dicho lo mal que estaba y le había dicho varias veces que debía ir directamente al hospital.

—Gracias, señor Stanhope. Agradezco su testimonio acerca de este suceso tan trágico. Una pregunta más. Cuando el doctor Bowman llegó a su casa aquella noche fatídica, ¿qué llevaba? ¿Lo recuerda?

—Protesto —exclamó Randolph—. No ha lugar.

El juez Davidson hizo girar la estilográfica mientras observaba a Tony.

—¿Es un punto relevante o mero adorno?

—Es muy relevante, Señoría —aseguró Tony—, tal como se pondrá de manifiesto en el testimonio del próximo testigo de la acusación.

—Denegada —dijo el juez Davidson—. El testigo puede responder a la pregunta.

—El doctor Bowman llevaba esmoquin e iba acompañado de una joven ataviada con un vestido muy escotado.

Algunos de los miembros del jurado cambiaron miradas con sus vecinos como si se preguntaran qué estarían pensando.

—¿Reconoció usted a la joven?

—Sí, la había visto en la consulta del doctor Bowman, y él la presentó como su secretaria.

—¿La elegancia de su atuendo le pareció extraña o significativa?

—Ambas cosas —repuso Jordan—. Extraña porque sugería que estaban de camino a algún tipo de acto social, y yo sabía que el doctor Bowman estaba casado, y significativa porque me preguntaba si tendría algo que ver con la decisión del doctor Bowman de visitar a Patience en casa en lugar de reunirse con nosotros en el hospital.

—Gracias, señor Stanhope —dijo Tony mientras recogía sus papeles—. No hay más preguntas.

—Señor Bingham —llamó el juez Davidson con un ademán de cabeza.

Randolph titubeó un instante, a todas luces absorto en sus pensamientos. Incluso cuando por fin se levantó y se dirigió hacia el atril, parecía moverse por acto reflejo, no de forma consciente. En la sala reinaba un silencio profundo y expectante.

—Señor Stanhope —comenzó Randolph—, le haré muy pocas preguntas. Todos los integrantes de la defensa, incluido el doctor Bowman, lamentamos profundamente la muerte de su esposa y comprendemos cuán difícil debe de resultarle recordar los trágicos acontecimientos de aquella noche, de modo que seré breve. Volvamos sobre la conversación telefónica que sostuvo usted con el doctor Bowman. ¿Recuerda haberle dicho al doctor

Bowman que, al menos que usted recordara, Patience nunca se había quejado de dolores en el pecho?

—No estoy seguro; estaba muy alterado.

—En cambio, en el turno del señor Fasano me ha parecido que recordaba con gran exactitud dicha conversación.

—Es posible que le dijera que nunca había tenido dolores en el pecho, pero no estoy del todo seguro.

—Le recuerdo que es lo que dijo en su declaración. ¿Quiere que se lo lea?

—No. Si figura en la declaración será cierto. Y ahora que me lo recuerda, creo que sí le dije que nunca había sufrido dolores en el pecho. Han pasado ocho meses, y aquella noche yo estaba bajo una gran tensión. La declaración queda mucho más cerca de los hechos.

—Gracias, señor Stanhope. Pero me gustaría que hiciera memoria respecto a la reacción del doctor Bowman. ¿Recuerda lo que dijo?

—Me parece que no.

—Le corrigió y le recordó que Patience había sufrido dolores en el pecho en varias ocasiones, dolores por los que el doctor la había visitado en casa.

—Es posible.

—Así pues, sus recuerdos acerca de lo que se dijo en aquella conversación telefónica no son tan precisos como se nos ha hecho creer hace unos minutos.

—Aquella conversación tuvo lugar hace ocho meses, y en ese momento yo estaba frenético. No me parece tan extraño.

—No lo es, pero por otro lado está usted seguro de que el doctor Bowman afirmó que Patience estaba sufriendo un ataque al corazón.

—Dijo que había que descartarlo.

—Tal como lo expresa parece que no fue el doctor Bowman quien sacó el tema a colación.

—Fui yo. Le pregunté si era eso lo que creía. Lo adiviné por las preguntas que quería que le hiciese a Patience.

—Decir que había que descartarlo es muy distinto de afirmar

que Patience estaba sufriendo un ataque al corazón. ¿Le sorprendería saber que el doctor Bowman no empleó en ningún momento las palabras «ataque al corazón» durante su conversación?

—Hablamos de ello, lo recuerdo.

—Fue usted quien sacó el tema, mientras que el doctor Bowman se limitó a responder que «había que descartarlo». Ni siquiera pronunció las palabras «ataque al corazón».

—Es posible que fuera así, pero ¿qué importa?

—En mi opinión, importa mucho. ¿Cree usted que cuando alguien sufre dolores en el pecho..., usted mismo, por ejemplo, y tiene acceso a un médico, dicho médico cree que hay que descartar un ataque al corazón?

—Supongo.

—Entonces, cuando usted le dijo al doctor Bowman que a Patience le dolía el pecho, no es de extrañar que el doctor Bowman considerara necesario descartarlo, aun cuando las probabilidades fueran muy, muy escasas.

—Supongo que no.

—Y en las visitas domiciliarias anteriores que el doctor Bowman había hecho para verificar dolores en el pecho, ¿cuál fue el diagnóstico?

—Se concluyó que eran gases abdominales.

—Correcto. Gases intestinales en el pliegue esplénico del colon, para ser exactos. No era un ataque al corazón ni ninguna otra dolencia cardíaca, puesto que los electrocardiogramas eran normales y siguieron siéndolo en exploraciones ulteriores.

—No eran ataques al corazón.

—El doctor Bowman acudió muchas veces a su domicilio para atender a Patience. De hecho, los informes muestran una frecuencia de aproximadamente una visita por semana a lo largo de un período de ocho meses. ¿Coincide esto con lo que usted recuerda?

Jordan asintió con la cabeza, lo cual le mereció una reconvención del juez.

—El testigo debe responder en voz alta para que sus palabras puedan constar en acta.

—Sí —asintió Jordan.

—¿Patience prefería que el médico la visitara en casa?

—Sí, no le gustaba ir a la consulta.

—¿Le gustaban los hospitales?

—La aterrorizaban los hospitales.

—De modo que, con sus visitas domiciliarias, el doctor Bowman satisfacía los deseos y las necesidades de su esposa.

—Así es.

—Puesto que está usted semijubilado y pasa mucho tiempo en casa, tuvo usted ocasión de entablar relación con el doctor Bowman gracias a todas aquellas visitas.

—Sí —convino Jordan—. Charlábamos en cada visita y trabamos una relación muy cordial.

—Supongo que usted siempre estaba presente cuando el doctor Bowman atendía a su esposa.

—O yo o la doncella.

—Durante alguna de aquellas conversaciones con el doctor Bowman, que imagino giraban sobre todo en torno a Patience, ¿surgió alguna vez el término hipocondriasis?

Jordan desvió la vista hacia Tony antes de volver a mirar a Randolph.

—Sí.

—Y supongo que conoce usted la definición de esta palabra.

—Supongo que sí —reconoció Jordan con un encogimiento de hombros.

—Se aplica a las personas que se preocupan en exceso por sensaciones y funciones normales, hasta el punto de convencerse de que son señal de problemas graves que requieren atención médica. ¿Es así como entiende usted el término?

—No lo habría definido exactamente así, pero sí.

—¿El doctor Bowman empleó alguna vez este término en relación con Patience?

—Sí.

—¿Lo empleó con intención peyorativa?

—No. Dijo que era importante recordar que los hipocondríacos también podían sufrir enfermedades reales además de las imaginarias, y que aun cuando esas enfermedades imaginarias no existieran, los hipocondríacos sufrían.

—Hace unos instantes, cuando el señor Fasano lo estaba interrogando, usted testificó que el estado de Patience no cambió de forma significativa entre su conversación telefónica con el doctor Bowman y la llegada de este.

—Así es.

—Durante la conversación telefónica, usted comentó al doctor Bowman que, en su opinión, a Patience le costaba respirar. ¿Lo recuerda?

—Sí.

—También dijo que le parecía que estaba bastante azul. ¿También lo recuerda?

—No sé si fueron mis palabras exactas, pero era lo que quería decir.

—Afirmó que fueron sus palabras exactas o casi exactas. En su declaración convino usted en que eran casi exactas. ¿Quiere leer el pasaje en cuestión?

—Si dije que fueron mis palabras casi exactas, entonces así fue. Ahora mismo no me acuerdo.

—Al llegar a su casa, el doctor Bowman comprobó que Patience estaba totalmente azul y que apenas si respiraba. ¿Diría que eso difiere de forma significativa de lo que le contó por teléfono?

—Intentaba hacer lo que podía en una situación difícil. Le dejé muy claro que Patience estaba muy enferma y que debía ir al hospital.

—Una pregunta más —prosiguió Randolph, irguiéndose en todo su metro ochenta y tantos de estatura—. Teniendo en cuenta el largo historial de hipocondriasis de Patience, junto con toda una serie de episodios previos de dolores en el pecho causados por gases intestinales, ¿cree usted que la noche del 8 de septiembre de 2005 el doctor Bowman consideró que Patience Stanhope estaba sufriendo un ataque al corazón?

—Protesto —terció Fasano, levantándose de un salto—. Conjetura.

—Se acepta —decretó el juez Davidson—. Esta pregunta puede formularse al demandado durante su testimonio.

—No hay más preguntas —anunció Randolph antes de regresar a la mesa de la defensa.

—¿Quiere contrainterrogar? —preguntó el juez Davidson a Tony.

—No, Señoría.

Mientras Jordan bajaba el estrado, Jack se volvió hacia Alexis y levantó el pulgar en señal de aprobación por el interrogatorio de Randolph, pero entonces reparó en las expresiones de los miembros del jurado. No parecían ni mucho menos tan entusiasmados como él. En lugar de ver a muchos de ellos inclinados hacia delante como antes, se fijó en que todos se habían recostado de nuevo en sus asientos con los brazos cruzados sobre el pecho, a excepción del fontanero, que de nuevo se examinaba las uñas.

—¡Que el demandante llame a su siguiente testigo! —ordenó el juez Davidson.

Tony se levantó.

—¡Llamamos al estrado a la señora Leona Rattner! —vociferó.

12

Boston, Massachusetts,
miércoles, 7 de junio de 2006, 15.25 horas.

Jack miró hacia atrás. Sentía un interés levemente lascivo por ver a la núbil secretaria transformada en amante despechada. Tras haber leído su vehemente declaración, estaba seguro de que su testimonio sería todo un espectáculo.

Leona cruzó la puerta de la sala y recorrió sin vacilar el pasillo central. A diferencia del habitual atuendo provocativo que Jordan había descrito, iba vestida discretamente, con un traje chaqueta azul oscuro y blusa blanca abotonada hasta el cuello. Jack imaginaba que la indumentaria respondía a los consejos de Tony Fasano. El único indicio de su estilo usual eran las sandalias de tacón altísimo que la hacían tambalearse un poco al caminar.

Pese a la discreción de su ropa, Jack comprendió de inmediato qué había atraído a Craig. Los rasgos de Leona no eran extraordinarios, como tampoco su cabello rubio teñido y de raíces oscuras. Sin embargo, poseía una tez inmaculada y radiante que la convertía en la personificación de la juventud exuberante y descarada.

Leona cruzó la baranda con un provocativo ademán de cabeza. Sabía que estaba en escena y le encantaba.

Jack miró de soslayo a Alexis. En su rostro se pintaba una expresión pétrea y determinada, y tenía los labios apretados. Tuvo la impresión de que se estaba preparando para lo que se avecinaba. Habiendo leído la declaración de Leona, se le antojó un buen mecanismo de defensa.

El alguacil tomó juramento a la joven, que alzó la mano hacia el cielo.

—¿Jura o promete decir la verdad, toda la verdad y nada más que la verdad con la ayuda de Dios?

—Sí —asintió Leona con voz algo nasal.

Acto seguido lanzó al juez una mirada modesta por entre las pestañas cargadas de rímel y fue a sentarse en el estrado.

Tony se tomó su tiempo para llegar al atril y disponer sus notas. Luego apoyó uno de los mocasines con borlas en la barandilla de latón, como tenía por costumbre, y comenzó el interrogatorio. En primer lugar formuló unas preguntas para exponer la biografía de la testigo. Dónde había nacido (Revere, Massachusetts), dónde había ido a la escuela (Revere, Massachusetts), dónde vivía en la actualidad (Revere, Massachusetts). También le preguntó cuánto tiempo llevaba trabajando en la consulta del doctor Bowman (más de un año) y dónde asistía a clases nocturnas tres veces por semana (escuela de formación profesional de Bunker Hill).

Mientras Leona respondía a aquellas primeras preguntas neutras, Jack tuvo ocasión de observarla con más detenimiento. Advirtió que hablaba con el mismo acento que Tony, que se le antojó muy similar al de Brooklyn. También observó otros indicios de la personalidad que le había descrito Craig; era una mujer dogmática, fogosa y testaruda. Lo que aún no había presenciado era su volubilidad.

—Hablemos ahora de su relación con su jefe, el doctor Craig Bowman —pidió Tony.

—Protesto —intervino Randolph—. No ha lugar.

—¡Acérquense al estrado, letrados! —ordenó el juez Davidson, contrariado.

Randolph obedeció de inmediato, y Tony le siguió tras dedicar un gesto tranquilizador a Leona.

Utilizando las gafas como si blandiera un periódico enrollado para amenazar a un perro, el juez Davidson se volvió hacia Tony.

—Más le vale que esto no sea una artimaña, y quiero que me asegure de nuevo que estas alusiones personales son relevantes para la acusación. De lo contrario nos enfrentaremos a un juicio nulo y quizás a un veredicto a favor del médico sin deliberación.

—Son del todo pertinentes. La testigo testificará que el doctor Bowman no contempló la posibilidad de reunirse con Patience Stanhope en el hospital porque mantenían una relación y tenían planes para aquella noche.

—De acuerdo. Le voy a dar mucha cuerda y espero que no se ahorque con ella. Admitiré las alusiones personales por las razones que ya alegué en su momento, a saber que su valor probatorio sea superior a su valor prejudicial. —El juez Davidson blandió las gafas en dirección a Randolph—. En cuanto a la defensa, le concederé mucho margen en el interrogatorio cruzado, y el señor Fasano lo respetará. Dicho esto, quiero agilizar las cosas. Con todas estas interrupciones por parte de ambos me están volviendo loco. ¿Ha quedado claro?

—Sí, Señoría —asintieron ambos abogados al unísono antes de girar sobre sus talones y regresar a sus respectivos puestos.

—Señora Rattner —prosiguió Tony—, ¿podría explicar al tribunal la naturaleza de su relación con el doctor Bowman?

—Claro. Al principio yo no era más que..., bueno, una de sus empleadas. Pero hace más o menos un año noté que el doctor Bowman se fijaba en mí, ya me entiende.

—Sí, continúe.

—Al principio me sentí incómoda y eso porque sabía que estaba casado y tenía hijos y toda la pesca. Pero un día que me quedé a trabajar hasta tarde, entró en el archivo, donde yo estaba trabajando, y nos pusimos a hablar. Una cosa llevó a la otra, y empezamos a salir. Bueno, vi que no pasaba nada porque me enteré de que se había marchado de casa y tenía un piso en Boston.

—¿Era una relación platónica?

—¡Qué va! Era un tigre. Teníamos una relación muy física. Una tarde incluso lo hicimos en la camilla de la consulta. El doctor

Bowman decía que a su mujer no le gustaba el sexo y que además había engordado mucho después de tener a sus hijas. Era como si estuviera hambriento y necesitara mucha atención, de modo que yo hacía todo lo que podía. Para lo que me sirvió...

—Señoría, esto ya pasa de... —intervino Randolph, poniéndose en pie.

—Siéntese, señor Bingham —ordenó el juez Davidson antes de mirar a Tony por encima de las gafas—. Señor Fasano, ya es hora de sentar las bases del testimonio, y más le vale que sean convincentes.

—Por supuesto, Señoría —repuso Tony.

Se desvió un instante para beber un poco de agua en la mesa de la acusación, se pasó la lengua por los labios como si los tuviera resecos, regresó al atril y hojeó sus papeles por un instante.

En la sección del público se elevó un murmullo expectante, y los miembros del jurado se mostraban más atentos de lo habitual, hasta el punto de que muchos de ellos volvían a escuchar inclinados hacia delante. El material salaz siempre resultaba tentador.

Jack volvió a mirar de soslayo a Alexis. Su hermana no se había movido, y su expresión no había cambiado. No pudo evitar sentir una punzada de compasión fraternal por ella. Esperaba que su formación en psicología le proporcionara cierta protección en aquella situación tan humillante.

—Señora Rattner —reanudó Tony—. La noche del 8 de septiembre de 2005, usted se encontraba en el piso del doctor Bowman en el centro, donde usted residía en aquella época.

—Sí, había dejado el cuchitril que tenía en Somerville porque el casero era un idiota.

El juez Davidson se inclinó hacia Leona.

—La testigo se ceñirá a responder a las preguntas que se le formulen y se abstendrá de añadir comentarios espontáneos.

—Sí, Señoría —asintió Leona con docilidad mientras pestañeaba con coquetería.

—¿Podría explicar al jurado con sus propias palabras qué estaban haciendo usted y el señor Bowman aquel día?

—Lo que habíamos planeado no tiene nada que ver con lo que acabamos haciendo. Teníamos entradas para ir a ver una actuación en la Sinfónica. Craig, quiero decir el doctor Bowman, estaba obsesionado por recuperar el tiempo perdido y me había comprado un vestido rosa genial muy escotado. —Ilustró el comentario trazando un generoso arco a lo largo de sus senos—. Los dos estábamos encantados. Lo más divertido era llegar al auditorio entre todo el barullo. Quiero decir, la música tampoco estaba mal, pero la llegada era el mejor momento para los dos. El doctor Bowman tenía un abono de temporada, y nuestras butacas estaban casi delante de todo. Recorrer todo el pasillo era como estar en un escenario, y por eso le gustaba que me pusiera muy sexy.

—Por lo visto, al doctor Bowman le gustaba exhibirla.

—Algo así —convino Leona—. A mí no me importaba; me parecía divertido.

—Pero para ello tenían que llegar puntuales o incluso con cierta antelación.

—Exacto. Si llegas tarde, a veces tienes que esperar al intermedio para entrar, y no es lo mismo.

—¿Qué pasó el 8 de septiembre de 2005?

—Estábamos preparándonos para salir cuando sonó el móvil del doctor Bowman.

—Imagino que era Jordan Stanhope —constató Tony.

—Sí, y eso significaba que la velada podía irse al garete, porque el doctor Bowman decidió ir a verla a su casa.

—¿Usted se quedó en el piso mientras el doctor Bowman iba a verla?

—No, me dijo que lo acompañara. Me dijo que si resultaba ser una falsa alarma, podíamos ir directamente al concierto desde casa de los Stanhope. Dijo que la casa de los Stanhope no estaba lejos del auditorio.

—Lo que significa que estaba más cerca que el hospital Newton Memorial.

—Protesto —terció Randolph—. Infundada. La testigo no ha mencionado el Newton Memorial.

—Se acepta —dijo el juez Davidson con voz cansina—. El jurado no tendrá en cuenta el comentario. Proceda.

—Señora Rattner —siguió Tony tras pasarse la lengua por los labios, como era su costumbre—. De camino a la residencia de los Stanhope, ¿el doctor Bowman le contó algo acerca de su opinión sobre el estado de Patience Stanhope? ¿Creía que la visita domiciliaria resultaría en una falsa alarma?

—Protesto —repitió Randolph—. Conjetura.

—Se acepta —suspiró el juez Davidson—. La testigo se ceñirá a las palabras del doctor Bowman y no especulará acerca de sus pensamientos.

—Repetiré la pregunta. ¿Le dijo el doctor Bowman qué pensaba acerca del estado de Patience Stanhope?

Leona alzó la mirada hacia el juez.

—No entiendo nada. Él me pregunta, y usted me dice que no responda.

—No le digo que no responda, querida —puntualizó el juez Davidson—. Le digo que no intente imaginar qué pensaba el doctor Bowman. Ya nos lo dirá él. El señor Fasano le ha preguntado qué le dijo el doctor Bowman acerca del estado de Patience.

—Ah, vale —exclamó Leona, captando por fin la idea—. Me dijo que temía que la cosa fuera en serio.

—Es decir, que Patience Stanhope estaba enferma de verdad.

—Sí.

—¿Le dijo qué pensaba de los pacientes como Patience Stanhope, es decir, los PP o pacientes problemáticos?

—¿Aquella noche en el coche?

—Sí, aquella noche.

—Me dijo que era una hipocondríaca, algo que no soportaba. Dijo que, para él, los hipocondríacos eran iguales que los enfermos imaginarios. Me acuerdo porque más tarde tuve que consultar lo que significa «enfermo imaginario». Es una persona que finge estar enferma para conseguir lo que quiere. Es espantoso.

—Tiene mérito consultar el término. ¿Por qué lo hizo?

—Estoy estudiando para convertirme en técnica de laboratorio o auxiliar de enfermería, así que tengo que familiarizarme con la jerga.

—¿El doctor Bowman le dijo algo más acerca de lo que pensaba de Patience Stanhope?

—¡Oh, sí —asintió Leona con una carcajada falsa para subrayar sus palabras.

—¿Podría explicarle al jurado cuándo fue eso?

—La tarde que recibió la citación y la demanda. Estábamos en el gimnasio Sports Club de Los Ángeles.

—¿Y qué dijo exactamente?

—De todo y más. Quiero decir que se fue de la lengua que no veas.

—¿Podría concretar un poco más para el jurado?

—Bueno, la verdad es que no recuerdo toda la perorata. Dijo que la odiaba porque volvía loco a todo el mundo, incluida ella misma. Dijo que a él lo sacaba de quicio porque no hacía más que hablar de sus heces y a veces incluso las guardaba para enseñárselas. También dijo que lo ponía de los nervios porque nunca hacía lo que él le decía. La llamó hipocondríaca, esposa patética y zorra engreída que no hacía más que exigirle que la cogiera de la mano y escuchara sus penas. También dijo que su muerte era una bendición para todos, incluso para ella misma.

—¡Vaya! —exclamó Tony como si escuchara aquel testimonio por primera vez y estuviera escandalizado—. Así que supongo que, por lo que le dijo el doctor Bowman, usted se llevaría la impresión de que se alegraba de que Patience Stanhope hubiera muerto.

—Protesto —intervino Randolph—. Tendenciosa.

—Se acepta —dijo el juez Davidson—. El jurado no tendrá en cuenta la pregunta.

—Díganos qué pensó usted después de la perorata del doctor Bowman.

—Me pareció que se alegraba de que aquella mujer hubiera muerto.

—Al oír aquella perorata, como usted la llama, debió de pensar que el doctor Bowman estaba muy alterado. ¿Comentó algo concreto acerca de la demanda, es decir, acerca de la posibilidad de que sus acciones y sus decisiones pudieran ser puestas con razón en tela de juicio ante un tribunal?

—Sí. Dijo que era indignante que el extravagante cabrón de Jordan Stanhope lo demandara por incompatibilidad sexual cuando no podía ni imaginar que el señor Stanhope pudiera o quisiera tener relaciones sexuales con aquella bruja miserable.

—Gracias, señora Rattner —terminó Tony al tiempo que empezaba a recoger los papeles que había desparramado por todo el atril—. No hay más preguntas.

Jack miró una vez más a su hermana, que en esta ocasión se volvió hacia él.

—Bueno —murmuró Alexis en tono resignado—, ¿qué esperaba Craig? Desde luego, se ha cavado su propia tumba. El testimonio de Leona ha sido todo lo malo que cabía imaginar. Esperemos que descubras algo útil en la autopsia.

—Puede que Randolph consiga algo en su interrogatorio. Y no olvides que todavía no ha presentado la defensa.

—No lo olvido, solo que prefiero ser realista y ponerme en el pellejo del jurado. La cosa pinta mal. El testimonio ha hecho que Craig parezca una persona totalmente distinta de la que es. Tiene sus defectos, pero su forma de atender a los pacientes no es uno de ellos.

—Me temo que tienes razón —convino Jack.

13

Newton, Massachusetts,
miércoles, 7 de junio de 2006, 15.30 horas.

—Déjame ver otra vez los planos —pidió Renaldo a Manuel.

Estaban sentados en un Chevrolet Camaro negro aparcado en una calle secundaria flanqueada de árboles, a la vuelta de la esquina de la residencia de los Bowman. Ambos llevaban ropa de trabajo de un anodino color pardo. Sobre el asiento posterior yacía una bolsa de lona similar a las que usaban los fontaneros para guardar las herramientas.

Manuel le alargó los planos, que crujieron cuando Renaldo los desplegó. Renaldo estaba sentado al volante, y le costó un tanto alisar los planos lo suficiente para poder examinarlos.

—Esta es la puerta por la que entraremos —señaló—. ¿Te orientas?

Manuel se inclinó hacia él hasta casi tocarle el hombro, de modo que la parte superior de la página quedara alejada de él; estaba sentado en el asiento del acompañante.

—Joder —se quejó Renaldo—, no es tan complicado.

—¡Ya me oriento! —espetó Manuel.

—Lo que tenemos que hacer es encontrar a las tres chicas lo más deprisa posible para que ninguna de ellas tenga tiempo de avisar a las demás, ¿entiendes?

—Claro.

—Estarán aquí o bien en la cocina comedor, mirando la tele —explicó Renaldo al tiempo que señalaba la zona deseada en los planos—, o si no en sus respectivas habitaciones.

Forcejeó con los planos para pasar a la segunda página. Los papeles intentaban asumir su forma cilíndrica original, de modo que Renaldo terminó por arrojar la primera página al asiento trasero.

—Aquí están los dormitorios, en la parte trasera de la casa —dijo tras alisar la segunda página—. Y aquí la escalera, ¿lo pillas? No podemos perder tiempo buscándolas; todo tiene que ser muy rápido.

—Lo pillo. Pero son tres, y nosotros solo dos.

—No será difícil asustarlas. La única que podría darnos problemas es la mayor, pero si no podemos encargarnos de ella, más vale que nos dediquemos a otra cosa. Lo que tenemos que hacer es amordazarlas enseguida. Y cuando digo enseguida, quiero decir enseguida. No quiero que se pongan a gritar. Una vez las tengamos amordazadas, empieza la diversión, ¿estamos?

—Sí —asintió Manuel al tiempo que se erguía en el asiento.

—¿Tienes la pistola?

—Claro que sí.

Manuel sacó del bolsillo una treinta y ocho de cañón corto.

—Haz el favor de guardarla, joder —espetó Renaldo.

Miró a su alrededor para cerciorarse de que no había nadie en las inmediaciones. En el vecindario reinaba el silencio. Todo el mundo estaba trabajando, y las casas muy espaciadas parecían deshabitadas.

—¿Qué me dices de la máscara y los guantes?

Manuel los sacó del otro bolsillo.

—Bien —dijo Renaldo, mirando el reloj—. Vamos allá.

Mientras Manuel se apeaba del coche, Renaldo alargó el brazo hacia el asiento posterior y sacó la bolsa de lona. Luego se reunió con Manuel, y ambos se dirigieron hacia el cruce, donde torcieron a la derecha. Caminaban sin prisa y en silencio. Gracias a la marquesina de los árboles, la calle era sombreada, pero cada una de las casas relucía al sol. A lo lejos, una anciana paseaba al perro, pero en sentido contrario a ellos. Un coche se acercó y atravesó el cruce sin detenerse. El conductor no les prestó atención alguna.

Al llegar ante la finca de los Bowman, se detuvieron un instante y miraron a ambos lados de la calle.

—Todo parece en orden —comentó Renaldo—. Venga.

Sin acelerar el paso se adentraron en el césped de los Bowman. Parecían dos operarios de camino a un servicio normal y corriente. Atravesaron la hilera de árboles que separaba la casa de los Bowman de la contigua y pronto alcanzaron la fachada posterior de ambas casas. De inmediato divisaron la puerta trasera por la que pretendían entrar. Se hallaba a unos quince metros de distancia, en el otro extremo de una extensión de césped bañada por el sol.

—Vale, máscaras y guantes —ordenó Renaldo.

Ambos se pusieron primero las máscaras y después los guantes antes de echarse un vistazo mutuo y asentir.

Renaldo abrió la bolsa de lona para asegurarse de que lo tenía todo. Alargó a Manuel un rollo de cinta aislante, que este se guardó en el bolsillo.

—¡Adelante!

Dando fe de su profesionalidad, cruzaron el césped y entraron en la casa en un abrir y cerrar de ojos y con mucho sigilo. Una vez dentro, se detuvieron y aguzaron el oído. Oyeron unas risas enlatadas procedentes del televisor del comedor. Renaldo levantó el pulgar e indicó a Manuel por señas que avanzara. Silenciosos como gatos, atravesaron el estudio y recorrieron el pasillo central. Renaldo iba delante y paró junto a la arcada que daba al comedor. Al asomar muy despacio la cabeza, vio primero la cocina y después una extensión cada vez más grande del comedor. En cuanto vio a las niñas se apartó y extendió dos dedos para indicar que había dos. Manuel asintió.

Acto seguido, Renaldo describió con la mano un círculo en el sentido contrario a las agujas del reloj para sugerir que fueran por la cocina y se acercaran al sofá del comedor por detrás. Manuel asintió de nuevo. Renaldo sacó su rollo de cinta aislante, y su compañero hizo lo propio.

Tras dejar la bolsa de lona en el suelo sin hacer ruido, Renaldo se preparó y miró a Manuel, quien le indicó que también estaba listo.

Con celeridad pero en silencio, Renaldo recorrió el camino que había trazado. Las cabezas de las niñas apenas asomaban por encima del respaldo del colorido sofá. El volumen del televisor, que al principio les había parecido bajo, estaba bastante más alto de lo esperado, sobre todo en las secuencias humorísticas. Renaldo y Manuel pudieron acercarse a las niñas sin que estas sospecharan nada.

A una señal de Renaldo, cada uno rodeó el sofá por un lado y se abalanzó sobre una niña. Procedieron con firmeza y sin miramientos, agarrándolas por el cuello para oprimirles el rostro contra los mullidos almohadones del sofá. Las niñas lanzaron exclamaciones de sorpresa que quedaron ahogadas por los cojines. Los dos hombres arrancaron tiras de cinta con los dientes y mientras inmovilizaban a las niñas con su peso les ataron las manos a la espalda. Luego les dieron la vuelta casi al unísono. Las niñas aspiraron profundas bocanadas de aire y los miraron con los ojos muy abiertos por el terror. Renaldo se llevó un dedo a los labios cerrados para ordenarles que guardaran silencio, pero no hacía falta. Lo único que podían hacer las pequeñas era intentar recobrar el aliento, y el miedo las mantenía casi paralizadas.

—¿Dónde está vuestra hermana? —masculló Renaldo entre dientes.

Las niñas guardaron silencio mientras seguían mirándolos con intensidad aterrorizada. Renaldo chasqueó los dedos y señaló a Meghan, que temblaba entre sus manos.

Manuel soltó a Meghan el tiempo suficiente para sacar un trapo cuadrado, que le embutió con brutalidad en la boca. La niña intentó resistirse sacudiendo la cabeza de un lado a otro, pero no le sirvió de nada. Manuel le estampó una tira de cinta en la parte inferior del rostro para asegurar la mordaza. Luego añadió otra tira, lo cual obligó a Meghan a respirar ruidosamente por la nariz.

Al ver lo que le habían hecho a su hermana, Christina intentó cooperar.

—Está arriba, en la ducha —jadeó.

Renaldo la recompensó amordazándola como Manuel había amordazado a Meghan. Los dos hombres les ataron los pies antes de incorporarlas con brusquedad y atarlas espalda con espalda. Al terminar, Renaldo les propinó un empujón, y las niñas se desplomaron en un confuso montón, intentando aún recobrar el aliento.

—¡No os mováis! —masculló Renaldo mientras recogía el rollo de cinta aislante.

Renaldo subió la escalera deprisa, pero con sigilo. Una vez en el pasillo superior, oyó el sonido de la ducha. Era un sonido lejano y sibilante que siguió, pasando por delante de varios dormitorios con las puertas abiertas. La tercera puerta a la derecha daba a un dormitorio en el que reinaba el caos absoluto. Había ropa, libros, zapatos y revistas desparramados por el suelo y sobre todas las superficies horizontales. En el umbral de mármol del cuarto de baño vio un tanga negro y un sujetador. Del interior del baño salían nubes de vapor.

Con creciente excitación, Renaldo atravesó la estancia a toda prisa, sorteando los trastos. Asomó la cabeza al baño, pero apenas si vio nada a causa del vapor. El espejo aparecía completamente empañado.

Era un baño pequeño, con un lavabo de pedestal, un retrete y una bañera baja que también hacía las veces de ducha. De una barra plateada pendía una cortina de ducha blanca opaca con caballitos de mar negros, que ondeaba por la fuerza del agua, el vapor y el contacto ocasional de la ocupante de la ducha.

Renaldo reflexionó un instante sobre el mejor modo de manejar la situación. Con las otras dos niñas bajo control, no era un problema. De hecho, saber que la chica estaba desnuda resultaba excitante, y eso no podía perderse de vista. Alargó la mano y dejó el rollo de cinta sobre el canto del lavabo. No pudo contener una sonrisa al pensar que le pagaban por hacer algo por lo que habría pagado de buena gana. Sabía que la chica de la ducha tenía quince años y tenía un par de tetas que merecían la pena.

Después de contemplar distintas alternativas, entre ellas la de esperar a que la chica terminara de ducharse y saliera por su propio pie, Renaldo se limitó a agarrar la cortina y retirarla de un tirón. La barra era de presión, y la fuerza del tirón hizo que cayera al suelo junto con la cortina.

En aquel momento, Tracy estaba de espaldas, con la cabeza bajo el agua, enjuagándose con determinación la espesa melena. No había oído el estruendo, pero debió de percibir una corriente de aire más frío, porque apartó la cabeza del torrente de agua y abrió los ojos. En cuanto vio al intruso del pasamontañas, profirió un grito.

Renaldo la asió por el cabello y tiró de ella. Tracy tropezó con el borde de la bañera y cayó al suelo cuan larga era. Renaldo le soltó el cabello y le presionó la zona lumbar con la rodilla mientras intentaba agarrarle las muñecas. La obligó a juntar las manos a la espalda, cogió la cinta aislante del lavabo y, tal como había hecho abajo, arrancó una tira con los dientes para asegurar las muñecas de la chica, lo cual le llevó apenas unos segundos.

Tracy no había dejado de gritar durante todo el proceso, pero la ducha ahogaba el sonido. Renaldo le dio la vuelta, se sacó otro trapo cuadrado del bolsillo, lo arrugó y empezó a embutírselo en la boca. Tracy era bastante más fuerte que Christina y logró ofrecer resistencia hasta que Renaldo se sentó sobre ella a horcajadas y le inmovilizó la cabeza con las rodillas. En aquel momento, Tracy consiguió morderle un dedo, lo cual le enfureció.

—¡Zorra! —chilló.

Le propinó un bofetón que le partió el labio. Tracy siguió resistiéndose, pero Renaldo consiguió por fin embutirle la mordaza en la boca y asegurarla con varias tiras de cinta aislante. Luego se levantó y miró a la aterrorizada chica.

—No está mal —comentó mientras repasaba la núbil silueta de Tracy y el piercing del ombligo, deteniéndose en un pequeño tatuaje situado justo encima del vello púbico—. Ya te depilas el coño y llevas un tatuaje. Me pregunto si mamá y papá lo saben. Un poquito precoz, ¿no te parece?

Renaldo alargó la mano, asió a Tracy por la axila y la levantó con rudeza. La chica reaccionó saliendo como una exhalación del baño. Desprevenido, Renaldo tuvo que correr con todas sus fuerzas para darle alcance antes de que saliera del dormitorio.

—No tan deprisa, niñata —espetó, obligándola a encararse con él—. Si eres lista y cooperas, no te pasará nada. Si no, te aseguro que lo lamentarás. ¿Estamos?

Tracy se limitó a sostenerle la mirada con aire desafiante.

—Vaya, eres guerrera, ¿eh? —observó Renaldo, burlón.

Bajó la mirada hacia sus pechos, que le parecían bastante más impresionantes en posición vertical.

—Y sexy. ¿Cuántas serpientes se te han metido en la cueva, eh? Seguro que muchas más de las que creen tus padres... —dijo con expresión astuta.

Tracy siguió mirándolo mientras su pecho se agitaba por la adrenalina.

—Te voy a contar lo que va a pasar. Tú y yo bajaremos al comedor para celebrar una reunión familiar con tus hermanas. Os ataremos a las tres juntas para que forméis una hermosa familia feliz. Luego os diré unas cuantas cosas que quiero que digáis a vuestros padres, y después nos largaremos. ¿Qué te parece?

Renaldo empujó a Tracy al pasillo sin soltarle el brazo. Al llegar a la escalera, le ordenó que bajara.

En el comedor, Manuel vigilaba de cerca de Meghan y Christina. Meghan lloraba en silencio, como evidenciaban sus lágrimas y el temblor intermitente de su torso. Christina seguía con los ojos abiertos de par en par por el terror.

—Buen trabajo —alabó Manuel cuando Renaldo llevó a Tracy al sofá, sin poder evitar darle un repaso como había hecho su compinche.

—Sienta a estas dos hacia ambos lados del sofá —ordenó Renaldo.

Manuel tiró de las niñas y las giró tal como Renaldo le había indicado.

Renaldo obligó a Tracy a sentarse en el borde del sofá de espaldas a sus hermanas. Una vez colocada en aquella posición, las ató a las tres con cinta. Luego se incorporó para admirar su trabajo. Satisfecho, alargó la cinta a Manuel y le dijo que recogiera sus cosas.

—Y ahora escuchadme bien, guapas —dijo Renaldo a las niñas, pero sobre todo a Tracy, a la que miró a los ojos—. Queremos que deis un mensaje a vuestros padres. Pero primero quiero haceros una pregunta. ¿Sabéis lo que es una autopsia? Haced que sí con la cabeza si lo sabéis.

Tracy no se movió ni pestañeó.

Renaldo la abofeteó de nuevo, ensanchando la herida del labio. Un hilillo de sangre le resbaló por la barbilla.

—No os lo volveré a preguntar. Haced que sí o que no con la cabeza.

Tracy asintió a toda prisa.

—Estupendo. Este es el mensaje para mamá y papá. ¡Nada de autopsia! ¿Lo habéis entendido? ¡Nada de autopsia! Haced que sí con la cabeza si lo habéis entendido.

Tracy asintió, obediente.

—Muy bien. Este es el mensaje principal, nada de autopsia. Podría escribíroslo, pero dadas las circunstancias no me parece prudente. Decidles que si no hacen caso del aviso, volveremos a visitaros, y no os gustará nada, ¿me pilláis? Será horrible, no como esta vez, porque esto no es más que un aviso. Puede que no sea mañana ni la semana que viene, pero volveremos. Quiero saber si lo habéis entendido. Haced que sí con la cabeza.

Tracy asintió; de su mirada había desaparecido buena parte de la chulería.

—Y la segunda parte del mensaje es igual de sencilla. Decidles a vuestros padres que no metan a la policía en esto. Este asunto es entre nosotros y vuestros padres. Si van a la policía, tendré que visitaros otro día, en algún lugar. No tiene mayor secreto. ¿Lo habéis entendido?

Tracy asintió de nuevo; a todas luces, estaba tan aterrorizada como sus hermanas menores.

—Genial —prosiguió Renaldo antes de alargar una de sus manos enguantadas y pellizcarle el pezón—. Bonitas tetas. Diles a tus padres que no me obliguen a volver.

Después de echar un rápido vistazo a la habitación, Renaldo hizo una seña a Manuel. Tan deprisa como habían llegado se fueron, recogiendo la bolsa de lona por el camino antes de quitarse los pasamontañas y los guantes. Cerraron la puerta tras de sí y volvieron a la calle por la misma ruta. De camino al coche se cruzaron con un par de niños en bicicleta, pero no se inmutaron. No eran más que dos operarios que volvían de hacer un servicio. Una vez en el coche, Renaldo miró el reloj. El episodio no había durado ni veinte minutos; no estaba mal por mil pavos.

14

Boston, Massachusetts,
miércoles, 7 de junio de 2006, 15.50 horas.

Randolph tardó más de lo habitual en levantarse de la mesa de la defensa, organizar sus notas y situarse ante el atril. Cuando ya era evidente que estaba preparado, se tomó un tiempo para observar a Leona Rattner hasta que ella desvió la mirada. Randolph podía llegar a intimidar con su imagen poderosa y paternal al mismo tiempo.

—Señorita Rattner —empezó el abogado con su acento refinado—, ¿cómo describiría el atuendo que lleva en la consulta?

Leona lanzó una risita insegura.

—Normal, supongo. ¿Por qué?

—¿Diría que su indumentaria habitual es conservadora o modesta?

—Nunca me lo he planteado.

—Marlene Richardt, la encargada de la consulta, ¿le ha comentado alguna vez que su forma de vestir no es apropiada?

Por un instante, Leona pareció un animal acorralado. Miró alternativamente a Tony, el juez y Randolph.

—Algo así.

—¿Cuántas veces?

—Yo qué sé, algunas.

—¿Empleó los términos «sexy» o «provocativa»?

—Supongo.

—Señorita Rattner, usted ha testificado que el doctor Bowman «se fijó en usted» hace alrededor de un año.

—Sí.

—¿Cree que pudo tener algo que ver con su forma de vestir?

—¿Cómo quiere que lo sepa?

—Usted ha testificado que al principio se sintió incómoda, porque él estaba casado.

—Cierto.

—Pero hace un año, el doctor Bowman estaba oficialmente separado de su esposa. Tenían ciertos conflictos matrimoniales pendientes de resolver. ¿Esa situación era de dominio público en la consulta?

—Puede que sí.

—¿Es posible que fuera usted quien se fijara en el doctor Bowman en lugar de lo contrario?

—Tal vez inconscientemente. Es un hombre atractivo.

—¿Alguna vez se le ocurrió que el doctor Bowman pudiera ser susceptible a una forma de vestir provocativa, teniendo en cuenta que vivía solo?

—No se me ocurrió.

—Señorita Rattner, usted ha testificado que el 8 de septiembre de 2005 vivía en el piso del doctor Bowman.

—Sí.

—¿Cómo llegó allí? ¿Le pidió el doctor que se fuera a vivir con él?

—No exactamente.

—¿La cuestión del traslado salió alguna vez en alguna conversación para poder comentar sus ventajas e inconvenientes?

—No.

—Lo cierto es que usted decidió mudarse al piso del doctor Bowman por iniciativa propia, ¿no es así?

—Bueno, pasaba todas las noches allí. ¿Por qué pagar dos alquileres?

—No ha respondido a la pregunta. Se trasladó al piso del doctor Bowman sin haberlo comentado con él, ¿verdad?

—Pues él no se quejaba precisamente —espetó Leona—. Le daba marcha cada noche.

—La pregunta es si se trasladó a su piso por iniciativa propia.

—Sí, me trasladé allí por iniciativa propia —reconoció Leona con sequedad—, y él estaba encantado.

—Eso ya lo veremos cuando testifique el doctor Bowman —señaló Randolph al tiempo que consultaba sus notas—. Señorita Rattner, la noche del 8 de septiembre de 2005, cuando el señor Jordan Stanhope llamó para informar del estado de su esposa, Patience, ¿el doctor Bowman mencionó en algún momento el hospital Memorial Newton?

—No.

—¿No dijo que sería mejor ir a la residencia de los Stanhope que al hospital porque la residencia de los Stanhope está más cerca del auditorio?

—No, no dijo nada del hospital.

—Cuando usted y el doctor Bowman llegaron a casa de los Stanhope, ¿usted se quedó en el coche?

—No, el doctor Bowman quería que entrara con él para ayudarle.

—Tengo entendido que usted llevaba el electrocardiógrafo.

—Exacto.

—¿Y qué sucedió cuando entraron en el dormitorio de la señora Stanhope?

—El doctor Bowman se puso a atenderla.

—¿Parecía preocupado?

—Desde luego. Ordenó al señor Stanhope que avisara enseguida a una ambulancia.

—Tengo entendido que usted manejó el respirador mientras el doctor Bowman atendía a Patience.

—Sí, el doctor Bowman me enseñó cómo se hacía.

—¿El doctor Bowman estaba preocupado por el estado de la paciente?

—Mucho. La paciente estaba muy azul y tenía las pupilas grandes y no reactivas.

—También tengo entendido que la ambulancia llegó enseguida para trasladar a la señora Stanhope al hospital. ¿Cómo fueron usted y el doctor Bowman al hospital?

—Yo en el coche del doctor, y él en la ambulancia.

—¿Por qué fue en la ambulancia?

—Dijo que quería estar con ella si había problemas.

—Y usted no volvió a verlo hasta mucho más tarde, después de la muerte de la señora Stanhope, ¿cierto?

—Cierto. Fue en urgencias; el doctor Bowman estaba manchado de sangre.

—¿Estaba afectado por la muerte de la paciente?

—Estaba muy tocado.

—De modo que el doctor Bowman hizo cuanto pudo por salvar a su paciente.

—Sí.

—¿Y lo afectó mucho que sus esfuerzos no hubieran servido de nada?

—Supongo que estaba deprimido, pero no habló de ello. De hecho, acabamos pasándolo muy bien en el piso.

—Señorita Rattner, permítame que le haga una pregunta personal. Usted me parece una persona muy visceral. ¿Alguna vez ha dicho cosas que no pensaba y ha exagerado sus sentimientos porque estaba enfadada?

—Todo el mundo lo hace —señaló Leona con una risita.

—La tarde en que el doctor Bowman recibió la demanda, ¿se alteró?

—Mucho, nunca lo había visto tan alterado.

—¿Y se enfadó?

—Mucho.

—Bajo tales circunstancias, ¿cree posible que cuando, entre comillas, «se fue de la lengua» e hizo comentarios inapropiados sobre Patience Stanhope, no fuera más que una manera de desahogarse, sobre todo teniendo en cuenta los esfuerzos que había hecho para reanimarla y las visitas semanales que le había hecho en su casa durante todo el año anterior a su muerte?

Randolph calló y esperó la respuesta de Leona.

—La testigo contestará a la pregunta —ordenó el juez Davidson tras unos instantes de silencio.

—¿Era una pregunta? —inquirió Leona, visiblemente perpleja—. Pues no la he entendido.

—Repita la pregunta —pidió el juez Davidson.

—Lo que sugiero es que los comentarios del doctor Bowman sobre Patience Stanhope la tarde que recibió la citación eran un reflejo de su contrariedad, mientras que sus verdaderos sentimientos acerca de la paciente se habían puesto de manifiesto con toda claridad en su dedicación al tratarla a domicilio semanalmente durante casi un año, así como sus esfuerzos por reanimarla la noche de su muerte. Le pregunto si le parece una afirmación plausible, señorita Rattner.

—Puede, no lo sé. Quizá debería preguntárselo a él.

—Me parece que lo haré —replicó Randolph—, pero antes quiero preguntarle si todavía vive en el piso del doctor Bowman.

Jack se inclinó hacia Alexis.

—Randolph se está permitiendo algunas preguntas y afirmaciones que deberían haber hecho protestar a Tony Fasano. Fasano siempre ha protestado enseguida hasta ahora. No entiendo qué pasa.

—Puede que tenga algo que ver con la conversación que los abogados han tenido con el juez al principio del testimonio de Leona —aventuró Alexis—. Siempre hay un poco de toma y daca para equilibrar la balanza.

—Quizá tengas razón —convino Jack—. Sea como fuere, Randolph está sacando el máximo partido posible.

Jack escuchó mientras Randolph empezaba a formular astutas preguntas a Leona acerca de sus sentimientos desde el inicio del juicio y desde que Craig se trasladara de nuevo al domicilio familiar. Jack sabía muy bien lo que se proponía el abogado; estaba preparando el escenario para una defensa basada en el «amor despechado», donde el testimonio de Leona suscitaría la sospecha de estar motivado por el despecho.

—Quiero preguntarte algo y que me respondas con sinceridad —susurró Jack a Alexis, inclinándose de nuevo hacia ella—.

¿Te importa si me voy? Me gustaría ir a jugar un rato al baloncesto. Pero si quieres que me quede, me quedaré. Tengo la sensación de que lo peor ya ha pasado. A partir de aquí, lo único que hará Leona será ponerse en evidencia.

—¡Claro! —exclamó Alexis con sinceridad—. ¡Ve a hacer un poco de ejercicio! Te agradezco que hayas venido, pero ya estoy bien. Pásalo bien. De todos modos, el juez levantará la sesión de un momento a otro. Siempre lo hace hacia las cuatro.

—Si estás segura de que no te importa...

—Por supuesto —insistió Alexis—. Cenaré temprano con las niñas, pero te guardaré algo para cuando vuelvas. Tómate tu tiempo, pero ten cuidado; Craig siempre se lesiona cuando juega. ¿Tienes la llave?

—Sí, la tengo —asintió Jack antes de darle un rápido abrazo.

Acto seguido se levantó, pidió disculpas a los ocupantes de la fila y se abrió paso hasta el pasillo. Una vez allí miró hacia el asiento habitual de Franco y le extrañó no verlo allí. No se detuvo, pero escudriñó la sección del público en busca de su mastodóntica silueta. Al llegar junto a la puerta, se volvió y echó un último vistazo a la sala. Ni rastro de Franco.

Jack empujó la palanca de la puerta con la espalda y salió. El hecho de no ver a Franco en el lugar de siempre le dio que pensar. Por su mente surcó la idea de toparse con él en algún rincón complicado, con posibilidades limitadas de escabullirse, como por ejemplo el aparcamiento subterráneo. Algunos años antes no se habría inquietado en lo más mínimo, pero con la boda a dos días vista no se sentía tan tranquilo. Ahora debía pensar en alguien más aparte de sí mismo, y se imponía tener cuidado, lo cual significaba estar preparado. El día anterior había pensado en comprar un aerosol antivioladores, pero no había llegado a hacerlo. Decidió ir a comprarlo de inmediato.

El vestíbulo de los ascensores de la tercera planta estaba abarrotado de gente. La puerta de una de las cuatro salas estaba abierta, y por ella salían los espectadores. Acababan de levantar una sesión. Vio a grupos charlando y a varias personas dirigiéndose a buen paso hacia los ascensores, intentando averiguar cuál llegaría primero.

Jack se mezcló entre la gente y se sorprendió mirando a su alrededor mientras se preguntaba si se tropezaría con Franco. No creía que fuera a tener problemas dentro del juzgado; lo que le preocupaba era el exterior.

Jack paró en el control de seguridad de la entrada para preguntar al guardia de seguridad si sabía de alguna droguería cercana. El hombre le explicó que había una en Charles Street, que según le indicó, era la calle principal del cercano barrio de Beacon Hill.

Le aseguró que no le costaría encontrar la calle, sobre todo porque también atravesaba el parque, lo que significaba que era la calle por la que Jack había entrado en el aparcamiento. Con aquella información y el consejo de dirigirse hacia el oeste, cruzando el laberinto de Beacon Hill, Jack salió del juzgado.

De nuevo miró en derredor en busca de Franco, pero no había ni rastro de él, y Jack se burló de su paranoia. Puesto que le habían explicado que debía caminar en dirección opuesta a la entrada del juzgado, Jack rodeó el edificio. Las calles eran estrechas y sinuosas, muy distintas de la cuadrícula a la que estaba acostumbrado en Nueva York. Siguiendo su instinto, Jack llegó a Derne Street, que al cabo de un trecho se convirtió misteriosamente en Mirtle Street. Casi todos los edificios eran modestas casas adosadas de cuatro plantas construidas de ladrillo. Para su sorpresa, al poco llegó a un encantador parque infantil abarrotado de niños y madres. Pasó delante de un establecimiento llamado Fontanería Beacon Hill, en cuya entrada montaba guardia un poco eficaz pero simpático perro labrador color chocolate. Al llegar a la cima de la colina e iniciar el lento descenso, preguntó a un transeúnte si iba bien para llegar a Charles Street. El hombre repuso que sí, pero le aconsejó girar a la izquierda en la siguiente esquina, donde había un pequeño colmado, y acto seguido a la derecha por Pinkney Street.

A medida que la calle se tornaba más escarpada, Jack comprendió que Beacon Hill no era tan solo un nombre, sino también una auténtica colina. Las casas eran cada vez más grandes y elegantes, aunque todavía discretas. A su izquierda vio una plaza soleada rodeada de una robusta verja de hierro forjado que delimitaba una hilera de olmos centenarios y una extensión de césped muy verde. Al cabo de algunas manzanas alcanzó Charles Street.

En comparación con las callejuelas que acababa de recorrer, Charles Street se antojaba una gran avenida. Pese a los dos carriles reservados para aparcamiento a ambos lados, aún quedaba espacio suficiente para tres carriles de tráfico. A lo largo de la calle se alineaba una gran variedad de tiendecitas. Jack paró a otro de los numerosos transeúntes para preguntar por una droguería, y lo dirigieron hacia Charles Street Supply.

Mientras entraba en la tienda se preguntó si realmente era necesario comprar el aerosol. Lejos del juzgado y del litigio contra Craig, la amenaza de Franco le parecía muy remota. Pero ya que había llegado hasta allí, compró el spray al amable propietario de mandíbula cuadrada, cuyo nombre también era Jack, algo que Jack descubrió por casualidad cuando un empleado llamó al dueño.

Declinó el ofrecimiento de llevarse el aerosol en una bolsita y se lo guardó directamente en el bolsillo derecho de la americana. Puesto que había hecho el esfuerzo de comprarlo, quería tenerlo a mano. Armado de aquella guisa, Jack siguió por Charles Street hasta llegar al Parque de Boston y subió al Hyundai.

En el aparcamiento oscuro, húmedo y desierto, Jack se alegró de llevar el aerosol. Era precisamente en una situación como aquella que no quería toparse con Franco. Pero ya de camino a la salida, volvió a burlarse de su propia paranoia y se preguntó si tal vez se trataba de un sentimiento de culpabilidad malentendido. En retrospectiva, sabía que no debería haberle dado un rodillazo delante de casa de Stanhope, aunque por otro lado no podía dejar de pensar que, de no haberlo hecho, la situación se le habría escapado de las manos, máxime teniendo en cuenta la aparente falta de contención de Franco y su proclividad a la violencia.

Al salir de las lúgubres entrañas del aparcamiento al radiante sol de la tarde, Jack tomó la decisión consciente de desterrar a Franco de su mente. Paró junto al bordillo y consultó el mapa de Alexis, con el pulso acelerado ante la perspectiva de un buen partido de baloncesto.

Buscaba Memorial Drive y no tardó en localizarlo junto a la cuenca del río Charles. Por desgracia, la calle se encontraba en Cambridge, en la orilla opuesta del río. A juzgar por su experiencia automovilística en Boston, dedujo que no le resultaría fácil llegar hasta allí, puesto que había pocos puentes. Su preocupación resultó fundada, ya que se topó con un laberinto de calles en las que estaba prohibido girar a la izquierda, vías de sentido único, una flagrante escasez de indicadores y un montón de conductores agresivos.

Pese a todos aquellos obstáculos, Jack dio por fin con Memorial Drive, y una vez allí no le costó encontrar las canchas de baloncesto al aire libre que le había descrito David Thomas, el amigo de Warren. Jack aparcó en una callejuela lateral, se apeó, abrió el maletero, apartó los suministros para la autopsia que le había proporcionado Latasha, sacó el equipo de baloncesto y miró a su alrededor en busca de algún lugar para cambiarse. Al no encontrar nada, volvió a subir al coche y como un contorsionista consiguió cambiarse sin ofender a ninguno de los numerosos ciclistas, patinadores en línea y corredores que llenaban la orilla del río Charles.

Tras cerciorarse de que el coche quedaba bien cerrado, Jack trotó hasta las pistas de baloncesto. Había unos quince hombres a partir de veinte años. A sus cuarenta y seis años, Jack supuso que sería el más veterano. El partido aún no había comenzado. Todos los jugadores practicaban lanzamientos o ensayos, y los asiduos cambiaban comentarios jocosos.

Versado en la compleja etiqueta de cancha gracias a los años que había pasado en un ambiente similar en Nueva York, Jack adoptó una actitud indiferente. Empezó a coger rebotes y pasar pelotas a los que practicaban en la canasta. Al cabo de un rato se puso a lanzar, y tal como había esperado, su precisión atrajo la atención de varios jugadores, si bien nadie hizo comentario alguno. Un cuarto de hora más tarde, ya mucho más relajado, Jack preguntó por David Thomas. El hombre a quien preguntó guardó silencio y se limitó a señalarlo.

Jack se acercó al hombre, uno de los más bulliciosos del grupo. Como se había figurado, era un afroamericano de treinta y tantos años, un poco más alto que Jack y bastante más corpulento. Lucía una barba tupida; de hecho, tenía más pelo en la cara que en la cabeza, pero el rasgo más distintivo era su mirada risueña. A todas luces, era un tipo de risa fácil y se notaba a la legua que disfrutaba de la vida.

Cuando Jack se acercó a él y se presentó, David le dio un abrazo de oso y luego le estrechó la mano.

—Los amigos de Warren Wilson son mis amigos —exclamó con entusiasmo—. Y Warren dice que juegas de narices. Jugarás conmigo, ¿vale?

—Vale.

—¡Eh, Esopo! —llamó David a otro jugador—. No es tu día, tío. Hoy no vas con nosotros, tenemos a Jack.

David dio a Jack una palmada en la espalda y añadió en voz más baja:

—Ese tío siempre tiene historias que contar, por eso lo llamamos Esopo.

Los partidos fueron magníficos, tanto como los que Jack jugaba en Nueva York. Casi de inmediato comprendió que había tenido suerte de ser incluido en el equipo de David. Si bien los tiempos fueron muy reñidos, el equipo de David siempre ganaba, lo cual significó que Jack no dejó de jugar en ningún momento. Durante más de dos horas, él, David y los otros tres a los que David había elegido permanecieron imbatidos. Al terminar, Jack estaba exhausto. Miró el reloj y comprobó que eran más de las siete.

—¿Vendrás mañana? —le preguntó David mientras Jack recogía sus cosas.

—No lo sé.

—Aquí estaremos.

—Gracias por dejarme jugar contigo.

—Qué dices, tío, te lo has ganado.

Jack salió de la cancha rodeada de valla metálica con paso algo vacilante. Pese a que había acabado empapado en sudor, este ya se había evaporado gracias a la brisa cálida y seca que soplaba desde el río. Jack caminaba despacio. El ejercicio le había sentado de maravilla. Durante más de dos horas no había pensado en nada aparte de las exigencias del juego, pero la realidad empezaba a imponerse de nuevo. No le hacía demasiada gracia la perspectiva de su conversación con Laurie. El día siguiente era jueves, y ni siquiera sabía a qué hora podría empezar la autopsia, cuándo la terminaría y a qué hora podría volver a Nueva York. Sabía que Laurie se enfadaría, y no sabía qué decirle.

Llegó al pequeño coche color crema, desactivó el cierre centralizado y empezó a abrir la puerta. Para su sorpresa, una mano apareció por encima de su hombro y la cerró. Jack giró en redondo y se encontró frente a los ojos hundidos de Franco y su desagradable rostro. El primer pensamiento que le surcó la mente fue que el maldito aerosol de diez dólares con cuarenta y nueve centavos estaba en el bolsillo de la americana, que había dejado en el coche.

—Tenemos un asuntillo pendiente —masculló Franco.

Jack lo tenía tan cerca que su aliento a ajo estuvo a punto de tumbarlo.

—Incorrecto —replicó Jack, intentando apartarse, aunque Franco lo tenía acorralado contra el coche—. No tenemos ningún asuntillo, ni pendiente ni de ninguna otra clase.

Advirtió que detrás de Franco había otro hombre implicado en la agresión.

—Listillo —espetó Franco—. El asuntillo tiene que ver con el rodillazo de gallina que me diste en los huevos.

—No es de gallina porque tú me diste primero.

—¡Agárralo, Antonio! —ordenó Franco al tiempo que retrocedía un paso.

Jack reaccionó intentando escabullirse entre Franco y el coche. Con las zapatillas de baloncesto creyó que le resultaría fácil dejar atrás a los dos matones pese al cansancio del partido. Pero

Franco se abalanzó sobre él y consiguió asirlo por la camiseta con la mano derecha, frenándolo al tiempo que le asestaba un puñetazo en la boca con la izquierda. Antonio lo agarró por el brazo e intentó cogerle del otro para inmovilizarle ambos a la espalda. Mientras, Franco hizo retroceder la mano derecha para asestarle un golpe definitivo.

Pero el golpe no llegó. De repente, una tubería corta se estrelló contra el hombro de Franco, que profirió un grito de sorpresa y dolor. Dejó caer el brazo derecho y se llevó la mano izquierda al hombro herido al tiempo que se doblaba sobre sí mismo.

La tubería apuntaba ahora a Antonio.

—¡Suéltale, tío! —ordenó David.

Más de una docena de jugadores de baloncesto formaban una amenazadora herradura alrededor de Jack, Franco y Antonio. Varios de ellos iban armados con barras y uno blandía un bate de béisbol.

Antonio soltó a Jack y lanzó una mirada furiosa a los recién llegados.

—Me parece que no sois del barrio —comentó David en voz normal—. ¡Esopo, cachéalos!

Esopo se adelantó y arrebató el arma a Franco, que no ofreció resistencia alguna. El otro matón no iba armado.

—Y ahora os aconsejo que saquéis el culo del barrio —advirtió David mientras cogía el arma que le alargaba Esopo.

—Esto no ha acabado —masculló Franco a Jack mientras él y Antonio se alejaban.

Los jugadores se apartaron para franquearles el paso.

—Warren me avisó —explicó David a Jack—. Me dijo que tenías tendencia a meterte en líos y que había tenido que sacarte las castañas del fuego en más de una ocasión. Tienes suerte de que hayamos visto a estos capullos merodeando por aquí mientras jugábamos. ¿Qué es lo que pasa?

—Un simple malentendido —repuso Jack, evasivo.

Se llevó el dedo al labio y al apartarlo lo vio manchado de sangre.

—Si necesitas ayuda, dímelo. Ahora será mejor que te pongas hielo en el labio. ¿Por qué no te llevas la pistola? Puede que la necesitas si ese cabrón se presenta en tu casa.

Jack declinó el ofrecimiento y dio las gracias a David y los demás antes de subir al coche. Lo primero que hizo fue sacar el aerosol. Luego se miró al espejo retrovisor. Tenía el lado derecho del labio superior hinchado y azulado. Un hilillo de sangre seca le bajaba por el mentón.

—Por el amor de Dios —murmuró.

Warren estaba en lo cierto; tenía tendencia a meterse en situaciones peliagudas. Se limpió la sangre lo mejor que pudo con el faldón de la camiseta.

Durante el regreso a casa de los Bowman, Jack consideró mentir y decir que se había herido durante el partido. Dada la frecuencia con que jugaba y el hecho de que el baloncesto era un deporte de contacto, se lesionaba a menudo. El problema era que Craig y Alexis estarían desanimados tras la sesión del día, y no quería preocuparlos más. Temía que si contaba la verdad, ambos se sentirían irracionalmente responsables.

Con el mayor sigilo posible, Jack abrió la puerta principal con la llave que le había dado Alexis. Llevaba la ropa y los zapatos en la mano. Tenía intención de bajar al sótano y tomar una ducha rápida antes de ver a nadie. También quería aplicarse hielo a la herida del labio, pero había transcurrido tanto rato que ya no venía de un cuarto de hora. Cerró silenciosamente la puerta y se detuvo con la mano en el pomo. De repente lo asaltó la intuición de que sucedía algo; en la casa reinaba una quietud excesiva. Hasta entonces, cada vez que entraba había oído ruidos de fondo. Una radio, la melodía de algún móvil, parloteo infantil, el televisor..., pero ahora no había nada, y el silencio resultaba sobrecogedor. Había visto el Lexus en el sendero de entrada y por tanto estaba bastante seguro de que al menos los padres habían llegado a casa. Lo primero que se le ocurrió era que algo malo había sucedido en el juicio.

Sosteniendo la ropa contra el pecho, Jack recorrió deprisa y en silencio el pasillo hasta llegar a la arcada que daba entrada al comedor. Asomó la cabeza, esperando no ver a nadie, pero para su sorpresa encontró a toda la familia sentada en el sofá, los padres en los extremos. Parecían estar viendo la televisión, pero el televisor estaba apagado.

Desde donde se encontraba, Jack no veía sus rostros. Durante un instante permaneció inmóvil, observando y escuchando. Nadie se movió ni habló. Perplejo, Jack entró en el comedor y se acercó al sofá. A unos tres metros de distancia, pronunció vacilante el nombre de Alexis. No quería molestar si se trataba de una especie de reunión familiar, pero tampoco se sentía capaz de alejarse.

Tanto Craig como Alexis volvieron la cabeza con brusquedad. Craig lo miró de hito en hito. Alexis se levantó del sofá con el rostro demacrado y los ojos enrojecidos. Algo andaba mal. Algo andaba muy mal.

15

Newton, Massachusetts,
miércoles, 7 de junio de 2006, 19.48 horas.

—Pues ya ves —comentó Alexis.

Había contado a Jack que, al llegar a casa después del juicio, ella y Craig habían encontrado a sus aterrorizadas hijas atadas y amordazadas con cinta aislante. Alexis había hablado despacio y con precisión, y Craig había añadido algunos detalles escabrosos, como el hecho de que los malhechores habían sacado a Tracy de la ducha desnuda y luego la habían golpeado brutalmente.

Jack quedó mudo de estupefacción. Estaba sentado sobre la mesita de centro, frente a Alexis y su familia. Mientras escuchaba la historia miraba alternativamente a su hermana, que estaba angustiada, asustada y preocupada, a Craig, que estaba fuera de sí de furia, y a las tres niñas, a todas luces aturdidas y traumatizadas. Las tres permanecían inmóviles y calladas. Tracy tenía las piernas dobladas bajo el cuerpo y los brazos cruzados sobre el pecho. Llevaba un chándal demasiado grande y el cabello encrespado. Nada de ombligo al aire aquella noche. Christina y Meghan se abrazaban las piernas, y sus rodillas apuntaban hacia el techo. Todas ellas presentaban bandas rojas en la parte inferior del rostro a causa de la cinta aislante, y Tracy tenía el labio partido.

—¿Estáis bien? —les preguntó Jack.

Por lo visto, Tracy era la única que había sufrido agresiones físicas, y por fortuna no parecía grave.

—Están todo lo bien que cabe esperar —respondió Alexis por ellas.

—¿Cómo han entrado los intrusos?

—Forzaron la puerta trasera —espetó Craig—. Es evidente que eran profesionales.

—¿Han robado algo? —inquirió Jack.

Echó un rápido vistazo a su alrededor, pero todo parecía en orden.

—Nada, que nosotros sepamos —repuso Alexis.

—Entonces ¿qué querían?

—Transmitir un mensaje —explicó Alexis—. Le dieron a Tracy un mensaje para nosotros.

—¿De qué se trata? —preguntó Jack con impaciencia al ver que Alexis no continuaba.

—Nada de autopsia —respondió Craig por ella—. El mensaje era nada de autopsia o de lo contrario volverían para hacer daño a las niñas.

Jack pasó la mirada de Craig a Alexis. No podía creer que su oferta de ayuda hubiera provocado semejante situación.

—Es una locura —farfulló—. Esto no puede estar pasando.

—¡Eso díselo a las niñas! —replicó Craig en tono desafiante.

—Lo siento —se disculpó Jack.

Apartó la mirada de los Bowman. Estaba deshecho por haber sido el causante de aquel desastre. Sacudió la cabeza y volvió a mirar a Alexis y Craig.

—¡Bueno, pues nada de autopsia!

—No sabemos si estamos dispuestos a sucumbir a esta extorsión —señaló Alexis—. A pesar de lo que ha ocurrido, no descartamos la autopsia. Nos parece que si alguien está dispuesto a llegar al extremo de amenazar a las niñas para impedir la autopsia, razón de más para hacerla.

Jack asintió. A él también se le había ocurrido aquel argumento, pero no quería poner en peligro a Tracy, Meghan y Christina. Además, el único culpable que le venía a la mente era Tony

Fasano, y su móvil solo podía ser el miedo a no cobrar sus honorarios. Jack miró a Craig, cuya furia parecía haber menguado un tanto durante la conversación.

—Si existe algún riesgo por pequeño que sea, yo estoy en contra —declaró su cuñado—. Pero creemos que podemos eliminar el riesgo.

—¿Habéis llamado a la policía? —quiso saber Jack.

—No —negó Alexis—. La segunda parte del mensaje era «nada de policía». Nada de autopsia y nada de policía.

—Tenéis que llamarlos —insistió Jack.

Sin embargo, sus palabras sonaban huecas, porque él no había dado parte ni de su enfrentamiento con Fasano y compinches ni de su encontronazo con Franco apenas media hora antes.

—Estamos considerando las alternativas —explicó Craig—. Lo hemos hablado con las niñas. Irán a pasar unos días a casa de sus abuelos, hasta que acabe el juicio. Mis padres viven en Lawrence, Massachusetts, y vienen hacia aquí para recogerlas.

—Probablemente me vaya con ellas —anunció Alexis.

—No tienes que hacerlo, mamá —intervino Tracy por primera vez—. Estaremos bien con los abuelos.

—Nadie sabrá dónde están —continuó Craig—. No irán a la escuela el resto de la semana y quizá incluso el resto del curso, ya que quedan pocos días de clase. Han prometido no usar el móvil ni contar a nadie dónde están.

Jack asintió, aunque no sabía por qué. Tenía la impresión de estar recibiendo mensajes contradictorios. No había forma de eliminar por completo el riesgo para las niñas. Le preocupaba la posibilidad de que Alexis y Craig no estuvieran pensando con claridad por culpa de la tensión del juicio. Lo único que sabía con certeza era que debían llamar a la policía.

—Mirad —dijo—, las únicas personas que en mi opinión pueden estar detrás de esto son Tony Fasano y sus secuaces.

—Nosotros pensamos lo mismo —convino Craig—, pero casi parece demasiado evidente, así que no descartamos otras posibilidades. Lo que me ha sorprendido más durante el juicio es la animosidad de mis colegas hacia mi consulta de medicina a la carta. En cierto modo respalda las preguntas retóricas que hacías anoche sobre el asunto de la conspiración.

Jack meditó la idea durante unos instantes, pero aparte de ser material jugoso para un aficionado a las teorías de la conspiración, consideraba que las probabilidades de que existiera dicha conspiración eran ínfimas pese a lo que había insinuado la noche anterior. Tony Fasano y sus compinches constituían una posibilidad mucho más sólida, sobre todo porque Tony ya lo había amenazado.

—No sé si os habéis fijado en mi labio —comentó de repente, rozando la hinchazón con cuidado.

—Imposible no fijarse —replicó Alexis—. ¿Te lo has hecho jugando a baloncesto?

—Es lo que iba a contaros —reconoció Jack—, pero lo cierto es que es el resultado de otro encontronazo con Franco. Esto se está convirtiendo en un desagradable ritual diario.

—Qué cabrones —masculló Craig.

—¿Estás bien? —preguntó Alexis con preocupación.

—Mejor de lo que estaría de no ser porque mis nuevos colegas de baloncesto de Boston intervinieron justo a tiempo. Franco traía un cómplice.

—Dios mío —suspiró Alexis—. Sentimos haberte metido en esto.

—Asumo toda la responsabilidad —aseguró Jack— y no busco compasión. Lo que quiero decir es que lo más probable es que Fasano y sus compinches sean también responsables de lo que ha pasado aquí. La cuestión es que hay que denunciar ambas cosas a la policía.

—Puedes denunciar lo que te ha pasado a ti si quieres —replicó Craig—, pero no quiero poner en peligro la seguridad de mis hijas. No creo que la policía pueda hacer nada. Los tipos que han venido hoy eran profesionales con pasamontañas, ropa de trabajo imposible de identificar y guantes. Y la policía de Newton no está acostumbrada a este tipo de cosas; esto no es más que un suburbio residencial.

—No estoy de acuerdo —objetó Jack—. Apuesto lo que sea

a que vuestra policía local ha visto más de lo que imagináis, y la investigación forense es un instrumento muy útil. No sabéis lo que pueden llegar a encontrar. Podrían relacionar este asalto con otros, incrementar la vigilancia... Uno de los problemas de no hablar con ellos es que os ponéis en manos de los culpables y permitís que os extorsionen.

—Claro que nos están extorsionando —exclamó Craig en voz tan alta que las niñas dieron un respingo—. Por el amor de Dios, tío, ¿crees que somos idiotas?

—¡Calma, Craig! —pidió Alexis al tiempo que rodeaba los hombros de Tracy, que estaba sentada a su lado.

—Os voy a proponer algo —anunció Jack—. Tengo un muy buen amigo en Nueva York que trabaja como detective en la policía de la ciudad. Puedo llamarle para echar mano de su experiencia. Podemos preguntarle qué os conviene hacer.

—No quiero que nadie me coaccione —advirtió Craig.

—Nadie te va a coaccionar, te lo prometo.

—Creo que Jack debería llamar a su amigo —opinó Alexis—. Aún no habíamos tomado una decisión respecto a la policía.

—¡Vale! —se rindió Craig, levantando las manos—. Yo qué sé...

Jack revisó los bolsillos de la americana hasta dar con el móvil. Lo abrió y marcó el número de casa de Lou Soldano. Eran poco más de las ocho, seguramente la mejor hora para localizar al detective, pero Lou no estaba en casa. Jack le dejó un mensaje en el contestador y a continuación lo llamó al móvil. Lo localizó en el coche, camino de un homicidio en Queens.

Mientras los Bowman escuchaban con atención, Jack resumió a su amigo sus actividades y todo lo ocurrido en Boston. Terminó explicando que estaba con su hermana, el marido de esta y sus hijas en aquel momento, y que la cuestión residía en si debían o no llamar a la policía.

—Por supuesto que sí —afirmó Lou sin vacilar.

—Les preocupa que la policía de Newton no tenga la experiencia suficiente para justificar el riesgo.

—¿Dices que están contigo ahora mismo?

—Sí, los tengo delante.

—Conecta el altavoz.

Jack obedeció y sostuvo el teléfono en alto. Lou se presentó y manifestó que lamentaba el mal trago que estaban pasando.

—Tengo un muy buen amigo que es detective en el departamento de policía de Boston —explicó a continuación—. Estuvimos juntos en el ejército hace mil años. Tiene muchísima experiencia en toda clase de delitos, entre ellos el que acaban de sufrir ustedes. No me importaría llamarle y pedirle que intervenga personalmente en el caso. Vive en su población o en West Newton... Newton algo, en cualquier caso. Estoy seguro de que conoce a los compañeros de la policía local. La decisión es suya. Puedo llamarle ahora mismo. Se llama Liam Flanagan y es un tipo magnífico. Y una cosa más: sus hijas corren más peligro si no denuncian el incidente que si lo denuncian, de eso pueden estar seguros.

Alexis se volvió hacia Craig.

—Creo que deberíamos aceptar su ofrecimiento.

—De acuerdo —accedió Craig a regañadientes.

—¿Lo has oído? —preguntó Jack a Lou.

—Sí —asintió su amigo—. Ahora mismo le llamo.

—Espera, Lou —pidió Jack.

Desactivó el altavoz, pidió disculpas a los Bowman y salió al pasillo para hablar con su amigo en privado.

—Lou, cuando hables con Flanagan, intenta conseguirme un arma.

—¿Un arma? —se sorprendió Lou—. No será fácil.

—Inténtalo. Me siento más vulnerable de lo normal.

—¿Tienes la licencia en regla?

—Sí, para Nueva York. Hice el curso y todo lo demás. Fuiste tú quien me convenció; lo único que no hice fue comprarme un arma.

—Lo intentaré.

El timbre de la puerta sonó mientras cerraba el teléfono. Alexis pasó corriendo a su lado.

—Deben de ser los abuelos —conjeturó.

Pero se equivocaba; era Randolph Bingham, vestido con atuendo informal, pero tan elegante como siempre.

—¿Está Craig listo para el ensayo? —preguntó Randolph, advirtiendo la sorpresa de Alexis—. Me está esperando.

Alexis se mostró perpleja durante unos instantes, pues esperaba que fueran los abuelos los que llamaban a la puerta.

—¿Ensayo? —preguntó.

—Sí, Craig testifica mañana por la mañana, y acordamos que le iría bien ensayar un poco.

—Entre —invitó Alexis, avergonzada por su vacilación.

Randolph reparó en los pantalones cortos de Jack, así como en la camiseta sucia y manchada de sangre, pero no dijo nada mientras Alexis lo precedía por el pasillo hasta el comedor. La familia puso al abogado al corriente de lo sucedido aquella tarde en la casa. La expresión de Randolph se transformó de su habitual altivez algo condescendiente en preocupación.

—¿Ha examinado algún médico a las niñas? —inquirió.

—Solo Craig —repuso Alexis—. No hemos llamado a su pediatra.

Randolph se volvió hacia Craig.

—Puedo solicitar un aplazamiento si quiere.

—¿Qué probabilidades hay de que el juez lo conceda? —quiso saber Craig.

—No hay forma de saberlo; la decisión recae únicamente sobre el juez Davidson.

—Para serle sincero, prefiero acabar con esta pesadilla cuanto antes —decidió Craig—, y probablemente es lo más seguro para las niñas.

—Como quiera —dijo Randolph—. Supongo que han llamado a la policía.

Alexis y Craig cambiaron una mirada; acto seguido, Alexis miró a Jack, que ya había regresado al comedor.

—Estamos en ello —explicó Jack.

Expuso el plan en pocas palabras y luego manifestó su creencia de que Tony Fasano tenía algo que ver en aquel asunto, aludiendo a la amenaza de Fasano de que acabaría con Jack si este practicaba la autopsia.

—Esto es una agresión con todas las letras —comentó Randolph—. Podría presentar cargos.

—No es tan sencillo —puntualizó Jack—. El único testigo es el secuaz de Fasano, a quien golpeé después de que él me golpeara a mí. La cuestión es que no tengo intención de presentar cargos.

—¿Hay alguna prueba de que Tony Fasano sea responsable de los delitos cometidos hoy? —preguntó Randolph—. En tal caso, sin duda podría obtener la invalidación del juicio.

—No hay pruebas —terció Craig—. Mis hijas dicen que quizá podrían llegar a reconocer una voz, pero no están seguras.

—Puede que la policía tenga más suerte —aventuró Randolph—. ¿Qué hay de la autopsia? ¿Se va a hacer o no?

—Aún no lo hemos decidido —respondió Alexis.

—Como es natural, lo que más nos preocupa es la seguridad de las niñas —añadió Craig.

—En caso de que se haga, ¿cuándo será?

—El cadáver será exhumado mañana por la mañana —repuso Jack—. Practicaré la autopsia de inmediato, pero los resultados iniciales solo consistirán en datos patológicos preliminares.

—El juicio ya está muy avanzado —comentó Randolph—. Tal vez no merezca la pena hacer el esfuerzo ni correr el riesgo. Mañana, después de que el doctor Bowman testifique, sin duda el juez dictaminará que el demandante ya ha presentado su carga probatoria. Entonces presentaré la defensa, es decir el testimonio de nuestros expertos. Eso significa que el viernes quedará reservado para los alegatos finales.

En aquel momento sonó el teléfono de Jack. Aún lo tenía en la mano, y el sonido lo sobresaltó. Salió a toda prisa de la estancia antes de contestar. Era Lou.

—He localizado a Liam, le he contado la historia y le he dado la dirección. Va hacia allí con algunos policías de Newton. Es un buen tipo.

—¿Has preguntado lo del arma?

—Sí. La idea no le ha entusiasmado precisamente, pero le he asegurado que eres un tipo íntegro y todas esas chorradas.

—¿O sea? ¿Me la conseguirá o qué? Si todo va bien, mañana por la mañana exhuman el cadáver, y ahora mismo me siento con las manos atadas.

—Dice que te la conseguirá, pero bajo mi responsabilidad.

—¿Y eso qué significa?

—Supongo que te dará el arma, así que haz el favor de tener cuidado con ella.

—Gracias por el consejo, papá —se mofó Jack—. Intentaré cargarme al menor número posible de personas.

Jack volvió al comedor. Craig, Alexis y Randolph seguían hablando de la autopsia. Habían llegado al acuerdo de seguir adelante con ella pese a la escasez de tiempo. El principal argumento que esgrimió Randolph era la posibilidad de utilizar los posibles resultados en la apelación, si es que se producía, bien para, en caso de suspensión de veredicto, conseguir un nuevo juicio o para repartir la sanción, por contribución a la negligencia. Randolph les recordó que, según la documentación, Patience Stanhope se había negado en varias ocasiones a someterse a más pruebas cardíacas pese a los resultados dudosos de la prueba de esfuerzo.

Aprovechando un breve silencio, Jack les anunció que el detective Liam Flanagan estaba de camino.

—Queremos que hagas la autopsia si todavía estás dispuesto —dijo Alexis a Jack, en apariencia haciendo caso omiso de sus palabras.

—Ya lo suponía —repuso Jack—. Estaré encantado de hacerlo si es lo que queréis.

Se volvió hacia Craig, que se encogió de hombros.

—No pienso ser el aguafiestas —comentó—. Con toda la tensión a la que estoy sometido, no me fui de mi criterio.

—De acuerdo —accedió Jack, de nuevo sorprendido por la inesperada perspicacia de su cuñado.

En aquel instante sonó de nuevo el timbre, y Alexis corrió a abrir, diciendo que esta vez sin duda serían los abuelos. Pero se equivocaba otra vez, porque delante de la puerta había cinco policías, dos de ellos ataviados con el uniforme de la policía local de Newton. Alexis los invitó a entrar y los condujo al comedor.

—Soy el teniente Liam Flanagan —se presentó el detective con voz estentórea.

Era un irlandés corpulento, de tez rubicunda, ojos azul celeste y pecas sobre la nariz chata de boxeador. De inmediato presentó a los demás. Eran el detective Greg Skolar, los agentes Sean O'Rourke y David Shapiro, así como el investigador forense Derek Williams.

Jack observó el teniente mientras hacía las presentaciones. Había algo en él que le resultaba familiar, como si lo conociera de algo, pero le parecía improbable. De repente se le ocurrió.

—¿Estaba usted en la oficina del forense esta mañana? —le preguntó cuando le llegó el turno de presentarse.

—Sí —exclamó Liam con una carcajada efusiva—. Ahora me acuerdo de usted. Entró en sala de autopsias.

Tras escuchar un resumen de lo sucedido en casa de los Bowman, el investigador forense y los dos agentes uniformados salieron a registrar el jardín para aprovechar la última luz diurna. El sol ya se había puesto, pero todavía no era noche cerrada. Los dos detectives se concentraron en las niñas, que reaccionaron bien al hecho de ser el centro de atención.

Mientras, Randolph preguntó a Craig si se sentía con ánimos de hacer el ensayo que habían planeado.

—¿Cree que es necesario? —protestó Craig, comprensiblemente distraído.

—Diría que es crucial —insistió Randolph—. No olvide cómo se condujo durante la declaración. Sería catastrófico repetir aquello delante del jurado. Se ha puesto de manifiesto que la estratagema de la acusación es presentarlo como un médico arrogante e indiferente, más interesado por llegar al auditorio a tiempo con su novia trofeo que por el bienestar de su paciente gravemente enferma. Debemos evitar que se presente usted de un modo que fundamente esta impresión, y el único modo de conseguirlo es ensayar. Es usted un buen médico, pero un pésimo testigo.

Algo mortificado por la evaluación poco caritativa de Randolph, Craig accedió dócilmente a ensayar su testimonio. Interrumpió a los detectives un instante para explicar a las niñas que estaría en la biblioteca.

De repente, Jack y Alexis cambiaron una mirada. Ambos se habían dedicado a escuchar con atención el relato de las niñas, pero al rato se hizo muy repetitivo, ya que los detectives buscaban con toda diligencia cualquier detalle que pudiera habérseles escapado, y el interés de los dos hermanos se desvaneció. Se retiraron a la cocina para poder hablar con tranquilidad.

—Quiero repetirte cuánto siento todo lo que ha pasado —dijo Jack—. La intención era buena, pero en lugar de ayudar, os he creado problemas.

—Lo que ha pasado era imposible de prever —aseguró Alexis—. No tienes por qué disculparte. Me has prestado muchísimo apoyo moral, y a Craig también. Está distinto desde que llegaste. De hecho, todavía no me puedo creer la lucidez que ha mostrado durante la comida.

—Espero que le dure. ¿Qué me dices de las niñas? ¿Cómo crees que reaccionaran a esta experiencia?

—No estoy segura —reconoció Alexis—. Son unas niñas bastante centradas a pesar de que su padre apenas se ha ocupado de ellas. Por otro lado, yo siempre he estado muy unida a las tres y me comunico muy bien con ellas. Tendremos que ver lo que pasa sobre la marcha y permitir que expresen sus sentimientos y miedos.

—¿Tienes algún plan concreto para ellas?

—De entrada que se vayan a casa de sus abuelos; adoran a su abuela. Tendrán que dormir juntas en una sola habitación, lo cual suele ser motivo de queja, pero dadas las circunstancias, creo que les irá bien.

—¿Irás con ellas?

—Era lo que estábamos comentando cuando has llegado. La verdad es que me gustaría ir; es un modo de reconocer que sus temores son legítimos, lo cual me parece importante. Lo último que hay que hacer es asegurarles que todo irá bien y que no deben tener miedo. Sí deben tener miedo. Es evidente que han vivido una experiencia traumática. Gracias a Dios que no han salido más malparadas.

—¿Y en qué basarás tu decisión de acompañarlas o no?

—Creo que las acompañaré. Dudaba porque Craig ha dicho que prefería que me quedara y porque Tracy no quería que fuera; ya la has oído. Pero me parece que es una muestra de chulería adolescente. Y aunque estoy muy preocupada por Craig y sus necesidades, ante la disyuntiva ganan las niñas.

—¿Crees que necesitarán ayuda profesional, alguna clase de terapia?

—No lo creo, solo si su miedo se prolonga mucho o se vuelve desproporcionado. Supongo que habrá que verlo. Por suerte, tengo compañeros en el hospital a los que puedo recurrir en busca de opinión.

—He estado pensando que, puesto que mi presencia ha causado tantos problemas, quizá lo mejor sea que me vaya a un hotel.

—Ni hablar —protestó Alexis—. Estás aquí y aquí te quedas.

—¿Estás segura? No me lo tomaré como algo personal.

—Segurísima, no quiero ni hablar del tema.

El timbre sonó por tercera vez.

—Ahora sí que deben de ser los abuelos —declaró Alexis categóricamente.

Se apartó de la encimera de la cocina, en la que se había apoyado, para ir a abrir.

Jack se volvió hacia el comedor, donde los detectives seguían hablando con las niñas. Por lo visto, la entrevista estaba a punto de tocar a su fin. Los dos policías uniformados y el investigador forense habían regresado a la estancia y examinaban las tiras de cinta aislante con que habían amordazado a las niñas.

Al cabo de unos instantes llegó Alexis acompañada de los abuelos Bowman. Leonard era un hombre grueso y pálido con barba de dos días, un anticuado corte de pelo militar y una gran panza que indicaba que pasaba demasiado tiempo bebiendo cerveza y sentado en su sillón favorito delante de la tele. Cuando se lo presentaron, Jack advirtió una característica aún más idiosincrásica, y es que Leonard era más lacónico que los espartanos. Cuando le estrechó la mano, lo único que obtuvo fue un gruñido.

Rose Bowman era la antítesis de su marido. Cuando apareció, y las niñas se abalanzaron sobre ella, profirió exclamaciones de alegría y preocupación. Era una mujer baja y robusta, de encrespado cabello blanco, ojos relucientes y dientes amarillentos.

Cuando las niñas arrastraron a su abuela hacia el sofá, Jack se encontró a solas con Leonard. En un intento de entablar conversación, Jack comentó cuánto querían las niñas a su abuela, pero lo único que obtuvo fue otro gruñido.

La policía hacía su trabajo, las niñas estaban con su abuela, Alexis preparaba las maletas para sus hijas y para ella, y Craig se encontraba en la biblioteca con Randolph, de modo que Jack estaba atrapado con Leonard. Tras algunas tentativas vanas de sacarle alguna palabra, desistió y fue en busca de Liam Flanagan para cerciorarse de que se quedaría media hora más en la casa. Luego recogió la ropa y los zapatos de donde los había dejado, sobre los fogones, subió en busca de Alexis, que estaba en el dormitorio de una de las niñas, le dijo que iba a ducharse y bajó al sótano.

Mientras se duchaba recordó con una punzada de culpabilidad que todavía no había llamado a Laurie. Al salir de la ducha se miró al espejo e hizo una mueca. Se había olvidado por completo del hielo, y su labio aparecía hinchado y amoratado. En combinación con el lado izquierdo de su rostro, que seguía enrojecido, parecía recién salido de una pelea de bar. Contempló la posibilidad de coger hielo del frigorífico que había visto en el sótano, pero concluyó que apenas surtiría efecto porque había transcurrido demasiado tiempo, de modo que lo dejó correr, se vistió y sacó el móvil.

Apenas había cobertura, de modo que también lo dejó correr. Subió la escalera y encontró a Alexis, las niñas y los abuelos en el vestíbulo. Alexis había terminado de hacer las maletas y ya las había cargado en el maletero del coche familiar. Las niñas estaban suplicando a su abuela que fuera con ellas en el coche, pero

Rose adujo que tenía que ir con el abuelo. Fue entonces cuando Jack oyó las únicas palabras de Leonard:

—Vamos, Rose —masculló entre dientes.

Era una orden, no una petición. Rose se separó obediente de las niñas y corrió en pos de su esposo, que ya había salido de la casa.

—¿Nos veremos mañana en el juzgado? —preguntó Alexis a Jack mientras conducía a las niñas hacia la puerta del garaje.

Las niñas ya se habían despedido de Craig, que seguía en la biblioteca con Randolph.

—En algún momento —asintió Jack—. La verdad es que no sé cómo iré de tiempo. No depende de mí.

De repente, Alexis giró sobre sus talones con los ojos muy abiertos.

—Dios mío —exclamó—. Acabo de recordar que te casas el viernes. Mañana ya es jueves. Estoy tan distraída que lo había olvidado. Lo siento, tu prometida debe de odiarme por hacerte venir aquí y retenerte como rehén.

—Me conoce lo suficiente para saber a quién culpar si se da el caso.

—¿O sea que harás la autopsia y luego volverás a Nueva York?

—Eso tengo pensado.

Junto a la puerta del garaje, Alexis ordenó a las niñas que se despidieran de su tío. Las tres lo abrazaron obedientes, pero solo Christina habló. Le susurró al oído que sentía que sus hijas se hubieran quemado en el avión. Aquel comentario del todo inesperado pilló tan desprevenido a Jack que se vio obligado a contener las lágrimas. Al abrazarlo a su vez, Alexis percibió que lo embargaba una emoción nueva y se apartó de él para mirarlo a los ojos, aunque malinterpretó el motivo.

—Eh —dijo—, estaremos bien. Las niñas estarán bien, te lo prometo.

Jack asintió.

—Nos vemos mañana en algún momento —murmuró cuando logró recobrar el habla—. Espero poder ofreceros algo que merezca la pena.

—Yo también —convino Alexis.

Subió al coche familiar y pulsó el botón de apertura de la puerta del garaje, que ascendió con un traqueteo sobrecogedor.

Fue entonces cuando Jack se dio cuenta de que tenía que mover el coche. Lo había aparcado junto al Lexus de Craig, de modo que bloqueaba la salida. Jack pasó corriendo junto al coche de Alexis mientras le indicaba por señas que esperaba. Sacó el Hyundai a la calle y esperó mientras Alexis hacía lo propio. Con un bocinazo y un saludo, el coche de su hermana se perdió en la noche.

Mientras volvía a dejar el coche en el sendero de acceso, Jack observó los dos coches patrulla de la policía de Newton y los otros dos sin marca alguna, los dos sedanes oscuros que los detectives habían aparcado en la calle. Se preguntó cuánto trabajo les quedaría por hacer en la casa, porque estaba impaciente por hablar con ellos en privado, sobre todo con Liam Flanagan. En respuesta a su pregunta, los cinco policías salieron por la puerta principal de la casa justo cuando Jack se apeaba del coche.

—Perdonen —los llamó Jack mientras trotaba hacia ellos, dándoles alcance a mitad del sinuoso camino delantero de la casa.

—Doctor Stapleton —lo saludó Liam—, lo estábamos buscando.

—¿Han acabado de examinar el escenario? —inquirió Jack.

—De momento sí.

—¿Ha habido suerte?

—Haremos analizar la cinta aislante en el laboratorio, así como algunas fibras que hemos encontrado en el baño de la niña. Había poca cosa. Hemos descubierto algo en el jardín que no puedo revelarle. Podría ser prometedor, pero en términos generales está claro que ha sido un trabajo profesional.

—¿Qué me dice de la autopsia que por lo visto ha ocasionado este intento de extorsión? —intervino el detective Skolar—. ¿La va a hacer o no?

—Si la exhumación sigue adelante, la autopsia también —repuso Jack—. La haré en cuanto tenga el cadáver a mi disposición.

—Es raro ver un incidente así por culpa de una autopsia

—comentó el detective Skolar—. ¿Espera encontrar algo sorprendente?

—No sabemos qué esperar. Lo único que sabemos con certeza es que la paciente sufrió un ataque al corazón. Evidentemente, lo sucedido hoy ha suscitado nuestra curiosidad.

—¡Qué extraño! —insistió el detective Skolar—. Para su tranquilidad y la de los Bowman, pondremos vigilancia en la casa las veinticuatro horas durante algunos días.

—Estoy seguro de que los Bowman se lo agradecerán. Por mi parte, estoy seguro de que eso me permitirá dormir mejor.

—Manténganos al corriente de todo —pidió el detective Skolar.

Le alargó una tarjeta de visita antes de estrecharle la mano, gesto que imitaron los otros tres policías.

—¿Puedo hablar un momento con usted? —preguntó Jack a Liam.

—Por supuesto; iba a pedirle lo mismo.

Jack y Liam se despidieron de los policías de Newton. Estos se marcharon en sus respectivos vehículos, que desaparecieron casi al instante en la negrura. La noche había caído a regañadientes, pero en aquellos momentos la oscuridad ya era completa. La única luz del vecindario procedía de las ventanas delanteras de casa de los Bowman y de una farola solitaria situada en el sentido opuesto al que habían tomado los policías. En el firmamento, un estrecho gajo de luna asomaba por entre el follaje de los árboles que flanqueaban la calle.

—¿Quiere sentarse en mi limusina? —propuso Liam al llegar junto a su Ford de gama baja.

—La verdad es que se está muy bien aquí fuera —repuso Jack.

La temperatura había descendido, y el aire resultaba tonificante.

Ambos se apoyaron contra el coche, y Jack refirió su enfrentamiento con Tony Fasano, la amenaza que había recibido y sus dos encontronazos con su compinche, Franco. Liam escuchaba con suma atención.

—Conozco a Tony Fasano —comentó—. Es un tipo que trabaja

en muchos campos, entre ellos los daños y perjuicios y ahora la negligencia médica. Incluso ha llevado algunos casos penales, defendiendo a delincuentes de poca monta, que es por lo que lo conozco. Debo decir que es más listo de lo que parece a primera vista.

—A mí me da la misma impresión.

—¿Cree que es responsable de este intento profesional pero al mismo tiempo basto de extorsión? Considerando con quien se acuesta, tiene los contactos necesarios, desde luego.

—Sería lógico, teniendo en cuenta que me amenazó, pero por otro lado, parece demasiado sencillo y demasiado absurdo si consideramos que es tan listo.

—¿Se le ocurre algún otro sospechoso?

—La verdad es que no.

Por un instante estuvo tentado de sacar a colación la idea de la conspiración, pero se dijo que las probabilidades de validez de aquella teoría eran tan ínfimas que le daba vergüenza mencionarla.

—Indagaré en lo de Fasano —prometió Liam—. Su despacho está en la zona norte, así que pertenece a nuestra jurisdicción, pero sin pruebas, al menos de momento, poco podemos hacer, sobre todo a corto plazo.

—Lo sé —aseguró Jack—. Mire, le agradezco que se haya molestado en intervenir. Temía que los Bowman no quisieran denunciar el incidente.

—Siempre es un placer hacerle un favor a mi viejo amigo Lou Soldano. Tengo la impresión de que son ustedes muy amigos.

Jack asintió y sonrió en su fuero interno. Había conocido a Lou cuando ambos perseguían a Laurie. Consideraba un punto a favor del carácter de Lou que, al ver que sus posibilidades con Laurie desaparecían por su culpa, se mostrara lo bastante magnánimo para interceder por Jack, actitud que resultó ser clave, porque la historia de Jack y Laurie no había resultado sencilla a causa del bagaje psicológico de Jack.

—Lo cual me lleva a la última cuestión —prosiguió Liam.

Abrió el coche y revolvió el contenido de una bolsa de lona que yacía sobre el asiento delantero. Al poco se volvió hacia Jack y le alargó una Smith and Wesson del 38 con cañón corto.

—Más vale que sean muy amigos, porque por lo general no hago estas cosas.

Jack hizo girar el revólver entre sus manos. El arma relucía en la oscuridad, reflejando la luz procedente de las ventanas de los Bowman.

—Y más vale que tenga muy buenas razones para utilizarla —añadió Liam—. Y espero que no tenga que llegar a usarla.

—Le aseguro que solo la utilizaré en caso de vida o muerte —prometió Jack—. Pero ahora que las niñas se han ido, puede que ya no la necesite —comentó al tiempo que se la alargaba.

—Quédesela —pidió Liam con la mano levantada—. Ya lo han atacado un par de veces. Por lo que cuenta, parece que a ese tal Franco le faltan un par de tornillos. Pero no olvide devolvérmela. ¿Cuándo se va?

—Mañana en algún momento, otra razón por la que no debería quedármela.

—¡Que se la quede! —insistió Liam.

Alargó una tarjeta a Jack antes de rodear el coche y abrir la puerta del acompañante.

—Podemos quedar un momento antes de que se vaya, o puede dejarla en comisaría a mi nombre, en una bolsa. ¡No vaya contando por ahí qué es!

—Seré discreto —aseguró Jack—. Así me llaman, Jack el discreto —añadió con un toque de humor.

—No es eso lo que dice Lou —rió Liam—, pero sí dice que es usted un tipo muy responsable, y con eso cuento.

Después de despedirse, Liam subió al coche y desapareció en la misma dirección que la policía de Newton.

Jack examinó el arma en la oscuridad. Ofrecía un aspecto engañosamente inocente, como las pistolas de juguete que tenía de pequeño, pero como médico forense conocía bien su potencial destructivo. Había examinado más trayectorias de bala en cadáveres de lo que le apetecía recordar, y aún lo asombraba la gravedad de las heridas que causaban. Se guardó el revólver en un bolsillo y sacó el móvil de otro. La perspectiva de llamar a Laurie le provocaba sentimientos encontrados, pues sabía que se enfadaría con razón al saber que se quedaba una noche más en Boston. Desde su punto de vista, el hecho de que Jack regresara a Nueva York el jueves por la tarde o incluso por la noche, teniendo en cuenta que la boda se celebraría a la una y media del viernes, era poco sensato, absurdo e incluso doloroso, pero Jack se sentía impotente. Se encontraba inmerso en un laberinto de circunstancias muy complejas. Después de todo lo que había sucedido, algunas cosas por culpa suya, no podía abandonar a Alexis y Craig. Además, lo intrigaba de verdad que alguien se opusiera con tanta contundencia a una autopsia. Y mientras aquella idea le rondaba por la mente, se le ocurrió otra nueva: «¿Y el hospital? ¿Sucedería algo en el hospital la noche en que ingresaron a Patience Stanhope que necesite quedar encubierto?». No se lo había planteado desde aquel punto de vista, y si bien era improbable, desde luego era mucho más probable que la descabellada teoría de la conspiración contra la medicina a la carta.

Nervioso y embargado hasta la médula por los sentimientos de culpabilidad, Jack marcó el número del móvil de Laurie.

16

Newton, Massachusetts,
miércoles, 7 de junio, 21.55 horas.

—¡Ya era hora! —exclamó Laurie con sequedad.

Jack hizo una mueca. El tono era diametralmente distinto del de la noche anterior, lo cual constituía un indicio del rumbo que tomaría la conversación.

—¡Son casi las diez! —se quejó Laurie—. ¿Por qué no has llamado antes? Han pasado ocho horas desde que me dejaste ese mensaje tan cobarde en el buzón de voz.

—Lo siento —se disculpó Jack con todo el arrepentimiento de que fue capaz—. Ha sido una tarde muy extraña.

Era un auténtico eufemismo, pero muy alejado del humor sarcástico que caracterizaba a Jack. Estaba haciendo un esfuerzo consciente por no sucumbir a la tendencia que se había automatizado durante sus años temerarios tras la tragedia. Midiendo sus palabras y del modo más sucinto posible, Jack habló a Laurie del asalto a las niñas y la visita de la policía mediada por Lou. Luego le habló de Tony Fasano y su amenaza, así como de Franco, incluyendo el episodio del día anterior, que no le había mencionado hasta entonces.

—¡Es increíble! —exclamó Laurie tras un breve silencio; en su voz apenas si quedaba rastro de enfado—. ¿Estás bien?

—Tengo el labio hinchado y un pequeño derrame sobre el

pómulo, pero me he hecho heridas peores jugando a baloncesto. Estoy bien.

—Ese tal Franco me pone nerviosa; parece un chiflado.

—A mí tampoco me hace mucha gracia.

Contempló la posibilidad de hablarle del arma, pero concluyó que tal vez la pusiera aún más nerviosa.

—Entiendo que crees que Tony Fasano está detrás del ataque a las niñas.

Jack reprodujo parte de la conversación que había sostenido con Liam Flanagan.

—¿Cómo están las niñas?

—Bastante enteras, teniendo en cuenta lo que han pasado. Puede que tenga algo que ver con que su madre es psicóloga. Alexis es una madre magnífica. Los ha llevado a casa de sus abuelos, los padres de Craig, para que pasen allí unos días. Para que te hagas una idea, la pequeña estaba lo bastante tranquila para decirme que sentía lo de mis hijas cuando se ha despedido de mí. Me he quedado de piedra.

—Parece muy madura —comentó Laurie—. Es una suerte para los Bowman. Bueno, y ahora hablemos de nosotros. ¿Cuándo vas a volver?

—En el peor de los casos, mañana por la noche —repuso Jack—. Haré la autopsia, anotaré los resultados, sean los que sean, y se los daré al abogado de Craig. Aun cuando yo quisiera, no cree posible que suba a testificar, así que eso no es problema.

—Estás apurando mucho —señaló Laurie—. Si acabo convertida en la novia plantada en el altar, no te lo perdonaré nunca, solo quiero que lo sepas.

—He dicho que eso será en el peor de los casos; puede que llegue a media tarde.

—Prométeme que no harás ninguna tontería.

A Jack se le ocurrieron diversas réplicas mordaces a aquella frase, pero se contuvo.

—Tendré cuidado —prometió antes de añadir, para tranquilizarla aún más—: La policía de Newton ha prometido vigilar la casa.

Una vez convencido de que Laurie se sentía más tranquila, Jack le dijo algunas palabras cariñosas y por fin se despidió. Acto seguido hizo otras dos llamadas. Habló un momento con Lou para explicarle lo que había pasado con Liam Flanagan y darle las gracias por su ayuda. Le dijo que se verían en la iglesia el viernes. Luego llamó a Warren para contarle que David no solo era un excelente jugador de baloncesto, sino que además le había salvado el pellejo. Se vio obligado a apartarse el teléfono de la oreja para no quedar sordo con la entusiasta reacción de Warren. También le dijo a él que se verían en la iglesia.

Una vez despachadas todas las llamadas, Jack se dedicó a contemplar el pacífico paisaje. El gajo de luna había ascendido un poco más en el firmamento hasta rebasar las copas de los árboles. En el cielo brillaban algunas estrellas pese a la contaminación lumínica procedente del área metropolitana de Boston. Jack aspiró una profunda bocanada de aire fresco. Era tonificante. A lo lejos ladró un perro. La quietud lo indujo a preguntarse qué le depararía el mañana. No lo sabía, pero pensar en ello lo hizo alegrarse de que Liam hubiera insistido en que se quedara el arma. Palmeó el bolsillo donde la había guardado; su peso le hacía sentir más seguro, aunque sabía que las estadísticas indicaban lo contrario. Con la sensación fatalista de que lo que tuviera que ser, sería, Jack se encogió de hombros, dio media vuelta y entró en la casa.

Sin Alexis y las niñas, Jack se sentía como un intruso. En cuanto cerró la puerta principal, el silencio de la casa se tornó casi palpable, pese a que oía las voces ahogadas de Craig y Randolph desde la biblioteca. Entró en el comedor y se acercó al frigorífico. Había mucha comida, y se preparó un bocadillo en un santiamén. Luego abrió una cerveza y llevó ambas cosas al sofá. Encendió el televisor a un volumen muy bajo y fue pasando canales hasta dar con un noticiario. Sintiéndose aún un forastero en tierra ignota, se reclinó en el sofá y comió.

Cuando estaba a punto de acabar el bocadillo y la cerveza, oyó que las voces procedentes de la biblioteca se alzaban; a todas luces se trataba de una discusión. Jack se apresuró a subir el volumen del televisor para no oír. Tenía una sensación similar a la que había experimentado cuando Craig estuviera a punto de sorprenderlo husmeando en su maletín. Al cabo de unos minutos, la puerta principal se cerró con tal fuerza que Jack percibió la vibración. Unos instantes más tarde, Craig entró en el comedor. Era evidente que estaba furioso, sobre todo por el modo en que dejó caer los cubitos de hielo en un vaso anticuado y la fuerza con que cerró la puerta del mueble bar. Se sirvió una generosa ración de whisky y llevó la botella y el vaso al sofá.

—¿Te importa que me siente? —preguntó a Jack.

—Claro que no —repuso Jack sin saber por qué lo preguntaba siquiera.

Se apartó hacia el extremo del sofá, apagó el televisor y giró el cuerpo para encararse con su anfitrión, que se había dejado caer sin soltar la botella ni el vaso.

Craig tomó un largo trago y desplazó el líquido por la boca durante unos instantes antes de tragárselo con la mirada clavada en la chimenea.

—¿Qué tal el ensayo? —preguntó Jack, sintiéndose obligado a entablar conversación.

Craig se limitó a lanzar una carcajada sarcástica.

—¿Te sientes preparado? —insistió Jack.

—Supongo que todo lo preparado que puedo llegar a estar. Pero eso no es mucho.

—¿Qué te ha aconsejado Randolph?

Craig lanzó otra carcajada forzada.

—Ya sabes, lo de siempre, que no me hurgue la nariz, que no me tire pedos demasiado ruidosos, que no me ría del juez...

—Lo digo en serio —lo atajó Jack—. Me interesa saberlo.

Craig se volvió hacia él. Parte de la tensión que Jack había observado en él unos minutos antes había desaparecido de su rostro.

—Más o menos lo mismo que he comentado durante la comida y algunos consejos más. No debo tartamudear ni reírme. ¿Te lo puedes creer? Tony Fasano me va a atacar verbalmente, y Randolph quiere que me lo tome con toda la calma del mundo.

En todo caso puedo adoptar una expresión dolida, pero no enfadarme, para que el jurado me compadezca. ¿Te lo imaginas?

—Me parece razonable.

Craig entornó los ojos sin apartar la mirada de él.

—Puede que a ti te lo parezca, pero a mí no.

—No he podido evitar oír que levantabais la voz. Bueno, no he oído lo que decíais, pero... ¿habéis discutido por algo?

—La verdad es que no —repuso Craig—. Es que Randolph me ha cabreado, que es lo que pretendía. Estaba representado el papel de Tony Fasano. El problema es que cuando suba al estrado, estaré bajo juramento, y Tony Fasano no. Eso significa que podrá inventarse e insinuar lo que le dé la gana, y que yo no tengo ni que inmutarme, pero me inmuto. Si hasta me he enfadado con Randolph. No tengo remedio...

Jack lo observó mientras Craig apuraba el vaso y se servía otro. Sabía que con frecuencia los rasgos de personalidad de los médicos excelentes como Craig los hacía más vulnerables a los litigios por negligencia, y que aquellos mismos rasgos los convertían en testigos pésimos. También sabía que a la inversa sucedía lo mismo. Los malos médicos pulían más su trato con los pacientes para compensar sus carencias profesionales y evitar demandas, y aquellos mismos médicos, en caso de enfrentarse a un litigio, a menudo eran capaces de representar en su defensa papeles dignos de un Oscar.

—La cosa sigue pintando mal —prosiguió Craig, más sombrío que enfadado—. Y aún me preocupa que Randolph no sea el abogado adecuado a pesar de su experiencia. Es tan pretencioso, maldita sea. Tony Fasano es untuoso hasta la médula, pero tiene al jurado comiendo de la palma de su mano.

—Los jurados tienen la sorprendente cualidad de acabar clichando estas cosas —comentó Jack.

—La otra cosa que me cabrea de Randolph es que no para de hablar de la apelación —continuó Craig como si no hubiera oído a Jack—. Eso es lo que me ha sacado de mis casillas al final del ensayo. No me podía creer que sacara el tema justo en ese momento. Por supuesto, sé que debo tenerlo en cuenta, al igual que debo tener en cuenta lo que haré con el resto de mi vida. Si pierdo, desde luego no voy a seguir ejerciendo.

—Eso sería una doble tragedia —señaló Jack—. La profesión no puede permitirse prescindir de sus mejores médicos, y tus pacientes tampoco.

—Si pierdo este caso, nunca podré volver a mirar a un paciente sin preocuparme por si me va a demandar y por si tendré que volver a sufrir una experiencia como esta. Los últimos ochos meses han sido los peores de mi vida.

—Pero ¿qué harías si no ejerces? Tienes una familia.

Craig se encogió de hombros.

—Probablemente trabajar para alguna farmacéutica importante; hay muchas oportunidades. Conozco a varias personas que han tomado ese camino. La otra opción es intentar investigar a tiempo completo.

—¿Serías feliz dedicándote a tiempo completo a los canales de sodio? —preguntó Jack.

—Desde luego; me parece apasionante, investigación básica pero con aplicación clínica inmediata.

—Supongo que la industria farmacéutica está interesada en ello.

—Sin duda alguna.

—Cambiando de tema... Mientras estaba fuera despidiéndome de todo el mundo, se me ha ocurrido una idea que quería comentarte.

—¿Sobre qué?

—Sobre Patience Stanhope. Tengo todo el expediente del caso y lo he leído varias veces. Contiene todos tus documentos, pero lo único que hay del hospital es la hoja de urgencias.

—Es que no había nada más. No llegaron a ingresarla.

—Lo sé, pero no hay más pruebas de laboratorio que las que se mencionan en las notas, ni tampoco ningún impreso de petición. Me preguntaba si quizás el hospital cometió algún error grave, como administrar el fármaco equivocado o una dosis excesiva. En tal caso, la persona responsable podría estar desesperada por encubrirlo y encantada con la idea de echarte el muerto a ti. Sé que es otra teoría descabellada, pero no tanto como la idea de la conspiración. ¿Qué te parece? Por lo que les ha pasado esta tarde a tus hijas, es evidente que alguien está muy, pero que muy en contra de que practique la autopsia, y si Fasano no es el responsable, el móvil no puede ser el dinero.

Craig meditó unos instantes con la mirada perdida.

—Una idea alocada, pero interesante.

—Supongo que durante la investigación se reunieron todos los documentos del hospital...

—Creo que sí —asintió Craig—. Un argumento en contra de esta teoría es que estuve con la paciente en todo momento. Me habría dado cuenta de algo así. Si se administra una sobredosis o el fármaco equivocado, por lo general se produce un cambio notable en el paciente, y no fue así. Desde el momento en que llegué a su casa hasta que murió, Patience se limitó a ir apagándose, sin reaccionar a ninguno de nuestros intentos.

—Ya, pero quizá merezca la pena tener la idea en mente cuando haga la autopsia. De todos modos tenía pensado hacer pruebas toxicológicas, pero si existe la posibilidad de una sobredosis o de un fármaco equivocado, el asunto cobra más importancia.

—¿Qué indican las pruebas toxicológicas?

—Los fármacos habituales y también otros menos corrientes si están presentes en concentraciones lo suficientemente altas.

Craig apuró la segunda copa, miró la botella y decidió no servirse una tercera.

—Siento no ser mejor anfitrión —se disculpó al tiempo que se levantaba—, pero tengo una cita con mi somnífero favorito.

—No es bueno mezclar alcohol y somníferos.

—¿En serio? —espetó Craig con altanería—. ¡No tenía ni idea!

—Hasta mañana —se despidió Jack, considerando que aquella provocación no merecía respuesta alguna.

—¿Te preocupa que puedan volver esos tipos? —preguntó Craig en tono burlón.

—No —repuso Jack.

—A mí tampoco. Al menos no hasta después de la autopsia.

—¿Te están entrando las dudas? —quiso saber Jack.

—Claro que sí, sobre todo después de oírte decir que las posibilidades de encontrar algo significativo son pequeñas, y de que Randolph me haya dicho que el caso no se verá afectado descubras lo que descubras, porque las pruebas no serán admisibles.

—Dije que las posibilidades de encontrar algo eran pequeñas antes de que unos tipos irrumpieran en tu casa para advertirte que no me permitieras hacer la autopsia. Pero no quiero discutir. La decisión es tuya y de Alexis.

—Ella quiere seguir adelante.

—Bueno, la decisión es vuestra. ¿Quieres que lo haga, Craig?

—No sé qué pensar, sobre todo después de dos whiskies dobles.

—¿Qué tal si me lo dices mañana por la mañana? —propuso Jack.

Empezaba a perder la paciencia; Craig no era un tipo sencillo, ni aun antes de dos whiskies dobles.

—¿Qué clase de persona es capaz de atacar a tres niñas para conseguir lo que quiere? —se preguntó Craig.

Jack se encogió de hombros. Era la clase de pregunta que no requería respuesta. Dio las buenas noches, y Craig hizo lo propio antes de salir de la estancia con paso tambaleante.

Todavía sentado en el sofá, Jack echó la cabeza hacia atrás y estiró el cuerpo para ver a Craig subir la escalera. A juzgar por lo que veía, Craig ya presentaba indicios de disquinesia inducida por el alcohol, como si no supiera dónde tenía los pies. Por deformación profesional, se preguntó si debía echarle un vistazo durante la noche. Era una pregunta de difícil respuesta, porque Craig no se tomaría bien aquella preocupación, que sin duda asociaría a una debilidad que le era antagónica.

Jack se levantó y se desperezó. Percibía el peso del revólver, y le resultó reconfortante pese a que no le preocupaba que volvieran los intrusos. Miró el reloj; demasiado temprano para conciliar el sueño. Se volvió hacia el televisor apagado; no le apetecía ver la tele. A falta de un plan mejor, fue a buscar el expediente del caso de Craig y lo llevó al estudio. Hombre de costumbres como era, se sentó en la misma butaca que había ocupado las veces anteriores, encendió la lámpara de pie y hojeó la documentación en busca del informe de urgencias.

Sacó la hoja y se puso cómodo. Ya le había echado un vistazo, sobre todo a la parte acerca de la cianosis. Ahora quería leer atentamente cada palabra. Pero mientras lo hacía advirtió que no dejaba de desconcentrarse una y otra vez. Su mirada se desviaba constantemente hacia el anticuado maletín de Craig. De repente se le ocurrió una idea nueva y se preguntó cuál sería el índice de falsos positivos con el equipo de biomarcadores portátil.

En primer lugar, Jack se acercó a la puerta para averiguar si oía a Craig moverse en la planta superior. Su cuñado le había dicho que no le importaba que Jack echara un vistazo al maletín, pero aun así, Jack se sentía algo incómodo. Una vez se cercioró de que en la casa reinaba el más absoluto silencio, bajó el maletín de cuero del estante, lo abrió y sacó el kit de biomarcadores. Abrió el folleto explicativo y leyó que la tecnología se basaba en los anticuerpos monoclonales, estructuras específicas en extremo, lo cual significaba que el índice de falsos positivos debía de ser casi nulo.

—En fin —dijo en voz alta.

Guardó el folleto en la caja y la caja en el fondo del maletín, entre los tres viales vacíos, antes de dejar el maletín en su lugar. «Otra idea ingeniosa que se va al garete», pensó.

Volvió al sillón de lectura y se concentró de nuevo en el informe de urgencias. Por desgracia no encontró nada ni remotamente sospechoso, y tal como había advertido en la primera lectura, la anotación relativa a la cianosis era el detalle más interesante.

De repente, los dos teléfonos de la mesa empezaron a sonar al mismo tiempo. El timbre en la casa silenciosa le hizo dar un respingo. El teléfono siguió sonando, y Jack contó los timbrazos. Después del quinto se dijo que tal vez Craig no lo oyera, de modo que se levantó de la silla, encendió la lámpara de la mesa de Alexis y comprobó el número en la pantalla. Leonard Bowman.

Después del séptimo timbrazo, Jack comprendió que Craig

no iba a contestar, de modo que descolgó el auricular. Tal como imaginaba, era Alexis.

—Gracias por contestar —dijo tras oír la voz de Jack.

—He esperado para ver si lo cogía Craig, pero creo que el combinado de alcohol y somníferos lo ha tumbado.

—¿Todo bien por allí? —preguntó Alexis.

—De maravilla —aseguró Jack—. ¿Y por allí?

—Bastante bien. Dadas las circunstancias, las chicas están muy bien. Christina y Meghan ya duermen, y Tracy está mirando una película antigua en la tele. Dormimos todas en la misma habitación, pero no me parece mala idea.

—Craig tiene dudas sobre lo de la autopsia.

—¿Por qué? Creía que ya lo teníamos decidido.

—Está preocupado por las niñas, pero eso lo ha dicho después de tomarse dos whiskies dobles. Mañana me dirá algo definitivo.

—Lo llamaré a primera hora. Creo que deberías hacerla, más aún por el incidente de hoy. Es una de las razones por las que he venido aquí con las niñas. Cuenta con que la harás, Jack; yo me encargaré de convencerlo.

Después de charlar unos instantes más y de quedar en verse en el juzgado, ambos colgaron.

De nuevo en el sillón, Jack intentó concentrarse en el expediente, pero no lo consiguió. No podía dejar de pensar en la gran cantidad de cosas que sucederían en los días venideros y de preguntarse si aún le quedaba alguna sorpresa por descubrir. Si hubiera sabido...

17

La incomodidad que Jack había sentido después de la partida de Alexis y las niñas se acentuó por la mañana. Jack no sabía si el estado de ánimo de Craig se debía a la tensión por la inminencia de su testimonio o a la resaca del combinado de alcohol y somníferos, pero lo cierto era que se había sumido de nuevo en el silencio huraño y sombrío que exhibiera la primera mañana de Jack en la residencia de los Bowman. En aquel momento, Alexis y las niñas habían hecho la situación tolerable, pero sin ellas resultaba realmente desagradable.

Jack intentó mostrarse animado al subir del sótano, pero solo obtuvo una mirada gélida a cambio de sus esfuerzos. Craig no articuló palabra hasta después de que Jack se sirviera unos cereales con leche.

—Me ha llamado Alexis —explicó con voz ronca y perdida—. Dice que anoche hablasteis... En fin, la cuestión es que la autopsia sigue adelante.

—De acuerdo —se limitó a responder Jack.

Dado el malhumor de Craig, no pudo evitar preguntarse qué diría de saber que Jack había subido a su dormitorio de madrugada para escuchar su respiración. Le había parecido normal, de modo que no había intentado despertarlo como había previsto.

Menos mal, porque el actual estado de ánimo de Craig ya era lo bastante malo para empeorarlo con el recordatorio de la intrusión de Jack y su propia dependencia.

Cuando ya se disponía a salir de la casa, Craig compensó en parte su comportamiento acercándose a Jack, que seguía sentado a la mesa de la cocina, tomando café y hojeando el periódico.

—Siento ser un anfitrión tan pésimo —se disculpó Craig en voz normal, desprovista de todo sarcasmo y altanería—. No estoy atravesando mi mejor momento.

Por respeto hacia su cuñado, Jack retiró la silla y se levantó.

—Entiendo lo que estás pasando. Nunca me he enfrentado a un litigio por negligencia, pero a varios de mis amigos sí les pasó cuando ejercía como oftalmólogo. Sé que es espantoso, tanto como un divorcio.

—Es una mierda —masculló Craig.

Y entonces Craig hizo algo totalmente inesperado. Dio a Jack un torpe abrazo y se apartó antes de que este tuviera ocasión de reaccionar. Eludió la mirada de Jack mientras se ajustaba la americana.

—Por si te interesa, te agradezco que hayas venido. Gracias por tus esfuerzos, y lamento que te hayas llevado esos golpes por mi culpa.

—No tiene importancia —aseguró Jack, conteniendo una réplica mordaz del estilo «Ha sido un placer».

Detestaba no ser sincero, pero el cambio de actitud de Craig lo había pillado desprevenido.

—¿Nos veremos en el juzgado?

—En algún momento.

—Vale, pues hasta entonces.

Jack lo siguió con la mirada. Una vez más había subestimado a su cuñado.

Jack bajó al dormitorio de invitados y guardó sus cosas en la bolsa de viaje. No sabía qué hacer con la ropa de cama, de modo que acabó retirándola y dejándola en un montón junto con las toallas antes de doblar las mantas. Junto al teléfono había un cuadernillo. Escribió una breve nota de agradecimiento y la dejó sobre las mantas. Tampoco sabía qué hacer respecto a la llave de la casa, pero por fin decidió quedársela y devolvérsela personalmente a Alexis cuando le entregara el expediente. Quería quedarse la documentación por si la autopsia suscitaba dudas sobre las que el papeleo pudiera arrojar alguna luz. Al ponerse la americana percibió el peso del arma a un lado y el del móvil al otro.

Con el abultado sobre de papel manila bajo un brazo y la bolsa de viaje en la otra mano, Jack subió la escalera y abrió la puerta principal. El tiempo, que había sido magnífico desde su llegada a Boston, había empeorado de forma significativa. El cielo aparecía encapotado, y estaba lloviendo. Jack miró el Hyundai, aparcado a unos quince metros de distancia. Junto a la puerta había un paragüero. Jack cogió un paraguas con las palabras Ritz-Carlton estampadas en él; también podía devolvérselo a Alexis cuando le diera las otras cosas.

Abrió el paraguas y tuvo que hacer varios viajes sorteando charcos para guardar todas sus cosas en el coche. Una vez preparado, arrancó el motor, puesto en marcha el limpiaparabrisas y desempañó el vaho interior con el canto de la mano. Luego salió del sendero en marcha atrás, saludó con la mano al agente uniformado sentado al volante del coche patrulla, sin duda vigilando la casa, y se alejó calle abajo.

Al cabo de un breve trecho se vio obligado a desempañar de nuevo el parabrisas. Intentó mantener la vista en la calle y buscar al mismo tiempo el botón del sistema antihielo. Una vez activado, el problema del vaho remitió, y Jack aceleró el proceso abriendo un poco la ventanilla.

El tráfico se tornó cada vez más denso mientras recorría las calles suburbanas. A causa del cielo oscurecido por los nubarrones, muchos vehículos circulaban con los faros encendidos. Al llegar a la entrada de la autopista de Massachusetts, regulada por un semáforo, recordó que era hora punta. Ante él, la vía de peaje era un hervidero de turismos, autobuses y camiones que levantaban una fina nube de lluvia. Jack se mentalizó para sumergirse en el caos mientras esperaba a que el semáforo cambiara a verde. Sabía que no era un conductor demasiado hábil, sobre todo porque en los últimos diez años, desde que se trasladara a Nueva York, apenas si había conducido. Jack prefería su querida bicicleta de montaña pese a que casi todo el mundo la consideraba peligrosa en la ciudad.

De repente, algo colisionó contra la parte trasera de su coche con tal fuerza que la cabeza le rebotó contra el reposacabezas. En cuanto se recobró del impacto se giró en el asiento para mirar por la luna trasera empapada de lluvia. Vislumbró apenas la silueta de un gran vehículo negro apretado contra el Hyundai. Fue entonces cuando se dio cuenta de que su coche seguía avanzando pese a que no había dejado de pisar el freno.

Jack volvió a mirar hacia delante con el corazón en un puño. Pretendían obligarlo a pasarse el semáforo en rojo. Del exterior le llegó el espantoso chirrido de los neumáticos bloqueados sobre el asfalto salpicado de gravilla, así como el rugido del potente motor que lo empujaba. De pronto, unos faros se le acercaron por la izquierda, y oyó el aullido de un claxon. Acto seguido, el chirrido sobrecogedor de caucho sobre asfalto, y luego los faros al desviarse en el último instante.

Por puro acto reflejo, Jack cerró los ojos, esperando el impacto del otro vehículo contra el costado izquierdo del Hyundai. Fue más un roce que una colisión; Jack entrevió vagamente la imagen emborronada por la lluvia de un coche empotrado de lado a lo largo de la portezuela del Hyundai y oyó el chasquido estridente de metal contra metal.

Levantó el pie del freno, creyendo que no funcionaba y necesitaba unos cuantos toques. En el mismo instante, su coche salió disparado hacia delante contra la masa de vehículos que circulaban a toda velocidad por la autopista. Volvió a pisar el freno a fondo. Percibió que las ruedas se bloqueaban y oyó de nuevo el chirrido de los neumáticos contra el pavimento, pero el coche no aminoró la velocidad. Jack volvió a mirar hacia atrás. El gran coche negro lo empujaba implacable hacia la peligrosa autopista, que se abría a menos de quince metros de distancia. Justo antes de girar de nuevo la cabeza para concentrarse en la carretera, se fijó en el emblema que adornaba el capó, dos ramitas que se curvaban en torno a un escudo de armas. De inmediato comprendió que se trataba del emblema de un Cadillac, y en la mente de Jack, un Cadillac negro significaba la presencia de Franco hasta que se demostrara lo contrario.

Puesto que el freno no servía de nada contra la potencia del Cadillac, Jack lo soltó y pisó el acelerador a fondo. El Accent reaccionó con agilidad. Oyó otro espeluznante ruido de metal contra metal, y con un chasquido audible, el Hyundai logró separarse de su acosador.

Aferrando el volante con desesperación, Jack se sumergió como nunca en los cuatro carriles de tráfico rápido. En el último momento cerró los ojos, pues en aquel tramo no había arcén, por lo que no le quedó más remedio que incorporarse al carril derecho. Durante los últimos días, los conductores de Boston le habían parecido muy agresivos, pero en aquel momento tuvo que reconocer que también eran de reflejos rápidos. Pese a la cacofonía de cláxones y neumáticos chirriantes, el coche de Jack consiguió sumarse al tráfico. Al abrir los ojos se encontró encajonado entre dos vehículos, con menos de dos metros ante él y apenas unos centímetros detrás. Por desgracia, el vehículo que lo seguía era un formidable Hummer que no le dio ningún respiro, lo cual indicaba que su conductor estaba furioso.

Jack intentó igualar la velocidad del Hyundai a la del coche que lo precedía, pese a que le parecía que era excesiva dado el mal tiempo. Sin embargo, no tenía elección. No quería aminorar la velocidad por temor a que el Hummer chocara contra él como había hecho el Cadillac negro. Mientras conducía buscó frenéticamente con la mirada el Cadillac por los retrovisores interior y exteriores, pero no era tarea fácil. Requería apartar la mirada del coche que iba delante, apenas un borrón a pesar de que los limpiaparabrisas funcionaban a la potencia máxima. Jack no vio el Cadillac, pero sí al conductor del Hummer, que iba agitando el puño y dedicándole gestos obscenos con la mano cada vez que percibía que Jack lo miraba.

La necesidad de concentrarse en la conducción no era el único obstáculo a la hora de intentar localizar el coche que lo había asaltado. Los vehículos de la autopista levantaban una densa nube de agua y vaho, sobre todo los camiones, cuyas dieciocho ruedas, cada una de ellas casi tan grande como el coche de Jack, se arrastraban sobre la calzada levantando una espesa bruma en torno a los faldones guardabarros.

De repente, Jack divisó a su derecha un tramo para vehículos averiados. Tenía que tomar una decisión rápida, porque era un tramo corto, y a la velocidad a la que iban tanto él como los demás, no tardaría en perder la oportunidad. Movido por un impulso, Jack dio un volantazo hacia la derecha, pisó el freno y luchó contra la tendencia del coche a derrapar hacia ambos lados.

Con profundo alivio, Jack consiguió parar el coche, pero no tuvo ni un momento para descansar. Por el retrovisor advirtió que el Cadillac negro realizaba la misma maniobra que él.

Jack aspiró una profunda bocanada de aire, asió el volante con tal fuerza que los nudillos se le pusieron blancos y pisó el acelerador. El Hyundai no tenía una aceleración excepcional, pero no estaba nada mal. Ante él se alzaba la valla que delimitaba el aparcadero, por lo que se vio obligado a incorporarse a la autopista con gran brusquedad. Esta vez no lo hizo a ciegas, pero el conductor del coche al que cortó reaccionó con igual ira. Sin embargo, a Jack le preocupaba mucho más el Cadillac negro. De hecho, la maniobra tuvo la ventaja de que el conductor manifestó su enfado manteniéndose pegado a Jack. Bajo circunstancias normales, aquella situación se le habría antojado peligrosa y exasperante, pero en aquel momento significaba que no quedaba sitio para el Cadillac; el caso contrario habría sido mucho peor que un conductor enfurecido.

Jack sabía que a pocos kilómetros se hallaba su salida, que se abría de un modo abrupto desde el carril izquierdo. Un poco más allá estaban las cabinas de peaje que señalaban el fin de la autopista. Jack intentó decidir qué le convenía más hacer. Las cabinas de peaje significaba que habría personal y tal vez incluso policía del estado, lo cual era positivo, pero también significaba largas colas, lo cual era un inconveniente. Aunque David Thomas había quitado el arma a Franco, Jack estaba convencido de que tenía acceso a otras. Si Franco estaba lo bastante loco para abalanzarse con el coche sobre él para precipitarlo al tráfico, no creía que tuviera problema alguno para dispararle. La carretera de salida significaba menos personal y ningún policía, lo cual era un inconveniente, pero por otro lado tampoco habría tráfico, sobre todo en los dos carriles rápidos, lo cual era positivo.

Mientras sopesaba aquellas posibilidades, advirtió casi sin darse cuenta que más allá de los edificios que se alzaban al final de la autopista empezaba un arcén. No había prestado atención porque no tenía intención de abandonar la carretera por segunda vez, pero no había contado con que el Cadillac utilizara el arcén para darle alcance.

No vio el coche hasta que lo tuvo al lado. En el mismo instante reparó en que la ventanilla del conductor estaba bajada. Más importante aún, Franco conducía con una mano y en la otra sostenía un arma que asomó por la ventana. Jack pisó el freno, y en aquel momento, la ventanilla derecha se hizo añicos, al tiempo que en la cubierta plástica situada sobre el soporte del parabrisas se abría un agujero de bala justo a la izquierda de Jack.

El conductor que seguía a Jack hacía sonar el claxon con exasperación. Jack entendía perfectamente su reacción y además lo impresionaba el hecho de que el hombre hubiera logrado evitar la colisión; juró no volver a quejarse jamás de los conductores bostonianos.

Justo después de pisar el freno, Jack pisó el acelerador y recurrió a su recién aprendida técnica de incorporación para cruzar varios carriles. Ahora todos los coches hacían sonar el claxon como posesos. Jack no pudo dormirse en los laureles, porque Franco mejoró su maniobra y se situó en el mismo carril que Jack, con tan solo un coche entre ambos. Ante él, Jack divisó la señal que indicaba su salida, Allston-Cambridge, carril izquierdo, y al cabo de un momento la dejó atrás. Movido por un impulso, tomó una decisión que dependía de la agilidad del Accent para describir una curva más rápida y cerrada que el enorme Cadillac de Franco. Franco contribuyó al permanecer en el carril, probablemente evitando usar el carril izquierdo, relativamente despejado, para adelantar a Jack por temor a que la salida lo obligara a abandonar la autopista.

El cuerpo de Jack se tensó mientras se concentraba en su objetivo. Lo que quería era tomar una curva a la izquierda lo más cerrada posible para poder enfilar el carril de deceleración sin volcar y sin chocar contra el triángulo de bidones de plástico amarillo colocados para amortiguar el choque de los coches destinados a estrellarse contra el parapeto de hormigón. Albergaba la esperanza de que Franco no lograra girar a tiempo y tuviera que seguir adelante.

En lo que esperaba fuera el momento adecuado, Jack giró el volante en sentido contrario a las agujas del reloj. Oyó la chirriante protesta de los neumáticos y percibió la potente fuerza centrífuga intentar hacer derrapar o volcar el coche. Rozó el freno con cuidado, sin saber si le ayudaría o por el contrario le perjudicaría. Por un instante tuvo la sensación de que el coche circulaba sobre dos ruedas, pero al poco se enderezó y eludió con agilidad y por más de un metro los contenedores de protección.

Con suma rapidez giró el volante en sentido contrario y se dirigió hacia las cabinas de peaje que tenía delante. Empezó a frenar y miró por el retrovisor justo a tiempo para ver a Franco estrellarse de costado contra el triángulo de bidones amarillos. Lo más impresionante era que el Cadillac ya estaba boca arriba, sin duda volcado en cuanto Franco intentó seguir a Jack.

Jack hizo una mueca al percibir la fuerza del impacto, que lanzó al aire neumáticos y otros desechos. Lo maravillaba el alcance de la furia de Franco, que a todas luces había disipado hasta el último vestigio de sensatez.

Cuando Jack se acercaba a las casetas de peaje, los dos empleados salieron corriendo de ellas, abandonando a los conductores que hacían cola para pagar. Uno de ellos llevaba un extintor. Jack volvió a mirar por el retrovisor y vio que las llamas lamían el costado del Cadillac volcado.

En vista de que poco podía hacer, Jack se puso en marcha. A medida que se alejaba de Franco y del episodio, iniciado al arremeter el matón contra su coche, se fue poniendo cada vez más nervioso, hasta que por fin se echó a temblar con fuerza. En algunos aspectos, aquella reacción lo sorprendió más que la experiencia en sí. No demasiados años atrás habría disfrutado de una situación semejante, pero ahora se sentía más responsable; Laurie contaba con que siguiera vivo y se presentara en la iglesia Riverside a la una y media del día siguiente.

Veinte minutos más tarde, cuando aparcaba en la funeraria Langley-Peerson, se había repuesto lo suficiente para comprender que tenía la obligación de comunicar a la policía lo que sabía acerca del accidente de Franco, aunque no quería perder tiempo yendo a la comisaría. Sin salir del coche sacó el teléfono y la tarjeta de Liam Flanagan, en la que figuraba el número de su móvil. Jack lo marcó, y cuando Liam contestó, oyó un murmullo de voces de fondo.

—¿Lo llamo en mal momento? —preguntó Jack.

—Qué va. Estoy haciendo cola en el Starbucks. ¿Qué hay?

Jack le refirió su último encontronazo con Franco desde el comienzo hasta el espectacular final.

—Una pregunta —dijo Liam tras escucharle—. ¿Abrió usted fuego contra él con mi pistola?

—Claro que no —exclamó Jack, sorprendido por la pregunta—. A decir verdad, no se me ha pasado por la cabeza en ningún momento.

Liam prometió a Jack que transmitiría la información a la policía del estado, que patrullaba la autopista, y que si ellos tenían alguna duda se pondrían directamente en contacto con Jack.

Contento de que el asunto se hubiera zanjado con tanta facilidad, Jack se inclinó hacia delante y examinó el agujero de bala en el revestimiento interior de plástico, sabedor de que a los de Hertz no les haría ni pizca de gracia. Era un orificio bastante limpio, similar a las heridas de entrada que había visto muchas veces en cráneos humanos. Jack se estremeció al pensar en lo cerca que había estado de recibir la bala en la cabeza, y ello lo indujo a preguntarse si el ataque con el Cadillac habría sido el plan B. El plan A podría haber consistido en esperar a Jack en las inmediaciones de la casa de los Bowman o, peor aún, en irrumpir en la casa durante la noche. Cabía la posibilidad de que la presencia policial lo hubiera disuadido, y Jack se estremeció de nuevo al recordar cuán seguro había estado la noche anterior de que no se presentaría ningún intruso. Ojos que no ven...

Tomó la decisión de no abundar en lo que podría haber sido, cogió el paraguas del asiento trasero y entró en la funeraria. Por lo visto, aquella mañana no había ningún funeral previsto, porque el establecimiento volvía a estar sumido en un silencio sepulcral quebrado tan solo por los cantos gregorianos apenas audibles. Jack tuvo que dirigirse solo al penumbroso despacho de Harold.

—Doctor Stapleton —lo saludó Harold al verlo en el umbral—. Me temo que tengo malas noticias.

—No me diga eso, por favor. Llevo una mañana bastante movidita.

—He recibido una llamada de Percy Gallaudet, el operario de la excavadora. El cementerio le ha encargado otro trabajo y luego tiene que irse a excavar el alcantarillado de alguien. Dice que no podrá ponerse con lo suyo hasta mañana.

Jack respiró hondo y desvió la vista un instante para calmarse. El tono almibarado de Harold hacía aún más insoportable aquel nuevo obstáculo.

—Muy bien —dijo despacio—. ¿Y si buscamos otra excavadora? Tiene que haber más de una en la zona.

—Hay muchas, pero solo esta merece la aprobación de Walter Strasser, el superintendente del cementerio Park Meadow.

—¿Recibe sobornos? —afirmó más que preguntó Jack, pues el hecho de que solo hubiera una excavadora le resultaba sospechoso.

—Quién sabe, pero lo cierto es que solo podemos contar con Percy Gallaudet.

—¡Mierda! —exclamó Jack.

Era imposible practicar la autopsia a la mañana siguiente y llegar a la iglesia Riverside antes de la una y media.

—Y hay otro problema —añadió Harold—. El furgón de la compañía de transporte no estará disponible mañana, y he tenido que llamarles y decirles que hoy no vamos a necesitarlos.

—¡Genial! —espetó Jack con sarcasmo; respiró hondo una vez más—. Repasemos la situación para ver qué alternativas tenemos. ¿Hay alguna forma de hacerlo sin contar con la empresa de transporte?

—Por supuesto que no —se indignó Harold—. Significaría dejar el sarcófago bajo tierra.

—Me da igual. ¿Por qué hay que sacarlo?

—Porque se hace así. Es un ataúd de gama alta que encargó el difunto señor Stapleton. La cubierta tiene que retirarse con sumo cuidado.

—¿Y no puede retirarse la cubierta sin sacar el sarcófago entero?

—Supongo que sí, pero podría agrietarse.

—¿Y qué? —se impacientó Jack.

En su opinión, los procedimientos funerarios resultaban estrafalarios, y era un gran defensor de la incineración. No había más que fijarse en las momias de los faraones egipcios, exhibidas de aquel modo tan repulsivo, para comprender que conservar los restos mortales de la gente no era necesariamente buena idea.

—Una grieta podría estropear la hermeticidad —señaló Harold, de nuevo indignado.

—Ya veo que el sarcófago puede quedarse donde está —dijo Jack—. Yo asumo toda la responsabilidad. Si la cubierta se agrieta, podemos colocar una nueva. Estoy seguro de que a la empresa no le molestaría en absoluto.

—Supongo que no —reconoció Harold, más calmado.

—Iré a hablar personalmente con Percy y Walter para ver si puedo resolver este contratiempo.

—Como quiera, pero manténgame informado. Debo estar presente si se abre el sarcófago.

—Lo haré —prometió Jack—. ¿Puede indicarme cómo llegar al cementerio Park Meadow?

Jack salió de la funeraria en un estado de ánimo distinto; ahora estaba exasperado además de sobreestimulado. Las tres cosas que siempre lograban sacarlo de quicio eran la burocracia, la incompetencia y la estupidez, sobre todo cuando aparecían juntas, lo cual sucedía a menudo. Exhumar el cadáver de Patience Stanhope estaba resultando mucho más complicado de lo que había esperado al sugerir que la autopsia no plantearía problemas.

Al llegar junto al coche lo examinó con ojo crítico por primera vez desde el episodio en la autopista. Además de la ventanilla rota y el balazo sobre el parabrisas, todo el costado izquierdo aparecía arañado y abollado, y la parte posterior estaba hundida. El coche estaba tan dañado que temió no poder ni abrir el maletero. Por fortuna, sus temores resultaron infundados, porque sí lo consiguió. Quería cerciorarse de que podría acceder al material para autopsias que le había proporcionado Latasha. No quería pensar en la reacción de la empresa de alquiler cuando vieran los daños, aunque se alegró de haber optado por un seguro a todo riesgo.

Una vez en el Accent sacó el mapa y, junto con las indicaciones de Harold, no tardó en trazar la ruta a seguir. El cementerio no estaba lejos, y lo encontró sin demasiado esfuerzo y sin contratiempos. Se hallaba en la cima de una colina, no muy lejos de una impresionante institución religiosa que parecía una universidad compuesta por numerosos edificios independientes. El cementerio era un lugar agradable, aun bajo la lluvia, una suerte de parque salpicado de mojones. La entrada principal era una intrincada estructura de piedra con estatuas de profetas. La verja era una parrilla negra de hierro forjado y habría resultado formidable de no ser porque siempre estaba abierta. El cementerio estaba rodeado por una valla a juego con la verja principal.

Al otro lado de la entrada y protegido tras ella vio un edificio de estilo gótico que albergaba las oficinas y un garaje de varias puertas. El edificio se hallaba en un patio adoquinado del que partían varios senderos en dirección al cementerio propiamente dicho. Jack aparcó el coche y cruzó la puerta abierta de la oficina. Había dos personas sentadas a sendas mesas. Por lo demás, el mobiliario consistía en varios archivadores metálicos antiguos y una mesa de biblioteca con sillas de brazos. En la pared se veía un gran plano del cementerio, en el que figuraban todas las tumbas.

—¿En qué puedo servirle? —le preguntó una mujer poco atractiva.

No se mostró ni amable ni antipática mientras observaba a Jack, una actitud que este empezaba a asociar con Nueva Inglaterra.

—Estoy buscando a Walter Strasser —explicó Jack.

La mujer señaló al hombre de la otra mesa sin mirarlo ni mirar tampoco a Jack, concentrada ya de nuevo en la pantalla de su ordenador.

Jack se acercó a la mesa contigua. A ella se sentaba un hombre entrado en años y lo bastante corpulento para evidenciar que se abandonaba a varios de los pecados capitales, sobre todo la gula y la pereza. Permanecía muy quieto, con las manos entrelazadas sobre el considerable abdomen y la cara roja como un tomate.

—¿Es usted el señor Strasser? —preguntó Jack al ver que el hombre no hacía amago de hablar ni moverse.

—Sí.

Jack se presentó y le mostró la identificación de la oficina del forense. Luego le explicó que necesitaba examinar el cadáver de la difunta Patience Stanhope en relación a un litigio civil y que ya estaba en posesión de los permisos correspondientes para proceder a la exhumación. Precisó que lo único que necesitaba era el cadáver.

—El señor Harold Langley me ha explicado el asunto con pelos y señales —dijo por fin Walter.

«Podrías habérmelo dicho de entrada», pensó Jack, pero no lo expresó en voz alta.

—¿También le ha comentado que tenemos un problema de tiempo? Teníamos intención de exhumar el cadáver hoy.

—El señor Gallaudet tiene un problema. Le dije que llamara al señor Langley esta mañana y le expusiera la situación.

—Ya lo sé. He decidido venir en persona para ver si con algún reconocimiento adicional a sus esfuerzos y los del señor Gallaudet podríamos conseguir que la exhumación se realizara hoy. Tengo que irme de la ciudad esta misma noche...

Jack dejó la frase sin terminar para que el hombre asimilara la insinuación del soborno, con la esperanza de que la codicia también se encontrara entre sus pecados capitales favoritos, como parecía ser el caso de la gula.

—¿Qué clase de reconocimiento? —preguntó Walter para alegría de Jack.

El hombre miró de soslayo a la mujer, lo cual indicaba que ella no estaba al corriente de sus tejemanejes.

—Había pensado en el doble de su tarifa habitual en efectivo.

—Por mí no hay problema —accedió Walter—, pero tendrá que hablar con Percy.

—¿Podríamos recurrir a otra excavadora?

Walter se lo pensó un instante y luego se negó.

—Lo siento, Percy lleva mucho tiempo trabajando para el Park Meadow. Conoce y respeta nuestras reglas y normas.

—Lo entiendo —se limitó a responder Jack.

Suponía que, con toda probabilidad, aquella larga colaboración guardaba más relación con los sobornos que con las reglas y normas de la casa. Pero no tenía intención de meterse en eso a menos que fracasara en su intento de persuadir a Percy.

—Tengo entendido que el señor Gallaudet está en el recinto en estos momentos.

—Está junto al arce grande con Enrique y César, preparando un entierro que tendrá lugar a mediodía.

—¿Quiénes son Enrique y César?

—Nuestros empleados de mantenimiento.

—¿Puedo llegar hasta allí en coche?

—Por supuesto.

Mientras subía por la colina, la lluvia amainó y al poco cesó. Jack sintió un gran alivio, porque conducía sin ventanilla derecha gracias a Franco. Apagó el limpiaparabrisas.

A medida que subía fue teniendo una panorámica cada vez más generosa de la zona. Al oeste, cerca del horizonte, divisó una banda de cielo despejado que prometía una mejora inminente del tiempo.

Jack encontró a Percy y a los demás cerca de la cima de la colina. Percy estaba sentado en la cabina acristalada de la excavadora, cavando una tumba, mientras los dos empleados de mantenimiento lo observaban apoyados sobre sendas palas de mango largo. Percy tenía la pala de la excavadora hundida en la zanja, y el motor diésel de la máquina pugnaba por sacarla. La tierra fresca aparecía apilada en un montón cónico sobre una gran lona impermeable. A un lado vio una camioneta blanca con el nombre del cementerio impreso en la puerta.

Jack aparcó el coche y se acercó a la excavadora. Intentó llamar la atención de Percy gritando su nombre, pero el rugido del motor ahogó su voz. Percy no advirtió su presencia hasta que Jack golpeó con los nudillos el vidrio de la cabina. El hombre quitó potencia a la máquina, y de inmediato el rugido se tornó un ronroneo más soportable. Percy abrió la puerta de la cabina.

—¿Qué hay? —gritó como si el motor aún armara un estruendo de mil demonios.

—Tengo que hablar con usted por un trabajo —explicó Jack al mismo volumen.

Percy saltó del vehículo. Era un hombre bajo y escuchimizado que se movía de forma espasmódica y exhibía una expresión perpetuamente inquisitiva, con las cejas enarcadas en todo momento y el ceño arrugado. Llevaba el cabello corto y de pincho, y sus brazos aparecían repletos de tatuajes.

—¿Qué clase de trabajo? —quiso saber.

Jack se presentó de forma más exhaustiva y le explicó lo mismo que a Walter Strasser con la esperanza de invocar alguna compasión en Percy y así conseguir que diera cabida a la exhumación. Por desgracia, la estrategia no funcionó.

—Lo siento, tío —dijo el operario—. Después de esto tengo que ir a ayudar a un colega que tiene los desagües atascados y gemelos recién nacidos.

—Ya me han dicho que está muy ocupado —señaló Jack—, pero tal como le he dicho al señor Strasser, estoy dispuesto a pagarle el doble de su tarifa habitual en efectivo si la exhumación se hace hoy.

—¿Y qué ha dicho el señor Strasser?

—Que por él no hay problema.

Las cejas de Percy se elevaron un poco más mientras pensaba en la oferta de Jack.

—¿O sea que está dispuesto a pagar el doble de la tarifa del cementerio y el doble de la mía?

—Solo si la exhumación se hace hoy.

—Pero a pesar de todo tengo que ayudar a mi colega —insistió Percy—. Tendré que ponerme con lo suyo después.

—¿A qué hora?

Percy frunció los labios y asintió mientras sopesaba la cuestión. Luego miró el reloj.

—Después de las dos, eso seguro.

—Pero ¿lo hará? —preguntó Jack, deseoso de asegurar el tiro.

—Lo haré —prometió Percy—, pero no sé con qué me encontraré en casa de mi colega. Si la cosa va deprisa, puedo estar de vuelta hacia las dos. Si hay problemas, ni idea.

—Pero podrá hacerlo aunque sea a última hora de la tarde.

—Desde luego, por el doble de mi tarifa habitual.

Jack le tendió la mano, y Percy se la estrechó. Mientras regresaba al coche destrozado, Percy se encaramó de nuevo a la cabina de la excavadora. Antes de arrancar, Jack llamó a Harold Langley.

—Esto es lo que hay —empezó en un tono que no dejaba lugar a la discusión—. La exhumación se hará en algún momento de hoy, a partir de las dos.

—¿No puede darme una hora más precisa?

—Será en cuanto el señor Gallaudet termine con lo que tiene previsto; es lo único que puedo decirle de momento.

—Solo necesito que me avise con media hora de antelación —señaló Harold—. Nos encontraremos junto a la tumba.

—De acuerdo —repuso Jack, procurando no dejar traslucir sarcasmo alguno en su voz.

Teniendo en cuenta lo que pagaría a la funeraria Langley-Peerson, consideraba que correspondía a Harold correr de un lado al otro para persuadir a Walter Strasser y Percy Gallaudet.

Envuelto por el estruendo de la excavadora de Percy, Jack intentó pensar en lo que le quedaba por hacer. Eran casi las diez y media. Tal como iban las cosas, intuía que tendría suerte si conseguía trasladar el cadáver de Patience Stanhope a la funeraria a media tarde o a última hora de la tarde, lo cual significaba que tal vez la doctora Latasha Wylie pudiera ayudarle. No sabía a ciencia cierta si su ofrecimiento había sido sincero, pero decidió concederle el beneficio de la duda. Con su ayuda, la autopsia sería más rápida, y además de ese modo tendría a alguien con quien intercambiar ideas y opiniones. También quería la sierra craneal que le había ofrecido. Si bien no creía que el cerebro revistiera demasiada importancia en aquel caso, detestaba hacer las cosas a medias. Y más importante aún, cabía la posibilidad de que necesitara utilizar un microscopio, normal o de disección, y la presencia de Latasha haría posibles ambas cosas. Lo principal era la oferta de su jefe de ayudar en el tema de la toxicología, que Latasha también le facilitaría. Ahora que se le había ocurrido la idea de la sobredosis o de la administración de un fármaco equivocado en el hospital, quería las pruebas toxicológicas a toda costa, y las necesitaría de inmediato para poder incluir los resultados en el informe.

Aquellos pensamientos lo obligaron a enfrentarse a una posibilidad muy real que hasta entonces había rehuido inconscientemente, a saber que podía llegar a perder el último vuelo de Boston a Nueva York, lo que significaba que se vería obligado a volver al día siguiente. Sabía que los primeros vuelos salían al amanecer, por lo que no le preocupaba la posibilidad de no llegar a la iglesia a la una y media, aun cuando pasara por el piso a buscar el esmoquin, pero sí le preocupaba la perspectiva de contárselo a Laurie.

Reconoció que no estaba preparado para aquella conversación y se dijo que, de todos modos, aún no sabía si perdería o no el último vuelo del día, por lo que optó por no intentar localizarla hasta más tarde. Asimismo, se dijo que sería mucho mejor hablar con ella cuando tuviera información definitiva.

Se inclinó hacia un lado para poder sacarse la cartera del bolsillo trasero, sacó la tarjeta de Latasha Wylie y marcó el número de su móvil. Teniendo en cuenta la hora, no le extrañó que le saltara el buzón de voz; a buen seguro estaba en la sala de autopsias. Le dejó un mensaje sencillo, diciéndole que la exhumación se retrasaría, por lo que la autopsia quedaba aplazada hasta última hora de la tarde, y que le encantaría contar con su ayuda si le apetecía asistir. Por último le dejó su número de móvil.

Una vez hechas todas las llamadas telefónicas, Jack desvió la atención hacia un problema práctico. Gracias al soborno de aficionado que había ofrecido a Walter y Percy, sin duda excesivo a la vista de la rapidez con que habían aceptado, se veía obligado a reunir el dinero prometido. Los veinte o treinta dólares que solía llevar en la cartera no le permitirían hacer gran cosa. Pero gracias a la tarjeta de crédito, obtener efectivo no representaría ningún problema; tan solo necesitaba un cajero, y sin duda había muchos en la ciudad.

En cuanto resolvió todos los asuntos que se le ocurrían, se resignó a volver al juzgado. No le apetecía demasiado; ya había visto humillar suficiente a su hermana, y la punzada inicial de *schadenfreude* que había experimentado pero no reconocido al ver a Craig enfrentado a un litigio se había desvanecido por completo. Jack sentía una profunda compasión por ambos y consideraba repulsivo verlos atacados y su relación denigrada a manos de tipos como Tony Fasano, que tan solo velaban por sus corruptos intereses.

Por otro lado, Jack les había prometido que aparecería, y ambos, cada uno a su manera, habían expresado su gratitud por tenerlo allí. Con aquella idea en mente, Jack puso en marcha el coche de alquiler, logró dar la vuelta en tres maniobras y salió del cementerio. Justo al otro lado de la ornamentada entrada de piedra se detuvo para consultar el mapa. Hizo bien, porque de inmediato descubrió que había un camino mucho más rápido para entrar en Boston, sin tener que volver a pasar por la funeraria.

Una vez en marcha, Jack se sorprendió sonriendo. No se echó a reír del todo, pero descubrió que todo el asunto le hacía gracia. Llevaba dos días y medio en Boston, devanándose los sesos a causa de un absurdo litigio por negligencia, lo habían abofeteado y golpeado, le habían disparado y un malhechor en un Cadillac negro lo había acosado. Sin embargo, pese a todo ello, no había conseguido nada. La situación encerraba cierta ironía cómica que casaba a la perfección con su sentido del humor ya de por sí retorcido.

De repente lo asaltó otro pensamiento. Cada vez estaba más preocupado por la reacción de Laurie ante su prolongada estancia en Boston, hasta el punto que cada vez era más reacio a hablar con ella. Pero lo cierto era que no le preocupaba el retraso en sí. Si la autopsia lo obligaba a volver a Nueva York al día siguiente por la mañana, tenía que afrontar la posibilidad de no llegar a tiempo para la boda. Existían pocas probabilidades de que eso ocurriera, porque había un vuelo cada media hora a partir de las seis y media, pero la posibilidad estaba allí, y en honor a la verdad, no le importaba. Y el hecho de que no le importara lo obligaba a preguntarse acerca de sus motivos inconscientes. Amaba a Laurie, de eso estaba seguro, y creía que quería volver a casarse, así que ¿por qué no estaba más preocupado?

La única respuesta que se le ocurría era que la vida era más complicada de lo que indicaba su habitual actitud despreocupada. Por lo visto funcionaba a varios niveles, algunos de los cuales estaban más protegidos, si no reprimidos.

Sin coches acosándolo, ni lluvia que entorpeciera la visibilidad ni tráfico de hora punta, Jack llegó al centro de Boston en poco rato. Se adentró en la ciudad desde una dirección distinta de la habitual, pero aún así dio con los Jardines Públicos y el Parque de Boston en el punto donde Charles Street los seccionaba. Y una vez allí no le resultó difícil localizar el aparcamiento subterráneo de siempre.

Después de estacionar el coche, Jack se acercó al empleado y le preguntó dónde había un cajero automático. El hombre le indicó que fuera a la sección comercial de Charles Street, y Jack encontró el cajero frente a la tienda donde había comprado el aerosol antivioladores que no había llegado a usar. Ya en posesión de todo el efectivo que la máquina le permitió retirar, Jack recorrió la ruta del día anterior, pero a la inversa. Subió por Beacon Hill, disfrutando del ambiente de barrio que exhalaban las hermosas casas adosadas, muchas de ellas con cuidadas jardineras rebosantes de flores. La reciente lluvia había limpiado las calles y las aceras de ladrillo. El cielo encapotado lo hizo reparar en algo que no había visto al sol del día anterior. Todas las farolas del siglo XIX estaban encendidas, por lo visto de forma permanente.

Jack vaciló al llegar a la entrada de la sala de vistas. A primera vista, todo seguía igual que la tarde anterior, pero ahora era Craig quien se sentaba en el estrado en lugar de Leona. Vio a los mismos personajes en las mismas actitudes. Los miembros del jurado se mostraban impasibles, como figuras de cartón, a excepción del fontanero, que había convertido la inspección de sus uñas en un hábito constante. El juez estaba hojeando unos papeles, al igual que el día antes, y los espectadores prestaban mucha atención.

Al recorrer la sala con la mirada, Jack localizó a Alexis en su lugar habitual, con un asiento vacío junto a ella, por lo visto reservado para él. En el otro extremo de la galería del público, en el lugar que por lo general ocupaba Franco, se sentaba Antonio. Era una versión más menuda de Franco y considerablemente mejor parecido. Ahora vestía el atuendo propio del equipo de Fasano, a saber, traje gris, camisa negra y corbata también negra. Si bien Jack había supuesto que Franco estaría fuera de circulación unos cuantos días, se preguntó si tendría problemas con Antonio, y también si Franco, Antonio o los dos tendrían algo que ver con el asalto a las hijas de Craig.

Jack pidió perdón a los ocupantes de su fila y se acercó al extremo que ocupaba Alexis, el asiento más próximo al jurado. Su hermana lo vio llegar y le dedicó una sonrisa nerviosa. A Jack no le pareció un gesto demasiado prometedor. Alexis apartó sus cosas para dejarle sitio, y ambos se estrecharon la mano un instante antes de que Jack se sentara.

—¿Qué tal va? —susurró Jack, inclinándose hacia ella.

—Mejor ahora que Randolph ha tomado las riendas.

—¿Qué ha pasado con Tony Fasano?

Alexis le lanzó una mirada fugaz que traicionaba su angustia. Los músculos de su rostro aparecían tensos, y tenía los ojos más abiertos de lo normal, así como las manos apretadas sobre el regazo.

—¿Mal? —preguntó Jack.

—Horrible —reconoció Alexis—. Lo único bueno que puede decirse es que el testimonio de Craig ha sido congruente con su declaración. No se ha contradicho en ningún momento.

—No me digas que ha perdido los estribos, con todo lo que ensayó.

—Se ha puesto furioso después de solo una hora, y a partir de entonces todo ha ido de mal en peor. Tony conoce sus puntos débiles y los ha aprovechado todos. Lo peor ha sido cuando Craig le ha dicho a Tony que no tiene derecho a criticar ni cuestionar a unos médicos que sacrifican su vida por atender a sus pacientes. Luego lo ha llamado abogaducho de tres al cuarto.

—Vaya, eso no es bueno, aunque sea cierto.

—Y aún hay más —añadió Alexis, alzando la voz.

—Perdonen —terció una voz desde la fila de atrás.

Alguien dio una palmadita en el hombro a Jack.

—No oímos el testimonio —se quejó el espectador.

—Lo siento —se disculpó Jack—. ¿Quieres salir un momento? —propuso a su hermana.

Alexis asintió; a todas luces necesitaba un descanso.

Se levantaron. Alexis dejó sus cosas en el banco, y juntos se abrieron paso hasta el pasillo central. Jack abrió la pesada puerta de la sala con el mayor sigilo posible. Una vez en el vestíbulo de los ascensores, se sentaron en un banco tapizado de cuero, inclinados hacia delante y con los codos apoyados sobre las rodillas.

—Por mucho que me esfuerzo no entiendo qué hacen todos esos mirones en este maldito juicio —masculló Alexis.

—¿Has oído alguna vez el término *schadenfreude*? —preguntó Jack, sorprendido ante la idea de que apenas media hora antes había pensado en el mismo término al analizar su reacción inicial ante los problemas de Craig.

—Refréscame la memoria —pidió Alexis.

—Es una palabra alemana. Se refiere a cuando la gente se alegra de los problemas y las dificultades ajenas.

—No recordaba la palabra alemana —dijo Alexis—, pero

conozco bien el concepto. Con lo habitual que es, debería existir una palabra para denominarlo en todos los idiomas. Bueno, lo cierto es que sí sé por qué toda esa gente está ahí dentro tragándose las penurias de Craig. Consideran a los médicos personas poderosas, de éxito... No me hagas caso.

—¿Te encuentras bien?

—Aparte del dolor de cabeza, sí.

—¿Y las niñas?

—Por lo visto están bien. Creen que están de vacaciones porque no van a la escuela y están en casa de la abuela. No me han llamado al móvil. Las tres se saben el número de memoria, y si hubiera algún problema ya lo sabría.

—Pues yo he tenido una mañana muy movidita.

—¿Ah, sí? ¿Qué hay de la autopsia? Necesitamos un milagro.

Jack le contó sus peripecias en la autopista de Massachusetts, que Alexis escuchó con la boca cada vez más abierta. Estaba estupefacta y alarmada.

—Soy yo quien debería preguntarte a ti si estás bien —exclamó después de que Jack descubriera el espectacular choque de Franco contra los bidones.

—Estoy bien, pero el coche de alquiler está hecho polvo. Me consta que Franco tampoco está como una rosa; lo más probable es que esté ingresado en algún hospital, y no me extrañaría que lo hubieran detenido. He dado parte del incidente al detective de la policía de Boston que fue a vuestra casa anoche. No creo que las autoridades se tomen demasiado bien que alguien se dedique a disparar armas de fuego en plena autopista de Massachusetts.

—Dios mío —suspiró Alexis—. Siento que te haya pasado todo esto. No puedo evitar sentirme responsable.

—No tienes por qué. Me temo que tengo cierta tendencia a meterme en líos. La culpa es mía. Pero lo que sí te digo es que todo esto ha consolidado mi decisión de hacer la maldita autopsia.

—¿Cómo está el asunto?

Jack describió sus tejemanejes con Harold Langley, Walter Strasser y Percy Gallaudet.

—Madre mía —exclamó Alexis—, después de tanto esfuerzo, espero que merezca la pena.

—Ya somos dos.

—¿Cómo ves lo de aplazar la vuelta a Nueva York hasta mañana por la mañana?

—Lo que tenga que ser será —declaró Jack con un encogimiento de hombros, reacio a abundar en aquel peliagudo asunto personal.

—¿Y qué dice al respecto tu prometida, Laurie?

—Aún no se lo he dicho —reconoció Jack.

—¡Por el amor de Dios! —gimió Alexis—. No es la mejor forma de empezar una relación con mi futura cuñada.

—Hablemos de lo que está pasando en el juicio —propuso Jack para cambiar de tema—. Me estabas contando que el testimonio de Craig fue de mal en peor.

—Después de machacar a Tony por ser un abogaducho despreciable, se puso a explicar al jurado que ellos no eran sus iguales, que eran incapaces de juzgar sus actos, porque nunca habían tenido que intentar salvar a alguien como él había intentado salvar a Patience Stanhope.

Jack se palmeó la frente con aire estupefacto.

—¿Y Randolph qué hacía mientras tanto?

—Lo que podía. Protestaba constantemente, pero no ha servido de nada. Ha intentado que el juez interrumpiera la sesión, pero el juez ha preguntado a Craig si necesitaba descansar, y Craig ha dicho que no, así que la cosa ha seguido adelante.

Jack sacudió la cabeza.

—Craig es el peor enemigo para sí mismo, aunque...

—¿Aunque qué? —preguntó Alexis.

—Tiene razón hasta cierto punto. En algunos aspectos, habla en nombre de todos los médicos. Apuesto a que cualquier médico que haya sufrido la pesadilla de un litigio por negligencia piensa lo mismo, solo que tendría la sensatez de no decirlo.

—Bueno, lo que está claro es que Craig no debería haberlo dicho. Si yo fuera uno de los miembros del jurado, un ciudadano cumpliendo mi deber cívico, y me machacaran de esta manera, me enfurecería y seguramente me decantaría por la interpretación de Tony.

—¿Qué ha sido lo peor?

—Ha habido muchas partes que podrían merecer el calificativo de «la peor». Tony ha conseguido que Craig reconociera que le preocupaba la posibilidad de que la visita domiciliaria fuera una auténtica urgencia, tal como testificó Leona, y también que el infarto figuraba en su lista de posibles diagnósticos. También ha conseguido que admitiera que el trayecto de la residencia de los Stanhope al auditorio sería más corto que desde el hospital Memorial Newton, y que estaba ansioso por llegar a la Sinfónica antes de que empezara el concierto para poder lucir a su novia trofeo. Y tal vez lo más incriminatorio es que ha logrado que Craig confesara haber dicho todas esas cosas desagradables sobre Patience Stanhope a Leona, entre ellas, que la muerte de Patience era una bendición para todo el mundo.

—Uf —suspiró Jack, meneando de nuevo la cabeza—. ¡Qué horror!

—Sí, un horror. Craig se ha mostrado como un médico arrogante y pasota, más interesado en llegar temprano al concierto con su juguetito sexual que en atender lo mejor posible a su paciente. Exactamente lo que Randolph le había advertido que no hiciera.

Jack se irguió en el banco.

—¿Y cómo está enfocando Randolph el interrogatorio?

—La mejor descripción sería que está intentando minimizar los daños, rehabilitar la imagen de Craig en todos los frentes, desde la designación de «paciente problemático» hasta la secuencia de acontecimientos la noche en que murió Patience Stanhope. Cuando has entrado, Craig estaba hablando de la diferencia entre el estado de Patience cuando llegó a su casa y las explicaciones que Jordan Stanhope le había dado por teléfono. Randolph ya había procurado que Craig dijera al jurado que él no dijo por teléfono a Jordan que Patience estuviera sufriendo un infarto, sino que era algo que había que descartar. Por supuesto, eso contradice lo que Jordan dijo en el estrado.

—¿Tienes idea de cómo está reaccionando el jurado al testimonio de Craig en el interrogatorio cruzado en comparación con las preguntas de Tony?

—Parecen más impasibles que antes, pero eso puede ser reflejo de mi pesimismo. No tengo muchas esperanzas después de haber oído el testimonio de Craig. Randolph se enfrenta a una batalla muy complicada. Esta mañana me ha dicho que iba a pedir a Craig que contara la historia de su vida para contrarrestar el ataque frontal de Tony.

—Por qué no...

No le entusiasmaba la idea, pero sentía una profunda compasión por Alexis y quería demostrarle su apoyo. Mientras volvían a sus asientos en la sala, se preguntó cómo afectaría un desenlace desfavorable a la relación de su hermana con Craig. Jack nunca había visto con buenos ojos su matrimonio, ni aun al conocer a Craig unos dieciséis años antes. Craig y Alexis se habían conocido durante su formación en el hospital Memorial de Boston, y cuando estaban prometidos habían estado varias veces en casa de Jack. Craig siempre le había parecido insoportablemente egocéntrico y obsesionado por la medicina. Pero ahora que los veía juntos en su ambiente y a pesar de las difíciles circunstancias, comprendió que se complementaban. El talante algo histriónico y dependiente de Alexis, mucho más patente durante su infancia, casaba bien con el narcisismo de Craig. Desde el punto de vista de Jack, se complementaban en muchos sentidos.

Jack se reclinó en el asiento y se puso lo más cómodo posible. Randolph estaba muy erguido en el atril, emanando su habitual aura aristocrática. Craig se hallaba en el estrado, algo inclinado hacia delante, los hombros redondeados. Randolph hablaba con voz clara, modulada y un poco sibilante. Craig parecía muy apagado, como si se hubiera enzarzado en una disputa y ahora estuviera agotado.

Jack percibió que la mano de Alexis se deslizaba entre su codo y su costado antes de avanzar para cogerle la suya. Se la oprimió, y cambiaron una sonrisa fugaz.

—Doctor Bowman —decía Randolph en aquel momento—.

Usted quiso ser médico desde que a los cuatro años le regalaron un kit de médico y empezó a atender a sus padres y a su hermano mayor. Pero tengo entendido que durante su niñez ocurrió algo que reafirmó su deseo de dedicarse a esta profesión tan altruista. ¿Podría hablarnos de aquel episodio?

Craig carraspeó antes de responder.

—Tenía quince años e iba a décimo. Era ayudante del equipo de fútbol. Había intentado jugar en el equipo, pero no lo conseguí, lo cual representó una gran decepción para mi padre, ya que mi hermano mayor había sido un jugador estrella. Así pues, era el ayudante, lo cual no significaba otra cosa que el chico del agua. Durante los tiempos muertos, salía al campo con un cubo, un cucharón y vasos de plástico. Un día, durante un partido en casa, uno de nuestros jugadores se lesionó, y hubo tiempo muerto. Salí al campo con el cubo, pero al acercarme vi que el jugador lesionado era amigo mío. En lugar de llevar el cubo a los demás jugadores, corrí hacia él. Fue el primero en llegar a su lado, y lo que vi me trastornó. Se había fracturado la pierna de modo que su pie apuntaba en una dirección anómala, y se retorcía de dolor. Me conmovió tanto su necesidad de recibir ayuda y mi incapacidad de prestársela que en aquel momento decidí que no solo quería ser médico, sino que debía ser médico.

—Es una historia conmovedora —constató Randolph—, sobre todo por su compasión inmediata y por el hecho de que aquel suceso lo impulsó a tomar lo que resultaría ser un camino arduo. Porque convertirse en médico no fue fácil para usted, doctor Bowman, y el impulso altruista que nos ha descrito debía de ser muy poderoso para permitirle superar todos los obstáculos a los que se enfrentó. ¿Podría resumir al jurado su apasionante historia?

Craig se irguió en el estrado.

—Protesto —exclamó Tony al tiempo que se levantaba—. No ha lugar.

El juez Davidson se quitó las gafas.

—Acérquense, letrados.

Randolph y Tony se reunieron en el costado derecho del estrado.

—¡Escuche! —espetó el juez Davidson, apuntando a Tony con las gafas—. Usted ha convertido la personalidad del acusado en la piedra angular de la acusación. Se lo he permitido pese a las objeciones del señor Bingham, siempre y cuando demostrara su pertinencia, lo cual ha hecho en mi opinión. No voy a aplicar un doble rasero, y el jurado tiene derecho a conocer las motivaciones y la formación del doctor Bowman. ¿Ha quedado claro?

—Sí, Señoría —asintió Tony.

—Y no quiero que se pase todo el interrogatorio protestando.

—Entendido, Señoría —aseguró Tony.

Tony y Randolph volvieron a sus respectivos puestos, Tony a la mesa del demandante, y Randolph al atril.

—Protesta denegada —exclamó el juez Davidson para que la taquígrafa lo hiciera constar—. El testigo puede responder a la pregunta.

—¿Recuerda la pregunta? —inquirió Randolph.

—Eso espero —repuso Craig—. ¿Por dónde empiezo?

—Por el principio —replicó Randolph—. Tengo entendido que no contó usted con el apoyo paterno.

—No contaba con el apoyo de mi padre, y él gobernaba nuestra casa con mano de hierro. Estaba resentido con nosotros, sobre todo conmigo, porque no era una estrella del fútbol ni del hockey como mi hermano mayor, Leonard junior. Mi padre me consideraba una «nenaza» y me lo hacía saber a menudo. Cuando a mi madre, que vivía intimidada, se le escapó que quería ser médico, mi padre dijo que sería por encima de su cadáver.

—¿Fue esa la expresión que empleó?

—Desde luego. Mi padre era fontanero y despreciaba a todos los profesionales, a los que calificaba de atajo de ladrones. No quería que su hijo formara parte de aquel mundo, sobre todo porque él no terminó el instituto. De hecho, que yo sepa, ningún miembro de mi familia fue a la universidad, tampoco mi hermano, que acabó haciéndose cargo de la empresa de fontanería de mi padre.

—De modo que su padre no aprobaba sus intereses académicos.

Craig lanzó una risita amarga.

—De pequeño leía en silencio; no me quedaba más remedio. A veces mi padre me pegaba cuando me sorprendía leyendo en lugar de haciendo cosas en casa. Cuando me daban las notas en el colegio, tenía que esconderlas y hacer que las firmara mi madre porque siempre sacaba excelentes. A casi todos mis amigos les pasaba lo contrario.

—¿La situación mejoró cuando se fue a la universidad?

—En algunos aspectos sí, en otros no. Mi padre estaba furioso conmigo y, en lugar de «nenaza», pasó a tacharme de «capullo engreído». Le daba vergüenza hablar de mí con sus amigos. El problema más grave era que se negó a cumplimentar los impresos de solicitud de beca y que, por supuesto, no me daba ni un centavo.

—¿Cómo se costeó la universidad?

—Con una combinación de préstamos, premios académicos y cualquier empleo que me permitiera mantenerme en una media de excelente. Los dos primeros cursos trabajé sobre todo en restaurantes, lavando platos y sirviendo mesas. Los dos últimos años conseguí trabajar en varios laboratorios. Durante los veranos trabajaba el hospital, haciendo de todo. Mi hermano también me ayudaba un poco, aunque no podía hacer gran cosa, porque ya había formado una familia.

—Su objetivo de convertirse en médico y su deseo de ayudar a los demás ¿le ayudaron a sobrellevar aquella época tan difícil?

—Por supuesto, sobre todo los trabajos de verano en el hospital. Adoraba a los médicos y a los enfermeros, y sobre todo a los residentes. No veía el momento de convertirme en uno de ellos.

—¿Qué pasó cuando ingresó en la facultad de medicina? ¿Sus problemas económicos empeoraron o mejoraron?

—Empeoraron. Tenía más gastos, y el plan de estudios requería muchas más horas, jornada completa todos los días, a diferencia de los estudios de grado.

—¿Cómo se las apañaba?

—Pedí prestado todo el dinero que pude, y el resto lo tenía

que ganar en numerosos empleos que encontraba en el hospital. Por suerte, el trabajo no escaseaba.

—¿De dónde sacaba el tiempo? Los estudios de medicina se consideran una ocupación a tiempo completo y más.

—No dormía. Bueno..., algo sí dormía, porque si no no habría aguantado, pero aprendí a dormir a ratos, incluso durante el día. Fue difícil, pero al menos en la facultad ya veía la luz al final del túnel, y eso lo hacía más llevadero.

—¿Qué clase de trabajos encontraba?

—Los típicos de un hospital, como sacar sangre, analizar grupos sanguíneos, realizar pruebas cruzadas, limpiar las jaulas de los animales... Cualquier cosa que pudiera hacerse de noche. Incluso trabajé en la cocina del hospital. En segundo encontré un trabajo estupendo para un investigador que estudiaba canales iónicos de sodio en neuronas y miocitos. Todavía estoy trabajando en ello.

—Con una agenda tan apretada, ¿qué notas sacaba?

—Excelentes. Estaba entre el diez por ciento más alto de la clase y era miembro de la sociedad académica honoraria Alfa Omega Alfa.

—En su opinión, ¿cuál era el mayor sacrificio? ¿La falta crónica de sueño?

—No, la falta de tiempo para contactos sociales. Mis compañeros tenían tiempo para charlar y comentar las experiencias que vivíamos. Los estudios de medicina son muy intensos. En tercero me enfrenté al dilema de especializarme en medicina clínica o bien en investigación. Me habría encantado discutir los pros y los contras para poder contar con otras opiniones, pero me vi obligado a tomar la decisión solo.

—¿Y en qué basó su decisión?

—Me di cuenta de que me gustaba ayudar a la gente. Se obtiene una gratificación inmediata que me encantaba.

—Así que lo más agradable y gratificante para usted era el contacto con la gente...

—Sí, y el desafío que representaban los diagnósticos diferenciales, así como los paradigmas que permitían acotar el campo de posibilidades.

—Pero lo que más le gustaba era el contacto con la gente, el hecho de ayudar a los pacientes.

—Protesto —terció Tony, que llevaba un rato removiéndose en su asiento—. Repetitivo.

—Se acepta —suspiró el juez Davidson con voz cansina—. No es necesario insistir más en este punto, señor Bingham. Creo que el jurado ya lo ha entendido.

—Háblenos de su período de residencia —pidió Randolph.

—Fue maravilloso —repuso Craig, ahora mucho más erguido—. Gracias a mi media académica, me aceptaron en el prestigioso Memorial Hospital de Boston. Era un entorno de aprendizaje magnífico, y de repente tenía un sueldo... modesto, pero un sueldo. Lo más importante era que ya no pagaba matrícula, de modo que pude empezar a saldar la astronómica deuda que había acumulado durante los estudios.

—¿Siguió disfrutando del vínculo necesariamente estrecho que se formaba entre usted y sus pacientes?

—Por supuesto; era de lejos lo más gratificante.

—Y ahora háblenos de su consulta. Tengo entendido que se llevó una decepción.

—Al principio no. En los primeros tiempos, mi consulta era todo lo que había soñado. Estaba muy ocupado y estimulado. Me gustaba ir a trabajar cada día. Mis pacientes constituían un desafío intelectual y agradecían mis cuidados. Pero al cabo de un tiempo, las aseguradoras empezaron a negar reembolsos y en ocasiones a cuestionar de forma innecesaria ciertos honorarios, lo cual me complicaba cada vez más la tarea de atender lo mejor posible a mis pacientes. Los ingresos empezaron a descender al tiempo que los costes seguían subiendo. A fin de no verme obligado a cerrar la consulta, tenía que incrementar la productividad, lo cual no significa otra cosa que visitar a más pacientes por hora. Podía hacerlo, pero con el tiempo empezó a preocuparme la cuestión de la calidad.

—Tengo entendido que fue entonces cuando cambió de consulta.

—Sí, fue un cambio drástico. Un prestigioso médico ya entrado en años que dirigía una consulta a la carta y tenía problemas de salud se puso en contacto conmigo para proponerme que me asociara con él.

—Perdone que le interrumpa —atajó Randolph—. ¿Podría refrescar la memoria al jurado respecto al significado del término «medicina a la carta»?

—Es una modalidad en la que el médico accede a limitar el número de pacientes a fin de ofrecer a cada uno de ellos acceso extraordinario a cambio de una cuota anual.

—¿Ese acceso extraordinario incluye visitas domiciliarias?

—Depende del médico y del paciente.

—Lo que quiere decir es que, en la medicina a la carta, el médico puede diseñar a medida la atención al paciente, ¿no es así?

—Exacto. Dos de los principios fundamentales de la atención sanitaria son el bienestar del paciente y su autonomía. Visitar a demasiados pacientes por hora puede poner en peligro dichos principios, porque todo se hace con prisas. Cuando el médico va mal de tiempo, se ve obligado a meter prisas a los pacientes durante la entrevista, y entonces el paciente omite cosas, lo cual es trágico, porque a menudo son las entrevistas las que encierran los datos más importantes de un caso. En las consultas a la carta como la mía, el médico puede variar el tiempo que pasa con cada paciente y el lugar donde lo atiende en función de sus necesidades y deseos.

—Doctor Bowman, ¿el ejercicio de la medicina es un arte o una ciencia?

—Un arte, sin lugar a dudas, pero basado en unos cimientos científicos muy sólidos.

—¿La medicina puede ejercerse de forma adecuada con la sola ayuda de los libros?

—No. Cada persona es un mundo, y la medicina tiene que adaptarse a cada paciente. Asimismo, los libros ya están obsoletos al llegar al mercado. Los conocimientos médicos avanzan a una velocidad vertiginosa.

—¿El criterio del médico desempeña un papel importante en el ejercicio de la medicina?

—Por supuesto. El criterio es fundamental en toda decisión médica.

—Según su criterio, ¿lo mejor que podía hacer por Patience Stanhope el día 8 de septiembre de 2005 era visitarla en su domicilio?

—Sí.

—¿Puede explicar al jurado por qué su criterio lo indujo a considerar que aquel era el mejor proceder?

—La señora Stanhope detestaba los hospitales. Ni siquiera me hacía gracia enviarla al hospital para someterse a pruebas rutinarias. Cada visita al hospital exacerbaba sus síntomas y su ansiedad general. Prefería que fuera a verla a su casa, lo cual llevaba haciendo una vez por semana desde hacía ocho meses. Todas aquellas visitas resultaron ser falsas alarmas, incluso aquellas ocasiones en que, según Jordan Stanhope, Patience creía estar a punto de morir. La noche del 8 de septiembre, el señor Stanhope no me dijo que estuviera agonizando. Estaba convencido de que la llamada resultaría ser una falsa alarma como todas las demás, pero como médico no podía descartar la posibilidad de que estuviera realmente enferma. Lo mejor era ir a verla a su casa.

—La señora Rattner testificó que durante el trayecto usted dijo que la señora Stanhope podía estar enferma de verdad. ¿Es cierto eso?

—Sí, pero no dije que considerara que las probabilidades eran ínfimas. Dije que estaba preocupado porque me pareció que el señor Stanhope estaba más inquieto de lo habitual.

—¿Le dijo usted al señor Stanhope por teléfono que creía que la señora Stanhope había sufrido un ataque al corazón?

—No. Le dije que había que descartar esa posibilidad siempre que se presentaba dolor en el pecho, pero que la señora Stanhope ya había sufrido dolores en el pecho sin importancia en otras ocasiones.

—¿La señora Stanhope tenía problemas de corazón?

—Algunos meses antes de su muerte le hice una prueba de esfuerzo cuyos resultados fueron ambiguos. No lo bastante ambiguos para afirmar que padecía una dolencia cardíaca, pero sí para recomendarle que acudiera al hospital para que un cardiólogo la sometiera a más pruebas.

—¿Fue eso lo que recomendó a la paciente?

—Sí, encarecidamente, pero se negó, sobre todo porque implicaba ir al hospital.

—Una última pregunta, doctor —anunció Randolph—. En referencia a la designación PP o «paciente problemático», ¿significa que el paciente en cuestión recibe más o menos atención que los demás?

—Mucha más, por supuesto. El problema con los pacientes designados con esas siglas era que no podía aliviar sus síntomas, ya fueran reales o imaginarios. Como médico me parecía un problema constante, de ahí el término empleado.

—Gracias, doctor —dijo Randolph mientras recogía sus notas—. No hay más preguntas.

—Señor Fasano —exclamó el juez Davidson—. ¿Quiere usted volver a interrogar al testigo?

—Desde luego, Señoría —espetó Tony.

Se puso en pie de un salto y corrió hacia el atril como un sabueso en pos de una liebre.

—Doctor Bowman, en relación con la designación PP, ¿no le dijo usted a su novia mientras se dirigían a casa de los Stanhope en su flamante Porsche rojo la noche del 8 de septiembre de 2005 que no soportaba a esos pacientes y que consideraba a los hipocondríacos tan aborrecibles como los enfermos imaginarios?

Se produjo un silencio mientras Craig clavaba una mirada fulminante en Tony.

—¿Doctor? —insistió Tony—. ¿Se le ha comido la lengua el gato, como decíamos de pequeños?

—No lo recuerdo —masculló por fin Craig.

—¿No lo recuerda? —repitió Tony con incredulidad exagerada—. Por favor, doctor, qué excusa tan oportuna, sobre todo proviniendo de alguien que siempre ha destacado por recordar los detalles más insignificantes. La señora Rattner sí lo recuerda. Tal vez recuerde decirle a la señora Rattner la tarde en que le entregaron la citación que odiaba a Patience Stanhope y que su muerte era una bendición para todo el mundo. ¿Lo recuerda, doctor?

Tony se inclinó sobre el atril todo lo que le permitía su corta estatura y enarcó las cejas con expresión inquisitiva.

—Dije algo parecido —admitió Craig a regañadientes—. Estaba enfadado.

—Claro que estaba enfadado —exclamó Tony—. Estaba furioso por el hecho de que alguien, como mi desolado cliente, tuviera la cara dura de poner en tela de juicio su criterio médico.

—¡Protesto! —terció Randolph—. Argumentativo.

—Se acepta —convino el juez Davidson al tiempo que fulminaba a Tony con la mirada.

—Todos estamos impresionados con su conmovedora biografía —prosiguió Tony en tono desdeñoso—, pero no sé qué valor tiene en la actualidad, sobre todo teniendo en cuenta el nivel de vida que le han proporcionado sus pacientes a lo largo de los años. ¿Qué vale en la actualidad su casa?

—Protesto —dijo Randolph—. Irrelevante.

—Señoría —se quejó Tony—, la defensa ha presentado un testimonio económico para dar fe de los esfuerzos del demandado por convertirse en médico. Es razonable que el jurado sepa qué recompensas económicas le han reportado sus esfuerzos.

—Protesta denegada —decretó el juez Davidson tras meditar unos instantes—. El testigo puede responder a la pregunta.

Tony se volvió de nuevo hacia Craig.

—¿Y bien?

Craig se encogió de hombros.

—Dos o tres millones, pero no pagamos tanto por ella.

—Ahora me gustaría hacerle algunas preguntas acerca de su consulta a la carta —anunció Tony al tiempo que se aferraba con fuerza a los costados del atril—. ¿Cree que el pago de una cuota anual anticipada de varios miles de dólares está fuera del alcance de algunos pacientes?

—Por supuesto —espetó Craig.

—¿Qué fue de aquellos de sus queridos pacientes que no podían o por la razón que sea no llegaron a pagar la cuota anual que costeó su nuevo Porsche y su nidito de amor en Beacon Hill?

—¡Protesto! —exclamó Randolph, poniéndose en pie—. Argumentativo y prejuicioso.

—Se acepta —masculló el juez Davidson—. El letrado ceñirá sus preguntas a la obtención de información positiva y no formulará sus preguntas en forma de teorías o argumentos que debe reservar para el alegato final. ¡Es la última vez que se lo advierto!

—Lo siento, Señoría —se disculpó Tony antes de volverse de nuevo hacia Craig—. ¿Qué fue de aquellos pacientes a los que llevaba años atendiendo?

—Tuvieron que buscarse otros médicos.

—Algo más fácil de decir que de hacer, me temo. ¿Les ayudó usted?

—Les proporcionamos nombres y teléfonos.

—¿Los sacó de las páginas amarillas?

—Eran médicos de la zona a quienes mi personal y yo conocíamos.

—¿Los llamó usted mismo?

—En algunos casos sí.

—Lo que significa que en algunos casos no. Doctor Bowman, ¿no le preocupaba abandonar a esos pacientes por los que supuestamente tanto se preocupaba, pacientes desesperados que dependían de usted para su atención médica?

—¡No los abandoné! —protestó Craig, indignado—. Les di alternativas.

—No hay más preguntas —dijo Tony, poniendo los ojos en blanco con aire exasperado mientras volvía a la mesa de la defensa.

El juez Davidson miró a Randolph.

—¿Desea volver a interrogar al testigo? —le preguntó.

—No, Señoría —repuso Randolph, levantándose a medias.

—El testigo puede retirarse —ordenó el juez Davidson.

Craig se levantó y regresó a la mesa de la defensa a paso lento y deliberado.

El juez se volvió hacia Tony.

—¿Señor Fasano?

Tony se puso en pie.

—El demandante da por terminado su alegato, Señoría —anunció con voz firme antes de volver a sentarse.

El juez desvió la mirada hacia Randolph, que se irguió en toda su considerable estatura.

—Sobre la base de la falta de fundamento de la acusación y la ausencia de pruebas, la defensa solicita desestimar el caso.

—Denegado —espetó el juez Davidson—. Las pruebas presentadas bastan para seguir adelante. En cuanto la sesión se reanude después de comer, podrá hacer subir al estrado a su primer testigo, señor Bingham. —Dicho aquello dio un mazazo que más bien pareció un disparo—. Descanso para comer. De nuevo les advierto que no deben hablar del caso entre ustedes ni con nadie más, y que se reservarán sus opiniones hasta la conclusión de todos los testimonios.

—Todos en pie —ordenó el alguacil.

Jack y Alexis se levantaron al tiempo que todos los demás mientras el juez bajaba del estrado y desaparecía por la puerta lateral revestida de madera.

—¿Qué te ha parecido? —preguntó Jack mientras conducían al jurado fuera de la sala.

—No deja de asombrarme la furia interior que parece sentir Craig, el hecho de que sea tan incapaz de controlar su comportamiento.

—Siendo como eres la experta en estos temas, me sorprende que te sorprenda. ¿No encaja en su patrón de narcisismo?

—Sí, pero esperaba que después de la sensatez que demostró ayer durante la comida, sería capaz de dominarse mejor. En cuanto Tony se ha levantado, ya antes de que le hiciera la primera pregunta, a Craig le ha cambiado la cara.

—A decir verdad, te preguntaba qué te había parecido el enfoque de Randolph en la parte del interrogatorio cruzado que hemos visto.

—Por desgracia, no me ha parecido tan efectivo como esperaba. Ha hecho que Craig sonara como si estuviera dando un sermón o una conferencia. Habría preferido que todo el interrogatorio fuera más directo, más dinámico, como la última parte.

—Pues a mí me ha parecido que Randolph lo ha hecho muy bien —opinó Jack—. Nunca me había planteado que Craig es un hombre hecho a sí mismo. El hecho de que trabajara mientras iba a la facultad de medicina y aun así sacara notas tan brillantes es impresionante.

—Pero tú eres médico y no has oído las preguntas de Tony. Es cierto que Craig pasó estrecheces cuando estudiaba, pero desde el punto de vista del jurado, no es fácil sentir compasión por una persona que vive en una casa que, probablemente, vale casi cuatro millones. Además, Tony se las ha apañado muy bien para conseguir que Craig ventilara sus sentimientos hacia la paciente, que hablara del Porsche rojo, de su novia y del hecho que dejó en la estacada a muchos de sus antiguos pacientes.

Jack asintió a regañadientes. Se había esforzado en ver el lado positivo por el bien de Alexis, pero decidió intentar otra táctica.

—Bueno, ahora le toca a Randolph. Ha llegado el momento de escuchar a la defensa.

—No creo que sea nada del otro jueves. Lo único que hará Randolph será presentar a dos o tres expertos, ninguno de ellos de Boston. Dice que habrá acabado esta misma tarde, y mañana serán los alegatos finales —Alexis meneó la cabeza con aflicción—. Dadas las circunstancias, no veo posible darle la vuelta a la situación.

—Randolph es un abogado experto en negligencia médica —señaló Jack en un intento de mostrar un entusiasmo que no sentía—. En el análisis final suele prevalecer la experiencia. En fin, quién sabe; puede que tenga una sorpresa en la manga.

Jack no sabía que tenía razón, al menos en parte. Habría una sorpresa, pero no procedente de la manga de Randolph.

18

—¿Revistas? —preguntó la joven de aspecto casi etéreo.

Jack calculó que no debía pesar ni cuarenta y cinco kilos, pero estaba paseando a media docena de perros, desde un gran danés gris hasta un *bichon frisé* diminuto. Un montón de bolsas de plástico para excrementos asomaba del bolsillo trasero de sus tejanos. Jack la había parado después de emprender la ya consabida ruta por el barrio de Beacon Hill. Tenía intención de comprar algo para leer por si le tocaba esperar mucho rato al operario de la excavadora.

—A ver —prosiguió la joven con el rostro contraído por la concentración—. Hay un par de sitios en Charles Street.

—Con uno me basta —comentó Jack.

—Hay una tienda que se llama Gary Drug en la esquina de Charles con Mount Vernon.

—¿Voy bien por aquí? —preguntó Jack.

En aquel momento se hallaba en Charles Street, encarado hacia la zona del parque y el aparcamiento subterráneo.

—Sí. La tienda está en esta misma acera, a una manzana de aquí.

Jack dio las gracias a la mujer, que de inmediato fue arrastrada por los impacientes perros.

La tienda era un establecimiento pequeño y anticuado, atestado de trastos, pero acogedor. Era de las dimensiones de la sección de champús en una tienda normal, pero en él se vendía de todo. Jack vio desde vitaminas y medicamentos contra el catarro hasta cuadernos apilados en estanterías hasta el techo a lo largo del único pasillo. En el rincón más alejado, cerca del mostrador de farmacia, encontró un surtido sorprendentemente amplio de revistas y periódicos.

Desacertadamente, Jack había accedido a comer con Alexis y Craig. Fue como ser invitado a un velatorio en el que esperan que converses con el difunto. Craig estaba furioso con el sistema, como lo denominó, con Tony Fasano, con Jordan Stanhope y sobre todo consigo mismo. Sabía que lo había hecho fatal pese a las largas horas que había dedicado a ensayar con Randolph la noche anterior. Cuando Alexis intentó hacerle explicar por qué tenía tan poco dominio de sus emociones si sabía que el control era indispensable en aquel caso, Jack perdió los nervios, y ambos se enzarzaron en una discusión breve, pero muy desagradable. Pero durante casi toda la comida, Craig guardó un silencio malhumorado. Alexis y Jack intentaron conversar, pero la intensidad de la ira de Craig emanaba unas vibraciones que resultaba difícil pasar por alto.

Al final de la comida, Alexis expresó su esperanza de que Jack volviera con ellos al juzgado, pero Jack se escabulló con el pretexto de que quería llegar al cementerio a las dos, pues esperaba que Percy Gallaudet volviera pronto de su trabajo con los desagües de su amigo. En aquel momento, Craig le espetó que más le valía desistir, que la suerte estaba echada y que no tenía por qué seguir molestándose. Jack replicó que había llegado demasiado lejos e implicado a demasiadas personas para tirar la toalla.

Con varias revistas y el *New York Times* bajo el brazo, Jack bajó al aparcamiento, sacó el destrozado Accent al sol y puso rumbo al oeste. Le costó cierto esfuerzo dar con la ruta que había tomado aquella mañana para entrar en la ciudad, pero al final reconoció algunos lugares que le indicaron que iba por buen camino.

Entró en el cementerio de Park Meadow a las dos y diez y aparcó junto a un monovolumen Dodge delante de la oficina. Al entrar vio a la mujer de aspecto anodino y a Walter Strasser en la misma postura en que los había dejado aquella mañana. La mujer tecleaba en el ordenador, mientras que Walter estaba sentado con aire impasible a su mesa, las manos aún entrelazadas sobre la tripa. Jack se preguntó si alguna vez trabajaría, sobre todo porque en su mesa no había nada que lo sugiriera. Ambos alzaron la vista hacia Jack, pero la mujer volvió a concentrarse de inmediato en su trabajo sin decir una sola palabra. Jack se acercó a Walter, que lo siguió con la mirada.

—¿Alguna noticia de Percy? —empezó Jack.

—No desde que se fue esta mañana.

—¿Ha dicho algo? —insistió Jack, diciéndose que el único indicio de que Walter estaba vivo era algún que otro pestañeo y al movimiento de su boca al hablar.

—No.

—¿Hay alguna forma de ponerse en contacto con él? Hemos quedado aquí a partir de las dos. Me ha dicho que exhumaría a Patience Stanhope esta tarde.

—Si ha dicho que lo haría, lo hará.

—¿Tiene móvil? No se lo he preguntado.

—No, nos ponemos en contacto con él por correo electrónico y tarde o temprano pasa por aquí.

Jack dejó una tarjeta sobre la mesa de Walter.

—Le agradecería que se pusiera en contacto con él para averiguar cuándo podrá ponerse con Patience Stanhope. Puede llamarme al móvil. Mientras tanto iré a la tumba, si me dice dónde está.

—Gertrude, enséñale al médico dónde está el panteón de los Stanhope.

Las ruedas de la silla de oficina de Gertrude chirriaron cuando la apartó de la mesa. Mujer de pocas palabras, se limitó a señalar un punto en el mapa con un dedo deformado por la artritis. Jack echó un vistazo al lugar. Gracias a las líneas de contorno, constató que se hallaba en la cima de la colina.

—Las mejores vistas del cementerio —comentó Walter.

—Esperaré allí —anunció Jack antes de echar a andar hacia el coche.

—¡Doctor! —lo llamó Walter—. Puesto que la tumba se va a abrir, tenemos pendiente el tema de los honorarios; hay que zanjarlo antes de que empiece la excavación.

Tras separarse de una cantidad considerable de billetes de veinte dólares del abultado fajo que llevaba, Jack volvió al coche de alquiler y subió la colina. Encontró una pequeña explanada con un cenador que daba sombra a un banco. Dejó el coche allí y se dirigió hacia donde suponía que se hallaba el panteón de la familia Stanhope. En efecto, se hallaba en la cima de la colina. Vio tres lápidas de granito idénticas y bastante sencillas. Localizó la de Patience y echó un vistazo a la inscripción.

Sacó las revistas y el periódico del coche, fue al banco y se puso cómodo. El tiempo había mejorado de forma drástica desde la mañana. El sol brillaba con una intensidad que no había observado los días anteriores, como si quisiera recordar a todo el mundo que el verano estaba a la vuelta de la esquina. Jack se alegró de poder cobijarse a la sombra del cenador cubierto de hiedra, porque el calor era abrasador.

Miró el reloj; le costaba creer que al cabo de menos de veinticuatro horas estaría casado. A menos que sobreviniera alguna catástrofe inesperada, admitió, como que no llegara a tiempo a la iglesia. Pensó en ello unos instantes mientras un arrendajo lo regañaba furioso desde un cornejo cercano. Jack desterró de su mente la posibilidad de no llegar a tiempo a la iglesia y sacudió la cabeza. Era una perspectiva que no quería contemplar. Sin embargo, pensar en ello le recordó que aún no había llamado a Laurie. Pero puesto que no sabía cuándo podría hacer la autopsia, logró una vez más aplazar la desagradable tarea.

No recordaba la última vez que había pasado un rato a solas y sin hacer nada. Siempre había creído que mantenerse frenéticamente ocupado, ya fuera trabajando o haciendo deporte, era el mejor modo de luchar contra los demonios. Era Laurie quien con mucha paciencia le había hecho cambiar de hábitos en los últimos años, pero solo cuando estaban juntos. Esto era distinto, porque estaba solo. No obstante, no tenía ningunas ganas de recordar el pasado y pensar en lo que podría haber sido. Se conformaba con pensar en lo que le deparaba el futuro, a menos que...

Jack desterró por segunda vez la idea, cogió el periódico y empezó a leer. Le producía una sensación agradable estar sentado al sol, disfrutando de las noticias con el trino de los pájaros como música de fondo. El hecho de estar en un cementerio no le molestaba en lo más mínimo. De hecho, gracias a su particular sentido del humor irónico, incrementaba su bienestar.

Terminó de leer el periódico y pasó a las revistas. Después de leer varios artículos largos, pero interesantes en *The New Yorker*, la sensación placentera empezó a desvanecerse, sobre todo porque ahora estaba sentado a pleno sol. Miró el reloj y masculló un juramento entre dientes; eran las cuatro menos cuarto. Se levantó, se desperezó y recogió los periódicos y revistas. De un modo u otro localizaría a Percy y lo presionaría para averiguar cuándo pensaba empezar. Sabedor de que el último puente aéreo a Nueva York salía hacia las nueve, admitió que no llegaría a tiempo para cogerlo. A menos que volviera a Nueva York en el coche de alquiler, lo cual no le hacía ninguna gracia por múltiples razones, no le quedaría más remedio que pasar otra noche en Boston. Se le ocurrió la idea de alojarse en el hotel que había visto en el aeropuerto, porque no tenía intención de volver a casa de los Bowman ahora que Alexis y las niñas no estaban allí. Lamentaba mucho lo que estaba pasando Craig, pero ya había tenido bastante de él durante la comida.

Metió los periódicos y las revistas en el Hyundai por la ventanilla rota. Estaba rodeando el coche cuando oyó el sonido de la excavadora. Se llevó la mano a los ojos para protegerse del sol y al mirar por entre los árboles divisó el vehículo amarillo de Percy, que subía por el sinuoso camino del cementerio. Llevaba la pala doblada contra la parte posterior como si de una pata de saltamontes se tratara. Jack llamó a Harold Langley.

—Son casi las cuatro —se quejó Harold cuando Jack le anunció que la exhumación estaba a punto de empezar.

—He hecho cuanto he podido —replicó Jack—. Incluso he tenido que sobornar al operario —añadió sin explicar que también había sobornado a Walter Strasser.

—De acuerdo —suspiró Harold con resignación—. Estaré ahí dentro de media hora. Tengo que resolver un par de asuntos aquí. Si me retraso un poco, no abran el ataúd hasta que llegue. Repito, no intenten retirar la tapa antes de que yo llegue. Tengo que identificar el ataúd y certificar que está en el panteón correspondiente.

—Muy bien —dijo Jack.

La camioneta del cementerio llegó antes que Percy. Enrique y César se apearon y descargaron el material de la caja abierta. Con una eficiencia encomiable y sin apenas hablar, localizaron la tumba de Patience, extendieron una lona impermeable como la que Jack había visto aquella mañana en la tumba que estaban cavando, cortaron el césped que cubría la sepultura, lo retiraron y lo apilaron alrededor de la lona.

Cuando Percy llegó al lugar, la tumba ya estaba preparada para la excavadora. Percy saludó a Jack con la mano pero no se apeó del vehículo hasta haberlo situado donde quería. Acto seguido bajó para colocar los ganchos.

—Siento haberme retrasado —se disculpó.

Jack se limitó a agitar la mano; no quería conversación, tan solo sacar el maldito ataúd de la tumba.

En cuanto se cercioró de que todo estaba en orden, Percy puso manos a la obra. La pala de la excavadora se sumergió en la tierra relativamente suelta. El motor diésel de la máquina rugió cuando la pala se hundió y luego empezó a salir. Percy hizo girar el brazo para echar la tierra sobre la lona.

El operario demostró saber lo que se hacía, y al cabo de poco rato ya había cavado una zanja ancha de pulcras paredes verticales. Cuando llevaba alrededor de un metro veinte, llegó Harold Langley con el coche fúnebre. Dio la vuelta en tres maniobras y retrocedió con el vehículo a lo largo de la zanja cada vez más profunda. Se apeó e inspeccionó el trabajo con los brazos en jarras.

—Se está acercando —gritó a Percy—, así que tenga cuidado.

Jack no sabía si Percy no oyó a Harold o si decidió hacer caso omiso de él. Fuera como fuese, siguió cavando como si Harold no estuviera. Al cabo de unos instantes se oyó un estruendo hueco cuando los dientes de la pala chocaron contra la tapa del sarcófago, situada a unos treinta centímetros del fondo de la zanja.

Harold se puso como un loco.

—¡Le he dicho que tenga cuidado! —chilló frenético mientras agitaba las manos para indicarle que izara la pala.

Jack no pudo contener una sonrisa. Harold tenía un aspecto del todo incongruente fuera de la funeraria, al sol con su sombrío traje negro y la tez cérea, como la parodia de un roquero punk. Varios mechones teñidos de oscuro, que por lo general llevaba peinados sobre la calva, salían despedidos en todas direcciones.

Percy siguió haciendo caso omiso de los gestos cada vez más histéricos de Harold y volvió a hundir la pala, provocando un nuevo chirrido al arrastrar los dientes sobre la cubierta de hormigón.

Desesperado, Harold corrió hacia la cabina de la excavadora y golpeó el vidrio. Por fin la pala se detuvo, y el rugido del motor remitió. Percy abrió la puerta y se quedó mirando al director de la funeraria con expresión entre inocente e inquisitiva.

—Va a agrietar la tapa o se romperán las alcayatas. Será...

Harold se interrumpió, incapaz de hallar una palabra lo bastante soez para describir a Percy. La furia le había quitado el habla.

Jack decidió dejar que los profesionales resolvieran solos sus diferencias y subió al coche. Quería hacer una llamada y pensó que el coche lo protegería del estruendo de la excavadora cuando Percy empezara de nuevo a cavar. La ventanilla rota estaba en el lado opuesto a la sepultura.

Jack llamó a la doctora Latasha Wylie y esta vez la localizó.

—He oído su mensaje —reconoció Latasha—. Siento no haberle llamado, pero es que los jueves tenemos reunión semanal.

—No se preocupe —repuso Jack—. La llamo ahora porque están exhumando el cadáver en estos momentos. Si todo va bien, lo cual no tiene por qué pasar teniendo en cuenta los obstáculos que me ha tocado sortear hasta ahora, creo que podré hacer la autopsia entre seis y siete en la funeraria Langley-Peerson. ¿Sigue en pie su oferta de ayudarme?

—Es una hora perfecta —aseguró Latasha—. Cuente conmigo. Ya tengo preparada la sierra craneal.

—Espero no haberle estropeado un plan más divertido.

—Había invitado al papa a cenar, pero habrá que aplazarlo para otro día.

Jack esbozó una sonrisa; Latasha tenía un sentido del humor parecido al suyo.

—Nos encontraremos en la funeraria hacia las seis y media —prosiguió Latasha—. Si no le va bien por la razón que sea, llámeme.

—Estupendo. ¿Me dejará que la invite a cenar cuando acabemos?

—Si no es demasiado tarde... Las chicas necesitan su sueño reparador.

Jack se despidió y colgó. Mientras hablaba por teléfono, Enrique y César habían desaparecido en el interior de la zanja, de la que salían disparadas paladas de tierra. Entretanto, Percy había empezado a sujetar cables de acero a los dientes de la pala. Harold había regresado al borde de la zanja y contemplaba el fondo todavía con los brazos en jarras. A Jack le gustó que se tomara tanto interés.

Volvió a concentrarse en el teléfono y pensó en llamar a Laurie. Ahora sabía que se enfrentaba a una situación aún peor que la peor de las alternativas que le expusiera la noche anterior por teléfono, a saber, que regresaría a Nueva York por la noche. Los acontecimientos aplazaban su partida inexorablemente hasta la mañana siguiente, el día de la boda. Su lado cobarde intentó convencerle de que pospusiera la llamada hasta después de la autopsia, pero sabía que debía hacerla ahora. Sin embargo, aquel no era el único dilema, porque no sabía qué contarle acerca del incidente que había sufrido por la mañana en la autopista de Massachusetts. Tras meditar unos instantes, decidió decirle la verdad. Consideraba que el factor comprensión superaba el factor preocupación, porque podía contarle con bastante seguridad que Franco tardaría al menos unos días en recuperarse y por tanto no había muchas probabilidades de que apareciera de nuevo. Por supuesto, todavía quedaba Antonio, fuera quien fuese. Jack lo recordaba de pie detrás de Franco durante el enfrentamiento junto a las canchas de baloncesto de Memorial Drive, así como sentado en la sala de vistas aquella mañana. No sabía qué lugar ocupaba en el equipo de Fasano, pero el hecho de que existiera surcó su mente cuando Percy empezaba a abrir la tumba de Patience. En aquel momento, Jack se había llevado la mano al revólver sin darse cuenta, para cerciorarse de que seguía allí. Teniendo en cuenta la gravedad de la amenaza transmitida a las niñas, no resultaba descabellado imaginar que alguien pudiera aparecer para oponerse a la exhumación.

Jack respiró hondo para hacer acopio de valor y marcó el número de Laurie. Cabía la posibilidad de que saltara el buzón de voz..., pero por desgracia, no fue así; Laurie contestó enseguida.

—¿Dónde estás? —preguntó sin preámbulo alguno.

—La mala noticia es que estoy en un cementerio de Boston. La buena es que no soy uno de sus ocupantes.

—No es momento de bromear.

—Lo siento, no he podido evitarlo. Estoy en un cementerio; están abriendo la tumba.

Se produjo un silencio incómodo.

—Sé que estás decepcionada —prosiguió Jack—. He hecho lo que he podido para acelerar el proceso. De hecho, esperaba estar de vuelta a esta hora. No ha sido fácil...

A continuación, le refirió el encontronazo con Franco. Le contó todo lo sucedido, sin omitir la bala incrustada en el soporte del parabrisas.

Laurie escuchó en estupefacto silencio hasta que Jack terminó su monólogo, en el que incluyó la necesidad de sobornar al superintendente del cementerio y al operario de la excavadora. También mencionó que el testimonio de Craig había sido un desastre.

—Me cabrea no saber si cabrearme o compadecerte.

—Si quieres saber mi opinión, prefiero que me compadezcas.

—Por favor, Jack, no bromees. Esto es muy serio.

—Es evidente que no acabaré la autopsia a tiempo para coger el último vuelo. Pasaré la noche en un hotel del aeropuerto. El primer vuelo de la mañana sale sobre las seis y media.

Laurie lanzó un suspiro audible.

—Iré a casa de mis padres muy temprano para prepararme, así que no te veré en casa.

—No pasa nada. Creo que podré ponerme el esmoquin sin ayuda.

—¿Irás a la iglesia con Warren?

—Eso pretendo. Tiene mucha inventiva para encontrar aparcamiento.

—De acuerdo, Jack, nos vemos en la iglesia —dijo Laurie y colgó con brusquedad.

Jack suspiró y cerró la pestaña del teléfono. Laurie no estaba contenta, pero al menos ya había dejado atrás la desagradable tarea de llamarla. Por un instante reflexionó sobre el hecho de que nada en la vida era fácil ni sencillo.

Se guardó el teléfono en el bolsillo y bajó del coche. Mientras hablaba con Laurie, la exhumación había avanzado sobremanera. Percy estaba de nuevo en la cabina de la excavadora, con el motor a plena potencia. La pala estaba suspendida sobre la tumba, y los cables de acero descendían hacia sus profundidades. A todas luces, la máquina ejercía una considerable tensión sobre ellos.

Jack se dirigió al borde de la zanja y se situó junto a Harold. Al bajar la mirada vio que los cables estaban sujetos a las alcayatas insertadas en la cubierta del sarcófago.

—¿Cómo va? —gritó para hacerse oír por encima del rugido del motor.

—Estamos intentando abrir el sello —repuso Harold al mismo volumen—. No es fácil. Es de un material parecido al asfalto que se utiliza para impermeabilizar.

La excavadora rugió y resopló, descansó un instante y reanudó el esfuerzo.

—¿Qué hacemos si el sello aguanta? —preguntó Jack.

—Tendremos que volver otro día con la empresa.

Jack masculló un juramento para sus adentros.

De repente se oyó un profundo chasquido y un susurro de succión.

—¡Aleluya! —exclamó Harold al tiempo que agitaba la mano para indicar a Percy que fuera más despacio.

La cubierta de hormigón empezó a levantarse. Cuando llegó a la altura del suelo, Enrique y César la asieron para estabilizarla mientras Percy la apartaba de la tumba para posarla con cuidado sobre la hierba. Acto seguido, el operario se apeó de la excavadora.

Harold escudriñó el interior del sarcófago. La cara interior estaba revestida de reluciente acero inoxidable. En él yacía el ataúd metálico blanco con detalles dorados, rodeado por más de medio metro a cada lado.

—¿A que es precioso? —musitó Harold con veneración casi religiosa—. Es un Reposo Perpetuo de Industrias Huntington. No vendo muchos de estos. Es una auténtica belleza.

A Jack le interesaba más el hecho de que el interior del sarcófago parecía completamente seco.

—¿Cómo sacamos el ataúd? —preguntó.

En aquel preciso instante, Enrique y César bajaron hasta el ataúd y deslizaron unas anchas tiras de tela bajo él, que luego pasaron por las cuatro asas laterales. Dando de nuevo plena potencia al motor de la excavadora, Percy situó de nuevo la pala sobre la zanja y la bajó para que los otros dos empleados pudieran sujetar las tiras de tela. Harold fue a abrir el portón del coche fúnebre.

Veinte minutos más tarde, el ataúd estaba a salvo en el coche fúnebre.

—¿Nos vemos dentro de un rato en la funeraria? —preguntó Harold a Jack tras cerrar de nuevo el portón.

—Sí, quiero empezar la autopsia enseguida. Vendrá a ayudarme otra forense, la doctora Latasha Wylie.

—Muy bien.

Harold subió al coche fúnebre, volvió al camino y empezó a bajar la colina.

Jack pagó a Percy, lo que significó separarse de casi todos los billetes de veinte que le quedaban. También dio un par a Enrique y a César antes de subir al coche y bajar a su vez la colina. Mientras conducía no pudo evitar sentirse complacido. Después de todos los problemas con que había tropezado, le sorprendía que la exhumación hubiera ido tan bien. Lo más importante era que ni Fasano, ni Antonio ni, por supuesto, Franco se habían presentado en el cementerio para aguarle la fiesta. Ahora lo único que le quedaba por hacer era la autopsia.

19

Brighton, Massachusetts,
jueves, 8 de junio de 2006, 18.45 horas.

Para alivio de Jack, las cosas siguieron saliendo bien. Llegó a la funeraria Langley-Peerson sin contratiempo alguno, al igual que Harold. Latasha ya lo estaba esperando; había llegado apenas cinco minutos antes, de modo que no había tenido que aguardar mucho.

De inmediato, Harold ordenó a dos de sus fornidos empleados que sacaran el ataúd Reposo Perpetuo del coche fúnebre, lo colocaran sobre un carro y lo llevaran a la sala de embalsamamiento.

—Haremos lo siguiente —empezó Harold.

Estaba de pie junto al ataúd, con uno de sus huesudos dedos apoyado contra la reluciente superficie metálica. A causa de la intensa luz blanca azulada de los fluorescentes que alumbraban la sala de embalsamamiento, todo el color había desaparecido de su rostro hasta el punto que parecía el candidato perfecto a ocupar uno de los Reposos Perpetuos que él mismo vendía.

Jack y Latasha se hallaban a unos metros de distancia, cerca de la mesa que haría las veces de mesa de autopsias. Ambos llevaban monos protectores, que Latasha había recordado traer de la oficina del forense, junto con guantes, mascarillas y más instrumental. En la sala también estaban Bill Barton, un afable caballero entrado en años a quien Harold había presentado como su empleado de más confianza, y Tyrone Vich, un robusto afroamericano que doblaba en envergadura a Bill Barton. Ambos se habían prestado amablemente a quedarse fuera de horas y ayudar a Jack y Latasha en lo que necesitaran.

—Abriremos el ataúd —prosiguió Harold—, y certificaré que en efecto contiene los restos mortales de Patience Stanhope. Bill y Tyrone desvestirán el cadáver y lo colocarán sobre la mesa. Cuando hayan terminado, Bill y Tyrone se encargarán de volver a vestirlo y devolverlo al ataúd para proceder a su entierro mañana por la mañana.

—¿Usted también se queda? —inquirió Jack.

—No creo que sea necesario —repuso Harold—, pero vivo cerca, de modo que Bill o Tyrone pueden llamarme si tienen alguna duda.

—Me parece estupendo —exclamó Jack mientras se frotaba las manos con entusiasmo—. ¡Que empiece el espectáculo!

Harold cogió la palanca que le alargaba Bill, insertó el extremo plano en una muesca abierta en un extremo del ataúd metálico, la aseguró e intentó hacerla girar. El director enrojeció por el esfuerzo, pero el mecanismo no cedió. Harold llamó por señas a Tyrone, que ocupó su lugar. Los bíceps de Tyrone se abultaron bajo la camiseta de algodón, y con un chirrido abrupto y sobrecogedor, la tapa empezó a levantarse. Al cabo de un instante oyeron un leve siseo.

Jack se volvió hacia Harold.

—¿Ese siseo es buena o mala señal? —preguntó, rezando por que no indicara descomposición gaseosa.

—Ni buena ni mala —replicó Harold—. Es prueba del magnífico sellado hermético del Reposo Perpetuo, lo cual no es de extrañar, pues se trata de un soberbio producto de ingeniería.

Harold indicó a Tyrone que fuera al extremo opuesto del ataúd, donde repitió la operación con la palanca.

—Bueno, creo que ya está —anunció Harold en cuanto su empleado terminó.

Deslizó los dedos bajo la tapa y ordenó a Tyrone que hiciera lo mismo al otro lado. Luego levantaron la tapa juntos, y la luz iluminó el cuerpo de Patience Stanhope.

El interior del féretro estaba forrado de satén blanco, y Patience llevaba un sencillo vestido de tafetán del mismo color. A juego con ambas cosas, su rostro, antebrazos y manos aparecían cubiertos por una fina capa de hongos también blancos, bajo la cual la piel se veía de un gris marmóreo.

—Sin ningún género de duda, es Patience Stanhope —declaró Harold en tono piadoso.

—Tiene un aspecto magnífico —alabó Jack—, lista para el baile de graduación.

Harold le lanzó una mirada desaprobadora, pero mantuvo los finos labios apretados.

—Muy bien... Bill, Tyrone —dijo Jack con entusiasmo—, quítenle el vestido de fiesta para que podamos poner manos a la obra.

—Yo les dejo —anunció Harold en tono seco, como si se dirigiera a un niño travieso—. Espero que la autopsia merezca la pena.

—¿Qué hay de sus honorarios? —preguntó Jack, dándose cuenta de repente de que no habían llegado a ningún acuerdo definitivo.

—Tengo su tarjeta, doctor. Ya le enviaré la factura.

—Estupendo —repuso Jack—. Gracias por su ayuda.

—Ha sido un placer —dijo Harold en tono irónico, ofendida su sensibilidad funeraria por la actitud irreverente de Jack.

Jack acercó una mesa de acero inoxidable sobre ruedas y sacó lápiz y bolígrafo. No tenía grabadora y quería anotar los resultados sobre la marcha. Luego ayudó a Latasha a disponer el instrumental y los frascos para muestras. Harold les había dejado algunos utensilios de embalsamamiento, pero Latasha había traído instrumentos más específicos, tales como un cuchillo de patología, bisturís, tijeras y pinzas para hueso, así como la sierra craneal.

—El hecho de que haya pensado en traer todas estas cosas nos va a facilitar mucho las cosas —observó Jack mientras colocaba una nueva hoja de bisturí en el mango correspondiente—. Estaba preparado para apañármelas con lo que tuvieran aquí, lo cual a posteriori no parece buena idea.

—No hay problema —aseguró Laurie mientras miraba a su alrededor—. No sabía qué esperar; es la primera vez que veo una sala de embalsamamiento, y la verdad es que estoy impresionada.

La sala tenía más o menos las mismas dimensiones que su sala de autopsias en la oficina del forense, pero contaba con una sola mesa de acero inoxidable colocada en el centro, lo cual acentuaba la sensación de espacio. Tanto el suelo como las paredes eran de cerámica verde claro. No había ventanas, aunque la luz diurna entraba por franjas de ladrillo de vidrio.

Jack siguió la dirección de la mirada de Latasha.

—Esto es un palacio —constató—. Cuando empecé a plantearme esta autopsia, imaginé que acabaría haciéndola en la mesa de alguna cocina.

—¡Qué asco! —exclamó Latasha antes de volverse hacia Bill y Tyrone, que estaban desvistiendo el cadáver—. El martes, cuando fue a verme, me contó la historia de Patience Stanhope y su amigo internista, pero no recuerdo todos los detalles. ¿Podría hacerme un resumen?

Jack no se limitó a hacerle un resumen, sino que le contó la historia entera, incluyendo su relación con Craig y las amenazas que tanto él como las niñas habían recibido por causa de la autopsia. Incluso le refirió el incidente de aquella mañana en la autopista de Massachusetts.

Latasha lo miraba con expresión estupefacta.

—Supongo que debería habérselo contado antes —dijo Jack—. Tal vez no se habría ofrecido a ayudarme. Pero tengo la sensación de que, de surgir problemas, habría sido antes de la exhumación.

—Estoy de acuerdo —convino Latasha, ya algo recobrada del susto—. Ahora los problemas dependerán de lo que descubramos en la autopsia.

—Tiene razón —corroboró Jack—. Quizá lo mejor sería que no me ayudara. Si alguien tiene que ser el blanco, quiero ser yo.

—¿Qué? —exclamó Latasha con indignación exagerada—. ¿Y perderme la diversión? ¡Ni hablar! A ver qué encontramos y luego ya decidiremos qué hacemos.

Jack sonrió; admiraba y apreciaba a aquella mujer. Era lista, entusiasta y valiente.

Bill y Tyrone sacaron el cadáver del ataúd, lo transportaron a la mesa y lo colocaron sobre ella. Bill retiró suavemente la película de hongos con una esponja mojada. Al igual que las mesas de autopsias, la mesa de embalsamamiento contaba con unas ranuras laterales y un desagüe al pie para recoger los fluidos.

Jack se situó a la derecha de Patience, y Latasha a la izquierda. Ambos llevaban la mascarilla y la gorra protectora. Tyrone anunció que se ausentaba para hacer la ronda nocturna de seguridad. Bill se retiró unos pasos para estar disponible si lo necesitaban.

—El cuerpo se encuentra en un estado excelente —comentó Latasha.

—Harold es un poco estirado, pero por lo visto sabe lo que se hace.

Jack y Latasha procedieron a la exploración externa en silencio. Al terminar, Latasha se irguió.

—No veo nada inesperado —señaló—. Quiero decir que pasó por un intento de reanimación y el embalsamiento, de lo cual se observan muchas pruebas.

—Estoy de acuerdo —convino Jack.

Había observado algunas lesiones menores dentro de la boca, que encajaban con la intubación durante el intento de reanimación.

—De momento no veo indicio de estrangulación ni sofocación, pero aún no podemos descartar la asfixia sin compresión torácica.

—No me parece probable —objetó Latasha—. La historia clínica casi lo descarta.

—Estoy de acuerdo —repitió Jack al tiempo que le alargaba un bisturí—. ¿Por qué no hace los honores?

Latasha practicó la clásica incisión en Y desde los hombros hasta el esternón y luego hacia el pubis. Los tejidos estaban secos como un pavo demasiado cocido y eran de un color entre grisáceo y pardo. No se observaba putrefacción, por lo que el olor era desagradable, pero no insoportable.

Trabajando a dúo y con rapidez, Jack y Latasha no tardaron

en exponer los órganos internos. Los intestinos habían sido evacuados por completo con la cánula de embalsamamiento. Jack levantó el borde firme del hígado. Adherida a la cara inferior se encontraba la vesícula biliar. La palpó con los dedos.

—Hay bilis —anunció, satisfecho—. Eso nos ayudará con la toxicología.

—También hay líquido vítreo —añadió Latasha mientras palpaba los ojos a través de los párpados cerrados—. Creo que deberíamos tomar una muestra.

—Desde luego —asintió Jack—. Y también de orina si encontramos algo en la vejiga o en los riñones.

Tomaron muestras con sendas jeringas. Cada uno etiquetó las suyas.

—A ver si encontramos indicios evidentes de un cortocircuito congénito derecho izquierdo —dijo Jack—. Sigo pensando que la cianosis resultará ser importante.

Con mucho cuidado, Jack apartó los quebradizos pulmones para echar un vistazo a los vasos mayores. Los palpó con delicadeza y al poco meneó la cabeza.

—Todo parece normal.

—Encontraremos patología en el corazón —aseguró Latasha con convicción.

—Creo que tiene razón —convino Jack.

Llamó a Bill y le preguntó si tenía bandejas o cuencos de acero inoxidable para guardar los órganos. Bill sacó varios recipientes de una alacena situada bajo el fregadero.

Como si estuvieran acostumbrados a trabajar juntos, Jack y Latasha retiraron el corazón y los pulmones en bloque. Mientras Latasha sostenía la bandeja, Jack sacó las piezas del tórax y las colocó sobre ella. Latasha dejó la bandeja sobre la mesa, a los pies de Patience.

—Los pulmones tienen un aspecto normal —constató Jack mientras frotaba la superficie con los dedos.

—Y también una consistencia normal —añadió Latasha, presionándolos con los dedos en varios puntos—. Es una lástima que no tengamos báscula.

Jack preguntó a Bill si tenían alguna báscula, pero no era así.

—En cualquier caso, el peso también parece normal —comentó Jack mientras sopesaba los órganos.

Latasha hizo lo propio, pero enseguida sacudió la cabeza.

—No se me da nada bien calcular pesos.

—Estoy impaciente por llegar al corazón, pero quizá deberíamos hacer primero el resto, ¿qué le parece?

—Primero lo aburrido, y luego a jugar. ¿Es ese su lema?

—Más o menos —reconoció Jack—. ¿Qué tal si nos dividimos el trabajo para ir más deprisa? Uno de nosotros puede encargarse de los órganos abdominales, y el otro del cuello. Quiero asegurarme de que el hueso hioideo está intacto aunque ninguno de los dos crea que hubo estrangulamiento.

—Si puedo elegir, prefiero el cuello.

—Hecho.

Durante la siguiente media hora trabajaron en silencio. Jack fue al fregadero para lavar los intestinos. En el intestino grueso encontró la primera patología significativa. Llamó a Latasha y señaló el lugar; era un cáncer en el colon ascendente.

—Es pequeño, pero parece que ha penetrado la pared —observó Latasha.

—Me parece que sí. Y algunos de los ganglios abdominales están engrosados. He aquí un ejemplo clásico de que los hipocondríacos también se ponen enfermos.

—¿Se habría descubierto en una prueba intestinal?

—No lo creo, si es que se hubiera sometido a ella. Según los archivos de Craig, siempre se negó a seguir sus recomendaciones al respecto.

—¿O sea que el cáncer habría acabado matándola si no hubiera tenido el infarto?

—A la larga sí —confirmó Jack—. ¿Qué tal le va con el cuello?

—Casi he terminado. El hueso hioideo está intacto.

—Estupendo. ¿Qué tal si saca el cerebro mientras acabo con el abdomen? Vamos muy bien de tiempo —comentó mientras alzaba la mirada hacia el reloj de pared; eran casi las ocho, y estaba hambriento—. ¿Aceptará mi invitación a cenar? —preguntó a Latasha, que en aquel momento regresaba a la mesa.

—Depende de la hora a la que acabemos —repuso ella por encima del hombro.

Jack encontró varios pólipos en el intestino grueso de Patience. Cuando terminó con aquella zona se concentró en la cavidad abdominal.

—Tengo que reconocer el mérito de Harold Langley. El embalsamamiento de Patience Stanhope habría enorgullecido al mejor embalsamador del antiguo Egipto.

—No tengo mucha experiencia con cadáveres embalsamados, pero este se encuentra en mejor estado de lo que esperaba —comentó Latasha mientras enchufaba la sierra craneal.

La sierra craneal era un instrumento diseñado para cortar hueso, pero no tejidos blandos. Latasha la puso en marcha, y el aparato emitió un zumbido estridente. La forense se situó a la cabecera de la mesa y se puso a manipular el cráneo, que ya había expuesto doblando el cuero cabelludo sobre el rostro.

Relativamente inmune al estruendo, Jack procedió a palpar el hígado en busca de metástasis del cáncer de colon. Al no hallar ninguna, practicó varios cortes en el órgano, pero parecía limpio. Sabía que podía descubrir algo bajo el microscopio, pero eso tendría que esperar.

Veinte minutos más tarde, tras constatar que el cerebro no presentaba ninguna anomalía importante y después de tomar una serie de muestras de diversos órganos, los dos patólogos volvieron su atención al corazón. Jack había separado los pulmones, de modo que el corazón estaba solo en la bandeja.

—Es como guardar el mejor regalo para el final —señaló Jack.

Contemplaba el órgano con mirada ávida, preguntándose qué secretos estaba a punto de revelarles. Era del tamaño de una naranja grande, y el tejido muscular aparecía grisáceo, si bien la capa de tejido adiposo era de color marrón claro.

—Será el postre —añadió Latasha con idéntico entusiasmo.

—Estar aquí mirando este corazón me recuerda un caso que tuve hace medio año. Era una mujer que se había desplomado de repente en Bloomingdale's y a la que no pudieron poner un marcapasos externo, como pasó con Patience Stanhope.

—¿Y qué descubrió en aquel caso?

—Un marcado estrechamiento de la arteria coronaria descendente posterior. Por lo visto, una pequeña trombosis inutilizó de un plumazo gran parte del sistema de conducción del corazón.

—¿Es lo que espera encontrar aquí?

—Es una de las primeras posibilidades de mi lista —reconoció Jack—, pero también creo que encontraremos algún tipo de defecto septal causante del cortocircuito derecho izquierdo, lo cual explicaría la cianosis... Lo que me temo que no nos dirá es por qué alguien tiene tanto interés en impedirnos averiguar lo que estamos a punto de averiguar.

—Creo que encontraremos una coronariopatía extendida e indicios de una serie de infartos asintomáticos previos, a causa de los cuales su sistema de conducción ya estaba en peligro antes del infarto definitivo, pero no lo suficiente para aparecer en un electrocardiograma normal.

—Es una idea interesante —elogió Jack.

Miró a Latasha, que seguía con la mirada clavada en el corazón expuesto. Su respeto hacia ella aumentaba minuto a minuto. Tan solo deseaba que no aparentara diecinueve años; le hacía sentir muy viejo.

—No olvide que en los últimos tiempos se ha demostrado que las mujeres posmenopáusicas presentan síntomas distintos de los hombres de edad similar cuando se trata de coronariopatías. El caso que acaba de describirme lo prueba.

—Deje de hacerme sentir viejo y mal informado —se quejó Jack.

Latasha agitó la mano enguantada.

—¡Ya será menos! —se mofó con una risita ahogada.

—¿Qué tal si hacemos una apuesta, ya que ninguno de los dos está en su territorio, donde esas cosas no están bien vistas? Yo digo que encontraremos un defecto congénito, y usted dice que será una enfermedad degenerativa. Yo apuesto cinco dólares.

—¡Vaya, qué despilfarrador! —se burló Latasha—. Cinco dólares es mucha pasta, pero subo a diez.

—Hecho.

Dio la vuelta al corazón, cogió unos fórceps pequeños y unas tijeras, y puso manos a la obra. Latasha sujetó el órgano mientras él reseguía con cuidado y luego abría la arteria coronaria derecha, concentrándose en la rama descendente posterior. En cuanto llegó al límite del instrumental, se irguió y estiró la espalda.

—No hay estrechamiento —constató con una mezcla de sorpresa y decepción.

Por regla general mantenía una actitud abierta en su diagnóstico por temor a que un hallazgo positivo lo cegara, pero en aquel caso había estado bastante seguro de la patología que encontraría. La arteria coronaria derecha suministraba sangre a casi todo el sistema de conducción del corazón, que había quedado inutilizado a causa del infarto de Patience Stanhope.

—No se desespere —aconsejó Latasha—. Los diez dólares siguen en juego. No hay estrechamiento, pero tampoco veo depósitos ateromatosos.

—Tiene razón, está todo limpio —convino Jack.

Aún no podía creerlo. El vaso entero parecía normal.

Jack se concentró en la arteria coronaria izquierda y sus ramificaciones; pero al cabo de unos minutos de disección se puso de manifiesto que se encontraba en idéntica situación a la derecha. No se observaban placas ni estrechamiento alguno. Jack estaba perplejo y contrariado. Después de todo lo sucedido, le parecía una afrenta personal no encontrar ninguna anomalía coronaria aparente, ni congénita ni degenerativa.

—La patología debe de estar dentro del corazón —conjeturó Latasha—. Puede que encontremos vegetaciones en la válvula mitral o en la aórtica que despidieran una lluvia de trombos, y que estos se disolvieran después.

Jack asintió, pero seguía cavilando sobre la probabilidad de una muerte cardíaca súbita a causa de un infarto en ausencia de coronariopatía. Le parecía una posibilidad remota en extremo, sin duda de menos del diez por ciento, pero a todas luces existente, como evidenciaba el caso que tenía ante él. En la patología forense siempre se podía contar con ver y aprender algo nuevo cada día.

Latasha le alargó un cuchillo de hoja larga, lo cual lo arrancó de su ensimismamiento.

—¡Venga, echemos un vistazo al interior!

Jack abrió cada una de las cuatro cámaras del corazón y realizó una serie de cortes a través de las paredes musculares. Él y Latasha inspeccionaron las válvulas, los tabiques que mediaban entre la mitad izquierda y la derecha del corazón, así como las superficies musculares seccionadas. Trabajaban en silencio, examinando cada estructura por separado y con método. Al terminar cambiaron una mirada por encima de la mesa.

—La buena noticia es que ninguno de los dos ha perdido diez dólares —comentó Jack en un intento de no perder el sentido del humor—. La mala es que Patience Stanhope se resiste a revelar sus secretos. Dicen que en vida nunca se mostraba dispuesta a cooperar, y por lo visto la muerte no la ha cambiado.

—Después de oír la historia, me asombra que el corazón tenga un aspecto tan normal —suspiró Latasha—. Nunca había visto nada igual. Supongo que las respuestas tendrán que esperar al examen microscópico. Puede que tuviera alguna enfermedad capilar que solo afectara a los vasos más pequeños del sistema coronario.

—Nunca he oído hablar de nada parecido.

—Yo tampoco —reconoció Latasha—. Pero murió de un infarto que sin duda fue masivo. Tendríamos que encontrar otra patología aparte de un cáncer de colon pequeño y asintomático. ¡Un momento! ¿Cómo se llama ese síndrome epónimo en el que las arterias coronarias sufren espasmos?

Agitó las manos como si jugara a las adivinanzas y esperara que Jack diera con la respuesta.

—Para serle sincero, no tengo ni idea. Y ahora no me lo diga para hacerme sentir fatal.

—¡Prinzmetal! —exclamó Latasha con aire triunfante—. Angina de Prinzmetal.

—Primera noticia —admitió Jack—. Me recuerda usted a mi cuñado, la víctima de todo este desastre. Seguro que él también lo sabe. ¿Y esos espasmos pueden provocar un infarto masivo? Ese es el quid de la cuestión.

—No puede ser un Prinzmetal —declaró de repente Latasha—. Incluso en ese síndrome, el espasmo se asocia a cierta estenosis en el vaso adyacente, lo cual significa que habría patología visible, y no hemos visto nada.

—Qué alivio —suspiró Jack.

—Tenemos que resolver el misterio sea como sea.

—Es lo que pretendo, pero el hecho de no encontrar cardiopatía me confunde y me avergüenza, sobre todo teniendo en cuenta el follón que he armado para poder hacer la autopsia.

—Tengo una idea —dijo Latasha—. Llevemos todas las muestras a mi despacho. Podemos examinar el corazón bajo el estereomicroscopio de disección y preparar algunas secciones congeladas de tejido cardíaco para echar un vistazo a los capilares. El resto de las piezas tendrá que procesarse de la forma habitual.

—Quizá deberíamos ir a cenar —observó Jack, tentado de arrojar la toalla y lavarse las manos de todo aquel asunto.

—Iré a comprar unas pizzas de camino al despacho. ¡Vamos, convertiremos esto en una fiesta! Nos enfrentamos a un misterio de narices; intentemos resolverlo. Incluso podemos encargar el examen toxicológico esta misma noche. Conozco al supervisor nocturno del laboratorio universitario. Salimos juntos hace tiempo. La relación no salió bien, pero seguimos en contacto.

Jack aguzó el oído.

—¡Repítamelo! —exclamó, incrédulo—. ¿Dice que podemos encargar el examen toxicológico esta misma noche?

En Nueva York tenía suerte si se lo hacían en una semana.

—La respuesta es sí, pero tendremos que esperar hasta las once, que es cuando entra Allan Smitham.

—¿Quién es Allan Smitham?

La posibilidad de realizar las pruebas toxicológicas de inmediato abría todo un abanico de posibilidades nuevas.

—Nos conocimos en la universidad y estuvimos juntos en varias asignaturas de química y biología. Luego yo fui a la facultad de medicina, y él hizo un posgrado. Ahora trabajamos a pocas manzanas el uno del otro.

—¿Y qué hay de su sueño reparador?

—Ya me preocuparé por eso mañana por la noche. Estoy enganchada a este caso. Tenemos que salvar a su cuñado de los malvados abogados.

20

jueves, 8 de junio de 2006, 21.05 horas.

Alexis contestó al cuarto timbrazo. Jack había marcado su número y dejado el móvil sobre el asiento del acompañante tras activar el altavoz. Había salido de la funeraria Langley-Peerson y se dirigía al Memorial Hospital de Newton, adonde quería llegar antes de que el personal del turno de tres a once se marchara, para así localizar a Matt Gilbert y Georgina O'Keefe. Había sido una decisión impulsiva que tomó cuando Latasha y él salieron de la funeraria al acabar la autopsia. La patóloga le había dicho que pasaría por su casa para dar de comer al perro, luego dejaría las muestras en el laboratorio de toxicología, junto con un mensaje para que Allan la llamara en cuanto llegara, y compraría un par de pizzas en un restaurante abierto toda la noche antes de reunirse con él en el aparcamiento de la oficina del forense. Le había propuesto que la acompañara, pero la situación había inducido a Jack a decantarse por una visita al hospital.

—Esperaba que fueras tú —dijo Alexis al oír la voz de Jack.

—¿Me oyes bien? —preguntó Jack—. He puesto el altavoz.

—Te oigo perfectamente. ¿Dónde estás?

—Eso me pregunto yo sin parar —bromeó Jack.

Su estado de ánimo había pasado de la desolación al no encontrar nada relevante en la autopsia de Patience a un humor casi eufórico. Se sentía pletórico de energía gracias al entusiasmo de Latasha y a la perspectiva de contar con la ayuda de un toxicólogo, y su mente había ido cobrando velocidad como una locomotora antigua. Las ideas surcaban por su cabeza como una bandada de gorriones alterados.

—Vaya, sí que estás de buen humor. ¿Cómo va todo?

—Estoy en el coche de camino al Memorial Hospital de Newton.

—¿Estás bien?

—Sí, solo quiero pasar por allí y hacer un par de preguntas al personal de urgencias que se ocupó de Patience Stanhope.

—¿Has hecho la exhumación y la autopsia?

—Sí.

—¿Y qué has descubierto?

—Aparte de un cáncer de colon irrelevante desde nuestro punto de vista, nada.

—¿Nada? —repitió Alexis con evidente decepción.

—Ya sé lo que piensas, porque a mí me ha pasado lo mismo. En el primer momento me he hundido, pero ahora considero que es un golpe de suerte.

—¿En qué sentido?

—Si hubiera encontrado una coronariopatía normalita, que es lo que esperaba descubrir, más que algo espectacular, que es lo que me habría gustado descubrir, lo habría dejado correr. Patience sufría una cardiopatía y tuvo un infarto, fin de la historia. Pero el hecho de que no tuviera ninguna cardiopatía requiere explicación. Quiero decir, cabe la remota posibilidad de que sufriera un episodio cardíaco fatal que no podamos diagnosticar ocho meses después, pero ahora creo que cabe la posibilidad de que hubiera algo más, sobre todo teniendo en cuenta las objeciones que Fasano interpuso a la autopsia, el hecho de que Franco intentara acabar conmigo en la autopista y, más importante aún, las amenazas a tus hijas. ¿Cómo están, por cierto?

—Muy bien. Parecen muy tranquilas y lo están pasando en grande en casa de la abuela, que se dedica a malcriarlas, como siempre. Pero volviendo al tema, ¿qué quieres decir?

—No lo sé exactamente. Pero te diré lo que pienso, a ver qué te parece. La muerte de Patience Stanhope y la contundente oposición a la autopsia podrían ser dos hechos totalmente independientes. Fasano y compañía podrían estar detrás de las amenazas por motivos turbios. Pero la verdad es que no me parece lógico. ¿Por qué llegaría al extremo de irrumpir en tu casa y luego va y me deja seguir adelante con la exhumación? Tengo la impresión de que los tres elementos no guardan relación entre sí. Fasano me amenazó por las razones que me dio. Franco tiene un problema conmigo porque le di una patada en los huevos, así que mi asunto con él no tiene nada que ver con Patience Stanhope. Queda pendiente el ataque a las niñas.

—Es demasiado complicado —protestó Alexis—. Si Tony Fasano no es responsable de eso, ¿quién lo hizo entonces?

—No tengo ni idea, pero no paro de preguntarme cuál puede ser el móvil si no se trata de Fasano y el dinero. Es evidente que en tal caso se trataría de un intento de impedirme descubrir algo importante, ¿y qué puede descubrirse en una autopsia? Una posibilidad sería que hubieran administrado a Patience Stanhope una sobredosis o un fármaco equivocado en el hospital. Los hospitales son organizaciones importantes con muchos accionistas, lo cual significa mucho dinero.

—Es una locura —objetó Alexis sin vacilar—. El hospital no es responsable del ataque a las niñas.

—Alexis, me pediste que viniera a Boston para pensar fuera de los límites establecidos, y eso es lo que estoy haciendo.

—Ya, pero ¿el hospital? —gimió Alexis—. ¿Es por eso que vas hacia allí?

—Sí —confesó Jack—. Me considero un buen conocedor de la naturaleza humana, y las dos personas de urgencias con las que hablé el martes me causaron muy buena impresión. Son directos y francos. Quiero volver a hablar con ellos.

—¿Qué vas a hacer? —espetó Alexis con desdén—. ¿Preguntarles si cometieron un error tan grave que el hospital se vio obligado a enviar a unos matones a mi casa para amenazar a mis hijas y así encubrir el asunto? Eso es absurdo.

—Dicho así, lo parece, pero lo voy a hacer de todas formas. La autopsia todavía no ha terminado. Quiero decir qué hemos examinado el cadáver, pero todavía no sabemos qué revelarán las pruebas de toxicología y el microscopio. También quiero corroborar qué fármacos administraron a Patience Stanhope para poder decírselo al toxicólogo.

—Bueno, eso me parece más razonable que acusar al hospital de encubrimiento.

—La idea de la sobredosis o del fármaco equivocado no es la única que tengo. ¿Quieres saber a qué me refiero?

—Sí, pero espero que sea más sensata que la primera.

A Jack se le ocurrieron algunas réplicas ingeniosas y sarcásticas, pero se contuvo.

—La idea del hospital se basa en que el infarto de Patience Stanhope y la oposición a la autopsia son dos episodios separados, aunque relacionados. ¿Y si una sola persona fuera responsable de ambos?

Jack hizo una pausa deliberada para permitir que Alexis asimilara sus palabras.

—No sé si te entiendo bien —confesó Alexis por fin—. ¿Insinúas que alguien provocó el infarto de Patience Stanhope y luego intentó impedir la autopsia para que no se descubriera el pastel?

—Exacto.

—No sé, Jack. Me parece una idea casi tan alocada como la otra. Supongo que te refieres a Jordan.

—Jordan es la primera persona que se me ocurre. Craig dice que Jordan y Patience no formaban una pareja feliz precisamente, y además Jordan es quien sale más beneficiado de su muerte. Desde luego, no perdió el tiempo guardando luto. Incluso es posible que él y su novia ya estuvieran liados en vida de Patience.

—¿Cómo puede alguien provocar un ataque de corazón a otro?

—Con digital, por ejemplo.

—No sé —repitió Alexis, escéptica—. Me parece muy descabellado. Si Jordan fuera culpable, no habría presentado la demanda y desde luego no habría firmado el permiso de exhumación.

—Ya lo he pensado —convino Jack mientras entraba en el aparcamiento del Memorial Hospital de Newton—. Estoy de acuerdo en que no parece lógico, pero puede que no nos enfrentemos a una persona lógica. Puede que a Jordan le excite todo esto, puede que esté convencido de que es mucho más listo que todos nosotros. Pero ya sé que es una idea precipitada. Primero tenemos que encontrar algún fármaco en las pruebas toxicológicas. Si descubrimos algo, tendremos que volver sobre nuestros pasos.

—Es la segunda vez que hablas en plural —observó Alexis—. ¿Lo dices porque sí o qué?

—Una de las patólogas de la oficina del forense de Boston me está ayudando.

—Espero que hayas hablado con Laurie —comentó Alexis—. ¿Le parece bien que sigas aquí?

—No está contenta, pero tampoco hundida.

—No puedo creer que te cases mañana.

—Ni yo.

Jack aparcó en una plaza con vistas al estanque. Los faros del coche alumbraron a una bandada de aves acuáticas que flotaban en el agua.

—¿Qué ha pasado esta tarde en el juicio?

—Randolph ha llamado a dos testigos expertos, uno de Yale y el otro de Columbia. Los dos han resultado creíbles, pero aburridos. Lo mejor es que no se han dejado amilanar por Tony, que ha intentado machacarlos. Creo que Tony esperaba que Randolph volviera a hacer subir a Craig al estrado, pero Randolph ha tenido la sensatez de no hacerlo y ha concluido la vista. Mañana por la mañana oiremos los alegatos finales, empezando por Randolph, y ya está.

—¿Has cambiado de idea respecto al desenlace?

—La verdad es que no. Los testigos de la defensa han estado bien, pero no son de Boston. Puesto que Boston es la meca de la medicina, no creo que el hecho de que vinieran de universidades lejanas sentara bien al jurado. Los expertos de Tony tienen más peso.

—Lamento decir que probablemente tengas razón.

—Si por alguna de aquellas casualidades descubrieras algún indicio criminal en la muerte de Patience Stanhope, probablemente sería la salvación de Craig.

—Ten pon seguro que no lo pierdo de vista ni un momento. Para serte sincero, es mi motivación principal. ¿Cómo está Craig?

—Desanimado, como siempre, incluso un poco peor. Me preocupa un poco que esté solo en casa. ¿Cuándo crees que volverás allí?

—No lo sé —repuso Jack, sintiéndose de repente culpable por su idea de no volver a casa de los Bowman.

—¿Podrías echarle un vistazo cuando llegues? No me gusta la combinación de alcohol y somníferos.

—Lo haré —prometió Jack—. He llegado al hospital, así que tengo que dejarte.

—Pase lo que pase, te agradezco de corazón todo lo que has hecho, Jack. Nunca sabrás lo que ha significado tu apoyo para mí en estos últimos días.

—¿Sigues pensándolo a pesar de que mi intervención causó lo que les pasó a las niñas?

—No te lo reprocho en absoluto.

Tras algunas palabras más de cariño fraterno que habrían hecho llorar a Jack de haber continuado, se despidieron. Jack cerró la pestaña del teléfono y permaneció sentado un instante, pensando en las relaciones y cómo cambiaban con el tiempo. Le producía una sensación agradable saber que él y su hermana habían recuperado al menos parte de su estrecha relación anterior pese a los años que habían pasado separados mientras Jack intentaba superar su aflicción.

Al salir del coche recobró la energía que Latasha le había contagiado. Los comentarios de Alexis lo habían desinflado un poco, pero a decir verdad no los necesitaba para saber que sus ideas eran descabelladas. Tal como había explicado a su hermana, estaba pensando fuera de los límites establecidos sobre la base de un montón de datos que en sí mismos no parecían nada plausibles.

A diferencia de su visita anterior, la unidad de urgencias era un hervidero de actividad. Casi todos los asientos de la sala de espera estaban ocupados. Vio a algunas personas de pie fuera, junto al muelle de ambulancias. Hacía una noche cálida, húmeda, casi estival.

Jack tuvo que hacer cola ante el mostrador de admisiones, tras una mujer que llevaba a un niño febril en brazos. El pequeño miró a Jack por encima del hombro de su madre con ojos vidriosos y sin expresión. Cuando Jack llegó al mostrador y se disponía a preguntar por el doctor Matt Gilbert, el médico apareció. Dejó una nota de admisión en urgencias cumplimentada sobre el mostrador, y en aquel momento su mirada se cruzó con la de Jack.

—Yo le conozco —dijo al tiempo que lo señalaba, a todas luces intentando recordar su nombre.

—Soy el doctor Jack Stapleton.

—¡Eso! El patólogo forense interesado en el intento fallido de reanimación.

—Buena memoria —elogió Jack.

—Es la mejor cualidad que aprendí en la facultad. ¿En qué puedo ayudarle?

—Necesito hablar con usted un momento, y si puede ser también con Georgina O'Keefe. ¿Está aquí?

—Es la jefa —terció la recepcionista con una carcajada—. Está aquí.

—Sé que no es el mejor momento —comentó Jack—, pero hemos exhumado el cadáver, y acabo de hacer la autopsia. Me ha parecido que le interesaría saber qué he descubierto.

—Desde luego —asintió Matt—, y no es mal momento. Estamos ocupados, pero son casos rutinarios que deberían verse en el ambulatorio o en la consulta. Ahora mismo no tenemos ninguna urgencia grave. Iré a buscar a Georgina y nos reuniremos en la sala de médicos.

Durante unos instantes, Jack se sentó solo en la sala de médicos. Aprovechó el tiempo para revisar el informe de dos páginas que tenía sobre la entrada de Patience en urgencias. Lo había sacado del expediente mientras hablaba con Alexis.

—Bienvenido de nuevo —lo saludó Georgina, entrando enérgicamente en la sala seguida de Matt.

Ambos llevaban bata blanca sobre la indumentaria quirúrgica.

—Matt dice que ha exhumado a la señora Stanhope y le ha hecho la autopsia. ¡Genial! ¿Qué ha descubierto? Es que nadie nos cuenta nunca esas cosas.

—Lo más interesante es que su corazón parecía del todo normal, sin ningún tipo de cambio degenerativo.

Georgina puso los brazos en jarras y curvó los labios en una sonrisa torva de desilusión.

—Pensaba que iba a contarnos algo espectacular.

—Lo es a su manera —aseguró Jack—. En los casos de muerte cardíaca súbita lo normal es encontrar patología.

—¿Ha venido hasta aquí para decirnos que no ha descubierto nada? —le preguntó Georgina, incrédula, antes de volverse hacia Matt en busca de apoyo.

—A decir verdad, he venido para preguntarles si existe alguna posibilidad de que le administraran una sobredosis o un fármaco equivocado.

—¿A qué clase de fármaco se refiere? —preguntó Georgina, mientras su sonrisa se trocaba en una expresión de perplejidad cautelosa.

—A cualquiera —repuso Jack—, sobre todo algún fibrinolítico de nueva generación o algún agente antitrombótico. No lo sé... ¿El hospital participa en algún estudio aleatorizado sobre pacientes de infarto? Es pura curiosidad. En el informe de urgencias no figura nada parecido

Jack entregó las dos páginas a Georgina, que les echó un vistazo mientras Matt leía por encima de su hombro.

—Todo lo que le dimos está aquí —confirmó Georgina, sosteniendo las hojas en alto mientras miraba a Matt en busca de corroboración.

—Sí —convino Matt—. Llegó en estado crítico, sin apenas señal en el monitor cardíaco. Lo único que intentamos hacer fue reanimarla, no tratar el infarto. ¿De qué habría servido?

—¿No le administraron digital ni nada parecido?

—No —denegó Matt—. No teníamos latido pese al marca-pasos secuencial de doble cámara. El corazón no respondía.

Jack paseó la mirada entre el médico y la enfermera. Su idea sobre la sobredosis o el fármaco equivocado acababa de irse al garete.

—Los únicos datos de laboratorio que figuran en el informe de urgencias son los de gases en sangre. ¿Se le hizo alguna otra prueba?

—Cuando extraemos sangre para analizar los gases, por lo general también pedimos el hemograma y electrólitos. Y en caso de infarto también pedimos biomarcadores.

—Si se pidieron biomarcadores, ¿cómo es que no se mencionan en el impreso y por qué no aparecen los resultados en el informe de urgencias? Los resultados de gases sí están.

Matt cogió las páginas que sostenía Georgina y las revisó un instante antes de encogerse de hombros.

—No lo sé, puede que porque por lo general se incluyen en la historia clínica, pero puesto que murió enseguida no llegó a abrírsele historia. —Volvió a encogerse de hombros—. Supongo que no figuran en la hoja de petición porque son pruebas que se hacen siempre que se sospecha un infarto. En el informe mencioné que los niveles de sodio y potasio eran normales, y alguien comunicó los resultados al mostrador de urgencias.

—Esta unidad de urgencias no es como las de las grandes ciudades —explicó Georgina—. No solemos perder pacientes. Por lo general la gente ingresa, incluso los que están peor.

—¿Podríamos llamar al laboratorio y pedirles que localicen los resultados? —preguntó Jack.

No sabía qué pensar de aquel descubrimiento ni si revestía alguna importancia, pero se sentía obligado a averiguar adónde lo llevaba aquella pista.

—Claro —asintió Matt—. Le diremos a la recepcionista que llame. Mientras tanto, tenemos que volver al trabajo. Gracias por venir. Es extraño que no haya encontrado patología, pero me alegra saber que no omitimos nada que hubiera podido salvarla.

Al cabo de cinco minutos, Jack se hallaba en el despacho diminuto y sin ventanas del supervisor nocturno del laboratorio. Era un hombre grandullón de párpados pesados, lo cual le confería aspecto de somnolencia perpetua. Estaba mirando la pantalla del ordenador con la cabeza algo echada hacia atrás. «Hola, soy Wayne Marsh», rezaba su identificación.

—No veo nada bajo *Patience Stanhope* —anunció.

Se había mostrado muy solícito al recibir la llamada de urgencias y había invitado a Jack a subir a su despacho. Las credenciales de Jack lo habían impresionado, y si reparó en que su acreditación era de Nueva York y no de Boston, no lo dijo.

—Necesito un número —prosiguió Wayne—, pero si no ingresó, entonces no se lo asignaron.

—¿Y la factura? —sugirió Jack—. Alguien tuvo que pagar las pruebas.

—A estas horas no hay nadie en facturación —explicó Wayne—, pero no ha dicho que tiene una copia del informe de urgencias. Allí figurará el número de admisión. Probemos.

Jack le alargó el informe de urgencias, y Wayne introdujo el número.

—Aquí está —exclamó cuando apareció un expediente en pantalla—. El doctor Gilbert tenía razón. Le hicimos un hemograma completo con plaquetas, electrólitos y los biomarcadores cardíacos habituales.

—¿Cuáles?

—Cuando el paciente llega a urgencias, analizamos la isoenzima MB de la creatincinasa y la troponina T cardioespecífica. Repetimos las pruebas seis y doce horas después de la admisión.

—¿Y los resultados fueron normales?

—Depende de lo que entienda por normal —puntualizó Wayne al tiempo que giraba el monitor para que Jack pudiera ver y señalaba la sección del hemograma—. Hay un aumento de leve a moderado de leucocitos, lo cual es de esperar en un infarto. —Acto seguido señaló los electrólitos—. El potasio está en el límite superior de la normalidad. De haber sobrevivido, tendríamos que haberlo controlado por razones obvias.

Jack se estremeció en su fuero interno a la mención del potasio. El aterrador episodio con el potasio de Laurie durante su embarazo ectópico se le había quedado grabado en la memoria pese a que ya había transcurrido más de un año. De pronto se fijó en los resultados de los biomarcadores. Para su sorpresa, eran negativos, y de inmediato se lo señaló a Wayne. El pulso se le aceleró. ¿Habría dado con algo importante?

—No es inusual —comentó Wayne—. Con la mejora de los tiempos de respuesta de urgencias, las víctimas de infarto a menudo nos llegan a la unidad en el intervalo de tres o cuatro horas que los biomarcadores tardan en subir. Es una de las razones por las que repetimos sistemáticamente la prueba al cabo de seis horas.

Jack asintió mientras intentaba dilucidar la discrepancia que suscitaba aquel nuevo dato. No sabía si había olvidado o nunca había sabido que los biomarcadores tardaban tanto en subir. Reacio a parecer poco informado, formuló la siguiente pregunta con cuidado.

—¿Le sorprende que la prueba de biomarcadores realizada a la cabecera de la paciente diera positivo?

—La verdad es que no.

—¿Por qué no?

—Hay muchas variables. En primer lugar, existe un cuatro por ciento de falsos positivos y un tres por ciento de falsos negativos. Las pruebas se basan en anticuerpos monoclonales muy específicos, pero no son infalibles. En segundo lugar, los kits de cabecera se basan en la troponina I, no la T, y hay muchos kits portátiles en el mercado. ¿La prueba que se realizó en casa de la paciente analizaba solo la troponina I o también la mioglobina?

—No lo sé —reconoció Jack.

Intentó recordar qué ponía en la caja guardada en el maletín de Craig, pero no lo consiguió.

—Sería importante saberlo. El componente mioglobina se vuelve positivo antes, a menudo en tan solo dos horas. ¿De cuánto tiempo estamos hablando en este caso? —Cogió el informe de urgencias y leyó en voz alta—: El marido de la paciente constata dolor torácico y otros síntomas aparecidos entre las cinco y las seis de la tarde, seguramente más bien hacia las seis. —Alzó la vista hacia Jack—. Llegó a urgencias cerca de las ocho, de modo que las horas encajan según nuestros resultados, porque habían transcurrido menos de cuatro horas. ¿Sabe a qué hora se le hizo la prueba de biomarcadores en su casa?

—No —negó Jack—, pero calculo que hacia las siete y media.

—Bueno, es un poco justo, pero como ya le he dicho, las pruebas de cabecera las fabrican muchas empresas con sensibilidades muy distintas. Asimismo, es necesario almacenar los kits con sumo cuidado, y creo que tienen fecha de caducidad. Francamente, por eso no los uso. Preferimos los de troponina T, porque solo los fabrica una empresa. Obtenemos resultados muy reproducibles en un tiempo de procesamiento muy corto. ¿Le gustaría ver nuestro analizador Abbott? Es una maravilla. Mide la absorbencia espectrofotométricamente a cuatrocientos cincuenta nanómetros. Está ahí mismo, en la otra punta del laboratorio, por si quiere echarle un vistazo.

—Gracias, pero no —declinó Jack.

Se estaba adentrando en terreno demasiado complicado para él, y su visita al hospital ya había durado el doble de lo previsto. No quería hacer esperar más a Latasha. Dio las gracias a Wayne por su ayuda y volvió al ascensor a paso rápido. Mientras bajaba, no pudo evitar preguntarse si el kit de biomarcadores de Craig estaría defectuoso, bien por mal almacenaje, bien por haber rebasado la fecha de caducidad, y si por ello habría dado falso positivo. ¿Y si Patience Stanhope no había sufrido un infarto de miocardio? De repente se abría ante él una dimensión totalmente nueva, sobre todo gracias a la ayuda del toxicólogo. Había muchos más fármacos que afectaban el corazón que fármacos capaces de simular un infarto.

Jack subió al coche y marcó a toda prisa el número de Latasha. Tal como había hecho al llamar a Alexis, activó el altavoz y dejó el teléfono sobre el asiento del acompañante. Latasha contestó cuando Jack salía del aparcamiento.

—¿Dónde está? —preguntó—. Yo estoy en el despacho. He

traído dos pizzas calientes y dos Coca-Colas grandes. ¿Por dónde anda?

—Acabo de salir del hospital. Siento haber tardado tanto, pero he averiguado algo potencialmente importante. La prueba de biomarcadores que le hicieron a Patience Stanhope dio negativo en el analizador del hospital.

—Pero si me dijo que había salido positiva.

—Con el kit de cabecera —puntualizó Jack antes de explicarle con pelos y señales lo que había averiguado gracias al supervisor del laboratorio.

—En resumidas cuentas —concluyó Latasha cuando Jack terminó—, que ahora no sabemos a ciencia cierta si tuvo un ataque al corazón, lo cual encajaría con lo que descubrimos en la autopsia.

—Exacto, y en tal caso, la toxicología será crucial.

—Ya he dejado las muestras en el laboratorio de toxicología, junto con una nota para que Allan me llame.

—Perfecto —repuso Jack.

No podía dejar de pensar en lo afortunado que era al contar con la ayuda de Latasha. De no ser por ella, tal vez habría desistido tras no encontrar nada en el corazón.

—O sea que esto pone al afligido marido en el punto de mira —añadió Latasha.

—Aún hay algunos cabos sueltos —señaló Jack, recordando las objeciones de Alexis a que Jordan fuera el malo de la película—, pero en términos generales estoy de acuerdo, por tópico y sórdido que suene.

—¿Cuánto tardará en llegar?

—Lo menos posible. Estoy a punto de entrar en la carretera Nueve. Probablemente lo sepa usted mejor que yo. Empiece a comer antes de que se enfríe.

—Lo esperaré —dijo Latasha—. Me he encargado de preparar algunas secciones congeladas del corazón.

—No sé si comeré gran cosa —advirtió Jack—. Estoy como una moto, como si me hubiera tomado diez cafés.

Después de cerrar el teléfono miró el reloj. Eran casi las diez y media, lo que significaba que el amigo de Latasha no tardaría en llegar al laboratorio de toxicología. Jack esperaba que tuviera mucho tiempo libre, porque imaginaba que aquel asunto lo tendría ocupado gran parte de la noche. No se hacía ilusiones respecto a la capacidad de la toxicología para detectar venenos. No era un proceso tan sencillo como a menudo pretendían hacer creer las películas. En el caso de altas concentraciones de los fármacos más habituales no solía haber problema, pero en cuanto a cantidades residuales de compuestos más tóxicos y mortíferos, capaces de matar a una persona a dosis muy pequeñas, era como buscar una aguja en un pajar.

Jack se detuvo en un semáforo y tamborileó con los dedos sobre el volante a causa de la impaciencia. La suave, cálida y húmeda brisa de junio entraba por la ventanilla rota. Se alegró de haber pasado por el hospital, aunque ahora le daba vergüenza haber creído que el hospital había encubierto algo. No obstante, se dijo que aquella idea lo había conducido indirectamente a cuestionar si Patience Stanhope había sufrido en verdad un ataque al corazón.

En cuanto el semáforo cambió a verde, se puso en marcha. El problema era que Patience podía haber sufrido un ataque al corazón. Wayne había reconocido que incluso con su genial analizador de absorbencia, el índice de falsos negativos era mayor que el de falsos positivos. Lanzó un suspiro; aquel caso no tenía nada de sencillo ni directo. Patience Stanhope estaba demostrando ser una paciente problemática incluso después de muerta, lo cual le recordó su chiste de abogados preferido. ¿Qué diferencia hay entre un abogado y una prostituta? Que la prostituta deja de joderte cuando te mueres. Desde el punto de vista de Jack, Patience empezaba a adquirir ciertas cualidades desagradables de los abogados.

Mientras conducía caviló sobre su promesa de echar un vistazo a Craig, quien a buen seguro ya estaba sumido en un profundo sueño narcótico. No le entusiasmaba la perspectiva y la consideraba innecesaria, puesto que en su opinión, Craig no tenía tendencias suicidas y, como médico inteligente que era, conocía a la perfección la potencia de la medicación que tomaba. Por otro lado, el lado bueno de ir a su casa era que podría echar un vistazo al kit de biomarcadores que utilizaba su cuñado y averiguar si había caducado. Mientras no dispusiera de aquella información, no podía tomar una decisión inteligente acerca de si las posibilidades de un falso positivo eran o no más elevadas de lo normal.

21

Jack había pasado casi cinco minutos con la mirada clavada en el gran reloj de pared mientras sus manecillas avanzaban implacables y espasmódicas hacia la una y media. Al último salto de la manecilla, Jack respiró hondo. Fue entonces cuando se dio cuenta de que llevaba varios segundos sin respirar, porque aquella hora era un hito. Exactamente doce horas más tarde se casaría, y los años que había eludido la cuestión pasarían a la historia. Se le antojaba inconcebible. Salvo en los últimos tiempos, había convertido la soledad en una especie de institución. ¿Era capaz de casarse y pensar en dos personas en lugar de en una? No lo sabía.

—¿Estás bien? —le preguntó Latasha, arrancándolo de su ensimismamiento y asiéndole el antebrazo.

—Sí, sí —balbució, sobresaltado.

—Pensaba que habías entrado en trance. No has movido un solo músculo en varios minutos; ni siquiera has pestañeado. ¿Se puede saber en qué estabas pensando que te tenía tan absorto?

Pese a ser una persona reservada en extremo, Jack estuvo a punto de contarle todo lo que le rondaba la cabeza para así obtener un punto de vista nuevo. Aquella reacción lo sorprendió, pese a que reconocía haber desarrollado una gran afinidad con la patóloga. Salvo por su visita al hospital Memorial de Newton, llevaban unas seis horas trabajando codo con codo, durante las que habían adquirido un trato muy natural. Cuando Jack llegó a la oficina del forense de Boston, se instalaron en lo que en teoría era la biblioteca, aunque sus estanterías aparecían casi desiertas, con la esperanza de descubrir algo más. Lo mejor de la biblioteca era la gran mesa colocada en ella, sobre la que Jack distribuyó el contenido del expediente de la demanda y organizó los papeles de forma que pudiera encontrar cualquier cosa que necesitara. En un extremo de la mesa vio varias cajas abiertas de pizza, platos de plástico y grandes vasos. Ninguno de los dos comió gran cosa; ambos estaban demasiado obsesionados con el misterio de Patience Stanhope.

También se llevaron a la biblioteca el estereomicroscopio de disección de dos cabezales y, situados en lados opuestos de la mesa, pasaron varias horas abriendo y examinando todas las arterias coronarias. Al igual que sus parientes más grandes y proximales, todos los vasos distales ofrecían un aspecto normal y despejado. Jack y Latasha prestaron especial atención a las ramificaciones que afluían al sistema de conducción del corazón.

La última fase del examen del corazón sería el estudio microscópico. Tomaron muestras de todas las zonas del órgano, pero de nuevo se concentraron dentro y alrededor del sistema de conducción. Antes de que Jack llegara, Latasha había preparado una serie de secciones congeladas procedentes de una pequeña muestra, y lo primero que hicieron juntos fue teñirlos y ponerlos a secar. De momento, las secciones esperaban entre bambalinas su salida a escena.

Justo después de que tiñeran las placas, llamó Allan Smitham. Por lo visto se alegraba de tener noticias de Latasha, o al menos esa impresión tuvo Jack por la parte de la conversación bastante personal que escuchó sin poder evitarlo. Lo incomodaba la idea de entrometerse, pero la buena noticia era que Allan estaba encantado de ayudar y se ocuparía de inmediato de las pruebas toxicológicas.

—No se me ha ocurrido ninguna idea nueva —dijo Jack en

respuesta a la pregunta de Latasha sobre lo que le rondaba por la cabeza.

Cuando su mirada se desvió hacia el reloj y los espasmódicos movimientos de sus manecillas, hipnotizándolo mientras pensaba en la inminencia de su matrimonio, en teoría debía estar pensando en nuevas teorías acerca de la muerte de Patience. Había revelado a Latasha todas sus teorías anteriores, en esencia una repetición de lo que había contado a Alexis por teléfono de camino al hospital. Renunciando a todo vestigio de dignidad, había incluido también su idea acerca de la sobredosis y/o el fármaco equivocado, pese a que a posteriori comprendía que era una locura, casi el pensamiento de un retrasado, y Latasha había reaccionado en consonancia.

—Yo tampoco he tenido ninguna revelación divina —reconoció Latasha—. Antes me he reído de algunas de tus ideas, pero debo admitir que creativo eres un rato. A mí no se me ocurre nada nuevo.

Jack esbozó una sonrisa.

—Puede que si combinaras lo que te he contado con este material, algo saliera —comentó mientras señalaba la documentación del caso esparcida sobre la mesa—. Menudo elenco de personajes. Aquí hay tres o cuatro veces más declaraciones que testigos han comparecido.

—No me importaría leer una parte si pudieras decirme qué me resultaría más útil.

—Si quieres leer algo, te aconsejo las declaraciones de Craig Bowman y Jordan Stanhope. Como demandado y demandante, ocupan un lugar preponderante. De hecho, quiero releer lo que recuerdan acerca de los síntomas de Patience. En el caso de que hubiera sido envenenada, como estamos considerando, cualquier síntoma resultaría crucial por sutil que fuera. Sabes tan bien como yo que algunos venenos son casi imposibles de detectar en la compleja sopa de sustancias químicas que conforman el ser humano. Con toda probabilidad tendremos que decirle a Allan qué buscar para que pueda encontrarlo.

—¿Dónde están las declaraciones del doctor Bowman y del señor Stanhope?

Jack las cogió del lugar de la mesa donde las había apilado por separado de las demás. Ambas eran abultadas; estiró el cuerpo para entregárselas a Latasha.

—¡Madre mía! —exclamó ella, sopesándolas—. ¿Qué es esto, *Guerra y paz*? ¿Cuántas páginas hay aquí?

—La declaración de Craig Bowman duró varios días. La taquígrafa tiene que escribir cada palabra.

—No sé si me veo capaz de leerlas a las dos de la madrugada —confesó Latasha al tiempo que dejaba caer el fajo de papeles sobre la mesa.

—Todo es diálogo muy espaciado. De hecho, es fácil de leer en casi todo momento.

—¿Qué son estos artículos científicos? —inquirió Latasha, cogiendo el pequeño montón de publicaciones científicas.

—El doctor Bowman es el autor principal de casi todos ellos y coautor del resto. Su abogado decidió incluirlos como prueba del compromiso de Craig para con la medicina, a fin de contrarrestar la estratagema del demandante de degradarlo.

—Recuerdo este de cuando salió en el *Journal* —comentó Latasha, sosteniendo en alto el importante artículo que Craig había publicado en el *New England Journal of Medicine*.

Jack quedó impresionado una vez más.

—¿De dónde sacas el tiempo para leer estas cosas tan esotéricas?

—Esto no es nada esotérico —objetó Latasha con una risita desaprobadora—. La fisiología de las membranas es clave en casi todos los ámbitos médicos actuales, sobre todo en farmacología e inmunología, incluso en las enfermedades infecciosas y el cáncer.

—¡Vale, vale! —exclamó Jack, alzando las manos como si quisiera protegerse—. Retiro lo dicho. El problema es que fui a la facultad el siglo pasado.

—Excusa barata —espetó Latasha antes de hojear el artículo de Craig—. La función de los canales de sodio es la base de la función muscular y neuronal. Si ellos no funcionan, nada funciona.

—Que vale —repitió Jack—. Ya me ha quedado claro; me lo empollaré.

De repente sonó el móvil de Latasha. Ambos dieron un respingo.

Latasha cogió el teléfono, miró la pantalla y lo abrió.

—¿Qué hay? —preguntó sin preámbulo alguno mientras se presionaba el aparato contra la oreja.

Jack intentó oír la voz en el otro extremo, pero no lo consiguió. Suponía y esperaba que se tratara de Allan.

La conversación fue marcadamente breve.

—Vale —se limitó a decir Latasha antes de colgar y levantarse.

—¿Quién era? —preguntó Jack.

—Allan. Quiere que vayamos a verlo al laboratorio, que está a la vuelta de la esquina. Creo que el esfuerzo merece la pena ya que vamos a tenerlo ocupado muchas horas con nuestro asunto. ¿Te apuntas?

—¿A ti qué te parece? —preguntó Jack retóricamente antes de retirar la silla y ponerse en pie.

Jack no había reparado en que la oficina del forense de Boston se hallaba en la periferia del inmenso complejo del Centro Médico Hospitalario de Boston. Pese a la hora tardía, se cruzaron con varios empleados del centro médico, entre ellos algunos estudiantes de medicina, caminando entre los edificios. Ninguno de ellos parecía tener prisa pese a que ya era de madrugada. Todo el mundo parecía disfrutar de la brisa cálida y aterciopelada. Aunque técnicamente aún era primavera, parecía una noche de verano.

El laboratorio de toxicología estaba a apenas dos manzanas, en un edificio de ocho pisos de vidrio y acero.

Mientras subían en el ascensor a la sexta planta, Jack observó a Latasha. Tenía los ojos oscuros clavados en la pantallita digital del ascensor, y en su rostro se pintaba una fatiga más que comprensible.

—Me disculpo de antemano por si digo algo fuera de lugar —empezó Jack—, pero tengo la sensación de que Allan Smitham ha accedido a hacer este esfuerzo a causa de los sentimientos no correspondidos que alberga hacia ti.

—Es posible —fue la ambigua respuesta de Latasha.

—Espero que aceptar su ayuda no te ponga en una situación embarazosa.

—Creo que podré gestionarlo —replicó Latasha en un tono que zanjaba la conversación.

El laboratorio era muy moderno y aparecía casi desierto. Aparte de Allan solo había dos personas más, técnicos de laboratorio absortos en su trabajo en la otra punta de la espaciosa estancia. Había tres pasillos de bancos casi doblegados por el peso de los flamantes aparatos.

Allan era un apuesto afroamericano de bigote y perilla recortados que le conferían un sobrecogedor parecido con Mefistófeles. Su aspecto imponente se completaba con un cuerpo muy musculoso apenas contenido bajo la bata blanca que llevaba sobre la ceñida camiseta negra. Su piel era caoba bruñida, algo más oscura que la de Latasha, y sus ojos brillantes no se apartaban de su amiga de la universidad.

Latasha presentó a Jack, que no obtuvo más que un apretón de manos y un vistazo fugaz. Allan estaba descaradamente interesado en Latasha, a quien dedicó una sonrisa radiante que dejó al descubierto una dentadura blanquísima.

—Eres muy cara de ver, niña —se quejó Allan mientras les indicaba que lo siguieran a su pequeño y funcional despacho.

Allan se sentó a su mesa, mientras que Latasha y Jack ocuparon sendas sillas frente a él.

—Es un laboratorio impresionante —comentó Jack, señalando el espacio por encima del hombro—. Aunque parece que hay poco personal.

—Solo en este turno —explicó Allan sin dejar de sonreír a Latasha—. El número de empleados cambia radicalmente de la noche a la mañana.

Se echó a reír por su propio intento de chiste; Jack se dijo que aquel tipo no andaba escaso de autoestima ni buen humor.

—¿Qué has encontrado en las muestras? —inquirió Latasha, yendo al grano.

—Ah, sí —dijo Allan mientras apoyaba los codos sobre la mesa y juntaba las yemas de los dedos—. En tu nota me dabas algunos datos que me gustaría revisar para asegurarme de que los he entendido bien. La paciente murió de un ataque al corazón hace unos ocho meses. Fue embalsamada, enterrada y exhumada hoy mismo. Lo que queréis es descartar la presencia de fármacos.

—Expresémoslo de una forma más somera —pidió Latasha—. En su momento se concluyó que murió por causas naturales, y queremos cerciorarnos de que no fue un homicidio.

—De acuerdo —masculló Allan como si reflexionara sobre sus siguientes palabras.

—¿Cuáles son los resultados del análisis? —preguntó Latasha, impaciente—. ¿Por qué nos das largas?

Jack se sobresaltó al oír el tono de Latasha. Lo incomodaba que se mostrara tan brusca con Allan, que a fin de cuentas les estaba haciendo un enorme favor. Cada vez tenía más claro que entre Latasha y Allan había algo que no sabía ni quería saber.

—Quiero asegurarme de que interpretáis correctamente los resultados —comentó Allan a la defensiva.

—Los dos somos patólogos forenses —replicó Latasha—. Creo que estamos bastante bien informados acerca de las limitaciones de las pruebas toxicológicas.

—¿Lo bastante informados para saber que el valor predictivo de una prueba negativa solo es del cuarenta por ciento? —preguntó Allan con las cejas enarcadas—. Y eso en el caso de un cadáver reciente y no embalsamado.

—O sea que las pruebas toxicológicas son negativas.

—Sí, sin ningún género de dudas.

—Dios mío, esto es más difícil que arrancar una muela —se quejó Latasha con los ojos en blanco mientras agitaba los brazos.

—¿Qué fármacos incluye la prueba? —preguntó Jack—. ¿Incluye la digital?

—Sí —asintió Allan, levantándose a medias de la silla para alargarle la lista de fármacos incluidos en el cribado toxicológico.

Jack ojeó la lista y quedó impresionado ante la gran cantidad de fármacos incluidos.

—¿Qué métodos utilizan?

—Una combinación de cromatografía e inmunoensayo de enzimas.

—¿Tienen cromatografía de gases y espectrometría de masas? —quiso saber Jack.

—Claro que sí —repuso Allan con orgullo—. Pero si quiere que recurra a la artillería, tendrá que darme alguna idea de lo que debo buscar.

—De momento solo podemos darle una idea general —reconoció Jack—. Según los síntomas que tenía la paciente, en el caso de que hubiera intervenido algún fármaco o veneno, estaríamos buscando algo capaz de provocar una frecuencia cardíaca muy baja que no reaccionara a ningún intento de colocarle un marcapasos, así como un depresor respiratorio, puesto que también estaba cianótica.

—Eso sigue dejando un montonazo de posibles fármacos y venenos —señaló Allan—. Sin datos más concretos, lo que me pide es un milagro.

—Lo sé —admitió Jack—. Pero Latasha y yo continuaremos indagando para ver si se nos ocurre algún candidato probable.

—Más les vale, porque de lo contrario esto puede llegar a ser un ejercicio inútil. Primero tengo que saber qué descartar con todo el líquido embalsamador que se interpone en las pruebas.

—Lo sé —repitió Jack.

—¿Por qué están contemplando la posibilidad del homicidio? —preguntó Allan—, si es que se puede preguntar.

Jack y Latasha cambiaron una mirada sin saber cuánto revelar al toxicólogo.

—Acabamos de hacerle la autopsia —explicó por fin Latasha—. No hemos encontrado nada, ni rastro de patología cardíaca, lo cual no tiene sentido considerando la historia.

—Muy interesante —musitó Allan, pensativo, antes de mirar a Latasha de hito en hito—. A ver si lo entiendo bien. Quieres que haga todo este trabajo, que me ocupará la noche entera, y que encima lo haga a ciegas. ¿Es eso lo que me estás diciendo?

—Claro que queremos que lo hagas —espetó Latasha—. Pero ¿se puede saber qué te pasa? ¿Por qué crees que estaríamos aquí sentados si no?

—No me refiero a ti y al médico —puntualizó Allan, seña-lando a Jack y luego a ella—. Me refiero a ti personalmente.

—Sí, vale, quiero que lo hagas —reconoció Latasha al tiem-po que se levantaba.

—Estupendo —exclamó Allan con una sonrisita satisfecha.

Latasha salió del despacho.

Sorprendido por el abrupto final de la reunión, Jack se levantó y rebuscó en sus bolsillos en busca de una tarjeta.

—Por si quiere preguntarme algo —explicó mientras la dejaba sobre la mesa de Allan y cogía una de las que el toxicólogo tenía en el tarjetero de plexiglás—. Muchas gracias por su ayuda.

—De nada —repuso Allan con la misma sonrisita.

Jack alcanzó a Latasha junto al ascensor. No dijo nada hasta que estuvieron dentro.

—La reunión ha acabado de una forma bastante precipitada —comentó, clavando la mirada en el indicador del ascensor para no mirar a Latasha.

—Sí, bueno, es que me estaba sacando de quicio. Es tan fan-tasmón…

—Desde luego, no parece que tenga problemas de autoes-tima.

Latasha se echó a reír y se relajó un tanto.

Salieron a la noche. Eran casi las tres, pero todavía había gente por las calles.

—Supongo que te preguntarás por qué me he comportado de un modo tan grosero —dijo Latasha cuando se acercaban a la oficina del forense.

—La verdad es que sí —reconoció Jack.

—Allan y yo salimos juntos durante el último curso en la universidad, pero luego pasó algo que me reveló aspectos de su carácter que no me gustaron.

Abrió la puerta principal con llave y saludó con la mano al empleado de seguridad.

—Pensé que estaba embarazada —prosiguió mientras subían la escalera—. Cuando se lo dije, su reacción fue dejarme plantada. Ni siquiera contestaba a mis llamadas, así que pasé de él. La ironía es que no estaba embarazada. Hace un año se enteró de que trabajaba en la oficina del forense y ha intentado restablecer la relación, pero no me interesa. Lo siento si te has sentido incómodo en su despacho.

—No hace falta que te disculpes —aseguró Jack—. Como ya te he dicho antes, espero que aceptar su ayuda no te cause problemas.

—Con los años que han pasado, pensaba que lo llevaría mejor, pero el mero hecho de verlo ha hecho que me cabree como una mona. Tendría que haberlo superado a estas alturas.

Entraron en la biblioteca, tan desordenada como la habían dejado.

—¿Qué tal si echamos un vistazo a los cortes que hemos teñido? —propuso Latasha.

—Quizá deberías ir a casa y dormir un poco —replicó Jack—. No hay motivo para que pases la noche en blanco. Quiero decir que me encanta que me ayudes y me hagas compañía, pero no es mi intención abusar.

—No te librarás de mí tan fácilmente —advirtió Latasha con una sonrisa coqueta—. En la facultad de medicina descubrí que, llegada esta hora, más me vale no acostarme. Además, me muero de ganas de resolver este caso.

—Bueno, pues me parece que me iré a Newton.

—¿Al hospital?

—No, a casa de los Bowman. Prometí a mi hermana echar un vistazo a mi cuñado para cerciorarme de que no está en coma. Por culpa de la depresión se dedica a mezclar whisky de malta con somníferos.

—¡Uf! —exclamó Latasha—. Les he hecho la autopsia a varios de esos.

—A decir verdad, en su caso no me preocupa demasiado —comentó Jack—. Está demasiado pagado de sí mismo. De hecho, me parece que no iría a su casa si esa fuera la única razón, pero es que también quiero echar un vistazo al kit de biomarcadores que utilizó con Patience para ver si hay motivo razonable para sospechar un falso positivo. En ese caso aumentarían en gran medida las probabilidades de que no se tratara de una muerte natural.

—¿Y qué me dices del suicidio? —preguntó Latasha—. Nunca has mencionado el suicidio ni como una posibilidad remota. ¿Por qué?

Jack se rascó la cabeza con aire ausente. Era verdad, nunca había pensado en el suicidio y se preguntó por qué. Lanzó una risita al recordar los numerosos casos a lo largo de su carrera en los que las causas de la muerte aparentes acababan por no coincidir con la realidad. El último de ellos había sido el de la esposa del diplomático iraní, un supuesto suicidio que terminó resultando ser un homicidio.

—No sé por qué ni siquiera se me ha pasado por la cabeza la idea del suicidio —reconoció—, sobre todo teniendo en cuenta la ridiculez de algunas de mis otras ideas.

—Lo poco que me has contado de la mujer indica que no era muy feliz que digamos.

—Supongo que tienes razón —dijo Jack—, pero ese sería el único argumento a favor del suicidio. Lo tendremos en cuenta junto con la teoría de la conspiración hospitalaria. Pero ahora me voy a Newton. Por supuesto, puedes acompañarme si quieres, pero supongo que no te apetece.

—Me quedo aquí —anunció Latasha.

Deslizó las declaraciones de Craig y Jordan hasta delante de una de las sillas y se sentó en ella.

—Leeré un poco durante tu ausencia. ¿Dónde está la historia médica?

Jack alargó la mano hacia la pila en cuestión y la empujó contra las declaraciones de Craig y Jordan.

Latasha cogió una tira electrocardiográfica que asomaba entre los papeles.

—¿Qué es esto?

—Una lectura que hizo el doctor Bowman al llegar a casa de Patience. Por desgracia, apenas sirve de nada. Ni siquiera recordaba la derivación. Al final desistió de seguir con electrocardiograma porque Patience estaba cada vez peor.

—¿Alguien le ha echado un vistazo?

—Todos los expertos, pero sin conocer la derivación ni poder averiguarla, no les sirvió de mucho. Todos convinieron en que la bradicardia sugería bloqueo auriculoventricular. Con eso y otras anomalías de la conducción sospechosas, todos concluyeron que al menos encajaba con un ataque en algún lugar del corazón.

—Lástima que no haya más datos —se lamentó Latasha.

—Me voy para poder estar de vuelta cuanto antes —anunció Jack—. Llevaré el teléfono encendido por si tienes una revelación divina o por si Allan hace un milagro.

—Nos vemos cuando vuelvas —dijo Latasha, que ya había empezado a leer la declaración de Craig.

A las tres de la madrugada, Jack consiguió por fin conducir sin problemas por la ciudad. En algunos semáforos, el suyo era el único coche a la vista. En varias ocasiones contempló la posibilidad de saltarse el semáforo al comprobar que no venía ningún otro vehículo, pero no lo hizo. No le importaba saltarse las normas cuando eran absurdas, pero saltarse semáforos no pertenecía a aquella categoría en su opinión.

La autopista de Massachusetts era harina de otro costal. El tráfico no era denso, pero sí más de lo que esperaba, y no solo compuesto de camiones. Se preguntó con asombro qué hacía tanta gente fuera a aquellas horas.

El breve trayecto a Newton le brindó la oportunidad de mitigar la euforia que Latasha había desencadenado en él al decirle que tenía acceso a un toxicólogo, justo cuando Jack estaba a punto de arrojar la toalla. Ya más relajado pudo pensar en la situación desde una perspectiva mucho más razonable, y al hacerlo comprendió cuál era el desenlace más probable. En primer lugar, a causa de la falta de pruebas concluiría que, con toda probabilidad, Patience Stanhope había muerto por culpa de un infarto masivo pese a la ausencia de patología evidente; en segundo lugar, Fasano y compañía eran a buen seguro responsables del repugnante ataque a las hijas de Craig y Alexis, por los típicos motivos económicos. Fasano lo había expresado con claridad meridiana al amenazar a Jack.

La euforia de Jack se había trocado en desaliento cuando llegó a casa de los Bowman. De nuevo se preguntó si la razón por la que seguía en Boston, imaginando conspiraciones descabelladas, tenía más que ver con el miedo semiinconsciente a casarse al cabo de diez horas que al deseo de ayudar a su hermana y su cuñado.

Jack se apeó tras coger el paraguas que había recordado rescatar del asiento trasero. Su coche estaba aparcado junto al Lexus de Craig. Se acercó a la calle y miró en ambas direcciones en busca del coche patrulla que montaba guardia por la mañana. No vio rastro de él; por lo visto, la vigilancia especial se había acabado. Se giró de nuevo hacia la casa y recorrió el sendero de entrada arrastrando los pies, casi vencido por la fatiga.

La casa estaba a oscuras salvo por la escasa luz que se filtraba por los vidrios que flanqueaban la puerta. Echó la cabeza hacia atrás y escudriñó las ventanas de la planta superior. Estaban tan negras que reflejaban la luz de una farola lejana.

Con relativo sigilo, Jack introdujo la llave en la cerradura. No intentaba pasar desapercibido, pero al mismo tiempo prefería no despertar a Craig a ser posible. Fue entonces cuando recordó la alarma. Sin sacar la llave de la cerradura, intentó recordar el código. Estaba tan cansado que le llevó un minuto entero. Luego se preguntó si tendría que pulsar alguna otra tecla después de introducir el código. No lo sabía. Cuando se sintió lo más preparado posible, hizo girar la llave, y el chasquido que provocó se le antojó un auténtico estruendo en la quietud de la noche.

Casi presa del pánico, Jack entró en la casa y miró el teclado del sistema de alarma. Por fortuna, el zumbido de advertencia que esperaba no se produjo, pero aun así esperó unos instantes para asegurarse. No, la alarma estaba desactivada; una brillante luz verde indicaba que todo iba bien. Jack cerró la puerta en silencio. En aquel momento oyó el leve murmullo del televisor procedente del comedor. De la misma dirección llegaba un poco de luz, que se proyectaba sobre el pasillo por lo demás a oscuras.

Suponiendo que Craig seguía levantado o tal vez estaba dormido delante del televisor, Jack recorrió el pasillo y entró en el comedor. Ni rastro de Craig. El televisor instalado sobre la chimenea estaba sintonizado en un canal de noticias por cable, y en aquella zona estaban encendidas las luces, mientras que la cocina y la zona de comedor aparecían sumidas en la oscuridad.

Sobre la mesa de centro que había delante del sofá vio la botella de whisky de Craig, ahora casi vacía, un vaso anticuado y el mando del televisor. Por la fuerza de la costumbre, Jack se acercó, cogió el mando y apagó el televisor antes de regresar al pasillo. Una vez allí alzó la mirada hacia la escalera y a continuación miró hacia el otro lado, en dirección al estudio. Por las ventanas mirador del estudio se filtraba un poco de luz procedente de las farolas, de modo que la habitación no estaba del todo a oscuras.

Intentó decidir qué hacer en primer lugar, si ir a ver a Craig o echar un vistazo al kit de biomarcadores. No le costó llegar a una conclusión. Si podía elegir, siempre procuraba quitarse primero de encima la tarea más desagradable, y en aquel caso sin duda se trataba de ir a ver a Craig. No es que creyera que fuera a ser difícil, pero sabía que al entrar en su habitación corría el riesgo de despertarlo, lo cual no quería hacer por varias razones. La principal era que estaba convencido de que Craig no vería con buenos ojos la presencia de Jack. De hecho, lo más probable es que la considerara reflejo de su dependencia y se sintiera ofendido y contrariado.

Jack escudriñó las tinieblas de la planta superior. Nunca había estado allí ni sabía dónde se encontraba el dormitorio principal. Reacio a encender las luces, volvió a la cocina. Sabía por experiencia que casi todas las familias tenían un cajón de sastre, y que casi todos los cajones de sastre contenían una linterna.

Acertó a medias. Había una linterna en el cajón de sastre, pero el cajón de sastre de los Bowman no estaba en la cocina, sino en el lavadero. En consonancia con el resto de la casa y su contenido, la linterna era una impresionante Maglite de treinta centímetros de longitud, que proyectaba un haz de luz potente y concentrado. Diciéndose que podía cubrir la luz con la mano para variar su intensidad, Jack volvió con la linterna a la escalera y empezó a subir.

Al llegar arriba, separó los dedos lo suficiente para mirar a ambas direcciones del pasillo. A los dos lados vio múltiples puertas, casi todas ellas cerradas. Sin saber por dónde empezar, volvió a mirar a su alrededor y constató que el pasillo derecho era la mitad del largo que el izquierdo. Jack echó a andar hacia la derecha sin ser consciente de la razón. Eligió una puerta al azar, la abrió con sigilo, asomó la cabeza y barrió el interior con el haz de la linterna. No era el dormitorio principal, sino la habitación de una de las niñas, la de Tracy, a juzgar por los pósters, las fotos, los cachivaches y la ropa desparramada por todas partes. De nuevo en el pasillo, Jack se acercó a la siguiente puerta. Estaba a punto de abrirla cuando se fijó que la puerta situada al final del pasillo era de doble hoja. Puesto que todas las demás eran sencillas, dedujo que debía de tratarse del dormitorio principal.

Cubriendo casi toda la luz de la linterna, Jack se dirigió hacia aquella puerta y se apretó la lente contra el vientre para bloquear la luz mientras abría la hoja derecha. La puerta se abría hacia dentro. Al entrar con sigilo en la habitación comprendió que sin duda alguna se hallaba en la suite principal. Sus pies se hundieron en la mullida moqueta. Permaneció inmóvil un instante, aguzando el oído para oír la respiración de Craig, pero la habitación estaba sumida en un silencio sepulcral.

Inclinó la linterna para alumbrar un poco más la habitación. En la penumbra apareció el contorno de una cama enorme. Craig estaba tendido de costado en el extremo más alejado del lecho.

Siguió muy quieto mientras intentaba decidir qué hacer para cerciorarse de que Craig no estaba en coma. Hasta aquel momento no había pensado mucho en el asunto, pero una vez en el dormitorio, no le quedaba más remedio. Despertar a Craig sería un método infalible, pero no quería hacerlo. Por fin decidió acercarse a la cama y escuchar la respiración de su cuñado. Si le parecía normal, lo tomaría como prueba concluyente de que estaba bien, aunque no era precisamente un sistema muy científico.

Bloqueó de nuevo la luz de la linterna y empezó a cruzar la habitación de memoria. Una luz apenas visible procedente de la calle entraba por la ventana abuhardillada y permitió a Jack reconocer los contornos de los muebles más grandes. Al llegar al pie de la cama, Jack se detuvo y de nuevo aguzó el oído para percibir la respiración intermitente y sibilante propia del sueño. El dormitorio seguía sumido en el más absoluto silencio. Jack se sintió embargado por una oleada de adrenalina, horrorizado al comprobar que no oía respiración alguna. ¡Craig no respiraba!

22

Newton, Massachusetts,
viernes, 9 de junio de 2006, 3.25 horas.

Los siguientes segundos transcurrieron en una nebulosa. En el momento en que comprobó que su cuñado no respiraba, se lanzó hacia delante con la intención de rodear la cama y llegar junto a Craig lo antes posible. Retiraría la ropa de cama, determinaría su estado e iniciaría la reanimación si se terciaba.

Con toda probabilidad, aquel movimiento lateral brusco le salvó la vida. De repente se dio cuenta de que no estaba solo en el dormitorio. Otra figura vestida de negro, casi invisible, salió por la puerta abierta del baño. El hombre blandía un enorme garrote que descendió en un amplio arco justo sobre el lugar que Jack acababa de abandonar.

El garrote no le dio en la cabeza, pero sí en el hombro izquierdo. Por suerte no le golpeó de lleno, pero aun así le provocó un dolor intensísimo, cegador, que le hizo flaquear las rodillas.

Jack aún sujetaba la linterna, cuyo haz se deslizaba espasmódico por la habitación mientras él rodeaba la cama dando tumbos, procurando no quedar acorralado por el intruso. Más por instinto que por otra cosa, sabía que se avecinaba otro garrotazo cuando la figura se abalanzó sobre él. Jack se agachó a toda prisa y, convencido de que la mejor defensa era un buen ataque, se lanzó hacia delante, chocando contra su atacante con el hombro derecho como si pretendiera placarlo. Le rodeó la parte superior de los muslos y siguió moviendo las piernas, fortalecidas gracias a la bicicleta, hasta conseguir derribar al hombre. Ambos cayeron al suelo.

A aquella distancia tan pequeña, Jack se dijo que la linterna le reportaba cierta ventaja como arma. El garrote era más largo y por tanto menos útil en aquellas circunstancias. Soltó los muslos de Jack, le agarró la camisa y levantó la linterna a lo largo de su cabeza con la intención de darle en la frente. Pero al alzar la linterna, su haz alumbró el rostro del hombre. Por fortuna, las neuronas de Jack lo identificaron antes de que le asestara el golpe. Era Craig.

—¡Craig! —gritó, incrédulo.

Bajó la linterna a toda prisa y alumbró el semblante de Craig para cerciorarse de que era él.

—¿Jack? —balbució Craig a su vez, al tiempo que se llevaba la mano libre a los ojos para protegerse de la luz cegadora.

—¡Por el amor de Dios! —exclamó Jack.

Soltó la camisa de Craig, desvió el haz de la linterna y se incorporó.

Craig siguió su ejemplo y fue a encender la luz.

—¿Qué narices haces merodeando por mi casa a estas horas de la madrugada? —espetó antes de volverse hacia el reloj de la mesilla de noche—. ¡Son las tres y media de la mañana, maldita sea!

—Puedo explicártelo —aseguró Jack con una mueca de dolor.

Se tocó el golpe con cuidado y halló un punto sensible en la unión entre la clavícula y el hombro.

—Por el amor de Dios —se quejó Craig.

Dejó sobre la cama lo que resultó ser un bate de béisbol y se acercó a Jack.

—Joder, siento haberte golpeado. ¿Estás bien?

—He estado peor —contestó Jack.

Miró hacia la cama y comprobó que lo que había creído que era Craig no era en realidad más que un montón de mantas y almohadas.

—¿Puedo echarle un vistazo? —pidió Craig, solícito.

—Sí, claro.

Craig le cogió el brazo y con suavidad le apoyó la mano en el hombro. Rotó el brazo y lo levantó muy despacio.

—¿Te duele?

—Un poco, pero no más por el movimiento.

—No creo que tengas nada roto, pero no estaría de más hacer una placa. Puedo llevarte al Memorial de Newton si quieres.

—Creo que de momento me limitaré a ponerme un poco de hielo —decidió Jack.

—Buena idea. Vamos a la cocina. Pondré unos cubitos en una bolsa hermética… El corazón me va a mil —comentó Craig mientras recorrían el pasillo de la planta superior—. Creía que eras uno de los tipos que atacó a mis hijas y que había vuelto para cumplir su amenaza. Estaba dispuesto a mandarte al otro barrio.

—Supongo que yo he pensado lo mismo de ti —convino Jack.

Advirtió que Craig llevaba un albornoz de color oscuro, no el traje de ninja que su fértil imaginación le había mostrado. En aquel momento sintió el peso del arma en el bolsillo de la americana. Menos mal que en el fragor de la batalla no había recordado que la tenía.

Craig preparó una bolsa de hielo para Jack, que se sentó en un extremo del sofá y se la presionó contra el hombro. Craig se dejó caer en el otro extremo y se llevó la mano a la frente.

—Me largaré para que puedas volver a dormir —prometió Jack—, pero antes te debo una explicación.

—Te escucho —repuso Craig—. Antes de acostarme he bajado al sótano. Habías quitado la ropa de cama, así que no te esperaba, y mucho menos merodeando por arriba a estas horas.

—Prometí a Alexis que vendría a echarte un vistazo.

—¿Has hablado con ella esta noche?

—Sí, pero bastante tarde. Francamente, está preocupada por el hecho de que mezcles alcohol y somníferos, y tiene razones para estarlo. He hecho autopsias a varias personas por culpa de esa combinación.

—No necesito tus consejos.

—De acuerdo —accedió Jack—. Pero Alexis me pidió que viniera a echarte un vistazo. Para serte sincero, no me parecía necesario. La razón por la que parecía que estuviera merodeando por la casa es que temía que si te despertaba te enfadarías.

Craig se apartó la mano del rostro y miró a Jack.

—En eso tienes razón.

—Lo siento si te he ofendido. Lo he hecho por Alexis. Tenía miedo de que estuvieras más alterado de lo normal por lo que ha pasado hoy en el juicio.

—Al menos eres sincero —comentó Craig—. Supongo que debería considerarlo como un favor, pero es que me cuesta con todo lo que está pasando. Esta situación me está obligando a mirarme a mí mismo desde una perspectiva nada halagüeña. He sido un testigo patético, ridículo y destructivo. En retrospectiva, me da vergüenza.

—¿Cómo te parece que ha ido la tarde con los testigos de la defensa?

—Bastante bien. Ha sido agradable escuchar testimonios favorables para variar, pero no creo que sea suficiente. A menos que Randolph se marque mañana un alegato final digno de un Oscar, lo cual personalmente dudo mucho, creo que el jurado emitirá un veredicto favorable a ese cabrón de Jordan.

Craig lanzó un suspiro de desaliento y se quedó mirando el televisor apagado.

—Tenía otro motivo para venir a estas horas —explicó Jack.

—Oh, ¿de qué se trata? —inquirió Craig.

Se volvió hacia Jack con ojos vidriosos, como si estuviera a punto de llorar, pero le diera demasiada vergüenza.

—No me has hablado de la autopsia. ¿La has hecho?

—Sí —asintió Jack.

Dio a Craig una versión abreviada de los acontecimientos del día, empezando por la exhumación y acabando por la reunión con el toxicólogo. No le contó tantas cosas como a Alexis, pero la esencia era la misma.

Mientras Jack hablaba, Craig se fue animando, sobre todo al

oír la parte del toxicólogo y la posibilidad de que se hubiera cometido un delito.

—Si el toxicólogo encontrara algún fármaco o veneno, sería el fin de esta demanda absurda —señaló, irguiéndose en el sofá.

—Sin duda —convino Jack—, pero es una posibilidad muy remota, como ya te he explicado. Pero si Patience no tuvo un infarto, se abre un abanico de sustancias muy amplio. La otra razón por la que he venido es que quiero echar un vistazo al kit de biomarcadores que tienes en el maletín. ¿Se te ocurre alguna causa por la que la prueba pudiera dar un falso positivo?

Craig enarcó las cejas mientras reflexionaba sobre el asunto.

—No, ninguna —repuso por fin—. Ojalá, pero no.

—El supervisor del laboratorio me ha preguntado si tu kit se basa en troponina I y en mioglobina, o solo en troponina I.

—En las dos cosas. Me decanté por este por el motivo que te ha dado el supervisor del laboratorio, porque te permite obtener resultados en tan solo dos horas.

—¿Estos aparatos tienen fecha de caducidad?

—Que yo sepa no.

—Entonces tendremos que limitar las posibles sustancias a las que sean capaces de provocar un infarto.

—¿Qué me dices de la digital? —preguntó Craig.

—Ya lo había pensado, pero forma parte del cribado toxicológico, así que queda descartada.

—Ojalá pudiera ser más útil —suspiró Craig—. Una de las peores cosas de que te demanden es que te sientes muy impotente.

—Sería muy útil que se te ocurriera algún fármaco cardiotóxico al que Patience o Jordan pudieran haber tenido acceso.

—Patience tenía una auténtica farmacia en casa gracias a mi socio, Ethan Cohen, pero todos los fármacos figuran en la lista de la investigación.

—Ya los he repasado —repuso Jack.

Se levantó. El hecho de descansar unos minutos había provocado que sintiera las piernas pesadas y débiles. A todas luces necesitaría un poco de café antes de que acabara la noche.

—Será mejor que me vaya y compruebe si el toxicólogo ha tenido suerte. Y tú deberías acostarte.

Se dirigió hacia la puerta.

—¿Vas a trabajar toda la noche? —preguntó Craig mientras lo acompañaba a la salida.

—Eso parece —asintió Jack—. Después de todo lo que ha pasado, me muero de ganas de obtener algún resultado positivo, pero no parece probable.

—No sé qué decir aparte de gracias por todo lo que has hecho.

—De nada —contestó Jack—, y ha sido positivo pese a los problemas que he creado y a los golpes que me he llevado. Es agradable volver a estar en contacto con Alexis.

Llegaron a la puerta principal, y Craig señaló hacia el estudio.

—¿Quieres que vaya a buscar el maletín para que puedas echarle un vistazo al kit de biomarcadores? Estoy seguro de que es el mismo que utilicé con Patience. No he hecho una sola visita domiciliaria desde el comienzo de este infierno.

Jack negó con la cabeza.

—No hace falta. Ya me has dicho todo lo que necesitaba saber.

—¿Nos veremos mañana en el juzgado?

—No lo creo. Tengo unos asuntos personales urgentes que requieren que tome el primer puente aéreo a la Gran Manzana. Así que te deseo suerte.

Jack y Craig se estrecharon la mano, si no convertidos en amigos, al menos sí en aliados que se conocían un poco mejor y se respetaban un poco más.

El trayecto de regreso, poco después de las cuatro, fue idéntico al anterior. Había bastante tráfico en la autopista, pero muy poco en Massachusetts Avenue al entrar en la ciudad. Jack tardó menos de veinte minutos en llegar a la oficina del forense. Aparcó a un lado del edificio, en una plaza reservada, pero puesto que se marcharía muy temprano, consideró que no importaba.

El empleado de seguridad lo reconoció y le franqueó la entrada. Mientras subía la escalera miró el reloj. Estaba apurando mucho. Al cabo de menos de dos horas estaría a bordo del avión, alejándose de la terminal.

Al entrar en la biblioteca se llevó un sobresalto. La sala aparecía mucho más caótica que antes de su marcha. Latasha daba la impresión de estar preparándose para el MIR. Había cogido varios libros muy voluminosos del despacho y los tenía abiertos sobre la mesa. Jack reconoció casi todos los títulos. Había libros de texto de medicina interna, libros de fisiología, libros de toxicología y libros de farmacología. El expediente que Jack había organizado con tanto cuidado estaba desparramado por todas partes, al menos a juzgar por lo que veía.

—Pero ¿qué...? —exclamó con una carcajada.

Latasha levantó la vista de un libro abierto.

—¡Bienvenido, forastero!

Jack miró las cubiertas de un par de libros que no le resultaban familiares. Tras leer los títulos, los abrió de nuevo por las páginas que había elegido Latasha y se sentó frente a ella.

—¿Qué te ha pasado en el hombro?

Jack aún se apretaba la bolsa impermeable contra el golpe. Contenía poco más que agua, pero aún estaba lo bastante fresca para aliviarle el dolor. Le contó lo sucedido, y Latasha reaccionó con la debida compasión hacia él y un indebido enojo contra Craig.

—No ha sido culpa suya —lo disculpó Jack—. Estoy tan obsesionado con el caso por varias razones que en ningún momento me he parado a pensar en la locura que era merodear por su casa como un intruso. Al fin y al cabo, alguien entró en su casa y aterrorizó a sus hijas para transmitirle a él el mensaje de que volverían si yo hacía la autopsia. Y acabo de hacerla, por el amor de Dios. No entiendo en qué estaba pensando.

—Pero te alojabas en su casa. Podría haber comprobado quién eras antes de darte con un bate de béisbol.

—Ya no me alojaba en su casa. En fin, dejémoslo. Por suerte, nadie ha sufrido más que una contusión en el hombro, al menos eso creo. Quizá tenga que hacerme una placa de clavícula.

—Mira el lado bueno —comentó Latasha—. Te has cerciorado de que no estaba en coma.

Jack sonrió a su pesar.

—¿Qué hay del analizador de biomarcadores? ¿Has descubierto algo?

—Nada que sugiera la posibilidad de que obtuviera un falso positivo. Creo que no nos queda más remedio que concluir que el resultado es fiable.

—Supongo que eso es bueno, porque descarta un montón de sustancias potencialmente mortales.

Latasha paseó la mirada por los libros que había dispuesto a su alrededor.

—Parece que has estado muy ocupada.

—No lo sabes tú bien. Me he puesto las pilas con ayuda de unas cuantas Coca-Colas Light. Ha sido como hacer un curso de toxicología. No estudiaba estas cosas desde los exámenes de patología forense.

—¿Y Allan? ¿Te ha llamado?

—Varias veces, para ser exactos. Pero no pasa nada. Cuanto más oigo su voz, más fácil me resulta no desenterrar los recuerdos y cabrearme.

—¿Ha encontrado algo?

—Nada de nada. Por lo visto intenta impresionarme, ¿y sabes qué? La verdad es que lo está consiguiendo. En la universidad ya sabía que era inteligente; se licenció en química, matemáticas y física, pero lo que no sabía era que después hizo un doctorado en el MIT. Me consta que eso requiere mucho más cerebro que la carrera de medicina, donde el principal requisito es la tenacidad.

—¿Te ha dicho qué tipo de sustancias ha descartado?

—La mayoría de los agentes cardiotóxicos habituales que incluyen las pruebas toxicológicas. También me ha explicado algunos de los trucos que está utilizando. Las sustancias de embalsamamiento están dificultando las muestras de tejidos, tanto del corazón como del hígado, de modo que se está concentrando en los fluidos, que están menos contaminados.

—¿Y qué pasa con todos estos libros de texto?

—He empezado revisando agentes cardiotóxicos, muchos de los cuales, según he averiguado, pueden causar un ataque al corazón o al menos suficientes daños en el músculo cardíaco para provocar la presentación clínica aunque no haya oclusión de los vasos cardíacos. Eso es lo que hemos averiguado en la autopsia. He echado un vistazo a un par de cortes mientras no estabas. Los capilares tienen un aspecto normal. He dejado la sección en el microscopio de mi despacho por si quieres echarle un vistazo.

—Me fío de tu palabra —respondió Jack—. No esperaba encontrar nada teniendo en cuenta los resultados inequívocos de la autopsia.

—Ahora he pasado de los agentes puramente cardiotóxicos a las sustancias neurotóxicas, porque muchas de ellas tienen los dos efectos. Te aseguro que es fascinante, sobre todo cómo se relaciona con el bioterrorismo.

—¿Has leído las declaraciones? —quiso saber Jack, deseoso de no desviar la conversación.

—Eh, que no has estado fuera tanto rato. He avanzado mucho, así que dame un respiro.

—Se nos acaba el tiempo; no podemos perder la concentración.

—Estoy muy concentrada, tío —masculló Latasha—. No soy yo quien va por ahí averiguando cosas que ya sabe y recibiendo de paso una paliza.

Jack se frotó el rostro con ambas manos en un intento de disipar las telarañas de fatiga que se interponían en su cognición y sus emociones. Desde luego, no pretendía criticar a Latasha.

—¿Dónde están esas Coca-Colas Light? Necesito un chute de cafeína.

Latasha señaló la puerta que daba al pasillo.

—Hay una máquina expendedora en el comedor, a la izquierda.

Al salir de la máquina, la lata de Coca-Cola produjo tal estruendo en el edificio silencioso que Jack dio un respingo. Estaba cansado, pero también tenso, y no sabía a ciencia cierta por qué.

Podía deberse a que el tiempo se acababa en lo tocante al caso, pero también a la ansiedad que entrañaba el regreso a Nueva York y sus consecuencias. Jack abrió la lata y vaciló un instante. ¿Era recomendable ingerir cafeína en su estado de nervios? Por fin decidió desterrar toda precaución, apuró la bebida y eructó mientras argumentaba que necesitaba mantenerse despabilado, y que para ello no había medicamento mejor que la cafeína.

Algo aturdido porque la cafeína no se encontraba entre sus vicios, Jack volvió a ocupar el asiento frente a Latasha y buscó las declaraciones de Craig y Jordan entre el desorden que envolvía a la patóloga.

—No me las he leído enteras —reconoció Latasha—, pero las he repasado para hacer una lista de los síntomas de Patience.

—¿En serio? —preguntó Jack, interesado—. Es lo que iba a hacer ahora mismo.

—Ya me lo imaginaba, porque es lo que has dicho antes de emprender tu desafortunada excursión a los suburbios.

—¿Dónde está la lista? —inquirió Jack.

Latasha arrugó las facciones en un intento de concentrarse mientras rebuscaba entre los papeles que tenía delante. Por fin encontró una carpeta amarilla y se la alargó a Jack.

Jack se reclinó en la silla. El único orden aplicado a los síntomas consistía en su distribución en dos categorías principales, a saber los síntomas aparecidos el 8 de septiembre por la mañana, por un lado, y los síntomas aparecidos a última hora de la tarde, por otro. El grupo de la mañana incluía dolores abdominales, tos productiva creciente, sofocos, congestión nasal, insomnio, cefalea, flatulencia y ansiedad general. Al grupo de la tarde pertenecían los dolores torácicos, la cianosis, la incapacidad de hablar, la cefalea, problemas de deambulación, problemas para sentarse, falta de sensibilidad, sensación de flotar, náuseas acompañadas de un poco de vómito y debilidad generalizada.

—¿Ya está? —preguntó Jack, agitando la carpeta en el aire.

—¿Te parece poco? Es como la mayor parte de los pacientes en tercero de carrera.

—Solo quería asegurarme de que están todos los síntomas mencionados en las declaraciones.

—Todos los que he encontrado.

—¿Has encontrado alguna mención a la diaforesis?

—No, y te aseguro que la he buscado.

—Yo también —corroboró Jack—. Los sudores son tan típicos de los infartos que no podía creer que no se mencionaran cuando leí los documentos por primera vez. Me alegro de que tú tampoco hayas visto nada, porque eso significa que no lo pasé por alto.

Jack echó otro vistazo a la lista. El problema era que la mayoría de las entradas carecía de modificadores, y los que sí aparecían eran demasiado generales y demasiado poco descriptivos. Era como si todos los síntomas revistieran la misma importancia, lo cual dificultaba la tarea de sopesar la contribución de cada síntoma al estado clínico de Patience. La falta de sensibilidad, por ejemplo, significaba bien poco sin una descripción del lugar, la extensión y la duración, sin saber si significaba ausencia total de sensibilidad o parestesia, conocida por lo general como «hormigueo». Bajo tales circunstancias, a Jack le resultaba imposible concluir si la falta de sensibilidad era de origen neural o cardiovascular.

—¿Sabes lo que me parece más interesante de toda esta información toxicológica? —preguntó Lastaha, alzando la vista de un voluminoso libro de texto.

—¿Qué? —replicó Jack, distraído.

Estaba pensando en la necesidad de revisar las declaraciones y averiguar qué calificativos tenían los síntomas mencionados.

—Los reptiles —repuso Latasha—. Es increíble cómo han evolucionado sus venenos y las diferencias de potencia que existen entre ellos.

—Es curioso —dijo Jack mientras abría la declaración de Jordan y la hojeaba a toda prisa para llegar a la sección que explicaba los acontecimientos del 8 de septiembre.

—Hay un par de serpientes cuyo veneno contiene un cardiotóxico específico muy potente y capaz de provocar necrosis cardíaca directa. ¿Te imaginas lo que pasaría con los biomarcadores cardíacos?

—¿En serio? —preguntó Jack con repentino interés—. ¿Qué clase de serpientes son?

Latasha abrió una trinchera en el material esparcido sobre la mesa, dio la vuelta al libro de texto y lo deslizó hacia Jack antes de señalar con el índice los nombres de dos tipos de serpiente en una tabla que comparaba la virulencia de los distintos venenos.

—La serpiente de cascabel del Mojave y la serpiente de cascabel del Pacífico Sur.

Jack echó un vistazo a la tabla. Las dos serpientes que señalaba Latasha se hallaban entre las más venenosas que figuraban allí.

—Muy interesante —comentó, pero su interés se desvaneció de inmediato—. Sin embargo, no nos enfrentamos a un envenenamiento de este tipo —añadió mientras le devolvía el libro—. A Patience no la mordió una serpiente.

—Ya lo sé —señaló Latasha, cogiendo el libro—. Solo leo acerca de venenos para sacar ideas sobre distintas clases de venenos a tener en cuenta. A fin de cuentas estamos buscando una cardiotoxina.

—Hum —masculló Jack.

Se había concentrado de nuevo en las declaraciones y localizado el pasaje que buscaba. Empezó a leer con más atención.

—De hecho, los animales venenosos más interesantes son un grupo de anfibios, mira por dónde —continuó Latasha.

—¿Ah, sí? —murmuró Jack sin escucharla.

Había dado con la mención del dolor abdominal. Jordan había testificado que se trataba de dolores en el bajo vientre, más hacia la izquierda que hacia la derecha. Jack corrigió la entrada de Latasha en la carpeta amarilla.

—Los más peligrosos son las ranas de flecha de espalda amarilla colombianas —continuó Latasha, hojeando el libro hasta dar con la página que buscaba.

—¿Ah, sí? —repitió Jack.

Siguió hojeando la declaración de Jordan hasta llegar al punto donde este hablaba de los síntomas de la tarde. Buscaba sobre todo el pasaje donde Jordan mencionaba la falta de sensibilidad que había experimentado Patience.

—Sus secreciones cutáneas contienen algunas de las sustancias más tóxicas que se conocen —explicó Latasha—. Y afectan de forma inmediata el músculo cardíaco. ¿Conoces la batracotoxina?

—Me suena vagamente —repuso Jack.

Encontró la referencia a la falta de sensibilidad, y a juzgar por la descripción de Jordan, sin duda se trataba de parestesia, no de ausencia de sensibilidad, en brazos y piernas. Jack anotó la información en la carpeta amarilla.

—Es la peor toxina que existe. Cuando la batracotoxina entra en contacto con el músculo cardíaco, toda actividad se detiene de inmediato —prosiguió Latasha, chasqueando los dedos—. In vitro, los miocitos laten tan ricamente y de repente, tras ser expuestos a unas cuantas moléculas de batracotoxina, se detienen del todo. ¿Te lo imaginas?

—Es increíble —convino Jack.

Halló la referencia a la sensación de flotar, y curiosamente se asociaba con la parestesia, no con la sensación de estar flotando en un líquido. Era la sensación de flotar en el aire. Jack anotó el dato.

—El veneno es un alcaloide esteroideo, no un polipéptido, por si te sirve de algo. Se encuentra en varias especies de rana, pero la que contiene mayores concentraciones se llama *Phyllobates terribilis*. Un nombre muy apropiado, porque una rana diminuta tiene suficiente batracotoxina para matar a cien personas. Es alucinante.

Jack localizó la sección donde Jordan comentaba la debilidad de Patience, que resultó no referirse a una disminución en ningún grupo muscular concreto. Más bien se trataba de un problema generalizado. Empezaba con problemas al andar y al poco dificultades para incorporarse a la posición sentada. Jack añadió aquellos datos a la lista.

—Hay algo que deberías saber acerca de la batracotoxina si es que no lo sabes ya. Su acción molecular consiste en despolarizar membranas eléctricas tales como el músculo cardíaco y los nervios. ¿Y sabes cómo lo hace? Afectando el transporte de sodio, eso que considerabas tan esotérico, ¿te acuerdas?

—¿Qué dices del sodio? —preguntó Jack cuando las palabras de Latasha penetraron en su concentración.

Cuando estaba absorto en algo, a menudo se abstraía de su entorno, como Latasha ya sabía.

—La batracotoxina se adhiere a las neuronas y los miocitos, y hace que los canales iónicos de sodio se traben en la posición abierta, lo cual provoca que los nervios y los músculos dejen de funcionar.

—Sodio —repitió Jack como en trance.

—Sí —asintió Latasha—. ¿Recuerdas que hablamos de...?

De repente, Jack se levantó de un salto y revolvió frenético los papeles desparramados por toda la mesa.

—¿Dónde están esos papeles? —preguntó, muy alterado.

—¿Qué papeles? —preguntó Latasha.

Había dejado de hablar a media frase y se había reclinado en la silla, sorprendida por la impetuosidad de Jack. Con las prisas, Jack estaba tirando al suelo varias declaraciones.

—Sí, mujer —balbució mientras pugnaba por encontrar las palabras exactas—. ¿Esos..., esos papeles?

—Tenemos muchos papeles aquí, tío. Dios mío, ¿cuántas Coca-Colas te has metido?

—¡A la mierda! —exclamó Jack.

Dejó de buscar y alargó la mano hacia Latasha.

—Déjame ver el libro de toxicología —exigió con brusquedad.

—Claro —musitó Latasha, perpleja por su transformación.

Lo observó mientras Jack hojeaba las páginas del voluminoso libro hasta llegar al índice. Una vez allí deslizó a toda prisa los dedos por las columnas hasta dar con lo que buscaba. Luego volvió a hojear el libro con tal rapidez que Latasha temió por su integridad. Encontró la página y guardó silencio.

—¿Sería demasiado pedir que me dijeras lo que haces? —preguntó, ofendida.

—Creo que he tenido lo que tú llamas una revelación divina y yo, una epifanía —masculló Jack sin dejar de leer—. ¡Sí! —gritó de pronto, alzando el puño en señal de triunfo; cerró el libro de golpe y miró a Latasha—. Creo que ya sé qué debe buscar Allan. Es muy raro, y si lo encuentra, puede que no encaje con todos los hechos tal como los conocemos, pero sí en algunos de los más importantes, y demostraría que Craig Bowman no es culpable de negligencia médica.

—¿A qué te refieres? —preguntó Latasha, algo contrariada por el secretismo de Jack, pues a las cinco de la madrugada no estaba de humor para juegos.

—Fíjate en este síntoma tan raro que has anotado —indicó Jack al tiempo que le alargaba la carpeta amarilla y señalaba la anotación «sensación de flotar»—. No es el síntoma clásico de un hipocondríaco, por muy sofisticado que sea. Sugiere que pasaba algo realmente extraño, y si Allan encuentra lo que pienso, indicaría que Patience Stanhope era una adicta al sushi o bien una fanática del vudú haitiano, pero lo que creo es que descubriremos algo bien distinto.

—¡Jack! —se quejó Latasha, irritada—. Estoy demasiado cansada para bromitas.

—Lo siento —se disculpó Jack—. Lo que parece una bromita es mi temor a tener razón. Esta es una de aquellas situaciones en las que preferiría estar equivocado pese a todos los esfuerzos que hemos hecho. —Alargó la mano hacia ella—. ¡Venga! Te lo contaré mientras vamos al laboratorio de Allan. Nos va a ir de pelos.

23

Jack detuvo el maltrecho Hyundai junto al bordillo, detrás de un furgón marrón de UPS. Era una zona de carga y descarga en la concurrida Cambridge Street, delante de un edificio largo y curvo con arcadas que se alzaba ante el ayuntamiento. Jack supuso que las probabilidades de que le pusieran una multa, aunque tenía intención de quedarse allí lo menos posible, eran casi del cien por cien. Solo esperaba que la grúa no se llevara el coche, pero por si acaso cogió la bolsa de viaje junto con un gran sobre dirigido a la oficina del forense.

Subió la escalinata que se adentraba en el edificio y salió al patio situado ante el Tribunal Superior del condado de Suffolk. Sin perder tiempo, Jack se dirigió corriendo hacia la entrada. Lo demoró un poco el control de seguridad y la necesidad de pasar la bolsa de viaje, el sobre y el móvil por el detector. Finalmente, al llegar a los ascensores se aseguró de entrar en el primero que bajó.

Mientras subía, Jack consiguió mirar el reloj. No olvidaba el hecho de que se casaba al cabo de cuatro horas, así como el hecho de que estaba en la ciudad equivocada para eso, lo cual le provocaba una angustia considerable. Cuando el ascensor llegó a la tercera planta, Jack intentó salir de él con la mayor cortesía posible. De no haber sabido que no era así, habría jurado que los demás ocupantes del ascensor le entorpecían el paso adrede.

En ocasiones anteriores, Jack había intentado entrar en la sala de vistas con el mayor sigilo posible, pero esta vez se limitó a irrumpir en ella, con el convencimiento de que cuanto más la armara, mejor. Mientras recorría el pasillo central hasta la puerta que separaba el estrado de la sección del público, casi todos los espectadores se volvieron para mirarlo, también Alexis, sentada en primera fila. Jack la saludó con un ademán de cabeza.

El alguacil estaba en su cubículo, leyendo algo que tenía sobre su mesa, y no alzó la vista. El jurado estaba en su tribuna, tan impasible como siempre, mirando a Randolph, que por lo visto acababa de empezar su alegato final en el atril. El juez estaba en el estrado, la mirada fija en los papeles que cubrían su mesa. La taquígrafa y el secretario estaban ocupados en sus puestos. En la mesa de la defensa, Jack vio la parte posterior de la cabeza de Craig, así como la del asistente de Randolph. En la mesa del demandante vio las nucas de Tony, Jordan y la asistente de Tony. Todo estaba en orden; al igual que una locomotora antigua de vapor, los engranajes de la justicia iban cobrando velocidad, lentos pero implacables, para llevarla a su destino.

Jack tenía intención de secuestrar el tren. No quería hacer que descarrilara, tan solo detenerlo y cambiarlo de vía. Al llegar junto a la puerta de separación se detuvo. Observó que las miradas de los miembros del jurado se desviaban hacia él sin que su impasividad se alterara ni un ápice. Randolph seguía hablando con su voz culta y meliflua. Sus palabras eran oro puro, como los rayos de sol primaveral que se filtraban por entre las persianas de los ventanales altos, surcando el aire moteado de polvo.

—¡Disculpen! —dijo Jack—. ¡Disculpen! —repitió en voz alta al ver que Randolph seguía hablando.

Jack no estaba en su ángulo de visión, pero Randolph se volvió hacia él cuando habló por segunda vez. En sus ojos azul ártico se reflejaba una expresión a caballo entre perpleja y disgustada. El alguacil, que tampoco había oído la primera llamada de Jack, sí oyó la segunda. Se levantó de inmediato, pues la seguridad en la sala era su responsabilidad.

—Tengo que hablar con ustedes ahora mismo —prosiguió Jack en voz lo bastante alta para que lo oyeran todos los presentes en la sala por lo demás silenciosa—. Sé que es bastante inoportuno, pero se trata de un asunto de vital importancia si de verdad les interesa hacer justicia.

—¿Se puede saber qué sucede, letrado? —espetó el juez Davidson.

Había bajado la cabeza para mirar por encima del borde de las gafas de media luna e indicó al alguacil por señas que permaneciera en su puesto.

Aún desconcertado pero echando mano de su larga experiencia en litigios, Randolph recobró de inmediato su habitual impasibilidad refinada; miró al juez antes de concentrarse de nuevo en Jack.

—No haría esto si no se tratara de una cuestión crucial —añadió Jack en voz más baja.

Advirtió que los ocupantes de las mesas del demandante y el demandado se habían vuelto hacia él. Solo le interesaban dos de ellos, Craig y Jordan. De los dos, Jordan parecía el más sorprendido y perturbado por la intempestiva entrada de Jack.

Randolph se volvió de nuevo hacia el juez.

—Señoría, ¿me permite un instante?

—¡Dos minutos! —replicó el juez Davidson, enfurruñado.

Permitiría que Randolph hablara con Jack, pero solo para librarse de él. Era del todo evidente que al juez no le hacía ninguna gracia que interrumpieran sus sesiones.

Randolph se acercó a la separación y miró a Jack con aire imperioso.

—Esto es irregular en extremo —murmuró.

—Pues yo lo hago cada dos por tres —replicó Jack con su proverbial sarcasmo—. ¡Tiene que hacerme subir al estrado!

—No puedo. Ya le expliqué por qué, y además estoy pronunciando mi alegato final, por el amor de Dios.

—Hice la autopsia y puedo aportar pruebas, corroboradas por

las declaraciones juradas de una patóloga forense y un toxicólogo de Massachusetts de que el doctor Bowman no es culpable de negligencia médica.

Por primera vez, Jack detectó una levísima grieta en la burbuja de ecuanimidad que habitaba Randolph. Sus ojos lo traicionaron al pasearse frenéticos entre el juez y Jack. Había poco tiempo para reflexionar y menos aún para discutir.

—¡Señor Bingham! —vociferó el juez Davidson, impaciente—. Se le han acabado los dos minutos.

—Lo intentaré —susurró Randolph a Jack antes de volver al atril—. Señoría, ¿puedo acercarme al estrado?

—Si no hay más remedio —masculló el juez Davidson, contrariado.

Tony se levantó de un salto y se reunió con Randolph en el estrado.

—¿Se puede saber qué está pasando? —susurró el juez Davidson con enojo—. ¿Quién es este hombre?

Su mirada se desvió un instante hacia Jack, que esperaba de pie junto a la separación como un suplicante. Había dejado la bolsa de viaje en el suelo, pero todavía sostenía el sobre.

—Es el doctor Jack Stapleton —explicó Randolph—. Es patólogo forense de la oficina del forense de Nueva York. Me han informado de que goza de una excelente reputación profesional.

El juez Davidson miró a Tony.

—¿Usted lo conoce?

—Sí, nos han presentado —reconoció Tony sin extenderse.

—¿Qué diablos pretende irrumpiendo en la sala de esta forma? Esto es muy irregular, por expresarlo de un modo delicado.

—Lo mismo le he dicho yo —convino Randolph—. Quiere testificar.

—¡No puede testificar! —se indignó Tony—. No figura en ninguna lista de testigos y no ha prestado declaración. Esto es una afrenta.

—¡Haga el favor de calmarse! —le ordenó el juez Davidson como si se dirigiera a un niño travieso—. ¿Y por qué quiere testificar?

—Afirma poder prestar un testimonio exculpatorio que demuestra que el doctor Bowman no cometió negligencia médica. También afirma que cuenta con declaraciones juradas de una patóloga forense y un toxicólogo de Massachusetts.

—¡Esto es una locura! —terció de nuevo Tony—. La defensa no puede presentar un testigo sorpresa en el último momento. Quebranta todas las normas desde que se firmó la Carta Magna.

—¡Deje de quejarse, letrado! —espetó el juez Davidson.

Tony se dominó con un esfuerzo, pero su ira y frustración se pusieron de manifiesto en la U invertida que formaron sus labios carnosos.

—¿Tiene idea de cómo ha obtenido la información sobre la que pretende testificar?

—Dice que practicó la autopsia a Patience Stanhope.

—Si esta autopsia es potencialmente exculpatoria, ¿por qué no se practicó antes para poder incluirla en la investigación?

—No existía razón alguna para sospechar que la autopsia pudiera tener valor probatorio. Estoy seguro de que el señor Fasano estará de acuerdo conmigo. Los hechos clínicos de este caso nunca se han puesto en tela de juicio.

—Señor Fasano, ¿estaba usted al corriente de la autopsia?

—Solo sabía que se estaba contemplando la posibilidad de hacerla.

—¡Maldita sea! —se sulfuró el juez Davidson—. Esto me pone entre la espada y la pared.

—Señoría —intervino de nuevo Tony, incapaz de guardar silencio—, si se le permite testificar, yo…

—No quiero oír sus amenazas, letrado. Soy muy consciente de que el doctor Stapleton no puede presentarse aquí y testificar sin más. Ni hablar. Supongo que podría decretar un aplazamiento para que el doctor Stapleton y sus descubrimientos pudieran someterse al proceso habitual de investigación, pero el problema es que eso echaría por tierra mi agenda. Detesto esa idea, pero también detesto que se revoquen mis fallos en un proceso de apelación, y si este testimonio es tan espectacular como afirma el doctor Stapleton, la revocación se convierte en una posibilidad muy real.

—¿Y si escucha usted al doctor Stapleton? —propuso Randolph—. Eso facilitaría en gran medida su decisión.

El juez Davidson asintió mientras consideraba la sugerencia.

—Para ahorrar tiempo podría tomarle declaración en su despacho —agregó Randolph.

—Llevar a un testigo a mis dependencias también es muy irregular.

—Sí, pero no inédito —puntualizó Randolph.

—Pero el testigo podría ir a la prensa y decir lo que le diera la gana. No me gusta la idea.

—Llévese a la taquígrafa —sugirió Randolph—. Que la declaración del doctor Stapleton conste en acta. Lo importante es que no la oiga el jurado. Si usted decide que no es relevante y no ha lugar, reanudaré el alegato final. Si decide que sí es relevante y ha lugar, tendrá más información para tomar una decisión respecto al procedimiento a seguir.

El juez Davidson meditó sobre la idea y por fin asintió.

—Me gusta. Haré un receso, pero ordenaré que el jurado se quede donde está. Zanjaremos este asunto rápidamente. ¿Le parece bien, señor Fasano?

—Me parece una mierda —masculló Tony.

—¿Tiene alguna propuesta alternativa? —preguntó el juez Davidson.

Tony negó con la cabeza. Estaba furioso; había contado con ganar su primera demanda por negligencia médica, y ahora, a apenas unas horas de su objetivo, se cocía una cagada impresionante pese a todo lo que había hecho. Volvió a la mesa del demandante y se sirvió un vaso de agua. Tenía la boca y la garganta resecas.

Randolph se reunió con Jack y abrió la puerta de separación para que entrara en el estrado.

—No puede testificar —anunció en un susurro—. Pero he conseguido que declare ante el juez, que en base a lo que diga decidirá si puede testificar ante el jurado más adelante. Vamos a su despacho. Está dispuesto a concederle solo unos minutos, de modo que más vale que vaya al grano, ¿entendido?

Jack asintió. Se sintió tentado de decirle a Randolph que de todos modos solo disponía de unos minutos, pero se contuvo. Miró a Jordan, que con gestos nerviosos intentaba sonsacar a Tony lo sucedido. El juez anunció un breve receso, aunque ordenó al jurado que permaneciera en su puesto. Un murmullo se elevó entre los espectadores, que intentaban averiguar qué ocurría y quién era Jack. Jack miró a Craig, que le devolvió la mirada con una sonrisa. Jack le dirigió una inclinación de cabeza.

—¡Todos en pie! —ordenó el alguacil cuando el juez se levantó y bajó del estrado a toda prisa.

En un abrir y cerrar de ojos cruzó la puerta de madera y se perdió de vista, aunque dejando la puerta entornada tras él. La taquígrafa lo seguía de cerca.

—¿Está preparado? —preguntó Randolph a Jack.

Jack asintió de nuevo y al hacerlo, su mirada se cruzó con la de Tony. «Si las miradas matasen, ya estaría en el otro barrio», se dijo. El abogado estaba furioso.

Jack siguió a Randolph, y Tony los alcanzó cuando pasaban ante el estrado vacío y la mesa del secretario. Jack sonrió para sus adentros al preguntarse cómo reaccionaría Tony si le preguntaba por Franco, ya que no había rastro del matón.

Jack se llevó una decepción al entrar en el despacho del juez. Había imaginado una estancia con mucha madera oscura y bruñida, muebles tapizados de cuero y un aroma a cigarros caros, como en un club masculino exclusivo. Sin embargo, lo que vio fue un despacho ajado, con paredes pidiendo a gritos una mano de pintura y mobiliario anodino, todo ello envuelto en un miasma de hedor a cigarrillo. El único punto positivo era una voluminosa mesa de estilo victoriano, tras la cual el juez Davidson se sentó en una silla de respaldo alto. Se reclinó en ella con las manos entrelazadas en la nuca, en una postura de reposo relativo.

Jack, Randolph y Tony se sentaron en sendas sillas tapizadas de vinilo mucho más bajas que la del juez. Jack supuso que el magistrado lo hacía adrede porque le gustaba hallarse a un nivel más alto que los demás. La taquígrafa se sentó a una mesita situada a un lado.

—Doctor Stapleton —empezó el juez Davidson tras una breve introducción—. El señor Bingham me ha dicho que tiene usted pruebas que exculpan al demandado.

—No es del todo cierto —puntualizó Jack—. Lo que he dicho es que puedo aportar pruebas que demuestran que el doctor Bowman no es culpable de negligencia médica tal como la define la ley. En este caso no hay negligencia.

—¿Y eso no es exculpatorio? ¿Se trata de un juego de palabras?

—No es ningún juego —aseguró Jack—. En este caso, son pruebas exculpatorias por un lado e incriminatorias por otro.

—Será mejor que se explique —señaló el juez Davidson.

Apoyó las manos sobre la mesa y se inclinó hacia delante. Jack había conseguido acaparar su atención.

Jack deslizó un dedo bajo la pestaña del sobre, lo abrió, extrajo tres documentos, se inclinó hacia delante y empujó el primero hacia el juez.

—La primera declaración jurada está firmada por el director de una funeraria de Massachusetts y atestigua que el cadáver al que se le practicó la autopsia es en efecto el de la difunta Patience Stanhope. —Le acercó el segundo documento—. Esta declaración jurada confirma que la doctora Latasha Wylie, patóloga forense colegiada en Massachusetts, participó en dicha autopsia, ayudó en la obtención de todas las muestras y las transportó al laboratorio toxicológico de la universidad, donde las entregó al doctor Allan Smitham.

El juez Davidson había cogido ambas declaraciones para leerlas.

—Me parece una cadena de custodia irreprochable —comentó antes de alzar la mirada—. ¿Y la tercera declaración?

—Explica los hallazgos del doctor Smitham —repuso Jack—. ¿Ha oído usted hablar del envenenamiento por fugu?

El juez Davidson dedicó a los demás presentes una sonrisa torva.

—Será mejor que vaya al grano, joven —advirtió en tono paternalista—. Ahí fuera tengo a un jurado aburrido e impaciente por acabar con esto.

—Es un envenenamiento a menudo mortal que se produce por comer sushi elaborado con pez globo. Como es natural, se da casi exclusivamente en Japón.

—No irá a decirme que Patience Stanhope murió por comer sushi —exclamó el juez Davidson.

—Ojalá fuera el caso —respondió Jack—. El veneno en cuestión se llama tetrodotoxina y es una sustancia interesante en extremo. Es extraordinariamente tóxica. Para que se haga una idea, es cien veces más mortífera que el veneno de la viuda negra y diez veces más mortífera que el veneno de la *Bungarus multicinctus*, la serpiente más venenosa del sur de Asia. Una cantidad microscópica ingerida por vía oral causa la muerte en muy poco tiempo. —Jack se inclinó hacia delante para deslizar el último documento hacia el juez—. La tercera declaración jurada, firmada por el doctor Allan Smitham, explica que se halló tetrodotoxina en todas las muestras de Patience Stanhope que analizó, y a niveles que sugieren que la dosis inicial fue cien veces más elevada de lo necesario para acabar con su vida.

El juez Davidson ojeó el documento y se lo entregó a Randolph.

—Quizá se pregunten hasta qué punto son fiables las pruebas de tetrodotoxina —prosiguió Jack—, y la respuesta es que son muy fiables. Las probabilidades de un falso positivo son casi nulas, sobre todo porque el doctor Smitham empleó dos métodos del todo independientes, la cromatografía líquida de alta presión seguida de una espectrometría de masas, y por otro lado el radioinmunoensayo con un anticuerpo específico de la molécula de la tetrodotoxina. Los resultados son concluyentes y reproducibles.

Randolph alargó la declaración a Tony, que se la arrancó de las manos con aire contrariado, consciente de sus implicaciones.

—Así que dice que la difunta no murió de un infarto —comentó el juez Davidson.

—No murió de un infarto, sino por envenenamiento masivo con tetrodotoxina. Puesto que no existe tratamiento, la hora de llegada al hospital carece de importancia. En esencia, estaba condenada desde que ingirió el veneno.

Alguien llamó a la puerta, y el ruido resonó por toda la estancia.

—¡Adelante! —vociferó el juez.

El alguacil asomó la cabeza al despacho.

—El jurado pide un descanso para tomar café. ¿Qué les digo?

—Que vayan a tomar un café —espetó el juez, agitando la mano sin apartar sus penetrantes ojos oscuros de Jack—. O sea que esta es la parte exculpatoria. ¿Cuál es la parte incriminatoria?

Jack se reclinó en la silla. Había llegado el momento más difícil.

—A causa de su elevadísima toxicidad, la tetrodotoxina es una sustancia muy controlada, sobre todo en la actualidad. Pero por otro lado posee una cualidad muy positiva, y es que el mismo mecanismo molecular responsable de su toxicidad la convierte en una herramienta excelente para el estudio de los canales de sodio en nervios y músculos.

—¿Y qué repercusiones tiene eso para el caso que nos ocupa?

—Las investigaciones publicadas y presentes del doctor Bowman giran en torno al estudio de los canales de sodio. Utiliza la tetrodotoxina de forma habitual.

En el despacho se hizo un silencio sepulcral mientras Jack y el juez Davidson se miraban por encima de la mesa. Los otros dos hombres presenciaban la escena. Nadie habló durante un minuto entero. Finalmente, el juez carraspeó.

—Aparte de la prueba circunstancial de su acceso a la toxina, ¿hay algo más que relacione al doctor Bowman con el acto?

—Sí —asintió Jack a regañadientes—. En cuanto se determinó la presencia de la tetrodotoxina, volví a la residencia de los Bowman, donde me alojé hasta ayer. Sabía que el doctor Bowman había dado un frasco de píldoras a la difunta el día de su muerte. Llevé el frasco al laboratorio toxicológico, donde el doctor Smitham lo analizó. En el interior del frasco había tetrodotoxi-

442

na. En estos momentos, el doctor Smitham está efectuando las pruebas completas.

—Muy bien —exclamó el juez Davidson mientras se restregaba las manos y miraba a la taquígrafa—. Deje de escribir hasta que volvamos a la sala —ordenó antes de reclinarse de nuevo en la vieja silla, que emitió un crujido de protesta—. Podría ordenar un aplazamiento para que todos estos datos nuevos se sometieran a investigación —murmuró con una expresión lúgubre, pero al mismo tiempo pensativa, pintada en el rostro—, pero no tiene demasiado sentido. Esto no es negligencia, sino asesinato. Les diré lo que voy a hacer, caballeros. Voy a invalidar el juicio. Este caso tiene que pasar a manos del fiscal del distrito. ¿Alguna pregunta? —Paseó la mirada entre los presentes y la detuvo en Tony—. No ponga esa cara de perro apaleado, letrado. Disfrute de la certeza de que la justicia prevalecerá y que su cliente aún puede presentar cargos por muerte indebida.

—El problema es que la aseguradora se librará de pagar —masculló Tony.

El juez se volvió hacia Jack.

—Un trabajo de investigación admirable, doctor.

Jack se limitó a asentir en respuesta al cumplido, pero a decir verdad, no se sentía complacido. El hecho de dar parte de sus sobrecogedores descubrimientos le causaba una profunda angustia al pensar en lo que significaría para Alexis y las niñas. Tendrían que soportar una larga investigación, seguida de otro juicio con consecuencias estremecedoras. Era una tragedia para todos los implicados, sobre todo para Craig. Jack estaba anonadado por el alcance del narcisismo de su cuñado y su aparente falta de conciencia. Pero al mismo tiempo consideraba que Craig era víctima de un sistema médico académico altamente competitivo que vendía altruismo y compasión, pero recompensaba lo contrario. Nadie se convertía en jefe de residentes siendo amable y compasivo con los pacientes. La constante necesidad de Craig de ganarse la vida durante los primeros años de carrera le había impedido cultivar las relaciones sociales normales que habrían mitigado aquel mensaje tan contradictorio.

—Muy bien, caballeros —dijo el juez Davidson—. Acabemos con este desastre.

Se levantó, y los demás siguieron su ejemplo. Rodeó la mesa y se dirigió hacia la puerta. Jack caminaba detrás de los dos abogados y delante de la taquígrafa. Desde el interior de la sala, el alguacil ordenó a los presentes que se pusieran en pie.

Cuando Jack entró en la sala, el juez estaba ocupando su asiento mientras Randolph y Tony se acercaban a sus respectivas mesas. Jack advirtió que Craig no estaba y se estremeció al pensar en la reacción de su cuñado cuando supiera que su secreto había salido a la luz.

Jack cruzó la sala en silencio. A su espalda oyó que el juez pedía al alguacil que hiciera entrar al jurado. Jack abrió la puerta de separación, y sus ojos se cruzaron con los de Alexis, que lo miraba con expresión lógicamente inquisitiva, pero esperanzada a un tiempo.

Disculpándose con los ocupantes de la fila, se abrió paso hasta ella y se sentó a su lado antes de oprimirle la mano. Comprobó que su hermana había rescatado la bolsa de viaje, que había dejado junto a la puerta de separación antes de ir al despacho del juez.

—Señor Bingham —dijo el juez Davidson—, veo que el demandado no está en su puesto.

—Mi asistente, el señor Cavendish, me ha dicho que ha pedido permiso para ir al servicio —repuso Randolph, levantándose a medias de la silla.

—Comprendo.

En aquel momento, los miembros del jurado entraron en la sala y se dirigieron en fila hacia la tribuna.

—¿Qué está pasando? —inquirió Alexis—. ¿Has encontrado pruebas de delito?

—Más de las que esperaba —confesó Jack.

—Quizá convendría que alguien avisara al doctor Bowman de que hemos reanudado la sesión —señaló el juez Davidson—. Es importante que esté presente.

Jack oprimió de nuevo la mano de Alexis antes de levantarse.

—Iré a buscarlo —anunció.

Mientras recorría el pasillo, indicó por señas al asistente de Randolph, que se había puesto en pie, seguramente para ir en busca de Craig, que él se encargaba del asunto.

Jack salió de la sala. Fuera vio a los habituales grupitos enzarzados en conversaciones susurradas a lo largo del pasillo y en el vestíbulo de los ascensores. Jack se dirigió hacia los servicios y miró el reloj: las diez y cuarto. Abrió la puerta y entró. Un hombre de ascendencia asiática se estaba lavando las manos. La zona de los urinarios aparecía desierta. Jack se acercó a los cubículos y se agachó para mirar bajo las puertas. Solo el último estaba ocupado. Jack volvió junto a la puerta de entrada, intentando decidir si debía esperar o llamar a Craig. Era tan tarde que decidió llamar.

—¿Craig?

Alguien tiró de la cadena, y al cabo de un instante se oyó el chasquido del pestillo. La puerta del cubículo se abrió hacia dentro, y por ella salió un joven hispano, que lanzó una mirada inquisitiva a Jack antes de pasar junto a él camino de la pica. Sorprendido por el hecho de no tener que enfrentarse a Craig después de hacer acopio de valor para ello, Jack se inclinó de nuevo para cerciorarse de que todos los cubículos estaban desocupados. Así era. En el servicio no había nadie aparte de los dos hombres que se lavaban las manos. No había ni rastro de Craig. Jack supo que se había marchado.

24

De vuelta en la sala, donde Craig no había reaparecido, Jack llevó a Alexis aparte. Con toda la rapidez y delicadeza posible, le contó todo lo sucedido desde que hablara con ella la noche anterior. Alexis lo escuchó con incredulidad y consternación hasta que conoció la extensión de las pruebas que incriminaban a Craig. Entonces permitió que su profesionalidad tomara las riendas para así poder analizar la situación desde un punto de vista clínico. Gracias a ello fue ella y no Jack quien sacó a colación el hecho de que Jack tenía que darse prisa si quería llegar a tiempo a la iglesia. Jack prometió llamarla por la tarde, cogió la bolsa de viaje y salió disparado hacia los ascensores.

Jack cruzó el patio del juzgado a la carrera y bajó los dos tramos de escalera que desembocaban en la calle. Para su alivio, el Accent seguía donde lo había dejado, aunque con una multa prendida bajo el limpiaparabrisas. El primer asunto a resolver era sacar del maletero la bolsa de papel con el arma. Sabiendo que tendría que devolverla de camino al aeropuerto, Jack había pedido a Latasha indicaciones para llegar a la comisaría central.

La comisaría se hallaba a la vuelta de la esquina del lugar donde había aparcado, pero se vio obligado a hacer un giro de ciento ochenta grados pese a que estaba prohibido. Después de cometer la infracción, Jack miró por el retrovisor para comprobar si lo seguía algún coche patrulla. Jack sabía por experiencia que, cuando conducías en Boston, si te saltabas la calle por donde tenías que girar, a menudo resultaba imposible dar la vuelta.

La visita a la comisaría fue muy breve y expeditiva. La bolsa llevaba el nombre de Liam Flanagan, y el sargento de guardia la aceptó sin comentario alguno. Contento de haber zanjado aquel asunto, Jack corrió al coche, que había dejado en doble fila y con el motor en marcha.

El aeropuerto estaba mejor señalizado que el resto de la ciudad, y Jack no tardó en llegar a un túnel. Por suerte, el trayecto entre el centro de Boston y el aeropuerto era corto, y Jack llegó en tiempo récord. Siguió las señales de la empresa de alquiler de vehículos y al cabo de unos minutos llegó a Hertz.

Jack aparcó en uno de los carriles de devolución. Había instrucciones acerca de lo que tenía que hacerse al retornar un vehículo, pero hizo caso omiso de ellas, al igual que hizo caso omiso de los empleados que se paseaban por la zona para atender a los clientes. Lo último que quería era enzarzarse en una larga discusión sobre el vehículo dañado. Estaba seguro de que tendría noticias de Hertz. Cogió la bolsa de viaje y echó a correr hacia el autobús que trasladaba a los pasajeros hasta la terminal.

Subió al autobús creyendo que estaba a punto de salir, pero el vehículo estaba en punto muerto, y no vio rastro del conductor. Presa del nerviosismo, Jack miró el reloj. Eran poco más de las once. Sabía que si no llegaba al puente aéreo de Delta de las once y media, todo estaba perdido.

Por fin apareció el conductor e hizo unas cuantas bromas mientras preguntaba a los pasajeros a qué terminales iban. Jack se alegró al saber que la de Delta era la primera parada.

El siguiente obstáculo fue comprar el billete. Por suerte, el puente aéreo disponía de una sección propia. Acto seguido tuvo que hacer cola para el control de seguridad, pero tampoco eso fue demasiado problemático. Eran las once y veinte cuando Jack volvió a ponerse los zapatos y echó a correr por el vestíbulo en dirección a la puerta de embarque.

No fue el último en subir a bordo, pero casi. La puerta del avión se cerró tras el pasajero que entró después de él. Jack ocupó el primer asiento que encontró libre a fin de poder desembarcar con mayor rapidez en Nueva York. Por desgracia era un asiento central situado entre un desaliñado estudiante con un iPod puesto a un volumen tan alto que Jack oía cada nota, y un hombre de negocios ataviado con un traje de mil rayas y armado con un ordenador portátil y una Blackberry. El hombre de negocios lanzó una mirada desaprobadora a Jack cuando este indicó que quería sentarse en el asiento central, porque ello lo obligaba a retirar la bolsa de viaje, la americana y el maletín que había dejado sobre aquel asiento.

Una vez acomodado y con la bolsa de viaje a sus pies, Jack apoyó la cabeza contra el asiento y cerró los ojos. Pese a que estaba exhausto, era imposible que conciliara el sueño, y no solo por culpa del iPod de su vecino. No cesaba de repetirse mentalmente la breve e insatisfactoria conversación que había sostenido con Alexis, y demasiado tarde se dio cuenta de que no se había disculpado por haber desenmascarado la perfidia de Craig, no solo ante la profesión, sino también ante su familia. Ni siquiera la racionalización de que a Alexis y las niñas les convenía más saber la verdad lo hacía sentir mejor. Por desgracia, las probabilidades de que la familia permaneciera junta ante la adversidad eran escasas, y aquella idea confirmaba a Jack cuán engañosas podían resultar las apariencias. Desde fuera, los Bowman parecían tenerlo todo. Padres profesionales, hijas preciosas, una casa de cuento de hadas… Pero todo ello encerraba un cáncer destructivo.

—Señores pasajeros —dijo una voz por la megafonía del avión—, les habla el comandante. Acaban de comunicarnos que el despegue se demorará un poco a causa de una tormenta en la zona de Nueva York. Esperamos que el retraso sea breve y les mantendremos informados.

—¡Mierda! —masculló Jack para sus adentros.

Se llevó la mano derecha a la frente y se masajeó las sienes con las yemas de los dedos. La angustia y la falta de sueño le estaban provocando dolor de cabeza. Como persona realista que era, empezó a considerar qué pasaría si no llegaba a tiempo a la boda. Laurie se había mostrado bastante clara al respecto. Había advertido que nunca lo perdonaría, y Jack la creía. Laurie no era pródiga en promesas, pero las pocas que hacía las cumplía. Saber aquello suscitó de nuevo la pregunta de si se habría quedado tanto tiempo en Boston más por un deseo inconsciente de evitar casarse que para resolver el misterio de Patience Stanhope. Jack respiró hondo. No creía que fuera cierto ni quería que lo fuera, pero no lo sabía a ciencia cierta. Lo que sí sabía era que quería llegar a la iglesia a tiempo.

De repente, como en respuesta a sus pensamientos, la megafonía volvió a cobrar vida.

—Les habla de nuevo el comandante. El control de tierra nos ha comunicado que tenemos luz verde para despegar. Parece que llegaremos a Nueva York a la hora prevista.

Lo siguiente que notó Jack fue el roce del tren de aterrizaje sobre la pista de La Guardia. Para su sorpresa, se había quedado dormido pese al nerviosismo, y se avergonzó al percibir que incluso había babeado un poco. Se enjugó la boca con el dorso de la mano y al hacerlo se tocó la barba incipiente. Con la misma mano se palpó el resto de la cara. Necesitaba un afeitado y sobre todo una ducha, pero al mirar el reloj comprendió que no tendría tiempo de hacer ninguna de las dos cosas. Eran las doce y veinte.

Se sacudió como un perro para activar la circulación y se mesó el cabello. Aquellos gestos suscitaron una mirada inquisitiva del hombre de negocios, que estaba sentado lo más lejos posible de Jack, quien se preguntó si aquella actitud sería otra prueba de que realmente necesitaba una ducha. Para la autopsia se había puesto un mono protector, pero de pronto reparó que no se lavaba desde antes de examinar un cadáver de más de ocho meses de antigüedad.

Al mismo tiempo se dio cuenta de que estaba golpeando el suelo con el pie a causa del nerviosismo. Incluso apoyando la mano sobre la rodilla apenas consiguió aquietar el movimiento. No recordaba haber estado nunca tan alterado. Lo peor era tener que permanecer sentado. Habría preferido salir a la pista y correr junto al avión.

El trayecto del avión hasta la terminal se le hizo eterno. Cuando sonó la señal de que ya podían desabrocharse los cinturones de seguridad, Jack se puso en pie de un salto, apartó al hombre de negocios, que estaba sacando otra bolsa del compartimento superior, y se granjeó otra mirada enfurruñada. Jack ni se inmutó. Murmurando disculpas consiguió abrirse paso hasta la puerta del avión. Cuando por fin se abrió tras lo que se le antojó una espera interminable, fue el tercero en desembarcar.

Corrió por el finger y adelantó a las dos personas que habían bajado antes que él. Una vez en la terminal, pasó junto a las cintas de recogidas de equipajes y salió a la calle. Al ser el primer pasajero del puente aéreo de Boston a Nueva York, había esperado no tener que hacer cola para tomar un taxi, pero por desgracia se equivocaba. El puente aéreo procedente de Washington había aterrizado diez minutos antes, y una parte de sus pasajeros esperaban taxi.

Ni corto ni perezoso, Jack avanzó hasta la cabeza de la cola.

—Soy médico y tengo una emergencia —exclamó, diciéndose que ambas cosas eran ciertas, aunque no guardaban relación entre sí.

Los que hacían cola se lo quedaron mirando en silencio y con cierta contrariedad, pero nadie se metió con él. Jack subió al primer taxi.

El taxista era de India o Pakistán, Jack no lo sabía a ciencia cierta, y estaba hablando por el móvil. Jack le espetó la dirección de la calle Ciento seis, y el taxi se puso en marcha.

Jack miró el reloj. Era la una menos dieciocho minutos, lo cual significaba que solo tenía cuarenta y ocho minutos para llegar a la iglesia Riverside. Se reclinó en el asiento e intentó relajarse, pero fue en vano. Para empeorar las cosas, tuvieron que parar en todos los semáforos del aeropuerto. Jack volvió a mirar el reloj. Le parecía injusto que el segundero avanzara más deprisa de lo normal. Ya era la una menos cuarto.

Empezó a preguntarse con nerviosismo si debía ir a la iglesia directamente, sin pasar por su casa. La ventaja sería que llegaría a tiempo; el inconveniente era que iba hecho una pena, además de que necesitaba una ducha y un afeitado.

Cuando el taxista acabó por fin de hablar por teléfono y antes de que pudiera hacer otra llamada, Jack se inclinó hacia delante.

—No sé si servirá de algo, pero tengo muchísima prisa. Si me espera en la dirección que le he dado, le daré veinte dólares de propina.

—Esperaré si quiere —prometió el taxista en tono afable, con el típico acento encantador del subcontinente indio.

Jack se recostó de nuevo en el asiento y volvió a ponerse el cinturón. Era la una menos diez.

Tropezaron con otro embotellamiento en el peaje del puente Triborough. Por lo visto, alguien sin pase de peaje rápido estaba en el carril rápido y no podía retroceder a causa de los coches que le seguían. Tras una espantosa cacofonía de cláxones e insultos, el problema quedó resuelto, pero ya habían perdido otros cinco minutos. Llegaron a la isla de Manhattan a la una en punto.

La única ventaja de la creciente ansiedad de Jack fue que consiguió dejar de obsesionarse por Alexis, Craig y la catástrofe que estaba a punto de comenzar. Una demanda por negligencia ya era mala, pero un juicio por asesinato era un infierno. Sumiría a toda la familia en varios años de tormento despiadado, con escasas posibilidades de un final feliz.

El taxista consiguió cruzar la ciudad con rapidez porque conocía una calle relativamente poco concurrida que atravesaba Harlem. Paró delante del edificio de Jack a la una y cuarto. Jack abrió la portezuela antes de que el coche se detuviera del todo.

Jack subió como una exhalación la escalinata y cruzó la puerta, sobresaltando a algunos trabajadores. El edificio estaba en plena reforma integral, por lo que la cantidad de polvo era ingente. Mientras corría por el pasillo hacia el piso que él y Laurie ocupaban hasta que acabaran las obras, levantó una polvareda considerable del suelo salpicado de basura.

Abrió el piso y se disponía a entrar cuando el jefe de obra lo vio desde una planta superior y le gritó que necesitaba hablar con él sobre un problema de fontanería. Jack replicó a gritos que en aquel momento no podía. Una vez dentro arrojó la bolsa de viaje sobre el sofá, se quitó la ropa y la dejó en un reguero de camino al baño. Al mirarse al espejo hizo una mueca. La barba incipiente le ensombrecía las mejillas y el mentón como hollín, y sus ojos aparecían hundidos e inyectados en sangre. Tras un breve debate en torno a la prioridad de la ducha o el afeitado, decidió ducharse. Se inclinó sobre la bañera y abrió los dos grifos al máximo. Por desgracia, solo salieron un par de gotas; por lo visto, el problema de fontanería afectaba al edificio entero.

Cerró los grifos, se echó grandes cantidades de colonia, salió corriendo del baño y fue al dormitorio. Se puso ropa interior limpia, la camisa de vestir, los pantalones del esmoquin y por fin la chaqueta. Acto seguido cogió los botones de la camisa y los gemelos, y se los guardó en el bolsillo del pantalón, mientras que la pajarita ya anudada aterrizó en el otro bolsillo. Se puso los zapatos, se guardó la cartera en el bolsillo trasero del pantalón, el móvil en el bolsillo de la chaqueta y salió del piso.

Mientras aminoraba la velocidad lo suficiente para no levantar demasiado polvo, el jefe de obra lo vio de nuevo y le gritó que era de vital importancia que hablaran. Jack ni siquiera se molestó en contestar. El taxi lo esperaba fuera. Jack cruzó la calle y subió.

—¡A la iglesia Riverside! —gritó.

—¿Sabe a qué altura está? —preguntó el taxista, mirándolo por el retrovisor.

—La Ciento veintidós —repuso Jack.

Empezó a forcejear con los botones. Uno de ellos se le cayó y desapareció al instante en un agujero negro entre el asiento y el respaldo. Jack intentó deslizar la mano en el hueco, pero no lo consiguió, desistió y utilizó los gemelos que tenía, dejando desabrochado el botón inferior de la camisa.

—¿Se va a casar? —preguntó el taxista sin dejar de mirarlo.

—Eso espero —repuso Jack antes de concentrarse en los gemelos de los puños.

Mientras terminaba con el primero y se disponía a prender el segundo, intentó recordar cuándo se había puesto un esmoquin por última vez. No lo consiguió, pero sin duda había sido en su vida interior, cuando todavía era oftalmólogo. Una vez puestos los gemelos, Jack se inclinó, se ató los cordones de los zapatos y se sacudió el polvo de la ropa. La última tarea era abrocharse el botón superior de la camisa y prender la pajarita.

—Tiene buen aspecto —dijo el taxista con una amplia sonrisa.

—Ya —resopló Jack con su habitual sarcasmo.

Se inclinó hacia delante para acceder a la cartera. Echó una ojeada al taxímetro, sacó suficientes billetes de veinte dólares para pagar la tarifa y dos más de propina. Dejó caer el dinero sobre el asiento delantero a través de la partición de plexiglás cuando el taxista dobló por Riverside Drive.

Ante él apareció el campanario color arena de la iglesia Riverside, que destacaba entre los edificios circundantes con su arquitectura gótica. Ante la iglesia vio varias limusinas negras. A excepción de los conductores, que se apoyaban contra sus vehículos, ante la iglesia no había nadie. Jack miró el reloj; era la una y treinta y tres. Llegaba tres minutos tarde.

Volvió a abrir la portezuela antes de que el taxi se detuviera del todo, dio las gracias al taxista por encima del hombro, se apeó, se abrochó la chaqueta y subió la escalinata de la iglesia de dos en dos. De repente, Laurie apareció en el umbral de la iglesia como un espejismo, ataviada en un precioso vestido de novia. Del interior de la iglesia salía una contundente música de órgano.

Jack se detuvo para contemplarla. Tuvo que reconocer que estaba más hermosa que nunca, radiante incluso. El único detalle un poco incongruente eran sus manos, que tenía cerradas en puños y apoyadas sobre las caderas con aire desafiante. También vio a su padre, el doctor Montgomery, que ofrecía un aspecto majestuoso, pero no parecía nada divertido.

—¡Jack! —exclamó Laurie en un tono entre enojado y aliviado—. ¡Llegas tarde!

—¡Bueno! —replicó él, extendiendo las manos—. ¡Al menos he llegado!

Laurie esbozó una sonrisa a su pesar.

—Entra en la iglesia —ordenó, juguetona.

Jack subió los últimos peldaños. Laurie alargó la mano, y Jack la tomó. Ella se acercó a él y lo miró con cierta preocupación.

—Tienes un aspecto horrible —constató.

—No deberías halagarme de esta manera —musitó Jack con timidez fingida.

—Ni siquiera te has afeitado.

—Hay cosas peores, te lo aseguro —afirmó él, esperando que Laurie no se diera cuenta de que llevaba más de treinta horas sin ducharse.

—No sé dónde me estoy metiendo —suspiró Laurie, de nuevo sonriente—. Las amigas de mi madre se van a escandalizar.

—Como está mandado.

La sonrisa de Laurie se ensanchó ante el sentido del humor de Jack.

—No cambiarás nunca.

—No estoy de acuerdo. He cambiado; puede que haya llegado un poco tarde, pero me alegro de estar aquí. ¿Quieres casarte conmigo?

La sonrisa de Laurie se amplió aún más.

—Es lo que pretendo desde hace más años de lo que quiero reconocer.

—No sabes cuánto te agradezco que hayas esperado tanto.

—Supongo que tienes una explicación de lo más emocionante para tu llegada en el último momento.

—No veo el momento de contártelo todo. La verdad es que los acontecimientos de Boston me han dejado anonadado. Es una historia increíble.

—Tengo ganas de escucharla —aseguró Laurie—, pero ahora será mejor que entres en la iglesia y vayas al altar. Tu padrino, Warren, está frenético. Hace un cuarto de hora ha salido y ha dicho que te «iba romper la cara», palabras textuales.

Laurie empujó a Jack al interior de la iglesia, donde lo engulló la música de órgano. Jack vaciló un instante mientras contemplaba la imponente nave. Estaba tremendamente intimidado. El lado derecho de la iglesia estaba abarrotado, con casi todos los asientos ocupados, mientras que el lado izquierdo aparecía casi desierto, si bien Jack vio a Lou Soldano y Chet. En el altar estaba el sacerdote, reverendo, pastor, rabino o imán... No lo sabía ni le importaba. La religión organizada no era lo suyo, y no le parecía que ninguna fuera mejor que otra. Junto al clérigo estaba Warren, que incluso a aquella distancia ofrecía un aspecto impresionante con el esmoquin. Jack respiró hondo para hacer acopio de valor y comenzó a avanzar hacia una nueva vida.

El resto de la ceremonia transcurrió en una nebulosa. Lo guiaron en una y otra dirección, murmurándole instrucciones porque al estar en Boston se había perdido el ensayo. Desde su punto de vista, todo fue improvisado.

Lo que más le gustó fue salir corriendo de la iglesia, ya que significaba que la ordalía había tocado a su fin. Una vez en el coche pudo descansar unos instantes, pero no fueron suficientes, pues el trayecto desde la iglesia hasta el Tavern on the Green, donde se celebraría el banquete, tan solo duró un cuarto de hora.

El banquete resultó menos abrumador que la boda, y en circunstancias distintas, Jack lo habría pasado casi bien. Sobre todo después de la abundante comida, el vino y unos cuantos bailes inevitables, empezó a sentirse vencido por la fatiga. Pero antes de sucumbir a ella tenía que hacer una llamada. Se levantó de la mesa, encontró un rincón relativamente tranquilo junto la entrada del restaurante, marcó el número de Alexis y se alegró al comprobar que contestaba.

—¿Ya te has casado? —preguntó Alexis en cuanto oyó que era Jack.

—Sí.

—¡Felicidades! Me parece maravilloso y me alegro mucho por ti.

—Gracias, hermanita —repuso Jack—. Quería llamarte sobre todo para disculparme por haber puesto tu vida patas arriba. Me invitaste a Boston para que ayudara a Craig y por tanto a ti, y he acabado haciendo todo lo contrario. Lo lamento muchísimo; me siento fatal.

—Gracias por disculparte —murmuró Alexis—. Desde luego no te hago responsable del comportamiento de Craig ni de que todo este asunto haya salido a la luz. Estoy convencida de que tarde o temprano habría acabado descubriéndose. Y para serte sincera, me alegro de saberlo; me facilita mucho la tarea de tomar decisiones.

—¿Ha aparecido Craig?

—No, y sigo sin saber dónde está. La policía ha emitido una orden de busca y captura, y ya se han presentado en casa con una orden de registro. Han confiscado todos sus papeles, inclusive su pasaporte, así que muy lejos no irá. Dondequiera que esté, lo único que conseguirá es aplazar un poco lo inevitable.

—Aunque resulte sorprendente, lo siento por él —confesó Jack.

—Yo también.

—¿Ha llamado o intentado ver a las niñas?

—No, pero no me extraña; nunca ha estado muy unido a ellas.

—No creo que haya estado nunca muy unido a nadie, salvo a ti, quizá.

—En retrospectiva, creo que ni eso. Es una tragedia, y personalmente creo que su padre tiene parte de culpa.

—Mantenme informado, por favor —pidió Jack—. Nos vamos de luna de miel, pero llevaré el móvil.

—Esta tarde he descubierto otra cosa preocupante. Hace una semana, Craig pidió una segunda hipoteca sobre la casa y se llevó varios millones de dólares.

—¿Podía hacerlo sin tu firma?

—Sí. Cuando compramos la casa, insistió en ponerla solo a su nombre. Me dio no sé qué excusa relacionada con los impuestos y el seguro, pero en aquel momento no me importó.

—¿Sacó el dinero en efectivo? —preguntó Jack.

—No, me han dicho que lo transfirió a una cuenta numerada en un paraíso fiscal.

—Si necesitas dinero, házmelo saber. Tengo más que nunca porque llevo diez años sin gastar nada.

—Gracias, hermano, lo tendré en cuenta. Saldremos adelante,

aunque quizá me vea obligada a complementar el sueldo con pacientes particulares.

Tras unas frases afectuosas, Jack colgó. No volvió a la fiesta de inmediato, sino que reflexionó unos instantes acerca de la injusticia y los avatares de la vida. Mientras él tenía por delante la luna de miel con Laurie y un futuro prometedor, Alexis y las niñas se enfrentaban a la incertidumbre y el dolor. En su opinión, aquello bastaba para convertir a uno en epicúreo o en una persona muy religiosa.

Por fin se levantó. Él optaba por lo primero y tenía ganas de llevar a Laurie a casa.

Epílogo

La Habana, Cuba,
lunes, 12 de junio de 2006, 14.15 horas.

Jack había querido llevar a Laurie a un lugar único, lejos de las habituales rutas turísticas. Primero había pensado en algún lugar de África, pero decidió que estaba demasiado lejos. Luego contempló la India, pero lo descartó porque la distancia era aún mayor. Un día, alguien le habló de Cuba. Al principio desechó la idea porque creía que no podían viajar allí, pero al consultarlo en internet descubrió que estaba equivocado. Algunos estadounidenses, aunque no demasiados, viajaban a Cuba a través de Canadá, México o las Bahamas. Jack se decantó por las Bahamas.

El vuelo de Nueva York a Nassau, al día siguiente de la boda, fue muy aburrido, pero el de Nassau a La Habana, de las líneas aéreas cubanas, fue más divertido y les dio las primeras pistas acerca de la mentalidad cubana. Jack había reservado una suite en el hotel Nacional de Cuba, intuyendo que poseería el encanto cubano de antaño. No se llevaron ninguna decepción. El hotel estaba situado en el Malecón, en el antiguo distrito del Vedado. Algunas de las instalaciones eran anticuadas, pero por todas partes se respiraba el esplendor art déco. Lo mejor de todo era el servicio; al contrario de lo que había imaginado, los cubanos constituían un pueblo feliz.

Por suerte, Laurie todavía no había insistido en hacer más turismo que algunos paseos por el centro histórico de La Habana, restaurado en su mayor parte. En varias ocasiones se habían adentrado en la zona no rehabilitada, donde los edificios se hallaban en un estado lamentable, aunque conservaban algún vestigio de su grandeza original.

Por lo general, Jack y Laurie estaban encantados con dormir mucho, comer y tomar el sol. Aquel ritmo brindó a Jack la oportunidad de contar a Laurie todos los detalles de su viaje a Boston, así como de comentar la situación a fondo. Laurie manifestó compasión por todos los implicados, incluido Jack. Declaró que aquello era una tragedia médica estadounidense, y Jack se mostró de acuerdo.

—¿Qué tal si hacemos una excursión al campo? —propuso Laurie de repente, arrancando a Jack de su reposo reparador y vacío de pensamientos.

Jack se protegió los ojos del sol y se volvió para mirar a su flamante esposa. Ambos estaban tendidos sobre tumbonas blancas junto a la piscina, en bañador y embadurnados de crema protectora factor 45. Laurie lo miraba con las cejas enarcadas, que asomaban por encima del borde de las gafas de sol.

—¿De verdad quieres sacrificar esta vida maravillosamente ociosa? —replicó Jack—. Si en la costa ya hace calor, el interior debe de ser un horno.

—No digo que lo hagamos hoy ni mañana, sino algún día antes de irnos. Sería una lástima haber venido hasta aquí y no ver nada de la isla aparte de esta zona tan turística.

—Supongo que tienes razón —musitó Jack sin demasiado entusiasmo.

El mero hecho de pensar en el calor abrasador del interior de la isla le daba sed.

—Voy a buscar algo de beber —anunció al tiempo que se incorporaba—. ¿Quieres que te traiga algo?

—¿Vas a tomar un mojito?

—Es una idea tentadora —repuso Jack.

—Es evidente que estás de vacaciones —comentó Laurie—. Vale, si te tomas uno, me apunto. Lo único que pueda pasar es que tenga que echar una siesta por la tarde.

—Pues perfecto.

Jack se levantó y se desperezó. Lo que de verdad necesitaba era alquilar una bicicleta y hacer muchos kilómetros, pero a medio camino del bar desechó la idea y decidió volver a planteársela al día siguiente.

Captó la atención de un camarero y pidió los dos cócteles. Beber alcohol era excepcional para él, y menos aún a mediodía, pero el día anterior lo habían animado a probarlo, y había disfrutado de la sensación relajante del licor.

Mientras esperaba paseó la mirada por la piscina. Había algunas mujeres de figura magnífica que merecían un buen vistazo. Al poco desvió la mirada hacia la inmensidad del mar del Caribe. Soplaba una leve y sedosa brisa.

—Aquí tiene, señor —anunció el camarero.

Jack firmó la cuenta y cogió los vasos. Cuando se disponía a volver junto a la piscina, su mirada tropezó con el rostro de un hombre en el otro extremo del bar en forma de península. Con un sobresalto, Jack se inclinó hacia delante y lo miró sin disimulo. La mirada del hombre se cruzó con la suya por un instante, pero no pareció reconocerlo y de inmediato se concentró de nuevo en la atractiva mujer latina sentada junto a él. Jack observó que lanzaba una carcajada.

Se encogió de hombros, dio media vuelta y se dirigió hacia las tumbonas, pero al cabo de unos pasos se giró de nuevo. De pronto decidió salir de dudas, rodeó el bar y se acercó al hombre por la espalda, avanzando hasta situarse justo detrás de él. Oyó que hablaba en un español pasable, desde luego mejor que el de Jack.

—¿Craig? —dijo en voz lo bastante alta para que el hombre lo oyera; el hombre no se giró—. ¿Craig Bowman? —preguntó Jack en voz un poco más alta.

No obtuvo reacción alguna. Jack bajó la mirada hacia los dos vasos que llevaba en las manos y que limitaban sus opciones. Vaciló un instante y por fin se inclinó hacia delante por el lado opuesto al de la acompañante del hombre. Dejó las bebidas sobre la barra y le dio una palmadita en el hombro. El hombre se volvió y cambió una mirada con él. En su expresión no había rastro de reconocimiento, tan solo una mirada inquisitiva, con las cejas enarcadas y el ceño fruncido.

—¿Puedo ayudarle en algo? —inquirió el hombre en inglés.

—¿Craig? —repitió Jack.

Lo miró de hito en hito, fijándose en sus ojos. Como oftalmólogo, Jack siempre tendía a mirar a la gente a los ojos. Con frecuencia daban pistas sobre alguna enfermedad, pero también sobre emociones. Sin embargo, Jack no observó cambio alguno; las pupilas no cambiaron de tamaño.

—Me parece que me confunde con alguien. Me llamo Ralph Lundrum.

—Lo siento, no pretendía molestarle —se disculpó Jack.

—No pasa nada —aseguró Ralph—. ¿Cómo se llama?

—Jack Stapleton. ¿De dónde es usted?

—De Boston. ¿Y usted?

—De Nueva York —explicó Jack—. ¿Se aloja en el Nacional?

—No —repuso Ralph—, he alquilado una casa en las afueras. Me dedico al negocio del tabaco, ¿y usted?

—Soy médico.

—Esta es Toya —presentó Ralph al tiempo que se inclinaba hacia atrás para que Jack pudiera ver a su amiga.

Jack le estrechó la mano por delante de Ralph.

—Encantado de conocerlos a ambos —dijo Jack tras farfullar unas palabras en español por deferencia a Toya—. Siento haberles molestado —se disculpó de nuevo al coger los cócteles.

—No pasa nada —aseguró Ralph—. Estamos en Cuba; aquí la gente espera que todo el mundo hable con todo el mundo.

Con una inclinación de cabeza, Jack se alejó, rodeó el bar y volvió junto a Laurie. Ella se incorporó sobre un codo y cogió uno de los vasos.

—Has tardado mucho —comentó en broma.

Jack se sentó en la tumbona y sacudió la cabeza.

—¿Alguna vez te has tropezado con alguien y sabes que lo conoces de algo?

—Algunas veces —repuso Laurie tras tomar un sorbo de mojito—. ¿Por qué me lo preguntas?

—Porque me acaba de pasar —explicó Jack—. ¿Ves a aquel hombre hablando con esa mujer pechugona vestida de rojo en la otra punta del bar? —señaló Jack.

Laurie bajó los pies de la tumbona, se sentó y miró.

—Sí, ya los veo.

—Estaba seguro de que era Craig Bowman —dijo Jack con una carcajada—. Se parece tanto que podría ser su gemelo.

—Creía que Craig Bowman tenía el pelo rubio como tú. Ese tipo tiene el pelo oscuro.

—Bueno, sí, el pelo es diferente —admitió Jack—. Es increíble. Me hace dudar de mi instinto.

Laurie se volvió hacia él.

—¿Por qué te parece tan increíble? Cuba sería un escondite ideal para Craig. No existe tratado de extradición con Estados Unidos. Puede que sea él.

—No, no lo es —negó Jack—. Se lo he preguntado para observar su reacción.

—Bueno, no te obsesiones —advirtió Laurie antes de tumbarse de nuevo con el cóctel en la mano.

—No voy a obsesionarme —aseguró Jack.

También él se tumbó, pero no logró desterrar de su mente aquella coincidencia. De repente se le ocurrió una idea, se incorporó de nuevo y rebuscó en el bolsillo del albornoz hasta dar con el móvil.

Laurie había percibido su repentino movimiento y abrió un ojo.

—¿A quién llamas?

—A Alexis —repuso Jack.

Su hermana contestó, pero le dijo que no podía hablar, porque estaba entre dos sesiones.

—Solo una pregunta —dijo Jack—. ¿Por casualidad conoces a un tal Ralph Lundrum, de Boston?

—Sí, lo conocía —asintió Alexis—. Oye, Jack, te tengo que dejar. Te llamo dentro de un par de horas.

—¿Por qué lo has dicho en pasado? —preguntó Jack.

—Porque murió —explicó Alexis—. Era paciente de Craig y murió de un linfoma hace cosa de un año.

Nota del autor

La medicina *concierge*, conocida también como medicina a la carta, medicina a medida o atención primaria de lujo, es un fenómeno relativamente nuevo que surgió en Seattle. Tal como se describe en *Crisis*, se trata de un estilo de atención primaria que requiere el pago de una cuota anual que puede ir de unos centenares a muchos miles de dólares por persona (con un promedio de 1.500 y un máximo de unos 20.000 dólares). A fin de que dicha cuota no sea considerada una prima de cobertura médica, lo cual quebrantaría la normativa, al paciente se le ofrece una lista de tratamientos o servicios médicos específicos que no cubren las mutuas médicas, tales como chequeos anuales completos, atención preventiva, asesoramiento dietético y programas de salud diseñados a medida, por nombrar unos cuantos. Pero el mayor beneficio reside en la garantía del médico de limitar el número de pacientes en su consulta a una cantidad muy por debajo de la habitual, lo cual posibilita el acceso a servicios médicos habituales y especiales (pero no el pago, que recae sobre el paciente, ya sea mediante un seguro médico o de su propio bolsillo).

Los servicios especiales pueden incluir una relación muy personal entre el médico y el paciente, visitas tan largas como sea necesario, recepciones más agradables y menos concurridas (que nunca reciben el nombre de «salas de espera», porque el concepto de espera debe evitarse a toda costa), visitas domiciliarias o visitas en el lugar del trabajo del paciente si se tercia y el paciente lo desea, tramitación de visitas con especialistas, consulta inmediata e incluso la posibilidad de que el médico viaje a lugares lejanos si el paciente cae enfermo o resulta herido durante un viaje. Asimismo, el acceso especial incluye visitas el mismo día en caso necesario, o bien con un solo día de antelación, así como acceso al médico las veinticuatro horas del día a través del teléfono móvil del médico, su teléfono particular o bien el correo electrónico.

Se han publicado algunos artículos sobre este tipo de medicina en revistas especializadas, así como en el *New York Times* y otras publicaciones, pero en general, el lento ascenso de esta clase de consultas ha pasado prácticamente desapercibido entre el gran público. Considero que esto cambiará y debe cambiar, porque la medicina a la carta es otro síntoma sutil pero significativo de un sistema sanitario que está fuera de órbita, porque la atención de calidad y orientada al paciente existía en el pasado y debería seguir existiendo sin necesidad de pagar una cuota anual considerable por ella. Más importante aún, es de dominio público que ya existen desigualdades sustanciales en la atención sanitaria de todo el mundo, y no hace falta ser un genio para entender que la medicina a la carta no hará más que empeorar una situación ya de por sí precaria. Por definición, los médicos que ejerzan este tipo de medicina visitarán a muchos menos pacientes, y todos aquellos pacientes que no paguen la cuota anual por el motivo que sea tendrán menos alternativas en un sistema cada vez más restringido. De hecho, un puñado de senadores estadounidenses presentaron una queja oficial al Departamento de Salud y Servicios Humanos a causa del potencial impacto de este fenómeno, aduciendo que limitaría la capacidad de los beneficiarios de Medicare de encontrar un médico de atención primaria. En respuesta a dicha queja, la Oficina de Responsabilidad Gubernamental publicó en agosto de 2005 un informe según el cual la medicina a la carta todavía no constituía un problema, pero que su tendencia al alza sería sometida a vigilancia. El informe lleva implícito por tanto que surgirá un problema a medida que se propague este estilo de consulta. Personalmente, me consta que esta situación ya se produce en Naples, Florida, donde la medicina a la carta está muy arraigada. En la actualidad, un paciente de Medicare de Naples tiene muchas dificultades para encontrar médico sin abonar por adelantado la cuota anual, pagar de su propio bolsillo unas tarifas exorbitantes o renunciar por completo a Medicare. Si bien es cierto que Naples constituye una comunidad excepcional desde el punto de vista económico, considero que su caso presagia lo que ocurrirá en otras zonas de Estados Unidos y otros países.

De los artículos publicados en torno a la medicina a la carta, ninguno de los que he leído trata en profundidad los motivos por los cuales este fenómeno ha surgido en este momento histórico. Por lo general, los textos dan explicaciones económicas en torno a la idea de que la medicina a la carta tiene sentido desde el punto de vista del marketing. A fin de cuentas, siempre y cuando uno se lo pueda permitir, ¿quién no querría los privilegios que promete, máxime teniendo en cuenta lo que a menudo significa ir al médico en los tiempos que corren? ¿Y qué medico no preferiría gozar de seguridad económica desde la casilla de salida y poder ejercer la medicina exhaustiva que aprendió en la facultad? Por desgracia, esta respuesta superficial no explica por qué este fenómeno tiene sentido hoy en día y no, por ejemplo, hace veinte años. En mi opinión, la verdadera respuesta es que la medicina a la carta es una consecuencia directa del desastroso estado de la atención sanitaria en el mundo entero, una situación sin precedentes. De hecho, hay quien evoca la metáfora de la tormenta perfecta para describir la situación actual, sobre todo en Estados Unidos.

El ejercicio de la medicina se ha visto afectado por toda una serie de problemas en los últimos veinticinco años, pero nunca habían convergido tantos al mismo tiempo. De forma paralela asistimos a una agresiva contención de costes médicos, recortes de personal y equipamientos, avances tecnológicos, esfuerzos ímprobos por reducir la cantidad de errores médicos, auge de litigios e indemnizaciones millonarias, aumento de los costes accesorios, una multiplicación vertiginosa de los productos de atención sanitaria, entre ellos la atención gestionada, con su intromisión en la toma de decisiones médicas, e incluso un cambio del papel que desempeñan los hospitales. Todas estas fuerzas han contribuido a que la piedra angular de la medicina, es decir, la atención primaria, se haya convertido en una pesadilla, si no en una imposibilidad. Para poder ganar lo suficiente a fin de mantener la consulta abierta y las luces encendidas (o bien para conservar el empleo en un sistema de atención gestionada), los médicos de atención primaria se ven obligados a visitar a un número extremadamente elevado de pacientes, con las consecuencias previsibles, a saber, insatisfacción por parte tanto del médico como del paciente, y paradójicamente, un índice creciente de utilización de los servicios médicos, de costes y de litigios.

Consideremos el siguiente ejemplo: Un paciente con una serie de trastornos médicos leves, pero constantes, tales como tensión arterial alta y colesterol elevado, acude a su médico de atención primaria con dolores en el hombro y molestias abdominales. En el sistema actual, el médico dispone de tan sólo quince minutos para ocuparse de todo, incluso de la cortesía más básica. Como es natural, los trastornos ya existentes, es decir, la tensión arterial y el colesterol, tienen prioridad para el médico, que no se concentrará en los nuevos hasta haber observado los primeros. El reloj corre y la sala de espera está abarrotada de pacientes malhumorados porque una urgencia ha echado por tierra el horario (algo que sucede casi a diario), y por tanto el médico recurre al enfoque más expeditivo, es decir, pedir una resonancia o un TAC de hombro, y derivar al paciente al gastroenterólogo para las molestias abdominales. Sometido a la presión de cubrir los gastos de la consulta, el médico no tiene tiempo para investigar cada molestia de forma apropiada, elaborar la historia y explorar al paciente como es debido. El resultado es una tendencia a la sobreutilización, inconvenientes para el paciente, costes mucho más elevados e insatisfacción por parte tanto del paciente como del médico. Las circunstancias obligan al médico a actuar más como asesor que como facultativo formado, y ello se aplica sobre todo si el médico es internista colegiado, muchos de los cuales se dedican a la atención primaria.

Volviendo sobre la cuestión de por qué la medicina a la carta ha evolucionado tanto ahora y no en el pasado, considero que ello es consecuencia directa de la «tormenta perfecta» en la sanidad y la consiguiente desilusión e insatisfacción de los médicos respecto al ejercicio de la medicina, un fenómeno que está alcanzando proporciones epidémicas, tal como indican numerosas encuestas. Los médicos están descontentos, sobre todo los de atención primaria. En estas circunstancias, la medicina a la carta constituye más un movimiento reaccionario que una mera estratagema de marketing. Es un intento de rectificar la desconexión a la que se enfrentan los facultativos entre la medicina que aprendieron en el entorno académico y esperaban ejercer, por un lado, y la medicina que se ven obligados a ejercer, ya sea limitada por la burocracia (gobierno, atención gestionada) o la pobreza (falta de equipamientos o centros), por otro; así como la desconexión existente entre las expectativas de los pacientes y la realidad de lo que les proporcionan los médicos.* La medicina a la carta ha surgido en Estados Unidos, pero puesto que la actual desilusión e insatisfacción de los médicos es un fenómeno mundial, se propagará a otros países si es que no lo ha hecho ya.

Desde un punto de vista intelectual, la medicina a la carta me plantea diversos problemas por las mismas razones que el doctor Herman Brown aduce durante su testimonio a favor del demandante en *Crisis*. En resumidas cuentas, la medicina a la carta contraviene los conceptos tradicionales de la medicina altruista. De hecho, es una violación directa del principio de justicia social, una de las tres piedras angulares de la nueva definición de profesionalidad médica, que conmina a los médicos a «trabajar para eliminar la discriminación en la sanidad, ya sea por cuestiones de raza, género, *situación socieconómica* (la cursiva es mía), etnia, religión o cualquier otra categoría social».**

---

* Zuger, A., 2004. «Dissatisfaction with Medical Practice», *NEJM*, 350: 69-75.
** «A Physician Charter», 2005. American Board of Internal Medicine Foundation, American College of Physicians Foundation, European Federation of Internal Medicine.

Pero existe un problema. Al mismo tiempo que estoy filosóficamente en contra de la medicina a la carta, también estoy a favor, lo cual me hace sentir como un hipócrita. Reconozco sin ambages que si fuera un médico de medicina primaria en los tiempos que corren, sin duda preferiría ejercer en una consulta a la carta que en una consulta estándar. Como excusa aduciría que preferiría atender a una persona bien que a diez mal. Por desgracia, sería un pretexto, y bastante patético, por añadidura. Quizá alegaría que tengo el derecho a ejercer la medicina como quiera. Por desgracia, ello equivaldría a negar el hecho de que se gastan muchos recursos públicos en la formación de todos los médicos, incluido yo, lo cual implica la obligación de atender a todos los pacientes, no sólo a aquellos que pueden permitirse pagar cuantiosas cuotas por adelantado. Quizá entonces diría que la medicina a la carta se parece a las escuelas privadas, y que los pacientes adinerados tienen derecho a pagar para obtener mejores servicios. Por desgracia, ello obvia el hecho de que las personas que envían a sus hijos a las escuelas privadas también contribuyen a sufragar las públicas a través de los impuestos. Asimismo obvia el hecho de que los servicios médicos, aun los más básicos, están distribuidos de forma poco equitativa, y que yo contribuiría a dicho desequilibrio. En definitiva, debería reconocer que la razón por la que quería ejercer en una consulta a la carta se debía a que me proporcionaría más satisfacción profesional, si bien en mi fuero interno lamentaría verme convertido en un médico distinto del que había pretendido ser. Con todo ello quiero decir que no culpo a los médicos que ejercen en consultas a la carta, sino al sistema que los ha obligado a hacerlo.

Siempre es más fácil criticar que resolver problemas. No obstante, en lo tocante a la medicina a la carta, estoy convencido de que existe una solución para limitar su expansión, y se trata de una solución bastante sencilla. Tan sólo implica cambiar el mecanismo de reembolso en la atención primaria, basado en la actualidad en una tarifa plana de algo más de cincuenta dólares por visita, tal como estipula Medicare (Medicare es quien determina las tendencias en las políticas sanitarias). Como ya he mencionado, la atención primaria es el fundamento de la sanidad, y en consonancia, este desembolso basado en una tarifa plana modesta es contraintuitiva, como demuestra el ejemplo que he dado. Los pacientes y las enfermedades varían de forma considerable, y si el paciente necesita quince minutos, media hora, cuarenta minutos o incluso una hora, el médico debería cobrar en consonancia. En otras palabras, el reembolso en la atención primaria debería basarse en el tiempo e incluir los minutos dedicados a llamadas telefónicas y correos electrónicos. Asimismo, debería basarse en una escala que dependiera del nivel de formación del médico. Sería lo más razonable.

Si la atención primaria se organizara de este modo, ello promovería una atención de calidad, devolvería un grado significativo de autonomía al médico de atención primaria, e incrementaría la satisfacción tanto del facultativo como del paciente. De forma paralela, el ímpetu de la medicina a la carta quedaría mitigado. También creo que un sistema de reembolso de estas características surtiría el efecto paradójico de reducir los costes sanitarios globales al reducir la utilización de los servicios de subespecialidad. Para ello, el reembolso debería desviarse de la atención especializada basada en las intervenciones, como sucede en la actualidad, a la atención primaria.

Tal vez a algunas personas les preocupe la posibilidad de que un reembolso basado en el tiempo abra las puertas al tipo de abusos que se dan en las profesiones cuyos honorarios se basan en el tiempo, pero no estoy de acuerdo. En mi opinión, el abuso sería la excepción, no la regla, sobre todo teniendo en cuenta el contundente movimiento actual para reafirmar la profesionalidad médica que promulga la reciente Carta Médica.

Por último querría hablar de la negligencia médica. Cuando acabé los largos estudios de medicina en los años setenta y abrí una pequeña consulta privada, me zambullí en las aguas turbulentas de la primera crisis de negligencias médicas, provocada por un aumento del número de litigios y de veredictos favorables a los demandantes. Lo que experimentaba, al igual que muchos otros médicos, era una gran dificultad a la hora de obtener cobertura, porque toda una serie de aseguradoras médicas importantes abandonaron de repente el mercado. Por suerte, las aguas volvieron a su cauce con la creación de métodos alternativos que permitían a los médicos acceder a seguros contra demandas por negligencia, y todo fue bien hasta los años ochenta, época en que se desencadenó la segunda crisis. De nuevo aumentó de forma brusca el número de demandas, así como la cuantía de las indemnizaciones, lo cual tuvo como consecuencia un aumento considerable e inquietante de las primas de seguros.

Durante aquellas dos crisis, el sistema sanitario fue lo bastante resistente para absorber el aumento de los costes, sobre todo trasladándolos a los pacientes y al gobierno a través de Medicare. Como consecuencia de ello, el sistema no sufrió otra perturbación que un endurecimiento de la actitud de la profesión médica ante la profesión jurídica, sobre todo en lo tocante a lo que los médicos denominaban abogados «codiciosos» especializados en casos de negligencia. Recuerdo bien aquella época y compartía aquellos sentimientos. Desde mi proximidad a la medicina académica, tenía la sensación de que solo demandaban a los buenos médicos dispuestos a encargarse de los casos más difíciles. Como consecuencia de ello, apoyaba fervientemente lo que casi todos los médicos consideraban la solución, es decir, impulsar la reforma de los litigios, limitar las compensaciones no económicas, limitar los honorarios de los abogados, ajustar ciertas leyes de limitaciones, así como eliminar el principio de responsabilidad solidaria.

Por desgracia, nos encontramos inmersos en una nueva crisis, y si bien sus orígenes son similares, es decir, otro aumento significativo del número de demandas, acompañado de indemnizaciones aún más cuantiosas, se diferencia de las dos crisis anteriores y es mucho peor. La nueva crisis encierra problemas de cobertura y de primas exorbitantes, pero más importante aún, se produce durante la «tormenta perfecta» que pone en peligro el sistema sanitario; de hecho, es una de sus causas. Por causa de toda una serie de factores, algunos de los cuales ya he mencionado, los costes que engendra la crisis no pueden trasladarse a nadie. Los médicos, atosigados, se ven obligados a capear el temporal, lo cual acentúa de forma inconmensurable su insatisfacción y su desilusión. Ello afecta el acceso a la atención sanitaria en algunos ámbitos; muchos médicos cambian de consulta o abandonan el ejercicio de la medicina, y toda una serie de servicios de alto riesgo se ven restringidos. Más allá de los problemas económicos, una demanda por negligencia es una experiencia terrible para un médico, tal como se ilustra claramente en *Crisis*, aun cuando el médico salga airoso de ella, lo cual suele ser el caso.

Puesto que esta nueva crisis se produce pese a que varios estados ya han aprobado elementos de reforma de los litigios por negligencia, y puesto que han aparecido nuevos datos sobre el alcance de las lesiones iatrogénicas, he modificado mi postura. Ya no considero que la reforma de los litigios por negligencia sea la solución. Asimismo, he abandonado la actitud simplista de que el problema no es más que un enfrentamiento entre los buenos y los malos, médicos altruistas luchando contra abogados codiciosos. Tal como sugiere la trama de *Crisis*, ahora estoy convencido de que ambas partes son responsables, de que hay elementos del bien y del mal a ambos lados de la ecuación, hasta el punto de que ahora me avergüenzo de mi ingenua actitud original. La seguridad del paciente y la compensación adecuada de todos los pacientes que sufren efectos adversos revisten más importancia que achacar culpas, y también que proporcionar indemnizaciones imprevistas a un puñado de pacientes en una especie de lotería judicial. Existen mejores formas de abordar el problema, y el público debería exigirlas por encima de las objeciones de los accionistas, es decir, la medicina organizada y los abogados especializados en daños y perjuicios.

La cuestión es que el enfoque basado en los litigios no funciona. Diversos estudios demuestran que, en el sistema actual, la inmensa mayoría de las demandas no merecen ir a juicio, que la inmensa mayoría de casos que sí merecerían ir a juicio no se demandan, y que con frecuencia se pagan indemnizaciones pese a existir escasas pruebas de atención precaria. Desde luego, esta situación no es precisamente loable. En resumidas cuentas, el método actual para luchar contra la negligencia médica no alcanza su supuesto doble objetivo de compensar a los pacientes que han sufrido resultados adversos y surtir un efecto disuasorio sobre la negligencia médica. Lo positivo es que hay mucho dinero disponible para diseñar un sistema mejor, dinero procedente de las primas de negligencia que los médicos y los hospitales se ven obligados a pagar. En la actualidad, muy poco de ese dinero va a parar a manos de los pacientes, y aquellos pacientes que sí reciben algo a menudo no lo reciben hasta mucho tiempo más tarde y después de una encarnizada batalla. Necesitamos un sistema que pague a los pacientes sin demora y al mismo tiempo investigue de forma abierta las causas de las lesiones para garantizar que el siguiente paciente no las sufra. Se han presentado muchas propuestas para un sistema nuevo, tales como un seguro de inocencia, algo parecido a las indemnizaciones para los trabajadores o métodos de arbitraje/mediación. Ha llegado el momento de aplicar un enfoque alternativo.

Otras lecturas recomendadas

Brennan, T. A., 2002. «Luxury Primary Care - Market Innovation or Threat to Access», *NEJM*, 346: 1.165-1.168.

Brennan y cols., 1991. «Incidence of Adverse Events and Negligence in Hospitalized Patients. Results of Harvard Medical Practice Study», *NEJM*, 324: 370-376.

Brennan y cols., 1996. «Relation Between Negligent Adverse Events and the Outcomes of Medical Malpractice Litigation», *NEJM*, 335: 1.963-1.967.

Kassirer, J. P., 1998. «Doctor Discontent», *NEJM*, 348: 1.543-1.545.

Melo y cols., 2003. «The New Medical Malpractice Crisis», *NEJM*, 348: 2.281-2.284.

Studdert y cols., 2004. «Medical Malpractice», *NEJM*, 350: 283-292.

Zipkin, A. 31 de julio de 2005. «The Concierge Doctor Is Available (At a Price)», NYT.

Papel certificado por el Forest Stewardship Council®